D. Baltenstein, geboren um 1890 in Schlesien, lebte in der Nähe von Kattowitz. Durch Erbschaft und die Wirren der Vertreibung aus Schlesien 1944/45 geriet das Manuskript nach Jena und von dort in die Hände des Herausgebers Michael Schmid – so zumindest ging die Legende des Eichborn Verlags, bis die Presse die Wahrheit ans Licht brachte: Vier Berliner Schülerinnen haben den Roman gemeinsam mit ihrem Lehrer Michael Schmid geschrieben.

Dorothea S. Baltenstein

Vier Tage währt die Nacht

Roman

Herausgegeben und bearbeitet
von Michael Schmid

Rowohlt Taschenbuch Verlag

Veröffentlicht im Rowohlt Taschenbuch Verlag,
Reinbek bei Hamburg, April 2004

Lektorat Simone Kreuzberger
Umschlaggestaltung any.way, Cathrin Günther
(Abbildung: akg-images/
«Erscheinung im walde» [um 1858]:
Moritz von Schwind, 1804–1871)
Satz New Baskerville PostScript (PageMaker)
bei Pinkuin Satz und Datentechnik, Berlin
Druck und Bindung Clausen & Bosse, Leck
Printed in Germany
ISBN 3 499 23497 1

– vanae
fingentur species, tamen ut pes et caput uni
reddantur formae. –

HORAZ

Inhalt

Der erste Tag

Der zweite Tag

Der dritte Tag

Der letzte Tag

Der erste Tag

1. Kapitel

Die Ankunft

Während ich am späten Nachmittag des 27. November des Jahres 1817 in einer Kutsche saß, die holpernd über steinige Straßen fuhr, und hoffte, noch vor einbrechender Nacht mein Ziel zu erreichen, breitete sich in mir bereits ein Gefühl der Unsicherheit aus – vielleicht war auch ein wenig Furcht dabei. Ich kann heute nicht mehr mit Sicherheit sagen, ob nicht damals schon eine gewisse Vorahnung in mir emporstieg.

Wie so oft auf dieser langen, beschwerlichen Reise wandte sich meine Aufmerksamkeit den schnaubenden Pferden und dem stummen Kutscher zu, die mich nun bereits mehr als zwei Tage sicher durch das einsame, bereits fast winterliche Schottland geleiteten, Letzterer, ohne sich je über das Wetter, die unfreundlichen Gastwirte oder die schlechten Wege zu beschweren. Auch meinen ungewöhnlichen Wunsch, die strapaziöse Strecke, die man normalerweise in fünf bis sechs Tagen bewältigte, in nur dreien zu überwinden, schien weder die Ausdauer noch die Freundlichkeit des Menschen zu mindern, der konzentriert auf dem Kutschbock saß, geschickt die gehorsam trabenden Pferde lenkte und sie manchmal auch etwas rau an den Zügeln nahm, wenn sie seinen Befehlen nicht folgten. Mein Blick wanderte aus dem linken Fenster über die flachen, nun saftlosen Wiesen, die sich in endlosen Hügelketten vor mir erstreckten, in die sich ab und an in der weiten Entfernung irgendeiner Talsenke winzig wirkende Häuser eines Weilers, der hier mitten im Herzen der Einsamkeit lag, betteten. Dicke Rauchschwaden quollen aus den Schornsteinen der Kamine, an denen Bauernfamilien sitzen und zu Abend essen mochten. Wie gerne hätte ich mich zu ihnen gesellt, meinen kalten, unbequemen Sitz in der Kutsche gegen ein warmes Kaminplätzchen irgendwo in einer solchen Ansiedlung bei einer freundlichen Familie eingetauscht – und mich der Wärme des Feuers erfreut!

Ungewöhnlich früh waren die Temperaturen in diesem Herbst gesunken. Trotz meiner dicken Socken, ja, trotz all meiner schützenden Kleidung, in die mich meine Schwester liebevoll verpackt, bevor ich meine Reise angetreten hatte, war die feuchte Kälte schon längst erbarmungslos bis in meine Knochen vorgedrungen.

Während die Kutsche heftig stoßend an einem Bergrücken entlang um die Kehre bog, bemühte ich mich, aus meiner Situation das Beste und es mir in den harten Polstern der Kutsche so bequem als möglich zu machen. Gerade durchstöberte ich mein Handgepäck nach dem letzten Proviant, als die Pferde auf den Befehl meines Kutschers hin plötzlich in ihrem Schritt verhielten und das Gefährt zum Stehen brachten. Verwundert und um den Grund der Verzögerung zu erfahren, sah ich aus dem Fenster.

Auf der fast gefrorenen Straße in der ersten Dämmerung des Abends stand eine junge Frau von wohl kaum über zwanzig Jahren mit einem unglücklichen Gesichtsausdruck, jedoch sichtlich erleichtert über unser Erscheinen. Braun schimmerndes, volles Haar umrahmte ihr Gesicht, das unsicher und verschüchtert wirkte. Sie trug ein schlichtes dunkles Kleid und einen weiten, schwarzen Umhang mit schmalem Pelzkragen, der ihr hervorragend zu Gesichte stand. Sie schien aus einer wohlhabenden Familie zu kommen, weshalb ich zunächst überrascht war, dass sie offenbar allein reiste.

Sie entbehrte trotz der gefährlichen Witterung jeden Hutes oder Tuches, was mich bei der ersten Ansicht mehr als merkwürdig dünkte – welchnämliches ihrer Erscheinung, wie ich zugeben musste, jedoch gleichzeitig etwas anreizend Fernes und Wildes gab. Eine besondere Aura von Erregung umwehte sie, und dies verursachte mir einen unerklärbaren Hauch von Schwindel. In ihren Augen schienen sich die feuchten Nebel, die soeben über die Höhenzüge gestrichen kamen und die das Licht der rötlich untergehenden Sonne aufsaugten, zu spiegeln.

«Guten Abend, Miss!», rief ich, während ich aus der Kutsche stieg und auf sie zutrat. Die dampfenden Pferde wurden, eingedenk der unvermuteten Pause und auf ein beiläufiges Kommando von mir zu meinem Kutscher hin, ausgespannt und an einem Baum nahe der Straße festgebunden, wo sie sich beugten und das karge, harte Gras zupften, während der Mann sie abrieb.

«Wie kann ich Ihnen helfen?», erkundigte ich mich bei der jungen Frau.

Sacht erwiderte sie meinen Gruß: «Guten Abend, Sir.» Sie strich sich eine Strähne ihres Haares, die sich in ihr Gesicht verirrt hatte, aus der Stirn. «Ich heiße Nightingale Dubois», sagte sie, ihre Stimme klang dunkel und sanft. «Ich denke, Sie können sich vorstellen, wie froh ich bin, dass Ihr Weg Sie hier vorbeiführt.»

Einige Yards weiter vorne erkannte ich eine schmale Kutsche, wie sie in ihrer Bauart typisch für den Norden war, dergestalt, als ob sie aus der Spur gebrochen sei, quer zum Wege stehend, diesen dabei fast gänzlich sperrend, die Pferde noch im Geschirr. Die junge Frau deutete auf das vordere Wagenrad, das, wie ich sah, an mehreren Stellen gebrochen war. Ihr Kutscher war gerade damit beschäftigt, die Trümmer zu begutachten und den Wagen abzustützen. Seine Kleider waren einfach, doch gleich denen von Miss Nightingale Dubois sehr gepflegt. Er blickte hoch, und ich nickte ihm auf Entfernung zu. Der Schaden an der Kutsche schien ihm Sorge zu bereiten, und sichtlich erleichtert über unser Kommen grüßte er, den Hut ziehend, zurück.

Miss Dubois wandte sich entschuldigend wieder an mich: «Es tut mir wirklich sehr Leid, Sir, dass wir Sie aufhalten, aber …»

«Nein, o nein», fiel ich ihr ins Wort, «ich habe nichts zu verzeihen, Miss. Die Reise dauerte seit der letzten Rast viel zu lang. Selbstverständlich werde ich helfen.» Erleichtert senkte sie den Kopf.

Der Kutscher war inzwischen aufgestanden und wischte sich gerade die Hand an einem Lappen sauber, als meine ganze Aufmerksamkeit von einem weiteren jungen Menschen gefangen genommen wurde, der erst in diesem Augenblick unvermutet hinter der Kutsche aufgetaucht war, etwas umständlich Papier und einen Stift in der linken Brusttasche seines Reiseplaids verstaute und mich mit dem gleichen Interesse musterte wie ich ihn. Dem Aussehen nach hätte er der Bruder von Miss Dubois sein können, auch er war hübsch, aber irgendetwas sagte mir, dass er nicht mit der jungen Dame verwandt war.

Der junge Mensch mochte, wie seine bisherige Reisebegleiterin, ein gutes Dutzend Jahre weniger als ich an Lebenserfahrung zählen, doch anders als bei ihr zeigte sein Gesichtsausdruck unter der hohen Stirn und dem sich dort widerborstig sträubenden schwarzen Haar ein eigenartig unpassendes Maß an Wissen, eine gewisse Bitterkeit, eine Kenntnis von Dingen, die mir in seinem Alter jedenfalls nicht zur Verfügung gestanden hatten – eine Erfahrung von Begebenheiten, die zweifellos nicht nur die Sonnenseiten unserer Existenz betrafen. Er war noch jung und wirkte bereits in seiner Seele verletzt – ich weiß nicht, warum sich mir dieser Eindruck vom ersten Augenblick unserer Bekanntschaft an aufdrängte. Er war sehr schlank, nicht sonderlich hoch gewachsen, elegant, gut gekleidet und gepflegt, ein Backenbart zog sich schmal bis ans Kinn, die feingliedrigen Hände wirkten sensibel. Er wusste sich zu bewegen und Wirkung zu verbreiten, ohne dass er viel dazu zu tun schien, eine, schlicht gesagt, hinreißende Erscheinung, die auf einem abendlichen Bankett unter Kristalllüstern und im Kreise von erregten, tanzbegierigen Damen der Gesellschaft eine ebenso gute Figur gemacht haben würde wie im seriösen Kontor einer alteingesessenen Handelsgesellschaft in London.

Ein Lächeln kräuselte seine Lippen, als er zu mir herantrat. Er stellte sich mir als Robert Milton vor: «Ganz recht, wie der Dichter, Sir, nur weniger bedeutsam …» Er lachte etwas bitter über seine eigene Bemerkung, die mir mehr, als er wohl glauben mochte, zu denken gab, erinnerte sie mich doch unvermutet an meine eigenen Pläne und das Ziel meiner Reise, das noch eine oder zwei Wegstunden vor mir liegen mochte. Sein Blick schweifte über die Hügelkette zu unserer Linken, über die die soeben versinkende Sonne ein fahles Licht ergoss, bevor der Atem des Abends sie für heute endgültig zum Verlöschen bringen würde. «Unser Ziel ist nur noch wenige Meilen entfernt, doch es wird sicherlich einige Zeit dauern, bis der Schaden hier behoben ist», erklärte er besorgt. «Was sagen Sie dazu, Sir?»

Erst jetzt fiel mir bei einem intensiveren Blick auf, dass auch die vordere Achse der Kutsche in Mitleidenschaft gezogen war. Das bedeutete, dass es ohne die richtigen Materialien und Werkzeuge so gut wie unmöglich wäre, den Wagen an Ort und Stelle zu reparieren. Ich fühlte mich verpflichtet, Miss Nightingale und ihrem Begleiter zu helfen, und sah die einzige Möglichkeit darin, sie unmittelbar zu ihrem Ziele zu bringen, auch wenn ich dadurch noch mehr meiner eigenen Zeit einbüßte.

Ich wandte mich daher an Miss Nightingale Dubois: «Mein Name ist Jonathan Lloyd», stellte ich mich vor. «Darf ich fragen, wohin Sie Ihrer beider Reise führt?»

Diese Frage erhellte ihr Gesicht, so sehr schien sie sich ihrem Ziele entgegenzusehnen. «Nach Boroughmore Castle, Sir», sagte sie etwas atemlos. «Sir Mortimer Pope hat mich eingeladen. Er schrieb mir, dass dort ein Symposion stattfände, und bat mich zu kommen. Deshalb bin ich zuletzt aus Edinburgh angereist. Und dieser junge Mann, Mr. Milton, der, reizend, wie er ist, mir die öden Stunden der Reise bislang verkürzt, nein, versüßt hat, reist ebenfalls dorthin, aus dem gleichen Grunde.» Ein warmer Blick der Dankbarkeit, fast der Demut, traf ihren Reisebegleiter, ein durchdringender Blick, der mir einen Stich der Eifersucht versetzte, darüber, dass nicht ich, sondern der junge Robert Milton es gewesen war, der bisher mit ihr die Kutsche geteilt hatte – ein Blick, der allerdings bei gemäßigterer Betrachtung nichts anderes als nur tiefe Dankbarkeit verriet, wie ich gleichzeitig – fast erleichtert und trotzdem mit einem Rest ungerechten Misstrauens – bemerkte.

«Ein schottisches Schloss, Sir», fuhr sie in jugendlicher, mitreißender Begeisterung fort, «und ein Wettbewerb unter Schriftstellern: Novellen, Romane, Gedichte, Prosa und Lyrik, die Schönheiten unserer Sprache hervorzulocken, Werke hervorzubringen, wie sie die Menschheit nie zuvor vernommen, Literatur erschaffen in einem Akt des Willens und der Schönheit, ein Buch, das beste Buch schreiben, Sir – und das alles nicht in einem der öden Salons in Edinburgh oder London, sondern am Busen der kargen Natur in einem sturmumtosten Schloss im Norden – das ist das wahre Leben! Das ist es doch, nicht wahr?»

Ihre Begeisterung war ohne Scheu, als sie mir nun zutraulich erzählte, dass sie schon fast acht Jahre nicht mehr dort gewesen und dass sie hoffe, das Schloss noch ebenso herrlich vorzufinden, wie es in ihrer Erinnerung existierte. «Dichtung», fuhr sie fort, «ist das wahre Leben, und Mr. Milton und ich, wir sind auf dem Wege, der Einladung von Sir Mortimer Pope zu folgen, der uns wohl» – sie lachte – «für die rechten Adepten hält, diesem hohen Ziele Genüge zu tun.»

«Mr. Robert Milton», wiederholte ich und nickte ihm zu, «... wie John Milton, unser Heiliger, der Dichter der Sinnenfreude und der Poesie – und Sie sind auch dem Fieber der Dichtkunst verfallen wie Ihr großer Namensvetter, Mr. Milton? Erst jetzt, wie ich zugeben muss, verstehe ich Ihre Bemerkung von vorhin.»

«Was Byron und Shelley und die anderen am Genfer See geschafft haben», sagte er mit einer gewissen Zurückhaltung, «nur diesmal eben nicht an einem See in der Schweiz, sondern auf einem schottischen Schloss.»

«Das trifft sich gut», sagte ich und blickte die beiden jungen Menschen an, «denn ich bin auch auf dem Wege dorthin.»

Verblüfft über die Summe der Zufälle, starrten sie zurück. Natürlich geschah es nicht häufig, dass so spät am Tag auf dieser abgelegenen Strecke noch jemand vorbeifuhr, und nun hatte ich auch noch das gleiche Ziel wie sie! Andererseits, überlegte ich, so groß war das Glück wiederum nicht, jemandem zu begegnen, beides, Zufall und Ziel, verschränkte sich gewissermaßen miteinander: Wegstrecken waren hierorts derart dünn gesät, dass, war man in diesem Landesteil unterwegs – zumal in derselben Richtung –, man sich fast zwangsläufig treffen mochte.

Aufmunternd lächelte ich Miss Dubois und ihrem jungen Begleiter zu und schlug ihnen vor, das ganze Gepäck auf meinen Wagen umzuladen und die beschädigte Kutsche fürs Erste hier stehen zu lassen. Hatten mich, wie ich eingangs berichtet, noch wenige Stunden zuvor – allein in meinem Gefährt die schottischen Hochebenen querend –, plötzliche Zweifel ob jener geplanten literarischen Zusammenkunft, zu der ich ungestüm und kaum überlegt aus meinem nebligen London und dem heimeligen, jedoch auch engen Haushalt meiner Schwester aufgebrochen, heimgesucht, so waren diese Zweifel nunmehr, da ich zwei meiner Konkurrenten um die Gunst der Musen unvermutet kennen gelernt hatte, wie mit dem kühlen Wind, der über das karge Gras strich, verweht. Die Zukunft schien mir entgegenzulachen. So sehr schien mir das Leben lebenswert in jener Stunde, dass ich meiner bedrückenden Ängste völlig vergaß und nur dem Augenblick noch zu danken geneigt war, der mich dem gemeinsam zu bestehenden Abenteuer näher gebracht – nun, da unvermutet diese bezaubernde junge Frau meinen Weg gekreuzt hatte und mein Leben eine vom Zufall gesegnete Wendung zu nehmen schien.

Gemeinsam banden wir die Pferde los und befestigten sie mit einem ledernen Riemen, der sich in meiner Kutsche fand, am hinteren Teil derselben, sodass sie bequem hinter uns mitlaufen konnten. Währenddessen hatten Hill, mein Kutscher, Mr. Milton und der andere Pferdeknecht die Koffer auf meinen Wagen umgeladen und fest geschnürt. Während Miss Dubois ihre letzten Habseligkeiten in meine Kalesche umlud, versuchten wir vier anderen mit großer Mühe, die beschädigte Kutsche zur Seite zu schieben, um den Weg nicht unnötig zu blockieren. Alsdann stiegen wir in mein Gefährt und brachen auf, während hinter den Bergen die Strahlen der Sonne, von der man in den vergangenen Tagen sehr wenig gesehen, im Atem eines letzten Farbrausches vergingen und schließlich nur noch ein Streifen über dem Horizont verblieb, der dort blutig in den verschiedensten Rottönen erglühte. Der Kutscher hatte die Laternen beiderseits am Wagen längst entzündet.

Wie Miss Nightingale und Mr. Milton hatte ich ebenfalls von Sir Mortimer eine Einladung erhalten. Er war für mich so etwas wie ein Onkel, denn er hatte einst bei meinem Vater, der seinerzeit als blutjunger Professor für einige Jahre nach Heidelberg und später nach Jena gegangen war, um zu lehren, Literatur und Philosophie studiert, und ihre Bekanntschaft und freundschaftliche Beziehung war auch nach ihrer beider gemeinsamer Rückkehr nach Großbritannien nicht abgebrochen. Gewiss, ich kannte ihn von Kindesbeinen an. Die Freundschaft zum Vater war, als dieser – und ein Jahr danach auch meine Mutter – viel zu früh dahingeschieden war, auf mich, den Sohn, übergegangen, und es war unsere gemeinsame Liebe zur Literatur gewesen, die uns eine Verbindung hatte suchen lassen, die die Zeit überdauerte. Sir Mortimer und ich hatten uns länger als ein Dezennium nicht mehr gesehen – doch unsere Leidenschaft für das Schreiben verband uns noch immer.

Er hatte sich gleich im ersten Zehnt des neuen Jahrhunderts aufgrund mehrerer atemnehmend gelungener literarischer Werke – zweier großer Romane, einer Anzahl Novellen und eines Gedichtbandes – einen Platz im Olymp der schottischen Literatur erobert, der ihm in jener Periode bestenfalls noch von Sir Walter Scott hätte streitig gemacht werden können. Ihre Majestät, König Georg III., hatte ihn im Jahre 1808 höchstselbst zum Ritter geschlagen, und er war daraufhin in das Schloss, welches ihm als Schenkung Ihrer Majestät auf Lebenszeit überlassen worden war, übergesiedelt.

Beinahe zehn Jahre waren über diesen Wechsel hingegangen, und nur durch Briefe hatten wir unsere stete Beziehung aufrechterhalten. Viel hatte sich in meinem Leben während dieser Zeit verändert. Ich war von York nach London gezogen, weil mich die Theater dort begeisterten und das bunte Menschengewirr, das man antraf, zum Schreiben inspirierte und von nicht immer angenehmen Grübeleien ablenkte. Ich hatte zwar seinerzeit eine der wunderbarsten Frauen Englands heimgeführt, war jedoch nach kaum einem Jahre zum Witwer geworden, sodass meine ganze Freude nunmehr die Kinder – zwei Töchter und ein Sohn – eben meiner Schwester und meines Schwagers waren, bei denen ich seit dem Tode meiner Frau wieder lebte. Myriam – ich muss bekennen: Ich dachte selten an sie, nur bei Gelegenheit noch geschah es, dass ihr trautes Bild mir wieder vor das Gedächtnis trat, aber ich hatte längst den Eindruck gewonnen, dass die Ursache dieses Vergessens nicht in mangelnder oder erkalteter Liebe zu suchen war, sondern eher darin, dass der Geist sich gewissermaßen flüchtete, Auswege suchte und vor dem drohenden Schmerz kapitulierte.

Jedoch, auch an dem fast fünfzehn Jahre älteren Freund war das Dasein wahrhaftig nicht vorübergegangen. Damals, zu Zeiten, als meine Eltern noch gelebt, im Jahre 1796, hatte es die Fügung gewollt, dass seine Gemahlin bei der Geburt seines zweiten Sohnes gestorben war – das Kind war der Mutter nach einigen wenigen Stunden nachgefolgt. Als dann sein damals zwanzigjähriger, älterer Sohn William während einer Schiffspassage in die Neue Welt – es hatte diese Reise etwas mit seiner Ausbildung zum Kaufmanne zu tun gehabt – für mehrere Monate vermisst gewesen war, da der Schoner vor Neufundland als gesunken gegolten hatte, da hatte man zwischen den Zeilen seiner langen Briefe besonders viel Hilflosigkeit und Bedrücktheit lesen können – welche sich merkwürdigerweise auch hernach kaum gemindert, als William nach Monaten in der Wildnis hatte wohlauf gerettet werden können. Im Gegenteil, seit dieser Zeit schon waren Mortimers Briefe seltener – und auch sein Leben schien trister geworden zu sein. Daher war ich sehr überrascht, als mich im späten Sommer dieses Jahres plötzlich die herzliche Einladung zu ein paar Tagen auf seinem Schlosse erreichte. Seine Worte sprühten vor neuer Energie und Lebensfreude, und ich war begierig zu erfahren, was mich erwartete. Und wenn meine Schwester meine sofortige Begeisterung und Entschlossenheit, die Einladung anzunehmen, auch nicht geteilt hatte, so hatte sie mich doch unterstützt und sich mit mir gefreut, weil sie verstand, was diese Reise für mich bedeutete.

Das Gespräch nun in der rollenden, schaukelnden Kutsche war lebhaft. Miss Dubois schwärmte von Sir Mortimer Pope, dessen Freund ihr Vater gewesen. Mehr als das, Mortimer und er seien unter dem gleichen Sternzeichen und zudem am gleichen Tage im gleichen Jahre 1765 geboren! Ihr Vater hatte, noch im vergangenen Jahrhundert, bald nachdem er in den Wirren der Großen Revolution – die Familie beliebte sich seinerzeit noch Du Bois zu schreiben – als junger Mann aus dem unruhigen Frankreich ins moderatere England geflohen war, in Eton den jüngst vom Kontinent zurückgekehrten gleichaltrigen Mortimer Pope kennen und schätzen gelernt. Sie erzählte davon, wie nach dem frühen Tode ihrer Eltern im Jahre 1800 jener immer wieder, wiewohl sie der Obhut einer noch von der Mutter selbst eingesetzten Gouvernante anvertraut gewesen, sich rührend um das Kind seines Freundes bekümmert und bemüht, ihr eine Schulbildung verschafft hatte. Ich hörte ihr zu und verwunderte mich über die Wege des Schicksals, die sie und mich in doch so ähnliche Beziehung zu einem Menschen gesetzt, ohne dass wir je voneinander erfahren hatten – einem Menschen, dem es nun beigefallen war, auf seinem Schloss im unwirtlichen Schottland einen Schriftstellerwettbewerb auszuloben.

Sie schwärmte von den Möglichkeiten, die unsere Zeit, wiewohl verdüstert von den Sorgen um die Entwicklung der Menschheit in ein vermutlich graues Zeitalter hinein, doch böte, gerade auf dem Felde der Literatur und des Geistes, welche im Medium der Künste allein geeignet seien, ebendiese Schranken der engen irdischen, bürgerlichen Existenz zu überwinden und ein Morgenrot der wirklichen Hoffnung herbeizuführen – Napoleon der Schreckliche – sie benutzte, was mich rührte, den französischen Begriff «l'empéreur» für ihn – und seine Kriege seien doch nun überwunden, die Wissenschaft mache tägliche Fortschritte auf allen Gebieten und Dinge möglich, an die auch nur zu denken vor wenigen Jahren niemand gewagt habe. «Überlegen Sie, Messieurs» – und auch hier entschlüpfte ihr ein charmantes Relikt ihrer Erziehung – «überlegen Sie: In einem solchen Moment eine Versammlung von Dichtern und literarischen Geistern, die Wege weisen und sich gegenseitig mit ihren Ideen befruchten können – sollte es da nicht möglich sein, die Mächte der Finsternis, die zweifellos immer noch Kraft haben, in ihre Schranken zu weisen?»

«Ein erlauchter Kreis von Literaten», bemerkte Robert Milton mit leisem, jedoch unüberhörbarem Spott, der uns alle, so auch ihn selbst, einschloss, «als Retter der Menschen, ihrer Seelen: Miss Dubois, das ist ein Gedanke, der mir gefällt. Zudem mag uns der Odem umgeben, den diese herrliche Landschaft auf uns ausüben wird: die Sagen und Mythen Ossians gleich wie die Märchen und teuflischen Legenden, die sich mit dem Ort, mit dem finsteren Loch Ness selbst verbinden, von dem es heißt, dass gar mancher Fischer, der aussegelte, nicht zurückkehrte und jetzt Gefangener der Tiefe ist, bewacht von dem scheußlichen Lindwurm, den noch nie eines Menschen Antlitz erblickte – keines jedenfalls, der es überlebt hätte und uns davon hätte berichten können.»

«Sie spotten meiner», verwies ihn Miss Dubois halb ernst-, halb scherzhaft, nichtsdestoweniger jedoch glücklich darüber, dass wir uns unserem Ziele näherten, das sie bei dem Achsenbruch zuvor schon in weiter Ferne gewähnt. «Natürlich treffen wir dort auf die erlauchtesten literarischen Geister unserer Tage, lieber Mr. Milton, womöglich auf den großen Sir Walter Scott höchstselbst – Sie werden es erleben!»

Ich schwieg und betrachtete sie von der Seite und war berauscht von der Aussicht, die nächsten Tage in ihrer Gegenwart verbringen zu dürfen. Gewiss, nur tief im Unbewussten schlummerten zu jener Stunde noch die merkwürdigen Vorahnungen, wie sie mich, rätselhaft und mir selbst unverständlich genug, in den letzten Tagen oftmals heimgesucht hatten, seit mich die Einladung meines alten Freundes erreicht; und wenn auch das Wesen meines neuen Bekannten, des jungen Milton, in einigen seiner unleugbar düsteren Züge mich vage und kaum wahrnehmbar an jene Schauer gemahnte, so entführte doch die Anwesenheit jener Miss Dubois meinen Geist und mein Gefühl nunmehr in Sphären, wie ich sie schon seit sehr langer Zeit in meinem Innern ganz und gar erstorben geglaubt.

Ja, die Entfernung zu unserem Ziel wurde geringer, und noch bevor die Nacht endgültig alles in ihre Schwingen gehüllt, erblickten wir Boroughmore Castles gewaltige Mauern vor uns. Unerschütterlich und majestätisch erhob es sich auf dem Berg, der, nun noch etwa eineinhalb Meilen von uns entfernt, die Landschaft prägte. In fliegender Fahrt näherten wir uns dem Schloss, das, dunkel vor dem aufkommenden Nachthimmel sich erhebend, bald gänzlich in düsteren Wolken zu versinken schien. Zwei Türme massivster Bauart an den westlichen Ecken, die oberhalb der anderen Mauern klobig in die Höhe strebten, wurden von hier aus sichtbar. Ein dritter Turm – im Osten – befand sich offenbar im Zustand des Verfalls.

Am Fuße des Berges, auf dem das Schloss sich erhob, dehnte sich ein dunkles, bedrohlich wirkendes Gewässer wie ein Fjord, welcher sich in die Ferne erstreckte und dessen weiterer Verlauf sich dort in der Nacht hinter Biegungen und Bergketten verlor, ebenjenes Loch Ness, oberhalb dessen wir jetzt vorüberfuhren. Wellen klatschten hart an sein Ufer, dass die Gischt hochspritzte – ein Zeichen, dass draußen auf dem leeren, kalten Ozean ein Sturm sich ankündigen mochte.

Wir fuhren den steilen Weg aufwärts, erreichten nun den eigentlichen Burgberg und rollten unter lautem Hufgeklapper hinauf. Ein Graben, der etwa zehn Yards an Breite maß und mir unendlich tief erschien, umgab die Festung. Die Zugbrücke wurde gerade heruntergelassen, denn aufmerksame Wächter hatten uns längst bemerkt, ich hörte Rufe, Kommandos. Hohl klang es, als die Pferde über die Brücke trabten, unsere Kutsche darüber polterte – und als wir langsamer in den Innenhof des Schlosses rollten und am Hauptportal vorfuhren, die Pferde schnaubend zum Stillstand kamen, begrüßten uns im Scheine eines guten Dutzends lodernder Fackeln, die in gusseisernen Ringen beiderseits des mächtigen Hauptportals steckten, annähernd zehn Bedienstete, um sich unseres Gepäcks, der Pferde und natürlich unserer selbst zu versehen.

Auf dem Vorhof hatten sich durch die schlechten Witterungsverhältnisse der letzten Tage große Pfützen gebildet. Ich öffnete die Tür und half Miss Nightingale beim Aussteigen. Der Hof war voller Geräusche und Bewegung. Die Pferde schnaubten erschöpft. Mr. Milton reichte bereits unser Gepäck an zwei junge Diener weiter, die es für uns hineintragen würden. Während ich an der Seite Miss Nightingale Dubois' langsam die breiten Stufen zum Eingangsportal hinaufschritt, ließ ich den Blick über die efeubewachsene Fassade des Innenhofes, des geschlossen umlaufenden, gewaltigen Gebäudes gleiten, in dem mein alter Freund Mortimer nun lebte. Linker Hand erhoben sich mächtig in den erstorbenen Westhimmel die zwei noch intakten, klobigen Türme der Burg, und trotz der nun winterlich eingefallenen Dunkelheit bemerkte ich rechter Hand die hohen Bogenfenster einer Kirche. Wir schritten über die Stufen hinauf. Ein livrierter Diener zog die Tür für uns. Mein Herz klopfte unüberhörbar, als ich in die große Halle trat, denn ich war mir nicht sicher – in keiner Hinsicht –, was mich erwarten würde. Miss Nightingale dagegen schien ausschließlich angenehm erregt, und ich konnte mich eines Lächelns nicht erwehren, als ich beobachtete, wie sie all die ihr vertrauten Dinge neu entdeckte.

«Nichts hat sich verändert!», sagte sie leise. «In der Vase dort stehen immer noch wie stets rote und weiße Rosen, die Mortimer jeden Sommer liebevoll trocknet – mit den Köpfen nach unten, was mich damals mit immer neuer Verwunderung erfüllte – wirklich, alles ist geblieben, wie es seinerzeit war!»

Ich blickte mich um. Die gewaltige Eingangshalle, an deren Seite ein immenser, fremdartig niedriger Tisch und sechs oder sieben Sessel respektive Sofas standen und deren Marmorboden sich hie und da unter Inseln wertvoller chinesischer Teppiche versteckte, trug ringsherum an jeder Wand zwischen den nachgedunkelten und düsteren Konterfeien der vormaligen Herren dieser Burg und ihrer Gemahlinnen je einen zentral platzierten Gobelin mit beeindruckenden, wohl italienischen Landschaften. Exotische Blumen und Gewächse wucherten in riesigen irdenen Töpfen und erfüllten den Raum mit einem fremden, überaus köstlichen Duft, der umso deutlicher zum Tragen kam, als die Temperatur in der Halle angenehm überschlagen war: Die Wärme entströmte einer Anzahl von Kohlebecken, die zwischen den erwähnten Pflanzen verteilt standen. Die hohe Decke war üppig mit

Stuckarbeiten und Fresken versehen, eine Paradieslandschaft, soweit ich erkannte, der ganze Raum warm von etlichen Kandelabern erleuchtet. Linker Hand gab es eine auffällige, teilvergoldete, schwere Tür mit Wappen – später erfuhr ich, dass sie zum Speisesaale führte –, und gegenüber der Eingangstüre wölbte sich eine ausladende Treppe aus schwarzem Veroneser Marmor zu einer von Säulen getragenen Galerie hinauf, welche rechts oberhalb, über die gesamte Länge der Halle zur Eingangsfront zurückführte. Links am Fuße jener Treppe aber, auf einem reich ziselierten Podest, stand die alabasterne Amphore mit den getrockneten Rosen, welcher Nightingale Dubois Erwähnung getan, Blüten, deren bräunlich gebrochener, winterlicher Charme, die Erinnerung an ihre Schönheit, im flackernden Licht der Kerzen ein melancholisches Lied der Vergänglichkeit sang.

In ihrer Faszination und Begeisterung, wieder auf dem Schloss zu sein, bemerkte Nightingale nicht, wie Mortimer, mein alter Freund Mortimer, den ich mit brennendem Auge betrachtete, die Treppe herunterkam und mir ein Zeichen gab, ihn nicht zu verraten. Er schien mir kaum verändert. Trotz seiner Jahre – er hatte die fünfzig nun überschritten – waren seine Haare noch immer von dem nämlichen Rotbraun, das er früher stets so gehasst. Sein Gang wirkte noch ebenso lebendig, und er schien so vor Lebenskraft zu sprühen wie zu dem Zeitpunkt, als ich ihn vor mehr als zehn Jahren das letzte Mal gesehen. In ein dickes Hemd aus wertvoller Shetlandwolle und ein feines, farblich passendes Beinkleid aus Samt sowie ein kalbsledernes Wams gehüllt, stand er nun in halber Höhe der Treppe und blickte mir in die Augen, so, als hätten wir uns gerade ein paar Tage nicht getroffen. Ein leises, stilles Lächeln beleuchtete sein Gesicht. Langsam schritt er die Stufen weiter herunter.

Als er den Fuß der Treppe erreicht hatte, zupfte er beim Vorbeigehen eine der getrockneten Rosen aus der Vase und ging auf Nightingale zu, die sich erst jetzt umdrehte, da sie gleichwohl etwas bemerkt haben musste. «Mortimer!», rief sie, nahm strahlend die Rose entgegen, die er, wie mir schien, ein wenig ironisierend mit tiefer Verbeugung überreichte, und sie umarmte ihn herzlich. «Du kannst dir nicht vorstellen, wie sehr ich mich danach gesehnt habe, lieber Freund, dich wieder zu sehen!», sprach sie. «Ich habe mich so über deinen Brief gefreut.» Sie betrachtete gerührt die Rose und sog begierig ihren süßen Duft in sich ein, während Mortimer an ihr vorbei auf mich zutrat. Wir betrachteten uns wortlos für ein paar verlorene Momente.

«Danke für die Einladung», brach ich schließlich das Schweigen.

«Nun, ebenfalls Dank, dass du gekommen bist», antwortete er, verschmitzt dabei lächelnd. Wir schlossen uns in die Arme, und ein seltsames Gefühl überkam mich. Ich hatte einerseits, wie angemerkt, den Eindruck, dass sich Mortimer so gut wie nicht verändert habe, doch andererseits spürte ich, dass es irgendetwas gab, das völlig im Gegensatz zu dem stand, wie er früher gewesen – irgendetwas, das ihn bedrückte und mit dem er nicht zu Rande kam –, und für den Augenblick einer Sekunde waren all meine Befürchtungen wieder da. Im nächsten Moment allerdings hatte ich sie vergessen.

Mortimer löste sich aus der Umarmung und musterte erneut Nightingale, und diese, irrlichternd wie ein Derwisch, konnte nun ihre Neugier nicht länger zügeln und überfiel ihn mit der Frage, die sie, wie somit offenbar wurde, wohl von allen am meisten gequält, sie stellte sie ungeduldig wie ein Kind: «Doch nun sage mir endlich, alter Mortimer, ist es so, wie ich vermutet habe: Wird der große Sir Walter Scott anwesend sein bei unserem literarischen Colloquium? Ich muss ihn kennen lernen, den Schöpfer von ‹Marmion› und ‹Waverley›, Mortimer – es muss einfach sein!»

Mortimer wollte ersichtlich zu einer Antwort ansetzen,

doch er konnte nicht sogleich sprechen, sondern brach stattdessen in ein ansteckendes Gelächter aus. «Nightingale, Nightingale», rief er. «Du bist ganz dieselbe wie eh, hast den Fuß kaum auf meiner Schwelle, und schon sprühen die Neugier und das Leben wie ein Feuerwerk aus dir heraus. ‹Sage mir, alter Mortimer›», machte er sie nach, und sie in die Arme schließend, musste er erneut lachen. «Das ist wundervoll, gib es zu, Nightingale, gib es endlich zu: wundervoll!» Und schließlich, wieder ernster werdend und sie aus seiner Umarmung entlassend, sagte er: «Und deine Neugier soll sogleich befriedigt werden, mein liebes Kind, auch wenn dir die Antwort nicht gefallen wird. Mir gefällt sie genauso wenig, noch weniger. Nein, Nightingale, Sir Walter Scott ist nicht anwesend und wird auch nicht kommen können. Er ist augenblicklich unabkömmlich in Glasgow festgehalten, sagt er. Ich kann dir den Brief zeigen, in dem er sein Fernbleiben mit aufrichtigem Bedauern entschuldigt und uns alles Glück auf Erden wünscht für unser Unterfangen. Ein göttlicher Brief, ganz sein Stil – gewiss! Ich bin tieftraurig wie du, dass er nicht kommt, denn ich hatte auf sein Erscheinen gar fest gerechnet. Indessen, wart es ab, wer alles da ist, meine kleine, meine ungeduldige Nightingale, und ich denke mit meinem Versprechen nicht zu weit zu gehen, wenn ich behaupte, dass du nicht enttäuscht sein wirst!»

Nun trat er ein wenig von ihr zurück. «Ich kann es gar nicht fassen.» Mit seinem typischen, immer noch jugendlichen Lächeln schaute er sie an und fuhr dann fort: «Äußerlich ist aus dem kleinen, wilden Mädchen, das sich immer in all den Räumen verlaufen hat, eine wunderschöne junge Lady geworden, die sicherlich schon einigen Männern den Kopf verdreht hat, innerlich bist du mein bezauberndes Kind geblieben, kleine Nightingale – und ich danke Gott dafür! Das Kind, das mich gerettet hat! Das Kind, dem ich mein Leben verdanke!» Und dann setzte er hinzu: «Laudanum ist übrigens seit vielen Jahren aus diesen Mauern verbannt.»

Sie lachte auf, ein wenig gedämpft, wie mir in diesen Augenblicken schien. Und an mich gewandt erklärte er: «O ja, gewiss, Jonathan, es gab Zeiten, wie du weißt, in meinem Leben, da ich glaubte, ohne das Teufelszeug nicht mehr auszukommen, aber das ist lange her.» Er nahm Nightingale erneut in den Arm. «Und wenn du so willst, so ist es die Schuld oder, sollte ich doch wohl besser sagen, das unzweifelhafte Verdienst dieser jungen Dame, dass es sich so verhält.»

Mir war, als striche ein kalter Wind meinen Nacken entlang, und als ich mich umdrehte, sah ich, dass soeben der eine Flügel der mächtigen, aus schwerem Eichenholz gefertigten Eingangstüre aufgestoßen wurde und unser Gefährte Robert Milton die Halle betrat. Das Gespräch verstummte.

Wie wir zuvor stand auch er einen Moment bewegungslos angesichts der Atmosphäre, die sich ihm bot, und nur seine dunklen, ausdrucksvollen Augen glitten lebhaft über das Bild, bevor sie sich uns und, mehr noch, unserem Gastgeber zuwandten. Hier in der Halle wirkte er noch schmaler, ja zerbrechlicher in seinem weiten, schwarzen Mantel als bei unserem Kennenlernen vorhin am Wege draußen unter dem freien Himmel Gottes.

«Miss Dubois, Mr. Lloyd», sagte er, dabei Mortimer nicht aus den Augen lassend, «ich habe mir erlaubt, Ihrer beider Gepäck und meines natürlich der Heerschar der fleißigen Dienstboten dort draußen in der Kälte anzuvertrauen, in der festen Zuversicht, dass wir alle Stücke in Bälde und Vollständigkeit auf unseren Zimmern wiederfinden werden.» Er lachte sein kleines, bitter wirkendes Lachen, das mich irritierte wie beim ersten Mal, dem aber wohl keinerlei besondere Bedeutung beizumessen war, trat nun heran und wandte sich mit einer vollendeten Verbeugung unserem Gastgeber zu.

«Mr. Robert Milton», sprach mein Freund herzlich und streckte seinem neuen Gast beide Hände entgegen. «Sie müssen sich nicht darüber verwundern, mein lieber, junger Herr, dass ich Ihren Namen errate», fuhr er sogleich fort, als er Miltons kaum spürbares Zögern wahrnahm, «nein, dazu gehörte kein sonderlicher Scharfblick», und damit wandte er den Blick gleichermaßen wieder uns allen zu, «aber nachdem ich das Vergnügen hatte, meine guten alten Freunde, Miss Nightingale und Jonathan, nach so langer Zeit endlich wieder in den Mauern meiner Behausung begrüßen zu dürfen, fehlte auf meiner Gästeliste nur noch ein einziger Name: der Ihre. Mr. Milton, seien auch Sie herzlich willkommen auf Boroughmore Castle. Ihrer Eingangsreplik entnehme ich, dass Sie die Bekanntschaft von Jonathan und Nightingale schon gemacht haben?»

«Gewiss», beeilte sich Milton zu sagen. «Mr. Lloyd war so freundlich, uns die Weiterreise in seiner Kutsche anzubieten, nachdem Miss Nightingale und mich ein paar Meilen von hier das Unglück eines Achsenbruchs ereilt hatte. Es war eine Kutsche von Parsons & Sons, Edinburgh, in deren Niederlassung ich vor vier Tagen die Bekanntschaft Miss Nightingales habe machen dürfen», er blickte zu ihr hin, «als sie und ich uns dort in der Absicht, die Reisemöglichkeiten in diesen entfernten Landesteil auszukundschaften, durch einen puren Zufall trafen und im Gespräch feststellten, dass wir beide das gleiche Reiseziel hatten.»

«Wir haben die Kutsche zunächst stehen lassen», ergänzte Nightingale, «und den Kutscher mitgenommen …»

«Und er hat sich draußen schon mit dem Gesinde bekannt gemacht», setzte Robert Milton den angefangenen Satz unverzüglich fort. «Ich hoffe doch, dass sich zunächst eine Unterkunft für ihn findet – und in den nächsten Tagen auch eine Möglichkeit, ihn wieder zurück zur Kutsche zu bringen und ihm weiterzuhelfen?»

«Oh, machen Sie sich keine Gedanken», winkte Mortimer ab. «All das dürfte keinerlei Schwierigkeit darstellen.» Er klatschte leicht und vergnügt in die Hände. «Indessen sind Sie nun alle hier, meine lieben Gäste, bevor das Unwetter hereinbricht. Ich habe in der bangen Frage, ob Sie alle rechtzeitig eintreffen werden, den ganzen Tag besorgt den Himmel beobachtet – denn, dessen bin ich sicher, ein Sturm steht uns bevor, wie er um diese Jahreszeit hier oben häufig ist. Seien Sie gleichwohl unbesorgt: Diese Mauern haben achthundert Jahre den schottischen Stürmen getrotzt – sie werden auch die heutige Nacht überstehen.» Er schmunzelte. «Wir lassen die Kälte draußen. Wir igeln uns ein auf Boroughmore Castle, und solange das Feuer der Dichtung in uns brennt, sind wir sowieso unverwundbar.»

Robert Milton wollte sichtlich zu einer launigen Entgegnung ansetzen, als im Hintergrunde der Halle eine kleinere Tür, die bislang meiner Aufmerksamkeit entgangen war, knarrend aufsprang und sich die Gestalt eines livrierten Dieners in unser aller Blickfeld schob, deren Erscheinung den jungen Milton augenblicklich zum Verstummen brachte. Der Mann dort war schmächtig, hager, ja, dürr, und er zog das rechte Bein stark nach. Seine Größe kam überdies nur relativ zur Geltung, da infolge einer Verwachsung seines Rückens er sich eigenartig schräg gebeugt halten musste. Er lächelte, als er sich langsam näherte, was aus seinem schiefgewachsenen Mund allerdings weniger gewollt freundlich als vielmehr nur unendlich grimmig aussah. Die linke Augenhöhle des Mannes war leer, enthielt nicht mehr die Spur eines lebendigen Auges, stattdessen befand sich dort, tief herinnen, ein sonderbarer Knoten narbigen Gewebes, was einen fürchterlichen Anblick bot, er glich insgesamt eher einem Tiere denn einem Menschen, als er dort heranhinkte. Nightingale strich sich bei seinem Anblick nervös eine nicht vorhandene Haarsträhne aus dem Gesicht.

«Mr. Jonathan Lloyd, Mr. Milton und Miss Nightingale Dubois?» Seine Stimme klang dumpf, raunend.

«Ganz recht», äußerte Milton.

«Folgen Sie mir bitte, ich werde Ihnen Ihre Gemächer zeigen, dann können Sie bis zum Abend noch ein wenig ruhen.»

«Das ist wirklich sehr freundlich von Ihnen ...» Eine Floskel dieser Art wollte ich gerade hervorbringen, als Mortimer uns lachend unterbrach.

«Henry!», rief er, an den Diener gewendet. «Henry ... du wirst es niemals lernen ...» Er wies mit der Hand auf den Buckligen und fuhr, uns zugekehrt, fort: «Ich stelle euch eine Seele von Mensch vor, meinen Freund, mein Faktotum, den Bewältiger aller meiner Sorgen und Nöte: Henry Snow, für uns alle nur Henry, der gute Geist dieses Gemäuers, der sich hier auskennt wie kein Zweiter.» Er wandte sich Henry zu und legte ihm wie einem alten Kameraden die Hand auf die Schulter. «Schon dem Vorbesitzer dieses Anwesens hat er in Treue und Fürsorge Jahr um Jahr gute Dienste geleistet und ihm, wie mir versichert worden ist, jeden Wunsch von den Augen abgelesen, und genauso steht es auch jetzt, das zumindest ist meine Erfahrung. Nicht wahr, Henry?»

Henry Snow wandte sein einziges Auge seinem Herrn zu und verzog den Mund zu einem Grinsen.

«Ich gebe allerdings zu», sagte Mortimer, «dass er, als seinerzeit Nightingale hier weilte, die damals noch jünger und empfindlicher war als heute, strikte Anweisung von mir erhalten hatte, den Gesindetrakt nicht zu verlassen, um unseren jungen Gast nicht zu erschrecken. Denn unser Henry ist keine Schönheit und die formvollendete Konversation mit Menschen gehört nicht zu seinen hervorstechendsten Fähigkeiten, wie er uns eben in seiner unnachahmlichen Art wieder bewiesen, aber von dem anderen, was ich angedeutet, habe ich nichts zurückzunehmen, nichts von der Treue, nichts von der Zuverlässigkeit und nichts von dem reinen, unschuldigen Herzen. Henry, fast so alt wie dieses Gemäuer, ist dessen festeste Stütze, ja, dessen Grundstein, meine Freunde! Sehen Sie ihm sein Auftreten nach!»

Ich musste unwillkürlich schmunzeln. Die Darstellung, die das schauerliche Aussehen des Bedienten zwar trefflich gekennzeichnet hatte, ohne sich jedoch über sein Gebresten zu erheben, die Zurückhaltung, mit der Mortimer uns dies alles mitgeteilt hatte und die er hinwiederum mit seinem mir unvergessen gebliebenen Lächeln unterstrich, heiterte uns alle auf und ließ uns mit eins sämtliche Anstrengungen der Reise vergessen.

«So sei es denn», schloss er seine Rede und schob Henry leicht in unsere Richtung, «Henry möchte euch in eure Zimmer einweisen, und ich denke, wir sollten ihm diesen Gefallen tun. Ihr werdet auch noch etwas Ruhe brauchen nach der Reise, werdet euch vielleicht erfrischen wollen, bevor wir uns zum Souper wieder sehen, meine Freunde, das, wenn es recht ist, gegen sieben im Speisesaal eingenommen werden soll und das uns, denke ich, Gelegenheit bieten wird für ein erstes gegenseitiges Kennenlernen untereinander, für ein erstes Planen unseres gewaltigen dichterischen Vorhabens, ein erstes Besprechen auch der alltäglichen Dinge, der Möglichkeiten, die Schloss und Umgebung uns in den nächsten gemeinsamen Tagen für eine gute Unterhaltung bieten werden, denn wir sollten selbstverständlich nicht nur hart arbeiten, sondern auch in Fragen des Leibes und des Gemüts auf unsere Kosten kommen, nicht wahr?»

Er zog sich in Richtung auf die Tür hin zurück, durch die zuvor Henry eingetreten war, und warf uns noch einen letzten Blick zu: «Um sieben also beim Essen.»

«Nun denn», meinte Robert Milton und wandte sich an Henry. Henry nickte, augenscheinlich glücklich, kehrte sich um, und wir folgten ihm, in launiges Gespräch vertieft, zur

Treppe. Am Absatz angekommen, querten wir die Galerie, von der man rechts herunter die Sicht in die Eingangshalle hatte und die weiter rückwärts in einen langen, türenlosen Gang mit schweren, nachgedunkelten Tapeten zu beiden Seiten einmündete, dem wir alsbald folgten. Der Gang bog zweimal im rechten Winkel, einmal links und einmal rechts herum, und nach der zweiten Biegung, als er wieder in die ursprüngliche Richtung verlief, lagen zu beiden Seiten, wie uns Henry mitteilte, die Gemächer für die Gäste. Begleitet nur vom schwachen Licht des mehrarmigen Kerzenleuchters, den der Butler vor uns hertrug, und im Schein einiger blakender Öllampen, die in offenen Schalen an den Wänden brannten, schritten wir an einer Reihe von Türen vorbei, bis Henry endlich stehen blieb und auf eine Tür zu seiner Linken wies.

«Mr. Milton», sagte er mit seiner rauen Stimme, «wenn es Ihnen recht ist?»

«Nun denn», meinte Milton, und ich glaubte eine leichte Skepsis aus seinem Ton herauszuhören, «wir sehen uns also beim Souper.» Es galt uns ein letzter, kurzer Blick, dann war er vor dem Diener, der ihm die Tür geöffnet hielt, in sein Gemach hineingetreten, die Tür hatte sich hinter beiden geschlossen, und Nightingale und ich standen alleine in dem finsteren Korridor.

Ich sah sie von der Seite an. Ihre wilde Schönheit verwirrte mich in dem Halbdüster mehr als zuvor, und ich wusste nicht, was ihr zu sagen.

«Ich bin überaus beeindruckt», sprach ich gleichwohl vorsichtig und in Abmilderung das ausdrückend, was ich tatsächlich dachte, «und ich freue mich auf die kommenden Tage, Miss Dubois. Ja, ich bin begierig darauf, die anderen zu sehen und zu erfahren, wie all das werden wird, das uns bevorsteht. – Ich denke, wir werden gemeinsam etwas schreiben, gemeinsam etwas erleben, uns kennen und vielleicht, hoffentlich … auch schätzen lernen … Und ich weiß wahrhaftig nicht, wem ich darüber eher danken soll – Gott? Oder meinem Freunde Mortimer? – für die Veranstaltung dieses … dieses aufregenden Unterfangens.»

«Ja», sagte Miss Dubois und sah mich an, und ein Lächeln erleuchtete ihr zartes Gesicht, dass mir ganz warm ums Herze wurde, «ein aufregendes Unterfangen – genauso empfinde ich es auch, Mr. Lloyd.»

Die darauf erneut eintretende Stille zwischen uns beiden hätte ich nicht lange ertragen, sie wurde jedoch nach wenigen Augenblicken unterbrochen von dem plötzlichen Geräusch der Tür, als Henry wieder zu uns heraustrat, rau und doch freundlich «Bitte sehr» sagte und den Gang hinunterwies. Wir folgten ihm, nur einige Yards weit, wo zwei weitere Türen einander gegenüberlagen. «Bitte sehr», wiederholte Henry und wies auf die rechte von beiden, und es stellte sich heraus, dass dieses Zimmer Nightingale zugedacht war. «Bis nachher», hatte sie gemurmelt und mich mit meinen Gedanken auf dem Gang zurückgelassen. Die Tür hatte sich hinter den beiden mit einem leichten Klicken geschlossen.

Ich stand dort und vermeinte noch, den zarten Duft der jungen Person leicht in der Luft dieses trüben Korridors wahrzunehmen – und einen abersinnigen Moment lang war mir gar, als sähe ich das rote Haar meiner Frau wieder, meiner Frau, die ich an jenem Wintertage vor acht Jahren verloren. Und ich kam mir mit einem Male so schrecklich einsam vor wie kaum je zuvor in meinem ganzen Leben.

Es währte indessen nicht lange, und Henry trat abermals heraus. Allerdings sah ich mich getäuscht, wenn ich geglaubt hatte, nun in das Zimmer gegenüber eingewiesen zu werden.

Ich lief den Korridor entlang hinter dem Bedienten her, dessen hagerer Körper im Gehen nach vorn pendelte. Als wir vor meinem Zimmer ankamen, öffnete er mir mit seinem schiefen Lächeln die Türe, fragte mich, ob mir das Zimmer gefiele, und nahm mir Jacke und Schuhe ab, die er ordentlich vor dem Feuer zum Trocknen abstellte. «Brauchen Sie noch irgendetwas, Sir?», erkundigte er sich. «Ich habe Ihnen das Wasser dort in der Waschschüssel angewärmt, und neben der Schüssel liegen frische Handtücher. Wenn Sie es wünschen, bringe ich Ihnen noch einen heißen Tee.» Seine Stimme klang trotz ihrer Grobheit auf seltsame Art liebenswert. Ich verneinte und bedankte mich, denn mir war augenblicklich nicht nach Tee zumute. Er verließ bedächtig nickend den Raum und schloss sachte die Tür hinter sich. Mit dem Geräusch ihres Zufallens umgab mich plötzliche Stille wie in einem Grab.

Endlich hatte ich das Ziel meiner Reise erreicht, die mich während der letzten drei Tage von London hierher geführt. Warum war ich so unruhig gewesen diese ganze Zeit? Ich hätte es nicht zu sagen vermocht. Und doch – das ist es, was das Leben uns lehrt – sollten wir viel öfter diesen inneren Stimmen lauschen, die tief in unserer Seele ihre unheimlichen Zeichen setzen, um uns – vielleicht – zu erretten.

2. Kapitel

Das Souper

Ich hatte über dem Ordnen und Räumen meiner Utensilien die Uhrzeit völlig vergessen, als an meine Zimmertüre geklopft und auf meinen auffordernden Ruf hin diese geöffnet wurde. Freundlich war Henry hereingetreten und hatte mich darauf aufmerksam gemacht, dass sich nun alle Gäste im Speisesaal einfinden mochten, denn das Essen sei bereitet, und mich gebeten, ihm zu folgen. Er hatte mich den mir bekannten Weg hinunter in die Eingangshalle geleitet und öffnete dort jene großartig mit Gold und Wappen verzierte, zweiflüglige Tür, die schon zuvor meinen Blick angezogen. Nach einem kurzen Zögern trat ich hindurch.

Einige Stufen führten in den hell erleuchteten Raum hinab. Die anderen Gäste waren schon anwesend, saßen an der langen Tafel und plauderten lebhaft miteinander. Es war wärmer noch als in der Halle, denn auch hierin, gleich wie in dem Eingangsbereiche, erglühten linker Hand unter den hohen, jetzt nächtlich schwarzen Fenstern, einige Kohlebecken. In der Mitte der schneeweißen Tischdecke standen in einer langen Reihe abwechselnd herrliche Gebinde von getrockneten Blumen und Kerzen, letztere in hohen silbernen zwölfarmigen Leuchtern. Das farbige und goldene Porzellan, die fein geschliffenen Gläser und die Bestecke funkelten festlich im Widerschein der mächtigen Kristalllüster an der Decke, in denen weitere hundert oder mehr Kerzen flackern mochten – auch dies setzte zweifellos die Temperatur des Raumes um ein Beträchtliches herauf und machte den einbrechenden Winter draußen vollends vergessen. Am Kopfende der langen Tafel präsidierte Mortimer in einem der schweren Stühle mit hoher Lehne und lachte über eine Bemerkung, die wohl der Herr, der links von ihm saß, gerade getan.

Mein Freund hatte es sich nicht nehmen lassen, für jeden der Gäste mit seiner ausgeprägten, wenngleich etwas altmodischen Handschrift, die ich sofort wieder erkannte, selbst eine Tischkarte zu entwerfen, sodass es gar nicht nötig gewesen wäre, dass Henry mir nun einen Platz zwischen Miss Dubois und einem Herrn von südländischem Aussehen zuwies, der aufmerksam der Dame zu seiner Linken lauschte und mir nur kurz zunickte, als ich mich setzte. Henry schob mir dabei formvollendet den Sitz heran, als Mortimer meiner ansichtig wurde.

«Jonathan!» Er unterbrach mit einer Entschuldigung heischenden Handbewegung das Gespräch mit seinem linken Nachbarn. «Jonathan, mein alter, guter Freund», rief er gut gelaunt, «nun hat sich auch der letzte unserer Getreuen eingefunden, und dem nahrhafteren Teil unserer Zusammenkunft am heutigen Abend sollte nichts mehr im Wege stehen.»

«Ich bitte mein Zuspätkommen zu entschuldigen», sagte ich in die plötzlich eintretende Stille hinein, und etwas befangen nahm ich die Gesichter wahr, die sich voller Interesse mir zugekehrt hatten. «Über den Aufregungen der Reise und der Ankunft unziemlich in Gedanken versunken, habe ich wohl der Uhrzeit nicht geachtet, und als Henry mich holte, war es schon zu spät ...»

Mortimer lachte ungezwungen und meinte: «Um Gottes willen keine Entschuldigungen, Jonathan, dies ist kein Kasernenhof, auf dem militärisches Reglement herrscht. Nein, wir alle sind bestenfalls unter den kämpferischen Streitern für die Poesie, nicht unter denen für den Krieg. Keiner von uns macht dir Vorwürfe, hatten wir doch so lediglich schon vor dem Essen unverhofft ein wenig Gelegenheit, uns untereinander kennen zu lernen, was zweifelsohne sein Gutes besitzt!»

Robert Milton, der mir gegenübersaß, bedachte mich mit einem Lächeln, das mir maliziöser erschien als notwendig und mich verstimmte. «Die Letzten werden die Ersten sein», sagte in diesem Augenblick – in dem eigenartigen, etwas singenden Tonfall der Schotten –, wohlwollend und etwas salbungsvoll, ein klein gewachsener, älterer Mann mit weißem Backenbart und einem in Anbetracht seines Alters fast unnatürlich vollen, weißen Haarschopf. Er saß Mortimer an der Schmalseite des Tisches genau gegenüber und erhob freundlich sein Glas gegen mich. Der streng wirkende, dunkle Gehrock jenes Mannes wie vielmehr noch der schmale Streifen schneeweißen Kragens, der über dem dunklen Wollhemd sichtbar wurde, ließen mich ihn unschwer als Angehörigen des ländlichen Klerus erkennen. Ein Geistlicher in unserer Runde?

«Wir haben uns schon bekannt gemacht», sagte Mortimer, und als ob er meine Gedanken gelesen hätte, fuhr er fort: «Lass mich nun diese Aufgabe für dich übernehmen, Jonathan, auf dass du dich nicht mehr als Fremder fühlen mögest in unserer Runde. Der Vikar – lass mich mit ihm beginnen, da das Schicksal es so gefügt hat, dass er dich angesprochen – die Damen werden mir diese Unschicklichkeit verzeihen –, der Vikar, Jonathan, ist Father Thomas, Thomas Olivier. Er betreut rechtschaffen die Schäfchen seines Sprengels, des Fleckens von Aberswithewyth, nicht allzu entfernt von hier. Mehr aber noch als seine unbestreitbaren Verdienste um das seelische Wohl seiner kleinen Diözese hat mich sein Ruf als Dichter bewogen, ihn heute hierher zu bitten.»

Ein schottischer Geistlicher, dachte ich verwirrt, und ein Dichter?! Meine Verwirrung auskostend fuhr Mortimer fort: «Gewiss, Jonathan, unser frommer Vikar ist ein Mann mit durchaus gespaltener Seele. Die eine Hälfte gehört mit all ihrer Liebe dem HErrn, daran wird niemand zweifeln, der je eine seiner köstlich das Gemüt labenden Predigten gehört hat. Die andere Hälfte dieses vorzüglichen Menschen jedoch gehört genauso unbestreitbar und ausschließlich der Dichtkunst. Und, was schöner noch ist, die Liebe zur Dichtung wird von jener erwidert. Mein lieber Jonathan, wenngleich du von Father Thomas auch noch nicht gehört zu haben scheinst – von Thomas McClellan wirst du gehört haben ... Jener Thomas McClellan, das ist das Pseudonym unseres Fathers Thomas Olivier dort am Ende der Tafel.» Mortimer hob sein Glas und toastete Father Thomas zu.

«‹Der Sänger von Fynnan›», sagte ich, gleichermaßen überrascht, betroffen und überwältigt, an den Geistlichen gewandt, «‹Die Stimmen des Bluts› und ‹Nächtliche Heide› – das ist von Ihnen?»

«O nein», berichtigte mich Father Thomas gleichermaßen mit Bescheidenheit wie mit einem schalkhaften Aufblitzen seiner hellen Augen. «Der HErr lässt mich seiner Güte teilhaftig werden, Sir, und schenkt mir die Gabe, hin und wieder die Stimme der Poesie erklingen zu lassen. Der andere Name ... Thomas McClellan, nun ... betrachten Sie es als Maßnahme jenen Herren in dunklen Röcken in Edinburgh und Glasgow gegenüber, denen ich, da ich Gott nicht täglich behelligen kann, direkte Rechenschaft hier im irdischen Jammertal bezüglich meiner Amtsführung schuldig bin.»

Einige der Anwesenden lachten gut gelaunt und zustimmend, und Father Thomas Olivier zuckte die Schultern und schmunzelte.

«Sieh da», dachte ich bewundernd und überrascht zugleich und gedachte der erst jüngst, noch in London, in der «Times» gelesenen beifälligen Besprechung des soeben erschienenen dritten Gedichtbandes «Nächtliche Heide» von Thomas McClellan, welch erstere einer feuilletonistischen Hymne weit eher geglichen hatte denn einer Besprechung, wie sie sich da in Begeisterung ergangen war ob jenes zugleich nationalen wie mythischen Tones in der, wie es hieß, scheinbar unmittelbaren Nachfolge Ossians. Und hier nun saß er mir gegenüber – ein kleiner Landpfarrer, der ein hartes Leben gegen seine kirchlichen Vorgesetzten fristete, die ihm das Dichten übel nahmen.

Ich verbeugte mich, durchaus ergriffen, gegen ihn, und er lächelte abermals, halb amüsiert und halb geschmeichelt.

Auch Mortimer lächelte, gerührt und wohl auch ein wenig stolz, dass es ihm gelungen war, diesen Mann in unsere Reihen zu verpflichten, und sagte: «Lassen Sie mich, meine Damen und Herren, fortfahren mit meiner Vorstellung Ihrer aller.» Er hob seinen Zeigefinger. «Dich selbst, Jonathan, habe ich in deiner Abwesenheit vorhin den anderen gegenüber schon hinlänglich gewürdigt, ich werde diese Vorstellung hier keinesfalls wiederholen, um die Sünde der Überheblichkeit nicht auf dein ohnehin schon schuldiges Haupt zu laden, die unzweifelhaft daraus folgte, hättest du nur gehört, was ich den anderen gesagt ...»

An dieser Stelle unterbrach beifälliges Gelächter den Sprechenden, auch Robert Milton lächelte nicht mehr so maliziös, und Nightingale Dubois zu meiner Rechten legte sogar einen unbedachten Augenblick lang ihre Hand auf die meine, was mich zweifellos zum Erröten brachte, denn ich fühlte, wie es mir siedend heiß durch alle Adern schoss – eine Verlegenheit, die von den anderen nicht bemerkt oder gut überspielt wurde und die Mortimer rücksichtsvoll dadurch überdeckte, dass er sogleich fortfuhr: «... Mr. Milton,

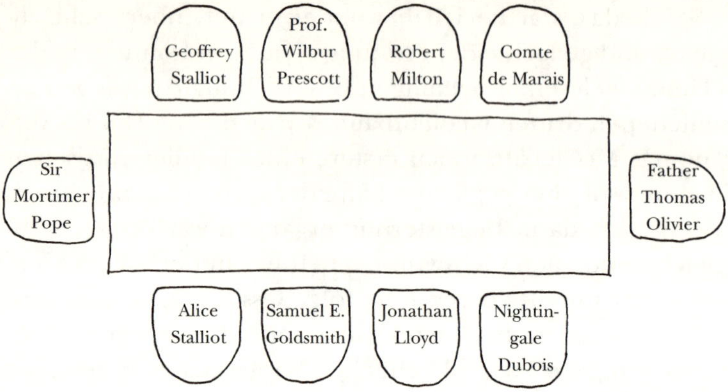

Jonathan, dir gegenüber, kennst du schon, den Schöpfer der aufregenden ‹Chronik von Galsawyd› wie diverser anderer Werke, die ich hier und jetzt nicht zu nennen brauche, da jedes Kind in unserem Lande sie mittlerweile kennt, und dies, obwohl Mr. Milton noch so jung an Jahren ist und somit ganz gewiss auch eine der großen Hoffnungen für die Dichtkunst der Zukunft unseres Landes darstellt.»

Robert Milton schien sich etwas unbehaglich ob dieses umfassenden Lobes zu fühlen und schien einen abschwächenden Einwand vorbringen zu wollen, aber Mortimer sprach schon weiter, indem er auf Nightingale wies: «Und auch die Bekanntschaft unserer jungen Freundin hast du schon gemacht, Jonathan, die in ebenfalls nicht allzu ferner Zukunft Erhabeneres, Höheres, Schöneres für die Literatur Englands und somit für uns alle bereithalten wird, als wir es uns im Augenblick nur erträumen können, dessen bin ich ganz gewiss. Ich wäre dessen sogar gewiss …», er lächelte sie warmherzig an, «wenn sie nicht so gut wie meine leibliche Nichte wäre und wenn sie nicht …», er hob die Stimme, «… als ihre ‹Gesellenstücke› im literarischen Leben unseres Landes – fast im Vorbeigehen und ohne dass man ihr eine

Mühe angemerkt hätte – die Welt mit den beiden wohl erstaunlichsten Romanen der letzten Jahre – ich spreche natürlich von ‹Absalom› und ‹Brüder der Hölle› – überrascht hätte. Obwohl es mich, auch das will ich gerne zugeben, etwas bedenklich stimmt, dass augenblicklich das Genre des Geheimnisvollen und Schaurigen, das in Frankreich und Deutschland fest in den Händen des Patriarchats liegt …», er schmunzelte, «… dass ausgerechnet in England jene literarische Gattung, die meisterhafte Gestaltung des Bösen, Verruchten, ja, Schrecklichen – denken Sie nur an Ann Radcliffe oder Mary Shelley und ihren ‹Frankenstein› – jetzt ausschließlich in den Händen bezaubernder junger Damen zu liegen scheint.»

Erneutes heiteres Gelächter brandete auf. Nun war es an Nightingale zu meiner Rechten zu erröten, und sie tat es mit einem Charme, der mich betäubte; ich sah sie verwirrt an.

«Absalom» und «Brüder der Hölle» – o ja, ich hatte sie beide gelesen, schon vor längerer Zeit, aber irgendwie war mir der Name der Autorin entfallen gewesen, beziehungsweise, wohl richtiger angemerkt, ich hatte es mir angewöhnt, vor meinem geistigen Auge diese Romane der kürzlich erst verstorbenen großen Poetin Jane Austen zuzuschreiben, vermutlich, weil sich mir der etwas exotische Name der jungen Dame nicht hinlänglich eingeprägt hatte, genauso wie aufgrund der Tatsache, dass ihr Stil – weniger die Thematik – auch von der offiziellen Literaturkritik verschiedentlich mit dem der Austen verglichen worden war – jedoch jetzt, als ich diesen Namen erneut hörte: Nightingale Dubois – natürlich – sie war es.

Ich war sprachlos. Mortimer hingegen richtete das Wort wieder an mich und fuhr fort: «Wir sind beide in bester Gesellschaft, mein Freund! Doch sollten wir, haben wir nun einen Augenblick bei Nightingale Dubois verweilt, tatsächlich zu den Gepflogenheiten der Höflichkeit zurückkehren und zunächst die andere der beiden anwesenden Damen an dieser Tafel den Herren vorziehen und dich ihr bekannt machen.»

Er wandte sich zu seiner Rechten. Unmittelbar zwischen ihm und jenem stets ein wenig spöttisch dreinblickenden Herrn auf dem Stuhl links von mir saß noch eine Frau, wahrscheinlich etwa Anfang des dritten Lebensjahrzehnts stehend, die, das muss ich bekennen, bisher meiner besonderen Aufmerksamkeit entgangen war, zumal unser beider Positionen bei Tische nicht die günstigsten waren, um einander ins Gesicht zu sehen.

Sie hatte tiefschwarzes Haar und einen sehr blassen Teint, der aufgrund ihrer Haarfarbe möglicherweise sogar blasser wirkte, als er tatsächlich sein mochte. Nicht nur ihr Gesicht, ihre ganze Haltung war Blässe, Zurückhaltung, Distanz. Es fielen, fast erschreckend, die Augen auf, schwarze, verletzte Augen, die mich erschauern ließen. Sie trug ein hochgeschlossenes, schwarzes, sehr schlichtes Kleid aus einfachem Stoff, das ihre Figur vollständig verhüllte – und keinerlei Schmuck. Ein makabrer Gedanke schoss mir beim Anblick der Person durch den Kopf, ein Gedanke, der durch nichts gerechtfertigt war als den ersten Eindruck ihrer unnahbaren Erscheinung dort bei Tisch. Ich dachte: «Wenn Nightingale, die bezaubernde, frische und hinreißende Frau, wenn Nightingale hier am Tisch zu meiner Rechten das Leben ist – dann ist jene Frau dort ... der Tod.»

Mortimer, der zweifellos nichts von den finsteren Blitzen ahnte, die mir durch den überdrehten Kopf schossen, erging sich derweilen, glücklich wie er war, in der Vorstellung jener weiblichen Person – sie hieß Alice Stalliot – und des Herrn, der ihm zur Linken saß und über dessen mir nicht hörbare Replik er bei meinem Eintritt so herzlich gelacht, der, wie sich alsbald herausstellte, der Ehemann der dunklen Dame mit dem blassen Teint war.

Und abermals ergriff mich Verwunderung, denn wenn zwei Menschen unter Gottes weitem Himmel, so schien es mir, äußerlich weniger zueinander passten als diese beiden, dann hätte es mich aufrichtig wundergenommen. Er war ein rotgesichtiger, recht korpulenter Mann mit schütterem, blondem Haar, eher unbestimmbaren Alters, vielleicht dreißig, vielleicht fünfzig Jahre alt, mit ausladenden und leicht fahrig wirkenden Bewegungen und der etwas lästigen, lauten Art des notorisch Gutgelaunten, der andererseits seine cholerischen Ausbrüche haben mochte. Seine gerötete Gesichtsfarbe, dieser Verdacht drängte sich mir bei seinem ersten Anblick auf, mochte von einer apoplektischen Natur ebenso sehr herrühren wie von seiner Liebe zu geistigen Getränken jedweder Couleur; und während wir hier bei Tische saßen und noch auf das Essen warteten, hatte er, wie ich amüsiert bei mir bemerkt, fleißig das eine oder andere Glas des köstlichen, aber schweren, dunklen, uns als Aperitif zugedachten Portweins geleert, welchen zwei aufmerksame Diener in Livree, die sich ansonsten unauffällig im Hintergrund hielten, ebenso unauffällig nachgeschenkt hatten, sobald sich hier oder dort auf der Tafel ein leeres Glas finden mochte.

Mr. Geoffrey Stalliot und seine Frau Alice, so hatte Mortimer erklärt, waren die gemeinsamen Autoren einer Reihe von Romanen beziehungsweise Novellen gewesen. Die Bücher waren ebenfalls unter einem Pseudonym publiziert worden, einem Pseudonym, das, für mein Empfinden etwas geschmacklos alliterierend, Benjamin Benedict lautete. Es ging mir aus Mortimers Darstellung auch nicht recht hervor, wie groß genau der Anteil eines jeden von ihnen beiden an dem jeweiligen Œuvre war – Mr. und Mrs. Stalliot jedenfalls waren ein Autorengespann, das seit einer Reihe von Jahren in gewissen Kreisen für Aufsehen sorgte. Offen gesagt waren dies Bücher, die meinen Geschmack nicht unmittelbar trafen, mitreißende Sujets allemal, Geschichten von Liebe,

Schmerz und Krankheit, die jedoch für mein Empfinden zu sehr an den Flachheiten und Unwägbarkeiten des Trivialen orientiert waren und bestenfalls eine abwechslungsreiche Unterhaltung, aber eben nicht mehr als das boten. Mortimer indessen mochte wissen, warum er die beiden eingeladen. Ich nickte ihnen zu, worauf sich Geoffrey Stalliot beeilte, mir mit einem soeben frisch gefüllten Glas auf eine fast unangenehm joviale Art quer über den Tisch zuzutoasten, während seine Gattin meinen Gruß nur mit einem kaum merkbaren Neigen des Kopfes und einem undefinierbaren Blick ihrer rätselhaften Augen beantwortete.

Henry, der bucklige Butler, kam in diesem Moment wieder herein und flüsterte seinem Herrn etwas ins Ohr; der lauschte und nickte ihm zu, woraufhin dieser sich wieder zurückzog, und die fast unziemliche Eile, mit der Mortimer mir daraufhin die letzten drei der Anwesenden an der Tafel vorstellte, ließ mich darauf schließen, dass das Essen bereit war und in Kürze aufgetragen würde.

Zu Stalliots Linker, zwischen ihm und Milton, mir schräg links gegenüber, saß ein älterer Herr, der in etwa so aussah wie die Karikatur jenes zerstreuten Erfinders oder Professors, den die Zeichner der großen Wochenblätter seit je zu einer ihrer Lieblingsfiguren erkoren haben – und um den Witz zu vervollständigen, wurde in der Vorstellung Mortimers sofort offenbar, dass jener Mann, Schotte wie Father Thomas Olivier, in der Tat Dozent an der Universität von Glasgow gewesen war, ein bedeutender Gelehrter in Philosophie und Geschichte, bevor er sich, eine unerwartet üppige Erbschaft von entfernter Stelle gemacht habend, recht frühzeitig auf sein Altenteil zurückgezogen hatte und, nunmehr nur noch seine Steckenpferde reitend, die Fachwelt in regelmäßigen Abständen mit der Herausgabe dünner Bändchen voller Aphorismen und Anekdoten über bedeutende Persönlichkeiten und Begebenheiten der näheren und ferneren englischen Vergangenheit zu erfreuen pflegte; liebevoll zusammengestellte Sammlungen, die jeden geistig Interessierten ob ihres Witzes, der in ihnen enthaltenen subtilen Bosheiten und ihrer stilistischen Brillanz in helle Verzückung versetzten, indessen aber das Pech hatten, von der großen Masse nicht gelesen zu werden – ein Unglück, das im Übrigen den Professor, Professor Wilbur Prescott war sein Name, sichtlich nicht im Geringsten störte. Er bot das Bild dessen, der mit sich und der Welt zufrieden war und seinen Neigungen gemäß lebte.

Im täglichen Leben war er der Mann, der, falls er überhaupt einmal aus seinen Büchern aufblickte, als Erstes seine Lesebrille vermisste und sie dann verzweifelt suchte, ohne zu bemerken, dass er sie auf der Nase trug. Einige Minuten zuvor, als Mortimer mir die Stalliots vorgestellt, war ich aus dem Augenwinkel Zeuge der rührenden Szene geworden, dass er, ganz Zuvorkommenheit und Mitmenschlichkeit, einen der Bedienten herangewinkt hatte, um ihm flüsternd mitzuteilen, sein Nachbar, eben Stalliot, habe sein Glas geleert, der Bediente möge nachschenken, woraufhin der Bedienstete ihm ebenso flüsternd zurückgegeben hatte, es sei aber *sein* Glas, das dort leer stehe, und «Verzeihung, Sir», ein paar Momente zuvor habe er nachschenken wollen, und Professor Prescott habe es ihm mit Hinweis darauf, dass er keinen weiteren Aperitif zu trinken gedenke, verwehrt. «*Mein* Glas?», flüsterte Prescott, gleichermaßen amüsiert und ärgerlich über sich selbst. «Na, besten Dank, mein Guter, nein, ich will wirklich nichts mehr trinken», woraufhin sich der Bedienstete, in dessen Gesicht sich die Heiterkeit des Menschen und der berufliche Ernst seiner Stellung ein hoffnungsloses Gefecht lieferten, dezent zurückgezogen und Prescott derweilen ein immenses weißes Tuch aus der Tasche gerissen hatte, um damit den goldenen Kneifer zu polieren, den er zu diesem Zwecke unwirsch von der Nase nahm. Prescott war klein von Wuchs, dabei recht beleibt, fast stämmig, eine Mähne grauen Haares stand ungebändigt um seinen Kopf. Er trug einen Anzug undefinierbarer Farbe mit Weste, aus dessen Uhrentasche eine dicke goldene Kette zum obersten Knopf hin verlief.

Wie ich später bemerkte, bestand einer seiner unbeabsichtigt hinreißenden Ticks darin, diese Uhr, ein, wie es schien, kostbares Stück, herauszuziehen und sie dann, ohne allerdings den Deckel zu öffnen, eine Weile zu betrachten, stirnrunzelnd und sichtlich überlegend, wozu er sie jetzt in der Hand halte – und sie dann wieder wegzustecken, im Geiste sichtlich bereits mit anderen, wichtigeren Dingen befasst, sich auf einer Fährte quer durch die Weltliteratur bewegend, um Wissen aufzusammeln, das er in seine großartigen und bösartigen Aphorismen zu verarbeiten gedachte. Professor Wilbur Prescott war ein reizender Mensch, liederlich und ledig natürlich – er hätte binnen kurzem jede Ehefrau in den Wahnsinn getrieben.

Links von ihm, mir genau gegenüber, saß, wie gesagt, Robert Milton, und abermals links von diesem, am Ende der Tafel, Nightingale Dubois gegenüber und zwischen Robert Milton und Father Thomas, wurde unsere Runde durch einen Herrn vervollständigt, der kaum in unseren Kreis zu passen schien; es war, als schwebte er darüber. Er berührte kaum das Glas, das er an die dünnen, aristokratischen Lippen führte. Er verbreitete um sich eine lähmende Atmosphäre des Desinteresses und der Arroganz, ohne dies, wie ich konstatierte, wirklich zu beabsichtigen. Es war lediglich ein bewegtes und in vielen Phasen wohl schlimmes Leben gewesen, das ihn die Verachtung gegenüber allen Menschen gelehrt hatte – und die Trauer über sie.

Sein voller Name lautete Frédéric Apollinaire François Richard Vicomte de Marais. Er war ein Franzose blauesten Geblüts und mochte sich in diesem Schloss als Einziger von uns ganz heimisch fühlen – oder auch heimatlos, denn er war vor achtundzwanzig Jahren von den Wogen der Großen Revolution als blutjunger Mensch, fast ein Kind noch, aus seinem Lande und von seinen Ländereien im Languedoc vertrieben worden, war hinausgezogen in die Welt und hatte über ein Dutzend Jahre Afrika, den Vorderen Orient, Ostasien wie Südamerika gleichermaßen bereist, bevor er sich in England, genauer in Devonshire, niedergelassen hatte. Das napoleonische Frankreich hatte er nicht mehr als sein Land empfunden, und viel weniger noch das jetzige, das Talleyrands.

Er hatte irgendwann zu schreiben begonnen, und wenn es dem Menschen Frédéric Apollinaire François Richard Vicomte de Marais auch nicht gegeben war, andere Menschen etwa durch Herzlichkeit und Zugewandtheit für sein äußerlich reserviertes Wesen einzunehmen, so war ihm dies vor Jahren bereits – bei mir und bei einer unüberschaubar großen Leserschaft – gelungen durch die lebensklugen, ja, weisen Wertschätzungen, das tiefe Mitgefühl mit der Kreatur, das aus jeder Zeile der unendlich traurigen, die Menschen trotz ihrer furchtbaren Fehler verehrenden Poesie seiner Gedichte sprach. Der Comte de Marais lebte seit Jahren hinter einer Mauer, und nur die Ergebnisse seiner Dichtung zeigten uns, wie es hinter jener Mauer aussah.

Er saß aufrecht, ein schöner Mann – er musste im Stehen über sechs Fuß messen –, seine kostbare und gleichzeitig unendlich altmodische Kleidung – er war der Einzige von uns, der immer noch Rüschenhemd mit Jabot und ein Jaquet aus weinroter Seide mit langen Schößen trug – und das mittelblonde Haar, das an die Allongeperücken der Vergangenheit gemahnte, gaben ihm eine Aura edler Extravaganz. Als fürchte er, einer Erkältung anheim zu fallen, hatte er seinen Hals mit einem weißen Seidenschal umwunden, dessen eines Ende ihm über den Rücken fiel, während das andere sich an seine berüschte Brust schmiegte.

Ich hatte gehört – gelesen, genauer gesagt –, dass er sich seit einiger Zeit mit einem Projekt befasse, ähnlich wie seinerzeit Scott mit seinem «Marmion» oder eher noch die Grimm'schen Brüder zu Kassel im Herzogtum Hessen: Mit einer Schar von Helfern der Universität von Rugby zog er durch die Lande, um Volksmärchen und Sagen der englischen Landstriche zu sammeln und aufzuschreiben, um sie so der Vergessenheit, oder besser gesagt: der Vergesslichkeit zukünftiger Generationen, die in den Wirren einer weiteren unruhigen oder kriegerischen Epoche andere Sorgen haben mochten, auf alle Zeit zu entreißen. Ein Projekt atemnehmender Größe und Kühnheit war dies, das edelste Gedankengut und die tiefsten Legenden des Volkes für alle Zukunft zu bewahren und zu hüten – eine Aufgabe, die mich brennend interessierte. Ich musste in jedem Falle mit dem Comte – irgendwann in den nächsten Tagen – ein Gespräch über die Belange der Literatur führen, sobald sich die Möglichkeit dazu ergab.

Von ganz anderer Art war der Letzte der Anwesenden, der mir nun vorgestellt wurde, mein Tischnachbar. Sein Name lautete Samuel E. Goldsmith, und wie ich sogleich erfuhr, war er kein Engländer, sondern stammte vom Neuen Kontinent. Später, als er zu mir gewandt erstmals mich ansprach, hörte ich es bei der ersten Silbe. Seine entfernten Vorfahren stammten indessen, wie ich vernahm, aus England, die noch entfernteren allerdings aus Krakau und Lubin, wie er, Mortimers Rede unterbrechend, selber kurz berichtete. Er selbst kam aus Boston, «der Wiege der amerikanischen Demokratie», wie sich Mortimer ausdrückte. Er war ursprünglich Verleger gewesen und hatte einen kleinen Verlag an der Ostküste besessen. Ob nun verlegerisches Pech oder das Unvermögen der ihm verpflichteten Autoren, kurzerdings, sein Verlag steuerte nach wenigen Jahren in den Bankrott, und schnell entschlossen hatte er ihn aufgelöst, ehe noch größere finanzielle Katastrophen auch sein Privatvermögen zunichte gemacht hätten.

Er hatte der Neuen Welt den Rücken gekehrt, um nach der Wiege der amerikanischen Demokratie, wie Mortimer launig erklärte, auch die der europäischen Kultur, nämlich Griechenland, kennen zu lernen. Von Griechenland war er nach Italien gegangen, in die Schweiz und ins Herzogtum Sachsen-Weimar, hatte hier die attische Kultur, dort die Renaissance der Medici und schließlich sowohl Zürich als auch die deutsche Klassik in der direkten Anschauung mit Gewinn studiert. Und er hatte – ganz ohne das aktive Schrifttum mochte ihm das Leben nicht behagen – zunächst Reiseberichte, später politische Essays und noch später Schlüsselromane mit politischem Hintergrund zu schreiben begonnen, welch letztere ihm alsbald die Verfolgung durch die Polizeibehörden einerseits wie auch einen gewissen Grad von Berühmtheit andererseits herüben auf dem Kontinent eingebracht hatten. Hier in England war er erst seit einigen Monaten. Mortimer jedoch, ganz offensichtlich den Finger immer am Puls der literarischen Welt, hatte ihn aufgespürt und hierher eingeladen.

Samuel E. Goldsmith war eher klein von Wuchs, sein Gesicht nicht das, was man im landläufigen Sinne hätte hübsch nennen können, aber er war kostspielig gekleidet und eine Reihe von überaus geschmackvollen Ringen zierte seine Hände, die sensiblen Hände des Künstlers und geistigen Menschen.

«Lieber Jonathan, liebe Freunde», schloss Mortimer, nachdem er somit seiner Pflicht als Gastgeber, uns alle einander vorzustellen, mit Charme und sprühendem Geiste nachgekommen war, «ich hatte eingangs Gelegenheit zu erläutern, dass der Kreis der Geladenen zu meinem allergrößten Bedauern in gewisser Weise unvollständig bleiben wird. Nicht nur hat das rücksichtslose Schicksal eine der größten

Poetinnen in englischer Zunge gerade erst jüngst, im Laufe des letzten Sommers, abberufen in die Ewigkeit – ich spreche von Jane Austen, deren ‹Pride and Prejudice› keiner von uns vergessen wird, der es je gelesen …» Sir Mortimer pausierte einen Moment, während wir in stillem Gedenken für einen Augenblick der Sammlung die Köpfe senkten. «Nein», fuhr er dann gemessen fort, «auch drei andere unserer Großen, ich meine Baron Shelley, Lord Byron und Sir Walter Scott, sind am Kommen verhindert, die zwei Ersteren, weil sie, wie Sie wissen, seit dem Sommer des Jahres in der Schweiz weilen und, wie sie mir zu meiner großen Enttäuschung schrieben, für die nächsten Jahre eine Rückkehr in unser Land nicht in Betracht ziehen» – ein erstauntes Gemurmel um die Tafel –, «während Sir Walter Scott, wie er mich wissen lässt, mit unangenehmen, aber unaufschiebbaren Tätigkeiten in Edinburgh festgehalten ist.

Unvollständig mag unser Kreis also sein», fuhr Mortimer fort, «allerdings nur in numerischem Sinn. Denn es freut mich, dass Sie alle meiner Einladung hierher folgen konnten, und ich begrüße Sie sehr, sehr herzlich auf Boroughmore Castle. Ich hoffe, dass Sie die Anreise, Achsenbrüche und schlechte Wegstrecken eingeschlossen», ein spitzbübisches Lächeln galt Nightingale zur einen und Robert Milton zur anderen Seite, «besonders bei diesen Wetterverhältnissen nicht allzu sehr überanstrengt hat, sind wir doch alle hier versammelt, um alsbald unseren Pegasus zu satteln und uns von der Muse küssen zu lassen. Trotz derer, die nicht kommen konnten: Zehn der belesensten und brillantesten Geister der englischen Welt der Literatur sind unter meinem bescheidenen Dach versammelt – Comte, Vikar, Nightingale, Jonathan, Mrs. und Mr. Stalliot, Mr. Goldsmith, Mr. Milton, lieber Professor Prescott … erlauben Sie mir, hier noch einige Worte zu Ihnen zu sprechen, ehe wir endgültig Mrs. Colchester, meiner Köchin, die Ehre antun, den von ihr und ihren Gehilfen dort draußen in der Küche vorbereiteten Tafelfreuden zuzusprechen.

Ich heiße Sie hier als Gäste, als illustre Künstler und als gute Freunde willkommen, die herbeigeeilt sind, um gemeinsame Gespräche zu führen, so wie es seit den Tagen Platons Sitte war an den Stätten wahrhafter Kultur, um miteinander zu diskutieren über die Dichtkunst und somit, wie ich denke, über die Möglichkeiten und Gefahren der menschlichen Existenz im umfassendsten Sinn, denn auf welch anderem Gebiete menschlichen Schaffens wäre diese Frage je ernsthafter verhandelt worden als dem der Schriftkunst?» Er hob die Hände. «Aber bei aller angestrebten Ernsthaftigkeit unseres Vorhabens wollen wir auch dafür Sorge tragen, dass all die Möglichkeiten, die das Schloss und die umgebende herrliche Landschaft bieten, fleißig genutzt werden und unsere Herzen und Geister befreien. Sie werden ausreiten können, es befinden sich ein paar herrliche Rappen im Stall, und es stehen genügend Gefährte für Kutschenausflüge in die Umgebung zur Verfügung. Oder, falls Sie Schneehühner oder Fasane jagen, gar mit einem Boot draußen auf dem Ness Barsche oder Welse angeln fahren wollen – für all dies ist Sorge getragen, meine Freunde, Ihnen stehen alle Türen auf Boroughmore Castle offen. Äußern Sie nur Ihre Wünsche, bedienen Sie sich meines Hauses nach Herzenslust, es gehört Ihnen. Die Bibliothek, auf die ich, denke ich, stolz sein kann, ist hinter dieser Tür, und dahinter werden Sie weitere Räumlichkeiten finden mit einer schönen Sammlung von Musikinstrumenten für Sie, meine Damen, oder für ein gepflegtes Billard, meine Herren, oder ganz einfach für eine Partie Whist oder Schach. – Auf viele Tage, meine Freunde, oder gern auf Wochen, wenn Sie mögen. Denn ich weiß noch nicht, wie lange es Ihnen hier bei mir gefällt, und einen Gastgeber, der seine Gäste vor die Tür setzt, werden Sie in mir gewisslich nicht finden. Aber nun genug der Vorrede! Lassen Sie uns anstoßen auf die Zeit, die wir hier gemeinsam verleben wollen. Ich wünsche Ihnen allen, meine Freunde, einen unvergesslichen Aufenthalt auf Boroughmore Castle. Möge diese Zeit so heiter und so glücklich werden, wie wir sie uns wünschen!» Er hob sein Glas, wartete, bis auch wir die Gläser erhoben hatten, und toastete uns allen zu.

«Verehrter, lieber Sir Mortimer», ließ sich Father Thomas, als wir die Gläser senkten, mit warmem Vibrato in der Stimme vernehmen, «ich denke, ich spreche im Namen aller der hier Anwesenden», er blickte uns alle der Reihe nach an, «wenn ich Ihren Dank für unser Erscheinen mit ganzer Seele umgehend zurückgebe und umwandle in – wie soll ich mich ausdrücken – beschämten Dank unsererseits» – rings um die Tafel erblickte ich nickende Köpfe – «für die Freundlichkeit und Herzenswärme der gastlichen Aufnahme, die uns in den Mauern Ihres Schlosses heutigen Tages zuteil wurde. Ich glaube, wir sind in diesem Moment alle sehr bewegt und freuen uns mit Ihnen gemeinsam der Zeit, die da kommen wird. Ich bin sicher, dass nicht nur wir, die wir hier sitzen, mit jeder Faser unserer offenen Herzen diese Zeitspanne an Ihrer Seite goutieren werden. Und wird die Nachwelt einmal ein Fazit dieses Salons ziehen, dessen bin ich mir gewiss, so wird sie sprechen von den literarischen Ergebnissen unseres Symposions einerseits und …», er legte eine bedeutungsvolle Pause ein, um die Stimme abschließend zu heben, «… sie wird sprechen von der Gastfreundschaft und Uneigennützigkeit unseres Gastgebers, der diese Versammlung erst möglich gemacht hat.»

Wir klopften mit den Knöcheln auf den Tisch, und Mortimer hätte nun seinerseits gewiss zu einer kurzen Replik angesetzt – aber in diesem Moment schwang eine kleine Tür zwischen zwei gewaltigen Spiegeln im Hintergrund des Saales auf, und herein kamen hintereinander sechs Mägde, festlich herausgeputzt, mit glühenden, glücklichen Gesichtern, die Terrinen, Schüsseln und Kasserollen vor sich hertrugen, gefolgt von fünf livrierten Dienern, von denen zwei einen goldverzierten Rollwagen mit einem guten Dutzend erlesener Weine sowie einer ganzen Batterie hochprozentiger Getränke schoben, deren Flaschen beim Rollen des Wagens leise zusammenklangen, während die drei anderen auf ihren ausgebreiteten Armen vorgewärmte Teller trugen, die sie auf die Teller, die vor uns warteten, setzten, woraufhin sie sich ehrerbietig einige Schritte zurückzogen. Mortimer begnügte sich eines schüchternen Lächelns und sagte: «Lassen wir uns das Essen munden!»

Die Vorspeise erwies sich als zarte Steinbutterrine, angerichtet auf einer schmackhaften Safranvinaigrette. Die zwei Sommeliers im Hintergrund bewegten eine geöffnete Flasche dunklen roten Weines über einer Kerzenflamme, der eine von ihnen kostete ihn aus einer Art silbernem Löffel, der mittels eines Kettchens an seiner Livree befestigt war, nickte seinem Mitstreiter dann zu, worauf dieser zu uns herantrat, das Etikett der Flasche präsentierte, um uns alsbald einen Schluck jener Köstlichkeit zu kredenzen. Es war ein Château Lafite des Jahrgangs 1786 – in jenem Jahr war ich sieben Jahre alt gewesen, es war das Jahr, in dem ich Mortimer kennen gelernt. Ich blickte überrascht zu meinem alten Freunde hin, und er lächelte mir warmherzig zu und hob sein Glas.

Das Mahl nahm seinen Gang. Als Nächstes wurden uns ein auf der Zunge schmelzendes Noverin von Schal- und Krustentieren und winzige Kaiserschoten geboten, dazu ein würziger Chablis Premier Cru 1802 – ein ausgezeichneter Jahrgang. Mit jeder neuen Speise, jedem neuen Tropfen Weines, der uns serviert wurde, löste sich bei Tisch die bereits eingangs gute, herzliche Atmosphäre. Sogar der Comte schien inzwischen die eine oder andere Bemerkung zu seinem linken Nebenmann, dem Vikar, zu machen. Milton unterhielt sich halblaut gleichermaßen mit Nightingale wie mit seinem rechten Nachbarn, Professor Prescott. Soweit ich ihrer Unterhaltung lauschen konnte, war das Thema offenbar überaus pikant und wurde von Milton ein um das andere Mal mit Anspielungen versetzt, die Nightingale zum Erröten bringen mochten. Es ging um die Darstellung weiblicher Schönheit in der Dichtung und in welch stärkerem Maße sie doch der Phantasie der Leser überlassen bliebe denn in der bildenden Kunst.

«Denken Sie an Dantes Beatrice», ereiferte sich Milton. «Wissen Sie, wie sie aussah? Nun, vermutlich ein mittelmäßiges Frauenzimmer norditalienischer oder toskanischer Provinienz, wie sie täglich zu Tausenden über den Ponte Vecchio promeniert sein mögen, ja, fragen Sie sich selbst nach der objektiven Schönheit Julias in jener Tragödie unseres göttlichen Shakespeare, von der wir nichts anderes wissen, als dass sie vierzehn war! Ich bitte Sie, Sir», an Professor Prescott gewandt, «welche Schönheit, welche Reife billigen Sie einem vierzehnjährigen Mädchen zu? Aber in unserer Phantasie sind sie für uns Beatrice und Julia und Lucretia und Undine, Göttinnen, keine Menschen mehr! – Und nun nehmen Sie sich einen Rubens, einen Vermeer, einen Tizian … da bewundern Sie, Sie können sagen, was Sie wollen, den Pinselstrich, das Material – Sie können bestenfalls aus biographischen Notizen entnehmen, was der Maler an seinem Modell empfand. Doch genau das, verstehen Sie» – er hob ausdrucksvoll die Schultern – «lenkt uns ab! Hingegen in der Literatur …»

«Sie haben Recht», sagte Prescott langsam, «solange Sie das Drama auslassen, lieber Milton, das unser gnädiger Lordprotektor damals mithin verbot – wahrscheinlich aus ebendiesem Grunde. Die Theater Englands wurden seinerzeit zweifellos geschlossen, um uns vor weiteren vierzehnjährigen Julias zu bewahren, die von fünfunddreißigjährigen

Männern gespielt werden. Andererseits … welche Phantasie des Zuschauers verlangte erst dies!»

Mortimer am anderen Ende des Tisches unterhielt sich mit Mrs. Stalliot und versuchte, auch ihren Ehegatten in die Konversation einzubeziehen, was aber, wie mir schien, augenblicklich nicht recht gelingen wollte, da jener mehr als dem Gespräch der jeweiligen Bouteille zusprach, die auf der Tagesordnung stand.

Mr. Goldsmith zu meiner Linken verwickelte mich seinerseits in ein nicht uninteressantes Gespräch hinsichtlich der Frage, inwieweit das Erschaffen von Kultur notwendigerweise an die Existenz einer politischen Schreckensherrschaft geknüpft sei.

«Die Renaissance», sagte er und begab sich somit ebenfalls nach Italien, «das ist Michelangelo, das ist der ‹Decamerone› von Boccaccio, das sind die Uffizien in Florenz und die Piazza del Campo in Siena, mit einem Wort, das ist die Schönheit auf Erden – und nichts davon, Mr. Lloyd, rein gar nichts davon wäre möglich gewesen ohne die Existenz des blutrünstigsten Geschlechts, das die Erde je bevölkert hat: die Medici. Giftmord, Strangulation, Korruption, Folter, Grausamkeit – Tod, über Jahrhunderte. Und auf der anderen Seite das Mäzenatentum: Michelangelo … und Leonardo da Vinci.»

«Sie meinen, Mord und Kunst bedingen einander?», fragte ich ungläubig.

«Ich meine mehr als das», sagte er ernst. «Denken Sie an Cellini! Kunst braucht Mord, so wie Mörder Künstler sein können – und umgekehrt. Letztlich mag der Tod selbst auch nur eine andere Art von Gefühl sein, Sir, und Kunst ist nichts anderes als das: Gefühl …»

«Dann, immerhin», warf ich ein, «stehen die Sterne für das Vorhaben, das wir hier ausführen wollen, jämmerlich schlecht, denn mit einem Mord kann unsere Runde nicht aufwarten.»

Er lächelte und entblößte dabei einen Goldzahn, den er seitlich im Munde trug: «Glauben Sie mir, Mr. Lloyd», sagte er, «wenn ich eines gelernt habe in diesem Leben, so ist es dies: Die Schale der Zivilisation ist dünn, dünner als mancher glauben mag, und Gewalt ist uns in jeder Sekunde näher, als wir ahnen.» Er nahm einen versonnenen Schluck aus seinem Glas.

Das Servieren des nächsten Ganges enthob mich einer unmittelbaren Antwort, und für den Augenblick tröstete mich eine Gänsemastleber, die mit einer feinen Sauce aus mit Sauternes abgeschmecktem Karamell aufwartete, das Ganze liebevoll garniert mit der Scheibe eines Bratapfels. Jedoch wollten mir die eigenartigen Sätze meines Tischnachbarn partout nicht aus dem Kopf gehen.

Schräg gegenüber fesselte der Professor vorübergehend meine Aufmerksamkeit, als ich bemerkte, dass er während des Gesprächs den Inhalt eines kleinen, bunten Papiertütchens – ein weißliches Pulver – in ein Glas mit Wasser schüttete, das ihm auf seine Aufforderung hin einer der Bedienten serviert hatte und das er anschließend mit grimassierenden Gesichtszügen herunterstürzte – wahrscheinlich ein Medikament zur Beruhigung der Galle, vom Arzt verordnet oder lediglich in weiser Voraussicht auf diese Reise mitgeführt. Die Üppigkeit des Mahls, das serviert wurde, benötigte allerdings, wie mir beifiel, zumindest für den labilen Kreislauf, der Unterstützung durch die Kunst der Medizin.

Ich konnte mir nicht denken, dass Mortimer tagtäglich derart tafelte. Die Küche hatte sich selbst mit Erlesenem und Raffiniertem zur Ehre unserer Ankunft an diesem Tage überboten. Als Nächstes gab es winzige Rehmedaillons in Himbeeressig – äußerst pikant – mit Trüffeln und einer Art von gebackenen Teigwaren, die ich nicht kannte. Allseitiges Lob wurde gespendet, das sich steigerte, als schließlich das

Dessert aufgetragen wurde, ein mit Honig abgeschmecktes Rumfrüchteparfait, das seinesgleichen suchte.

Nun, als das Mahl sich seinem Ende zuneigte und vor jedem von uns ein Glas schottischen respektive irischen Whiskys, französischen Calvados und vor dem einen oder anderen auch eine Tasse scharfen brasilianischen Kaffees stand, da war es, dass der Comte mit einem leisen Klingeln seines Dessertlöffelchens an seinem Glas verkündete, dass er das Wort an unseren Gastgeber zu richten wünschte. Die Gespräche verstummten, und erwartungsvolle Stille trat ein.

«Sir Mortimer Pope», sagte der Vicomte de Marais mit einer überraschend leisen, dabei jedoch überaus wohlmodulierten Stimme, in der noch deutlich der Tonfall seiner französischen Heimat mitschwang, «Sie haben uns, wenn ich Sie recht verstanden habe, eingeladen auf Ihr herrliches Schloss in die elysische Landschaft dieser schottischen Hochebenen, auf dass wir der Kultur der Menschheit in gemeinsamer Anstrengung einen Dienst erbringen sollen. Wir werden uns gegenseitig aus unseren gegenwärtig im Entstehen begriffenen Werken, die wir zu diesem Zwecke in unserem Reisegepäck mit uns geführt, vorlesen. Wir werden einander lauschen und der Schönheit der Sprache und der Gedanken folgen. Wir werden Lob und Kritik an den Werken der anderen vortragen, wo sie uns angemessen erscheinen, und wir werden dankbar Lob und Kritik vernehmen bezüglich unserer eigenen Schriften. Und wir werden auf diese Weise, uneigennützig und dem jeweils anderen helfend, alle unsere Werke überdenkend und verbessernd, der Idee der Poesie einen, ich scheue das große Wort nicht, heiligen Dienst erweisen. Das werden wir tun, wie andere literarische Vereinigungen und Salons dies vor uns getan, aber beispielhaft und überliefert wird bleiben die Art, Sir Mortimer, in der Sie uns dieses alles möglich gemacht haben mit dieser Einladung auf Ihr Schloss hoch oben in Schottland.»

Er nickte Mortimer, uns andere völlig ignorierend, zu und schloss mit den Worten: «Möge das ewige Feuer der Dichtkunst unauslöschlich unsere Seelen erhellen, auf dass keiner von uns jemals die Kälte der Phantasielosigkeit verspüre …»

Ergriffen schwiegen wir alle einen Augenblick. Auch Mortimer hatte sichtlich Mühe, sich zu sammeln. Als er so weit war, ein Dankeswort an den Comte zu richten, öffnete sich erneut jene kleine Tür im Hintergrund, und Butler Henry kam herein, um seinem Herrn einige Worte ins Ohr zu wispern. Mortimer, die Hand gerade noch halb erhoben, um zu bedeuten, dass er sprechen wolle, hörte mit seitwärts gewandtem Kopfe zu – zunächst ein wenig unwillig über die Störung, wie mir schien; dann jedoch, mit jeder Sekunde, so schien es, hellte sich seine Miene auf, und der eher strenge Gesichtsausdruck wich einem der Überraschung und der lauteren Freude.

«Meine Freunde», sprach er, «geschätzter Comte. Verzeihen Sie mir, wenn die Dankesworte, die ich an Sie richten wollte – für Ihre so warme Hommage auf mein bescheidenes Tun –, nun eher knapp ausfallen werden – nur so viel: Ich werde mein Versprechen wahr machen und alles für den Fortgang der Dichtung in diesem Hause tun, was in meiner Macht steht – und ich umarme Sie, lieber Freund, für das, was Sie zu mir gesagt. – Im Augenblick jedoch scheint es unvermutetermaßen angezeigt, die Pläne, die ich für den weiteren Verlauf dieses Abends geschmiedet hatte und die sich in der Richtung bewegten, uns in die Bibliothek oder eine andere angemessene Räumlichkeit zurückzuziehen und uns dort, bei einer Zigarre, meine Herren, oder einem Glase Likör, meine Damen, niederzulassen, um der Bequemlichkeit und der Konversation zu pflegen, zu ändern. Denn ich höre soeben von einem Ereignis, das sich auch in unseren Breiten nicht allzu häufig zuträgt, dessen Zeuge zu sein jedoch jeder Mensch, zumal mit einer dichterischen Ader, zumindest einmal in seinem Leben Gelegenheit gehabt haben sollte ... eine Sonderheit, die näher zu bezeichnen ich mir im Augenblick und hier verwehre, um alsbald Ihr Staunen und Ihre Überraschung darüber zu ernten. Ich schlage deshalb vor, wenn Sie einverstanden sind, dass wir den ursprünglich für einen anderen Tag geplanten, detaillierteren Rundgang durch das Schloss vorziehen und jetzt unternehmen. Wir werden auf diesem unserem Rundgang auch die Zinnen des höchstgelegenen Punktes des Schlosses erklimmen und von dort, wenn wir uns jetzt und hier nicht allzu sehr verweilen, einen beeindruckenden Blick auf das Ereignis haben, von dem ich spreche. Da wir dazu allerdings Berührung mit der frostigen Nachtluft haben werden, würde ich empfehlen, dass wir uns – sagen wir in einer Viertelstunde – wieder hier verabreden, um uns bis dahin der notwendigen Mäntel, Shawls und Umhänge aus unseren Zimmern versichert zu haben.»

Es entbrannte keinerlei Diskussion um Mortimers aufregenden Vorschlag. Unverzüglich trennten wir uns von ihm, denn er hatte seinen Wohnbereich in diesem, dem westlichen Trakt, und begaben uns sogleich durch die Eingangshalle, die Treppe hinauf, über die Galerie in den Ostflügel hinüber, wo unsere Räumlichkeiten lagen. Angeregt plaudernd und erfüllt von neugieriger Erwartung, defilierte die kleine Gesellschaft durch den düsteren Gang mit seinen rußenden Ölspanlampen, Gobelins, gekreuzten Schwertern, Schilden und Wappen an den Wänden zu ihren Zimmern. Hier und da und dort verabschiedete sich einer, um in seine Tür zu treten, sodass die Größe der Gruppe mit dem Fortlaufe des Ganges dahinschmolz und die Stimmen verstummten. Zum Schluss waren es nur noch Robert Milton, Nightingale Dubois und ich, die nebeneinanderher liefen; Milton schwieg, auch ich wusste nichts zu sagen, und Nightingale war zu sehr in ihre Gedanken versunken, um zu sprechen, und so trennten wir uns nahezu wortlos und beiläufig.

Als ich die Tür zu meinem Zimmer öffnete, lag der große Raum im ungewiss düsteren Flackerschein des Kamins zur Linken, die hinteren Winkel und Ecken und die hohe Decke jedoch, vom Licht unerreicht, versanken in ungewisser Finsternis. Das Zimmer war neun oder zehn Fuß hoch, annähernd quadratisch und mochte wohl an die dreißig Fuß im Geviert messen, war also von respektabler Größe und hätte dadurch auf den Betrachter vielleicht etwas leer gewirkt, wären die Wände nicht von matt glänzenden, türkis und goldfarbenen gewirkten, seidenen Tapeten bedeckt gewesen. Der rohe, hölzerne, nicht ganz ebene Bohlenboden war mit einzelnen, recht schönen Teppichen belegt, denen jedoch das Alter zum Teil bereits die Farbe genommen hatte. Scharf zur Linken lag eine Tapetentür, hinter der sich die Ankleidekammer verbarg. Der Tür gegenüber befand sich das einzige Fenster des Zimmers. Es war im Gegensatz zur gewaltigen Größe des Raumes recht klein, auch tagsüber würde es nur mäßiges Licht hereinlassen, allerdings, wie ich mich vorhin mit einem Blick vergewissert hatte, die von mir über alles geschätzte Morgensonne, denn es ging nach Osten. Die Erwartung der Morgensonne war es auch gewesen, die mich bei meiner Ankunft umgehend veranlasst hatte, die beiden hölzernen Läden zu öffnen und an der Außenwand zu verankern. Senkrecht unter dem Fenster, direkt am Fuße der Wand, lag der Burggraben, der mir beim ersten Anblick ein unbehagliches Gefühl hinterlassen hatte. Gewiss, ich befand mich in einer Festung, und ein größeres Fenster als jenes, welches vormals schließlich den anrückenden, schwer bewaffneten Feinden entgegengekehrt war, hätte baulicherseits nichts als pure Unvernunft und groben Leichtsinn bedeutet. Schwere, bodenlange, brokatdurchwirkte, dunkle Vorhänge, die man zuziehen konnte, hingen überdies zu beiden Seiten herab und ließen das Fenster größer wirken, als es in der Tat war.

Wenn man die alten Möbelstücke anblickte, die spärlich in dem großen Raum verteilt standen – den kleinen quadratischen Holzschreibtisch und den einfachen Stuhl unter dem Fenster, den Schrank, in dem ich meine Leibwäsche und anderes Utensil untergebracht hatte, und das Waschgestell, bestehend aus einer nackten Kommode, einer Schale darauf und einem Krug –, bekam man fast den Eindruck, sich in einer Bauernstube zu befinden. Der Schrank sah recht klobig aus, war lediglich an den beiden senkrechten Seitenholmen durch einige geschwungen gearbeitete, bunte Blütengirlanden verziert. Als ich vorhin die Türen des alten Möbels geöffnet hatte, hatten sie leise und verstohlen geknarrt. Es war ein mir unangenehmes Geräusch gewesen, so, als ob das ganze Inventar etwas zu verbergen hätte.

Dominiert wurde das ganze Zimmer von dem mächtigen, ebenholzschwarzen Himmelbett, dem ich meinen Schlaf anvertrauen sollte und das überhaupt nicht zu der ansonsten eher spartanischen Einrichtung zu passen schien. Es war ein uraltes Möbel, das hoch aufragende Kopfende verziert von einer aufwendigen Schnitzerei: Mägde und Handwerker sah man da, Bürger und Pfaffen und Kinder, im frohen Tanze vereint, und immer wieder zwischen ihnen, sie an den Händen greifend oder beiseite stehend, im langen Gewand und mit der Sichel, der grinsende Knochenkopf aus der Kapuze starrend, Gevatter Tod; «anno Domini 1508» hatte der Künstler links und rechts von der Darstellung ins schwarze Holz gegraben. Man schien in den leeren Augenhöhlen jener Schädel zu versinken, so plastisch war deren Darstellung.

Am Fußende des Möbels befand sich eine weitere Kuriosität: Dort waren, sodass sie sich über die Füße des Schlafenden erstreckten, einige Schubladen untergebracht, die ich bei meinem Einzug vor einigen Stunden sogleich spielerisch probiert. Indessen, sie hatten sich als leer erwiesen. Vermutlich waren jedoch irgendwelche Geheimfächer in ihnen verborgen, und bei sich bietender Gelegenheit wollte ich meiner Phantasie freien Lauf lassen und auf die Suche gehen …

Frauen in hauchdünnen Gewändern sah ich durch dieses Bett huschen, umworben und liebkost von feurigen Liebhabern, und die Schubladen am Fußende bargen unergründliche Geheimnisse um Liebe, Verrat und Intrigen … Mir wollten die finsteren Worte Goldsmiths beim Souper und der düstere Anblick der blassen Mrs. Stalliot nicht aus dem Sinn …

Mich fröstelte, als mir ein kühler Luftzug durchs Gesicht strich. Draußen vor dem Fenster lehnte sich eine heftige Bö gegen das Glas. Die Flammen des fünfarmigen Kerzenständers, den ich auf dem Schreibtische entzündet, flackerten unruhig. Mich durchfuhr ein Schauer, als ich mir vorstellte, was dieses uralte, geschnitzte Bett schon gesehen hatte. Geschlechter und Generationen waren hierin gezeugt und womöglich geboren worden, vielleicht hatte es gar Menschen in ihrer letzten Nacht beherbergt, und der fünfarmige Leuchter und der Kamin hatten dazu genau wie jetzt das Zimmer in ihren flackernden Schein gehüllt …

Ich blickte hoch an den auf vier mächtigen gedrechselten Pfosten ruhenden Himmel des Bettes, eine schwarzweiße Kassettendecke, gleich einem überdimensionalen Schachbrett angeordnet. Was würde uns erwarten? dachte ich. Welch aufregendes Schauspiel gedachte Mortimer uns alsobald zu präsentieren?

Wieder erfasste mich ein Windzug, diesmal energischer, als wollte er mich darauf hinweisen, dass der Wind dort draußen böig und unfreundlich war. Mortimer hatte einen Sturm angekündigt, und er schien Recht zu behalten – ich horchte, wie die Läden dumpf und gleichmäßig gegen die Mauer des Schlosses schlugen. Es hatte etwas Beruhigendes und Bedrohliches zugleich.

3. Kapitel

Dull Manor

Kaum zehn Minuten nachdem wir uns flüchtig verabschiedet, trafen alle Gäste wieder im Speisesaal ein. Emsige Bedienstete hatten in der kurzen Zeit, die wir auf unseren Zimmern gewesen, bereits sämtliche Tischgedecke abgeräumt, und die eben noch so kunstvoll gestaltete Tafel schien nunmehr eigenartig unberührt. Alle hatten sich in schützende Garderobe gehüllt, denn auf den unangenehm kühlen Tag, den wir gehabt, würde – das war gewiss – nun auch eine eisig kalte Nacht folgen. Nightingale fiel mir sogleich ins Auge. In ihrem eleganten Umhang, in den sie sich wie auf ihrer Anreise wieder gekleidet, überbot sie Alice Stalliot bei weitem im Reiz ihrer Erscheinung. Mir kam die Situation unserer ersten Begegnung in den Sinn. Wie vor einigen Stunden, so wirkte sie in ihrer Zartheit auch jetzt wieder zerbrechlich, beinahe schutzbedürftig, und wiederum konnte ich dem nicht wehren, dass sich ein blasses Gefühl des Neides und der Enttäuschung darüber, dass diesmal der Comte de Marais und nicht ich es war, mit dem sie dort herüben gerade in lebhaftes Gespräch vertieft stand, in mir aufstieg. Voll ehrlichen Interesses lauschte sie ihrem Gesprächspartner und schien ihn ihrerseits völlig für sich eingenommen zu haben. Ihre Augen lachten, während sie mit lebendigem, strahlendem Gefühl auf die Äußerungen des Grafen einging. Ich konnte, seit ich den Speisesaal betreten, nicht davon ablassen, sie fasziniert zu mustern.

«O ja, die Menschen sind von Gott geschaffen voller Freude und Interesse füreinander, nicht wahr, mein Freund», wandte sich der Reverend, Father Thomas Olivier, mir zu, und ich wusste zunächst nicht, ob sich seine Äußerung auf das dort drüben plaudernde Paar bezog oder ob mein sehnsüchtiger Blick der Gegenstand seiner Einlassung gewesen war. Seine lebendigen Augen zeugten von Verständnis und Anteilnahme, aber auch, wie mir schien, von ein wenig züchtigendem Rat. Und er fuhr fort: «Indes sollte der Mensch befähigt sein, diese natürliche Geste zu kontrollieren und sie daher nicht zum Schaden für sich selbst oder andere gereichen zu lassen, Sie werden mir zweifellos Recht hierin geben.» Sein schmales, etwas schäfisches Gesicht mit dem mächtigen weißen Backenbart war geprägt von einer großen Nase, deren langes Nasenbein in einer eigentümlichen Rundung auslief. Ohne bewusst wahrgenommen zu haben, was er hinzugesetzt, gab ich ihm Recht, da ich wenig Lust verspürte, gerade jetzt mit ihm eine Diskussion zu beginnen.

Ich ließ meinen Blick von Nightingale schweifen und beobachtete das Gespräch, das seitlich stehend Mr. und Mrs. Stalliot mit Robert Milton führten. Alice Stalliot schien unter dem Eindruck der uns allen bevorstehenden Überraschung ihre Blässe und ihr reserviertes Wesen zu einem Gutteil abgelegt zu haben und diskutierte mit geröteten Wangen mit dem jungen Poeten einen Punkt offenbar gemeinsamen Interesses, während ihr Mann eher schweigsam daneben stand. Professor Wilbur Prescott schritt mit Samuel E. Goldsmith linker Hand an der Fensterfront bei den glühenden Kohlebecken auf und ab. Goldsmith gestikulierte ausholend mit den Händen und redete, während der Professor, der seinen goldenen Kneifer abgenommen hatte und ihn mit seinem großen, weißen Tuch bearbeitete, verkniffenen Gesichts und kurzsichtig blinzelnd zuhörte.

Ich überlegte soeben, unter welchem Vorwande ich mich doch einem eventuell langweilenden Gespräch mit dem Vikar entziehen und stattdessen lieber Nightingale und dem Comte de Marais zugesellen könnte, als mit einem leisen Knarren die kleine Spiegeltür in Richtung zum Küchentrakt sich öffnete und Mortimer und der alte Henry dort hereintraten, gefolgt von zwei weiteren Dienern, welch beide vier große, lodernd brennende Fackeln in den Händen trugen, deren Widerschein sogleich in den hundert Spiegeln der Wände rotblutig reflektierte.

Gegen das Schwatzen und Lachen anzukommen, das zwischen den hochgestreckten Wänden beim Anblick der Eintretenden aufbrandete, hatte es selbst Mortimer mit seiner tiefen, durchdringenden Stimme nicht leicht. «Meine Freunde, meine lieben Freunde», rief er lachend immer wieder aus, «selbst auf die Gefahr hin, Ihr angeregtes Gespräch unterbrechen zu müssen ... jedoch, Sie scheinen bereit – ich bin es auch – und wenn Sie also mögen, so bitte ich Sie, mir nun folgen zu wollen, aufzubrechen zu unserer kleinen Wanderung ... und dem Ereignis, das ich Ihnen versprochen ...»

«Du lieber Gott!», hörten wir in komischer Verzweiflung die Stimme des Professors im allgemeinen Tumult. «Tragen Sie nur Sorge dafür, dass Ihre prometheischen Gehülfen keine Feuersbrunst veranlassen, der wir binnen Kürze zweifellos zum Opfer fallen würden!» Worauf ein allgemeines Gelächter erscholl, in dem sich anerkennend nickend die Köpfe aller dem alten Professor zuwandten.

Wir setzten uns in Bewegung auf die Spiegeltüre zu und betraten einen engen, nichtsdestoweniger hohen Gang, der sich links und rechts erstreckte. Ich nahm wahr, dass die Spitze der Gruppe, gebildet von Mortimer und den beiden

Stalliots, sich sogleich rechtsherum gewandt hatte. Hier hielt Mortimer nach wenigen Schritten bereits inne, kehrte sich zu uns herum, wies mit der parodierten Geste eines Fremdenführers auf eine Tür, eher nur eine Öffnung, zu seiner Rechten hin und rief: «Im Vorbeigehen, meine Herrschaften, schenken Sie der Stätte, die Sie hier passieren, einen schmalen Blick, denn dieser Ort ist das Heiligtum der Töpfe und Tiegel, Gewürze und Gerüche, der Soßen und Salate, des Frittierten und Flambierten – kurz gesagt, das Tabernakel oder die Geburtsstätte dessen, was vor einer halben Stunde unsere Gaumen passiert hat.»

Er warf einen Blick durch die Tür. «Wie ich sehe, sind einige der Priesterinnen noch bei der Arbeit.» Er lächelte zerstreut und winkte in den Raum hinein. «Und» – damit kehrte er sich uns wieder zu – «wenn Sie schon einen Blick riskieren, meine Freunde, lassen Sie ihn auch getrost in die Höhe schweifen, denn die Baulichkeit, die Sie dort sehen – fragen Sie mich nicht, um welcher historischer oder architektonischer Sonderbarkeiten willen es dazu gekommen ist –, diese Baulichkeit», er hob die Stimme, «ist ein erstaunlich genaues Pendant jener berühmten Fleischküche im südlichen Trakt des Papstpalastes zu Avignon, von der Sie vielleicht vernommen haben. Der ganze Raum ist gestaltet gewissermaßen als ein einziger, riesenhafter Kamin.»

Indem wir uns an der Tür vorbeidrängten, warfen wir den von Mortimer empfohlenen Blick, und ich sah zunächst zwei jener rotbackigen, jungen Wesen, die vorhin mit strahlender Herzlichkeit das Essen serviert hatten und die nun mit einer gewissen Verlegenheit ihrer Tätigkeit nachgingen, blitzende Kupfertiegel fortzuräumen und Kasserollen an eisernen Querleisten all die Wände entlang aufzuhängen. Sie arbeiteten am Grunde eines annähernd quadratischen, an die dreißig Fuß im Geviert messenden Gewölbes, und in der Tat, die Ausmaße dieses Küchenraumes waren gewaltig. In der Mitte befand sich ein mächtiger Herd, dessen Feuer bis auf schwelende Glut jetzt gänzlich niedergebrannt war, jedoch gab es keinerlei Esse darüber, vielmehr war der ganze Raum, wie Mortimer gesagt hatte, selbst die Esse. Die vom Ruß der Jahrhunderte geschwärzten, fensterlosen Wände, am Grunde zunächst noch quadratischen Grundrisses, bogen sich, je weiter sie in die Höhe strebten, in eine Art trichter- oder flaschenförmige Fortsetzung hinein, die unter ständiger Verjüngung sich im Finsteren der Höhe verlor, ja, sich dort schlotartig in die Unendlichkeit fortzusetzen schien.

«Beeindruckend ...» Ich hörte die Stimme Stalliots direkt neben meinem Ohr und sah seinen anerkennenden Blick in die Höhe schweifen.

Seine Gattin bewegte sich weiter vorne an der Seite Robert Miltons.

Die Tête der Gruppe hatte unterdessen das Ende des Ganges erreicht, und Mortimer schlug den Weg nach links ein, wo hinter einer Ecke Stufen steil in die Höhe strebten, und nachdem er die ersten paar von ihnen erklommen, kehrte er sich uns zu, überblickte unsere Gruppe amüsiert von seinem erhöhten Standplatz und rief: «Meine Freunde, wir besteigen jetzt den Turm, der sich an der Nordwestecke der Burg befindet, bis auf seine volle Höhe. Ich hoffe, Sie haben hinreichend Atem mitgebracht.»

Gespielter Protest klang aus unserer Mitte auf, lästerliche Vermutungen, Gelächter, aber Mortimer hatte sich schon umgekehrt und stieg weiter hinauf. Sich im Gehen immer wieder halb über seine Schulter uns zuwendend, gab er Erklärungen ab, dabei selbst in keiner Weise außer Atem geratend, während der Pfarrer, wie ich bemerkte, auch der Professor, auch Stalliot – welch letzterer direkt hinter mir ging –, ohne zu diesem Zeitpunkt ihrerseits etwas zu sagen, durchaus ins Pusten gerieten. Der Comte hatte einem der Diener eine der Fackeln abgenommen, Henry kletterte geschwind, hinkend, mit einer Fackel ganz vorneweg, Goldsmith, in der Mitte der Gruppe, war ebenfalls zum Träger einer Flamme avanciert und leuchtete Nightingale, und der Diener mit der vierten Fackel schritt im letzten Teil der Gruppe mit, in dem auch ich mich bewegte, während ein anderer, ohne Feuerbrand und bereits halb im Dunklen, hinter uns die Nachhut unserer Expedition bildete.

«Das Schloss ist ziemlich exakt nach den vier Windrichtungen ausgerichtet», erläuterte Mortimer, während wir kletterten. «An drei von den vier Ecken der Burg gibt oder gab es Türme.» Der Nordwestturm, in dem wir uns gerade befänden, sei noch völlig intakt. Auch der südwestliche Turm – äußerlich identisch mit diesem – sei seit Zeiten unverändert, allerdings sehe sein innerer Aufbau erheblich anders aus als dieser, denn jener enthalte bewohnbare Zimmer, was in diesem Turm nicht der Fall sei. «Jenen nenne ich daher auch meinen ‹Wohnturm› und diesen hier, weil unten die Küche ist, der Einfachheit halber ‹den Küchenturm›.» Die dritte Ecke der Burg, berichtete Mortimer, die nordöstliche, habe nie einen Turm in herkömmlichem Sinne besessen, da sich an dieser Stelle die Burgkirche, respektive die Kapelle befinde, und für die Kirche, obschon gotischen Stils, sei ein Turm nie ausgeführt worden. Bleibe von der vierten Ecke zu berichten, der südöstlichen. Dort sei der Eckturm im vorigen Jahrhundert eingestürzt. «Die Chroniken», fuhr Mortimer fort, «vermelden nichts über die Ursache des Einsturzes, und die Trümmer, die so belassen worden, wie sie gefallen sind, und die sich, von Unkraut, niederem Gebüsch und einigen Dutzend bezaubernder Birken überwuchert, noch immer auf dem Dach der Burg liegend befinden, verraten uns wenig über die ursprüngliche Form und das Aussehen jenes heute verschwundenen Turmes.»

Die Treppe zwängte sich zwischen zwei schmal stehenden Wänden aufwärts, und bereits einmal war sie rechtwinklig nach links gebogen. Soeben stieg Mortimer, uns vorneweg, um einen weiteren solchen Knick herum, danach wirkte die Treppe etwas breiter, da die linke Wand nun, gebogen, etwas von uns zurückzuweichen schien. Mortimer erläuterte: «Wie Sie bemerkt haben, klettern wir bislang beständig um das Küchengewölbe herum, das sich nach oben zu verjüngt und gleichzeitig rundet, denn im oberen Teil geht es in einen Kamin über, den Sie in Kürze frei stehend in der Mitte des Turms sehen können, ein architektonisches Unikum, wenn Sie mich fragen, denn der vergleichbare Küchenschlot im Avignoner Papstpalast steht frei, ist nicht derartig kubisch durch einen äußeren Turm umbaut. Hier haben wir übrigens», er wies auf zwei einander gegenüberliegende Türen links und rechts in einer durch eine weitere Abbiegung der Treppe bezeichneten Ecke der Außenwand hin, «hier haben wir bereits die Höhe des Daches

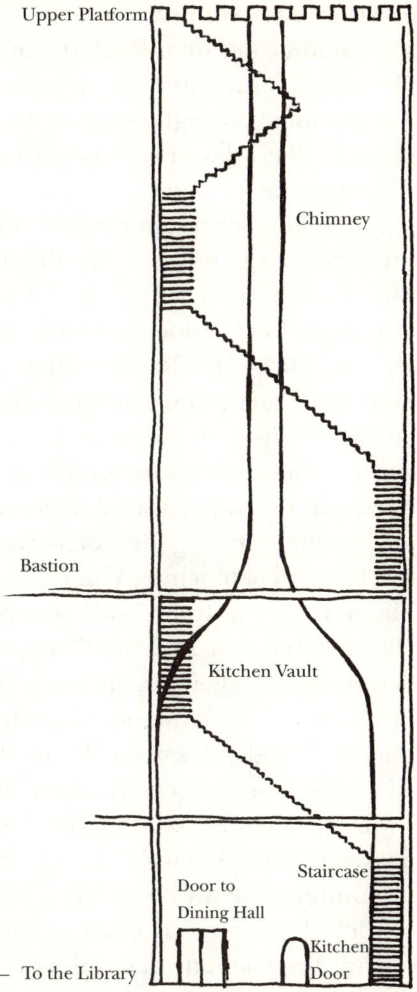

erreicht, das wir durch diese Türen betreten könnten – was wir nachher auf dem Rückweg auch tun werden; es ist ein Flachdach, eine Bastei oder Bastion. Zunächst aber wollen wir, wie angekündigt, bis ganz nach oben gelangen, wo Sie dann endlich das erwartet, was ich Ihnen im Eigentlichen zeigen wollte.»

Mit jedem Schritt, mit jeder Stufe hatte sich unsere Spannung bereits gesteigert. Mortimers Worte deuteten darauf hin, dass wir unser Ziel noch nicht erreicht hatten, im nächsten Augenblick jedoch bot sich uns ein durchaus erstaunlicher Anblick: Der Raum weitete sich, und wir erreichten eine Art Plateau um ein bouteillenförmig aus dem Boden aufstrebendes Rund, das sich nach oben hin in den von Mortimer erwähnten frei stehenden Schlot verlängerte – der Küchenkamin –, und vor und neben und über uns öffnete sich gleichzeitig ein ungeheurer Raum, ungewiss vom Flackern der Fackeln beleuchtet. Von hier aus konnten wir mit einem Mal in das leere Innere des weiteren Turms hinaufschauen. Die um und um laufende Treppe war kaum mehr als ein Schwindel erregender, in die Höhe strebender, schmaler Fries an der Außenwand, hoch hinauf, bis sie dort neben dem frei und mitten im Raum stehenden, aufstrebenden Küchenschlot in irgendeinem schwarzen Loch verschwand.

«Dort hinauf?», keuchte der Professor, und die Tatsache, dass sein Entsetzen wohl nur zur Hälfte gespielt war, brachte uns andere, die wir beim Anblick des leeren Raumes unwillkürlich den Atem angehalten hatten, zum Lachen; ein erleichtertes Lachen, das indessen geisterhaft und hohl in dem vom Licht unserer Fackeln gespenstisch erhellten Schacht dieses Turmes widerhallte. «Schon gut», sagte der Professor und blickte sich schuldbewusst um, «ich habe kein Wort gesagt. Wenn Sie es wünschen, *fliege* ich auch dort hinauf.»

«Dort hinauf, jawohl», wiederholte Mortimer schmunzelnd und trat heran, um Prescott ermutigend auf die Schulter zu klopfen. Und schon in der nächsten Minute fanden wir uns auf jener Treppe, krochen bald in halber Höhe wie die Insekten an der Wand nach oben, und den einen oder anderen mochte Atemlosigkeit anfallen ob der Höhe, in der wir uns befanden, und ob all des leeren Raumes um uns her. Windstöße wehten uns aus der Dunkelheit entgegen, Zugluft, denn überall gab es Löcher und Schießscharten nach draußen, und auch von oben her, wo wir hinaustreten würden, zog es luftig herunter. Unter uns versank die Halle in nächtlicher Schwärze. Ich hörte Nightingale irgendwo weit vor mir plappern. Sie machte Mortimer im Scherz die bittersten Vorwürfe, dass sie bei all ihren bisherigen Aufenthalten auf der Burg nicht in den Genuss dieses nächtlichen Aufstiegs gekommen sei, worauf er allen Ernstes replizierte, dass sie seinerzeit erstens alleine hier und zweitens noch viel jünger gewesen sei – das hätte zweifellos das ihm gegebene Maß des Erträglichen überschritten. «Guter Mortimer ...», entgegnete Nightingale, und ich hörte am Ton, wie sie aus tiefster Seele schmunzelte.

Der Professor schnaufte, und auch Stalliot, der noch immer direkt hinter mir ging, tat desgleichen. Ich hörte Alice Stalliot weiter vorne lachen, als Robert Milton irgendetwas zu ihr sagte, das ich nicht verstand. Das Licht der Fackeln begleitete uns schwankend an der Wand nach oben. Goldsmith murmelte etwas, und der Pfarrer, vor mir gehend, kicherte kurz und unvermutet vor sich hin, als wir plötzlich durch ein kurzes Stück engen Schachtes stiegen und durch die Decke hindurch hinaus auf die Plattform traten ... unter freien Himmel.

Die Fragmente von Gespräch, die sporadisch zwischen uns hin und her geflogen waren, erstarben. Wind wehte in scharfen Stößen und bauschte unsere Tücher und Mäntel. Ein Augenblick des Schwindels erfasste mich, der mich herantreten und nach den Zinnen der Brüstung greifen ließ, als ich der Höhe gewahr wurde, in welcher wir uns befanden. Wir standen auf einem quadratischen Balkon, den die steinerne Fläche der Turmplattform darstellte, als schwebten wir über einer nächtlichen Landschaft, die sich ins allseits Ungewisse erstreckte, fast weiß im Frost tief unter uns, undeutlich in der Nacht – und noch tiefer, seitab, ein Glitzern von Wasser: Loch Ness. Es war traumhaft, und der Schwindel betäubte mich. Auch die anderen waren wie berauscht und still, sodass man den Wind hörte, der raunend heranfuhr und über die Zinnen flüsterte – aber was uns schweigen machte, war nicht all dies allein. Ein geheimnisvolles Licht war da, das uns die Landschaft erhellte, obwohl kein Mond mehr am Himmel stand – ein rötliches, waberndes Licht, fern oben in der kalten Unendlichkeit der Sterne.

«Mein Gott», flüsterte Nightingale, und ich bemerkte überhaupt erst in diesem Augenblick, dass sie neben mir stand. «Welch ein Bild …»

Quer über den Horizont wehte es wie ein Vorhang im Wind der Nacht, wie ein kaltes Feuer, das die Sterne verblassen ließ.

«Grandios», hörte ich auch Stalliot, zu dieser Sekunde leise, und der Wind trug ihm die Worte von den Lippen.

«Es ist wundervoll», sagte der Professor. Ein kalter lautloser Brand von einem Weltende zum anderen flackerte über unseren Köpfen. Minuten vergingen.

«Es war dies Nordlicht, das ich Ihnen zeigen wollte», hörte ich schließlich Mortimer, auch er zutiefst berührt von dem Schauspiel, das er gewiss das eine oder andere Mal schon zuvor gesehen. «Henry war so lieb und benachrichtigte mich während des Essens, und ich meinte sofort, dass an diesem Begrüßungstage dies meinen Gästen nicht vorenthalten werden dürfe, denn es ist …» Es versagte sich ihm hier, wie es schien, der rechte Ausdruck, und er schwieg und hob erst nach einiger Zeit wieder seine Stimme: «Im Winter gibt es das in unseren Breiten gelegentlich, und ich habe es in der Tat schon des Öfteren am Himmel gesehen, aber glauben Sie mir, meine Freunde, auch wenn Sie es zum wiederholten Male erblicken, erfriert und erglüht Ihnen das Herz gleichermaßen. Es ist einfach zu bedrohlich … und zu schön …»

Ich legte den Kopf in den Nacken und schloss für einen Moment die Augen vor diesem Inferno lautloser Energie dort oben am Himmel.

«Geht es Ihnen gut?», hörte ich Nightingale leise neben mir. Ich öffnete die Augen und sah sie dicht neben mir stehen, zart und hinreißend und mich besorgt betrachtend.

«O ja, es geht mir gut», sagte ich, weich in den Knien.

Die anderen regten sich, fanden zu sich, und gemurmeltes Gespräch kam auf. Der Graf trat an die Zinne und starrte hinab in den Burggraben – in das, was man von ihm im ungewissen Flimmerschein des Himmels sah. Milton stand neben ihm, und auch die anderen traten jetzt heran und schauten hinunter.

«Weshalb ist der Wasserstand so niedrig?», fragte Geoffrey Stalliot. «Ist das nicht ungewöhnlich, Sir Mortimer? Ich meine, ich könnte auch fragen: Weshalb sind die Seitenböschungen so hoch? Ich habe noch nie derartig steile, hohe Böschungen an einem Burggraben gesehen.»

«Sie haben Recht», stimmte Mortimer zu, und Stolz klang in seiner Stimme. «Es ist eine bauliche Sonderheit. Die Baumeister des 11. Jahrhunderts haben ein eventuelles Austrocknen des Grabens verhindern wollen und ihn deshalb durch einen unter der Wasserlinie angelegten Tunneldurchstich mit dem Loch Ness dort draußen verbunden, und nach dem System der kommunizierenden Röhren haben wir deshalb in beiden Gewässern stets den gleichen Wasserstand, der in der Tat für diesen Burggraben etwas tief scheint – aber das liegt nur an der Tatsache, dass die Burg erhöht auf einem Hügel liegt. Ungewöhnlich ist es, in der Tat, aber die Bewohner des Mittelalters werden die Sicherheit genossen haben, die ihnen dieser Umstand bot.»

Verblüfftes Gemurmel klang auf, und Stalliot fragte: «Wie lang ist dieser ‹unterseeische› Tunnel?»

«Oh, sehen Sie selbst, schätzen Sie es, ich weiß es nicht», sagte Mortimer und wies nach den Wassern des Loch Ness hinüber, «vierhundert, fünfhundert Yards ... Schwer zu sagen, da das Gelände abfällt und der Tunnel so kürzer sein wird, als man denkt.»

«So können wir davon ausgehen, dass wir vom Lindwurm gerettet werden, falls einer von uns das unwiderstehliche Verlangen hat, seine morgendlichen Schwimmübungen im Burggraben zu vollziehen?», meldete sich Milton mit deutlichem Spott zu Wort. Vorsichtiges Gelächter brandete auf, und Mortimer schien dankbar ob einer heiteren Entgegnung.

«Was ist dies?», fragte der Comte de Marais, und der Ton, mit dem er es fragte, ließ uns aufhorchen. Wir folgten mit den Blicken seiner ausgestreckten Hand. Dort, wohin er wies, ebenfalls Richtung Westen, aber rechter Hand vom Loch Ness, auf einem ähnlichen Hügel wie dem, auf dem die Burg selbst lag, erblickten wir ein Haus, genauer gesagt, die Ruine eines Hauses, die sich soeben aus einem feinen, weißen Dunst zu schälen schien, der unwirklich über der Stelle lagerte. Mit jedem Augenblick wurden die Umrisse des Gebäudes deutlicher, und Grauen kam mich unwillkürlich an. Die ehemals weiße Fassade schien im Widerschein des Nordlichtes am Himmel unstet zu flackern, und zwischen einer Gruppe dürrer, seltsam verkrüppelter Bäume, die das Anwesen umstanden, starrten die leeren Fensterhöhlen eines hohlen Mauergeviertes und eine Ansammlung geborstener Balken zu uns herüber.

«Puh ...», hörte ich Alice Stalliot von der anderen Seite

des Plateaus her sagen, und ich war geneigt, ihr zuzustimmen.

«Dies ist Dull Manor», sagte Mortimer, und mir schien, als ob er seine Stimme senkte, «ein in der Tat finsterer Ort, meine Freunde, aber auch ein poetischer Ort gleichermaßen, weshalb ich ihn in meiner Nachbarschaft ... unbedingt ... nicht missen möchte.»

«Ein poetischer Ort?», fragte der Comte interessiert. «Vielleicht gibt es eine Geschichte dazu?»

«Die gibt es wohl», sagte Mortimer lächelnd, «o ja, es gibt sie, aber vielleicht ist es hier und jetzt und in Anwesenheit der Damen nicht richtig, sie zu erzählen.»

Einige heftige Windstöße fuhren von Westen herüber und zerteilten den letzten Dunst über der unheimlichen Ruine dort draußen. Ich fröstelte.

«Wie meinst du das, Mortimer?», fragte Nightingale und bewegte sich etwas fort von mir, ihm entgegen. «Deine Sorge in allen Ehren, mein lieber Freund, aber ich bin jetzt nicht mehr das Kind, für das du mich unentwegt zu halten scheinst.» Sie stieß ein Lachen aus, das Mortimer verunsicherte. Er warf einen vorsichtigen Blick zu Alice Stalliot hinüber. Die begegnete seinem Blick mit ihren eigenartig unbewegten Augen und sagte mit rauer Stimme: «Machen Sie sich meinetwegen keine Gedanken, Sir Mortimer.»

Mortimer war noch immer unentschieden, aber wir anderen drängten nun ebenfalls mit aufmunternden Worten auf ihn ein, die Geschichte des Hauses zu erzählen, sodass er sich schließlich gezwungen sah, unserem Wunsche nachzukommen. Er zog sich etwas von uns gegen die Zinne hin zurück und senkte den Kopf. Schließlich begann er zu reden, und ich hatte ihn selten derart eindringlich und berührt sprechen gehört.

«Die Geschichte dieser Ruine führt uns etwa fünfhundert Jahre zurück in die Vergangenheit», begann er langsam, «zurück ins tiefste Mittelalter, zurück ins 14. Jahrhundert, also in die Regentschaft Roberts III. aus dem Hause Stuart. Damals lebte auf Boroughmore Castle noch ein anderes Geschlecht: die McFlynns. Zu jener Zeit residierte Sir Roger McFlynn mit seiner Gattin Lorraine in den Mauern, die uns heute beherbergen. Dort drüben aber, wo Sie jetzt die Ruine sehen, ließ Sir Roger ein kleines Landhaus, zunächst wohl eher als eine Jagdhütte geplant, wie die alten Chroniken verraten, als Hochzeitsgeschenk für seine Frau bauen, zum Zeichen seiner großen Liebe und seiner tiefen Verehrung.»

Sir Mortimer legte eine kurze Pause in seiner Erzählung ein, eine Pause, in der eine neue, wütende Windbö sein Haar zerzauste. Er bot uns sein Profil, als er zu der Ruine hinüberwies und fortfuhr: «Doch das Glück ihrer Ehe blieb nicht lange bewahrt, denn seine Liebe und Verehrung schenkte Roger McFlynn bald nach der Hochzeit einer anderen. Als Lady Lorraine bemerkte, dass eine andere Frau ihren Platz im Herzen ihres Mannes eingenommen hatte, war sie todunglücklich und zutiefst verletzt. Sir Roger, wenig beeindruckt durch das Flehen seiner Gemahlin, die Liebhaberin doch zu verlassen, warf Lady Lorraine kurzerhand aus dem Schloss und hieß sie in ihr kleines Landhaus, das vor wenigen Monaten noch ein Zeichen ihrer glücklichen Ehe gewesen, wenige hundert Yards von Boroughmore Castle übersiedeln. So musste die betrogene Gattin das neue Liebesglück ihres ungetreuen Ehemannes von nun an Tag für Tag aus nächster Nähe ertragen. – Auch die Kirche, die diese Scheidung nicht billigen wollte, konnte Sir Roger nicht dazu bewegen, zu seiner Frau, die ihn noch immer liebte, zurückzukehren. Die darauf folgende Verbannung aus der Kirche kümmerte ihn wenig. Lady Lorraine hingegen litt sehr unter der Trennung. Die anfängliche Bekümmernis schlug bald in Hass um. Sie hasste ihren Mann, dass er ihr das angetan. Mehrmals am Tag kam sie bis an die Zugbrücke, die dieser dann stets hochziehen ließ, und brüllte ihre Enttäuschung und ihren Hass über den Burggraben. Sie tobte und verfluchte ihren Gemahl, bedrohte ihn und seine Geliebte und wünschte beiden den Tod. – Aus dem Hass wurde Wahnsinn. Sie war besessen von dem Gedanken, ihn für seinen Verrat an der gemeinsamen Liebe zu bestrafen.

Einige Zeit später verschwand Sir Roger plötzlich. Keiner wußte etwas von seinem Verbleib. Die zurückgebliebene Geliebte konnte seinen Verlust kaum bewältigen. In ihrer tiefsten Trauer bezichtigte sie Lady Lorraine, ihn aus Eifersucht in ihrem Wahnsinn umgebracht zu haben. Lady Lorraine bestritt dies und versuchte, sich zu verteidigen, doch keiner wollte der allseits als wahnsinnig Bekannten Glauben schenken. Da man Sir Rogers Leiche – man glaubte mit Gewissheit an ein Verbrechen – nicht ausfindig machen konnte, erzählte man sich Schauergeschichten, Lady Lorraine hätte ihren so unglücklich geliebten Ehegatten zerstückelt und dann aufgegessen; andere wollten wissen, sie habe ihn verbrannt und seine Asche anschließend in alle vier Himmelsrichtungen verstreut. Angst und Entsetzen verbreiteten sich unter der Landbevölkerung und weiß Gott was noch für Gräuelmärchen. Ihre Beteuerungen, nichts davon sei wahr, halfen nichts, und so wurde Lady Lorraine des Mordes an ihrem Ehemann, des Bündnisses mit dem Satan und der Hexerei angeklagt und zum Tode im Feuer verurteilt.»

Mortimer senkte die Stimme, als er nach einem Moment fortfuhr: «Die Bestrafung wurde am 27. November des Jahres 1317 auf dem Marktplatz von Gwenndynnan, einem Dorf nicht weit von hier, im Angesicht der gesamten Bevölkerung der Gegend vollstreckt. Und während der Henker das Holz entfachte und die brennenden Scheite auf den Scheiterhaufen warf, verfluchte Lady Lorraine lauthals Gott und die Welt und lachte plötzlich fürchterlich, wie es noch kein Mensch je gehört, so, als ob sich der Teufel bereits ihrer armen Seele angenommen hatte. – In der gleichen Nacht noch, so berichtet man, entfachte sich ohne äußeres Zutun ihr kleines Landhaus, und während die Flammen das Gebäude verschlangen wie hungrige Wölfe, hörte man daraus das wahnsinnige Lachen der Lady Lorraine. – Von dieser Nacht an nannte man die Überbleibsel des Hauses nur noch Dull Manor oder auch im Volksmund ‹House of Dark Laughter›. Eine Legende sagt, dass alle hundert Jahre in der Nacht vom 27. auf den 28. November Dull Manor in Flammen aufgehe und dass man dann das wahnsinnige Lachen der Lady Lorraine wieder hören könne.»

Mortimer schwieg. Und auch wir anderen schwiegen. Ich kann sagen, dass die Wirkung der Geschichte auf uns alle eine ungeheuerliche war. Nightingale schließlich war die Erste, die sich wieder fasste. «Du bist doch immer noch der Beste, lieber Mortimer», sagte sie leise, «wenn es um das Erzählen einer poetischen Begebenheit geht. Ich danke dir – wir danken dir. Auch wenn all das finster und fürchterlich ist, Mortimer, war es richtig, dass du es uns erzählt hast.» Und damit trat sie an ihn heran, reckte sich auf die Zehenspitzen und küsste ihn leicht auf die Wange. Er lächelte und berührte vorsichtig ihren Arm.

«Aber das Datum, 27., 28. November, das ist heute!», sagte Alice Stalliot, und ihre Stimme klang spröde wie gesprungenes Glas. «Und es war 1317, sagen Sie, also ist es auf den Tag fünfhundert Jahre her, dass die arme Frau … den Flammentod erlitt. Auf den Tag fünfhundert Jahre …»

«Das ist richtig», sagte Mortimer. Wir sahen uns an, und ich glaube, einem jeden lief ein Schauer den Rücken hinunter.

«Nun, umso besser», meldete sich Geoffrey Stalliot zu Wort. «Es ist also klar, wie wir die heutige Nacht verbringen … es wird zwar kühl werden mit der Zeit, aber, wie Sir Mortimer schon sagte, als Aussichtspunkt ist dieser Platz doch wirklich fabelhaft. Wir versorgen uns mit einem guten Tropfen, lassen das Personal noch ein paar Decken heraufschaffen und machen es uns recht gemütlich …»

Ich glaube, keiner von uns goutierte seinen Spaß so recht, wiewohl er zweifellos hilfreich gemeint war. Die Stimmung war auf irgendeine eigenartige Weise umgeschlagen, und alle spürten dies. Und Mortimer mochte aus diesem Grunde am Ende doch bedauern, die traurige Legende der Lady Lorraine zum Besten gegeben zu haben. Ich sah, wie er überlegte.

«Wir sollten doch zunächst wieder heruntersteigen», schlug er schließlich vor. «Da wäre das eine oder andere, das Sie interessieren mag, die Burg ist groß … wenn Sie noch nicht zu müde sind, noch nicht in Ihre Zimmer wollen, sich der wohlverdienten Nachtruhe anheim zu geben.»

«Das ist recht, Sir», fiel der Vikar lebhaft ein, «lenken Sie uns noch etwas ab, auf dass wir nicht gerade mit der zwar poetischen, nichtsdestoweniger aber doch auch reichlich gottlosen Geschichte jener Frau den Tag beschließen mögen.»

Das Wort «gottlos» irritierte einige von uns, ich sah es an den Blicken – der Professor schüttelte sogar unwillig den Kopf, Goldsmith verzog sein Gesicht zu einer abfälligen Grimasse –, aber so kam es, dass, nach einem letzten Aufschauen in das flackernde Nordlicht über unseren Köpfen, nach einem letzten, schaudernden Blick hinunter in den Burggraben und hinüber auf die unheimliche Ruine, schließlich unser Abstieg über die Treppe ins Innere des Turmes begann, ein Unterfangen, das, abwärts noch viel eher als aufwärts, ein durchaus bedenkliches Unternehmen war. Unsere knirschenden Schritte auf dem Stein der schmalen Treppe hallten von den in Finsternis gehüllten gegenüberliegenden Wänden wider. Keiner sprach. Es war ein tappendes Abwärtssuchen im Flackerschein der Feuerfackeln, jedoch gelangten wir bald zu jenem unteren Plateau, wo der Schlot des Küchengewölbes aus dem Boden aufstieg. Uns der anderen Treppe zuwendend und nach zwei Kehren durch den nun wieder engen Gang an die Stelle gelangt, wo die beiden Türen einander gegenüberlagen, stand einer der Diener mit seiner Fackel da und hielt uns die eine der beiden auf, und an ihm vorbei fanden wir uns auf dem Dach des Westflügels wieder.

Es war eine glatte, aus gleichmäßigen Steinplatten gefügte Fläche, von der Größe etwa eines der Länge nach geviertelten Polofeldes, zu beiden Seiten mit den nämlichen Zinnen versehen wie oben auf dem Turm – eine Bastei, wie Mortimer gesagt hatte, die sich zwischen dem Turm hinter uns, von dem wir gerade herabgestiegen waren, und der dunklen Masse des Südwestturms vor uns erstreckte. Rechter Hand erblickte man, nicht mehr ganz so Schwindel erregend unter uns gelegen wie noch von oben, Loch Ness – auch die Ruine des Dull Manor konnte ich sehen. Linker Hand ging der Blick in den dunklen Schlosshof hinunter. Das Nordlicht war, wie ich mich mit meinem ersten Umtun vergewissert hatte, binnen jener Minuten, in denen wir im Innern des Turms abgestiegen waren, gänzlich vom Firmament verschwunden wie eine unwirkliche Geistererscheinung. Die vier Fackeln, die die zwei Diener, Goldsmith und mittlerweile, statt des Grafen, Henry in den Händen trugen, spendeten jetzt das einzige Licht, das flackernd von den Bodenplatten und den Zinnen reflektierte. Aber der Wind, so schien es mir, hatte in der gleichen kurzen Zeit spürbar zugenommen.

Mortimer blickte in meine Richtung, und als er mich als den Letzten kommen sah, lächelte er, nickte mir zu und wendete sich um, und wir alle folgten ihm und Henry, die nun recht geschwinden Schrittes auf den südlichen Turm zuschritten, den Wohnturm, als den ihn Mortimer zuvor bezeichnet. Ich glaubte zunächst, dass mithin dieser das Ziel unseres Gastgebers sei, aber ich fand mich im Irrtum, denn

Mortimer geleitete unsere Gruppe hier nur hindurch – es gab wie bei dem Turm, den wir zuerst kennen gelernt, zwei Durchgangsöffnungen, hier sogar gänzlich ohne Türen, zwei offene Gevierte vielmehr, die auf die Bastei des West- und des Südflügels hinausführten –, und so traten wir denn unverzüglich in den Turm ein und – nach einigen Schritten durch ein zugiges Stiegenhaus – zur anderen Seite wieder hinaus auf die Bastion, die das Dach des Südflügels bildete.

War die Bastei auf dem Westflügel eine zwischen den Zinnen wirklich gänzlich leere Fläche gewesen, so zeichneten sich auf der Südflanke sofort ungewisse Schatten von Erhebungen und einer merkwürdigen Silhouette ab, die erst im Näherkommen, im Lichte unserer Fackeln Gestalt gewann. Fast furchtsam verhielten einige von uns den Schritt beim Anblick eines unheimlichen Gerüstes oder Gerippes – wie von einer riesigen urzeitlichen Echse, welche, mittels armdicker Taue gefesselt, ihren langen Hals von oben her gefräßig über uns zu beugen schien – und erst im Nähertreten schälte sich aus der Dunkelheit, was es war: rissiges, vom Alter graues Holz, das mittels jener Seile und eines monströsen steinernen Gegengewichtes am hinteren Ende unter gewaltiger, gebogener Spannung stand – eine mittelalterliche Wurfmaschine.

«Phantastisch», sagte Geoffrey Stalliot. Die Damen, insbesondere Nightingale, wie auch der Comte schienen indessen nicht vom moralischen Wert dieses Kriegsgerätes überzeugt, dazu sah es jetzt zur Nachtzeit und im flackernden Licht der Fackeln auch zu gespenstisch aus. Aber Stalliot, nachdem er noch zu mehreren Malen «phantastisch, phantastisch» gemurmelt hatte und um das Gerät herumgeschritten war, wandte sich an Mortimer und fragte: «Von den Besitzern der Burg nehme ich an, vielleicht von den McFlynns hier stehen gelassen, nicht wahr?»

«Mit Sicherheit nicht von den McFlynns», antwortete

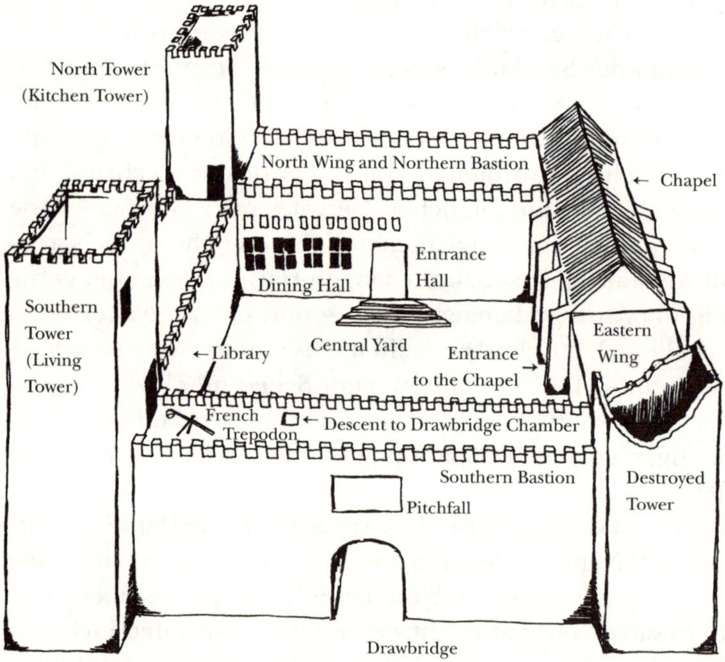
North Tower
(Kitchen Tower)
North Wing and Northern Bastion
← Chapel
Entrance
Hall
Dining Hall
Southern
Tower
(Living
Tower)
← Library
Central Yard
Entrance
to the Chapel →
Eastern
Wing
French
Trepodon
← Descent to Drawbridge Chamber
Southern Bastion
Destroyed
Tower
Pitchfall
Drawbridge

Mortimer lächelnd. «15. Jahrhundert. Ein so genannter Trepodon französischer Bauart. Weiß der Himmel, mein Lieber, wer ihn hierher geschafft hat. Er kann Steine bis zu einer halben Tonne Gewichts und diese bis zu zweihundert Yards weit schleudern. Er ist übrigens absolut ‹gebrauchsfertig›. Ich konnte, ich gebe es zu, seinerzeit der Versuchung nicht widerstehen, ihn auszuprobieren, als mir die Burg als Geschenk des Königs überlassen worden war. Er braucht allerdings sechs Mann Bedienung, dieser Trepodon, und Hugh und die anderen armen Kerle haben derart dabei geschwitzt, dass ich es nach den ersten grausamen Exerzitien nicht wiederholt habe.» Er strich sich in heiterer Erinnerung die Haare aus der Stirn.
«Es war ein heißer Augustmorgen, meine Freunde, malen Sie ihn sich aus, und niemand draußen auf den Wiesen zu sehen, nicht einmal Schafe, o ja. Es war ein Spaß: Boroughmore Castle verteidigt sich! Was man so tut, wenn man verrückt genug ist, in eine einsame Burg einzuziehen. Sehen Sie hier ... durch diese Rinne wird der Felsblock in einer Art lederner Tasche liegend geschleift, wenn man die Verriegelung löst ...», er drehte sich und begleitete seine Darstellung mit deutenden Bewegungen, die uns den Vorgang anschaulich machten, «... sodass die mächtigen steinernen Gewichte dort am Ende der Konstruktion» – er zeigte auf sie – «mit tonnenschwerer Gewalt herunterschlagen können. Sie reißen also den Baum herum, und er schnellt mit der Tasche hoch und nimmt den Stein mit sich.» Er zeigte nach draußen ins Dunkle. «Durch die gewaltige Fliehkraft muss die Tasche am Ende des durch die Seile bestimmten Halbkreises kippen und das Wurfgeschoss aus sich entlassen. Und der Felsblock dann, durch sein eigenes Gewicht getragen, fliegt einfach weiter durch die freie Luft und trifft die möglichen Belagerer dort draußen in der Landschaft ... bitterböse aufs Haupt: mittelalterliche Waffenkunst.»

Er kratzte sich, während vor unserem geistigen Auge das Bild des geschleuderten Steingeschosses sich vervollkommnete. «Was mir bei meinem einmaligen Versuch seinerzeit allerdings nicht erkenntlich wurde», fuhr er bekümmert fort, «ist, wie man mit so einem Gerät auch nur halbwegs genau zielt. Wenn Tag wäre, meine Freunde, könnten Sie den Brocken dort draußen noch liegen sehen. Wir haben ihn selbstverständlich nach unserem Schussversuch nicht mehr bewegt.» Er lachte. «Es war halben Tages Arbeit, ihn mit Seilen und Winden und einem Flaschenzug hier heraufzuschaffen, und – sehen Sie, und das ist die zweite Frage, die ich nicht klären konnte! – wie haben die Leute das damals gemacht, mit der Munitionierung, nicht wahr, im Falle einer Schlacht? Man muss doch in der Tat befürchten, dass der Kampf vorüber war, bevor es zum Einsatz dieses Monstrums kam. – Ich nehme an, dass die Franzosen, klug, wie sie sind, dieses Gerät aus ebenjenem Grund nach England exportiert haben.»

Beifälliges Gelächter klang auf, und mir wurde erstaunt bewusst, dass es dem Charme meines Freundes und unseres Gastgebers binnen einer Minute gelungen war, die eher bedrückte Stimmung zu überwinden, die nach dem unvermuteten Anblick der Ruine von Dull Manor und der Geschichte der Lady Lorraine aufgekommen war, die Mortimer eigentlich gar nicht hatte erzählen wollen.

«Sehen Sie hier», plauderte er unterdessen fort. «Folgen Sie mir nur.» Er war ein paar Schritte über die Bastei zur Seite getreten, wo eine kurze, steile Treppe über einige schmale Stufen in die Tiefe führte. «Verlassen wir für einige Augenblicke die Fläche unter dem freien Himmel!» Mortimer war schon den ersten Absatz hinuntergestiegen, als er sich noch einmal für einen Moment umwandte, um sicherzugehen, dass wir auch alle seiner Aufforderung nachkämen, bevor die Dunkelheit des unter uns befindlichen Raumes ihn verschlang. Angesichts der Ungewissheit, in der mein Freund uns beließ, beeilten wir uns, den gleichen Weg einzuschlagen, um unsere Neugier zu befriedigen und ihn nicht in der Tiefe der Treppe zu verlieren. Doch waren es nur wenige Stufen. Wir kletterten sie hinab und erfuhren eine neue Bereicherung der Sinne.

Der Ton unserer Schritte änderte sich, als hinter einer Tür, die sich dort quietschend geöffnet, unsere Schuhe auf hölzerne Bohlen trafen, die den Fußboden eines rechtwinkligen Raumes bildeten, über dessen wirkliche Größe man sich indessen nur schwer Rechenschaft ablegen konnte, da die ebenfalls hölzerne, von einigen verteilt stehenden, senkrechten Balken gestützte Decke ungemein niedrig über unseren Köpfen hing. Der Raum war leer bis auf eine Anzahl enormer eichener Fässer, die in einer entfernteren Ecke im Halbdunkel lagerten. Ferner eine unübersehbare Anordnung von Handkreuzen, Zahnrädern und vier gewaltige Walzentrommeln rechter Hand, auf die wir die Glieder starker Eisenketten aufgewickelt sahen, die sich über mächtige Flaschenzüge teils zum Boden, teils zur Wand hin spannten, wo sie jeweils in schießschartenartige Öffnungen eintauchten. Über die volle Länge der Wand zu unserer Rechten zog sich eine merkwürdige, längliche Rinne entlang, ähnlich einem Futtertrog.

Die Fackeln, die die Diener trugen, flackerten unstet; das Geräusch unserer scharrenden Schritte kam zum Erliegen, als wir uns nach und nach um Mortimer versammelten, der, uns mit einem verheißungsvollen Lächeln zugewendet, vor einem nackten, kahlen Wandstück stehen geblieben war, das auch auf den zweiten Blick wahrlich nichts Sonderliches zu bergen schien. Stille kehrte ein.

«Was, meine Freunde, glauben Sie, haben Sie hier vor sich?», fragte Mortimer, unser erstauntes Schweigen sichtlich genießend, bis er mit einer leichten Bewegung seiner

Hand hinter sich griff und dort gegen die steinerne Mauer drückte. Nightingale stieß einen überraschten Ruf aus, als sich die großen Quader mit einem schwachen, schleifenden Knirschen auseinander bewegten und wie von Geisterhand die Schwärze eines Einstiegs freigaben, aus dem uns ein kühler Luftzug ankam, der den Moder von feuchtem Stein und faulenden Flechten aus der Ferne mit sich zu führen schien. Steil abfallende Stufen verloren sich in der Finsternis. Von irgendwo weit her trug der Wind ein Geräusch heran wie von einem weinenden Kind. «Die Pforte zur Hölle», murmelte der Vikar mit seiner sanften Stimme, und ich ward unsicher, ob diese Bemerkung ernsthaft oder im Scherz geäußert worden war.

«Eher das Gegenteil, lieber Father Thomas, eher das ganze Gegenteil», ließ sich indessen Mortimer auflachend vernehmen, «nennen Sie es das Tor zum Himmel, wenngleich die Treppe, wie Sie sehen, nach unten führt. Das Tor zur Rettung wird es das eine oder andere Mal für einen Teil der Bewohner der Burg wohl durchaus gewesen sein, in den Zeiten, als Belagerungen noch an der Tagesordnung waren. Denn wir befinden uns in dem Saal über der Zugbrücke. Von hier aus wird sie aufgezogen und herabgelassen», er wies auf die gewaltige Kettenwalzen- und Zahnradkonstruktion rechter Hand hin, «wie auch das Fallgitter für die Tordurchfahrt – mehr als dreißig Tonnen Gewichts werden und wurden von hier aus einzig mit der Kraft der Hände bewegt. Aber … bezüglich jenes anderen Punktes – bedenken Sie, der Kettensaal über der Zugbrücke musste immer das bevorzugte Ziel der Angreifer sein, wollten sich jene Zutritt zur Burg verschaffen, nicht wahr?» Er wies auf die knapp mannshohe, schwarze Öffnung, die sich zuvor unter dem Druck seiner Hand in der Wand aufgetan: «Für die Besatzung dieses Raumes mochte also jener Geheimgang zumindest vorübergehende Sicherheit vor den Eindringlingen bedeutet haben, dann nämlich, wenn an eine Flucht nach oben über die Bastion und somit direkt in die Arme der Angreifer nicht mehr zu denken war.»

Mortimer schmunzelte. «Die geheime Treppe, die Sie sehen, meine Freunde, hinter dieser Wand – welch letztere sich im Übrigen von innen genauso spurlos verschließen lässt wie von außen – schauen Sie …», und vor unseren Augen betätigte er nun einen unsichtbaren Mechanismus, der mittels eines Gewichts oder einer ähnlichen Vorrichtung, verborgen auf der Rückseite, die massigen Steinquader leicht wieder in Bewegung setzte, worauf sich unter dem gleichen unheimlichen, schiebenden, schleifenden Laut die Öffnung binnen Sekundenfrist derart vollkommen wieder geschlossen hatte, als wäre sie nie da gewesen, «… jene Treppe führt drei Stockwerke tief, ohne weitere Seitenverzweigungen, in den Keller hinab. Der seinerseits ist, wie Sie noch selbst feststellen werden, ein veritables Labyrinth von Gängen, Kammern und blinden Endungen, in denen die Verteidiger aufgrund ihrer besseren Kenntnis des Ortes den Angreifern zunächst selbstverständlich überlegen gewesen sein müssen. Und so würde ich ohne zu zögern behaupten», er nickte Father Thomas zu, «dieser Geheimgang war für die Bewohner und Verteidiger der Burg unter Umständen genau die Atempause, die sie brauchten, um ihr Leben zu retten, und keineswegs das Tor zur Hölle. Wollen Sie es auch noch einmal probieren, Herr Vikar?»

Wir standen alle staunenden Auges vor der aufgetanen und wieder verschlossenen Öffnung des Geheimganges. Father Thomas schien indessen trotz alledem zögerlich. Doch in der nächsten Sekunde brach ein Gewitter von Angeboten der Freiwilligen über Mortimer herein, die gerne gleichfalls versuchen wollten, den Gang zu öffnen: Robert Milton, Stalliot, seine Frau – sogar der Professor erbot sich, aber Nightingale, lebendig wie ein Springteufelchen, war allen vorneweg: «Hier, Mortimer, hier!» – sie schien mir auf eine mich geradezu betäubende Art hinreißend.

Und so kam es, dass unter jenem scharrenden Geräusch die Quader ein ums andere Mal in die eine wie die andere Stellung glitten, der Einstieg sich auftat und wieder verschloss, während Mortimer, geduldig wie die Gouvernante einer Gruppe temperamentvoller Kinder, daneben stand und jeden schmunzelnd bei seinem Tun anleitete: So war die Hand beim Öffnen zu setzen und so beim Verschließen … Ich hörte Nightingales frische Stimme: «Es geht ganz leicht, obwohl, du lieber Himmel, Mortimer, was mögen diese Steine wiegen?»

«Es hat etwas Romantisches», stellte Geoffrey Stalliot fest, «so eine Burg zu besitzen, mit mittelalterlichen Wurfmaschinen und unterirdischen, wassergefüllten Tunnels, die vom Burggraben zum Loch Ness führen, und einem veritablen Geheimgang hinter der Wand. Guter Gott im Himmel! Äußerst eindrucksvoll!»

«Oh, dies ist bei weitem nicht der einzige Geheimgang in diesem alten Gemäuer», ließ sich mein Freund vernehmen. «Zum Beispiel gibt es mehrere recht seltsame Wege in die Kapelle beziehungsweise aus ihr hinaus. Zwei davon werden Sie nachher noch sehen. Und alte Aufzeichnungen besagen, dass es sogar einen Fluchttunnel tief unter dem Burggraben hindurch bis hinüber nach Dull Manor geben soll …» Er lachte. «Ich muss Ihnen zu meinem großen Bedauern jedoch gestehen, dass weder ich noch meine Dienerschaft ihn bisher entdeckt haben. Es wäre aber auch wirklich zu hübsch gewesen!»

Wissbegierige Fragen prasselten auf Mortimer ein, aus denen sich, wie ich beobachtete, lediglich Goldsmith heraushielt. Er war mir unheimlich in seiner Schweigsamkeit, die eigentlich schon andauerte, seitdem er vorhin beim Souper die mich schockierende Bemerkung über die mordenden

Medici beigesteuert, über die Kultur, die das Blutopfer brauche, über die Brüchigkeit und Scheinhaftigkeit aller Zivilisation, den dünnen Boden, auf dem wir alle gingen. Er schien mir rätselhaft und undurchschaubar. Ich sah ihn hinübertreten zu jener trogartigen, schattigen Rinne entlang der Wand und hineinblicken.

Geoffrey Stalliot hatte sich indessen vor die im Hintergrund des Raumes gestapelten Fässer hingestellt und erkundigte sich nun quer durch den Saal bei Mortimer, was diese wohl enthielten. Für einen Augenblick konnte ich dem Gedanken nicht entfliehen, dass er glaubte oder hoffte, sie beherbergten womöglich Wein. Auch Mortimer dachte wohl Ähnliches, denn er musste schmunzeln, als er nun an Geoffrey Stalliot herantrat und erläuterte, dass die Fässer, vom Vorbesitzer noch hier stehen gelassen, lediglich Pech und andere klebrige Substanzen enthielten. Die würden zur Herstellung von Fackeln einerseits sowie andererseits als Dichtungsmaterial für stets notwendige Ausbesserungsarbeiten am ganzen Schloss genutzt. Einige Fässer enthielten sicher auch noch weiteres, er habe das im Grunde nie vollständig kontrollieren lassen.

«Dieses allerdings», sagte er und wies auf eines der Fässer, das mich etwas kleiner deuchte als die anderen, «enthält einen noch ganz anders aufregenden Stoff als unpoetisches Pech zum Dichten von Dachfugen: Es ist Schießpulver, sodass uns, wenn wir auf die Jagd gehen wollen, in den nächsten Wochen keinesfalls der Stoff ausgehen wird, aus dem *die* Träume gemacht sind.»

Es gab ein großes Hallo und Gelächter, und Milton verlangte, unverzüglich die dazugehörigen Kanonen gezeigt zu bekommen, mit denen wir etwa die auf die Burg vorrückenden Horden von Wachteln, Schnepfen oder Enten zurückschlagen könnten, bevor sie das Schloss einnahmen. Begleitet von weiterer Heiterkeit der Anwesenden, wies Mortimer darauf hin, dass es im Keller des Ostflügels zwar in der Tat noch ein circa zwei Tonnen schweres Einzelexemplar einer eisernen Haubitze aus dem 16. Jahrhundert gebe, er jedoch bekennen müsse, dass er für die Funktionstüchtigkeit dieses Gerätes seine Hand nicht unbedingt ins Feuer zu legen gedenke.

Der Vicomte de Marais war indessen langsam hinübergeschritten zu dem länglichen Wandtrog, in den Goldsmith immer noch hineinstarrte, worauf ich ausreichend neugierig wurde, ihrer beider Beispiel zu folgen. Bei Annäherung sah ich, dass der Trogboden auf seiner Länge zwei eigenartige, trichterförmige Vertiefungen aufwies, welche irgendwo in der Tiefe in schwarze Löcher einmündeten. Durch diese finsteren Öffnungen blies kalter Wind herauf.

«Die Pechnasen über dem Tor», murmelte der Comte. «Und hier sehen wir die Befüllungsanlage.»

Goldsmith wandte sich ihm zu, nickend: «Wie erfinderisch Menschen doch zu allen Zeiten wurden, sobald es darum ging, andere Menschen zu vernichten, nicht wahr? Ich sehe die Angreifer, die auf irgendeine Weise die erste Hürde, die Brücke, genommen haben. Vielleicht haben sie sie mittels einer Zugvorrichtung herabgerissen oder durch Beschuss zerstört und nun selbst einen Brückenausleger über den Abgrund geschoben. Jetzt stehen sie also vor dem zweiten Hindernis, dem herabgelassenen Fallgitter, das, die Tordurchfahrt gänzlich ausfüllend, das weitere Eindringen sperrt. Und genau da, vor dem Tor stehend und noch über eine Lösung nachgrübelnd, versuchend, das Gitter zu überwinden – da trifft sie plötzlich der von oben herabstürzende tödlich heiße Brei aus siedendem Öl und kochend heißem Wasser oder verflüssigtem Pech, welches die Burgbesatzung soeben zuvor hier in diese Rinne gefüllt.» Goldsmith blickte uns aus seinen dunklen Augen an. «Eine Mordwaffe von besonderer Heimtücke», sagte er, «wenngleich ich zugeben muss, dass die Angreifer natürlich nichts Gutes im Schilde führten, als es auch der Besatzung der Burg schließlich nicht verwehrt sein durfte, sich gegen die Eindringlinge zu schützen. Wie ja überdies», setzte er hinzu, «die Angreifer durchaus immer wissen mussten, welchem Risiko sie sich aussetzten. – Trotzdem», er zwinkerte nervös mit den Augen, «ich bleibe dabei, eine der wahrsten Aussagen, die man über den Menschen machen kann, bleibt: Homo homini lupus ...»

Weder der Graf noch ich kamen dazu, Goldsmith auf seine Ausführungen hin zu antworten – ich weiß auch nicht, ob er tatsächlich eine Antwort erwartet hätte –, in unserem Rücken jedoch rief Mortimer in diesem Moment mittels eines scherzhaften Klatschens seine Schäfchen zusammen, um die Führung fortzusetzen. Die Diener, die soeben, wie ich aus dem Augenwinkel bemerkt, sich mit neuen Fackeln aus einer am Fuße der kurzen Treppe bereitstehenden Kiste bedient hatten, leuchteten uns den Weg über die wenigen Stufen, die wir gekommen, wieder an die kalte Nachtluft, in den aufkommenden Sturm hinein, nach oben auf die Bastei zurück, wo wir uns umwandten und nun in Richtung auf den zerstörten Südostturm hinausschritten.

Den Südostturm gab es nicht mehr, er war, wie Mortimer zuvor berichtet, vor mehr als hundert Jahren eingestürzt. Es war ein Bereich, den die Natur, seit die Mauern niedergebrochen, zurückerobert hatte, sodass es schien, als beträten wir eine Art verwilderten Hains oder Hügels. Gebildet von den Überresten des heruntergestürzten Turmes, die von den vergangenen Jahrzehnten mit einer gleichmäßigen Erdschicht aus humusartigem, feuchtem Boden bedeckt worden waren, prägte sich mir diese Erhebung hoch über den ungewissen Wassern des Loch Ness an einer so ungewöhnlichen Stelle als etwas ganz Besonderes ein, und für einen Moment drängte sich mir der Gedanke auf, in diesen alten Gemäuern wirklich gar nichts als vorhersehbar voraussetzen zu dürfen. Wir drangen ein in ein Wäldchen bizarrer Winkel und aufstrebender Vegetation, die, im ungewissen Lichte der Nacht und eigentlich nur eine geringe Fläche bedeckend, unser aller Phantasie zweifellos auf das äußerste erregte; wir durchquerten eine Ruine.

Die zierlichen Füße Nightingales tasteten sich unmittelbar vor mir durch das unwegsame Gelände über geborstene Stufen und moosbedeckte Trümmer hinweg, während knorriges Geäst beiderseits nach ihren zarten Schultern zu greifen schien. Wären die Diener nicht stets mit ihren hilfreichen Fackeln zur Stelle geeilt, so wären wir hoffnungslos verloren gewesen in diesem plötzlichen Reich des Nirgendwo. Im Dunkel vor mir leuchtete der weiße Schal des Grafen. Ich fühlte, wie mein Fuß von bröckelnden Steinen abglitt, als der Weg sich senkte. Der Pfad schlängelte sich auf und ab, und hätte ich nicht die Gewissheit gehabt, dass wir uns lediglich auf den Überresten eines eingestürzten Bauwerkes befanden, so hätte sich mir der Eindruck aufgedrängt, wir befänden uns irgendwo weit draußen auf einem Moor oder einer einsamen, weiten Heide.

Jedoch hatte ich diese Gedanken kaum verfolgt, als wir aus der Wildnis dieses eigenartigen Gartens bereits wieder heraustraten und im schwachen Widerschein der Fackeln die glatte, von teilweise gesprungenen Steinplatten gebildete Fläche der östlichen Bastei sich vor uns erstreckte. Ich sah Mortimer dort stehen, wie er sich vergewisserte, dass alle seine Gäste das verwilderte Terrain wohlbehalten durchquert hatten. Er kehrte sich um und schritt voraus, auf das nördliche Ende der Bastei zu, die dort in einer schräg aufstrebenden, aus gebrannten Tonschindeln bestehenden Fläche auslief. Beim Näherkommen nahm ich erstaunt wahr, dass diese Fläche das Dach der Burgkirche bildete und die Bastei hier blind zu enden schien.

Ich hörte das Schnaufen Geoffrey Stalliots, als sich jener

überrascht äußerte: «Und nun, mein bester Sir Mortimer? Sie werden uns doch nicht etwa nach dem soeben genossenen Ausflug in die üppige Flora Schottlands auch noch zu einer veritablen Kletterpartie laden, wo wir dann, wie im Kinderlied, ein Bein rechts und ein Bein links womöglicherweise, in schwindelnder Höhe auf dem First jenes burgeigenen Gotteshauses entlangzureiten hätten?»

Ich sah das Schmunzeln auf dem einen oder anderen Gesicht, nahm auch das missbilligende Kopfschütteln von Father Thomas aus dem Augenwinkel wahr, dem die Bemerkung über das Gotteshaus im Stil verfehlt schien, aber Mortimer hatte sich schon gebückt und eine schräg vor uns innerhalb der aufstrebenden Fläche der Schindeln aufliegende Luke geöffnet.

«Bewahre, Mr. Stalliot», entgegnete Mortimer gut gelaunt, während der Wind wütend seine Haare zauste. «Keine weiteren waghalsigen Höhenflüge, im Gegenteil, mein Lieber, wir werden uns im Folgenden der Höhe des regulären Erdbodens wieder erheblich annähern, ja, dieselbe sogar unterschreiten, seien Sie hinsichtlich dessen also gänzlich unbesorgt», er wies auf die hinter uns sich im fahlen Nachtlicht erstreckende östliche Bastei, «dort sehen wir den just durchquerten Südostturm und die östliche Bastei – unter welch letzterer, und zwar nur wenige Yards tiefer, wie Sie selbst bei ruhiger Erwägung ermittelt haben werden, die Gästezimmer liegen – hier jedoch», er wendete sich der soeben geöffneten Luke zu, «hier betreten wir einen weiteren versprochenen Bereich der Burg, denn hier sehen Sie den ersten der zuvor von mir antizipierten merkwürdigen Eingänge in die Kirche vor sich. Folgen Sie mir, ohne sich überflüssigen Befürchtungen zu ergeben.»

Er gab dem Diener, der eine der Fackeln trug, ein Zeichen voranzugehen, damit wir unten Licht hätten, wenn wir hinunterkamen. Es sah auf eine merkwürdige Art malerisch und Furcht erregend gleichermaßen aus, den Kopf dieses Mannes mitsamt dem rötlich flackernden Brand der Fackel dicht neben seinen Haaren in der engen Öffnung im Kirchendach verschwinden zu sehen. «Es wird sich allerdings», wandte sich Mortimer uns zu, «für die nächsten wenigen Yards eine gewisse Unbequemlichkeit ergeben, insbesondere für die Damen – wenn also die Herren den Damen hilfreich einen Arm leihen würden ...» Und damit stieg er selbst, nachdem er sich umgedreht, unversehens rückwärts in die Tiefe jener Luke ab, von wo jetzt das Flackerlicht der Fackel undeutlich heraufdrang.

Angeregtes Geplauder ertönte, sobald der Kopf unseres Gastgebers verschwunden war, und ein jeder drehte sich um, Füße angelten nach dem ersten Tritt im Dunkel. Es erwies sich, dass innen lediglich eine einfache Holzleiter angelehnt war; einer nach dem anderen kletterten wir Mortimer hinterher, kaum über Mannshöhe tief nach unten, nur um alsbald wieder auf festem Boden zu stehen. Ich bedauerte es, mich in dieser Situation nicht als Kavalier erwiesen haben zu können, aber da es Robert Milton war, der vor Nightingale hinuntergestiegen, war er es auch, dem es vergönnt, ihr beim Abstieg hilfreich die Hand zu reichen.

Die lockeren Bemerkungen, die beim Abstieg hin- und hergeflogen, erstarben, sobald wir den Grund erreicht hatten. Der Nachthimmel war vergessen und der böige Wind. Die Diener versammelten sich um uns, leuchteten mit ihren Fackeln. Wir befanden uns in einem weitläufigen Gewölbe, über unseren Köpfen war das steile Innere der aus dieser Perspektive eigenartig provisorisch anmutenden Dachkonstruktion der Burgkirche, ein vertracktes Gewirr von aufstrebenden Holzbalken sowie die Unterseite ebenjener Dachschindeln, die wir von außen gesehen, beides einen leeren, staubigen Raum umschließend, der sich in die Höhe und fern nach hinten ins Finstere erstreckte. In Augenhöhe vor uns und seitab jedoch fiel unser Blick auf eine unwirkliche Landschaft grauer, sich aus dem Boden erhebender, mannshoher Buckel, eine Unzahl sich in Finsternis verlierender, merkwürdiger, kuppelförmiger Wölbungen. Wir schwiegen, beeindruckt von dem unerwarteten Anblick.

«Was ist das?», hörte ich Alice Stalliot neben mir wispern.

Professor Prescott räusperte sich und wandte sich ihr zu. «Unser Gastgeber hat uns vorhin berichtet, dass die Kapelle gotischen Baustils sei. Nun, wir alle haben zu verschiedenen Malen in gotischen Kirchen gestanden und unseren bewundernden Blick in die Höhe gesandt, wo sich über und zwischen den Säulen scheinbar gewichtslos Steinmassen in unermesslicher, göttlicher Eleganz zueinander neigen – in harmonischen Spitzbogengewölben …» Er knackte mit den Fingern. «Nur, kaum einer von uns wird je die Gelegenheit gehabt haben, jene Gewölbe einmal von der anderen Seite, von oben aus nämlich, zu sehen.» Er deutete auf die Buckel und Kuppeln hinter sich. «Ich nehme an, das sind sie – das ist die Rückseite des Mondes, wenn ich so sagen darf, die kein Mensch zu Gesicht bekommt … gotische Spitzbogen – von oben betrachtet. Habe ich Recht?»

Und mit dieser abschließenden Frage hatte er sich an Mortimer gewendet, der die ganze Zeit lächelnd dabeigestanden, nun den Kopf neigte und schlicht äußerte: «Dem, mein lieber Professor Prescott, ist absolut nichts hinzuzusetzen.»

Ich beobachtete, wie sich der Vikar am Kopf kratzte. Hässlich, urzeitungeheuerähnlich buckelten diese Wölbungen dort in die Finsternis hinein, das völlige Gegenteil baulicher Leichtigkeit und Eleganz – es war, als hätte einem ein Taschenspieler ein Zauberkunststück erklärt; ein Zauber war erloschen und die Erklärung mit dem faden Beigeschmack der Enttäuschung versehen …

«Gotische Spitzbogengewölbe», hörte ich Goldsmiths

Stimme und sah zu meiner Verwunderung, dass er unbemerkt dicht neben mich getreten war und mich nun bedeutsam ansah. «‹Unseren bewundernden Blick in die Höhe gesandt›», zitierte er den Professor, «‹wo sich über und zwischen den Säulen scheinbar gewichtslos Steinmassen in unermesslicher, göttlicher Eleganz zueinander neigen› – und doch nur eine Theaterkulisse, nicht wahr?» Er zwinkerte freudlos mit den Augen. «Alles in der Welt hat zwei Seiten, Mr. Lloyd, und dahinter zu blicken birgt im günstigsten Fall doch immer die Gefahr der Ernüchterung, entlarvt die simplen Tricks ...»

Er begann mir mit seiner alle Dinge eigenartig abwertenden Sichtweise unsagbar auf die Nerven zu gehen, jedoch ward es mir nicht möglich, ihm direkt zu antworten, denn Mortimer bedeutete uns im selben Augenblick, ihm zu folgen. Er schickte abermals einen der Diener mit der Fackel vorneweg und bewegte sich dann selbst, wie ich überrascht wahrnahm, leicht balancierend über eine Art schmalen Stegs ohne Geländer, dessen ich erst mit dieser Sekunde ansichtig geworden, ein Stück weit in die gespenstische Buckellandschaft hinein. Der Diener, der vorangegangen war, blieb ein paar Schritte weiter vorne stehen, senkte das Licht und enthüllte so plötzlich ein erschreckendes, schwarzes Loch im Boden an der niedrigsten Stelle zwischen den umgebenden aufstrebenden Wölbungen – ein Loch, welches aus meiner Sicht viel zu klein aussah, als dass irgendein Mensch dort je hätte hindurchsteigen können. Und doch war dies unser weiterer, von Mortimer vorbezeichneter Weg.

«Kommen Sie, meine Freunde, kommen Sie!», lockte er uns und blickte uns über die Schulter an. «Ich hatte Ihnen nichts weniger als ein Abenteuer versprochen. Hier ist es, und bei ruhiger Betrachtung: Es ist nicht gar so schlimm, als es aussieht. Es ist steil, es ist eng, gewiss, aber Sie können sich an der Wand festhalten. Sie sollten indessen darauf achten, das Personal mit den Fackeln verteilt zwischen sich gehen zu lassen, sodass Ihre Füße die Stufen nicht verfehlen können.» Und mit dem letzten seiner Worte, während wir schon, einer nach dem anderen, den Steg passierten, war er dem Diener hinterher in das Loch nachgetaucht, und herauf klang nur noch das Geräusch ihrer Tritte weiter unten auf einer steinernen, uns unsichtbaren Treppe.

«Grundgütiger Himmel», hörte ich Stalliot voll Entsetzen, «er ist schlank, aber was geschieht mit mir, wenn ich zwischen diesen Wänden stecken bleibe? – Er nimmt das zu genau mit dem Abenteuer, unser reizender Gastgeber, finden Sie nicht? Wer also gibt mir einen Rat?»

«Sie sollten auf alle Fälle als Letzter gehen», empfahl ihm Robert Milton mit einer gewissen Bissigkeit in der Stimme, und es gab ein kurzes, allgemeines Gelächter auf Stalliots Kosten. Und dann kletterten wir einer nach dem anderen in das Loch. Wir ließen Alice Stalliot und Nightingale den Vortritt, bedeuteten dem anderen Diener hinterherzugehen, dann kam Geoffrey Stalliot, dann der Pfarrer, dann der Professor, dann Henry mit einer weiteren Fackel. Als Nächster folgte der Comte, dann Milton, hinter dem ich einstieg; hinter mir, als Letzter, mit einer Fackel in der Hand, trat Goldsmith den Abgang an.

Es war eine sehr schmale, steinerne Wendeltreppe, die eng und unglaublich steil in diesem steinernen Schacht im Kreise abwärts führte, sodass man bald das Gefühl bekam, seinem Vordermann auf die Schultern zu treten. Bei fortschreitendem Gang änderte sich die Akustik in gespenstischer Weise. Jeder Tritt, jedes gesprochene Wort, jedes Lachen, das irgendwo vor mir oder um mich ertönte, fand ein geisterhaft bedrohliches, hundertfaches Echo, das gleich dem Flüstern eines Riesen in dem Schacht auf- und niederfuhr und nicht zu enden schien. Ich hielt mich an der Wand und war unendlich dankbar, als sich nach, wie mir schien, einer Ewigkeit seitlich schließlich die Umrisse einer Türöffnung abzeichneten, durch die einer nach dem anderen vor mir entschwand. Dieses beengte Kreistreten ebenso wie jene geheimnisvoll schleifenden Echos unseres Abstiegs hatten in mir Schwindel und eine Art Platzangst erzeugt, ja, mich geradezu der Räumlichkeitswahrnehmung beraubt. Ich schlüpfte hastig durch die Tür und fand dort die anderen wieder, in einem sehr großen Raume versammelt beieinander stehend, den der rötliche Flackerschein unserer Fackeln nicht bis in den letzten Winkel zu erleuchten vermochte. Ich hielt den Atem an.

Eine Woge süßen Weihrauchduftes hauchte mir sanft ins Gesicht. Wir waren – zu unserer unendlichen Verblüffung – in der Kirche. Im hinteren Bereich des Hauptschiffes waren wir aus dem Fuß eines jener vier Pfeiler, die die Andeutung eines Querschiffes trugen, herausgetreten, standen jetzt alle wortlos und musterten den Pfeiler, dessen geheimes Innenleben sich uns soeben offenbart. Hinter mir schlüpfte Goldsmith mit seiner Fackel als Letzter aus dem Gemäuer. Mortimer lehnte an jener die Tür bildenden, nun seitlich ausgeschwenkten Steinplatte – und die Freude stand ihm ins Gesicht geschrieben, unser Erstaunen und unsere Faszination als weiteren Sieg des guten Gastgebers zu Buche tragen zu dürfen. Ein dumpfes Gesteinsschleifen ertönte, als er, sich mit der Schulter dagegenstemmend, die steinerne Wölbung der Tür wieder zurückschob und diese sich mit einem Laut – nicht unähnlich dem eines Kusses – in die Öffnung der Säule einpasste.

«Merkwürdiges Exemplar von Tür, nicht wahr?», fragte Mortimer schmunzelnd und tippte leicht mit dem Finger dagegen. «Lässt sich nämlich nur von innen öffnen. Ich habe zumindest den äußeren Mechanismus – irgendwo hier müsste er ja sein – noch nicht entdeckt.»

Aufgeregtes Geplapper brach darauf los, das nur aufgrund der Tatsache, dass wir uns in einem Gotteshause befanden, vergleichsweise moderat ausfiel.

O ja, ich war fasziniert. Denn jene graue Hügellandschaft, in die wir vor wenigen Augenblicken noch hineingetreten waren, befand sich nun fünfzehn Yards über unseren Köpfen: als ein bezaubernd filigranes Kreuzgewölbe, das auf beiden Seiten in voller Länge des Hauptschiffes von je sieben Pfeilern getragen ward, dahinter die Seitenschiffe in Finsternis tauchten. Es gab, ich sagte es, in Andeutung eine Art Querschiff, jedoch in der Tat nur eine Andeutung zur linken Seite hin, welches die Hofseite der Burg sein musste; fast schien es mir, als rechtfertige dieses Querschiff baulich nur das Vorhandensein dieser vier mächtigeren Aufstrebungen an der Kreuzung der beiden Schiffe, um so, zumindest in dem einen der Pfeiler, wie wir gesehen, eine geheime Treppe verbergen zu können.

Im Vergleich zu anderen gotischen Kirchen war diese gering in der Abmessung und besaß nur einige wenige Spitzbogenfenster im hinteren Bereich der linken Wand, was ihr ein ganz eigenes, fast romanisches Gepräge verlieh. Die rechte Wand hinter dem Seitenschiff, die halbrunde Apsis vorne, von wo schwach das Glitzern von Gold aus der Dunkelheit zu uns drang, die Rückwand, wo die mächtigen silbernen Pfeifen einer Orgel schimmerten, selbst der vordere Abschnitt der linken Seitenwand, all diese Wände waren völlig fensterlos. Steinerne, aufstrebende Wände, schmucklos, ohne Fresken – beeindruckend, ihre glatten Flächen einzig unterbrochen durch die in Halbrelief gehaltenen jeweiligen Pendants zu den Bogen, die das Kreuzgewölbe trugen. Ich konnte keine Kanzel erkennen, keinerlei Bestuhlung verstellte den freien Raum des Kirchenbodens, es war dies eine einzige große, freie Fläche; der Ort war, wie ich dankbar bemerkte, gänzlich in seinem mittelalterlichen Zustande belassen, wo Gottesdienstbesucher – jene des gemeinen Volks zumal, wie hier die Besatzung der Burg – vor Gott zu stehen pflegten. Nur im linken Seitenschiff erkannte ich im Halbdüster undeutlich einige bogenfensterartige Öffnungen zu einer Empore, die das Gestühl der Herrschaften und Heerführer enthalten haben musste.

Mortimer erklärte den Umstand der Fensterlosigkeit soeben mit der Tatsache, dass die rechte und die nach vorn zur Apsis hin gelegene Wand gleichzeitig als stabile Außenmauern der Burg herzuhalten hatten, «während die rückwärtig gelegene Wand», und er deutete auf die kaskadenförmigen, schlanken Pfeifen der Orgel, «zur Burg hin selbst anschließt.» Er lachte. «Ja, direkt hinter dieser Orgel liegt der Gang zu Ihren Zimmern.» Er drehte sich und wies nochmals auf die Wand neben der Apsis, dann rückwärts wieder auf das Instrument: «Hie die Eingangshalle, dort der Gästetrakt: Das verlangt eine weitere architektonische Sonderheit. Sie erinnern sich an die Eingangshalle? Dort steigen Sie auf die Galerie hoch, dann biegen Sie in den Gang ein, der zweimal die Richtung wechselt, wenn Sie zu Ihren Zimmern gelangen wollen?» Wir nickten. «Nun, schauen Sie dort, links oberhalb des Altars, die Empore mit dem Gestühl für die adligen Gottesdienstbesucher – Sie sehen, wie sich diese Tribüne dann, allerdings nur mehr in reliefartiger Andeutung, über die ganze Wand hin», er drehte sich langsam und wies währenddessen mit dem Finger, «dort unter den Fenstern entlang … bis nach hinten fortsetzt? Dahinter verläuft der Korridor von der Galerie in der Eingangshalle zu Ihren Zimmern: würde man dort in jenen Blindbogen die Mauer entfernen, könnten Sie aus dem Gästekorridor tatsächlich hierher, in die Kirche, schauen.»

Es war wie in nächtlichen Träumen, dachte ich, die man manchmal hat, in denen, plötzlich, überraschend, man in der heimischen Wohnstatt die Tür zum Salon öffnet und hinter dieser Tür die Blätter und das Rauschen des tropischen Regenwaldes vorfindet oder die sonnendurchglühte Ebene einer marokkanischen Wüstenlandschaft, und der heiße Wind weht. Dreht man sich zurück, ist die Türe fort und man ist allein. Ich schauderte … Träume … was verrieten sie uns über unser Leben …?

Ich betrachtete das wenige, das man im Dämmer der Bogenfenster zur Linken sah. Es handelte sich um Darstellungen von Gleichnissen – ich erkannte das vom Sämann, das vom verlorenen Schaf und das von den Arbeitern im Weinberg – in guter Ausführung, soweit ich beurteilen konnte; und vor meinem geistigen Auge erstand das warme Bild, wie das schräg einfallende Sonnenlicht des Nachmittags mit den Farben dieser Fenster auf den Flächen der sandfarbenen Wände und dem glatten Boden in tausend Farben malen würde. Ja, denn nur dem Nachmittagslichte wäre hier Einlass gewährt. Dies würde die meiste Zeit des Tags über eine stille, eine dunkle Kirche sein. Ich blickte mich zu den anderen um. Der Flackerschein der Fackeln, die Schatten der schweigenden Menschengruppe hatten sich dem Altar genähert.

In der sakralen Stille lauschte ich dem stärker werdenden Sturm dort draußen vor den Fenstern, dem Höllenwind, vor dem uns in dieser Nacht das massive Burggemäuer schützte. In Sicherheit mich wissend und für den Moment ganz verloren in Friede und Dankbarkeit Gott gegenüber, atmete ich einen tiefen Zug der weihrauchduftenden Luft, die mir auf seltsame Weise schmeichelte und angenehm war. Ich folgte den anderen, trat herzu. Mein Blick glitt über den alten, aus einem monolithischen, riesenhaften, behauenen Fels bestehenden Altarblock, der eher an eine heidnische Opfer- oder Kultstätte gemahnte denn an einen Altar, auf dem jedoch als Zeugnis christlichen Glaubens sich ein goldenes Kreuz erhob, schlicht und ohne den geschundenen Leib Christi daran. Vorne, in der Dunkelheit der Apsis, tanzte traumartig das Licht der kleinen ewigen Flamme in ihrem roten Kostüm.

Mein Blick glitt unwillkürlich suchend hinüber zu Nightingale. Das Flackern der Fackeln spielte auf ihrem Gesicht und mit ihrem Haar. In diesem kargen Raum, der außer dem beschriebenen Altar nichts besaß als das unendliche, große Gefühl der Ewigkeit, wirkte sie noch viel unberührbarer und begehrenswerter als sonst. Sie schweifte mit ihren tiefen, dunklen Augen im Gewölbe der Kirche, und ihre Blicke streichelten das goldene Kreuz, den Altar, die Wölbung der Apsis. Ihr Blick fiel auf keinen von uns, und ich sah, dass sie allein war mit sich und augenblicklich in einer anderen Welt. Und ich spürte, wie ich verging angesichts dieser Andacht. Niemals, niemals hatten mich – auch wenn dies blasphemisch klingen mag – Gotteshäuser über die Maßen zu beeindrucken vermocht, jedoch diese nächtliche, vom Sausen des aufkommenden Sturms umrauschte Kirche wurde mir in jenen Sekunden zum Tabernakel all dessen, was ich in meinem Leben noch ersehnte – beim bloßen Anblick der Gestalt Nightingale Dubois'.

Ich war Mortimer fast dankbar, als er mich – unbeabsichtigt – aus meiner Versunkenheit riss, indem er, einige Schritte ins Seitenschiff tretend, dort ein schön geschmiedetes Gitter öffnete – das Klirren des Eisens hallte lange in der Kirche nach –, hinter welchem eine recht breite Treppe nach unten wies. Die Diener traten heran, wir folgten. Zu meiner Erleichterung konnte ich feststellen, dass das steinerne Treppenwerk nur geradlinig einige Yards in die Tiefe führte, und ich vergegenwärtigte mir mit Dankbarkeit, dass ein erneuter Angriff auf meinen Gleichgewichtssinn mir diesmal erspart bliebe.

«Eine Krypta hat die Kirche auch?», erkundigte sich interessiert Father Thomas, als er die erste der abwärts führenden Stufen betrat.

«Ganz recht», antwortete Mortimer. «Allerdings werde ich Sie enttäuschen müssen, Vikar. Sie werden die Grabkammern sehen, aber keinerlei Sarkophage. Die wurden im Zuge der blutigen Fehden, die die schottischen Hochland-Clans mit der habgierigen englischen Krone jahrhundertelang führten, an andere Orte verbracht oder im schlimmeren Falle zerstört ...»

Wir mussten uns beugen, um am Fuße der Treppe unter den Schwellsteinen der Kirche hindurch in die Gruft zu gelangen. «Vorsicht, meine Freunde», mahnte Mortimer mit sanfter Stimme und legte die Hand einen Augenblick deutend gegen die niedrige Deckenkante. Wir beugten unsere Köpfe und traten ein in das stille und verlassene Reich der Toten.

Der Raum war trocken, finster, leer – und doch nicht leer, denn eigentlich war dies eine Vielzahl von Gelassen, ein Labyrinth von bogenförmigen Durchgängen, das entstand durch die Verlängerung jener Säulen, die oben in der Kirche schlank das Spitzbogengewölbe trugen, die hier unten jedoch, eindeutig noch romanischen Stils, kompakter, sich in Reih und Glied in einer tiefen Dunkelheit verloren. In der Ausdehnung – und das war erstaunlich – musste sich die Krypta fast unter dem gesamten Kirchenschiff erstrecken. Die Rundbogen der Deckengewölbe lagerten auch an den höchsten Stellen nicht mehr als sechs Fuß über dem Boden und gaben der Örtlichkeit ein schauerliches, bedrückendes Gepräge, das sich völlig von dem Charakter der darüber liegenden Kirche unterschied. In der seitlichen Wand linker Hand, die aus schwersten, behauenen Quadern bestand, fanden sich in einem regelmäßigen Muster, jeweils vier übereinander, die hohlen, quadratischen Öffnungen der ehemaligen Grabnischen, von bronzenen Fackelhaltern eingefasst. Den Fuß der Wand entlang verlief ein quaderförmiger, steinerner Sockel.

Dann erblickte ich jene Piedestale aus weißem Marmor, die dort im Dunklen zwischen den Bogen unter dem Hauptschiff der Kirche standen, sechs oder sieben Exemplare in einer langen Reihe, umgeben jedes einzelne von drei flachen Stufen. Unheimlich sahen sie aus, als das Licht der Fackeln sie traf. Ich sah, wie Geoffrey Stalliot einem von ihnen näher trat, die flachen Stufen erklomm und mit der Hand vorsichtig über die Reliefs strich und dann über die glatte Fläche ihrer Oberseite.

«Staubig», sagte er, als er die Hand fortzog. «Nicht von den Toten, hoffe ich.» Er blickte in seine Handfläche und lachte verhalten.

«Kaum», sagte Mortimer und, auf die Reliefs deutend: «Italienische Arbeit, 16. Jahrhundert, angeblich von einem Veroneser Meister, was ich jedoch sehr stark bezweifle, meine Freunde. Darstellungen aus der Passionsgeschichte, aber recht grob gemacht, verglichen mit Ähnlichem, was ich in der Toskana gesehen. Im Übrigen, es war auch nicht dies, was ich Ihnen zeigen wollte – diese leere Krypta ist für uns nur vorübergehender Aufenthalt, Durchgang auf unserem weiteren Weg. Es gibt noch weit Interessanteres zu begutachten, hoffe ich. Folgen Sie mir ...»

Er führte uns an der Reihe der Piedestale entlang dorthin, wo die Gruft an einer soliden Wand endete. Wir mussten uns hier, überlegte ich einen Augenblick, in etwa unter der Orgel befinden.

Stalliot war wie von ungefähr zurückgeblieben, stand immer noch vor dem Relief. «Durchgang?», hörte ich ihn leise sagen. Ein zynisches Lächeln huschte über sein Gesicht. «Vorübergehender Aufenthalt? Das wäre doch in der Tat ein angenehmer Gedanke, wollte man jede Krypta der Welt nur als Durchgang betrachten können.» Und er strich abermals mit der Hand über die glatte Fläche jenes Marmors.

Der kleine Vikar hatte seine Bemerkung ebenfalls vernommen, und deutliche Missbilligung zeichnete sich auf seinem kleinen Gesichte ab. Etwas wie ein Vorbehalt gegenüber dem Glauben an die ewige Existenz des Menschen nach dem Tode sprach ihm wohl aus der Bemerkung unseres Freundes, und ich hörte ihn inniglich zu sich selber murmeln: «‹Ich bin die Auferstehung und das Leben›, spricht der Herr», und dann unwillig hinzusetzen: «Dies sollten Sie nicht vergessen, Mr. Stalliot …»

Aber Geoffrey Stalliot, ganz mit sich selbst und dem Marmor beschäftigt, hörte das offensichtlich nicht …

4. Kapitel

Locus torturae

«Die Schlossführung, meine Damen und Herren», hob Mortimer an, und in seiner Stimme mischten sich gleichermaßen ehrliche Anstrengung wie eine köstliche, sein momentanes Unterfangen konterkarierende Ironie – ich sah, wie er im Hintergrund mit dem ganzen Körper gegen die gemauerte Wand der Krypta drückte, worauf sich dort in der bewährten Weise ein schwarzer Durchlass auftat –, «die Schlossführung, meine Damen und Herren», wiederholte er, «neigt sich nun ihrer unwiderruflich letzten Phase zu. Wenn Sie das Schloss aus der Perspektive eines Vogels betrachten, so sehen Sie in etwa ein Quadrat vor oder, besser gesagt, unter sich – und zwar um einen Hof herumgelagert, nicht wahr, und wir haben nach dem Aufstieg über den Nordwestturm, das Dach respektive die Bastei benutzend, drei Viertel dieses Quadrats des Burggeländes abgeschritten – und nun, meine lieben Freunde, werden wir flink denselben Weg zurück machen, nur diesmal in Höhe der finsteren Gelasse des Kellergeschosses – ein Umweg, gewiss, aber der hat seinen guten Grund: Es gibt unter dem Nordflügel, wo Eingangshalle und Speisesaal sich befinden, keinen Keller.»

Er lachte. «Welch armselige Burg, werden Sie sagen, doch ich muss als stolzer Besitzer darauf hinweisen dürfen: Hier entlang, wo wir jetzt gehen, gibt es dafür teilweise mehrere –

bis zu drei – Keller untereinander ... oder übereinander, ganz wie es beliebt. Aber keinen auf der Nordseite, in der Tat! Die Burg an ihrer Nordseite ist oberirdisch gewissermaßen direkt auf den Felsen gesetzt – auch unter dem Burghof würden Sie, trüge man nur den Pflasterbelag dort ab, fast unmittelbar auf das diluvische Gestein des Untergrundes stoßen. Und so haben wir auch hier, zumindest teilweise, das baulich interessante Phänomen, dass diese Gelasse – schauen Sie rechter Hand – nicht in der herkömmlichen Weise gemauert sind, sondern lediglich einen aus dem Felsen des Hügels herausgehauenen Hohlraum darstellen.» Er drehte sich zu uns. «Mathematisch gesprochen: von Norden nach Süden abnehmende ‹Felsentendenz›», schloss er heiter an. «Je weiter nördlich, desto mehr Felsen, je weiter südlich, desto mehr Keller. – Diese Gewölbe waren übrigens seinerzeit die Kasematten, Aufenthaltsräume für die Soldaten, auch Zeughaus und Waffenkammer.»

Wir hatten den Durchgang von der Krypta zu den Kellern vollzählig gemeistert, die Diener mit den Fackeln um uns versammelt, und wir durchschritten nun, während Mortimer munter plauderte, eine wenn auch nicht allzu hohe, so in den Abmessungen der Breite und der Länge nach doch gewaltige Halle, deren Boden und rechte Wand, wie Mortimer gesagt hatte, aus nacktem, grob behauenem Fels bestand, dem indessen das Alter die Kanten abgeschliffen hatte – eine Wand und ein Boden wie die Oberfläche des Mondes –, während linker Hand mit schauerlich hohlem Geräusch der kräftige Wind durch Schießscharten hereinfuhr.

Ein dunkler Gang am anderen Ende des weiten Gewölbes der Kasematten schien unsere Schritte anzuziehen wie ein eiserner Magnet, und ehe es mir noch gelungen war, auf der freien Ebene recht zu Nightingale aufzuschließen, befanden wir uns in diesem Tunnel, und das Geräusch unserer Schritte wie das blutige Licht der Fackeln wurde, während wir uns vorwärts bewegten, matt und geisterhaft von den engen Wänden zurückgeworfen. Ein furchtsames Gefühl überkam mich unwillkürlich bei dem Gedanken, diese unterirdischen Wege eines Tages allein betreten zu müssen, und ich versuchte, meine törichten Phantasien abzuschütteln. Ich folgte unmittelbar dem Grafen, der seinerseits den Abstand zum Vordermann – dies war Milton – nicht zu groß werden ließ. Ich vernahm undeutlich vor mir die Stimme Mortimers, wie dieser erläuterte, dass wir uns abermals in der Nähe, diesmal aber nicht neben, sondern unterhalb, des Korridors befänden, über den wir, zwei Stockwerke höher, unsere Zimmer erreicht hätten.

An einer Gabelung blieben wir stehen, Mortimer folgend, dessen Augen im Schein der Fackeln geradezu übernatürlich glänzten. Nightingale drehte sich mir zu, und ich sah, wie ihre Augen einerseits den gleichen Schauer widerspiegelten, der mir über den Rücken ging, andererseits sah ich in ihnen die unverhohlene Faszination von Abenteuer und Gefahr.

Mortimers plötzlich gedämpftere Stimme holte mich aus meinen Gedanken. «Wir befinden uns nun direkt unter dem eingestürzten Turm», teilte er uns knapp mit. Mit einem Blick vergewisserte er sich von unserer Vollzähligkeit. «Und ich möchte Ihnen hier eine bauliche Skurrilität zeigen, die, wie ich meine, des Anschauens wert ist. Ich hätte sie Ihnen – indirekt – auch oben auf dem Turm zeigen können.» Er lächelte verhalten. «Nur hätten wir dazu seitwärts durch das unwegsame Gestrüpp treten müssen, was bei solcher Tageszeit alles andere als ungefährlich gewesen wäre …» Er zeigte nach oben. «Nehmen Sie sich jetzt mit Ihren Köpfen in Acht, meine Freunde, der Zugang war einst hauptsächlich für Tiere, nicht für Menschen bestimmt.» Und mit dieser geheimnisvollen Bemerkung setzte er sich wieder in Bewegung und wies uns an, ihm in den noch engeren Stollen, der sich zu unserer Linken in undurchdringliche Schwärze öffnete, zu folgen. Ich hörte, dicht hinter mir, Alice Stalliot zitternd Atem schöpfen.

Ich ließ wie von ungefähr Nightingale vorangehen. Mortimer führte uns um einige Bogen und Ecken, bis der Durchtritt sich plötzlich in einen Raum verlor. Ich bemerkte, dass Nightingale stolperte, und machte eine unwillkürliche Bewegung, sie aufzufangen – wovon sie nichts bemerkte. Mortimer trat zunächst einige Schritte in jenes weite Gelass hinein, damit alle nachfolgen konnten. Ich bemerkte, dass die Diener mit ihren Fackeln wie zufällig etwas zurückgeblieben waren. Dann fiel mir ein schwacher Lichtkegel auf, der den Boden gespenstisch erhellte, und ich bemerkte, wie auch die anderen ihn erblickt hatten. Zaudernd näherten wir uns dem von oben ungewiss einfallenden Licht, und ich erkannte nach unten zu ein kreisrundes, tiefes Loch von erheblichem Ausmaß, wohl fünfundzwanzig Fuß im Durchmesser, und um diesen Abgrund herum so etwas wie zwei nach unten führende Wege ohne Stufen, zwei Rampen, die, an den entgegengesetzten Enden eines imaginären Durchmessers gelegen, in steilem Gefälle sich um den Kreis dieser bodenlosen Öffnung herum schwindelnd in die Tiefe senkten. Ich hatte dergleichen nie gesehen.

Ich blickte hinauf, um festzustellen, was den zwar sehr schwachen, jedoch durchaus wahrnehmbaren Lichtschein ausmachte. Ein kalter Luftzug streifte meinen Körper. Zu meinem Erstaunen sah ich, dass es hier keine Gewölbedecke gab. In etlicher Entfernung erblickte ich über mir den schwarzen Nachthimmel, spärlich erhellt von kaltem Sternenschein. Als ich mich nach den anderen umsah, bemerkte ich, dass Mortimer direkt neben mir stand. Die restlichen Nachtwanderer waren ihm gefolgt und blickten atemlos, ehrfürchtig und verwundert erst auf den Abgrund mit den beiden rätselhaft abwärts führenden Pfaden, dann ebenfalls in den unwirklich erleuchteten Nachthimmel hinauf.

Mortimers Freude über unser Staunen stand ihm, soweit sich das bei dem schwachen Lichte erkennen ließ, ins Gesicht geschrieben. «Ihr befindet euch, meine lieben Freunde, am oberen Einstieg eines Brunnens, der in zweiundachtzig Yards Tiefe auf den Grundwasserspiegel stößt; das ist weit unterhalb der geologischen Höhe des Loch Ness – und weit unterhalb des Burggrabens, wie sich versteht. Über uns befindet sich, wie angemerkt, der zerstörte Turm. Er beherbergte jedoch schon vor seiner Zerstörung einen Lichtschacht für diesen Brunnen. – Der Brunnen selbst ist übrigens die recht genaue Kopie einer ebensolchen Anlage in Orvieto in der südlichen Toskana. Ich war dort einst zu Besuch, meine Freunde: Orvieto, ungleich höher gelegen als Boroughmore Castle, befindet sich Schwindel erregend himmelwärts auf einem Felsplateau über der Landschaft, und ich glaube, es war Papst Innozenz III., der im 12. Jahrhundert dort jenes Bauwerk anlegen ließ. Sie müssen sich das vorstellen, welche Entfernung dort zu überwinden ist zwischen der luftigen Höhe, auf der die Stadt liegt, und dem Wasser tief in der Erde.»

Er klatschte tatendurstig in die Hände. «Ich möchte euch nun bitten, mir noch einige wenige Schritte zu folgen. Wir werden diesen Brunnen jetzt nicht wirklich besichtigen können, denn ich will niemanden von Ihnen tatsächlich über diese Spindelrampe zweiundachtzig Yards weit dem Innern unserer Erde entgegenführen, nur um anschließend denselben Höhenunterschied im Aufstieg abermals bewältigen zu müssen – daher, meine lieben Freunde, bitte nur wenige Schritte …»

Er ging auf die eine der abschüssigen Rampen zu, und wir folgten ihm, mit einem Zögern, wie mir schien. Keiner sprach. Mortimer tauchte ins Dunkel – die Diener waren, wie ich bemerkte, mit ihren Fackeln weiter zurückgeblieben – und einen Moment war ich ernstlich beunruhigt, denn nun war es eine nachtschwarze Finsternis, in die wir tappten. Wir befanden uns abermals in einem Gang, dessen Boden sich unter unseren Füßen steil wegsenkte, sehen konnte man indessen buchstäblich nichts, nicht einmal die Hand vor Augen. Mir war, als wäre ich zu einer Fledermaus geworden – unwirklich, geradezu körperlich nahm ich indirekt Wände beiderseits wahr, in diesem Korridor, der in einer engen Rechtskurve in die Tiefe zu stürzen schien. Ich hörte unseren Atem und unsere Schritte. Man musste den Schritt verhalten, um nicht ins Laufen zu geraten. Ich langte nach einer Wand aus, griff aber auf Stoff, eine erschreckte Frauenstimme stieß einen Schreckenslaut aus – war es Nightingale gewesen? Ich zog hastig die Hand zurück. Der Boden war eben, fast glatt, bis auf den Umstand des starken Gefälles war das Laufen mühelos. Jedoch diese abschüssige Tiefe … für einen Moment kam mich Panik an.

Und dann sah ich etwas, dass mir war, als schwänden mir die Sinne. Der Anblick war zu grotesk, zu unwirklich, es war, als spazierte ich durch meinen eigenen Traum. Denn ich sah, wenn auch schemenhaft – die Augen gewöhnten sich nur langsam an die Finsternis –, ich sah einen Fensterbogen, und in diesem lehnte Mortimer. Ich sah nicht sein Gesicht, aber ich erkannte an der Silhouette, dass es Mortimer sein musste. Und er lehnte in einem Fensterbogen, unter der Erde? In einem Fenster wohin? Um mich herum trappten die Füße der anderen, aber ich nahm sie kaum wahr. Ein gespenstisches, durchsichtiges Licht wie von Sternen schien hinter der Fensteröffnung zu leuchten, und ich blickte in einen engen, runden Hof hinein, auf dessen gegenüberliegender Seite ebenfalls bogenförmige Fensteröffnungen wahrnehmbar wurden; das Licht fiel von oben her ein, und mir wurde bewusst, dass es tatsächlich das Nachtlicht war, das durch die Öffnung, durch den zerstörten Turm hindurch vom Himmel herab bis zu uns strömte, und dass wir uns im Innern des Brunnens befanden – noch mehr oder minder an seinem oberen Ende.

«Falls Sie das Wasser vermissen, es ist weiter, viel weiter unten», hörte ich Mortimers sonore Stimme, während wir alle in seine Nähe drängten, um einen Blick in den «Hof» zu tun. «Sie sehen vor sich, meine Freunde, einen begehbaren Brunnen. Es wäre allerdings für die Burgbesatzung eine sehr mühevolle Aufgabe gewesen, für jeden Eimer Wasser auf eigenen Füßen bis dort hinabzusteigen; die Tiefe – ich sagte es – ist zu gewaltig. Doch man fand eine Lösung, und der Brunnen konnte überdies von einem einzigen Manne betrieben werden – ein einzelner Mann, der dort unten stand. Denn es gibt dort unten eine kleine Brücke, die über das Wasser führt – nein, Sie können sie von hier nicht sehen, es ist jetzt zu dunkel.» Mortimers Stimme erzeugte ein unheimliches Echo im Brunnenschacht, ein runder, schmaler «Hofschacht», und, soweit ich sehen konnte, mit gleichen, wie nach einem regelmäßigen Muster ringsum angeordneten Bogenfenstern allenthalben versehen, nach unten zu, wo sie in gänzlicher Schwärze versackten – ein Schacht mit Hunderten von Augen leerer Fensterhöhlen, hinter denen sich der sie begleitende Gang stetig nach unten schraubte …

«Diesen Pfad, an dessen Anfang wir stehen», erläuterte Mortimer unterdessen weiter, «wurden in früheren Zeiten mit Eimern beladene Esel hinuntergetrieben. Unten angekommen wurden die Eimer von dem Mann auf der Brücke mit Wasser gefüllt, und die Esel wurden wieder nach oben geschickt. Die Konstruktion um den Brunnen herum ist dabei so raffiniert ausgelegt, dass die hinunterkommenden Esel nie mit den gerade hinauftrabenden Tieren ins Gehege kommen konnten. Dieser Gang führt nämlich spindelförmig hinab, und auf einer Zwischenebene, ebenfalls spiralförmig, führt ein zweiter Gang wieder nach oben; beide sind unten über die erwähnte Brücke miteinander verbunden.

Das Prinzip der doppelten Schraube also, meine Freunde, aber das Ergebnis ist, finde ich, faszinierend, gemahnt es uns doch an eine Art optischer Täuschung: Es führt nämlich dazu, dass der Wegabschnitt, den wir durch eines dieser Fenster gegenüberliegend sehen können, keineswegs, wie angenommen, nur ein paar Fuß von uns entfernt ist, sondern dass wir genau diesen Abschnitt erst wieder beim Aufstieg passieren würden – denn uns gegenüber liegt jeweils der andere Gang.»

Atemlos starrten wir in den Schacht.

«Clemens!», rief Mortimer plötzlich halblaut, und jetzt sahen wir einen der Diener, die auf Mortimers Geheiß, wie ich vermutete, zurückgeblieben waren, um den Lichteindruck nicht zu verderben, mit seiner Fackel herantreten. «Clemens», wiederholte Mortimer, als der Mann mit aufmerksamem Gesicht dem Auftrage lauschte. «Würden Sie bitte fünfundzwanzig Schritt nach rechts treten, sodass wir Sie in einem der nächsten Fenster sehen können? Ich möchte das eben Gesagte meinen Gästen gerne demonstrieren.» Und so trat der Mann beiseite, entfernte sich, wir sahen ihn mit seiner Fackel um die Biegung des Weges verschwinden und im nächsten Augenblick in dem Fenster nicht gegenüber, sondern – verblüffend – zwei Mannstiefen unter uns auftauchen, und der Brand seiner Fackel warf gespenstisches Gegenlicht in den Schacht.

Mortimer lächelte. «Jacob», rief er nun, sehr laut, vornübergebeugt in den Schacht, und zu uns gewendet erklärte er: «Ich habe noch eine Kleinigkeit vorbereiten lassen.» Und ehe wir noch recht begriffen hatten, geschah Unheimliches, denn ganz weit dort unten am Grunde des Schachts entstand aus dem Nichts plötzlich ein Licht, schwach zuerst nur, dann deutlicher, es musste eine Fackel sein, denn von ihrem Widerscheine erhellte sich der Schacht am Grund, und wie eine Fliege trat dort ein Mensch seitlich hervor auf den von hier oben aus unendlich schmalen Steg einer Brücke, die über ein rundes Wasser führte. Wir nahmen das Glitzern einer leicht bewegten Oberfläche unterhalb des Brückenbalkens dort unten wahr, in dem sich das Flackern der Fackel spiegelte; der Mann, der Diener, trat heraus auf den Brückensteg, perspektivisch verkürzt der Kopf, der zu uns hochblickte, die Schultern, die Beine, winzig klein dort unten auf dem Steg, und er schwenkte uns zur Demonstration seine Fackel, und im Gegenlicht, das jetzt von unten heraufdrang, meißelten sich hundert Fenster rings um den runden, glatten Steinschacht aus der Finsternis, den wir so mit einem Mal in seiner ganzen, schrecklichen Tiefe überblickten, und wir hörten ein dünnes Stimmchen von dort heraufdringen, fast flüsternd, aber zurückgeworfen hundertfach von den Wänden und leeren Fensterhöhlungen: «Ist es so in Ordnung, Sir?»

Und Mortimer rief: «Es ist wunderbar, Jacob, ich danke Ihnen! Verweilen Sie noch eine Minute, und kommen Sie dann zurück!» Und dann, zu uns gewendet: «Ich habe ihn hinuntergesandt, vorhin, als Sie sich Ihre Mäntel holten, meine Freunde – denn ich wollte vermeiden, dass Sie alle die Last eines Ab- und Aufstiegs hätten –, empfehle Ihnen jedoch, sich bei Gelegenheit dieser Umständlichkeit dennoch zu unterziehen, bei Tageslicht – und ich kann Ihnen versprechen, den Blick, den Sie dann von ganz dort unten haben werden, herauf gegen das Licht, das durch die verlängerte Achse des Turms zu Ihnen hinunterdringt, diesen großartigen Blick werden Sie Ihr Lebtag nicht vergessen.» Und er kehrte sich gegen den Brunnen und rief abermals zu dem kleinen Mann dort unten hinunter: «Kommen Sie jetzt herauf, Jacob – ich danke Ihnen!»

Und während wir noch starrten und sahen, dass der Lichtpunkt sich dort unten bewegte, der Mann zur anderen Seite hin in einer Türöffnung verschwand, das Licht im Schacht erlosch und stattdessen ein ungewisser, schwacher Widerschein des Feuers jeweils durch die Fensteröffnungen in den Schacht herein reflektierte, ein Widerschein, der den Schacht dort unten wieder und wieder umkreiste – und während der Mann langsam stetig heraufstieg, war es, so meine ich, Nightingale, die die Hände zu einem bedächtigen, dankbaren Applaus rührte, in den wir, einer nach dem anderen, überwältigt einfielen, und das Klappen unserer Hände ergab in dem Brunnen einen unwirklichen Ton. Mortimer, wohl sehr gerührt, aber äußerlich unbewegt, lächelte ein schmales Lächeln, das sein Gesicht kaum verzog, und nickte uns zu, als wisse er, dass unser Applaus gleichermaßen ihm für seine herrliche Inszenierung galt wie jenem Manne, der dort unten den erteilten Auftrag gehorsam erfüllt und der jetzt herauf, wieder auf dem Weg zu uns war.

Und allmählich erst kamen wir alle wieder zu Stimme und Wort und schritten die kurze Distanz zurück, die wir gekommen, aufsteigend die wenigen Yards bis in den leeren Raum, in dem der Lichtkegel aus dem zerstörten Turm herab den Eingang zum Brunnen in eine unwirklich leuchtende Aura bettete. In angeregtes Gespräch vertieft, standen wir noch dort, als Licht von der zweiten Rampe her heraufbrach und Jacob aus der Tiefe in unser Blickfeld trat; und der Bedienstete wurde mit herzlichem, abermaligem Applaus empfangen und bedankt – ich sah, dass er einer derjenigen war, die uns beim Souper so aufmerksam bedient hatten, ein junger Mensch mit frischen, vergnügten Zügen – und es gab, nachdem ihm Mortimer herzlich auf die Schulter geklopft und ein paar Worte der Anerkennung an ihn gerichtet hatte, ein kurzes, amüsiertes Getuschel und Gekicher unter der Dienerschaft, die ihren Kameraden beglückwünschte, und er, dessen Arbeit für diesen Tag nun getan war und der die Erlaubnis hatte, sich zurückzuziehen, verschwand schließlich in dem Gang, den wir gekommen.

Wir kehrten ebenfalls zurück bis zu jener Gabelung, an der Mortimers Führung zuvor abgewichen war, und schlugen dann einen weiteren Weg ein, unter dem eingestürzten Turm hindurch in den Südflügel hinein, und nicht lang, so traten wir in eine quadratische Felsenkammer, von der uns Mortimer mitteilte, dass sie das Pendant zu jenem Raum mit den Fässern, der Füllvorrichtung für die Pechnasen, den Zahnrädern und Flaschenzügen über der Zugbrücke sei und demzufolge das Gelass unter der Zugbrücke. Es gab ein Paar Schießscharten linker Hand, auf die einige unserer Gruppe unverzüglich zueilten, um einen Blick unter dieses Bauwerk zu erhaschen – aber Mortimer rief sie lachend zurück und verwies darauf, dass bei nächtlicher Dunkelheit dort draußen sowieso nichts zu erkennen sei. Hingegen, hier, und er zeigte auf eine schmale Treppe, die, von oberhalb kommend, ohne sonderliche Dramatik in diesen Raum einmündete, dies sei das andere Ende jenes Geheimgangs, welcher, von dem Raum über der Zugbrücke ausgehend, hier unten einfach als eine Treppe ende. Heitere Kommentare eingedenk der Versuche, die der eine oder andere dort oben mit dem Wandöffnungsmechanismus unternommen hatte, brandeten auf, aber Mortimer führte uns bereits weiter.

Wir kamen zu einer neuerlichen Abzweigung, die zu einer Seite eine schmale und mit eigenartig weißlichem Moos bewachsene Treppe hinaufführte, zur anderen in einen kleinen und dunklen Gang abbog. Der schwache Fackelschein vermochte die Geheimnisse beider Wege nicht annähernd preiszugeben. Mortimer, der als Einziger keine Mühe mit der Orientierung hatte, schlug den schmaleren Gang ein, der, wie sich zeigte, um mannigfache Windungen und Ecken herum sich winkelte und uns zu einem tiefer gelegenen Teil des unterirdischen Labyrinths zu führen schien. Einen Augenblick lang überlegte ich, wie spät es wohl sein mochte. Wie lange waren wir schon unterwegs?

Man vergaß hier unten die Zeit, und so kann ich nicht schätzen, wie lange wir diesen steiler abfallenden Gang hinunterstolperten. Ich lief hinter Professor Prescott her, es muss eine lange Minute gewesen sein. Schließlich endete der Weg an einer riesigen metallbeschlagenen Tür, die auf undefinierbare Weise bedrohlich und schwer in den Angeln lag und wahrscheinlich schon einige Jahrhunderte hier den Durchgang sperrte. Sie strahlte eine sonderbare Art kalter Würde aus – trotz der endlosen Zeit hier unten in tropfender Feuchtigkeit konnte man keine Spuren des Alters an ihr entdecken.

Mortimer wendete sich uns zu und räusperte sich: «Verehrte Gäste», murmelte er mit einem Anflug von Nervosität, «für einen Augenblick muss ich nochmals auf die bösen Seiten der Geschichte dieser Burgfeste zurückkommen, die es unleugbar gegeben hat, denn hinter dieser Tür erwartet Sie – und dies sei in aller Bescheidenheit angemerkt und, hoffentlich, ohne mich dem Vorwurf der Frivolität auszusetzen – eine der umfassendst ausgestatteten mittelalterlichen Folterkammern, wie Sie sie zwischen Edinburgh, Stirling Castle, Blackness und Schloss Dumbarton heutzutage überhaupt noch sehen können.»

Mit diesen Worten zog er den mächtigen Riegel aus der Verankerung, worauf ein schauerliches Quietschen in den Gewölben dahinter widerhallte und die Pforte sich vor uns auftat.

Das Licht unserer Fackeln fiel in einen länglichen Raum, auf dessen linker Seite es eine Reihe der uns bekannten Schießscharten gab, der jedoch bis auf weiteres, mit seinem buckligen Boden und der niedrig hängenden Decke, völlig leer war. Ein Schwarm aufgeschreckter Fledermäuse drang uns indessen entgegen und umschwirrte unsere Köpfe, und ich vermeinte sogar ein feines Fiepen in der Luft zu hören, bevor sie abdrehten, mit beeindruckender Geschicklichkeit die Spalten der Öffnungen zur Linken ansteuerten und dort hindurchschossen, hinaus unter den freien Himmel, um das Getier der Nacht zu jagen, bis wir ihr Reich wieder verlassen haben würden.

«Nicht erschrecken, meine Liebe», sagte Mortimer lächelnd zu Nightingale, die ob des plötzlichen Anfluges der Fledermäuse ein wenig verängstigt aussah, und er reichte ihr zum Eintritt in den Raum galant die Hand, «dergleichen Untermieter besitzt jedes Gemäuer über hundert Jahren, das etwas auf sich hält. Kein Grund zur Beunruhigung. Sie tun Menschen nichts, sie meiden uns.» Und er setzte hinzu: «Vielleicht meiden sie uns aus besserem Grund. Vielleicht können sie erraten, was für eine böse und gefährliche Spezies wir sind, wie sogleich zu demonstrieren sein wird.»

Und zu uns allen gewendet, deutete er in den Raum hinein und erläuterte: «Das Antichambre zunächst, meine Freunde. Ein Sachverständiger, den ich einst eingeladen, verwunderte sich über die ‹humane› Art und Weise, in der die Gefangenen hier untergebracht. Denn wie Sie sehen, ist dies ein riesiger Raum, nicht wie üblich eine größere Anzahl meist winziger Zellen mit dicken Mauern. Die Gefangenen konnten hier sogar miteinander sprechen – absolut unüblich; ferner ist der Raum vergleichsweise luftig und trocken – auch keine Selbstverständlichkeit zu damaliger Zeit – aber dass auch hier gefoltert wurde, wenn auch noch nicht im eigentlichen Sinne, ist eindeutig. Sehen Sie», er deutete zur rechten Wand hinüber, an der ich jetzt eine Anzahl eiserner Ringe, Ketten und Halsspangen hängend wahrnahm, «dort waren die Unglücklichen angeschmiedet, mit einem oder mit beiden Beinen, eventuell mit den Armen, eventuell dem Hals, und bereits dies war so gut wie die Todesstrafe.»

«Inwiefern?», fragte Alice Stalliot, die, sofern das überhaupt möglich war, noch blasser wirkte als zuvor.

Mortimer kehrte sich zu ihr und erklärte in ernstem Ton,

dass die Gefangenen dort über Tage, über Wochen in ihrem eigenen Kot gehangen hatten, wund gescheuert, manchmal bis auf die Knochen, und offene Verletzungen und der Kot, das habe über kurz oder lang zu den fürchterlichsten Krankheiten geführt und diese unzweifelhaft zum Tode der Betreffenden.

«Nein, die meisten Gefangenen starben nicht an der Folter, liebe Alice, sondern am grauenvollen Wundbrand – sofern nicht vorher die Hinrichtung an ihnen vollstreckt worden war. Wenn jemand an der Folter starb, so war dies gewiss ein Unglücksfall – keinesfalls beabsichtigt – und der Folterknecht, dem solch ein Lapsus unterlief, machte sich anschließend im klügsten Falle sofort außer Landes – sofern ihm dies gelang, denn die Herren konnten sehr unwillig reagieren, wenn auf diese Art ein Delinquent ‹der legalen, irdischen Gerichtsbarkeit› entkam. O nein, die Schergen waren in der Regel ... wie soll ich sagen? ... Könner ihres Faches, üblicherweise war auch stets ein Bader oder sogar ein Arzt zugegen – Sie verstehen ... zur Sicherheit ...»

«Wurden die Hinrichtungen hier vollzogen?», erkundigte sich Stalliot. «Ich meine, auf dem Schloss?»

Mortimer verneinte. «Meines Wissens ist innerhalb der Schlossanlage niemals eine Exekution erfolgt. Üblicherweise waren solche Zeremonien auch Schauspiele zur Belustigung der Öffentlichkeit, ganz im Sinne der römischen ludi circenses, wenn Sie so wollen – und als moralisch gemeinte Rituale der Belehrung für das Volk. Man ging dazu in den nächsten Ort oder, wenn ein Prozess sehr wichtig gewesen war, auch in die Kreisstadt.»

Schauerlich der Gegenstand, über den wir sprachen, schauerlich diese Stätte ehemaligen Leides! Aber die ruhige, gewissenhafte Art, in der Mortimer von jenen Tatsachen berichtete, seine Sachlichkeit, machten mir das Gehörte erträglich, und ich war ihm von Herzen dankbar dafür. Ich fühlte mich eigenartig, fast schwebend. Und schwebend noch aus anderem Grunde, denn während Mortimer erzählte, hatte ich erneut Nightingale ins Auge gefasst, die etwas seitlich von mir stand und die ihm gebannten Blickes und mit glänzenden Augen lauschte. Sie bemerkte nicht, wie ich sie verstohlen betrachtete, keiner bemerkte es. Der Gegensatz ihrer körperlichen Makellosigkeit zur Hässlichkeit des dahinter krumm verharrenden alten Dieners, Henry, machte mich schwindlig, sodass ich fast im Stehen taumelte. Ich hatte niemals … niemals ein schöneres Menschenwesen gesehen.

«Nun, wenn keine weiteren Fragen sich erheben», schreckte mich Mortimers Stimme aus meiner verzauberten Betrachtung, «dann können wir einige Schritte weiter tun. – Dann, gestatten Sie mir», er lächelte vorsichtig, «führe ich Sie nun ad locum torturae, wie man den Bereich seinerzeit so gar unfreundlich nannte …» Und schon hatte er sich umgewandt und schritt voraus, und wir folgten ihm zu einer weiteren, massiven Tür am entfernteren Ende des Raumes, die nicht unähnlich jener war, durch die wir hereingekommen, nur womöglich noch schwerer als diese; Mortimer drückte die mächtige Klinke und zog die Pforte vor uns auf. «Bitte sehr, meine Freunde», sagte er und machte eine einladende Bewegung mit der Hand.

Zuerst sah ich gar nichts. Dann jedoch, als die Diener mit der Beleuchtung uns nachschlüpften, schälten sich Formen und Ecken und Gerätschaften unzweifelhaft finsterer Zweckmäßigkeit aus dem Dunkel, und es zeigte sich, dass dieser Raum, wenn auch kleiner als der vorherige, so doch ein Gelass von erheblicher Abmessung war. Die Wände, mächtige Steinquader, bogen sich zu einem düsteren Tonnengewölbe. Es lag vereinzelt Stroh auf dem Boden, das um unsere Füße raschelte. Links im Hintergrund befand sich eine Art Herd mit Esse darüber. Von der Decke hingen eine Anzahl Ketten und Flaschenzüge, verschließbare Ringe und anderes unheimliches Eisen. Und ein weiterer Unterschied zum letzten Saal war sogleich auszumachen: Hier gab es keinerlei Schießscharten oder Fenster, keinerlei Öffnung nach draußen – auch tagsüber würde hier apokalyptische Finsternis herrschen, es sei denn, es brannte ein Feuer in dem offenen Herd. Dies war sie, die Stätte der Martern …

Die Gerätschaften kündeten – ich sagte es – eine beredte Sprache. Der gewölbte Leib einer eisernen Jungfrau glotzte aus der Ecke herüber, es gab einen Tisch mit Schraubstöcken, Daumen- und Gliederklemmen – dort stand der so genannte «Bock», jener eiserne Stuhl mit den grotesken Arm- und Schienbeinschrauben, den man zum Zwecke der vierten Stufe der Tortur zusätzlich von unten beheizen konnte. Nagelbretter hingen an der Wand, Schädelzwingen, gewaltige Hämmer zum Zerschlagen von Schienbeinen, Becken und Schultergelenken sah ich auf einem Gestelle liegen. Ich sah riesige Bogensägen, wie sie von zwei Männern bedient werden mussten, sowie ein großes Sortiment von eisernen Klemmen und spitzen, gebogenen Zangen; ferner Seile und Winden zum Legen der so genannten «Schnüre», die eingesalzen und angefeuchtet und dann gespannt wurden, bis die Haut über den Gelenken platzte; und es waren, stumpf und bösartig aussehend, die hölzernen Skelette zweier mächtiger Streckbänke mit Hakenwinden dort im Halbdunkel zu erkennen – hätte ich in diesen Sekunden nicht mit Anstrengung meine ganze Geisteskraft zusammengehalten, so hätte ich wahrlich das Gewimmer der Gemarterten gehört. Dies war – Mortimer hatte nicht übertrieben – wahrhaftig eine Folterkammer, die ihresgleichen suchte.

Beklommen und schweigend wandelten wir umher, betasteten kühles Eisen und rissiges, altes Holz, nahmen scheu auch die eine oder andere Klemme zur Hand, beugten uns über Daumen- und Zungenzwingen.

«Sehen Sie … das habe ich nicht gewusst», sagte Nightingale. Sie deutete auf ein schwarzes Eisen, kaum größer als ein halber Laib Brot.

«Das ist eine Finger- oder Zehenschraube», murmelte ich.

«Ja, ich weiß wohl», meinte sie. «Aber ich habe das nicht gewusst.» Sie zeigte auf die Borken und Nägel auf der Innenseite des Gerätes, die sich beim Zudrehen des Gewindes sofort dem Gemarterten ins Fleisch gebohrt hatten.

«Ja, scheußlich», sagte ich. «Es ist furchtbar!»

«Diese Armen!», klagte Nightingale. «Hätte das Zudrehen und Einklemmen der Finger und der Hände allein nicht genügt, ohne diese Zacken und Stachel? Wozu das andere auch noch? – Was waren das für Menschen, die so etwas ausgedacht haben?»

Goldsmith stand bei uns und starrte finster auf das Gerät.

«Es gab vier Stufen des peinlichen Verhörs – oder, wie es hieß, der ‹empfindlichen Leibesstrafe›», sagte er plötzlich mit ausdrucksloser Stimme, «und alles genau schriftlich, obrigkeitlich festgelegt … wann die Schienbeinklemme zum Glühen zu bringen war und wann nicht, wie die Schädelschraube anzusetzen war, dass das Gehirn nicht zerquetscht wurde, wenn der Knochen erst brach, bevorzugtermaßen Jochbein und Stirnbein übrigens, ja … welche Maßnahme bei welchem Vergehen? Ein Regelwerk von Juristerei und quasimedizinischen Anwendungen! Als ich seinerzeit in Wien war, hatte ich Gelegenheit, ein Exemplar der ‹Constitutio criminalis Theresiana› in der Hand zu halten, jener berühmten peinlichen Gerichtsordnung, die seinerzeit als vorbildlich galt in der Welt, weil modern und weil human. Es war ein äußerst beeindruckender Text.»

Er legte die Hand an die Stirn und zitierte eine Probe aus dem Kopf: «‹Die Straffe einer solch abscheulichen Mordthat› – die Rede ist vom Vater-, Kinder- und Gattenmord, Artikel 86 – ‹ist insgemein das Radbrechen von unten auf oder von oben herab nach Beschaffenheit des Verbrechens, oder

Nähe der Blutsverwandtschaft; es kann auch ein gar boshafter, oder grausam vorsätzlicher Vatter-, Kinder- oder Eheleutmord durch das Viertheilen abgestraffet werden. Wenn aber eine Weibsperson solche Unthat begienge, ist ihr Kopf und Hand abzuschlagen, und beydes auf das Rad zu stecken, anbey solche Todesstraffe mit vorhergehendem Zangenzwicken oder in anderweg zu verschärffen.›»

Nightingale senkte den Kopf und schwieg, und auch ich war nicht fähig, ein Wort darauf zu erwidern.

Ich hörte, wie im Hintergrund Robert Milton sich nach der Funktion der großen Bogensägen an der Wand erkundigte, ob damit etwa Glieder abgetrennt worden seien, und Mortimer ihm Auskunft gab, dass dies nicht der Fall gewesen, zum Abtrennen von Gliedmaßen sei ausschließlich das Beil des Freimannes, wie der Henker seinerzeit genannt worden sei, zur Anwendung gekommen.

«Nein, diese Sägen waren reine Tötungswerkzeuge», fuhr er fort, «sie befinden sich also nur zur ‹Aufbewahrung› hier, da, wie ich sagte, lediglich ‹außerhalb› hingerichtet wurde. – Das ‹Sägen› war übrigens, wie ich finde, eine besonders grauenhafte Art, jemanden vom Leben zum Tode zu bringen: Der Delinquent wurde kopfüber mit leicht gespreizten Beinen in ein Gerüst eingebunden, und dann sägten ihn zwei Freimänner buchstäblich, zwischen den Beinen beginnend, mit einer dieser Riesensägen dort in der Mitte langsam nach unten durch – Fleisch, Knochen, alles. Und da er kopfüber im Geräte hing und das Blut ihm so stetig zum Kopfe drang und das Gehirn während der Prozedur trotz der mörderischen Wunden am Unterleib mit Blut die ganze Zeit bestens versorgt blieb, war es durchaus keine Seltenheit, dass der Delinquent es noch, und zwar bei vollem Bewusstsein, erlebte, dass die Säge seinen Nabel erreichte.»

Nightingale äußerte unterdrückt einen Schreckens- und Ekellaut.

«Pfui Teufel!», sagte Robert Milton. «Da möchte man doch unbedingt auf andere Art zu Tode kommen ...»

Ich sah, wie im Hintergrund eine Treppe nach unten in den nächsten Raum führte, und dort, fast ganz im Dunklen, standen Alice Stalliot und der Comte, Letzterer in seinen feinen weißen, seidenen Schal gehüllt, reglos beisammen und blickten zu uns herüber.

«Seit wann und bis wann war die Kammer in Gebrauch?», wollte Robert Milton wissen.

«Die erste urkundliche Nennung fällt in die Regierungszeit König Davids II., der, wie Sie wissen, als Fünfjähriger den Thron bestieg und dessen einundvierzigjährige Regentschaft eine Zeit unausgesetzter Kämpfe zwischen den Häusern Bruce und Baliol war, ähnlich wie hundert Jahre später die Fehde zwischen den Häusern Lancaster und York. Inwieweit damals diese Kammer eine Bedeutung in dem Kampf gewann, vermag ich nicht zu sagen, darüber finden sich keinerlei Aufzeichnungen. Allerdings weiß ich aus sicherer Quelle, dass die heilige Inquisition im 14. Jahrhundert mehrfach auf Boroughmore Castle ‹zu Gast› war, um ‹Bekehrungen› von Häretikern vorzunehmen, stets gemäß der Regel: in augmentum catolicae religionis ... – Ein bitteres Kapitel der Geschichte dieses Schlosses, welches ein böses Licht auf die damaligen Besitzer zu werfen scheint, meine Freunde, aber wer wagte es schon zu jener Zeit, der heiligen Kirche zu widersprechen?»

Ein gewisser Sarkasmus lag in seinen Worten, denn Mortimer, ursprünglich selbst als strenger Calvinist erzogen, hatte, wie ich wusste, schon immer eine nicht allzu geringe Abneigung gegen die römisch-katholische Kirche und deren göttlichen Statthalter in Rom gehegt – eine Haltung, die ihn im Übrigen jedoch zu keiner Zeit im Geringsten davon hätte abhalten können, im Umgang mit den Menschen dieser oder anderer Konfessionen je etwas anderes als die zuvorkommendste christliche Toleranz an den Tag zu legen. Im anderen Fall, so überlegte ich, ähnlich den Gedankenflügen, die mir schon beim Essen gekommen, wäre der Vikar zum Exempel sicher nicht in unseren Kreis geladen gewesen, wie auch ganz gewiss nicht Goldsmith, der amerikanische Jude.

«Zum Glück ist diese finstere Zeit längst Moment der Vergangenheit», fuhr Mortimer fort, «und meines Wissens sind seitdem die Instrumente dieser Kammer nicht mehr genutzt worden, außer vielleicht, um das Leder erlegter Tiere zu spannen. Nein, das Zeitalter ist, dem Himmel sei Dank, zumindest auf unseren englischen Inseln ein anderes geworden, in dem es nicht mehr darauf ankommt, mittels jener eisernen Jungfrau dort im Winkel etwa rothaarigen Weibern und unzüchtigen Nonnen den Weg ins Fegefeuer zu weisen.» Er ließ ein schmerzliches Lächeln sehen. «So ist es, verstehen Sie, meine Freunde, ein Schloss als Gabe zu erhalten – Gott sei dem König gnädig, in mancherlei Beziehung jedoch ein Danaergeschenk, und es bedurfte durchaus der Gewöhnung, hier ständig zu leben. – Warum ich diese Kammer in dem Zustande beließ, in dem ich sie übernommen, werden Sie mich fragen? Nun, meine Freunde … es ist ein unerfreulicher Raum, gewiss, und manchmal bilde ich mir ein, dass die Geister der Verstümmelten und Geschändeten bei Vollmond hier noch umgehen müssten, andererseits, würde ich dies Inventar hinausbringen und vernichten lassen … würde ich dann nicht ihr Andenken nochmals schänden und ihre toten Seelen abermals verletzen?»

Ich wäre gerne auf meinen Freund zugetreten und hätte ihn umarmt, doch hatte ich im Augenblick und vor den anderen eine gewisse Scheu, die ich mir selbst nicht erklären konnte. Wir alle waren zutiefst ergriffen und befanden ihn im Recht; ich sah da und dort den einen oder anderen unserer Gruppe bedächtig mit dem Kopfe nicken.

Und gerade in diesem Moment geschah es, dass ein kaltes sonderbares Gefühl unbestimmter Furcht über mich kam. Irgendeine innere Stimme schien mich flüsternd zu warnen – und jene düstere Ahnung beschlich mich, wir alle würden hier Schreckliches erleben, ein erbarmungslos grauenhaftes Unglück würde uns zustoßen. Ich dachte an die furchtbare Geschichte der Lady Lorraine, an die im Grunde nicht minder furchtbare mittelalterliche Wurfmaschine, die Befüllungsanlage für die Pechnasen über dem Burgtor, den unheimlichen Ruinenturm, die Krypta, den Brunnen, an all die Details, die mir während unseres Rundgangs bereits Unbehagen bereitet. Und hier in der Kammer der Schrecken sah ich es plötzlich wie ein Bild vor mir, eine Lawine von Schnee, die herunterbrach – aber der Schnee war schwarz und nicht weiß, und ich sah Nightingale schreien und die Arme Hilfe suchend und vergeblich nach mir ausstrecken, und ich schauderte, denn ich war zu weit fort, viel zu weit, und sah, wie der schwarze Berg das holde Wesen hilflos unter sich begrub … Ich bin sicher, ich hätte augenblicklich selbst geschrien, wäre das Bild nicht plötzlich verblasst wie ein Spuk.

Ich kam wieder zu mir, und mir war in der Tat, als sei ich fort gewesen – ich fand mich zitternd im Halbdunkel der Folterkammer stehend, nicht allzu weit von den anderen, deren Gespräch wohl gerade durch eine Pause unterbrochen ward, in der plötzlich leise piepsend eine Ratte über den Boden zwischen unseren Füßen hindurchhuschte. Nightingale war es, die die Flucht des Tieres mit einem schwachen Lächeln quittierte. «Wir machen ihr Angst», sagte sie sanft. «Immer sind es Menschen, die Angst verursachen. Gottes Schöpfung als solche ist rein.»

«Wohl gesprochen, Miss Dubois», erklang bewegt die Stimme des Comte aus der Finsternis seiner Ecke, und auch unser Gastgeber Mortimer rührte sich. Er breitete seine

Arme aus und deutete auf die Treppe am Ende des Raumes. «Lassen Sie uns diesen Ort verlassen, meine Freunde», sprach er. «Es ist nur mehr ein einziger Raum, den ich Ihnen vor unserer Rückkehr nach oben zeigen möchte, und wiewohl auch jener seinerzeit zu der unerquicklichen Partie des Burgverlieses gehörte, so war er doch damals, als der Bau an mich kam, nichts als ein Platz vergessenen Gerümpels und wertlosen Plunders, welchen ich beiseite schaffen ließ, um das Gelass einer neuen Bestimmung zuführen zu können – einer durchaus erfreulicheren, wie Sie sogleich sehen werden. Kommen Sie bitte, folgen Sie mir!»

Und damit war er flinken Schrittes auf jene Treppe zugetreten, neben der der Graf und Alice Stalliot noch immer verharrten, wir anderen drängten nun in einer Gruppe ihm nach, begleitet vom Fackellicht der Diener, über die wenigen Stufen nach unten.

Es waren Weinflaschen, die zur Linken deckenhoch und auf beeindruckender Länge in hölzernen Regalen sich stapelten, und zur Rechten hin gab es das Pendant turmhoch aufgelegter riesiger Weinfässer. Turmhoch, in der Tat. Das Gewölbe war für einen Kellerraum von erstaunlicher Höhe, und Mortimer, der meinen Blick bemerkte, trat auf mich zu und erklärte den Umstand in der ihm eigenen Art, bedächtig und charmant: «Wir sind die Treppe heruntergestiegen, mein lieber Jonathan, und das Gewölbe erhebt sich hier zur vollen Höhe zweier kompletter Kellergeschosse der Burg.» Und er erklärte entschuldigend, dass er uns tatsächlich nur ein einziges der Kellergeschosse gezeigt habe – der Rest sei allerdings auch nicht so interessant und stehe im Grunde leer –, zudem hätten wir nicht den Gesindetrakt gesehen, auch nicht die Ställe, auch nicht seinen eigenen Wohnbereich, auch nicht die Bibliothek, das Musik- oder das Spielzimmer, nicht die Ahnengalerie derer vom Clan der McFlynns, nicht die große Sammlung überdies von alten

Rüstungen in den Räumlichkeiten über dem Tor ... Er lachte und meinte, dass eine Burg eben doch ein recht unüberschaubarer Bereich sei, entsetzlich weitläufig, dass aber ein jeder in den nächsten Tagen herzlich aufgefordert sei, durchaus auf eigene Faust zur Erkundung aufzubrechen. Ein Ariadnefaden indessen oder etwas Ähnliches, wie etwa genügend Personal zur Begleitung, seien, was die tiefer liegenden Keller im südlichen Bereich der Burg anbetreffe, als außerordentlich nützlich anzusehen und aufs lebhafteste zu empfehlen.

Und dann zeigte er uns die Flaschenzüge an der Decke, mit deren Hilfe die Fässer gestapelt werden konnten, Fässer, die ihm im Laufe von zehn Jahren jeweils im Herbst geliefert worden waren von Weingütern im Médoc, aus der Dordogne und der Provence, und er wies auf einen seitlichen Schacht, der schräg von Decke und Wand nach oben in die nächtliche Schwärze hinaufführte und der als Transportzuweg gedacht war, durch den man die Fässer herablassen konnte und der in einem Verschlag im Hof endete. Es folgte, die jeweiligen Inhalte kurz würdigend, eine launige, kurze Führung an all den Flaschen und Fässern vorbei – ein Einfall, der, wie mir auffiel, besonders auf die Gegenliebe Geoffrey Stalliots stieß – «... gute Jahrgänge!», murmelte dieser immer wieder, «... gute Lagen ...», und Mortimer nickte mit einigem Besitzerstolz und setzte, auf die Fässer weisend, hinzu: «So denn, meine Freunde, von diesen Gefilden her kommen uns die besonderen ‹bacchanalen› Bereicherungen unserer Tafelfreuden, und selbst wenn wir unser literarisches Symposion auf Jahre hin ausdehnten, wozu ich Sie herzlich anhalten würde ... diesen Keller werden wir nicht in die Knie zwingen – Sie nicht und ich nicht; seien Sie dessen unbesorgt!»

Ein übermütiger ungeordneter Wortschwall antwortete ihm, und ich hatte das Gefühl, dass Mortimer, der die unangenehmen Gedanken des einen wie des anderen von uns angesichts der Folterkammer deutlich mitempfunden haben mochte, diesen heiteren Abschluss seiner Führung zuvor sehr klug kalkulierend einberechnet hatte. Und so war es eine doch sehr gelöste und glückliche Gesellschaft, die ein paar Minuten danach den Weinkeller verließ, zunächst eine Treppe hoch, dann einen Gang hin munter ausschritt – dieselben düsteren Steinquader und runden Gewölbebogen neben und über uns her –, einen weiteren Gang hinunter, in dem das Licht der Fackeln, die uns die Diener getreulich zur Seite trugen, geisterhaft vor und hinter uns her tanzte. Dann öffneten sich die ausgetretenen Steinstufen einer weiteren Treppe, die wir behände erklommen, um oben überrascht festzustellen, dass wir uns wieder im Bereich vor der Küche befanden … linker Hand führte die Treppe in den Turm hinauf, über die unser Rundgang vor einer Stunde und einer halben begonnen. Der Gang vor der Küche war jetzt finster und die Küche leer, von den beiden bezaubernden apfelbäckigen Gestalten, die uns zu dem Genuss des heutigen Soupers verholfen hatten, war nichts mehr zu sehen. Sie waren längst zu Bett.

Die Diener bereiteten sich zum Löschen der Fackeln, und als wir gleich darauf den Speisesaal betraten, sahen wir, dass noch genügend Flammen in den Leuchtern an den Wänden und unter der Decke funkelten, dass die von uns mitgeführten Lichter in der Tat überflüssig geworden. Von den nachglühenden Kohlebecken ging ein Rest wohliger Wärme aus. Einige weitere Bedienstete waren anwesend, und eine Art Ablösung der zugänglichen Livrierten untereinander fand statt – die, die uns begleitet hatten, zogen sich alsbald unauffällig zurück, nachdem ihnen Mortimer dankend zugenickt. Wir standen, immer noch in unsere Mäntel und Tücher gehüllt, beieinander.

«Es war wundervoll», fasste Alice Stalliot schließlich unser aller Empfinden in Worte, «imponierend, beeindruckend und großartig, ein grandioser Bau, Ihre Burg, zweifellos – aber das Beste, Sie werden mir nicht böse sein, wenn ich das so unumwunden ausspreche … das Beste, das waren doch Sie, Sir Mortimer, Sie ganz allein, und die wir hier versammelt stehen wissen nicht, wie wir Ihnen dafür jemals den rechten Dank zollen können …»

«Das stimmt, Mortimer!», schloss Nightingale sich sogleich an, «wenn ich dir auch nach wie vor keineswegs verzeihen kann, dass du mich nicht zu Ausflügen solcher Art aufgefordert hast, als ich als Kind hier weilte!»

Und während Mortimer, einerseits bescheiden Alice Stalliots Komplimente zurückweisend wie andererseits in einer Mischung aus Entrüstung und Amüsement seine Nichte kopfschüttelnd anschauend, gewissermaßen in alle Windrichtungen gleichzeitig tätig war, erhob sich ein Lachen aus unserer Runde, in das auch er schließlich einstimmte.

Es war spät geworden, ging auf Mitternacht, und wir alle spürten vom Treppauf- und Treppabsteigen und den zugigen Gängen in den Kellern des Schlosses die Müdigkeit unserer Körper, und doch machte keiner von uns Anstalten, die Vergnügungen und Schönheiten des Ankunftstages unmittelbar abzuschließen, vielmehr begaben wir uns auf einen Wink Mortimers hin nach rechts durch eine der Flügeltüren in den an den Speisesaal anschließenden Raum hinüber, die Bibliothek.

Die Bibliothek war eine gewaltige Halle mit spiegelndem Parkettboden, wohl an die fünfzig Fuß der Breite nach und gut das Doppelte der Länge, deren fensterlose rechte Wand wie auch die beiden Stirnwände bis unter die Decke ganz aus dunkeleichenen, fast überbordenden Bücherregalen bestand. In halber Höhe lief an den rechter Hand gelegenen drei Seiten des Raums eine schmale Galerie hin, die man über enge Wendeltreppen in den Ecken erreichen konnte. Die linke Wand dagegen war eine Fensterwand. Die raumhohe Reihe der sieben Fenster ging zum Hof, nach Osten, was bei Tage, namentlich des Morgens, für ausnehmend günstige Lichtverhältnisse in diesem Lesesaal sorgen mochte. Auch hier, auf der linken Wand, befanden sich jeweils an den Fensterpfeilern deckenhohe Bücherregale, deren oberes Drittel man mit dagegen gelehnten Leitern erreichte, die mittels zweier Halterringe an einem Holm liefen, auf dass sie nicht umstürzten.

Die Decke des Raumes war versehen mit einer raffinierten Scheinarchitektur aus Säulen und Bogen und schien sich so nach oben hin ins Unendliche zu dehnen, mit einer imposanten Darstellung des Weltgerichts in einem strahlend blauen, offenen Himmel als krönendem Abschluss. Aus dem Zentrum des Gemäldes brach gleißendes Licht hervor, weiße und goldene Strahlen und Wolken, sodass der ferne Anblick Gottvaters im Kreise seiner Engel den Betrachter fast zu blenden schien, während linker Hand in einer Aureole von düsterem Qualm Luzifer zur Hölle niederstürzte – das hieß, er stürzte nachgerade in den Raum hinein, was mich für einen Augenblick fast mit Entsetzen bannte, denn mit einer erschreckenden Realistik hatte es der Künstler gewagt, eines der Beine des Gottseibeiuns und sein geschwänztes Gesäß plastisch aus der Decke hervortreten zu lassen – ein Trompe-l'Œil, wie ich es zuvor nie gesehen.

In der Mitte der rechten Bücherwand befand sich unterhalb der Galerie ein mächtiger, weißmarmorner Kamin, dessen Esse zwei gekreuzte Schwerter zierten. Auf der freien Fläche zu beiden Seiten des Kamins hingen zwei Porträts in großen, ovalen Rahmen, das Gesicht eines Mannes und das einer Frau, beide in die altertümliche Kleidung versunkener

Jahrhunderte gehüllt, und ich fragte mich unwillkürlich, ob dies Konterfeie von Sir Roger McFlynn und seiner Gattin Lorraine waren. Ferner gab es in den Nischen beiderseits des Kamins Hellebarden und Morgensterne zu sehen. Das Mobiliar des Raumes war sparsam und beschränkte sich im Großen und Ganzen auf eine Anzahl niedriger Tische, da und dort verteilt, auf denen ebenfalls Bücher, auch literarische Zeitschriften, Kunstdrucke, sowie ein gutes Dutzend einzeln oder in Gruppen stehender Sessel mit gepolsterten Armlehnen und hohen Rückenteilen, einen Klappständer mit, wie ich später sah, wertvollen Lithographien bei einem der Fenster und ein herrliches, uraltes Lesestehpult im Zentrum der gegenüberliegenden Stirnwand unmittelbar neben einer Flügeltür, die dort in die weiteren Räumlichkeiten führte.

Ich hatte bemerkt, wie Mortimer bei unserem Eintritt leise mit Henry ein paar Worte gewechselt hatte, woraufhin dieser hinausschlüpfte, um alsbald mit zweien der Diener, die beim Souper serviert hatten, wieder zu erscheinen. Die Männer entzündeten emsig diverse Leuchter und entfachten den Kamin, dessen Flammen bald hell aufloderten, nahmen uns unsere Mäntel ab, breiteten sie über die Lehnen der seitwärts stehenden Sessel, rollten dann auf einem Wägelchen spirituöse Getränke und Rauchwaren herein, und alsbald erscholl der Raum vom Klang unserer Stimmen, die wir herumgingen und die Details bewunderten.

«Das Juwel meiner Burg: meine Bibliothek», verkündete Mortimer, nicht ohne Stolz, «und, liebe Freunde, wohl auch angesichts unseres hehren literarischen Vorhabens in der nächsten Zeit der angemessene Ort, den heutigen Tag würdig zu beschließen.»

Zustimmung wurde geäußert, Gruppen und Grüppchen bildeten sich in dem gewaltigen Raum, in lebhaftes Gespräch vertieft, scherzend, an Gläsern nippend, während die Diener sich still und unauffällig wieder zurückzogen. Nur

Henry blieb und beobachtete aufmerksam, ob man irgendwo seiner Hilfe bedürfe. Da und dort sanken die ersten der Gäste in die bequemen Sessel. Ich muss bekennen, dass ich mich vorzugsweise in der Nähe der jungen Miss Dubois hielt, und als sie in einem der Sessel in einer Gruppe in der Nähe des Kamins Platz nahm, erhaschte ich die Sitzgelegenheit zu ihrer Rechten. Der Comte saß bereits am Kamin und blickte verträumt in das Feuer, und wir taten es ihm gleich.

Professor Prescott stand einige Schritte entfernt vor der hohen Bücherwand und studierte interessiert und aus kurzsichtigen Augen die Titel, bis er einen Band herauslangte. Robert Milton war, in einer Sitzgruppe nicht allzu weit von uns, von dem Vikar in ein Gespräch gezogen worden, Goldsmith saß dabei und lauschte den beiden, am anderen Ende des Raumes stand Mortimer mit den beiden Stalliots in eine lebhafte Debatte vertieft vor einem Regal, aus dem die drei das eine oder andere Buch zogen, es aufschlugen und die Köpfe hineinbeugten. Ich horchte auf die Geräusche des Windes draußen vor den dunklen Fenstern. Er kam jetzt in langen Stößen sausend über die Zinnen gezogen und brach sich mit stöhnenden, klagenden Tönen am Gestein. Es war ein mich unangenehm berührendes Geräusch, hohl und unheimlich.

«Ein Sturm, wahrhaftig», sagte Nightingale unvermittelt, und etwas wie Furcht lag in ihrer Stimme. «Ich mag Stürme nicht. Obwohl ich weiß, dass uns in diesen alten, meterdicken Mauern nichts geschehen kann, mag ich sie nicht.»

«Höre ich recht?», fragte ich sie neckend. «Ich glaube mich zu erinnern, dass Sie sich heute in der Kutsche etwa in der Hinsicht geäußert hatten, dass dieses unser dichterisches Unterfangen den üblichen langweiligen literarischen Salons in Edinburgh oder Glasgow bei weitem vorzuziehen sei, unter anderem aus eben nur dem Grunde, dass man hier sich direkter am Busen der Natur befinde. Ich darf Sie sinngemäß zitieren: ‹auf einer schottischen Burg, umtost von den Stürmen des Nordens› … so oder ähnlich, glaube ich, waren Ihre Worte. Was, Miss Dubois, haben wir nun von diesem eklatanten Widerspruch zu halten?»

Ich bemerkte aus dem Augenwinkel, wie der Comte sich uns interessiert zuwandte.

«Mr. Lloyd», sagte Nightingale lächelnd und rümpfte die Nase, «ich frage Sie: Spricht so ein Gentleman? Treibt er eine Dame wirklich derart in die Enge?»

«Es war eine unschuldige Frage, Miss Dubois, einem literarischen Colloquium durchaus nicht unangemessen, oder möchten Sie mir darin widersprechen?»

«Nun denn», entgegnete sie, «ich konzediere Ihnen, Mr. Lloyd, dass da ein Widerspruch besteht. Andererseits, ist es nicht so, dass wir alle in unserer Empfindung geteilt sind? Vor Urzeiten, als das Lot der Welt noch im Rechten war, mag das anders gewesen sein, aber heute haben wir mit unseren Schwächen allemal zu kämpfen – und mit dem Unterschied zwischen unserer Seele und der Welt. Der atavistische Teil des Körpers verspürt Ängste, die unsere hochfliegende Seele nicht wahrhaben will. Nun, es wird Aufgabe der Poesie sein, diese universelle Einheit wiederherzustellen, und, glauben Sie mir, Mr. Lloyd, darum bemühe ich mich rechtschaffen.» Sie lächelte. «Denken Sie zum Beispiel nur einmal an die unheimliche Ruine dort draußen.» Sie deutete auf den Kamin.

«Was meinen Sie, Miss Dubois?», fragte ich, unangenehm berührt. Ich blickte auf ihren Finger, der auf den Kamin wies, welch letzterer wohl tatsächlich unmittelbar an der Westfassade, das hieß der Außenwand des Schlosses, anlehnte – worauf im Übrigen auch die Fensterlosigkeit der Wand hindeutete –, und es wurde mir plötzlich bewusst, dass hinter dieser Wand, zwei-, dreihundert Yards entfernt in Wind und Sturm der Nacht die einsame Ruine lag: Dull Manor …

«Denken Sie an die unheimliche Ruine dort draußen, Mr.

Lloyd», wiederholte sie, «die wir vorhin vom Turm aus gesehen. In der heutigen Nacht wären weitere hundert Jahre vergangen, heißt es, und sie müsste – husch – in Flammen aufgehen, und Lady Lorraine selbst, die arme Seele, würde umgehen und lachen und Gott und die Welt verfluchen, wie Sir Mortimer uns so wunderbar erzählt hat, nicht wahr? – Aber, verstehen Sie, es wird so sein, dass ganz einfach …» Sie legte eine Pause ein und richtete den Blick in ihren Schoß, bevor sie leiser fortfuhr: «… dass ganz einfach gar nichts geschehen wird heute Nacht.» Sie hob den Kopf und schaute mir geradeaus in die Augen, was ein Gefühl des Glücks und der Ohnmacht gleichzeitig in mir entbrennen ließ. «Denn Dull Manor brennt nur in der Phantasie, Mr. Lloyd», fuhr sie fort, «oder in der Poesie. – In der Realität dürfte der Wind heute Nacht viel zu stark sein und jedes Feuer auspusten. Das ist es, was ich meine, wenn ich Ihnen vom Widerspruch rede zwischen der Welt und unserer Seele.»

«Oder der Wind entfacht das Feuer erst recht zu einem Höllenbrand, der obendrein das ganze Schloss, in dem wir leben, verschlingt», schlug ich mit leichtem Spott vor. Ich war neben allem auch ein wenig verstimmt darüber, auf meinen gar nicht tief gemeinten Einwurf hinsichtlich des Widerspruchs in ihrer Rede eine Antwort derartiger Ernsthaftigkeit erhalten zu haben. Hatte sie nicht verstanden, dass ich sie nur hatte necken wollen?

«Ein Höllenfeuer, Mr. Lloyd, das die Burg verschlingt?», fragte sie mit gespielter Verwunderung in der Stimme. «Nun, in diesem Falle wäre ich doch sicher, dass Sie einer der Ersten wären, will ich hoffen, die mit einem Eimer losliefen, dringend zu löschen und zuallererst mir den Weg aus meinem entflammten Zimmer zu bahnen. Schließlich haben Sie mir schon einmal, bei Gefahr des Lebens, aus höchster Not geholfen, indem Sie mich in Ihre Kutsche luden.»

Ich lächelte sie an. Recht geschah mir. «Trotz alledem»,

beharrte ich, «vergessen Sie nicht Ihre eigene feinsinnige Unterteilung in Innen- und Außenwelten, Miss Nightingale. Das wahre Höllenfeuer, nicht wahr, brennt sowieso immer nur in uns ...» Fast hätte ich hinzugesetzt: «Und wie gedenken Sie ein solches zu löschen?» Aber es gelang mir, dem Himmel sei Dank, noch rechtzeitig, mir auf die Zunge zu beißen. Ich war doch glücklich in jener Stunde, dass sie so nah bei mir saß und auf mein Spiel einging.

Sie lächelte. «Ein Höllenfeuer, Mr. Lloyd, ist immer eine ernsthafte Sache, und vielleicht sollten wir unseren Spott damit nicht allzu toll treiben. Ich wünsche keinem Menschen ein solches Feuer in seiner Brust. Und doch werden wir alle es ein ums andere Mal erleben ... aus Angst, aus Trauer, aus Liebe ... denken Sie nur abermals an jene Lady Lorraine», setzte sie, wieder ernsthaft werdend, hinzu. «Sie tut mir schrecklich Leid, diese arme Frau, auch wenn sie schon fünfhundert Jahre tot ist. Aber sie ist eine Legende, Mr. Lloyd, und Legenden sind immer wahr.»

«Legenden sind immer wahr», sagte ich ernst. «Wenn Sie es so betrachten, Miss Nightingale, haben Sie völlig Recht.» Ich starrte in das flackernde Feuer, das Figuren zu bilden schien, die tanzten, sich umschlangen, sich voneinander lösten ...

«Ein Feuer ist etwas uns Verzauberndes», sprach in diesem Moment der Comte de Marais mit seiner leisen, angenehmen Stimme, und ich sah ihn, als ich überrascht aufblickte, genauso in die Flammen starren, wie ich es selbst einen Augenblick zuvor noch getan. «Es erregt und bewegt unsere Phantasie, und ich kann sehr gut die Menschen begreifen, die Stunden damit zubringen können, hineinzuschauen. Überdies, ein Feuer selbst ist immer rein. Und, beiläufig gesprochen: Es reinigt unsere Seele, ins Feuer zu schauen. Entsetzlich ist nur, was die Menschen daraus gemacht haben ... Krieg ... Brandschatzung ... Scheiterhaufen ... und Tortur. – Interessieren Sie sich für Legenden, für Sagen, für Märchen, Miss Nightingale, Mr. Lloyd? Sie sprachen über eine Legende.» Er wandte, mühsam, wie es schien, seine Augen vom Kamin und blickte in unsere Richtung. «Sie werden verzeihen, wenn ich mich so einfach in Ihr Gespräch menge?»

«Selbstverständlich, Comte», sagte ich, und eine Welle der Sympathie übermannte mich für jenen wahrscheinlich sehr einsamen Menschen.

«Es sind immer die Frauen, Mademoiselle, die am meisten zu leiden haben», fuhr er schließlich fort. «Immer die Frauen ... Wie in jener Legende um Lady Lorraine, von der wir heute Abend gehört. O ja, Legenden sind immer wahr. Das haben Sie wundervoll gesagt, Mademoiselle, ich gebe Monsieur Lloyd darin völlig Recht.» Nightingale errötete.

Er blickte wieder für einen Augenblick in die glühenden Scheite des Kamins, und ich lauschte dem immer wütender werdenden Toben des Sturmes draußen vor den Fenstern.

«Interessieren Sie sich für Legenden, Mr. Lloyd?», wandte der Comte sich plötzlich an mich und kehrte so zu seiner Eingangsfrage zurück. «Und sind Sie so wie ich vom reinen, unschuldigen Feuer fasziniert? Ihr eminenter Roman ‹Die Feuer von Atlantis› möchte es mich glauben machen.» Er lächelte. «Ein großes Werk, Sir, das da Ihrer Feder entflossen ist, wenn ich so frei sein darf, das zu gestehen – eine großartige Metapher überdies für unsere Zeit, wenn Sie mich fragen, und vor allem eine wunderbare Legende, archaisch, rein und wahr. Ich habe ihn seinerzeit mit großem Gewinn und zutiefst berührt gelesen.»

«Ich danke Ihnen, Comte», sagte ich, etwas beschämt. «Aber ich glaube nicht, dass er Ihr Lob verdient. Dieses Werk, wissen Sie, war eine schwere Geburt und hat mich drei Jahre meines Lebens gekostet. Es war, wenn Sie so wollen, auch ein wenig so etwas wie ein Stafettenlauf ... Das Thema und die Ausführung änderten sich unentwegt. Angefangen hatte ich mit einer Novelle, die ‹Prometheus› heißen sollte.»

Der Comte schmunzelte und warf ein: «Immerhin, Sir, so scheinen Sie doch dem Feuer treu geblieben zu sein.»

«Das wohl», gab ich lachend zu, und ich wunderte mich über mich selbst – wie hatte ich diesen Mann noch vor einigen Stunden beim Souper als arrogant und kalt empfinden können! Er war geistvoll, warmherzig und zugewandt, ein ernsthafter Plauderer und faszinierender Mensch. Und wieder einmal wurde mir bewusst, dass man die Menschen in ihren diversen Schichten niemals wirklich kannte.

«Ich debattierte unlängst mit einem Freund», erzählte der Graf, «und es ging um die Frage, ob man heutigen Tages eine neue Geschichte überhaupt noch schreiben könne. Er glaubte – und es trieb ihn in die Verzweiflung –, dass alle Geschichten schon geschrieben seien. Und ich sagte zu ihm: Lieber Freund, solange der Mensch existiert, den in seiner seelischen Tiefe auszuloten wir niemals ganz erreichen werden – nur sehr wenigen ist dies gelungen, ich nenne Shakespeare –, einerlei, so lange wird es die Möglichkeit zu Geschichten geben, einmal vorausgesetzt, dass alle Geschichten mit dem Menschen zu tun haben. Das ist es, beiseite gesprochen, was mir Dichtung, Bücher einzig interessant macht: Es geht um Menschen. Und aus jedem guten Buche lerne ich Neues über sie.»

Ich blieb still, verwundert darüber, dass er just den Punkt angesprochen, der mir selbst zuvor durch den Kopf gegangen, die Vielschichtigkeit und Undurchschaubarkeit der Menschen.

«Nehmen Sie Mythen, Sagen, Märchen», fuhr der Comte fort. «Sie sind wahr, weil sie uns etwas über Menschen erzählen. Wie Sie wissen, beschäftige ich mich selbst intensiv damit. Ich habe Tieck und Jakob und Wilhelm Grimm selbst kennen gelernt herüben in den deutschen Ländern. Was für

Männer, welch bedeutende Wissenschaftler, Miss Nightingale, Mr. Lloyd! Ja, in den Gesprächen mit ihnen damals ward ich mir erstmals der Bedeutung von Märchen in ihrer ganzen, großartigen Universalität bewusst. Denn es ist ein grobes Missverständnis unserer Zeit, diese Gattung abzutun als lediglich den Stoff, aus dem man Kindern Gutenachtgeschichten offeriert, damit sie besser schlafen. Nein, insofern, als auch hier Menschen zu Gebote stehen, über die verhandelt wird, muss man auch hierbei vom Stoff reden, aus dem die Träume sind. Die Grimms ziehen durch die deutschen Lande mit Papier, einem Stift und offenem Geist und notieren, was sie hören, und sie haben mit dieser Ausrüstung schon jetzt einen ungeheuren Schatz geborgen.»

«Sie selbst ziehen durch England, ein Nämliches zu unternehmen, habe ich gelesen?», fragte ich, glücklich darüber, schon so rasch die Gelegenheit zu haben, den Comte nach dem Stand seiner Forschung zu befragen, die mich lebhaft interessierte.

«Ich stehe noch ganz am Anfang dieser Tätigkeit, Mr. Lloyd, ganz am Beginn», sagte er. «Bislang nichts Vergleichbares mit dem der Grimms. Möge der Himmel ein Einsehen haben und mich ein Alter erreichen lassen, in dem der weiteren Forschung auf diesem Gebiet wenigstens ein sicherer Weg gebahnt ist! Aber bis dahin mag es noch lang sein. Was mich fasziniert an der Arbeit der Gebrüder: Zum Teil haben sie Geschichten gefunden, die durchaus nennenswerte Parallelen zu anderen Stoffen aufweisen, Parallelen, die es fast in jedem Lande gibt. Denken Sie an jenes ‹Rotkäppchen›, das Sie schließlich in England sehr genau kennen als ‹Little Red Riding Hood› und das uns auch in meiner Heimat begegnet als ‹La Petite Chapon Rouge›.» Er schmunzelte. «Der Wolf repräsentiert hier selbstverständlich das männliche Element, bedenken Sie, mit seinen Haaren und in seinem ganzen animalischen Wesen, Rotkäppchen das weibliche –

bedenken Sie die ganze wundervolle Farbsymbolik, die uns im Märchen begegnet! Sie ist in der Tat übernational, universell, wie der Stoff …» Er strich sich nachdenklich über die Stirn. «Und deshalb eben verwundert es mich so sehr, verstehen Sie, warum gewisse andere Motive sich in der Tradition der unterschiedlichen Länder so überhaupt nicht auffinden lassen.»

«Zum Beispiel?», fragte Nightingale gespannt.

«Oh, da gibt es diverse Exempel.»

«Nennen Sie eines», rief ich.

«Ich weiß nicht», sagte er, «ob Sie zum Beispiel je das Märchen vom ‹Froschkönig› gehört haben – eine wundervolle Allegorie auf das große Geheimnis, die eben eingangs erwähnte Vielschichtigkeit und Undurchschaubarkeit des Menschen, und auf seinen ebenso schrecklichen Hang zu Vorurteilen … Es lautet wie folgt: Eine Prinzessin, deren goldener Ball ihr in den Brunnen fällt, lässt sich diesen von einem Frosch, der in dem unergründlich tiefen Brunnen lebt, wieder heraufholen. Dafür muss sie ihm versprechen, ihn in ihr Schloss aufzunehmen, ihn von ihrem goldenen Tellerlein speisen, aus ihrem goldenen Becherlein trinken zu lassen, schließlich sogar ihr Bett mit ihm zu teilen.»

«Pikant!», gab Nightingale zu bedenken.

«Oh, überaus pikant», stimmte der Graf zu, «und ganz offensichtlich, wie ich sagte, nicht unbedingt so geeignet für kleine Kinder, nicht wahr?»

«Und wie geht es weiter?», erkundigte ich mich gespannt.

«Nun, die Prinzessin verspricht dem Frosch alles, was er fordert, im Herzen aber längst entschlossen, ihn leichtfertig zu hintergehen, denn sie ist nur an dem goldenen Ball interessiert. Und so kommt es: Der Frosch holt ihr den Ball, sie nimmt ihn, kein Dank, keine Geste – und sie läuft heim, dem Frosch davon, der sich, natürlich vergeblich, bemüht, ihr zu folgen.»

«Oh, pfui!», sagte Nightingale.

«Ja, sehr undankbar», stimmte der Comte zu. «Aber – und das ist das Schöne an Märchen: Dort gibt es stets eine geradezu göttliche Gerechtigkeit – eines Tages pocht es an die Türe des Schlosses, der Frosch hat den Weg endlich gefunden, und nun fordert er die Einlösung des Vertrages. Die Prinzessin, zunächst nicht geneigt, diesem Verlangen nachzukommen, wird schließlich von ihrem Vater gezwungen, zu ihrem Wort zu stehen. Und so findet sie sich, von Abscheu und Ekel gepeinigt, mit der hässlichen Kröte bei der Mahlzeit und schließlich sogar im Bett vereint wieder.»

«Und?», fragte Nightingale atemlos.

«Nun, der Schluss der Geschichte beschreibt, wie sie den Frosch aus ihrem Bett an die Wand wirft, der sich dadurch zurückverwandelt in das, was er eigentlich war: einen Prinzen – und selbstverständlich gibt es eine große Hochzeit, und wenn sie nicht gestorben sind … Sie kennen das. Und dann gibt es in diesem Märchen noch den treuen Diener des Prinzen, Heinrich mit Namen, dem die Erleichterung über die Befreiung seines Herrn drei eiserne Ringe sprengt, die um sein Herz, seine Brust lagen.»

«Der Diener, der über die Befreiung seines Herrn erleichtert ist», sagte ich gedankenverloren. «Das ist wunderschön. Quasi ein Symbol der harmonischen Verbindung der Volksstände untereinander. Sehr modern, nicht wahr?»

«So ist es», meinte der Graf. «Hier gab es keine Revolution.»

Wir schwiegen einen Moment. «Eines ist trotzdem merkwürdig», wagte ich zu äußern. Der Comte sah mich erwartungsvoll an. «Sie wirft den Frosch an die Wand», sagte ich langsam. «Damit bricht sie doch abermals ihr Versprechen. Ihre Haltung ist ungerecht und brutal. Warum wird sie gerade in dieser Sekunde belohnt?»

Der Graf lächelte. «Sehen Sie, Mr. Lloyd, was sind der

Mensch und sein Schicksal? Durchschauen wir das je? Das Schicksal greift ein, und hier ist es gütig. Deus ex Machina. Ein Geheimnis, das bleibt … so wahr wie das Leben.»

«Sie haben Recht», sagte ich, bewegt von der Anteilnahme und dem Verständnis, die der Graf für die Geschichte zeigte.

«Geheimnisse», sprach er, «sind nicht unbedingt dazu da, gelöst zu werden. Zum Beispiel eines der geheimnisvollsten Märchen, die ich je von den Grimms gehört habe, ist das der Frau Holle, der Schneemacherin, die das Schicksal verkörpert. Es fasziniert mich. Oh, nicht aufgrund der Handlung – die ist einfach: eine Variation des Themas vom guten und vom schlechten Menschen, die beide schließlich den jeweilig gerechten Lohn für ihre Taten erhalten –, aber was so überaus geheimnisvoll und rätselhaft an diesem Märchen ist, ist die Verbindung gleichzeitig erstaunlicher und sehr inhomogener Elemente zu einer Geschichte.»

«Erzählen Sie!», baten Nightingale und ich wie aus einem Munde.

«Das will ich gerne tun, Miss Dubois, Mr. Lloyd, wenn Sie es wünschen, lese ich es Ihnen sogar wortwörtlich vor, denn ich führe es mit mir im Reisegepäck. Wir können Diskussionen und Dispute darüber abhalten, zu dritt oder im Kreise der anderen, sofern die kommenden Tage uns nur Zeit dazu lassen, aber dessen bin ich sicher. Was den heutigen Abend jedoch betrifft, so werden Sie einem Manne verzeihen, der das vierte Lebensjahrzehnt lange überschritten hat und dessen körperliche Kräfte von einer einigermaßen turbulenten Biographie her nicht immer schonend behandelt worden sind» – er lächelte –, «wenn dieser Mann, auch aus dem Grunde, dass er fürchtet, mit fortschreitender Mattheit und Müdigkeit sich im Gespräch nicht mehr adäquat behaupten zu können – was allemal, wie ich weiß, eine Unhöflichkeit gegen Sie beide bedeutete –, um Dispens bittet, Miss Dubois,

Mr. Lloyd, und sich in Richtung auf seine Gemächer zurückzieht. – Es hat mir große Freude bereitet, mit Ihnen zu sprechen, und ich harre der Gelegenheit, dies bald, morgen früh, wenn möglich, fortzusetzen. Nun jedoch, Ihnen ... uns allen ... eine gute Nacht ...»

Er hatte uns und Professor Prescott, der von seinem Platz vor den Bücherregalen mit einem dicken Band unter dem Arm wenige Augenblicke zuvor herübergekommen war, um sich zu uns zu setzen, sehr freundlich mit einem bedächtigen Neigen des Kopfes gegrüßt, war aufgestanden und mit wehendem Schal zur Tür geschritten, um zu Bett zu gehen, nicht ohne zuvor mit unserem Gastgeber, der in der Nähe jener Tür immer noch mit den Stalliots in lebhaftes Gespräch vertieft stand, ein paar, wie man sehen konnte, sehr herzliche Worte zu wechseln. Mortimer hatte ihm daraufhin die Hand auf die Schulter gelegt und ihn, da Henry sich wohl augenblicklich mit anderen Obliegenheiten beschäftigt sah, selbst zur Tür hinaus begleitet, während die Stalliots – er mit einem gewaltigen Glase Whiskys und einer Zigarre in der Hand – sich zu der Gruppe, die von Robert Milton, Father Thomas und Goldsmith gebildet wurde, gesellt hatten.

«Ein erstaunlicher Mann», sagte Professor Prescott, der bei uns saß, und es war offensichtlich, dass er den Grafen meinte. «Kalt und doch nicht kalt. Arrogant in dem einen Moment – und herzlich im anderen. Merkwürdig.» Er zog das große Tuch, das er bei sich führte, aus der Tasche und begann damit, kopfschüttelnd seinen kleinen, goldenen Kneifer zu putzen. «Haben Sie seine Gedichte gelesen? Sie sind wunderbar. Kennen Sie ‹L'enfant étrangère›?»

Er erwartete keine Antwort, schüttelte nur verwundert den Kopf, das kleine Gesicht zu einer krausen Grimasse verzogen.

«Brise du sang, odeur de la mer,
pleure, mon enfant étrangère,
dans la nuit au sommet
regrettant les regrets
aux enfers ...»

Melodisch klang des Professors Stimme, als er die Anfangsverse des berühmten Gedichts von de Marais, der seit je seine Werke immer noch in Französisch verfasste, leise zitierte. «Der Vikar immerhin», er deutete mit dem Daumen missbilligend hinter sich und lachte leise, «ich hatte vorhin einen kleinen Disput mit ihm darüber, mag das Poem nicht leiden. Er fragte mich, wo denn Gott darin bliebe.» Der Professor setzte den Kneifer wieder auf und fixierte uns, mit dem Kopfe herumfahrend, plötzlich aus seinen kleinen, schlauen Augen. «Wo denn Gott darin bliebe, meinte er, und das ist merkwürdig, nicht wahr? Denn immerhin wird ja der Hölle Erwähnung getan. Und sobald wir die Existenz des Teufels anerkennen, erkennen wir Gott an – will ich doch meinen – indirekterweise meinethalben, aber das eine geht ohne das andere nicht, sofern ich einen rechten Begriff von dem habe, was Dialektik heißt. Das wäre schließlich, als verbreitete ich mich über die Definition der Windstille und leugnete dabei die Möglichkeit ihrer absoluten Abwesenheit, nämlich die des Sturms.» Er lauschte einen Augenblick nach draußen und klopfte dann unvermittelt auf den dicken Band, der auf seinen Knien lag und den er vorhin aus dem Bücherregal gezogen.

«Es ist eine Eigenartigkeit mit Gott, nicht wahr? dichterisch gesehen ... ähnlich übrigens wie mit dem Krieg», setzte er hinzu. «Ich für mein Teil ziehe zum Beispiel den Frieden dem Krieg bei weitem vor, wie wohl die meisten meiner Zeitgenossen. – Und trotz alledem, wenn ich schreiben müsste, würde ich wahrscheinlich den Krieg zu schildern vorziehen, allein um der Gefahr der dichterischen Blassheit zu entgehen.» Er lachte leise. «Da geht es mir wie Milton.»

«Wie Milton?», fragte Nightingale.

«Nein, nein», entfuhr es ihm, als er wahrnahm, wie sich unsere Köpfe zu der anderen Gruppe drehten. «Ich meine nicht jenen Milton, der dort drüben mit der Gattin unseres Freundes Stalliot ins Gespräch vertieft ist, ich meine natürlich John Milton, unseren literarischen Nationalheiligen oder -helden.» Er hob das Buch auf seinen Knien etwas an. «Hier haben wir ‹Paradise Lost›.»

Eigenartig, dachte ich, dass das Gespräch schon wieder auf diese Namensverwandtschaft kam, letztmalig war dies geschehen, als ich heutigen Nachmittags des jungen Mannes dort drüben erstmals ansichtig geworden.

«Ein Jahrhundert-, womöglich ein Jahrtausendwerk», sagte der Professor. «Ich blättere immer wieder darin, sobald sich nur die Gelegenheit bietet – ja, gewiss, so wie andere Menschen in allen Lebenslagen immer wieder die Bibel zu konsultieren geneigt sind. Nennen Sie es getrost mein Vademecum. Und doch trifft auch auf dieses das zuvor erwähnte literarische Merkmal zu, dass nämlich Luzifer auch hier bei weitem die bessere Figur macht als Gott.» Er grinste teuflisch zu uns herüber und deutete zur Decke. «Sehen Sie den Herrn, wie klein, wie blass und fern er da oben abgebildet ist – und dann werfen Sie einen Blick auf Luzifer, wie der uns mit seinem Hintern fast erschlägt! Sagen Sie, was Sie wollen, nehmen Sie die bildende Kunst, nehmen Sie die Dichtung – was das Schreiben anbetrifft, haben wir alle ein Faible für das Böse! Und natürlich frage ich mich gelegentlich, ob dieser Präferenz nicht im wirklichen Leben doch etwas entspricht. Der Titel dieses Werkes ist wahrhaft programmatisch: Wir *haben* das Paradies, sprich unsere Unschuld, verloren!»

«Und wie ist es mit der Heiligen Schrift selbst, Professor?», fragte ich ihn. «Darin steht meines Erachtens genau das Nämliche geschrieben, nämlich, dass wir seit dem Sündenfall aus dem Garten Eden vertrieben sind!»

«Die Bibel?», sagte er geringschätzig. «Lieber Gott, Mr. Lloyd! Die Bibel … das ist keine Literatur …»

Aus dem Augenwinkel nahm ich wahr, dass Mortimer wieder hereintrat. Er wechselte einige heitere Bemerkungen mit der anderen Gruppe und kam dann, um seinen Verpflichtungen als Gastgeber nachzukommen, zu uns heran, setzte sich zu uns, wohl, weil wir an Anzahl die wenigeren waren. Wir schwiegen gerade, um über die düsteren Worte des Professors, die er gleichwohl in einem Tone geäußert hatte, als habe er einen guten Witz erzählen wollen, nachzudenken.

«Wie geht es euch?», fragte Mortimer lächelnd. «Fühlt ihr euch wohl auf Boroughmore Castle?»

«Das hört sich böse an, dort in der Nacht», sagte ich statt einer direkten Antwort und wies über die Schulter auf die schwarzen, nächtlichen Fenster zum Hof.

«Oh, das», lachte er. «Du wirst sehen, das wird noch viel gewaltiger werden, bis der Morgen graut, mein Freund. Aber kein Grund zur Beunruhigung», setzte er eilends hinzu, als er Nightingales nervöses Aufblicken bemerkte. «Wir haben Weststurm, Wind vom Ozean – und eure Zimmer liegen im Osttrakt. Ich wohne im Westtrakt, im Ernstfall trifft es mich zuerst.» Er lachte hell auf. «Ich kann mich nur wiederholen, meine Freunde, welchen Unterschied sollte die heutige Nacht machen zu den Nächten der achthundert Jahre zuvor – und so lange steht diese Burg schließlich schon auf ihrem Felsen, unverrückt und stabil! Nein, etwas anderes: Wonach steht euch der Sinn zum morgigen Dinner? Ich bin unentschieden: Wild als Hauptgang oder lieber ein vorzüglicher Zander, gefischt aus dem Ness?»

«Mein guter Mortimer!» Nun musste ich lachen. «Es ist so

spät geworden, nach diesem langen Tage, nach unserer Anreise, nach unserem Rundgang durch dein Anwesen, ich bin so müde geworden, dass allein die Erwähnung des Namens Morpheus von irgendeinem der hier Anwesenden mich augenblicklich in einen hundertjährigen Tiefschlaf versetzen würde, dessen kannst du gewiss sein. Du kannst als mein Freund und väterlicher Ratgeber jetzt von mir unmöglich verlangen, dir den Speisenzettel für den morgigen Mittag zu diktieren. Im Übrigen bin ich sicher – nach dem kulinarischen Gelage, das uns heutigen Abends in deiner Burg zuteil geworden –, dass du in gastronomisch unübertrefflicher Sicherheit und stillem Einvernehmen mit deinen Köchinnen auch in Zukunft Entscheidungen treffen wirst, die jeden deiner Gäste, mich eingeschlossen, fraglos unumschränkt zufrieden stellen werden. In der Tat verhält es sich jedoch so, dass auch ich, was mein Teil betrifft, beschlossen habe, den Tag oder vielmehr die Nacht zu beenden, um endlich der Ruhe zu pflegen, die der alternde Leib verlangt.»

Ich hatte das gesagt, wiewohl ich selbst mehr als ein Bedauern über meinen Entschluss empfand – welchen ich dennoch in den letzten Minuten unwiderruflich gefasst, nachdem der Comte die Bibliothek verlassen, weil ich fühlte, wie mich unaussprechliche Müdigkeit warm in ihre Arme nahm. Ein Entschluss, der jedoch bedeutete, mich für den heutigen Tag aus der Gegenwart Mademoiselle Dubois' fortzustehlen.

So erhob ich denn mein Glas und leerte auf Mortimers Wohl den letzten Schluck auf einen Zug. «Liebe Freunde, lieber Mortimer, Sie werden auch mich entschuldigen, der ich mich nun zurückziehe, um gestärkt einem weiteren Tag auf Boroughmore Castle entgegenzusehen, der uns Schönes und Interessantes bringen wird. Meine Dame, meine Herren: Auf morgen früh!»

«Schon zu Bett!», rief Mortimer überrascht, um doch im

nächsten Moment schuldbewusst einzulenken: «Verzeih, lieber Freund, aber du hast natürlich Recht. Beim Frühstück im Speisesaal um neun sehen wir uns wieder, wenn es dir recht ist. Und ich wünsche dir all die Träume, die der Schlummer für den Gerechten bereithält. Im Namen der Poesie, schlafe wohl!»

Wir standen beide im gleichen Augenblick auf, um uns gut gelaunt zu umarmen, als Nightingale Dubois sich schüchtern zu Wort meldete und sagte: «Oh, lieber Mortimer, deine Freunde entlässt du in Gnade ins Schlafgemach, aber der Freundinnen beziehungsweise deren weiblicher Schwäche gedenkst du keine Sekunde!»

Wir lachten über die rührende Bemerkung, sogar der Professor verzog sein Gesicht zu einer amüsierten Grimasse. Ich bemerkte, dass wir die Aufmerksamkeit der anderen Gruppe erregt hatten, man stand dort auf und näherte sich uns langsam.

«Bei Gott, die letzten Getreuen verlassen mich», stöhnte Mortimer übertrieben dramatisch. Wir versammelten uns vor dem Kamin, und es stellte sich heraus, dass auch der Professor und die anderen befanden, dass es nun, um ein Uhr des Nachts, genug sein solle, wollte man dem nächsten, dem ersten wirklichen ganzen Tag auf Schloss Boroughmore Castle im Dienste unseres tapferen Vorhabens lieber mit lebendigen Kräften und wachem Geiste begegnen. Einzig Geoffrey Stalliot, mit einem eben frisch gefüllten Glas in der Hand, schien nicht unserer Meinung, wenn ich seinen Gesichtsausdruck richtig zu deuten wusste, aber er wie auch Mortimer mussten sich in das Unvermeidliche fügen: Die Gäste hatten gegessen, gesehen, gestaunt, sich unterhalten, und sie waren nun rechtschaffen müde und wünschten nichts anderes mehr, als ihre Schlafstätten aufzusuchen.

«Ich bekenne mich geschlagen!», rief Mortimer mit hoch erhobenen Händen in unserer Mitte. «Beschließen wir den

Tag, und begeben wir uns zu Bett! Meine Freunde, lassen Sie mich abschließend nochmals betonen, in welch glücklicher Stimmung Sie mich heute sehen! Sie müssen wissen, zuerst war es ein vager Gedanke, nicht mehr – ein dreiviertel Jahr oder ein Jahr mag das nun her sein –, als ich mich zu der Idee verstieg, dieses Schloss, das mir unser trauriger und unglücklicher König Georg so selbstlos und uneigennützig überließ, in irgendeiner Weise der Poesie, der Dichtung und somit der ganzen Menschheit nutzbar zu machen, indem ich hier ein Treffen wacher Geister und großer Dichter veranstalten würde. Und heute nun, so lange Zeit später, ist es so weit, und Sie sind alle hier, um morgen mit mir gemeinsam das große Abenteuer, eine Reise in die Welt der unermesslichen Phantasie, zu beginnen. Ich danke Ihnen aus vollem Herzen, dass Sie meiner Einladung nach Boroughmore Castle gefolgt sind.»

Henry, der soeben wieder hereingeschlüpft war, übernahm es, aufzuräumen und den Kamin zu versorgen, Mortimer indessen ließ es sich nicht nehmen, uns durch den Speisesaal noch bis in die Eingangshalle zu begleiten, wo wir alle die Marmortreppe erklommen, auf dem Weg zu unseren Zimmern. Das Letzte, das ich von ihm sah, bevor er selbst zurückgehen würde in den Westflügel, war, wie er unten in der Halle in der Nähe einer der wundervollen Inseln aus chinesischen Teppichen verharrte und uns winkte, einige Tränen der Freude im Gesicht. Dann bogen wir in den Gang zu unseren Zimmern ein – die zwei rechtwinkligen Biegungen, die, wie ich inzwischen wusste, dadurch verursacht wurden, dass dieser Gang um das Schiff der Burgkirche herumgeführt werden musste. Es war eine aufgeräumte und laute Gesellschaft, obwohl uns Father Thomas ein ums andere Mal zu größerer Ruhe aufforderte, weil doch hinter einer dieser Türen der Comte de Marais schon im Schlafe läge.

Es war so wie Stunden zuvor, dass der eine, dann der andere sich von der Gruppe trennte, um in sein Zimmer zu treten – Geoffrey Stalliot machte launige Bemerkungen über die Reichhaltigkeit der Getränke, die er genossen, bevor er sich mit seiner Gattin zurückzog, Father Thomas verabschiedete sich mit einem frommen leisen Wunsch für unsere Nachtruhe, der Professor zog sich mit einer Grimasse in sein Zimmer zurück, dann Goldsmith mit einem knappen «Lady, Gentlemen ...» auf den Lippen und einer angedeuteten Verbeugung – zum Schluss waren es wieder nur noch Robert Milton, Nightingale Dubois und ich, die wir uns im düsteren Flackerschein der Lichter den Gang entlang zu unseren Türen bewegten. Die Türen von Nightingale und Robert Milton lagen einander fast gegenüber, und Milton verneigte sich gegen uns, murmelte etwas zum Abschied und verschwand in seinem Zimmer. Es waren nur noch wenige Schritte bis zu Nightingales Tür, und die unmittelbare Anwesenheit des jungen Mannes bis fast zum Schlusse machte es mir unmöglich, noch einige privatere Worte mit der jungen Frau zu wechseln.

Die Türen schlossen sich hinter ihnen, und ich war nun alleine, ging den Gang hinunter zu meinem Zimmer, öffnete und trat ein. Das Holz im Kamin war unterdessen weit heruntergebrannt, und ich hätte rasch neues nachlegen müssen, wenn ich am Morgen ein lustiges Feuer hätte vorfinden wollen, aber ich war zu müde für derlei Anstalten. Ich ließ die Tür zunächst offen, um im Halbdämmer den Leuchter auf dem Schreibtisch zu finden, dann, als ich die Kerzen mit einem glimmenden Span aus dem Kamin entflammt hatte, schloss ich die Tür hinter mir ab und bereitete mich für das Bett. Hinter den zugezogenen Vorhängen hörte ich den Sturm draußen in der Nacht, der mit sich weiter steigernder Wut um das Schloss tobte – mir war es einerlei.

Wirr und übermüdet wirbelten die Gedanken und Eindrücke der letzten Stunden in einem konfusen Durcheinander durch meinen Kopf: Frau Holle, die Schneemacherin und Verkörperung des Schicksals, Lady Lorraine, die in der nächtlichen Ruine von Dull Manor umherirrte und ihre Ruhe nicht finden konnte in der heutigen Nacht, John Miltons «Paradise Lost», in dem der Teufel und Gott verzweifelt um die Vorherrschaft über den Menschen ringen. Ich lag in den dicken Kissen und versank in einen unruhigen Schlummer, in dem die Gestalten Nightingales, des Professors, Mortimers, Miltons und der anderen undeutlich vorüberzogen. Meine fiebrigen Vorahnungen von Unglück und Ungewissheit, die mich früher an diesem Abend noch gequält, waren zu diesem Zeitpunkt vollständig erloschen. Ich lag dämmernd in schläfriger, trügerischer Ruhe, während die kostbare Zeit verging.

Der zweite Tag

5. Kapitel

Sturmnacht

Gedämpftes Klopfen gegen die Tür meines Zimmers riss mich aus meinem unruhigen Schlaf. Schwere Böen zerrten an den Angeln der Fenster. Die dunkle Gardine bewegte sich bauschend, und die einzelne Kerze, die ich auf dem Tisch hatte brennen lassen, da ich in fremder Umgebung ungern ganz im Dunklen schlief, flackerte nervös. Wachs tropfte in schneller Folge auf den untergestellten Teller. Das Feuer im Kamin war vollständig erloschen. Ich hörte das wütende Toben der Naturgewalten um die Zinnen des Schlosses. Langsam schärften sich meine Sinne. Ich hörte noch etwas: Jemand rief meinen Namen! Ich setzte mich in meinem Bette auf.

Ein Blick auf meine Uhr, die an ihrer Kette an einem Nagel neben der Schlafstatt hing, belehrte mich, dass es drei vorbei war. Als ich abermals meinen Namen vernahm, stand ich auf, griff nach meinem Ankleidemantel, warf ihn mir um die Schultern und taumelte zur Tür, um sie zu öffnen. In dem schummrigen Licht auf dem Gang, das nur durch eine Öllampe an der Wand und eine Kerze in der Hand meines Gegenübers hervorgerufen wurde, erkannte ich Miss Nightingale, die ihrerseits, als ich die Tür so ungestüm geöffnet, erschreckt einen halben Schritt vor mir zurückwich.

Einen Moment lang standen wir uns reglos gegenüber.

«Entschuldigen Sie die Störung, Mr. Lloyd», flüsterte sie, «aber ich wurde durch ein seltsames, polterndes Geräusch geweckt, das aus dem Innenhof des Schlosses zu kommen schien.» Und verwundert fügte sie hinzu: «Haben Sie nichts gehört?»

Ich erinnerte mich schwach. Doch, auch ich hatte, halb im Unterbewusstsein, dergleichen vernommen, jedoch jenem entfernt berstenden Krachen in all den anderen höllischen Sturmeslauten kaum Bedeutung beigemessen.

Miss Nightingale wirkte nervös, fast ängstlich im flackernden Licht der Kerze. Sie hatte sich flüchtig in einen roten, seidenen Morgenmantel geworfen, der unterhalb ihres Halses einen Ausschnitt der weißen Bändchen und Rüschen ihres Nachtgewandes enthüllte. Die Locken waren vom Schlaf noch zerwühlt, auf ihren Wangen, ihrem Mund lag schmerzlich die Müdigkeit, nichtsdestoweniger sah sie liebreizender aus denn je.

«Ist noch jemand wach? ... Ich meine, durch den Lärm aufgewacht?», fragte ich gedämpft.

«Es ist nirgends Licht. – Niemand regt sich», wisperte sie und schaute sich dabei halb über ihre zarte Schulter um. «Mir fiel ein, dass Sie mir heute Nachmittag schon geholfen haben, Mr. Lloyd ...»

Einen Augenblick trat Stille zwischen uns ein, in der man die Schläge des wütenden Sturmes draußen vor dem Fenster beunruhigend deutlich wahrnahm, dann hatte ich mich so weit gefasst, dass ich nicht sofort, einem ersten Impuls folgend, sie in die Arme schloss, sondern meine nächsten Worte sorgfältig und nüchtern genug wählen konnte.

Ich schlug Miss Nightingale vor, dass wir, was die Ursache jenes Lärmes betraf, nachsehen sollten, kehrte rasch in mein Zimmer zurück, um in meine Beinkleider zu schlüpfen und meinen Mantel zu holen, nicht ohne zuvor ihr zu empfehlen, sich ebenfalls gründlicher zu bekleiden. Einen Augenblick benötigte ich zur Orientierung, dann entsann ich mich, den Überrock mit dem Pelzkragen hinter die Tür zur seitlichen Ankleidekammer gehängt zu haben. Ich schob den Verschlag auf, langte dahinter, zog den Rock hervor und hüllte mich fröstelnd darein.

Leise zog ich die Tür hinter mir ins Schloss und eilte gedämpften Schrittes den Korridor hinunter. Vor Nightingales Zimmer angekommen, machte ich mich auf ein Warten gefasst, aber kaum, dass ich meinen Schritt verhalten, öffnete sich in der dämmrigen Dunkelheit ihre Tür, und sie schlüpfte zu mir heraus.

«Da bin ich», sagte sie, und es war ein Hauch um mich wie von etwas, das ich nicht benennen kann …

Gleich darauf befanden wir uns auf dem Weg durch die nächtlichen, zugigen Gänge des Schlosses hinunter in den Hof. Als wir uns der Galerie näherten und sich linker Hand, seitlich unter uns, die apokalyptische Schwärze der Eingangshalle öffnete – selbst die Glut der Kohlebecken war längst erloschen –, zögerten wir beide einen Augenblick, uns dieser Finsternis anzuvertrauen.

«Warten Sie», sagte ich, und meine Stimme klang rau dabei. Ich ging ein Stück in den Korridor zurück und löste eine der Ölschalen aus ihrer Wandhalterung. «So mag es fürs Erste gehen», meinte ich und sah, wie ein Frösteln sie unwillkürlich erschauern ließ. Miss Nightingale trug ihren schwarzen Umhang, den nämlichen, in dem ich sie – vor einigen Stunden erst, wie mir fast erschreckt zu Bewusstsein kam – kennen gelernt, aber da soeben kaum Zeit für eine vernünftige Toilette gewesen, trug sie darunter wahrscheinlich nicht allzu viel. Sie schauerte erneut.

«Kommen Sie», sagte ich leise, und das klang mutiger, als es war. Denn ich hatte vermeint, unmittelbar zuvor, als ich zurückgeeilt, um das Licht zu holen, dort unten in der finsteren Halle das Blitzen irgendeines metallischen Gegenstandes wahrgenommen zu haben. Etwas huschte von unten auf dieselbe Treppe zu, der wir uns gerade von oben näherten. Ich spürte, wie sich die Haare in meinem Nacken aufstellten. Nightingale indessen hatte noch nichts bemerkt.

«Mortimer?», fragte ich laut ins Dunkel, sodass die junge Frau an meiner Seite erschreckt zusammenzuckte. Jemand kam die Treppe hoch direkt auf uns zu. Als ich das Wort hervorgestoßen hatte, verhielt die Gestalt ihren Schritt, ohne dass wir erkannt hätten, um wen es sich handelte. Ich packte Nightingale am Arm.

«Mr. Lloyd, sind Sie das?», kam es nach einer Schrecksekunde aus der Finsternis. Und wieder trat Stille ein, in der ich Nightingale an meiner Seite verängstigt die Luft einatmen hörte. Dann näherte die Gestalt sich, und ich erkannte den Amerikaner, Samuel E. Goldsmith, der ebenso nervös aussah wie vermutlich Nightingale und ich selbst. In der Hand hielt er ein kleines Pistol – kein altertümlich hübsches, bernstein-, perlmutt- oder etwa gar silbereingelegtes Modell zum Duellieren, nein, ein sehr modernes Utensil aus bläulich schimmerndem Stahl mit obenauf liegendem, federgespanntem Schloss.

«Guten Morgen», sagte er, was wohl seinem Verständnis von Humor entsprach, und seine Stimme klang dabei fremdartig und rasselnd. «Wie ich sehe, Miss Dubois, Mr. Lloyd, sind auch Sie unterwegs bei der Erforschung der merkwürdigen nächtlichen akustischen Phänomene diese Schlosses …»

«Was haben Sie gehört?», unterbrach ich, schärfer als ich eigentlich beabsichtigt, weil ich das Herzklopfen niederkämpfen wollte, das in meinem Innern tobte.

«Nun», sagte er, und ein blasses Lächeln, das alles andere als erfreut aussah, verzog sein Gesicht. «Für mich hörte es sich ungefähr so an, als sei der Westflügel eingestürzt.»

«Unsinn», sagte ich barsch. «Mortimer schläft im Westflügel. Wenn da etwas passiert wäre, hätte er es gehört.»

Mr. Goldsmith zog die Augenbrauen in die Höhe und ließ mir gerade genug Zeit, die Dummheit meiner vorschnellen Bemerkung zu überdenken, ehe er fortfuhr: «Sie haben Recht, Mr. Lloyd, ich war eben dort, sprich im Speisesaal und durch ihn hindurch auch in der Bibliothek – alles sehr dunkel dort, aber es scheint in Ordnung zu sein ...» Er brach ab und schaute etwas gehetzt über seine Schulter nach unten in die finstere Halle.

Obwohl er die gleiche Kleidung trug wie beim Souper – er trug kein Nachtgewand, wie mir plötzlich auffiel –, wirkte er kleiner, als ich ihn in Erinnerung hatte. Sein Gesicht hatte etwas von einem Magier oder Räuber, der im dunklen Wald ahnungslosen Reisenden auflauert, und sein Pistol, das er sicherlich nur zu seinem Schutze bei sich führte und im Übrigen inzwischen längst wieder in der Tasche seines Rockes versenkt hatte, mochte zu diesem Eindruck beitragen. Mr. Goldsmith, dachte ich im Stillen bei mir, war kein sympathischer Mann.

Nightingale flüsterte ängstlich in die Stille, die zwischen uns entstanden war: «Mein Zimmer geht zum Innenhof. Für mich hat es sich angehört, als wäre es aus dem Hof gekommen, ein Poltern, Bersten, Brechen ...»

«Mein Zimmer geht auch zum Innenhof», sagte Goldsmith und nickte ihr zu.

«Wir sollten im Hof nachsehen», schlug ich vorsichtig vor, um mich nicht nochmals vor dem Amerikaner bloßzustellen.

«Das ist ein kluger Gedanke», erwiderte Goldsmith augenblicklich, «ein sehr kluger Gedanke, Mr. Lloyd – falls Sie wissen, wo sich der Schlüssel der Eingangstür befindet. Die ist nämlich abgeschlossen, dorthin führte mich mein erster Gang.»

Eine weitere atemlose Sekunde trat ein, in der ich bestürzt dachte: «Sind wir hier eingeschlossen?!»

«Ich weiß, wo der Schlüssel ist», hauchte Nightingale, «das heißt, wenn er noch da ist, wo er seinerzeit war.» Goldsmith und ich blickten überrascht. «Es ist ein kleines Kästchen, eine Schatulle, gewöhnlich unverschlossen. Sie steht dort unten.» Sie deutete hinab in die Schwärze. «Einige Schritte rechts von der Tür, auf der chinesischen Anrichte ...»

Goldsmith strengte seinen Blick an, um etwas zu erkennen, aber er sah natürlich nichts. «Das immerhin, junge Dame», murmelte er, «ändert die Situation ...» Er blickte uns auffordernd an. «Wir sollten es versuchen», meinte er, «oder umgehend in unsere Gemächer zurückschlüpfen und ins Bett gehen. – Es ist kalt.»

«Machen wir uns auf den Weg», entgegnete ich, ohne zu zögern.

«So ist es recht», pflichtete Goldsmith mir murmelnd bei, wobei ich mir nicht darüber sicher war, ob nicht eine Spur von Spott in seiner Stimme mitgeklungen hatte.

Wir tasteten uns am Geländer entlang die breite, schwarze Marmortreppe hinunter – das Licht, das ich in der Hand trug, versackte in der Größe der finsteren Halle wie in einem schwarzen Sumpf – und lenkten, unten angekommen, unsere vorsichtigen Schritte, mit der Lampe für Momente einzelne Sessel, Teppiche, ein glitzerndes Kandelaber aus der Finsternis reißend, quer durch die Halle in Richtung auf die Eingangstür.

Währenddessen arbeitete mein Kopf wie eine Mühle – dass Goldsmith über ein Pistol verfügte und inwieweit mich das eigentlich überraschte, ob ihn das für alle Zukunft gefährlich oder vertrauensunwürdig machte und dass wir nun zu dritt hier durch die Nacht unterwegs waren, wo ich doch mit ihr alleine aufgebrochen ... all diese Gedanken überschlugen sich in meinem Kopf.

«Rechts», wisperte Nightingale, als wir nahe der Türe waren, «rechts steht die Schatulle.»

«Ich habe sie», hörte ich Goldsmiths Stimme aus dem Dunklen – er musste Augen wie eine Katze haben. Ich hielt das Licht höher und konnte nun erkennen, wie er einen schmiedeeisernen, vielfach gedrechselten Schlüssel von auffälliger Größe aus der Schatulle nahm.

«Warten Sie …», sagte ich. Er hielt in der Bewegung inne und drehte den Kopf in meine Richtung. «Wir brauchen dort draußen Licht, wenn wir nicht blind wie die Maulwürfe herumtappen wollen», fuhr ich fort. «Dieses rührende Exemplar» – ich schwenkte die Schale, die ich in der Hand trug – «würde bereits durch eine mittlere Brise gelöscht. Was wir brauchen, sind Sturmfackeln oder zumindest ein richtiges Windlicht oder etwas Ähnliches …»

«Die Fackeln, die auch den Abend über immer draußen neben dem Eingang brennen, befinden sich gleich hier», ließ sich Nightingale vernehmen. Ich hörte an ihrer Stimme in der Dunkelheit, dass sie sich links hinüberbewegte.

«Mademoiselle …», meinte Goldsmith anerkennend und schnalzte mit den Lippen, «Sie sind uns eine unermessliche Hilfe …»

Ich hörte das Quietschen eines Scharniers. Als wir näher traten, hatte Nightingale gerade eine Truhe mit geschmiedeten Beschlägen geöffnet und entnahm ihr drei von den darin zu Dutzenden gelagerten Fackeln. Zwei reichte sie an uns weiter, und wir entzündeten sie umgehend an dem Öllicht in meiner Hand. Nachdem auch Nightingales Fackel brannte und die Halle von dem dreifachen, lodernden Feuer in unseren Händen in unheimlich flackerndem, rötlichem Schein erglomm, löschte ich das Öllicht und setzte es auf dem Fensterbrett des kleinen, vergitterten Fensters neben der Eingangstür ab.

«Sind wir so weit?», fragte Goldsmith in unsere Richtung

und führte, ohne eine Erwiderung abzuwarten, den Schlüssel mit einem kratzenden Geräusch ins Schloss. Ich versuchte, das Gefühl der Beklommenheit abzuschütteln, das der Laut unwillkürlich in mir verursachte.

Wir zogen die schwere Eingangstür auf, und der Wind fiel uns an wie ein wildes Tier. Es war ein Fauchen und Stöhnen in der Luft wie von tausend verwundeten Seelen. Und doch, die wirklich zerstörerische Kraft des Sturms vermochten wir hier im Hof gar nicht recht zu spüren, würden sie wohl aber erfahren, falls wir uns außerhalb dieser Mauern begäben, dachte ich. Noch umgab uns die kompakte Masse des Schlosses auf allen vier Seiten; wild bewegte sich der Efeu des Bewuchses in der Nacht – darüber das offene Viereck des Firmaments. Das Merkwürdigste war, dass der Sturm den Himmel völlig blank gefegt hatte: Wolken waren nicht zu sehen, auch kein Mond, aber das Licht von Myriaden von Sternen stand kalt und feindlich über uns, sodass es nicht ganz so finster war, wie wir zunächst erwartet hatten.

Es dauerte dennoch eine Weile, ehe sich unsere Augen vollends an die Nacht gewöhnt hatten. Als wir unseren Blick schweifen ließen, schien es uns, als ob im ersten Stock zu unserer Linken der blasse Widerschein eines Lichtes flackerte.

«Das ist mein Zimmer», sagte Nightingale. «Ich habe eine Kerze brennen lassen …» Sie musste die Stimme erheben, um sich uns vor dem Tosen des Sturmes verständlich zu machen.

«Mein Zimmer dürfte das links von dem Ihren sein», rief Goldsmith.

Ich hatte inzwischen versucht, den eingestürzten Südostturm an der Ecke des Gevierts schärfer ins Auge zu fassen, um zu erkennen, ob dort oben eventuell ein weiteres Mauerteil herabgebrochen war, möglicherweise Trümmer im Hof lagen. Aber es war nichts zu sehen …

Uns gegenüber war in der Masse des Schlosses der offene Bogen der Tordurchfahrt auszumachen.

«Nun?», fragte Goldsmith, meinem Ohr zugeneigt. «Was meinen Sie?»

«Ich meine, wir sollten draußen nachsehen, denn hier werden wir nichts finden», rief ich.

Er senkte zustimmend den Kopf. «In diesem Falle sollte Miss Dubois allerdings zurückbleiben, schlage ich vor. Der Sturm könnte tückisch sein, sobald wir nur auf die Zugbrücke treten, und wir sollten vermeiden, unsere junge Dame an eine bösartige Bö zu verlieren, die sie – eins, zwei, drei – von der Brücke wirft. Ich halte dieses Lüftchen für durchaus dazu fähig …»

«Ich bleibe hier nicht allein!», erregte sich Nightingale gleichermaßen ängstlich und lautstark und blitzte uns mit ihren dunklen Augen an.

Goldsmith lachte in sich hinein. «Ganz die Reaktion, die ich von Ihnen erwartet habe, meine junge Demoiselle. Nun denn … Sie sollten in diesem Fall Ihre Fackel löschen, denke ich, zwischen uns gehen und sich sicherheitshalber gut an uns festhalten. Wie gefällt Ihnen der Vorschlag?»

Anstelle einer Antwort ließ Nightingale die Fackel kurzerhand auf das Kopfsteinpflaster des Hofes fallen, raffte etwas ihren Umhang und trat das Feuer in mehreren flinken, geschickten Drehbewegungen ihres Fußes aus.

«Voilà …»

Nach einem kurzen Blickwechsel pirschten wir uns in Richtung der Tordurchfahrt vor, Nightingale ging zwischen uns, und die Fackeln hielten wir nach außen. Als wir unter den Bogen traten, packte uns der Sturm, der in der Durchfahrt wie in einem Kamin zur Wirkung kam, mit voller Gewalt und trieb uns vor sich her wie Blätter im Wind. Nightingale schrie auf, griff fester nach unseren Armen, Goldsmiths Fackel erlosch. Er langte nach der Mauer.

«Was ist das?», schrie Nightingale in panischem Entsetzen. «Mein Gott, was ist das? Sehen Sie nur! Sehen Sie doch nur!»

Wir verstanden sie. Ihr Blick richtete sich schräg nach unten. Wir waren an der Ausfahrt angekommen, bereit, wieder unter den freien Himmel zu treten, wehrten uns, so gut wir es vermochten, gegen den an uns zerrenden Orkan, indem wir uns so dicht als möglich an der Mauer hielten. Wir folgten mit unseren Augen ihrer Blickrichtung und erstarrten im gleichen Moment, fassungslos und entsetzt. Die einzig uns verbliebene Fackel in meiner Linken beleuchtete schemenhaft die nähere Umgebung einer geisterhaften Szenerie grotesk geborstener Bohlen, des gebrochenen Restes eines ehemaligen Geländers und wild gegen die Außenmauer schlagender Eisenketten. Dort, wo die Zugbrücke gestern Abend noch gewesen, gähnte abgrundtief und unergründlich nur noch der tiefe Schlund des Burggrabens.

«Die Überfahrt!», stieß Nightingale mit grauenerstickter Stimme hervor und starrte auf die Reste dessen, was einmal die Zugbrücke gewesen.

«O mein Gott! Die Brücke ist abgestürzt … Wie konnte das passieren?», stammelte Goldsmith, und zum ersten Mal erlebte ich ihn ohne jene Maske des Zynismus, die ansonsten zu ihm zu gehören schien wie die Schneeschmelze zum Frühling.

Beklommen pressten wir uns an die Mauer, starrten in den Burggraben unter uns und zu der Böschung auf der anderen Seite, die nun zehn, fünfzehn Yards von uns entfernt und unerreichbar war. Auch auf der anderen Seite hing, wie wir jetzt wahrnahmen, zerschlagenes Holz.

«Wie konnte das geschehen?», schrie Goldsmith gegen die Gewalt des Orkans an. «Überlegen Sie: Es ist Nacht. Die Zugbrücke ist hochgezogen, um Eindringlingen zu wehren. Der Sturm reißt sie los, sie kracht unkontrolliert im Halbkreis herunter und trifft mit ganzer Gewalt auf die Auffangvorrichtung dort drüben ... War die Zugbrücke hochgezogen?»

Ich gab keine Antwort. Gerade als ich von der schwarzen Tiefe des Grabens neuerlich den Blick langsam gehoben hatte, war mir ein Fetzen weißen Stoffes aufgefallen, der wild im Winde flatterte, etwa fünf Fuß unterhalb unserer Position, an einem der zersplitterten Stücke des Holzes aufgespießt hängend.

«Was ist das?», rief ich schaudernd. «Sehen Sie das?», wiederholte ich und deutete mit dem Finger hinab.

«Warten Sie!» Goldsmith blickte sich um, riss dann kräftig, kurz entschlossen, zwei kleinere, lockere Latten der zertrümmerten Brücke, die in etwa auf gleicher Höhe von uns hingen, geschickt mit der Hand herab und angelte, sie als eine Art Zange benutzend, nach dem Stück Stoff, das unter uns flatterte. «Passen Sie auf», schrie er im nächsten Moment, «es kommt!»

Nightingale war behänder als ich und fing den Fetzen, als er nach oben geschleudert wurde, aus dem Sturm, ehe dieser ihn auf Nimmerwiedersehen hinwegreißen konnte.

«O du gerechter Himmel ...», murmelte Nightingale, und der Wind riss ihr die Worte von den Lippen. Sie reichte uns den Fetzen weiter, aber auch Goldsmith, wie ich zuvor, hatte ihn bereits erkannt. Es war der Schal des Comte de Marais, den Goldsmith da in der Hand hielt, der weiße Schal, den der Graf so affektiert um den Hals getragen – genauer gesagt, es waren die Reste dessen, aber sie waren unverkennbar.

Wir standen regungslos. Der Sturm raste wütend über unsere Köpfe.

«Wie geht es jetzt weiter?», wisperte Nightingale an meiner Seite schließlich nach einer schier endlosen Zeit. Ich konnte ihre Worte nicht hören, mehr las ich sie von ihren

Lippen – auch war die Frage nicht wirklich gestellt, um eine Antwort von uns zu erhalten, die wir ihr nicht hätten geben können. Bevor wir Weiteres denken konnten, enthob ein Vorgang im Inneren des Hofes uns zunächst aller weiteren Überlegungen.

Wir sahen, wie das Licht von Fackeln von Seiten der Eingangshalle her aufbrannte, und einen Augenblick später nahmen wir eine Gruppe von vier Menschen wahr, die sich hastig über den Hof und alsdann durch den Torbogen in unsere Richtung vorkämpften. Im Näherkommen erkannte ich Mortimer, die Stalliots und den unermüdlichen Henry. Nightingale löste sich von uns und stürzte Mortimer entgegen, der sie mit dem Arm, in dem er keine Fackel trug, ohne Schwierigkeit auffing.

Ich sah, dass er sie irgendetwas besorgt fragte und dass er beruhigend ihre Wange streichelte, wie einem kleinen Kind, das getröstet wird.

«Mor-ti-mer!» Der Wind trug dieses einzige Wort zu mir herüber, und ich glaubte, eine Stimme wie diese nie zuvor in meinem Leben gehört zu haben. Weiter zu sprechen kam sie nicht, denn in diesem Augenblick richteten sich Mortimers besorgte Augen nach vorne, auf uns – und somit – auf die Trümmer …

Mit einem Ruck reichte er Nightingale an die Stalliots weiter, und mit zwei, drei flinken Schritten war Mortimer vorne bei uns am Abgrund, und hätte ihn Goldsmith in dieser Sekunde nicht geistesgegenwärtig gehalten, wäre er wahrscheinlich hinabgestürzt. Goldsmith hielt ihn eine, wie mir schien, unendliche Zeit, in der er taumelnd hinabstarrte in den schwarzen Schlund, dann kehrte er sich endlich zu uns zurück, und ich nahm, bis in den tiefsten Grund meiner Seele überrascht – einen Augenblick auch fälschlich erleichtert –, wahr, dass er über das ganze Gesicht lachte.

«Aber das ist gar nicht möglich», lachte Mortimer. «Das

kann gar nicht sein! Es gab in der Zeit ein Dutzend oder mehr Stürme, die schlimmer waren als der heutige, und diese Brücke, sie hat gehalten! Die Burg ist achthundert Jahre alt, und bis auf den Südostturm ist sie intakt, so als wäre sie gestern gebaut! Meine Freunde ...»

«Sir», unterbrach ihn Goldsmith, «Sir ...» Und langsam verschwand das Lächeln von Mortimers Gesicht. «Das Geschehene scheint unzweifelhaft: Die Brücke ist vom Sturm herabgerissen worden, Sir, aber schlimmer noch: Es hat ein Todesopfer dabei gegeben. Denn augenscheinlich befand sich zum Augenblick des Einsturzes der Comte de Marais auf ihr stehend, und er ist mit hinabgeschleudert worden. Wir fanden Reste seines Schals.» Mit der Rechten hielt er ihm den weißen, seidenen Stofffetzen, den wir aufgefangen hatten, entgegen.

Eine endlos scheinende Pause trat ein, in der der Sturm infernalisch über uns hinwegfuhr, in der die Stalliots und Nightingale auf uns zustrebten, ratlos und von Entsetzen berührt in den Burggraben starrten, eine endlose Pause, in der Henry indifferent und nervös im Hintergrunde verharrte, eine Pause, in der Mortimer auf den weißen Seidenfetzen in Goldsmiths Hand starrte und in der ich kaum zu atmen wagte, ehe Mortimer, das Gesicht wieder ganz von Stein, verkündete: «Aber mein lieber Mister Goldsmith, der Comte de Marais, ich bitte Sie! Der Comte de Marais ist natürlich auf seinem Zimmer – wo sollte er sonst sein? Er hat sich gestern Abend eine Viertelstunde vor uns dorthin zurückgezogen, erinnern Sie sich nicht? – Wir waren alle Zeugen dessen, er war müde, ich bitte Sie! Der Comte de Marais ist selbstverständlich in seinem Raum. Was hätte er wohl – übrigens um halb drei Uhr morgens – auf der Zugbrücke gewollt?»

Mortimers Stimme klang vernünftig – wenn nur nicht der Augenschein so sehr gegen ihn gesprochen hätte! Mir kam plötzlich die bildhafte Schilderung, die Goldsmith zuvor hinsichtlich des Einsturzes vermutungsweise geäußert, ins Gedächtnis. Ich kann auch nicht sagen, warum sie mir gänzlich missfiel. Aber genau das war der Fall! Mortimer hatte so vernünftig belegt, dass die Zugbrücke vom Sturm nicht herabgebrochen sein konnte, dass ich mich einen erschreckten Augenblick lang fragte, was aber dann um Gottes willen sie zum Einsturz gebracht hatte! War es tatsächlich so, dass die Zugbrücke hochgezogen gewesen? Vermutlich irrte Goldsmith, fiel mir mit einem Male ein, die Zugbrücke war natürlich nicht hochgezogen gewesen, andernfalls hätte der Comte sich nicht auf ihr befinden können. Aber … wie hatte der Wind sie dann wirkungsvoll genug treffen können, um ihren Einsturz zu bewirken? Meine Gedanken taumelten benommen im Kreis …

«Ich bin sicher: Dies ist der Schal des Comte de Marais», beharrte Goldsmith eigensinnig.

«Aber was heißt das, meine Damen, meine Herren?», stammelte Mortimer, kaum hörbar. «Was heißt das für uns alle?»

Keiner von uns wagte die Frage zu beantworten, aber es schien, als beantwortete sie jeder im Stillen für sich. Nein, es würde kein gelungener literarischer Salon auf Boroughmore Castle werden, wie wir euphorisch ihn alle in den vergangenen Tagen, Wochen uns ausgemalt, wie wir ihn gestern Abend geplant hatten, dachte ich, denn man würde schlechterdings nicht zur Tagesordnung übergehen können – und dies auch nicht wollen –, nun, nachdem der Tod im Gewand eines schrecklichen Unfalls einen von uns unbarmherzig aus unserer Mitte gerissen. Was hatte der Comte um diese nachtschlafene Zeit bei diesem Wetter überhaupt auf der Brücke gewollt? Er, der wenige Stunden zuvor noch beiläufig geäußert hatte, der Himmel möge ihm nur genug Zeit schenken, das eben angefangene große Projekt der Erforschung des nationalen Schatzes unserer Märchen auch zu beenden – welch grausige Ironie!

In diese, meine wirbelnden Gedanken hinein ließ sich erstmals hier draußen die Stimme von Geoffrey Stalliot vernehmen: «Nun gut», sprach er laut. «Oder vielmehr … nicht gut, ich meine … nun, Sie wissen, was ich meine …» Etwas Verdrossenheit über seine eigene Ungeschicklichkeit in der sprachlichen Äußerung lag in seiner Stimme, aber er fuhr sogleich fort: «Wenn der Comte auf der Brücke war, meine Herrschaften – ich sage, wenn –, dann muss das noch gar nichts heißen, noch gar nichts Endgültiges in jedem Falle.» Er trat in raschem Entschlusse vor, an den Rand der finsteren Schlucht des Burggrabens und blickte hinunter in die Dunkelheit. «Monsieur de Marais! – Comte!», rief er mit erstaunlicher Stimmgewalt in die Tiefe. «Monsieur de Marais, hören Sie mich?» Und er wartete ein paar Sekunden, ehe er seine Frage ein weiteres Mal wiederholte. Es war eine rührende Liebesmüh, wie er da stand und vergeblich schrie, aber niemand unter uns glaubte ernsthaft an den Erfolg dieses Unterfangens.

«Geoffrey, mach dich nicht lächerlich», sagte seine Frau und versuchte, ihn am Ärmel zurückzuziehen. «Denn auch, wenn du noch lauter brülltest, wecktest du damit keine Toten auf!»

Die sachliche Richtigkeit dieser Bemerkung war sicher nicht anzuzweifeln, dennoch störte, ja, irritierte mich und vielleicht auch die anderen ihr Tonfall der Sachlichkeit, ja, Kälte fast, angesichts der Situation.

Stalliot fuhr herum und fauchte seine Frau wütend an: «Ich beabsichtige keine Toten zu wecken, Alice, ich bin mir bewusst, dass ich nicht Christus bin, aber er muss nicht tot sein – geht das in deinen Schädel? Vielleicht liegt er vier, fünf Yards unter uns, wahrscheinlich verletzt, wahrscheinlich kaum bei Besinnung, aber wenn unsere Fackeln oder diese verdammten Sterne etwas mehr Leuchtkraft hätten, könnten wir ihn liegen sehen! Und dann könnten wir ihn holen! Ein Seil wird sich ja wohl finden in dieser verfluchten Burg!»

«Augenblick!», mischte sich Goldsmith in den beginnenden Streit. «Mr. Stalliot, Ihre Bemühung in allen Ehren, ich habe großen Respekt davor, aber ich fürchte, Ihre Frau hat völlig Recht. Überlegen Sie doch, erinnern Sie sich der Steilheit der Seitenwände des Burggrabens! Es geht so gut wie senkrecht dort hinab», er zeigte mit dem Finger nach unten, «und die Wand ist bis auf Moose und Flechten unbewachsen und wahrscheinlich feucht. Bei aller Liebe, Sir, aber wo sollte daran irgendetwas hängen bleiben, geschweige denn etwas vom Gewichte eines stürzenden Menschen? Abgesehen davon, dass um ihn herum die Trümmer der Brücke stürzten und ihn mitgerissen haben werden.» Er holte tief Atem und schüttelte verzweifelt den Kopf. «Nein, Sir, ich fürchte, unser Freund, der Comte, ist dort hinabgestürzt, und das heißt, dass er spätestens auf dem Wasser, wenn nicht schon mehrfach vorher an der Felswand, hart aufgeschlagen ist. Und das Wasser um diese Jahreszeit, das bedeutet, Sir, drei, höchstens vier Grad Celsius. Und das wiederum heißt nach einem solchen Sturz – über zwanzig, fünfundzwanzig Yards – im besten Falle eine Art Schockzustand, dem er vermutlich hilflos ausgeliefert war, als die um ihn herum stürzenden, schweren Trümmer der Brücke ihn mitgerissen, vielleicht gar getroffen haben. Dort im Wasser, Sir, hatte er keine Chance.»

Auch Goldsmith in der kühlen Präzision und Scharfsinnigkeit seiner Erläuterung schien mir nachgerade herzlos, und doch konnte ich mich der überwältigenden Logik seiner Ausführung nicht entziehen. Ich hörte, wie Nightingale neben mir zu schluchzen begann.

«Es tut mir Leid, Mademoiselle», sagte Goldsmith, weicher, in ihre Richtung. «Aber Sie werden das, was ich sage, morgen bestätigt finden, wenn das Tageslicht da ist und wir seine Leiche dort werden sehen können.» Und an Stalliot gewandt, schloss er: «Dann wird Ihre Idee mit dem Seil, Sir, zum Tragen kommen, und wir werden den Versuch unternehmen können, ihn zu bergen.»

«Wir werden den Comte nicht mit einem Seil von dort unten bergen, meine Freunde, heute nicht und morgen nicht und auch nicht in den weiteren Tagen», hörten wir plötzlich die Stimme Mortimers in unserer Mitte. «Denn wir werden seinen Leichnam dort nicht finden. Ich sagte es Ihnen: Der Burggraben ist durch einen Tunnel mit dem Loch Ness verbunden. Das haben die Baumeister so angelegt, um für einen ständig gleich bleibenden Wasserstand in der Wehranlage Sorge zu tragen. Das funktioniert hervorragend und ist bestens gemeint. Aber diese Medaille hat in unserem Falle bedauerlicherweise eine Kehrseite: Es besteht eine gefährliche und äußerst starke Strömung dort unten. Der entseelte Körper des Comte ist längst hinausgesogen worden. Irgendwann, in Tagen oder Wochen, meine Freunde, wird er dort draußen – irgendwo – angespült werden ... und Fischer werden ihn finden ... oder Kinder aus dem nächsten Dorf ...»

Er schwieg.

«War die Zugbrücke hochgezogen oder nicht heute Nacht?», fragte ich. Es war eine törichte Frage angesichts der furchtbaren Lage, in der wir uns befanden – aber Goldsmith hatte vorhin mit seiner Schilderung eine Saite in mir bewegt, die seither nicht zur Ruhe kommen wollte.

Ich bemerkte, wie Mortimer mich, müde und überrascht über meine Frage, ansah, bevor er sie in einer Art automatischer Höflichkeit, ohne auch im Einzelnen ihren Sinn zu begreifen, beantwortete: «Sie war oben, lieber Jonathan, so wie jede Nacht, wie jeden Tag, falls nicht gerade jemand kommt oder geht. Wir ziehen sie hoch, aus Tradition, aus Schutz gegen tatsächlich herumziehende Vagabunden – deren es sicher nicht viele gibt in dieser Gegend –, ganz wie du willst:

Es ist eine Burg, und wir ziehen sie aus alter Gewohnheit hoch. Ich habe das so angeordnet. Vielleicht aus Besitzereitelkeit, wer weiß?»

«Nun, wenn sie oben war, wie konnte sich dann der Comte auf ihr befinden?», fragte ich in die Stille, die auf Mortimers Erklärung gefolgt war, hinein. Für einen Moment schien es, als hätte ich bei allen eitel Verblüffung damit geerntet.

«Dann stand er eben nicht darauf», ließ sich Goldsmith sogleich grimmig vernehmen, «sondern genau hier am Rand, wo wir jetzt stehen, und der Orkan hat ihn von hier heruntergeweht.»

«Aber der Orkan weht uns auch nicht von hier herunter!» Goldsmith sah mich mit einem merkwürdigen Ausdruck in den Augen an. Interesse und Verwunderung mischten sich dort gleichermaßen, und noch etwas anderes, das ich nicht definieren konnte. Er blickte in die Höhe, dann in den Burggraben hinab. «Dann hat ihn eben ein Stück herabstürzender Trümmer getroffen, Mr. Lloyd», entschied er schließlich eine Spur ungeduldig. «Oder eine dieser schwingenden Eisenketten …» Es wirkte zunächst, als ob er noch etwas hinzusetzen wollte, aber er schwieg. Und auch wir anderen schwiegen und lauschten dem fauchenden Sturm. Henry drängte sich mit fürsorglicher Miene dichter an seinen Herrn.

Würde man in die Zukunft schauen, nur einen winzigen Zipfel des im Schoße der Zeiten vor uns Verborgenen lüften können, was würde man sehen – und würde man daraufhin anders handeln, als man es tat? Wir standen, und ich wusste es nicht, am Anfang, gerade erst am Anfang einer Geschichte, die noch so viele schreckliche Rätsel, furchtbare Überraschungen und Fragen für uns bereithalten sollte – und wir ahnten es nicht.

«Was ist das?», fragte plötzlich Geoffrey Stalliot in die entstandene Pause hinein, und eine neue, andere Furcht schwang in seiner Stimme mit. Wir blickten überrascht auf und nahmen wahr, dass er rechts an uns vorbei Richtung Loch Ness starrte, das man von unserer Position aus nicht sehen konnte, weil sich noch eine Erhebung zwischen uns und dem offenen Wasser befand.

Hinter dieser Erhebung war auf einmal die Ahnung eines rötlich flackernden Scheins zu sehen, der hochstob und sich ausbreitete. Ganz zweifellos: Es war Licht dort draußen, wabernd und unheimlich.

«Mein Gott», hörte ich Nightingale sagen. «Es ist die Richtung ... hinter diesem Hügel ... hinter diesem Hügel liegt doch ...»

«Ja», sprach Mortimer, und seine Stimme klang düster und leidenschaftslos. «Es ist der 27. November, und hundert Jahre sind vergangen. Ich hätte es nicht geglaubt ... Aber so verhält es sich wohl, meine Freunde ... Vom Nordturm aus könnten wir es zweifellos sehen ... und wenn es windstill wäre heute Nacht, könnten wir Lady Lorraine auch lachen und singen hören. Ja. Es ist die Nacht, in der Dull Manor brennt ...»

Wir starrten schaudernd und sprachlos in den Widerschein dort hinter dem Hügel.

Ein hängendes Trümmerstück der Brücke löste sich in diesem Augenblick und fuhr krachend neben uns in die Tiefe. Wir hörten es unten ins Wasser klatschen. Wir standen erstarrt in der Kälte – eine lange Zeit.

«Immerhin», fand Goldsmith schließlich als Erster die Sprache wieder, «immerhin wissen wir nun, was der Comte de Marais um diese schreckliche Nachtzeit auf der Brücke gewollt hat, nicht wahr?» Und als wir alle verständnislos zu ihm herüberblickten, fuhr er leichthin fort: «Nun – er war der Einzige, Sir Mortimer, der Ihre Schilderung wirklich ernst genommen hat, und ich bin sicher, er war auf dem Wege dort hinüber, um das eventuell sich bietende Schauspiel ganz aus der Nähe zu sehen. O ja», nickte er, «er wollte ganz dicht bei der Flamme sein, der Comte, der Poet, der Sänger, der Romantiker», und Goldsmith setzte leise hinzu: «... der Dichter, der die Inspiration gesucht hat ...»

«Er war zu dicht dabei», hörte ich Alice Stalliot verhalten flüstern. «Mein Gott ... er war zu dicht dabei ...»

Es war eine eigenartige Versammlung, die sich in den frühen Morgenstunden des 28. November – es war unterdessen bereits nach vier Uhr des Morgens – in der Bibliothek von Boroughmore Castle eingefunden hatte: neun Menschen, denen das schreckliche Erlebnis dieser Nacht ins Gesicht geschrieben stand – zehn, wenn man Henry mitrechnete, auf dessen verunstaltetem Gesicht sich eine Regung direktermaßen zwar nicht ablesen ließ, der sich jedoch unauffällig in der Nähe seines Herrn aufhielt, um helfend beizuspringen, falls es notwendig geworden wäre. Es war keine Gesellschaft im herkömmlichen Sinne, denn alle – außer Henry und Goldsmith – waren mehr oder minder nur flüchtig bekleidet, hatten irgendwelche Garderobe über ihr Nachtzeug geworfen und saßen mit übernächtigten Mienen in Fassungslosigkeit und Trauer. Es war hinlänglich warm, denn zwei Bediente – um diese Zeit nicht in Livree, sondern in ihrer einfachen Kluft – hatten, nachdem sie im Auftrage Mortimers – oder eigentlich eher Goldsmiths – die anderen, noch im Schlafe liegenden Gäste geweckt hatten, im Kamin ein Feuer entfacht, den Wagen mit den spirituösen Getränken hereingerollt, jeden von uns mit einem Trunk seiner Wahl versorgt und waren dann auf einen Wink Goldsmiths hin wieder verschwunden.

Goldsmith, Mortimer, Nightingale und ich hatten das Zimmer des Comte de Marais leer vorgefunden, als wir nachgeschaut; das Gepäck, mehrere Schrankkoffer, Kleidung, Toilettenutensilien waren noch da, aber das Zimmer machte gerade deshalb einen unaussprechlich verlassenen Eindruck. Verwirrt und ratlos waren wir nun alle hierher in die Bibliothek gekommen, um gemeinsam zu versuchen, Ordnung in unsere haltlosen Gedanken zu bringen, unsere Fragen zu diskutieren, Antworten, wenn möglich, zu finden und zu erwägen, welche Schritte wir des Weiteren zu unternehmen hätten.

«Was bedeutet es für uns, dass die Zugbrücke fort ist?», fragte unvermittelt Stalliot mit seinem lauten Organ. «Konkret gesagt: Wie und wann können wir die Burg wieder verlassen?»

Er hatte sich soeben sein Glas zum zweiten Male selbst nachgefüllt, und sein Gesicht hatte sich bereits ungesund gerötet. Der Diener hatte in Erinnerung und Kenntnis der besonderen Bedürfnisse des großen, korpulenten Mannes aufmerksam eine Karaffe golden leuchtenden schottischen Whiskys auf einem kniehohen Beistelltischchen dicht an den Lehnsessel Stalliots herangeschoben, sodass dieser, wann immer er das Bedürfnis dazu verspürte, sein Glas nachfüllen konnte, ohne aufzustehen.

Jeder im Raum hatte sich diese Frage wohl selbst schon insgeheim gestellt, es bislang jedoch, seinem Feingefühl gehorchend, vermieden, sie öffentlich, unserem Gastgeber gegenüber, zu äußern.

Das warme Flackerlicht des Kaminfeuers malte tanzende Figuren an den Wänden, die Lehnstühle waren im Halbkreis an den Kamin herangerückt. Ab und zu zersprang knackend ein Scheit in den Flammen. Der Sturm schien bereits in seiner Stärke nachzulassen. In der letzten Viertelstunde war das beängstigende Fauchen hinter den hohen Fenstern ein wenig abgeebbt. Es hätte wahrhaftig ein stimmungsvolles Zusammensein in der Bibliothek sein können, aber wie anders war die Atmosphäre doch jetzt in diesem Raum als an der gleichen Stelle noch wenige Stunden zuvor. Die ungemütliche und auch peinlich direkte Frage Stalliots stand immer noch im Raum. Er nahm einen tiefen Schluck aus seinem Glas und musterte uns aufmerksamen Blickes.

Da meldete sich Mortimer zu Wort, mit einer Stimme, der man den Schmerz darüber anhörte, wie tief ihn die Ereignisse der Nacht, der Verlust eines Freundes, aber auch die vielleicht etwas unbedacht gestellte Frage Stalliots verletzt hatten.

«Lieber Mr. Stalliot, liebe Freunde», sagte Mortimer traurig. «Falls jemand unter Ihnen, unter euch, glaubt, mit dem unerwarteten und unverständlichen Zusammenbruch der Zugbrücke sei gewissermaßen unser aller Schicksal in diesen Mauern besiegelt, insofern, als wir hier drinnen verhungern, verdursten oder erfrieren werden, so kann ich Sie, so kann ich euch nur beruhigen, und dies in gleich mehrerlei Hinsicht. Es befinden sich Vorräte an Nahrungsmitteln und Heizmaterialien für Wochen oder gar Monate innerhalb der Burg. Kein Grund zu etwelcher Besorgnis. – Wenn Ihre Frage aber dahin geht, dass Sie es vorzögen, nach diesem Ereignis das Schloss so schnell wie möglich zu verlassen, was ich Ihnen nicht verdenken kann, so lassen Sie sich auch diesbezüglich einen kleinen Trost zuteil werden: Wir werden hier regelmäßig durch die Außenwelt versorgt. Ein Bote kommt von Dunbygallyn herüber, nimmt die Bestellungen auf – und der Händler, mit dem ich ein Abkommen getroffen, liefert gewöhnlich das Verlangte pünktlich und zuverlässig, und zwar in der Regel bereits am zweiten Tag nach der Bestellung … Nun, der Zufall will es, dass der Besuch dieses Boten am 1. Dezember, also in drei Tagen, verabredet ist. Ihm könnte man den Auftrag erteilen, Handwerker, Zimmerleute aus den umliegenden Dörfern zu benachrichtigen, sodass mit Gewissheit im Verlauf von weniger als einer

Woche, von jetzt an gerechnet, eine neue Brücke den Graben überspannen dürfte, die zumindest ausreicht, Sie und Ihr Gepäck hinüberzubefördern. Auf die gleiche Art könnte man dafür Sorge tragen, dass zum verabredeten Zeitpunkt drüben Kaleschen bereitstehen, die für Ihren Weitertransport sorgen.»

Mortimer hatte sehr ruhig und mit Bedacht gesprochen, nicht in der Absicht, uns billige Trostesworte zukommen zu lassen, sondern uns zu überzeugen. Er saß, zusammengesunken in dem Sessel nächst dem Kamin zur Linken, schräg gegenüber von Stalliot; das Feuer beleuchtete sein müdes Gesicht im Halbprofil. Ich sorgte mich um ihn, denn dieses war mein Freund Mortimer nicht mehr, energisch, gut gelaunt und hinreißend, wie ich ihn vor Jahren gekannt und gestrigen Abends zu meiner großen Freude wieder getroffen hatte.

«Du bist geschmacklos, Geoffrey», bemerkte Alice Stalliot plötzlich, und ich glaubte, eine Spur Verachtung aus der Tonlage, die sie anschlug, herauszuhören. Sie saß einige Plätze von ihrem Gatten entfernt, zwischen Professor Prescott und Robert Milton. Sie saß hoch aufgerichtet, das Gesicht bleicher denn je, die Haltung regloser denn je, und ihre einzige Bewegung bislang war es gewesen, dass sie sachte die Augen gehoben hatte, jedes Mal wenn ihr Gemahl sich ein Glas eingeschenkt. «Sir Mortimer hat uns gestern willkommen geheißen, mein Lieber, und uns das heilige Gastrecht entgegengebracht in einer wirklich herzanrührenden Weise – und du willst nun wissen, wann du ihm und den Sorgen, die die heutige Nacht ihm gebracht, möglichst umgehend den Rücken kehren kannst, um ihn hier allein zu lassen ...» Sie deutete ein leichtes Kopfschütteln an.

«Sir Mortimer ...», sie wendete sich ihm zu, «... ich entschuldige mich für die ungeschickten, zweifellos überzogenen, aber nicht schlecht gemeinten Worte meines Gatten –

und lassen Sie mich noch eines hinzusetzen, Sir: Wir alle hier spüren, dass Sie sich mit schrecklichen Vorwürfen quälen hinsichtlich des Todes Ihres Freundes und Gastes, des Comte de Marais. Sie müssen sich jedoch dazu zwingen, diese Katastrophe als das zu verstehen, was sie war: ein tragischer Unfall, ein Unglück. Verstehen Sie, was ich Ihnen sagen will? – Und die anderen denken ebenso. Sie brauchen sich keine Vorwürfe zu machen, Sir Mortimer. Es war nicht Ihre Schuld.»

Mortimer blickte sie mit brennenden Augen an. «So dürfen Sie das sehen, liebe Alice, und ich danke Ihnen aufrichtig für Ihre warmen Worte. Aber ich – sehen Sie – ich stelle mir zum Beispiel die Frage: War es nötig, Ihnen am gestrigen Abend die grauenvolle Geschichte der Lady Lorraine zu erzählen? Es war eine Sturmnacht, und ich hätte einkalkulieren müssen, dass der eine oder andere meiner Gäste versuchen würde, dorthin aufzubrechen!»

«Das finde ich nicht, Sir», unterbrach Robert Milton in diesem Moment Mortimers Selbstanklage, und seine Stimme klang merkwürdig gereizt. «War irgendjemand von uns anderen draußen? Überlegen wir doch einmal nüchtern, meine Damen und Herren! Die Geschichte der Lady Lorraine, ein Haus, das alle hundert Jahre wieder brennt, in memoriam eines Autodafés gewissermaßen – ich bitte Sie! Ich finde, dass es eine vorzügliche Geschichte ist, mit der die alten Chroniken uns da aufwarten, sie findet unbedingt meinen Beifall – aber nichtsdestoweniger ist und bleibt es doch wohl eine Geschichte, an die wirklich zu glauben ein Mensch unseres aufgeklärten Zeitalters sich zweifellos und vernünftigerweise sträuben wird. Nun hat es vor einer Stunde tatsächlich dort gebrannt, werden Sie mir entgegenhalten! Sei's drum, meine Damen und Herren! Dafür wird sich früher oder später eine akzeptable Erklärung finden! Aber der Punkt, den ich Ihnen verdeutlichen will, ist: Niemand konnte vermuten, dass auf eine bloße Geschichte hin der Comte heute Nacht dort hinauslaufen würde.»

«Wenn man bedacht hätte, dass er ein Mensch mit einer besonderen Begabung war – warum nicht?», fragte Mortimer bitter.

«Von welcher Begabung sprechen Sie, Sir?»

«Ich meine seine Beziehung zur Poesie», erläuterte mein Freund. «Ich meine seine Beziehung zu Mythen, Legenden. Er interessierte sich, wie wir gehört haben, für Märchen, für Traditionen, für die ursprünglichsten Aspekte von Dichtung in ganz besonderem Maße. Natürlich hätte ich voraussehen müssen, dass er … Vielleicht war gerade er der Wertvollste von uns allen! Vielleicht hat nur er wirklich das Feuer der Dichtung in seiner Seele gehütet, während wir anderen …» Er brach ab und ließ seine Bemerkung in der Luft hängen. Erst nach einiger Zeit sprach er weiter: «Vielleicht hätte ich den Sturm nicht so verharmlosen dürfen, als ich ihn Ihnen gestern Abend ankündigte. Denn jeder, der bei solch einem Orkan die Burg auch nur verlässt, begibt sich in ernsteste Lebensgefahr. Vielleicht hätte ich deutlicher darauf hinweisen müssen, wie gefährlich Stürme in unseren Breiten sein können. – Andererseits wollte ich Sie nicht beunruhigen, meine Freunde. Denn ich wusste: Die Burg ist sicher.»

«Bis auf die Brücke … immerhin», sagte Stalliot sarkastisch und trank einen großen Schluck aus seinem Glas.

«Die Brücke …», wiederholte Mortimer unterdessen leise. «Ich weiß … Ich sehe, dass sie eingestürzt ist – und kann es dennoch nicht glauben. Denn ehe eine solche Brücke einstürzt, hätten Fensterscheiben auf der Westseite eingedrückt werden müssen, oder wir hätten uns, sobald wir das Gebäude verließen, zu Boden geworfen gefunden – und nichts dergleichen ist passiert.»

«Sir Mortimer hat völlig Recht», meldete sich in diesem Augenblick Wilbur Prescott erstmalig zu Wort. Der Professor kauerte in einem Sessel und schaute schräg zu uns auf. Wachsam gingen seine Augen von einem zum anderen. Er hielt seine ungeöffnete Uhr mit geschlossenem Deckel in der Hand und starrte einen Augenblick gedankenverloren darauf, bevor er sie wieder in der Tasche seines Schlafrockes versenkte. «Lassen Sie uns doch rekapitulieren», fuhr er fort. «Vom Standpunkt eines Naturwissenschaftlers betrachtet. Zwei Gegenstände: eine Brücke und ein Mensch. Welcher von beiden hätte, was meinen Sie, einem Sturm mehr Halt entgegenzusetzen gehabt?»

«Vom Standpunkt eines Naturwissenschaftlers betrachtet», entgegnete Robert Milton, «weiß ich, was Sie jetzt hören wollen: Sie wollen uns sagen, dass ein Mensch keine Chance hätte, sich auf einer Brücke im Sturm zu halten, vielmehr lange bereits von ihr heruntergeweht worden wäre, ehe die Brücke auch nur einen gewissen Grad an Schaden auf den Sturm hin zeitigte.»

«Das ist richtig, junger Mann», sagte Professor Prescott. «Genau das wollte ich andeuten.» Er sagte es nicht ganz so freundlich, wie man es von ihm hätte erwarten können.

Robert Milton lächelte sein maliziöses Lächeln. «Vom Standpunkt eines Naturwissenschaftlers aus betrachtet, Sir», fuhr er fort, ohne den Professor anzusehen, «könnte man Ihnen entgegenhalten, dass die physikalische Kraft, die bei einem verheerenden Sturm auf eine Brücke trifft, aufgrund der viel größeren Angriffsfläche, die diese Brücke dem Sturm bietet, ungleich höher ist als die gleiche Kraft, wenn sie auf einen kleinen Menschen trifft! – Wenn Sie einmal versucht haben, bei ordentlichem Wind mit einem Boot zu segeln, Professor, dann wissen Sie, wovon ich rede!»

«Sie vergessen, Mr. Milton, dass Brücken dazu gebaut sind, einen Sturm zu überstehen», ließ sich Mortimer müde vernehmen. «Diese Brücke hat hundert Stürme überstanden.»

«Und wenn sie alt, baufällig, morsch war? Es war eine Holzbrücke, Sir, eine Zugbrücke, keine von Stein!»

«Sie war nur circa fünfzig Jahre alt», sagte Mortimer schwach. «Der Vater des unmittelbaren Vorbesitzers hat sie errichten lassen. Wenn Sie mir Zeit geben, sehe ich in den Unterlagen nach und nenne Ihnen das genaue Baudatum, 1760 oder 1764 ... soweit mir erinnerlich. Nein, diese Brücke war nicht morsch, Mr. Milton!»

«Und wenn es ein Blitzschlag war?», schlug Nightingale schüchtern vor. Sie sagte es offensichtlich, um Mortimer irgendeine Form des Trostes zukommen zu lassen. Sie saß in dem Sessel an meiner rechten Seite, ihr apartes Gesicht war von Müdigkeit gezeichnet, und ich liebte sie allein wegen dieses rührenden Versuchs, Mortimer zu helfen. «Oder wenn vom Sturm», fragte sie leise, «etwa ein Brocken von der oberen Burgmauer herabgestürzt ist und die Brücke getroffen und mit herabgerissen hat?»

«Junge Dame, es gab einen Sturm, aber kein Gewitter», mischte sich Geoffrey Stalliot mit etwas schwerer Zunge wieder ein. «Und soweit ich mich erinnere, war auch der Himmel völlig klar. Wo hätte da wohl ein Blitz herkommen sollen?» Er setzte sein Glas für den Moment ab und fixierte Nightingale genauer. «Wenn Sie mich morgen früh auf die Zinnen der Burg oberhalb des Burgtores begleiten, junge Dame, werden wir beide, dessen bin ich sicher, sehen, dass dort keine ‹Brocken› fehlen.» Er lachte vergnügt in sich hinein.

Nightingale errötete. Alice Stalliot blickte unbewegt in ihren Schoß, wo sich ihre weißen Hände ineinander verschlangen. Ich bemerkte, dass Robert Milton, rechts neben Alice, vorsichtig den Kopf hob, um die Frau neben sich interessiert zu beobachten.

Aber Geoffrey Stalliot war noch nicht fertig. «Ich halte dafür, liebe Freunde, dass es Lady Lorraine war, die die Brücke zum Absturz gebracht hat! Sie ist durch den unterirdischen Gang hierher gekommen, um den pietätlosen Besuch des Comte in Dull Manor zu verhindern. Sie wollte nicht gestört werden bei ihrer Jubiläumsbrandstiftung, verstehen Sie, und deshalb hat sie die Brücke und ihn, den Comte, den einzigen wirklichen Romantiker in unseren Reihen», er flocht eine spöttische kleine Verbeugung gegen Mortimer ein, «kurzerhand vernichtet. Amen.»

Ich gewahrte aus dem Augenwinkel, dass Father Thomas Olivier, der sich bislang innerhalb unserer Unterhaltung bis auf die Tatsache, dass er eingangs darum gebeten hatte, ein Gebet für den Toten sprechen zu dürfen – was er auf unsere Zustimmung hin dann auch getan –, völlig zurückgehalten hatte, nun überrascht den Kopf hob und Geoffrey Stalliot betrachtete. Sein enormes weißes Haupthaar und der gewaltige Backenbart ließen ihn in dem ungewissen Flackerschein, der vom Kamin aus düster über uns alle gebreitet lag, fast selbst wie eine biblische Figur aussehen, ein gälischer Noah oder Abraham. Ich bemerkte die Missbilligung in seinem Blick, als er Stalliot musterte, aber er sagte nichts.

Stattdessen ergriff, ohne den Blick zu heben, Alice Stalliot das Wort. «Amen – so sei es, Geoffrey. Es war für uns alle ein anstrengender Tag, eine anstrengende Nacht. So lass uns nun wieder zur Ruhe gehen.»

«Geh du zur Ruhe», sagte er, das Gesicht gerötet. «Ich bleibe noch ein wenig, denn ich bin in guter Gesellschaft.» Und er hob sein Glas in ihre Richtung.

«Bitte, Geoffrey», murmelte sie.

«Niemand hat etwas dagegen, wenn du dich zurückziehst», bemerkte Stalliot heiter. «Aber wir sind alle erwachsene Menschen hier und sollten über unser Tun selbst entscheiden dürfen. Ich für mein Teil werde noch ein Gläschen trinken.»

«Du darfst dich nicht überanstrengen, Lieber. – Jeder von

uns versucht, auf seine Art das Entsetzen über den Tod des Comte zu überwinden, das ist mehr als verständlich», sagte Alice und blickte uns alle in der Runde an. Ich begann, Bewunderung für sie zu empfinden und auch Mitleid. Nun wandte sie sich an Mortimer: «Sir, ich will Ihnen, ich denke in aller unser Namen, bevor ich mich zurückziehe, nochmals für die Aufnahme in Ihrem gastlichen Schlosse danken. Ich verlasse Sie jetzt und wünsche mir, Ihnen, uns allen, dass die morgige Sonne die Schrecknisse dieser Nacht in einem milderen Licht erscheinen und uns alle in besserer Verfassung wieder finden möge. Ich glaube daran, dass wir im Laufe der Zeit einen Passus des Umgangs miteinander finden werden, der es uns ermöglicht, uns tatsächlich, zumindest in gewissem Rahmen, auch den Zielen eingehender zu widmen, die uns ursprünglich hierher geführt. Denn, Sir Mortimer, es kann keine Rede davon sein, dass Sie uns nun in heilloser Flucht von Boroughmore Castle verschwinden sehen werden, in der Art etwa, in der die Ratten ein sinkendes Schiff verlassen. Nein, Sir, wenn es Ihr Wunsch ist, dass wir bleiben, werden wir alles daransetzen, uns für Ihre Einladung erkenntlich zu zeigen, indem wir wenigstens diesem Wunsche entsprechen. Und bedenken Sie dies: Wenn es sich so verhält, dass ein Gast aus unserer Mitte, den wir kaum Zeit genug hatten, schätzen zu lernen – und ich bin sicher, dass er ein schätzenswerter Mensch gewesen ist –, uns vom Schicksal geraubt wurde, weil er dort hinaus in die Nacht strebte, um sein Bild von Dichtung und Poesie zu bereichern, dann, so meine tiefe Überzeugung, wäre es ein Verrat auch an ihm und an der Poesie, wenn wir diesen Salon beendeten, bevor er recht begonnen hat. Der Comte ist gestorben, und damit er nicht umsonst gestorben ist, Sir Mortimer, werden wir bleiben.»

Anstelle einer Antwort erhob sich Mortimer mühsam – Henry, aus dem Hintergrund, sprang ihm bei –, schritt zu

Alice hinüber, beugte sich über deren Hand und hauchte einen Kuss darauf. Dann drehte er sich zu uns. «Nightingale, meine Herren …», sprach er langsam und bewegt. «Die Worte unserer Freundin haben mich tief berührt. Ich werde Sie jetzt – und Sie werden dies nicht als Zeichen der Unhöflichkeit missverstehen – verlassen, um mich zu Bett zu begeben. Denn Sie alle sollen meine Gäste bleiben, so wie ich es gesagt, und für den Gastgeber ist es nun als der bessere Teil der Höflichkeit angezeigt, sich zurückzuziehen, um Ihnen morgen nach dem Aufstehen jemand zu sein, über den Sie wirklich wieder verfügen können. Wenn ich Ihnen gestern Abend beim Souper versprach, das Schloss gehöre Ihnen, so meinte ich es genau so. Schalten und walten Sie, wie Sie mögen. Gehen Sie gleichfalls zu Bett oder verharren Sie in gemeinsamen Gesprächen. Ich werde eine geänderte Anordnung treffen, sodass Ihnen den ganzen Vormittag über im Speisesaal – zu jedem Zeitpunkt Ihrer Wahl – das Frühstück gereicht werden kann. Henry wird meine diesbezügliche Anordnung an das Personal weiterleiten.»

Er tauschte einen Blick mit Henry, und dieser neigte zum Zeichen, dass er verstanden habe, den Kopf. «Vielleicht», fügte Mortimer, wieder an uns gewendet, hinzu, «können wir uns alle zum Dinner wieder sehen … sagen wir, wenn es Ihnen recht ist, um zwei?» Er blickte müde und um Haltung bemüht in unsere Runde, nahm unser stilles Nicken wahr und schloss dann: «Mich, meine Freunde, werden Sie jetzt entschuldigen. Möge uns die Sonne des neuen Tages in neuem Lichte wieder sehen.»

Er verneigte sich gegen Alice Stalliot, gegen Nightingale, gegen uns andere, und dann ging er. Henry hinkte ihm zur Seite, aus seinem einen Auge seinen Herrn besorgt musternd, aber Mortimer wehrte seine helfende Hand ab und schritt ohne Unterstützung zur Tür. Sie sank hinter den beiden leise ins Schloss.

Alice Stalliot erhob sich und trat zum Sessel ihres Gatten. «Komm», sagte sie leise. «Es ist Zeit.»

«Zeit für wen?», fragte er und sah mit fast tückischem Blick hoch.

«Bitte», flüsterte sie.

«Nein», sagte er nach einem Moment brüsk und beugte sich zur Seite, um sich ein neues Glas einzuschenken.

Hilfe kam ihr von unerwarteter Seite.

«In der Tat, es ist spät geworden», ließ sich Robert Milton beiläufig vernehmen. «Ich halte es für einen klugen Gedanken, unsere Gemächer aufzusuchen, falls wir noch so etwas wie Schlaf von der heutigen Nacht erwarten wollten. Ich schließe mich Ihnen an, Madam, und sicher noch einige der anderen. Wir sollten den langen Weg in die Gefilde des Osttraktes gemeinsam unternehmen. Es geht sich sicherlich angenehmer.» Er erhob sich von seinem Sessel und verbeugte sich andeutungsweise in unsere Runde. «Mrs. Stalliot, es wäre mir eine Freude, wenn ich Sie bis in den Gästekorridor begleiten dürfte.» Er bot ihr seinen Arm.

Stalliot verschüttete beim Eingießen etwas von seinem Whisky und schaute überrascht hoch. Ich erkannte, dass er jetzt wirklich sehr betrunken war. Seine Frau stand immer noch vor ihm.

Er starrte sie an. Einen Augenblick sah es so aus, als wolle er etwas sagen, aber dann unterließ er dies doch und setzte stattdessen das frisch gefüllte Glas an die Lippen für einen langen Zug. Danach ließ er wortlos den Blick sinken.

Alice Stalliot machte schließlich eine halbe Wendung, beugte den Nacken in unsere Richtung, murmelte ein vages «Gute Nacht» und nahm den ihr gebotenen Arm. Ihr Weg führte sie zu der Tür, welche jener entgegengesetzt war, durch die Mortimer und Henry zuvor den Raum verlassen hatten. Wir blieben zu sechst: Stalliot, der Vikar, der Professor, Nightingale, Goldsmith und ich. Im Kamin knackte das

Feuer, ansonsten herrschte annähernde Stille, denn der Wind draußen schien fast völlig zum Erliegen gekommen zu sein.

Ich dachte über das nach, was Alice Stalliot zu Mortimer gesagt hatte, bevor er gegangen war: Wir würden also alle hier bleiben, gewissermaßen im ehrenden Angedenken an den Comte, und wir würden uns wie verabredet der Poesie widmen, allen Unwägbarkeiten und Katastrophen zum Trotz, und vielleicht war das sogar richtig und gut. Vielleicht entband das Schreckliche sogar unerwartete dichterische Kräfte in uns – wer wollte das beurteilen? Ich erschauerte mit einem Male, weil mir das merkwürdige Gespräch wieder einfiel, das ich beim Souper mit Goldsmith geführt. Wie hatte er gemeint? «Letztlich mag der Tod selbst auch nur eine andere Art von Gefühl sein, Sir, und Kunst ist nichts anderes als das, Gefühl.» Wir hatten über Gewalt und Dichtung gesprochen – und über Mord. Nun, nur wenige Stunden später, hatten wir einen Toten aus unserer Mitte zu beklagen. Gewiss, er war nicht das Opfer eines Mordes geworden, aber – schrecklich genug – das einer Naturgewalt. War es tatsächlich so, dass Goldsmith Recht hatte? Brauchte Dichtung, brauchte Inspiration wirkliches Blut, warmes, wertvolles Menschenblut?

Meine Augen suchten den Amerikaner. Er saß mir schräg gegenüber, neben Stalliot, und ich erschrak, denn als mein Blick ihn traf, nahm ich wahr, dass er mich die ganze Zeit bereits beobachtet hatte, mit einem stechenden Blick aus seinen tief liegenden Augen. Er lächelte nun, da er bemerkte, dass ich zu ihm hinüberblickte. Es war ein Lächeln, das mir das unangenehme Gefühl vermittelte, als habe er soeben jeden meiner Gedanken mitgelesen. «Zum Teufel!», dachte ich zornig. «Du hast nicht Recht, Goldsmith, du hast nicht Recht! Nicht der Tod ist der Motor der wahren Dichtung, sondern die Liebe ...» Und unwillkürlich glitt mein

Blick hinüber zu Nightingale, die neben mir saß und mit müden Augen vor sich hin starrte.

Professor Prescott zog in diesem Moment erneut seine Uhr hervor – um sie ungeöffnet wieder verschwinden zu lassen – und wiederholte dann eine Bemerkung, die er vorhin schon gemacht: «Lassen Sie uns rekapitulieren», sagte er. «Es ist spät, meine Dame», er verneigte sich gegen Nightingale, die so müde war, dass sie es nicht einmal bemerkte, «meine Herren, es ist spät, und wir sollten nicht mehr allzu lange zögern, uns auf unsere Zimmer zurückzuziehen. Nichtsdestoweniger, lassen Sie uns ein letztes Mal rekapitulieren. Was wissen wir? Wir wissen nichts. Die Brücke ist eingestürzt, so viel steht fest. Aber geschah dies wahrhaftig durch die Gewalt des Sturmes, frage ich Sie? Sir Mortimer scheint dies nicht für möglich zu halten. Zweitens: Die Geschichte von Lady Lorraine ist eine gute Geschichte. In dieser Richtung äußerte sich vorhin Mr. Milton. Aber eine Geschichte bringt noch kein Haus zum Brennen, und Dull Manor hat heute Nacht gebrannt. Und drittens: Der Comte de Marais – hat er sich wirklich die Nacht um die Ohren geschlagen, ist hinausgetreten in diesen Orkan, nur um Dull Manor zu besuchen? Wir wissen es nicht. Alles, was wir wissen, ist, dass er seinen Wunsch, welcher immer es auch war, mit dem Leben bezahlt hat.»

Er zog sein großes Tuch aus der Tasche, um angelegentlich seinen kleinen goldenen Kneifer zu putzen. «Nun gut», schloss er. «Miss Nightingale, meine Herren … ich empfehle mich für heute Nacht. Es ist Menschen noch nie bekommen, ihren Geist zu überfordern. Und der meine ist sehr, sehr müde geworden heute morgen.» Er erhob sich ächzend aus seinem Sessel. «Wir bleiben also auf Boroughmore Castle zusammen und werden einen Salon haben, von dem man, wie wir sagten, sprechen wird. – Nun, ich fürchte, man wird von ihm sprechen. Ich wünsche Ihnen eine gute

Nacht.» Und zerstreut in die Runde nickend, entfernte er sich in Richtung der Tür, durch die zuvor schon Robert Milton und Alice Stalliot verschwunden waren. Das Feuer brannte jetzt langsam nieder und knisterte seltener. Nur ab und zu noch fiel ein Funkenregen in die Asche, wenn eines der Holzscheite knackend und aufstiebend zerbrach. In der Bibliothek wurde es dunkler. Es mochte auf halb fünf gehen – vielleicht war es auch später …

In die erneute Stille hinein sprach Father Thomas: «Ich werde morgen in der Kapelle eine Messe für den Verblichenen lesen. Ich bin sicher, dass Sir Mortimer es erlaubt, und ich lade Sie alle herzlich dazu. Miss Nightingale, Mr. Lloyd, Mr. Goldsmith, ich wünsche Ihnen allen eine gute Nacht.» Erst als er den Raum verlassen hatte, fiel mir auf, dass er Stalliot nicht zum Abschied gegrüßt hatte, obwohl dieser noch anwesend war. Ich blickte auf und sah, dass Mr. Stalliot friedlich, in seinem Sessel sitzend, eingeschlummert war.

«Was machen wir mit ihm?», fragte ich, an Goldsmith und Nightingale gerichtet.

«Lassen Sie ihn schlafen», schlug Goldsmith mit einem Schulterzucken vor. «Früher oder später wird das Feuer verlöschen, es wird kalt werden hier drinnen, und davon wird er erwachen. Möglicherweise ist er dann ausgenüchtert genug, um den Weg ins eheliche Schlafzimmer zu finden. – Ich jedenfalls bin nicht geneigt, ihn zu wecken, um eine Diskussion am Halse zu haben, ob jetzt der richtige Zeitpunkt zum Wecken sei.»

Erneut verblüffte mich seine unverstellte Ausdrucksweise, aber ich meinerseits war nicht geneigt, dies umgehend zum Thema eines Gesprächs zu machen. Neben mir in der nun fast dunklen Bibliothek spürte ich die zarte Anwesenheit Nightingales. «Und was ist mit Ihnen?»

«Ja», hauchte sie matt statt einer direkten Antwort.

«Gut, so lassen Sie uns gehen.»

Und so kam es, dass wiederum wir drei, die wir vor Stunden zu einer ungeheuerlichen Expedition aufgebrochen, nun gemeinsam den Weg in den Ostflügel nahmen, durch den leeren, großen Speisesaal zuerst, dann durch die Eingangshalle, die schwarze Marmortreppe hinauf. Wir schritten leise unseren Korridor entlang. Bei dem Zimmer, das rechter Hand vor dem Nightingales lag, verhielt Goldsmith seinen Schritt. «Schlafen Sie wohl», sagte er. Er schien noch ein Weiteres hinzusetzen zu wollen, schwieg dann aber, grüßte knapp mit einem Wink seiner Hand und schloss die Tür hinter sich.

«Gute Nacht», murmelte ich gegen seine geschlossene Türe, während Nightingale gar nichts sagte, sie schien schon halb im Traume versunken.

Ich geleitete sie sachte am Arm die wenigen Schritte zu ihrem Zimmer. «Wir sind da», sagte ich.

«Jonathan?», sagte sie.

«Ja?»

«Wir reden morgen wieder», murmelte sie mit geschlossenen Augen.

«Wir reden morgen wieder», sagte ich. «Gute Nacht.»

«Gute Nacht.»

Ich öffnete ihr die Tür, und sie taumelte an mir vorbei ins Zimmer, in dem die Kerze weit heruntergebrannt war. Doch das tat nichts, dachte ich. Sie würde jetzt tief und fest und erholsam schlafen, und wenn sie erwachte, würde es längst helllichter Tag sein. Langsam zog ich die Tür ins Schloss und war allein im Flur. «Nightingale …», dachte ich. Ihr Duft war noch im Korridor, in meiner Erinnerung … verwehende Gedanken an Weichheit und Wärme …

Schließlich bewegte ich mich langsam in Richtung auf mein Zimmer. Erst jetzt, da ich allein war, fühlte ich die Müdigkeit mit aller Macht hereinbrechen. Ich trat in mein Zimmer, verriegelte die Türe und bereitete das Bett. Die Kerze brannte und würde bis zum Morgen reichen. Als ich schließlich in den Kissen lag, sah ich den Totentanz mir zu Häupten und das Schachbrett über mir.

Langsam sanken meine Augen zu …

Ich befand mich auf einer satten, grünen Wiese, die nach würzigem Gras und frischen Frühlingsblumen roch. Langsam richtete ich mich auf. Die Sonne stand hoch im blauen Zenit und wärmte mich und die Umgebung mit ihren goldenen Strahlen. Ich erhob mich vorsichtig und begann unsicher, einen Fuß vor den anderen zu setzen. Ein Gefühl unendlichen Glücks durchflutete mich.

In weiter Ferne tauchte eine Gestalt auf, die sich wie verlangsamt bewegte, gleichwohl in großen Sprüngen auf mich zugeschwebt kam. Ich konnte bald erkennen, dass es sich um eine junge Frau handelte. Ihr dunkles, lockiges Haar fiel ihr ins Gesicht; ein weißes Kleid umschmeichelte ihren Körper. Als sie näher kam, erkannte ich, dass es Nightingale war. Sie breitete ihre Arme aus, ich tat es ihr gleich – wir schwebten aufeinander zu. Wir liebten uns, das wusste ich, und wir würden uns lieben dürfen. Doch gerade, als ich sie fast erreicht, verdunkelte sich der Himmel schlagartig, und sie war fort. Dicke Gewitterwolken waren aufgezogen und verbargen die Sonne. Und gleich darauf fing es an, in großen Flocken entsetzlich zu schneien.

Im nächsten Augenblick befand ich mich in einem alten Gemäuer, welches fast an eine Ruine gemahnte. Ich hörte ein grelles Gelächter, und an einer leeren Fensterhöhle unerreichbar hoch über mir sah ich für eine Sekunde schattengleich Nightingale Dubois vorbeigehen. Die Überreste des Gemäuers standen in Flammen, und ich saß in ihnen gefangen. Die Steine bröckelten und ächzten, während das Feuer züngelnd an ihnen leckte und in gewaltigem Aufbrausen hoch über mir zusammenschlug. Ich schrie.

Mr. Goldsmith stand an meinem Bett mit einem Strick in

der Hand. Er nickte begütigend. Ich versuchte mich aufzurichten, um zu erkennen, was daran befestigt war. Der Strick war weit gespannt, verlief quer durch mein Zimmer und verschwand hinter der offenen Tür. Goldsmith bedeutete mir aufzupassen. Er lachte, holte mit langen Bewegungen wie ein Seemann das Seil ein und zerrte etwas zur Tür herein. Es war die Leiche des Comte de Marais. Und hinter der Leiche drang Schnee zur Tür herein wie eine Lawine.

Ich versuchte zu sprechen, doch aus meinem Mund kroch lediglich eine Schlange hervor, die sich wand und züngelte. Ich bekam keine Luft mehr, ich schlug in die Kissen, und davon erwachte ich …

6. Kapitel

Die Papiere des Comte

Ein Strahl matten Sonnenlichtes, der durch die Eisblumen am Fenster brach, beleuchtete ein Viereck auf dem kargen Bohlenboden zu Füßen meines schwarzen, kastenförmigen Bettes. Wie ich mit einem vorsichtigen Blick auf die Uhr, die an dem Nagel neben meinem Bette hing, erspähte, war es bereits eine Viertelstunde auf zehn. Ich erschrak. Ich richtete mich auf und kam doch erst langsam zu mir. Myriaden kleiner Staubteilchen tanzten im verschleierten Sonnenlicht. Es war ein neuer Morgen, wie ich mit einem Gefühl der Dankbarkeit empfand. Das Geräusch des Sturmes vor dem Fenster war vollständig verklungen, es herrschte Totenstille dort draußen, hier im Zimmer und auch vor der Tür auf dem Gang. Langsam erst kehrten die schrecklichen Ereignisse der Nacht in mein Gedächtnis wieder. Der Comte de Marais, die Brücke, Nightingale … wie mochte sie die Nacht überstanden haben?

Ich erhob mich aus meinem Bett und fühlte die Kälte, die im Zimmer herrschte. In meiner Müdigkeit hatte ich in der Nacht verabsäumt, den Kamin zu versorgen. Graue Asche und die Reste verbrannter, schwarzer Holzstrünke lagen hinter dem Messinggitter. Aber ich war froh, gestern Abend der Versuchung widerstanden zu haben, die Läden vor den Fenstern gegen die Gewalt des Sturmes zu schließen. Denn jetzt, wo er vorüber war, empfand ich es als wohltuend, die Morgensonne im Zimmer zu sehen, auch wenn es eine blasse, kraftlose Sonne war, wie sich zeigte. Ich wischte einige Eisblumen fort und schaute auf die leere, frostig-grüne Landschaft – ein welliger Horizont, der ins Nirgendwo zu führen schien, kein Baum, kein Haus, kein Strauch auf dieser Seite des Schlosses. Die Helle des Tages tat mir gut.

Ich erledigte die Obliegenheiten der Morgentoilette, der Kälte entsprechend, mit einer gewissen Flüchtigkeit, um mich alsbald in meine wärmende Kleidung hüllen zu können und, der späten Stunde eingedenk, unverzüglich zum Frühstück aufzubrechen. Nach Möglichkeit wollte ich mein Zuspätkommen zur gestrigen Abendmahlzeit nicht wiederholen, aber als ich, nach einem letzten prüfenden Blick in den halbblinden Spiegel auf der Innenseite einer der beiden Schranktüren, bereit war, mein Zimmer zu verlassen, schließlich draußen auf dem Korridor stand, die Tür hinter mir ins Schloss zog, überfiel mich doch ein Gefühl der Unsicherheit. Zu hören war nur das leise schmatzende Geräusch der Öldochte an der Wand – keine menschliche Stimme war zu vernehmen.

Ich fasste mir ein Herz und eilte den Gang entlang, an den Türen der anderen vorbei. Dort, wo der Korridor wegen der zu umgehenden Kirche zwiefach umbog, fand ich in der linken Wand zu meiner Überraschung zwei kleine, bleiverglaste Fenster vor, die mir in der Dunkelheit gestern nicht aufgefallen. Durch das trübe, blasendurchsetzte Glas gestatteten sie einen Blick in den Schatten des Hofes und auf die in der Sonne gegenüberliegende Fassade des Westflügels. Ich schritt über die schwarze Marmortreppe hinunter und durch die Eingangshalle, die im diffusen Licht lag, das einzig durch die zwei Fensterluken links und rechts vom Eingangsportal hereinbrach, auf die mächtigen Flügeltüren des Speisesaals zu.

Hier erwartete mich, auch wenn es ungerecht sein mag,

derlei zu erwähnen, eine große Enttäuschung. Einzig der Vikar war anwesend, an dem langen Tisch sein Frühstück verzehrend, ansonsten war der riesige Raum von den großen, hellen Fenstern zur Linken, unter denen wie gestern Abend auch die Kohlebecken glühten, bis zu den Spiegelfronten auf der rechten Seite leer – ausgenommen drei Diener, deren Gesichter ich vom Vortage her nicht kannte und die rechter Hand an einigen mit Speisen bedeckten Tischen und mit einem kleinen Kocher beschäftigt waren, auf dem Brateier brutzelten. Als der Vikar, der wie selbstverständlich auf seinem gestrigen Stuhle am Kopfende der langen, leeren Tafel Platz genommen hatte und mir so den Rücken zukehrte, mich eintreten hörte, drehte er sich zu mir herum und grüßte mich mit einem Neigen des Kopfes und einem unendlich bekümmert aussehenden Gesichtsausdruck. «Gott sei mit Ihnen», murmelte er leise.

«Guten Morgen, Herr Vikar», sagte ich und nahm, zögernd, ebenfalls auf dem Stuhl Platz, der mir gestern Abend zugewiesen worden war. Es stand daher nun zwischen uns ein leeres Gedeck auf der blütenweißen Tischdecke, jenes für Nightingale Dubois. Der Anblick ihres leeren Stuhls neben mir versetzte mir einen kleinen Stich.

«War denn noch niemand von den anderen unten?», fragte ich.

Ich schaute mich unauffällig um. Daraus, dass die anderen Gedecke ebenfalls unbenutzt aussahen, schloss ich, dass noch keiner der anderen Gäste heruntergekommen war. Meine Frage war rein akademischer Natur gewesen, aber ich ertrug die Stille in diesem großen Raum, die nur unterbrochen war vom leisen Geklapper der Gegenstände, mit denen die drei Diener hantierten, an diesem Morgen nur schwer.

«Ich habe niemanden gesehen», murmelte der kleine Pfarrer betrübt.

Auf Mortimers und dem Platz des Grafen standen überhaupt keine Gedecke. Was den Comte betraf, so war der unaussprechlich traurige Grund dafür gewiss, aber das Fehlen des anderen Gedecks? Es konnte immerhin bedeuten, dass Mortimer schon früh gegessen hatte.

In diesem Augenblick näherte sich mir einer der Diener und erkundigte sich nach meinen Wünschen. «Sie können Rühr- oder Spiegeleier haben, Sir, Weißbrot oder Graubrot, Schinken, auch verschiedene Sorten Konfitüre, Käse, Lachs – und Tee, Sir, Darjeeling, Ceylon, China, mit Zitrone oder Milch – oder brasilianischen Kaffee selbstverständlich. Was mögen Sie?»

Ich bestellte nach einiger Überlegung einen Kaffee, etwas Brot, Schinken und Rührei.

«Schwarz, der Kaffee, Sir, oder mit Milch oder Zucker?»

«Ich trinke ihn schwarz.»

«Sehr wohl, Sir.»

«Sagen Sie», sprach ich schnell, als er Anstalten machte, sich abzuwenden, «war Sir Mortimer heute schon unten?»

«Sir Mortimer hat heute kein Frühstück genommen, Sir», gab der Diener Auskunft und verbeugte sich leicht. «Er fühlt sich nicht sonderlich wohl, Sir, und lässt sich bei all seinen Gästen entschuldigen. Ich glaube, Sir, es ist nichts Besorgniserregendes, und zum Mittag wird er sicher wieder auf den Beinen sein.»

«Danke», sagte ich.

«Bitte sehr, Sir», antwortete er und ging, um mir mein Frühstück zu bringen. Ich starrte auf meinen leeren Teller.

«Ich habe heute Morgen eine Gedenkmesse für den Comte zelebriert», sprach Father Thomas leise und kratzte sich seinen mächtigen Backenbart. «Ich hatte mir heute Nacht noch den Schlüssel für die Schlosskapelle von Sir Mortimer ausgebeten.»

Jetzt, da er ihn erwähnte, sah ich den großen Schlüssel unübersehbar neben seinem Teller liegen.

«Es war überhaupt niemand da», schloss der Vikar.

«Wann haben Sie die Messe zelebriert?», fragte ich.

«Um acht.»

«Nun, sehen Sie», meinte ich vorsichtig, innerlich trotz der furchtbaren Situation fast schmunzelnd über seine Weltfremdheit. «Um acht, Vikar, das ist in Anbetracht des Ablaufes der letzten Nacht vielleicht auch noch ein wenig früh, verstehen Sie?» Er fuhr mit dem Kopf überrascht in die Höhe und sah mich, verwundert zuerst, dann melancholisch an. «Aber ich bin ganz sicher, Father», setzte ich hinzu, «dass, wie immer gut oder schlecht besucht die Messe gewesen ist, allein die Tatsache, dass Sie sie abgehalten haben, dem Seelenheil unseres Comte dort, wo er jetzt weilt, wohlgetan hat, denn es kommt nur darauf an, welch ein Herz ihn auf seinem schweren Weg begleitet, und nicht, wie viele derer waren. Da bin ich ganz sicher.»

«Meinen Sie?», fragte er leise.

Dass der Diener mir in dem Moment das Essen brachte, enthob mich einer unmittelbaren Antwort, die mir wahrlich schwer gefallen wäre. Der Vikar spähte auf meinen Teller und sprach mit leiser Stimme, und es berührte mich unendlich, was er sprach: «Der Mensch in seinem Leben ist wie Gras. Er blüht wie eine Blume auf dem Felde – und wenn der Wind darüber geht, so ist sie nimmer da … und ihre Stätte kennet sie nicht mehr …» Und ich sah eine Zähre langsam seine Wange hinunterrollen.

Ich musste daran denken, wie er gestern Abend, als ich zu spät zum Eingangsessen erschienen, der Erste gewesen war, der heiter das Wort an mich gerichtet, «Die Letzten werden die Ersten sein», und damit das Eis der Situation zum Schmelzen gebracht und sie für mich gerettet hatte, und es kam mich bitter an, ihn jetzt so verstört zu sehen.

«Er hat zu mir gesprochen, gestern Abend, hier bei Tisch, als er bemerkte, dass ich seine Gedichte verurteilte, weil sie

Gottes entbehren», fuhr der kleine Pfarrer fort. «Nun ist er nicht mehr unter uns, und es ist zu spät für mich, ihm zu sagen, dass ich zwar seine Gedichte für … für verirrt gehalten habe, aber niemals ihn selbst … für gottlos. Das Furchtbare ist nicht der Tod, Mr. Lloyd, sondern das Furchtbare ist die Schuld, die jeder von uns auf sich lädt, ob er will oder nicht.»

«Aber Christus ist für unsere Sünden am Kreuz gestorben, Gottes eigener eingeborener Sohn», sagte ich, und es klang ungeduldiger, als es sollte. «Das müssten gerade Sie doch wissen, Herr Vikar!»

«Oh, das weiß ich auch, Mr. Lloyd, aber es ist mir einfach gar manches Mal ein zu bequemer Ausweg, scheint mir, ein Freibrief, den wir uns da selbst ausstellen – und ich bin mir doch recht sicher, dass das nicht Gottes Wille war.» Seine Stimme klang jetzt ebenfalls schärfer als vordem.

«Du lieber Himmel!», dachte ich und verwünschte mich dafür, dass ich, statt in Ruhe meine Morgenmahlzeit einzunehmen, aus Mitleid gerade dabei war, in eine theologische Diskussion zu geraten, die ich nicht beabsichtigt.

«Schauen Sie, lieber Father Thomas», sagte ich. «Wie heißt es bei Matthäus fünf, Vers acht, wenn ich nicht irre? ‹Selig sind die, die reinen Herzens sind.› Nun, Sie sind reinen Herzens, das zeigt mir jedes Ihrer Worte der Befürchtung, Sie könnten dem Comte ein Unrecht getan haben, und jeder Ihrer Gedanken des Bedauerns darüber, dies Missverständnis nun nicht mehr ausräumen zu können. Überdies, beiseite gesprochen, Vikar, wir sind erwachsene Menschen: Wir trafen uns zu einem literarischen Salon, nicht wahr? Da ist es gang und gäbe, dass der eine den anderen hinsichtlich seiner Werke berät … und womöglich kritisiert, dazu sind wir schließlich versammelt, das würde ein jeder hier vertragen können! Bedenken Sie doch bitte, Lieber, ob Sie auch annähernd so hart mit sich ins Gericht gingen, wenn der Graf noch lebte?»

«Das ist der Punkt, Mr. Lloyd, der eben mir Kümmernis bereitet», hakte der Vikar ein. «Wir verhalten uns, ohne darüber nachzudenken, in jeder Minute unseres kurzen Daseins so, als ob es eine Ewigkeit dauerte, ohne jede Achtsamkeit und Liebe gegen unsere Mitmenschen. Wir sollten uns stattdessen aber so verhalten, dass wir moralisch jederzeit bestehen können – und das tun wir nicht, ich, wie ich erschreckt erkenne, eingeschlossen. Haben Sie Kant gelesen, Mr. Lloyd?»

«Ich habe Kant gelesen, Father, ich weiß, was Sie meinen ... Der kategorische Imperativ ist eine ethisch großartige Idee, aber Kant sagt gleichermaßen, dass wir uns selbst aus unserer selbstverschuldeten Unmündigkeit helfen müssen – und ... nun ... zur Mündigkeit gehören ganz einfach die Diskussion und auch der Streit! ‹Gib dem Kaiser, was des Kaisers ist› – auch das sagt Kant, und damit wiederholt er fast wörtlich, was Christus sagt. Ich meine, wir müssen differenzieren, unterscheiden, Vikar, was Bösartigkeit gegen unsere Mitmenschen ist – und was Tadel, geboren aus einem wohlmeinenden, reinen Herzen! Immer wieder treffe ich Menschen, die, wenn etwas Schreckliches geschehen ist, gleichwohl die Schuld, sei es auch welcher Art, zunächst bei sich selbst suchen, und das ist ungesund. Nehmen Sie dies als Trost, Father Thomas, aber Sie scheinen mir ein solcher Fall zu sein ...»

Er lächelte etwas zaghaft, jedoch, es half nichts. Das fruchtlose Für und Wider unserer Worte setzte sich fort, und ich versuchte zwischendurch doch den einen oder anderen Bissen zu erhaschen, denn wie ich zu meiner Verwunderung feststellte, nachdem erst der köstliche Duft des Kaffees in meine Nase gestiegen: Ich hatte durchaus Appetit und wollte auch aus ganz pragmatischen Gründen für den weiteren Tagesablauf hinreichend gerüstet sein, denn, wusste Gott, was noch auf uns zukam! Die Erlösung indessen, die ich in dieser

Sekunde heiß ersehnte, wenn es denn eine war, offenbarte sich aus ganz anderer Quelle, als ich sie erwartet: Die Eingangstür sprang unvermittelt auf – und herein trat Geoffrey Stalliot.

Er durchflog den Raum mit einem Blick, so wie ich es getan, kam dann die wenigen Stufen zu uns herab, grinste und setzte sich direkt rechts vom Vikar, mir also schräg gegenüber, auf den Platz des Comte. «Guten Morgen, meine Herren, schon ausgeruht?» Das sollte aufgeräumt klingen, war es aber aus irgendeinem Grunde nicht. Seine Augen wirkten träge, der spärliche rötliche Haarwuchs stand wirr um seinen Kopf.

«Wir haben die Messe des Vikars für den Comte heute Morgen versäumt», teilte ich ihm mit. «Uns trifft eine Schuld, aber der Vikar macht sich Vorwürfe. – Darüber sprachen wir gerade.»

«O ja, der Comte», machte Geoffrey Stalliot und schnalzte bedauernd mit der Zunge. «Wir sollten hinausgehen und nachschauen, ob wir ihn nicht doch im Burggraben liegen sehen. Wir hätten das heute Nacht schon bewerkstelligen müssen, meine Herren, aber meine Meinung war ja nicht gefragt.»

«Das hätte gar keinen Zweck gehabt», erklärte der Vikar, und seine Miene wirkte plötzlich verschlossen. «Sie haben Sir Mortimer gehört, die Strömung im Burggraben …»

«O gewiss, die Strömung, die Strömung, ich weiß», winkte Stalliot ab und blickte sich nach den Dienern um. «Ist Sir Mortimer noch nicht unten?»

«Er lässt sich für heute Vormittag entschuldigen», setzte ich ihn in Kenntnis. «Es geht ihm nicht besonders. Um Mittag will er uns aber wieder treffen.»

«Geht ihm nicht besonders», wiederholte Stalliot und nickte mit seinem schweren, roten Kopf. «O ja, wem geht es heute Morgen schon besonders?»

«Wie geht es Ihrer Frau … zum Beispiel?», fragte ich. Ich tat diese Frage, ich könnte nicht einmal genau sagen, aus welchem Grunde, aber mir war plötzlich danach, ihn zu provozieren. Irgendetwas an seiner Haltung diesen Morgen brachte mich auf, reizte mich. Vielleicht war es die Sorglosigkeit, die aus seinem Wesen sprach, eine winzige Spur von Sarkasmus, die ich in jeder seiner bisherigen Äußerungen wahrzunehmen geglaubt.

Er blickte mich überrascht an, und einen kurzen Moment vermeinte ich, so etwas wie Feindschaft in seinem Blick aufblitzen zu sehen. «Meine Frau?», fragte er mit arglosen Augen. «Ja, Gott, wie soll es ihr gehen, Mr. Lloyd? Sie schläft noch – denke ich», setzte er hinzu.

Der Diener trat an seinen Platz. «Guten Morgen, Sir. Was darf ich Ihnen servieren? Wir haben Rühr- oder Spiegeleier, Weißbrot oder Graubrot, Schinken, verschiedene Sorten Konfitüre, Käse, Lachs …»

«Lachs und Schinken», lachte Geoffrey Stalliot, den Bedienten unterbrechend, und kehrte sich ihm dann über die Schulter zu. «Sehr schön. Ich weiß dies alles zu schätzen. Aber ich habe augenblicklich gar keinen Hunger. Ich habe gestern Nacht dem Alkohol recht heftig zugesprochen, meine Herren» – was in gewisser Hinsicht eine überaus lächerliche Bemerkung war, waren wir doch alle Zeugen dieses unerfreulichen Vorgangs gewesen –, «und da verträgt der Magen am anderen Morgen gar nichts Festes. Man muss es langsam angehen lassen. Sagen Sie, mein Guter …» Und damit drehte er sich wieder dem Diener zu: «Gestern zum Souper, da gab es diese kleine Portion Fisch, Steinbutt-Terrine, und dazu reichte man diesen köstlichen Wein …»

«Ich weiß nicht, Sir, ich habe gestern Abend nicht serviert.»

«Nun, einerlei. Es war ein Château Lafite 1786, ich erinnere mich sehr genau. Ich wäre Ihnen sehr verbunden, wenn Sie es möglich machten, mir davon ein Fläschchen zu besorgen. Das ist ein Tropfen, der es allemal wert ist, zur Eröffnung des Tages getrunken zu werden. Er beruhigt den Magen.»

Der Diener, dessen Gesicht man keine Gedankenregung ansah, verbeugte sich im Zurückziehen und sagte: «Sehr wohl, Sir, ich werde sehen, was sich machen lässt», gab seinem Kollegen ein Zeichen und verließ Richtung Küche den Raum. Während seiner Abwesenheit sprach keiner von uns ein Wort. Der Vikar starrte reihum die leeren Teller der anderen an, Stalliot, mit einem teigigen Gesicht, wirkte vorübergehend völlig geistesabwesend. Ich versuchte noch einige Bissen zu mir zu nehmen, aber der Appetit war mir vergangen. Dann kehrte der Diener mit der Flasche Château Lafite 1786 und einem Weinglas, beides auf einem kleinen Tablett platziert, zurück und präsentierte Geoffrey Stalliot das Etikett der Flasche. Der schien wie aus tiefem Schlaf zu erwachen.

«Ausgezeichnet, mein Lieber», sagte er erfreut und tippte mit dem Finger darauf. «Genau dies habe ich gemeint.»

«Man sollte den Wein noch etwas ruhen lassen, bis er die richtige Temperatur erreicht hat, Sir», gab der Diener zu bedenken.

«Das wäre zweifellos angebracht», lachte Stalliot. «Andererseits, ich bin nicht kleinlich … Öffnen Sie sie getrost, mein Lieber, und schenken Sie ein.»

«Ganz wie Sie wünschen, Sir.» Der Diener ging daran, das Verlangte zu bewerkstelligen.

Ich beschloss, diese Mahlzeit, die eine reine Freude nicht gewesen war, zu beenden, trank den letzten Schluck Kaffee, setzte die Tasse leise ab, schob die letzten Bissen des nun erkalteten Rühreis von mir, tupfte mir den Mund mit der Serviette und erhob mich.

«Meine Herren», sagte ich, mich zu ihnen verbeugend.

«Der Tag hat begonnen. Ich werde ein wenig umherspazieren, vielleicht treffe ich einen der anderen Gäste. Wir sehen uns zweifellos beim Dinner um zwei.»

Der Vikar, in Gedanken versunken, nickte mir zu, Geoffrey Stalliot nahm genießerisch den ersten Schluck Wein, ich wendete mich Richtung Küchenausgang, von einem erstaunten Blick der Diener begleitet. Anders, als ich verkündet, war mir im Augenblick gar nicht danach zumute, einen der anderen zu treffen – Nightingale Dubois natürlich ausgenommen, der ich auf dem Weg, den ich mir vorgenommen, allerdings sicherlich nicht begegnen würde. Ich schloss leise die Speisesaaltür hinter mir, hielt mich rechts, an der Küche vorbei – die Tür war geschlossen, undeutliches Klappern dahinter zu vernehmen, wahrscheinlich bereits die Vorbereitung des Mittagsmahles – und kletterte die Stufen des kahlen Treppenhauses, das auch unseren gestrigen Abendrundgang eingeleitet hatte, hinauf. Meine Schritte hallten von den Wänden wider. Licht fiel durch schmale Schlitze in der Außenmauer, durch die es kalt hereindrang. Die Treppe bog zwiefach links um, dort kamen die Türen, die hinaus auf die Bastei führten. Sie waren geschlossen, das Treppenhaus lag dämmrig und still. Ich erreichte die Stelle, wo sich der immense Blick öffnete in den großen, leeren Schacht des oberen Turms, in dessen Mitte der einzeln stehende, gewaltige Schlot des Küchenkamins aufragte. Ich trat hinüber zum Beginn der friesartigen Treppe, die an der Außenwand hochführte, und erklomm die Stufen mit beständigem Schritt, den Blick in die Schwindel erregende Tiefe des Raumes meidend; mir wurde warm, je höher ich gelangte. Als ich oben ins Freie trat, war ich etwas außer Atem, aber das Blut, das mich nun durchpulste, in Verbindung mit der Garderobe, die ich danach gewählt, dass sie mir auch einen Augenblick im Freien erlauben würde, schützten mich fürs Erste vor dem Frost, der hier oben, obwohl hell die Sonne schien, eisig und grausam war.

Ich atmete tief ein, wenn auch die Luft beißend in die Lungen schoss, und ich fühlte, wie die trübe Stimmung, die mich beim Frühstück ergriffen, von mir abfiel. Es war herrlich, kein Laut stieg aus der Landschaft ringsum, die verlassen unter dem Froste sich in dunkelgrünen, in der Ferne blauen Hügeln ringsum in die Weite erstreckte. Halblinks, eine halbe Meile im Südwesten, glänzte weiß von der Reflexion des endlosen Himmels Loch Ness. Hinter mir, direkt unterhalb, ruhte das Geviert des Schlossbaues ... die sandfarbene Fläche der Bastei, das Kopfsteinpflaster des Hofes im Sonnenlicht, die Fenster des Ost- und Südtraktes – und kein Mensch zu sehen.

Ich vermochte meine Augen kaum zu lösen von diesem friedvollen Anblick, fast war es wie eine furchtbare Pflicht, die ich mir selbst gegenüber nun schließlich doch zu erfüllen hatte, weshalb ich hier heraufgestiegen, und so wanderte mein Blick halb widerstrebend nach Dull Manor hinüber – und unaussprechliches Grauen erfasste mich, obwohl ich mich glaubte hinreichend dagegen gewappnet zu haben: Kaum ahnte man es in der freien, kalten Luft hier oben, aber es gab keinen Zweifel, dass immer noch dünne Fäden grauen Rauches von dort drüben in den klaren Himmel aufstiegen wie die Seelen verlorener Geister, und die düsteren Mauern der Ruine schienen in der Nähe der Fenster deutlich geschwärzt von frischem Ruß. – Obgleich ich sah, dass es tatsächlich gebrannt hatte, konnte ich es immer noch nicht begreifen. Ein Frösteln strich mir über den Rücken. Ich trat an die Brüstung der Außenseite und starrte die von hier aus nahezu endlose Strecke hinunter in den schwarzen Burggraben, dessen Wasser sich unmerklich bewegten. Ich wusste nicht zu sagen, was furchtbarer, was erlösender gewesen wäre: die Leiche des Comte dort irgendwo treibend zu entdecken oder nicht – ich sah natürlich nichts. Die Überreste der Zugbrücke konnte man aus dieser Perspektive nicht erkennen, sie war durch den südlichen Trakt des Gebäudekarrees verdeckt; wenn man Richtung Hof blickte, sah man drüben auf der Südseite nur den Beginn des offenen Durchgangs, den Torweg nach draußen. Ich erwog für einen Augenblick den Gedanken, dort hinunterzusteigen und nach der Zugbrücke zu schauen, verwarf ihn aber sofort – auch ein Blick bei Lichte hätte mir nichts gezeigt, das ich nicht schon kannte.

Ich beobachtete eine geraume Weile den stillen Zug der Wolken über die weite Landschaft, versank in Gedanken. Dann jedoch wurde mir bewusst, wie kalt es war – man verlor das Gefühl für die Zeit hier oben, dachte ich –, und in plötzlichem Entschlusse wendete ich mich um, um wieder hinunterzusteigen. Wenn ich geglaubt hatte, den Vikar und Stalliot unten im Speisesaal noch vorzufinden, so sah ich mich getäuscht. Der Raum war leer, auch die Diener hatten ihn verlassen, die kleinen Tischchen vor den Spiegeln waren fortgeräumt – man rechnete wohl nicht mehr mit weiteren Essern. Ein Sonnenstrahl der mittlerweile herumgewanderten Sonne brach herein und reflektierte in allen Regenbogenfarben in einem der Spiegel. Ich zog die Uhr zurate: Halb zwölf war vorbei, in knapp zweieinhalb Stunden würde das Dinner serviert werden. In einem Anflug von Unmut beschloss ich, wenn es denn nichts anderes zu erledigen gäbe, auf mein Zimmer zu gehen, um etwas zu lesen, zu schreiben, auf dem Bett zu ruhen, einerlei. Ich ließ einen letzten Blick durch den leeren Speisesaal schweifen und wandte mich zur Tür.

Die Eingangshalle lag ebenfalls leer, ich erklomm die Galerie, betrat den Gang, der mich auch an der Zimmertür von Nightingale vorbeiführen würde. Sollte ich es wagen, einfach zu klopfen? Ich ging langsamer. Dann verhielt ich – überrascht – gänzlich den Schritt, denn ich sah, dass die Tür, die zum Zimmer des Comte gehörte, nur angelehnt war. Verwunderung und Schrecken überkam mich, und einen unvernünftigen Moment lang dachte ich daran, der Graf sei tatsächlich zurückgekehrt. Ich zauderte nicht lang, trat heran und stieß die Tür zum Zimmer des Comte gänzlich auf.

Das Zimmer war noch größer als das meine, weiter, luftiger, auch mit einem größeren Fenster versehen, obwohl es, wie das meine, zur Außenseite der Burg hin lag – vermutlich eine nachträgliche bauliche Änderung, die Mortimer oder einer seiner Vorgänger hatten vornehmen lassen. Ein freundliches blaues Himmelbett, dessen vielfache Portieren, Rüschen und Schleiervorhänge mich unwillkürlich an die Jabots des Grafen gemahnten, verbreitete eine heitere Atmosphäre in dem Raum, anders, als sie in meinem Zimmer herrschte. Durch das Fenster strömte das Sonnenlicht in einem schrägen Strahl herein, der fast bis an das Bett reichte. – Was mich indessen verwunderte, war, Henry hier vorzufinden, der in seiner buckligen Haltung über den Schreibtisch gebeugt stand und von dort Papiere zusammenraffte, um sie in einer der großen Reisetaschen des Comte zu verstauen, die er sich dem Anschein nach aus der Ankleidekammer besorgt hatte, welche sich hier zur Rechten befand, wie ich unschwer aus der dort offen stehenden Tapetentür entnehmen konnte.

Bei meinem ungestümen Eintritt erschrak Henry über mich wie ich über die offen stehende Zimmertür. Er fuhr zu mir herum, fasste sich aber, als er erkannte, wen er vor sich hatte, und sagte mit seiner dumpfen, verwaschenen Stimme: «Ah, Mr. Lloyd, das ist gut, dass ich Sie sehe. Ich habe Sie zuvor schon gesucht, bei einem Anklopfen an Ihre Zimmertür aber keine Antwort erhalten, sodass ich nicht wusste, wo Sie waren. Nun sind Sie hier. Es verhält sich nämlich so, dass Sir Mortimer Sie bittet, bei ihm drüben – in den Privatgemächern – vorzusprechen. Wenn Sie sich einen Augenblick gedulden wollen, Sir, bis meine Tätigkeit hier verrichtet ist – es dauert nur eine Sekunde –, so würde ich gerne Gelegenheit nehmen, Sie selbst direkt dort hinüberzubegleiten, Ihnen den Weg zu zeigen.» Damit, unvermittelt und ohne eine Antwort meinerseits abzuwarten, kehrte er sich wieder der vorherigen Beschäftigung zu und räumte weitere Papiere, die sich in den Fächern des Schreibtisches fanden, zusammen.

Ich, der ich in irgendeiner schwer zu beschreibenden Weise irritiert über die Art von Heimlichkeit wie gleichermaßen Selbstverständlichkeit war, mit der der Diener hier über die Gegenstände des verblichenen Grafen verfügte, hatte einige Minuten Zeit, zu mir zu kommen und einen klaren Kopf zurückzuerlangen. Natürlich: Nun, da der Graf tot war, musste Mortimer in irgendeiner Art das Notwendige regeln, auch die Papiere durchgehen, um womöglich einen Aufschluss darüber zu erlangen, ob Personen zu benachrichtigen seien, ob Verhältnisse zu klären, Verfügungen zu treffen oder Maßnahmen zu beschließen waren, die Hinterlassenschaften des Grafen ihrer Bestimmung zuzuführen.

Ich hatte derlei Gedanken fürs Erste abgeschlossen, als Henry auch schon mit seiner Arbeit fertig war, die gepackte Tasche ergriff, sich herumdrehte, mich aus seinem einen Auge und mit verzogenem Mund schief anlächelte und mir durch eine Kopfbewegung bedeutete, dass wir gehen könnten. Er verschloss hinter uns gewissenhaft die Tür, und wieder fand ich mich in dem düsteren Korridor auf dem Weg, den ich nun schon einige Male zurückgelegt. Wir begaben uns zunächst hinunter in die Halle, Henry hielt mir die Tür zum Speisesaal auf, wir durchquerten den leeren Raum, betraten die Bibliothek, in der wir Professor Prescott vorfanden, der kurz und verwirrt von einem Buche aufblickte – er gab den Gruß, den ich entbot, nicht zurück –, und gelangten hinter der Bibliothek in den Teil des Gebäudes, den ich noch nicht kannte.

Der nächste, kleinere Raum, in den, wie auch in Speisesaal und Bibliothek zuvor, nun die goldene Wintersonne von links her schräg einfiel, war nahezu kahl bis auf einige hohe, unbequem aussehende hölzerne Stühle nebst mehreren kleinen Spieltischen unter den Fenstern, einen mächtigen Billardtisch in seiner Mitte und ein Gestell für Queues und Kugeln zur rechten Seite hin. Hier wurde ich unvermittelt Samuel E. Goldsmiths gewahr, der, ebenfalls mit einem Buche versehen, auf einem der Stühle zur Linken Platz genommen hatte, um nun, als wir den Raum durchquerten, erstaunt aufzublicken und uns mit seinen Augen zu verfolgen. Ich verwunderte mich einen Moment darüber, dass er nicht nebenan beim Professor in der Bibliothek saß, grüßte ihn im Vorbeischreiten mit einem Neigen des Kopfes, das er ebenso gemessen erwiderte.

Der nun folgende Raum verdiente rechtschaffen den Namen Musikzimmer, denn eine Unzahl von Instrumenten war hier versammelt oder, besser gesagt, gesammelt: Ich sah einen aufgeklappten Stutzflügel mit Noten in der Mitte, an der rechten Wand die flaschenförmigen, hölzernen Behältnisse von Violinen, Bratschen, Celli und Kontrabässen, Notenständer über Notenständer in Unordnung dazwischen, Trompeten, Hörner und diverse Holzblasinstrumente lagen herum, an der Wand glänzte mächtig das geschwungene Gold einer Harfe; im Hintergrund war sogar, leicht erhöht, eine Art Bühne oder Podium zu erkennen, auf dem etwaige Musiker Platz hätten nehmen können. Der Raum war staubig, lange nicht gereinigt, voller Spinnweben. Wir durchschritten ihn geschwind, kaum reichte die Zeit, um alle Eindrücke in mein Inneres aufzunehmen, denn Henry öffnete schon eine weitere Tür, und wir traten in ein absolut kahles Treppenhaus, welches dem, das hinter der Küche begann, aufs Haar glich. Wir waren, dessen war ich mir gewiss, am Ende des Westtraktes angekommen, und befanden uns nun innerhalb des Südwestturms der Burg. Linker Hand öffnete sich hier ein Durchgang, der auf den Schlosshof führte, aber Henry, ohne ein Wort oder auch nur einen Blick an mich zu verwenden, begann die Stufen rechter Hand zu erklimmen. Nach mehrfacher Wendung der Treppe kamen wir an zwei Türen vorbei – von denen die eine in den Südflügel und somit zu den Räumen über der Zugbrücke, die andere jedoch in den Westflügel, das heißt in die Räumlichkeiten oberhalb des Billard- und Musikzimmers führen musste. Wir passierten, ohne innezuhalten.

Henry stieg Runde um Runde im Turm hinauf – ich wurde gewahr, dass wir die obere Plattform unmittelbar erreicht haben mussten, denn von oben zog es kalt heran –, als er endlich stehen blieb. Ich sah, wie schwer er vom Steigen atmete. Er pochte an eine kleine, schiefe Türe, die am unteren Rand, der Stufen wegen, ausgeschnitten war. Ich vernahm einen undeutlichen Laut von innen heraus, auf den hin Henry die Tür aufstieß, zurücktrat und mir mit einem abermaligen schiefen Lächeln bedeutete einzutreten.

Ich folgte seiner Aufforderung und trat in ein Zimmer, das in seinem Grundriss den Rest des Turmes, den schmalen Treppenaufstieg selbstverständlich ausgespart, ausfüllte, ein kleines Zimmer, das, obwohl gänzlich ohne Kamin und somit kalt, nichtsdestoweniger eine Atmosphäre der Behaglichkeit zu vermitteln vermochte. Es war kaum möbliert, rechts im Halbdunkel stand ein Schreibtisch mit einem Stuhl derart dahinter, dass man, wenn man auf ihm Platz nahm, dennoch dem Lichte zugekehrt saß. Der Tür gegenüber erhob sich eine mächtige alte, wunderbar gearbeitete Standuhr, deren glänzendes Perpendikel bedächtig zwischen den Gewichten hin- und herschwang. Die Wände, in großen hölzernen Einfassungen, wiesen eine Wandbespannung mit chinesischem Muster auf, der Boden bestand aus glänzendem, wertvollem Parkett, das aus Buche oder Kirschbaumholz gefertigt sein mochte. Sein Licht erhielt der Raum durch ein großes, fast deckenhohes Sprossenfenster linker Hand. Von dort fiel die Sonne ein, die den hohen Lehnsessel, der darein gerückt war, in einer blendenden Aura von goldenem Licht badete, und in diesem Sessel saß, ein geöffnetes Buch über die Decke gebreitet, mit der er seine Beine bedeckt hatte, Mortimer. Ich erschrak, als ich seiner ansichtig wurde.

Mortimer war, mit einem Worte gesprochen, über Nacht, das heißt, in den wenigen Stunden, in denen ich ihn nicht gesehen, grau geworden. – Sein Haar, voll wie je, war grau, das Rotbraun, das er immer so gehasst, gänzlich vergessen. Ringe der schweren Gedanken, die er in der letzten Nacht durchlitten, hatten sich unter seine Augen gemalt, die Haut wirkte blass und welk. Dazu in eigenartigem Gegensatze jedoch standen seine Haltung, auch seine Stimme, als ich sie gleich darauf vernahm; sie kündeten nichts von der katastrophalen Veränderung, die sein Körper durchgemacht, jede Silbe, die er sprach, jede ausdrucksvoll begleitende Bewegung seiner Hände zeugte von der nachgerade unmenschlichen Kontrolle, in die er sich genommen, um mich, den alten Freund, zu begrüßen, als sei nichts Böses, nichts Grauenvolles geschehen.

«Jonathan!», sprach er freudig, als er mich sah. «Da bist du, mein alter Freund! Henry hat dich erreicht, und er hat die Papiere, wie ich sehe, bei sich, um deren Besorgung ich ihn gebeten. Das ist gut! Das ist sehr gut! Gib sie mir, Henry, und dann zieh dich zurück und lass uns beide reden. Jonathan, du bist bei mir, und nun wird alles gut!»

Henry überreichte unterdessen die Tasche mit den Papieren, verneigte sich, lächelte mir linkisch zu und zog sich rückwärts zur Türe hin zurück, die er fast unhörbar hinter sich ins Schloss zog.

«Jonathan!», sprach Mortimer. «Hol dir den Stuhl dort

drüben herüber, komm und setz dich zu mir, und lass uns beide miteinander reden, so wie wir es früher miteinander getan. Schau mich nicht so an! Auch ich bin heute schon einem Spiegel begegnet und weiß daher um mein Aussehen Bescheid. Aber das sind, lass dir sagen, Äußerlichkeiten, mein lieber, guter Freund, nicht wert, zu viel der Rede darüber zu verlieren. Setz dich zu mir! Wir müssen arbeiten, helfen, lindern, die Hinterlassenschaft unseres dahingegangenen Comte in Ordnung bringen – aber zuerst lass uns reden, reden wie in alter Zeit …»

«Mortimer», sagte ich, und die Stimme versagte mir fast den Dienst, so sehr erfüllte mich sein Anblick mit Schmerz. «Um Gottes willen, Mortimer, hast du nicht gehört, was wir dir alle gesagt, nachdem … nun, nachdem das Schreckliche passiert war? Dass dich keinerlei Schuld am Vorgefallenen trifft?»

«Oh, ich weiß», wehrte er ab, und seine Stimme klang fast fröhlich dabei. «Aber, nochmals, mein lieber Jonathan, es ist zweierlei Ding, das, was selbstverständlich nach einem objektiven Anspruch gemessen richtig zu sein scheint, und das, was unser eigenes Inneres, unsere Seele, ja sogar unser Körper uns sagen. Zweierlei Ding, mein guter Jonathan. Aber mach dir um Gottes willen keine unnötigen Gedanken über ein graues Haar mehr oder weniger. Wir beide, mein Guter, haben die eine oder andere Klippe des Lebens umschifft, wir haben beide seinerzeit eine junge Gattin verloren, du Myriam, ich Laura, und ich mit ihr sogar einen Sohn; meinen Zweitgeborenen, ich habe ihn nicht kennen lernen dürfen. Ich weiß, Jonathan, was das Inferno des Kopfes ist, ich habe das Leiden von Grund auf erlernt. Ich bin, um Schlimmes übler zu machen, zeitweise in den Tiefen des Teufelselixiers Laudanum versunken, wie du weißt – und habe mich gottlob dennoch erheben können wie ein Phönix aus der Asche; heute weiß ich, dass es dergleichen Torheiten nicht mehr für mich geben wird, einerlei, wie böse das Schicksal nach uns greift.» Er holte tief Atem. «Also lass uns, bevor wir die Papiere des Comte sichten, über anderes sprechen, und lass uns um Gottes willen einen Augenblick lang so tun, als ob wir alle, du und ich, noch *lebten*!»

Er tätschelte meine Hand, als ich murmelte: «Mortimer ... Mortimer ...», und ich kam mir schwach und elend vor, weil er mich trösten, aufrichten musste, anstatt ich ihn. Ich holte mir einen Stuhl und setzte mich.

«Dieses Zimmer hier, Jonathan», fuhr er eindringlich fort und schaute mich mit einem zaghaften Lächeln an. «Es ist, weißt du, mit dem Alter immer mühseliger, hier heraufzusteigen, und es ist kalt und hat keine Möglichkeit, geheizt zu werden, und doch ist dies mein Lieblingsaufenthalt, Jonathan, dieses Zimmer vor all den anderen, und wenn du wissen willst, warum es sich so verhält, so tritt ans Fenster und sieh hinaus über die unendliche Weite und begreife mich.»

Ich trat, wie er geheißen, ans Fenster und sah die grünen leeren Hügel, die flach, weit in der Ferne, fast wolkenähnlich direkt in den Himmel überzugehen schienen. Es war dieselbe Blickrichtung wie aus meinem Fenster – Osten –, doch dank der größeren Höhe des Aussichtspunktes erhabener und unwirklicher. Es war, als ob der Turm keine Bodenberührung mehr hatte, vielmehr segelte, mit dem Winde weithin über dieses Land von blassen Farben trieb. Mir schwindelte.

«Dies ist mein Laudanum», hörte ich Mortimers Stimme in meinem Rücken.

Und ich sah mich selbst weit oberhalb der Landschaft, sah mein Spiegelbild im Glas, sah mich weit darüber hinschweben und aus großer Höhe dennoch jeden Grashalm, jedes Sandkorn des Bodens, jede noch so kleine Erhebung oder Senkung dort unten wie im Traum. Ich senkte den Kopf und schloss die Augen, stand dort am Fenster für Minuten. Ich hatte ihn längst verstanden, meinen Freund, kehrte zu ihm zurück und ergriff seine Hände, um sie fest zu drücken. Er lächelte. Ich zog den Stuhl heran, ihm dicht gegenüber, und setzte mich.

«Wie geht es deiner Schwester?», fragte Mortimer. «Carolyn? Und James, deinem Schwager? Und den Kindern? – Und natürlich dir selbst?»

«Oh, wir leben friedlich unter einem Dach», sagte ich und bemühte mich, sorglos und heiter zu erscheinen, um es ihm, der so Schweres durchlitt, nicht noch härter zu machen. «Die Verhältnisse sind etwas beengt», fuhr ich fort, «aber ich bin in London, wo ich immer leben wollte, wie du weißt. Conrad, der Jüngste, fängt just an zu sprechen und erfreut uns ständig durch reizende Wortschöpfungen und höchst erfinderische Beugung unserer Muttersprache, und in allen Fehlern, die das Kind so sprachlich begehen mag, ist doch eine ganz eigene Logik, die zeigt, dass der kleine Bub sich bereits seine Gedanken macht, und die mich dazu bringt, mich zu fragen, ob Kinder nicht eigentlich die größten unter den Dichtern auf Erden seien. Neulich zum Beispiel, als das Einschlafen nicht recht gelingen wollte, erkundigte er sich bei mir, der ich an diesem Abend ihn zu Bette geleitete, er habe schon ein Schaf gezählt, ob er denn jetzt noch weitere ‹Schäfe› zählen solle – und diesen ungewöhnlichen Plural fand ich so reizend, dass ich ohne weitere Überlegung mich über sein Bettchen beugte und ihn auf die Stirne küsste, woraufhin er mir ernsthaft versicherte, ich könne ihn gerne öfter küssen, solange das nicht so nass sei wie bei Mrs. Jillings – das ist die Bäckersfrau.»

«Schäfe und nicht so nass!», wiederholte Mortimer leise, und seine müden Augen lachten dabei. «Das ist bezaubernd!»

Ich nickte. «Gleichwohl – über kurz oder lang will ich mir

doch eine andere Wohnstatt in London suchen. Sechs Personen auf den wenigen Quadratyards zusammengepfercht, das geht auf Dauer nicht an. Wiewohl sie alle, die ganze Familie, reizend zu mir sind, komme ich mir doch gelegentlich als Eindringling vor. Sie sollten das Recht haben, meine ich, gänzlich unter sich zu sein. Nun, hätte ich seinerzeit Myriam nicht an die Ewigkeit verloren, dann wäre es sowieso nicht dazu gekommen, dass ich mein eigenes Haus in York ganz aufgegeben, wo alles mich an Myriam gemahnte.»

«Ich verstehe dich gut, mein lieber Freund», sagte Mortimer leise. «Und dennoch hast du Recht: Du solltest die Familie deiner Schwester und deines Schwagers wieder sich selbst überlassen, denn diese Art des Zusammenlebens ist nur für eine gemessene Zeit zuträglich. In deinem Alter, Mitte dreißig und kaum darüber, solltest du dir eine neue Frau suchen und eine neue Familie mit ihr gründen, du besitzest bislang ja keine Nachfahren, und ich kann mir nicht denken, dass du einst in Gott eingehen willst, ohne auf dieser Erde Spuren zu hinterlassen.»

«Nun, ich dichte», sagte ich, die unwillkürlich aufkommenden Gedanken an Nightingale abschüttelnd, «und will dies Dichten noch eine Weile fortsetzen, lieber Mortimer, und falls mir Gott eine hinlängliche Lebensspanne bewilligt, wird mir vielleicht noch etwas gelingen, das auch die Zeit meiner eigenen Existenz überdauert.»

«Oh, du dichtest», rief Mortimer aus, «und du dichtest gut, Jonathan! Das, um Gottes willen, habe ich nicht gemeint, nichts in Abrede stellen wollen. Aber Kinder sind die zweite Art zu überdauern. Stell dir vor, die Gabe der Poesie verließe dich, was hättest du dann noch? Diese Gabe ist uns von Gott nur verliehen, und so wie uns im Alter Gesundheit und Freude verlassen mögen, so mag es auch mit unseren Gaben, insbesondere der der Dichtkunst, geschehen, und lange bevor wir in die ewige Nacht des Vergessens eintauchen, mögen wir schon eintauchen in den kalten, leeren Ozean der Phantasielosigkeit. Was, Jonathan, wird dann?»

Entsetzen packte mich bei dem Gedanken. «Um Christi willen», sagte ich, «du sprichst schreckliche Gedanken aus, Mortimer. Lass das, es ist furchtbar! Als Myriam starb, war es die Dichtung, die mich im Diesseits hielt!»

Er lächelte mich beruhigend an. «Gemach, gemach, ich wollte dich nicht erschrecken, mein Freund. Du bist noch jung. Aber was ich besorgte: Du solltest Kinder haben, dein wirkliches, lebendiges Leben genießen. Nicht nur die Welt der Dichtung! Und dafür solltest du heiraten. – Hast du nie jemanden getroffen, der dein Herz entzückte? Was wäre mit Nightingale, die fast so etwas wie meine Nichte ist? Was empfindest du ihr gegenüber?»

«Oh, Mortimer!», musste ich lachen und konnte dennoch nicht verhindern, dass ich errötete. «Willst du auf deine weisen Jahre hin gar zum Kuppler werden? Kinder, sagst du, sollte ich haben, mit einer Person, die mich entzückt! – Und was ist mit dir, der du dich hier in der Burg vergräbst? Seit mehr als zwanzig Jahren, wie du selbst sagst, ist keine Frau um dich!»

«Oh, ich habe, wie du, die Poesie», meinte er zurückhaltend, «und ich habe William, meinen Sohn. Und ich denke, nach Laura wird es keine andere geben.»

«Was ist mit William?», fragte ich.

«Er wird vierundzwanzig, im Frühjahr, er lebt unterdessen in Manchester», erzählte Mortimer, aber er erzählte es mit einer eigenartigen Zurückhaltung, wie sie mir schon bei seiner vorigen Replik aufgefallen. «Und es geht ihm gut», fuhr er fort, «er macht seinen Weg, soweit ich weiß, ich brauche mich gewisslich nicht zu sorgen. Er … hat eine bewunderungswürdige Karriere begonnen, mein Sohn, und das in seinen jungen Jahren, ist gar aufgestiegen zum Vizepartner von Galloway & Brisk – Tuche und Stoffe –, du kennst den

Namen. Er ist nicht mit den Gaben der Poesie gesegnet, das nicht, Jonathan, wie wir beide, aber er ist im harten Geschäftsleben dort draußen ein … durchaus erfolgreicher junger Mann.»

«Oh, Mortimer!», rief ich, zutiefst berührt von dem, was er mir in so bescheidenen Worten mitteilte, «du bist einsam! Dein Sohn kümmert sich nicht um dich! Und ich habe dir so wenige Briefe geschrieben in den letzten Jahren! Verzeih mir, mein Freund!»

«Aber da ist nichts, was es zu verzeihen gäbe, Jonathan», sagte er und streichelte meine Hand. «Du warst für mich da, wann immer ich dich brauchte. Es ist meine Schuld, wenn ich dich nicht um Hilfe rief, aber ich habe mir überdies gedacht, dass du deine eigenen Sorgen haben wirst. So einfach verhält es sich. Und auch William gegenüber fühle ich kein böses Blut. Sieh, es ist so, dass er in einer anderen Welt lebt als ich. Er ist modern, in der neuen Zeit bereits verwurzelt, die auf uns alle kommen wird in den nächsten Jahren und Jahrzehnten, einer Welt des Handels mit der anderen Seite des Erdballes, mit Indien, Südafrika, Amerika. Es ist die neue Zeit, eine Zeit der Zeitlosigkeit, der Eile und des großen, weltumspannenden Geschäfts. Die Prioritäten dieser Welt, Jonathan, werden sich ändern, und womöglich erlebst du das noch, denn es ist eine schnelle Zeit, in der wir leben, und ich will bei Gott nicht wünschen, dass wir, die wir auf diesem Schlosse versammelt sind, eines Tages erkennen müssen, dass wir mit all unserem Enthusiasmus und unserer Liebe der Poesie gegenüber eigentlich nur auf verlorenem Posten stehen und ein sinkendes Schiff verwalten. Nein, Jonathan», sagte er und erhob die Hand, als er sah, dass ich einen Einspruch vorbringen wollte, «und ich kann meinem Sohn keinen Vorwurf machen. Denn die Welt ist wundervoll – sieh nur aus dem Fenster.»

«Aber du erschreckst mich diesen Morgen ein ums andere Mal, Mortimer», rief ich erregt. «Hast du denn keinerlei Hoffnung? Es ist schrecklich, was du über die zukünftige Welt, die ohne Poesie sein wird, sagst! Wozu dann dieses Symposion? Und gleichzeitig empfiehlst du mir, Kinder in eine solche Welt zu setzen? Ich verstehe dich nicht!»

«Ich bin keineswegs ohne Hoffnung. Deshalb dieses Symposion, verstehst du, weil ich nicht ohne Hoffnung bin hinsichtlich der Zukunft der Poesie, wenngleich dieses Symposion, grausige Ironie, momentan auch zu einer Katastrophe auszuschlagen scheint. Und voller Hoffnung wahrlich, lieber Jonathan, weil ich dir anderenfalls nicht zu einer neuen Ehe und Kindern raten würde. Also sage mir», und er lächelte, «hast du Absichten auf Nightingale oder nicht?»

Ich holte tief Atem, bevor ich antwortete. «Lieber Mortimer», sagte ich. «Es rührt mich zutiefst, dass du dir mein Wohl und das deiner Nichte angelegen sein lassen willst, aber bedenke, es sind jetzt noch keine vierundzwanzig Stunden, dass ich sie das erste Mal sah. Welches Urteil über sie möchtest du von mir nach solcher Zeit hören? Und mehr noch, wie immer dieses Urteil ausfiele – wäre das Urteil von Nightingale nicht ein ebenso gewichtiges wie das meinige? Und was wollte dich befähigen vorauszusagen, wie dieses ihr Urteil ausfiele? Und vergiss nicht das Letzte, lieber Mortimer, ich habe kein Wort diesbezüglich zu ihr gesprochen, hätte wohl auch kaum Gelegenheit dazu gehabt.»

«Du hast völlig Recht», murmelte er und schaute abwesend, aber lächelnd in die goldenen Sonnenstrahlen, die seitlich zum Fenster hereinfielen. «Aber ich habe deine Blicke gestern und deine Reaktion soeben wohl gesehen, und das ist alles, was ich wissen wollte. Und wenn ich auch nicht sagen kann, wie sie zu deinen tiefsten Wünschen stehen mag, denn ich kenne Nightingale während dieses Aufenthaltes noch eine Stunde kürzer als du selbst und sehe in ihr noch mehr das halbwüchsige, ungestüme Mädchen, als das ich sie bei ihren vorherigen Aufenthalten auf Boroughmore Castle erlebt – wenn ich also auch nichts über Nightingales erwachsen gewordene Seele zu berichten wüsste, so weiß ich doch eines: Es täte mir wohl zu sehen, dass aus diesem unglücklichen Symposion, zu dem wir uns versammelt, geradezu im Sinne einer höheren Gerechtigkeit doch auch so etwas wie menschliches Glück erwüchse: eine Verbindung von euch beiden. Und ehe du das», er blickte mir warm in die Augen, «mein bester, empfindlicher Jonathan, womöglich wieder missverstehst, hier meine Versicherung: Es liegt mir fern, euch zu verkuppeln, und du wirst in dieser Angelegenheit kein einziges Sterbenswörtchen in der einen oder anderen Richtung mehr von mir hören. Mir bleibt indessen, und daran wird mich auch mein innigster Kamerad nicht hindern», er lächelte, und es war etwas von dem herrlichen, unverschämten Lächeln des alten Mortimer darin, «mir Hoffnungen zu machen und mir und euch – insgeheim und ganz still – das Beste zu wünschen.»

Er schlug sich leicht mit der Hand auf das Knie und langte nach der Tasche mit den Papieren des Comte, die seitlich stand. Sein Gesicht wurde unversehens wieder ernst und sorgenvoll. «Und damit du siehst, lieber Jonathan, dass ich die Wahrheit sage: kein Wort mehr darüber. Lass uns sehen, was wir für unseren Freund, den Comte, tun können und tun müssen. Aus allem, was ich gestern beobachten konnte, entnehme ich, dass du ihn auch nicht besser kanntest als ich, also wenig über ihn, seine familiären Hintergründe bis auf das eh in der Welt der Literatur Bekannte weißt?»

«So ist es», sagte ich bedauernd.

«Nun, so lass uns dies durchgehen, persönliche Unterlagen, Dokumente. Gibt es irgendjemanden, den wir – außer der Polizei – benachrichtigen müssen, sobald die Verbindung nach draußen wieder hergestellt ist? Vielleicht solltest du dir einen Teil der Papiere nehmen und dort drüben auf dem Schreibtisch ausbreiten – wenn du mir helfen willst ...» Mortimer strich sich zweifelnd mit der Hand über seine ergrauten Haare, deren neuer Anblick mir ungewöhnlich war und blieb.

«Lass uns beginnen», sagte ich kurz entschlossen und erhob mich von meinem Stuhl.

Die nächsten Minuten waren wir eifrig bei der Durchsicht der Papiere, die Henry aus dem Zimmer des Comte geborgen. Auch Bücher waren darunter. Eines war in deutscher Sprache, die ich leider nicht verstehe – mein Vater sprach es recht gut –, aber ich konnte den Namen «Grimm» auf dem Deckel lesen, und ich zeigte es deshalb Mortimer, dessen Deutsch, wie ich wusste, ein vorzügliches war. «O ja», sagte er, als er es entgegennahm, «‹Grimms gesammelte Hausmärchen, mit 22 Holzschnitten von Ludwig Richter›», las er vom Deckel ab. «Dies ist das Buch, das der Comte so bewunderte und das den Anstoß gab zu seinen eigenen Forschungen.»

«Faszinierend», sagte ich, und des mit dem Comte gestern Abend in der Bibliothek gehabten Gespräches eingedenk, fuhr ich fort: «Ist es die komplette Sammlung? Bedauerlich, dass ich kein Deutsch verstehe, sonst würde ich mir umgehend das Märchen der ‹Frau Holle› heraussuchen.»

«Wie kommst du gerade darauf?», fragte Mortimer und blickte mich überrascht an. «Kennst du es?»

«Eben nicht», erläuterte ich. «Aber wir sprachen, Nightingale, der Comte und ich, gestern Abend über seine, des Comte Forschungen und über die Sammlung der Gebrüder Grimm, über einzelne Märchen insbesondere. Und das Gespräch brach ab gerade an der Stelle, als wir auf ‹Frau Holle› zu sprechen kommen wollten, weil der Comte müde war.» Nicht zu müde allerdings, dachte ich bei mir, zwei Stunden darauf hinauszulaufen in Sturm und Nacht und so sein Leben einzubüßen. «Und das Gespräch endete in einer Weise», fuhr ich fort, «die mich sehr gespannt darauf machte, gerade dieses Märchen kennen zu lernen; es sei, so meinte der Comte, gleichermaßen inhomogen wie rätselhaft in seiner ganzen Struktur. Der Comte sagte uns zu, es uns zu erzählen oder sogar vorzulesen.»

Mortimer hatte mir zugehört, ohne mich anzusehen, hatte unterdessen das Buch geöffnet und hatte, wie ich sah, irritiert gestutzt, als er hinter dem Einband, gefaltet und vor die ersten Seiten gelegt, einige eng beschriebene Blätter, vermutlich in der Handschrift des Grafen, vorgefunden, die er stirnrunzelnd auseinander faltete und studierte, während ich noch sprach, und als ich fertig war mit meiner Rede, hatte er nicht unmittelbar geantwortet, sondern zunächst noch weitergelesen. Jetzt hob er den Blick und reichte mir die Blätter mit den Worten: «Es ist eigenartig, Jonathan, aber dein Interesse kann unmittelbar befriedigt werden, denn dies ist eine ins Französische erfolgte Übersetzung des Märchens von ‹Frau Holle›, von der Hand des Grafen. Und da du, wie ich weiß, des Französischen mächtig bist, sollte es keine Schwierigkeit für dich bedeuten, diesen Text zu lesen.»

Ich war verblüfft. Warum fand sich aus dieser dicken Sammlung der deutschen Gebrüder ausgerechnet das Märchen der «Frau Holle» handgeschrieben und übersetzt in das Buch eingelegt? Ich nahm die losen Blätter aus der Hand meines Freundes wortlos entgegen und zog mich, während er mit seiner Arbeit fortfuhr, hinter seinen Schreibtisch zurück, um die Geschichte zu studieren.

Aus Gründen, die der Leser dieser meiner Zeilen früher oder später erkennen wird, habe ich mich entschlossen, hier den vollen Wortlaut dessen, was ich damals in der Kammer meines Freundes Mortimer erstmals zur Kenntnis nahm, unverändert und ungekürzt einzufügen, natürlich ein weiteres Mal übersetzt in unsere Muttersprache. Ja, ich las diese wenigen losen Blätter seinerzeit, noch ohne mir die rechten Gedanken zu machen, inwiefern der mir vorliegende Text mich, uns alle, in so besonderer Weise anging.

Der Text der Gebrüder Grimm aber ging folgendermaßen:

Eine Witwe hatte zwei Töchter, davon war die eine schön und fleißig, die andere hässlich und faul. Sie hatte aber die hässliche und faule, weil sie ihre rechte Tochter war, viel lieber, und die andere musste alle Arbeit tun und das Aschenputtel im Hause sein. Das arme Mädchen musste sich täglich auf die große Straße bei einem Brunnen setzen und musste so viel spinnen, dass ihm das Blut aus den Fingern sprang. Nun trug es sich zu, dass die Spule einmal ganz blutig war, da bückte es sich damit in den Brunnen und wollte sie abwaschen; sie sprang ihm aber aus der Hand und fiel hinab. Es weinte, lief zur Stiefmutter und erzählte ihr das Unglück. Sie schalt es aber so heftig und war so unbarmherzig, dass sie sprach: «Hast du die Spule hinunterfallen lassen, so hol sie auch wieder herauf!» Da ging das Mädchen zu dem Brunnen zurück und wusste nicht, was es anfangen sollte. Und in seiner Herzensangst sprang es in den Brunnen hinein, um die Spule zu holen. Es verlor die Besinnung, und als es erwachte und wieder zu sich kam, war es auf einer schönen Wiese, wo die Sonne schien und viel tausend Blumen standen. Auf dieser Wiese ging es fort und kam zu einem Backofen, der war voller Brot; das Brot aber rief: «Ach, zieh mich raus, zieh mich raus, sonst verbrenn ich! Ich bin schon längst ausgebacken!» Da trat es herzu und holte mit dem Brotschieber alles nacheinander heraus. Danach ging es weiter und kam zu einem Baum, der hing voll Äpfel, und dieser rief ihm zu: «Ach, schüttel mich, schüttel mich, wir Äpfel sind alle miteinander reif!» Da schüttelte es den Baum, dass die Äpfel fielen, als regneten sie, und schüttelte, bis keiner mehr oben war; und als es alle in einen Haufen zusammengelegt hatte, ging es weiter. Endlich kam es zu einem kleinen Haus, daraus guckte eine alte Frau; weil sie aber so große Zähne hatte, ward ihm Angst und es wollte fortlaufen. Die alte Frau aber rief ihm nach: «Was fürchtest du dich, liebes Kind? Bleib bei mir, wenn du alle Arbeit im Hause ordentlich tun willst, so soll dir's gut gehn! Du musst nur Acht geben, dass du mein Bett gut machst und es fleißig aufschüttelst, dass die Federn fliegen, dann schneit es in der Welt; ich bin die Frau Holle.» Weil die Alte ihm so gut zusprach, so fasste sich das Mädchen ein Herz, willigte ein und begab sich in ihren Dienst. Es besorgte auch alles nach ihrer Zufriedenheit und schüttelte ihr das Bett immer gewaltig auf, dass die Federn wie Schneeflocken umherflogen. Dafür hatte es auch ein gutes Leben bei ihr, kein böses Wort, und alle Tage Gesottenes und Gebratenes. Nun war es eine Zeit lang bei der Frau Holle, da ward es traurig und wusste anfangs selbst nicht, was ihm fehlte; endlich merkte es, dass es Heimweh war. Ob es ihm hier gleich vieltausendmal besser ging als zu Haus, so hatte es doch ein Verlangen dahin. Endlich sagte es zu ihr: «Ich habe den Jammer nach Haus gekriegt, und wenn es mir auch noch so gut hier unten geht, so kann ich doch nicht länger bleiben, ich muss wieder hinauf zu den Meinigen.» Die Frau Holle sagte: «Es gefällt mir, dass du wieder nach Hause verlangst, und weil du mir so treu gedient hast, so will ich dich selbst hinaufbringen.» Sie nahm es darauf bei der Hand und führte es vor ein großes Tor. Das Tor ward aufgetan, und wie das Mädchen gerade darunter stand, fiel ein gewaltiger Goldregen, und alles Gold blieb an ihm hängen, sodass es über und über davon bedeckt war. «Das sollst du haben, weil du fleißig gewesen bist», sprach die Frau Holle und gab ihm auch die Spule wieder, die ihm in den Brunnen gefallen war. Darauf ward das Tor verschlossen, und das Mädchen befand sich oben auf der Welt, nicht weit vom Haus seiner Mutter. Und als es in den Hof kam, saß der Hahn auf dem Brunnen und rief: «Kikeriki, unsere goldene Jungfrau ist wieder hie.»

Da ging es hinein zu seiner Mutter, und weil es mit so viel Gold bedeckt ankam, ward es von ihr und der Schwester gut aufgenommen.

Das Mädchen erzählte alles, was ihm begegnet war, und als die Mutter hörte, wie es zu dem großen Reichtum gekommen war, wollte sie der andern hässlichen und faulen Tochter gerne dasselbe Glück verschaffen. Sie musste sich an den Brunnen setzen und spinnen; und damit ihre Spule blutig ward, stach sie sich in die Finger und stieß sich die Hand in die Dornhecke. Dann warf sie die Spule in den Brunnen und sprang selber hinein. Sie kam, wie die andere, auf die schöne Wiese und ging auf demselben Pfade weiter. Als sie zu dem Backofen gelangte, schrie das Brot wieder: «Ach, zieh mich raus, zieh mich raus, sonst verbrenn ich, ich bin schon längst ausgebacken!» Die Faule aber antwortete: «Da hätt ich Lust, mich schmutzig zu machen», und ging fort. Bald kam sie zu dem Apfelbaum, der rief: «Ach, schüttel mich, schüttel mich, wir Äpfel sind alle miteinander reif!» Sie antwortete aber: «Du kommst mir recht, es könnte mir einer auf den Kopf fallen», und ging damit weiter. Als sie vor der Frau Holle Haus kam, fürchtete sie sich nicht, weil sie von ihren großen Zähnen gehört hatte, und verdingte sich gleich zu ihr. Am ersten Tag tat sie sich Gewalt an, war fleißig und folgte der Frau Holle, wenn sie ihr etwas sagte, denn sie dachte an das viele Geld, das sie ihr schenken würde. Am zweiten Tag aber fing sie schon an zu faulenzen, am dritten Tag noch mehr, da wollte sie morgens gar nicht aufstehen. Sie machte auch der Frau Holle das Bett nicht, wie sich's gebührte, und schüttelte es nicht, dass die Federn aufflogen. Das ward die Frau Holle bald müde und sagte ihr den Dienst auf. Die Faule war das wohl zufrieden und meinte, nun würde der Goldregen kommen. Die Frau Holle führte sie auch zu dem Tor, als sie aber darunter stand, ward statt des Goldes ein großer Kessel voll Pech ausgeschüttet. «Das ist zur Belohnung deiner Dienste», sagte die Frau Holle und schloss das Tor zu. Da kam die Faule heim, aber sie war ganz mit Pech bedeckt, und der Hahn auf dem Brunnen, als er sie sah, rief: «Kikeriki, unsere schmutzige Jungfrau ist wieder hie.»

Das Pech aber blieb fest an ihr hängen und wollte, solange sie lebte, nicht abgehen.

Ich ließ nach dem letzten Wort die Seiten meiner Lektüre sinken und starrte blicklos aus dem Fenster. Die Worte des Comte, die er gestern Abend in der Bibliothek zu uns gesprochen, klangen vor meinen Ohren: «... eines der geheimnisvollsten Märchen, eine Variation des Themas vom guten und vom schlechten Menschen, die beide schließlich ihren jeweilig gerechten Lohn für ihre Taten erhalten. Aber was so überaus geheimnisvoll und rätselhaft an diesem Märchen ist, ist die Verbindung gleichzeitig erstaunlicher und sehr inhomogener Elemente zu einer Geschichte.» Das war wohl wahr. Denn wenn jene Frau Holle zum Exempel für den Schnee verantwortlich war, warum wohnte sie dann offensichtlich unter der Erde? Ferner: Wie war die Symbolik des Tores zu verstehen? Oder: Das Brot, die Äpfel – warum wirkten diese Passagen, obwohl doch zunächst nur Positives zu geschehen schien, auf mich so grausam? – Und warum ausgerechnet ein sprechender Hahn? Rätselhaft ... Traumelemente ... oder aber zusammengesetzt aus verschiedenen Bildbereichen ... Eigenartig ... Ich grübelte. Und erst da wurde ich gewahr, dass mein Freund mich schon eine geraume Weile beobachtete ...

«Nun?», fragte er.

Ich rang nach Worten.

«Es ist schön, es ist wunderschön», sagte ich schließlich, «aber ich muss bekennen, dass mir jetzt der Comte mehr fehlt denn zuvor. Er sprach von den Rätseln dieser Geschichte. Gewiss, in ähnlichem Zusammenhang meinte er auch, Rätsel seien nicht unbedingt dazu da, gelöst zu werden – andererseits drängt es mich, mich mit ihm über die unlösbaren Rätsel dieses Textes zu unterhalten ...»

«... was schlussendlich der Sinn dieses Symposions gewesen wäre ...», sagte mein Freund und nickte schwer mit dem Kopfe. Er besann sich eine Sekunde und reichte mir dann einige weitere Blätter hinüber, auf die er während meiner Lektüre gestoßen war: «Lies, mein guter Jonathan, es ist dies weit weniger rätselvoll als das andere, aber auch dies wird dich berühren. Immerhin bringt es uns weiter in Bezug auf die Frage, an wen wir uns möglicherweise wenden können, ja müssen, nun, da der Comte nicht mehr lebt. Es ist eine flüchtig hingeworfene Skizze der letzten Begebenheiten – zuzüglich allerdings einer höchst interessanten Rückblende, beide autobiographischer Natur –, bevor der Comte nach Boroughmore Castle, hierher eben, kam; und dort wird ein Diener erwähnt, den ich nicht kenne, der sich jedoch unzweifelhaft noch in der Nähe befinden muss und der uns weiterhelfen könnte bei der Klärung der Angelegenheiten des unglücklichen Grafen ...»

Ich las:

Exposé

Das Wetter war üblich für diese Jahreszeit: Ein dichter Nebel zog über die Berge der schottischen Hochebene. Als ich vor die Türe trat, wehte mir eisiger Wind ins Gesicht, der mich frösteln ließ. Obwohl es nur wenig nieselte, fühlte ich mich sogleich durchnässt.

Diese feuchte Luft machte mir zu schaffen. Ich bahnte mir meinen Weg durch den anbrechenden Abend, der das Land mit seinen schwarzen Armen bedeckte, zur Kutsche hin, und kletterte schnell ins Innere. Ich verharrte eine Weile, wärmte mich, soweit ich es vermochte, stieg dann nochmals aus dem Gefährt, um nachzusehen, was geschehen war, weil Maximilien es offenbar nicht für nötig befand abzufahren, doch war der Kutschbock leer. Die zwei Pferde standen schnaubend eingespannt und machten den Eindruck, als litten auch sie unter diesem feuchten, nebligen Wetter. Ich blickte zu der Herberge hin, in der wir einige Stunden Rast gemacht, um uns zu erfrischen, als deren Türe plötzlich aufflog und Maximilien herausgetorkelt kam.

«Ich liebe dieses Novemberwetter, Monsieur le Comte: Schauen Sie sich doch nur den klaren, blauen Himmel an!», lallte er und hauchte mir gleichzeitig einen derart heftigen Atem von Branntwein ins Gesicht, dass ich mich kaum auf den Beinen zu halten vermochte.

Mein Geduldsfaden war kurz vor dem Zerreißen. Ich hatte es wirklich nicht nötig, mich mit einem derart haltlosen Menschen abzugeben. Seit vier Tagen verlief unsere Reise desselbigengleichen. Ich hatte Maximilien in dieser Zeit nicht einmal nüchtern gesehen, und langsam bezweifelte ich, dass ich überhaupt noch pünktlich zu meiner literarischen Verabredung eintreffen würde.

«Steigen Sie auf, Max, ich will morgen Abend da sein, nicht erst nächste Woche!» Ich kletterte hinein, warf die Tür wütend hinter mir zu und hörte, wie sich Max singend auf den Kutschbock bemühte und die Pferde schließlich zum Traben brachte.

Wir schrieben den 26. November 1817. Vier Tage brachte ich jetzt schon in Kutschen oder in Gasthöfen zu. Die Anreise aus Exeter war beschwerlich genug gewesen, ich hatte während der vier Tage kaum ein Auge zugetan, dementsprechend hatte mich Müdigkeit ergriffen.

Ich sank in Schlummer, sodass ich, als die Kutsche plötzlich hielt, mich nur mit Müh’ und Not an der gegenüberliegenden Bank festhalten konnte. Verwirrung und Zorn mischten sich in mir, und ich stieg aus, um nachzusehen, was unsere Reise unterbrochen. Maximilien lag im Tiefschlafe und schnarchend auf dem Kutschbock, die Pferde standen schnaubend zur Seite und genügten sich an Grasbüscheln.

Ich rüttelte so lange an seiner Schulter, bis er wieder erwachte und mich aus rot unterlaufenen Augen anblickte. Ich vergaß mich, scholt ihn aus: «Es reicht mir mit dir! Wenn wir morgen nicht pünktlich da sind, wirst du verhungern müssen, weil ich mich nicht weiter mit dir abplagen werde! Jetzt setz dich wieder hin und fahr bis zum nächsten Gasthaus. Dort bleiben wir die Nacht, und du wirst gefälligst deinen Rausch ausschlafen!»

Ich drehte mich auf dem Absatz und schlug erneut die Türe hinter mir zu. – Ich saß in den Polstern, während die Kutsche weiterrumpelte.

Und andere Bilder stiegen vor mir auf, ganz andere – Bilder, die ich lange geglaubt, im Schoß der Zeit erloschen zu wissen ... Bilder der tiefen Vergangenheit, die mich trafen – Feuer war da und Menschen schrien.

Rauch, und der scheußlich süße Geruch nach frischem Blut, dann Finsternis und tropfendes Wasser ... eine Treppe ...

«Monsieur le Comte ... Monsieur le Comte ... hier entlang ... kommen Sie ...»

Er hüllte mich in Tücher gegen die fliegenden Funken, während draußen der Pöbel in den Gassen tobte und grölte. Eine nackte junge Frau, die sich nur notdürftig mit einem Tuche bedeckte, ward unter dem Gejohle der Menge aus dem Fenster gestürzt: Mademoiselle Lagrange, die Tochter des Verwalters, keine Adlige, o nein, aber was zählte die Gerechtigkeit, ja nur die Genauigkeit in jener schrecklichen Nacht und den Tagen danach ... der Pöbel wollte Blut sehen, das war das Ende ihrer Hymne!

«Hier entlang, Monsieur le Comte ...» – seine drängende Stimme ...

Und er hatte mich aus jenem Hause geführt, das mir Heimat geboten, durch den unterirdischen Gang, bis in jene Gasse ... der Stall dort, der Holzverschlag, Stroh auf der Erde ... Mein Engel, Maximilien ...

«Monsieur le Comte werden hungrig sein, lassen Sie mich Ihnen etwas zu beißen besorgen ...»

Und ich blickte in seine gütigen Augen in dem besorgten Gesicht, das sich hinter dem dunklen Wirrwarr seines Vollbartes versteckte ... Maximilien ...

Hier endete der Text, der Rest der Seite war leer.

«Nun?», fragte Mortimer.

«Faszinierend!», gab ich zur Antwort.

«Nicht wahr?»

«Wie du bemerktest, lieber Mortimer, offensichtlich Skizzen aus der allerjüngsten Vergangenheit, Zeugnis seiner Reise hierher, vielleicht der Grundstock einer Erzählung oder Novelle zum Thema, wie tragisch Menschen sich im Laufe der Zeit verändern: Die Geschichte eines Dieners, der seinem Herrn einst in der großen Revolution das Leben gerettet, ihn über die Jahre begleitet, der jedoch – die Gründe kennen wir nicht – trotz der Liebe und Dankbarkeit seines Herrn verwahrloste, zum Trinker wurde ... sodass das Verhältnis zwischen ihnen nun ein gefährlich gespanntes geworden ist – ein großer Stoff, wenn du mich fragst ...» Ich grübelte. «Wir sollten überlegen, ob wir dieses Fragment des Comte, falls es im Laufe der nächsten Tage zu unserem literarischen Symposion in der Weise wie ursprünglich geplant noch kommen sollte, auch den anderen zugänglich und so zum Gegenstand einer allgemeinen Diskussion oder würdigenden Besprechung unser aller machen sollten – was meinst du, lieber Freund?»

«Wir werden diesen Diener finden müssen», murmelte Mortimer statt einer direkten Antwort. «Schau dir das an!», rief er im gleichen Augenblick erstaunt aus.

Er hatte eine schmale Mappe geöffnet, und dort waren ihm Bilder entgegengefallen, die der Graf mit weißer Ausziehtusche auf dünnen, schwarzen Kartonbogen verfertigt. «Gezeichnet hat er auch!», rief mein Freund aus. «Sieh doch nur! Was für ein Mann!» Er reichte mir die Zeichnungen herüber. Es waren hauptsächlich Landschaftsskizzen, auch Architekturbeobachtungen: Kapitelle, Säulen, Giebel eines Tempels mit der Unterschrift «Paestum, Juni 1815» – aber was meinen Freund wohl im Besonderen berührt hatte, waren einige Porträts – und drei davon waren in der Tat von besonderem Interesse.

Eines zeigte das verlebte Gesicht eines bärtigen Mannes mit der rauen Physiognomie eines Matrosen oder Kneipenwirts, eines Mannes, den man wohl zum Freunde, jedoch im anderen Falle keinesfalls zum Feinde würde haben wollen, ein Gesicht, das den Höhen und Tiefen des Lebens in starkem Maße ausgesetzt gewesen sein mochte. Unser beider Augenmerk fiel dabei augenblicks auf die Bezeichnung auf der Rückseite, die – in der feinen Handschrift des Grafen verfasst – aus einem einzigen Worte bestand und da lautete: Maximilien. Das also war der Mann, nach dem wir, wie mein Freund gesagt, würden suchen müssen. Mit diesem Bildnis in der Hand, überlegte ich einen Augenblick, konnte das keine allzu schwierige Aufgabe sein.

Die anderen beiden Bilder, ebenfalls mehr oder minder flüchtig hingeworfene Skizzen, zeigten, karikaturartig vereinfachend, und doch in ihrem inneren Kern die Seele des jeweiligen Charakters durchaus treffend, zwei der Mitglieder unserer Runde: Professor Wilbur Prescott und Samuel E. Goldsmith. Die Ähnlichkeit zu den lebenden Modellen dieser Abbilder – ich musste es abermals gestehen – war eminent, sodass ich, wie Mortimer, erstaunte über des Grafen zeichnerisches Talent.

Wann, überlegte ich, hatte der Comte das gefertigt? Es konnte ihm nicht viel Zeit geblieben sein zwischen seinem Zubettgehen und seinem Absturz von der Brücke. Und vor der gemeinsamen Burgführung, vor dem abendlichen Souper konnte er schlechterdings nicht dazu gekommen sein, da hatte er Goldsmith und den Professor ja wohl noch gar nicht gekannt. Also hinterher? Ich dachte daran, wie er sich von uns dort in der Bibliothek nächtens verabschiedet, weil er müde sei – dann war der Professor herzugetreten und hatte über ihn gesprochen. Es war doch wirklich manches zu merkwürdig! Wenige Stunden später war der Comte hinausgelaufen in Nacht und Sturm, nachdem er zwischenzeitlich noch zwei von uns aus dem Gedächtnis abkonterfeit? Es durfte, überlegte ich, somit eine der letzten Handlungen seines Lebens gewesen sein, dass er diese Zeichnungen verfertigt. Ich fühlte mich plötzlich eigenartig berührt und wog jene schwarzen Blätter in der Hand. Die Zeichnung jenes Maximilien dagegen war vermutlich älter.

Ich gab Mortimer die Zeichnungen zurück. Ich sah, wie er, sie wieder in ihrer Mappe verstaut, erneut begann, in Manuskripten und Papieren zu blättern, und senkte nach einem Moment des Zauderns, während Stille zwischen uns eingekehrt, meinerseits den Blick in die Manuskripte, die vor mir lagen. Auf einem Bogen hieß es:

> Die Kutsche fuhr mit knarrenden Rädern durch die trostlose nächtliche Landschaft Schottlands östlich von Edinburgh. Es war der 26. November 1817, und draußen herrschte klirrende Kälte. In den nächsten Tagen würde wohl der erste Schnee fallen.
>
> Eine geschlagene Stunde hatte unsere Weiterfahrt gedauert. Ich war froh, dass wir jetzt in diesem Gasthof

waren, jedoch war es äußerst beschwerlich gewesen, Max ins Gesindebuch einzutragen und ihn noch zu seiner Schlafstatt zu bringen. Das würde ich nicht noch einmal mitmachen, dachte ich bei mir, eher würde ich nach Boroughmore Castle laufen. Ich war nichtsdestoweniger froh, dass ich im Warmen war, und setzte mich an den

Der komplette Text, der mitten im Satz abbrach, war, weil er den endgültigen Gefallen des Schreibers wohl nicht gefunden hatte, sauber und vollständig durchgestrichen, jedoch stieß ich auf weitere Bogen, die – in verändertem Tonfalle – die nämliche Begebenheit zu schildern schienen, und beim Studium dieser flüchtig hingeworfenen Zeilen ergriff mich Faszination ob des alten, bekannten und doch immer wieder neu empfundenen Wunders dessen, was Schreiben bedeutet. Und doch waren dies alles nur erst lediglich Stichworte, Vorstudien zu einer ebenfalls unvollendeten Erzählung, die sich indessen, anders als jene erste, mit der Reise des Grafen nach Boroughmore Castle selbst und, wie ich mit Spannung feststellen konnte, mit den Personen, die er auf dieser Reise getroffen, befasste. In einem Anflug von Trauer und unmäßiger Eitelkeit gleichermaßen kam mir plötzlich der Gedanke, wie es gewesen wäre, wenn diese Skizzen noch so weit gediehen wären, dass ich selbst – nach der Ankunft des Grafen im Schloss – Gegenstand einer Schilderung geworden wäre: ich selbst einmal aus den Augen, aus der Perspektive eines anderen gesehen. Ich las weiter.

Es war spät geworden, und ich forderte Maximilien auf, beim nächsten Gasthof anzuhalten, wollte selbst nach einem Quartier und einer warmen Mahlzeit fragen. Nach einer erklecklichen Zeit hielt die Kutsche vor einem beschaulich wirkenden Hause, in dem trotz der späten Stunde noch Licht brannte. Während ein Knecht herauslief, die schweißnassen Pferde in den Stall brachte, betrat ich die Gaststube. In dem Raum strömte mir der Geruch von warmem Bohneneintopf entgegen, der mir das Wasser im Munde zusammenlaufen machte.

Eine freundliche, dickliche Frau in einer Schürze kam mir sofort entgegen, nahm mir Mantel und Hut ab, führte mich zu Tische und brachte mir etwas von dem Eintopf. Ich bat sie, dem in einem Schuppen neben dem Stall untergebrachten Kutscher ebenfalls von der Speise und ein Stück Brot bringen zu lassen. Die Frau lächelte, ich bemerkte einige Zahnlücken in ihrem Mund, die sie auf eigenartige Weise noch sympathischer machten, sie nickte und verschwand.

Nach einem einfachen, aber wohlschmeckenden Mahl nun ausreichend gesättigt, begann ich mich ein wenig in der Gaststube umzuschauen. Mit einem Mal wurde die Tür hinter mir aufgerissen, und jemand betrat den Raum …

Die Zeilen des letzten Absatzes waren in ihrer Gesamtheit mit einem großen Fragezeichen am unteren Rande versehen, und statt ihrer hieß es als Alternative weiter darunter:

Die Tür flog mit einem gewaltigen Stoß auf. Kalte Nachtluft drang durch den Qualm und das Stimmengewirr des Gasthauses. Alle Augen richteten sich auf den offenen Eingang. Ich muss zugeben, dass ich meine Augen auch nicht von der Türe lassen konnte. Wer mochte so spät noch in einem Gasthause einkehren wollen, Bandit oder ehrlicher Mann? – Eine Weile tat sich gar nichts. Ich wollte mich eben wieder meinem Mahle widmen, als eine in einen weiten Mantel und eine Kapuze gehüllte Person in das Gastzimmer stob. Mit stürmischen Schritten durchquerte sie den Raum und steuerte auf die beleibte Wirtin zu. Ich muss bekennen, dass ich von diesem Auftritt vom ersten Augenblick an beeindruckt war. Indessen konnte ich weder die Person in genaueren Augenschein nehmen, da sie mir den Rücken zukehrte, noch vom Inhalt des Gespräches, das die verhüllte Gestalt mit der Wirtin führte, allzu viel verstehen. Nur ab und zu kamen ein paar Wortfetzen zu mir herübergeflogen. Dann jedoch strich jene Person die Kapuze in den Nacken, und es wurde offenbar, dass es eine noch junge Frau war, eine Erscheinung von ausnehmender Schönheit, die in seltsamer Weise mein Herz berührte.

Am Nebentisch wurde ein Stuhl gerückt. Dieses Geräusch ließ mich in die Wirklichkeit zurückkehren. Die Wirtin schickte unterdessen einen kaum halbwüchsigen Burschen, den sie aus den weiter hinten befindlichen Räumlichkeiten herbeigerufen, durch die Tür nach draußen vor die Herberge.

Er kam gleich darauf mit zwei Reisekoffern wieder herein und trug sie auf ein Wort der Wirtsfrau in den Gang hinter der Gaststube. Ich hörte, wie der Junge dort eine Treppe hinaufstieg.

Ich wollte soeben meinen Blick wieder jener geheimnisvollen Frau, die noch immer vor dem Schanktische wartete, zuwenden, als ein neuerliches Ereignis an der Vordertür, die immer noch offen stand, meine ganze Aufmerksamkeit gefangennahm. Zwei Männer waren dort erschienen. Der eine war unschwer als Kutscher zu erkennen, der andere jedoch war ein «Herr», ein Herr allerdings, der sich in einem bemitleidenswerten Zustande befand. Der Lenker, der ihn wohl von der Kutsche aus hereinbegleitet hatte, stützte, ja, führte ihn mit festem Griff an den Schultern, um zu verhindern, dass er etwa gegen die umstehenden Tische taumelte oder gar lang hinschlug. Der Betrunkene war blass, Schweißperlen liefen in breiten Bächen über seinen fast haarlosen Schädel, er stammelte, halb aufbrausend und unwillig, halb weinerlich verzagt, fortwährend Worte, die indessen zumeist nicht verständlich waren. Ein Wort allerdings, das sich mehrfach wiederholte, schien der Name «Alice» zu sein, und mit großer Verblüffung wurde mir offenbar, dass es der Name jener Frau am Schanktisch war und dass der Betrunkene zu ihr gehörte.

Es fand jedoch keinerlei Kontakt, kein Blickwechsel zwischen den beiden statt, vielmehr wurde der Betrunkene von dem Kutscher durch die Gaststube hindurch nach hinten geleitet, und Geräusche zeugten davon, dass er die Treppe hinaufexpediert ward, welch letzteres unter der Assistenz des Knechts geschah, der eben wieder heruntergekommen.

Die Dame lehnte immer noch am Schanktisch, flüsterte mit der Wirtin. Die Wirtin schaute sich im Gastraum um, und da mein Tisch der einzige war, an dem ich nur als Einzelner saß, kam sie zu mir herüber und erkundigte sich, ob ich etwas dagegen einzuwenden hätte, wenn sich die Dame zwecks eines Imbisses auf den Abend zu mir setzte. Wiewohl mir vielerlei einander widersprechende Gedanken angesichts dieses Ansinnens durch den Kopf schossen, gab ich durch eine Handbewegung meine Zustimmung zu verstehen, und so geschah es, dass gleich darauf jene Dame, ohne zu lächeln, mir höflich zunickend, an meinem Tische Platz nahm.

Die dicke Wirtin kam, um sie nach ihren Wünschen zu fragen, und kurz darauf brachte sie einen Teller mit Erbsen und Speck und ein Glas klares, frisches Wasser. «Ich habe Ihnen Zimmer 7 bereitmachen lassen, Madam. Der Abtritt befindet sich auf dem Hof, aber ein Krug mit heißem Wasser wird Ihnen aufs Zimmer gebracht. Und ich erlaube mir zu erinnern: Bitte tragen Sie sich in das Gästebuch dort drüben ein.» Dabei wies sie auf eine kleine, kaum vom Licht des Raumes erhellte Nische, in der eine Kommode stand, auf der ein dickes, altes Buch lag.

«Dank für Ihre Mühen», sagte die Dame an meinem Tisch und nickte der Wirtin zu. Ihre Stimme klang matt, fast tonlos, doch schwang etwas Faszinierendes in ihr, das zu ihrer geheimnisvollen Erscheinung vorzüglich konvenierte. Die Wirtin lächelte geschäftig, dann eilte sie davon.

Ich hatte mein Mahl beendet und widmete mich meinem Wein, um nicht dem Eindruck Vorschub zu leisten, die Dame an meinem Tische beim Essen zu beobachten. Die Lärmkulisse der trinkenden und disputierenden Bauern im Raume hatte nach dem Zwischenspiel längst wieder die gewohnte Stärke erreicht. Die Dame, die vermutlich Alice hieß, aß vorsichtig von dem Gereichten, und ich nippte ab und an von meinem Wein. Es war eine eigenartige Situation. Es kommt selten vor, dass ich zum Absteigen in Herbergen jener einfacheren Kategorie genötigt bin, und ihr, die ich sie nur schemenhaft aus dem Augenwinkel wahrnahm, mochte es ähnlich ergehen. Wenn ich nach meinem Glase griff und sie gleichzeitig die Hand zu ihrem Teller führte, konnte ich den goldenen Ring an ihrer linken Hand sehen. Ihr betrunkener Ehemann, der hier nur einmal durch die Gaststube getaumelt war, machte uns beide verlegen. Sie, die hier an meinen Tisch gesetzt worden, konnte sich schlechterdings nicht an mich wenden mit irgendeiner belanglosen Frage, nach meinem Reiseziel etwa, weil im vorliegenden Kontext diese Frage allzu deutlich als Ablenkungsmanöver, als Flucht vor der Peinlichkeit der Situation aufgefasst werden musste, und mir stand die Möglichkeit zu argloser Konversation aus dem gleichen Grunde noch weniger offen – auch bin ich mir stets deutlich bewusst gewesen, dass im heiteren Knüpfen eines Kontaktes zu anderen Menschen in belangloser Situation eine Fähigkeit liegt, die mir kaum gegeben ist.

So kam es, dass sie ihr Mahl schweigend einnahm und ich sie lediglich in ihrem Schweigen begleitete. Als sie den Teller zur Hälfte geleert, schob sie ihn sachte zurück und trank von dem Wasser. Dann, nach einer gebührenden Zeit, erhob sie sich, unsere Augen kreuzten sich für eine kleine Sekunde, während sie murmelte: «Gute Nacht, Sir.» Ich erwiderte den Gruß: «Gute Nacht, Madam.» – Sie hatte traurige Augen, die mich im Innern meiner Seele trafen.

Ich saß allein am Tisch in dem Rauch und dem hin- und herfliegenden heiteren Gespräch der anderen. Ich sorgte mich darum, wie ich es mit Maximilien weiter halten sollte, beschloss dann aber, die Beantwortung dieser Frage auf den morgigen Tag zu verschieben. Die Reise hatte mich rechtschaffen angegriffen. Als ich mich eine Viertelstunde später erhob, um mein Zimmer aufzusuchen, führte mich mein Weg an jener Kommode im Gang vorbei, auf der das Gästebuch lag. Ich hatte gesehen, wie sie sich dort eingetragen, bevor ich ihre Schuhe über die Treppe nach oben hatte tappen hören. Sie hatte das Buch offen liegen gelassen. Ich zögerte eine Sekunde, ob ich ihr oder mir zu nahe träte, wenn ich die Eintragung las, die unter meiner eigenen stand. Ich schwöre, ich hätte das Buch nicht geöffnet, wäre es geschlossen gewesen, aber so warf ich einen Blick hinein.

Mr. & Mrs. Geoffrey Stalliot,
26.11.–27.11.1817:
Doppelzimmer mit Nachtmahl und Frühstück

stand da zu lesen.

Müde, allzu müde, stieg ich langsam die Stufen zu meinem Zimmer hinauf. Augen, deren Trauer mich nicht losließ, blickten mich an aus der Dunkelheit …

So endete der Text.

Ich ließ ihn sinken, schaute hinüber auf den ergrauten Schopf meines Freundes – ich mochte mich nicht daran gewöhnen …

«Der Comte und die Stalliots haben sich gekannt, bevor sie hier eintrafen?», fragte ich schließlich und schreckte ihn damit aus seiner Lektüre hoch.

Er musste sich sichtlich erst einen Moment orientieren. «Sie trafen zusammen mit einer Kutsche ein, das ist richtig», sagte er dann, «gestern Morgen bereits. Der Professor und der Pfarrer kamen in zwei Kutschen gestern Mittag, kurz nacheinander, Mr. Goldsmith kam kaum eine Stunde vor euch, ich meine: Nightingale, Mr. Milton und dir. Und richtig ist deshalb wohl auch, dass sie sich vermutlich schon vorher kennen gelernt hatten, der Comte und die Stalliots.» Mortimer schaute mich an, ein wenig verwundert darüber, was meine Frage bedeute.

«Hier steht, dass sie sich bereits vorgestern Abend zufällig in einem Gasthause trafen. Mr. Stalliot war schwer betrunken …» Mortimer lächelte ein wenig.

«Der Graf war von Mrs. Stalliot stark beeindruckt, rekurriert wiederholt auf ihre traurigen Augen», fuhr ich fort.

«Und?», fragte Mortimer.

«Nun, das ist merkwürdig», sagte ich. «Denn ich hatte gestern Abend nicht den Eindruck – bei Tisch oder in der Bibliothek –, als ob sie sich kennten. Sie saßen nicht zusammen, sie sprachen nicht miteinander …»

«O das – die Sitzordnung», sagte Mortimer. «Die war schon vorher fertig, bevor ich ahnte, dass sie sich kannten, lieber Freund, außerdem hatte ich das Henry übergeben. Und überdies, nein, nein, sie sprachen wohl miteinander, bevor wir uns zum Souper niedersetzten, als du noch nicht unten warst.»

Etwas wie schlechtes Gewissen für mein Zuspätkommen berührte mich eine Sekunde, obwohl dies gewiss nicht in Mortimers Absicht gewesen. Gedanken schossen wild durch meinen Kopf, aber ich konnte und wollte sie Mortimer gegenüber nicht äußern. Die traurigen Augen der Alice Stalliot! Wie mochte der letzte Satz der Notizen des Comte zu verstehen sein? Mein Kopf schwirrte von verwegenen Kombinationen. Wenn also die Stalliots und der Comte sich vorab in jenem Gasthause schon getroffen hatten und sie in einer Kutsche hier angelangt waren, dann mussten sie, der Graf und Alice oder der Graf und Geoffrey Stalliot – anders als am ersten Abend –, doch noch ins Gespräch gekommen sein. Wie mochte dies abgelaufen sein? Und ich bedauerte in unziemlicher Neugier und gleichzeitig einem Aufflackern der Beschämung, dass das Fragment des Grafen darüber keine Auskunft gab.

Und dann, plötzlich, fiel mir wieder ein, wie der Comte und Alice, als wir während der Führung gestern Abend die Folterkammer besichtigt hatten, seitwärts und im Halbdämmer verharrend, nebeneinander gestanden hatten – ohne miteinander zu sprechen, ohne sich anzuschauen, aber dicht beieinander … hieß das … – und im nächsten Augenblick erstand die andere Situation wieder vor meinem geistigen Auge, wenige Stunden darauf, als der Comte ums Leben gekommen war und wir, Mortimer, Nightingale, Goldsmith, Stalliot und eben seine Frau – und Henry, gewiss, Henry auch –, im Sturme noch am Burggraben gewesen waren und wie Stalliot nach dem Toten gerufen hatte, in der geringen Hoffnung, er lebe noch, und wie eben sie ihren Mann – eigenartig kalt, herzlos, sachlich – gerügt hatte, er möge sich doch am Ende nicht lächerlich machen. Und ich dachte: War es möglich, dass eine Frau, die ... die den Comte besser kannte als wir anderen alle, so reagierte? War es denkbar? War es wahrscheinlich? Ich wusste es einfach nicht zu sagen und grübelte also vor mich hin. Dann bemerkte ich, dass Mortimer mich beobachtete, und scholt mich innerlich dafür. Ich vermochte nicht zu sagen, wie viel von meinen irrenden Gedanken er zu lesen vermocht. Ein fast unverschämtes Lächeln jedoch kräuselte seine Lippen, als er, anknüpfend an das zuvor Gesagte, in meine Richtung sprach: «Ob sie sich kannten, der Comte und die Stalliots? – Das will ich annehmen. Wie sie sich kannten, vermag ich nicht zu sagen. Du könntest immerhin die Stalliots fragen, lieber Freund.»

Ich errötete. «O Gott, was denke ich hier!», rief ich aus.

«Du denkst, was du denkst», antwortete mein Freund mit einem Anflug von Heiterkeit. «Denke es immerhin, mein lieber, guter Jonathan. Der Mensch ist dem Menschen ein Wolf, sagt der Volksmund. – O nein», beeilte er sich hinzuzufügen, als er sah, wie ich aufblickte, «das war kein Seitenhieb gegen dich, Guter, sondern eine Feststellung zum Thema des Allzumenschlichen, das sich immer wohl in komplexester Form auch auf dem Felde der Liebe und der Gefühle zeigen mag. Alice Stalliot und der Comte – sei dem, wie ihm sei – ich fürchte, unser guter Mr. Stalliot hätte es, was es auch immer war oder ist, zu einem Gutteil selbst verschuldet. Nun gut.» Er klappte mit der Hand auf die Papiere, die er auf den Knien hielt. «Hier – während du lasest, habe ich sie überflogen – habe ich unveröffentlichte Gedichte, auf Französisch, die sicher zum Besten gehören, das er je geschrieben. Wir wissen nun, dass wir baldmöglichst nach einem Diener namens Maximilien suchen müssen. Die Papiere sind in ihrer Gänze noch längst nicht durchgesehen. Was also tun wir jetzt?»

«Ich brauche Luft», sagte ich, noch erschüttert über die unziemlichen Gedanken, die mich just überfallen.

«Du brauchst Luft!», lachte Mortimer, und bei dem Gefühl der Schäbigkeit hinsichtlich meiner selbst, das mich für einen Augenblick umfangen hielt, blieb mir wenigstens die Genugtuung, meinen traurigen Freund zum Lachen gebracht zu haben.

«Du brauchst Luft!», wiederholte er. «Dann, um Gottes willen, geh, mein lieber Jonathan, und verschaffe dir Luft! Ein gesunder Spaziergang über die Bastei, was könnte es Besseres geben! Du hast noch eine Stunde bis zum Dinner, zu dem ich dich wohlbehalten wieder sehen will.» Er überlegte einen Augenblick und sagte dann: «Ich komme gewiss auch herunter. Die Zeit, in der ich ein schlechter Gastgeber war, soll beendet sein. Und nun?» Und ein weiteres Mal berührte er sacht die Papiere, die auf seinen Knien lagen, und seine Stimme klang wieder verhaltener, als er weitersprach: «Ich habe alle Zeit der Welt, um dies weiter durchzublättern und unserem Comte gerecht zu werden. Mein armer Jonathan! Du warst wieder einmal ein Freund! Es wäre mir so unendlich schwer gefallen, allein mit diesem anzufangen. Ich danke dir!»

Er stand mit einem verloren wirkenden Seufzer von seinem Sessel auf und brachte die Papiere, die er trug, herüber auf seinen Schreibtisch. Er schloss mich unvermittelt in seine Arme. «Und nun geh», sagte er leise, während er mich umfangen hielt. «Etwas Luft und etwas Bewegung für dich und noch etwas Überlegung für mich. Und dann sehen wir uns beim Mittagessen.»

So kam es, dass ich mich im Treppenhause wieder fand, bewegt von wirren Gedanken und unruhigen Gefühlen, die Stufen hinabsteigend. Anders als Mortimer mir empfohlen, unternahm ich keinen Spaziergang über die Bastei. Ich passierte die offenen Torbogen, die dort hinausführten, wie im Traum. Ich spürte kaum, wie ich weiter hinunterstieg, wie ich das Musikzimmer, wie ich das Billardzimmer und die Bibliothek nacheinander durchschritt – kein Goldsmith und kein Professor mehr, die hier ihre Lektüre genossen hätten, die Räume jetzt leer – ich betrat den ebenfalls verlassenen Speisesaal und ging durch die andere Tür, die in die stille Eingangshalle führte, wieder hinaus …

Ohne zu überlegen, was ich tat und wohin mein Schritt gerichtet, stieg ich die schwarze Marmortreppe hinauf. Ich folgte, langsam gehend, den beiden Biegungen des Korridors, blickte versonnen den langen, leeren Gang hinunter. Sollte ich es wagen, bei Nightingale zu klopfen, die ich den ganzen Vormittag noch nicht gesehen? Mich erkundigen, wie es ihr ging? Ich verhielt den Schritt, stand vor ihrer Türe still. Was, wenn ich sie aus dem Schlafe riss? Was, wenn sie verärgert war ob meiner Störung? Andererseits, der Mittag war überschritten. Was, wenn ihr etwas passiert …? Sei kein Esel, scholt ich mich, was sollte ihr passiert sein? Ich stand dort, und ich wartete, und ich fand nicht den Mut zu klopfen.

Langsam wendete ich mich fort und ging den Gang weiter hinunter. Und da, als ich auf mein Zimmer zutrat, kam plötzlich ein Grauen über mich, dessen ich nicht Herr zu werden vermochte, denn gerade da hatte ich plötzlich das unheimliche Gefühl, dass mich jemand still beobachtete. Ich fuhr herum und starrte den Gang hinunter, den ich gekommen war. Und da sah ich ihn.

Es war Goldsmith, der die Tür zu seinem Zimmer unhörbar geöffnet haben musste und nun reglos in ihrem Rahmen lehnte – ich hätte nicht zu sagen vermocht, wie lange schon – und ob er Zeuge der lächerlichen Szene gewesen, die ich vor Nightingales Tür soeben abgegeben hatte. Sekundenlang starrten wir uns an.

Dann, plötzlich, gab Goldsmith sich einen leichten Ruck und kam, lautlos wie auf Samtpfoten, zu mir heran.

«Sie werden verzeihen, Mr. Lloyd», sprach er leise, als er bei mir angekommen, «wenn ich Sie erschreckt haben sollte. – Aber ich habe Sie sprechen wollen.»

«Sie haben mir einen Höllenschrecken eingejagt», entgegnete ich barsch.

«Das tut mir Leid. Ich wollte allerdings vermeiden, jenes, was ich zu bedenken geben möchte, im Beisein etwa der jungen Dame zu äußern, die dort wohnt, und falls Sie, Mr. Lloyd, sich entschlossen und tatsächlich an ihre Türe angeklopft haben würden, hätte ich Sie nicht behelligt, sondern mich zurückgezogen, um unsere Freundin nicht möglicherweise noch mehr zu verwirren oder zu verängstigen, als sie es wahrscheinlich durch die Ereignisse der letzten Nacht sowieso schon ist.»

Es war mir äußerst peinlich, dass er mich soeben beobachtet. Ich fühlte plötzlich ein unangenehmes, nervös machendes Kribbeln im Bauch. Was hatte er mir zu sagen? Und was, zum Teufel, sollte diese Heimlichtuerei?

«Nun, was wollen Sie denn, Goldsmith?», fragte ich, und meine Stimme klang ruppiger, als ich es beabsichtigt.

Er blickte sich vorsichtig über seine Schulter um. «Wir sollten das nicht hier im Gang stehend verhandeln, Mr. Lloyd», hörte ich ihn sagen, «sondern dazu in Ihr oder in mein Zimmer gehen.»

«Warum? Sind Sie nervös, Mr. Goldsmith?» Ich erhob mit Absicht meine Stimme und versuchte einen Unterton des Spottes hineinzulegen, aber das geschah nur, um meine eigene Nervosität zu überspielen.

Er leckte sich die Lippen und starrte mich an. «Ja, gewiss, ich bin nervös», sagte er, «aber Sie sind es, denke ich, wohl auch.»

Dies brachte mich zum Schweigen, und das Schweigen stand zwischen uns wie ein tiefer Teich.

«Also gut», sagte ich schließlich. «Gehen wir in Ihr Zimmer.»

«Gern. So folgen Sie mir.»

Er drehte sich um und schritt, klein und behände, vor mir her. An seiner Tür angekommen, verhielt er und ließ mir den Vortritt. Ich trat hinein. Das Zimmer war aufwendiger, plüschiger und altmodischer als mein Zimmer eingerichtet, es wirkte vollgestellter und nicht so spartanisch wie meines oder das des Comte. Außerdem war das Fenster wesentlich größer, weil es zum Innenhof ging, und jenseits des Hofes sah man die Westfassade, die in der Sonne lag – aber eigentlich interessierte mich das Zimmer wenig, weil ich äußerst ungeduldig war und vorderhand nur wissen wollte, was Goldsmith mir mitzuteilen beabsichtigte. Er stand hinter mir, schloss leise die Tür.

«Nun?», fragte ich.

«Bitte», sagte er und wies auf die Sesselgruppe mit dem Tisch inmitten, die hier in der Mitte des Zimmers unter einer hängenden Öllampe stand. Auf dem Tisch lag metallfunkelnd, offen und mit eingeführtem Ladestock Goldsmiths Pistol, was mich höchlichst irritierte, aber Goldsmith räumte sie in der nämlichen Sekunde, mit einer Geste der Verlegenheit, beiseite und ließ sie in eine Schublade gleiten.

«Bitte», wiederholte er, mit der Hand weisend.

Ich nahm in einem der Sessel Platz, der mir den Blick hinaus auf den Hof gestattete. Er setzte sich mir gegenüber auf die vorderste Sesselkante. Der Tisch stand zwischen uns. Goldsmith schwieg.

«Sie haben mich rechtschaffen gespannt gemacht, Mr.

Goldsmith», sagte ich und versuchte, meine Bemerkung ironisch klingen zu lassen.

«Ich habe Sie, Mr. Lloyd, heute Vormittag durch dies Fenster beobachtet», sagte er.

«Mich?» Ich wusste nichts Rechtes mit seiner Einlassung anzufangen. Wo war der Zusammenhang?

«Ganz recht – Sir», fuhr er fort. «Ich habe das Frühstück heute ausgelassen. Mir war nicht danach. Stattdessen genoss ich hier die Aussicht aus dem Fenster und überlegte dabei ein wenig dies und das. Da sah ich Sie oben auf dem Turm erscheinen. Wahrscheinlich haben Sie einen Blick in den Burggraben geworfen und, ich nehme an, hinüber nach Dull Manor geschaut. Man kann das von hier unten nicht recht erkennen, wissen Sie, weil Sie von einem bestimmten Moment an für mich hinter den Zinnen verschwanden. Die Perspektive, Sie verstehen? Aber warum sollten Sie sonst dort oben gewesen sein?»

«Ganz recht. Warum sollte ich sonst dort oben gewesen sein! Aber wollten *Sie* mir nicht etwas erzählen?»

«Was haben Sie gesehen?», fragte er statt einer Antwort.

«Was *ich* gesehen habe? – Nichts, Mr. Goldsmith, nichts beziehungsweise nichts, das wir nicht schon vorher gewusst hätten. Eine eventuelle Leiche, ich meine die des Comte, schwamm nicht im Burggraben – andererseits war aufgrund des Tageslichtes deutlich auszumachen, dass es in Dull Manor heute Nacht tatsächlich gebrannt hat. Das war schockierend.»

«Schockierend …», wiederholte er, «in der Tat … aber nicht unerwartet», und dann schien er in Gedanken zu versinken.

«Mr. Goldsmith …!», mahnte ich ungeduldig.

«Einen Augenblick», bat er hastig. «Lassen Sie mich zu Ende denken.»

Ich ließ ihn und kam mir wie ein Esel vor. Ich sah ihm

beim Grübeln zu – es dauerte tatsächlich nur einen Augenblick. Dann glitt ein Lächeln über sein Gesicht, und er nickte ein paar Mal mit dem Kopfe. «Ganz recht, ganz recht», meinte er, aber er meinte es nur zu sich selbst, und erst dann wandte er sich wieder an mich.

«Ich habe Sie auf dem Turm gesehen, Mr. Lloyd», knüpfte er abermals an das Vorherige an. «Und das zeigte mir, dass Sie zu denen gehören, die sich offenbar Gedanken machen. Nun bitte ich Sie, Ihre Gedanken zurückzulenken zu jener nächtlichen Zusammenkunft, heute Nacht vor dem Kaminfeuer in der Bibliothek, kurz nachdem die Brücke abgestürzt war.»

«Ich erinnere mich hinreichend», sagte ich kurz.

«Sie erinnern sich auch, wie Professor Prescott die Situation rekapitulierte?»

«Ja», sagte ich. «Es ging darum, warum die Brücke abgestürzt sei.»

«Nun gut. Nur ein Punkt, der wert zu bedenken, Mr. Lloyd», äußerte Goldsmith langsam. «Schauen Sie: Der Professor» – er deutete mit dem Daumen über seine Schulter nach hinten auf die Wand, wo Prescotts Zimmer liegen musste – «der Professor hat, finde ich, ein sehr negatives Bild von unserem Wissensstande gezeichnet, nicht wahr?»

«Wie meinen Sie das?», wollte ich wissen.

«Nun … Wir wüssten nicht, sagte er, durch welche Kraft die Brücke abgestürzt sei. Wir wüssten darüber hinaus auch nicht, ob der Comte tatsächlich nur nach Dull Manor unterwegs gewesen, meinte er, oder ob er doch aus anderem Grunde in die Nacht hinausgelaufen sei, und wir hätten drittens keine Ahnung, was es mit dem nicht literarischen, sondern dem tatsächlich heute Nacht sich ereignet habenden Feuer in der Ruine des alten Herrenhauses auf sich habe – so etwa seine Worte, nicht wahr?»

«Ich entsinne mich», sagte ich. «Und?»

«Nun, dem ist doch nicht ganz so. Wir haben zumindest Hypothesen, nicht wahr? Und nun habe ich lange überlegt und mir fiel auf: Eine davon ist noch gar nicht genannt worden.»

«Eine Hypothese über den Brückeneinsturz ist nicht genannt worden? Welche meinen Sie?»

«Es sind lauter Merkwürdigkeiten, die mir auffallen, Mr. Lloyd», antwortete er, «Dinge, die nicht zusammenzupassen scheinen, die jedoch sehr gut zusammenfallen, sobald man erst die Idee, die mir dazu beigekommen ist, für einen Moment ernst zu nehmen bereit ist. Es ist auf den ersten Blick vielleicht eine recht abenteuerliche Idee, Mr. Lloyd, das will ich gerne zugeben, aber sie hätte den Vorzug, zumindest einiges zu erklären. Zuvörderst klärte sie, warum Dull Manor tatsächlich gebrannt hat.»

«Und … warum hat es tatsächlich gebrannt?», fragte ich atemlos.

Er ließ mich einen quälenden Moment warten, in dem er die Hände aneinander rieb und mit einem nervösen, kleinen Lachen im Raum umherblickte. Als er dann sprach, versetzte es mir einen Schrecken ohnegleichen. «Warum es gebrannt hat?», wiederholte Goldsmith mit leiser Stimme und harmloser Betonung. «Nun, Dull Manor, Mr. Lloyd, hat natürlich gebrannt, weil der Comte de Marais es angezündet hat.»

«Der Comte de Marais als Brandstifter?», schrie ich. «Sind Sie noch bei Trost, Goldsmith? Goldsmith, verdammt, Sie sind verrückt!»

«Warum nicht der Comte?», machte Goldsmith, während er mir mit den Händen bedeutete, leiser zu sprechen. «Wenn er so ein Mensch war, als den Sir Mortimer ihn darstellt: besessen von der Idee der Literatur, mit einem besonderen Faible für Mythen und Legenden, mit einem offenen Geist für die Inspiration des Augenblicks? Wem fügte er denn

Schaden dadurch zu, Mr. Lloyd? Niemandem. Ein Feuer für die Poesie, die Inspiration, die Dichtung, weiter nichts ...»

«Sie meinen, er hat Feuer gelegt, und auf dem Rückweg ist er mit der Brücke abgestürzt? – Das wäre grauenhaft.» Ich war immer noch wie vom Schreck gelähmt.

Goldsmith sah mich an.

«Oder er ist nicht mit der Brücke abgestürzt», fast war es, als buchstabierte er den Satz, «sondern er ist immer noch da draußen, Mr. Lloyd, lebendig und vergnügt – und das wäre der zweite Teil der Hypothese. Bedenken Sie: Wir werden ihn nicht finden, prophezeite uns Sir Mortimer, weil seine Leiche wegen der Strömung durch diesen unterirdischen Tunnel nach draußen in den Loch Ness gesaugt worden sei. Nun, sage ich, wir werden ihn in der Tat nicht finden, das ist für uns kein Unterschied, aber wir werden ihn nicht finden, weil er lebt.»

Mir blieb nichts, als Goldsmith offenen Mundes anzustarren.

«Und nun, denken Sie weiter, Mr. Lloyd! Dritter und letzter Teil der Hypothese: Aus irgendeinem Grunde sollen wir nicht wissen, dass der Comte noch lebt. Und deshalb ist die Brücke abgestürzt. Denn wenn sie noch da wäre, nicht wahr, würden wir uns ja wundern, wo der Comte geblieben ist. So aber vermuten wir, dass der Comte tot ist. Und deshalb glaube ich, Mr. Lloyd, dass niemand anders als der Comte die Brücke einstürzen ließ, die natürlich von alleine – genauso, wie Sir Mortimer es die ganze Zeit über behauptet – niemals zusammengebrochen wäre. So einfach ist das. So wird ein Schuh daraus, Mr. Lloyd, und so greift jedes Puzzleteil passend in das andere.»

«Mein Gott», stieß ich hervor. «Aber warum sollte er so etwas tun? Und wie bewerkstelligte es der Comte de Marais, eine stabile Brücke zum Einsturz zu bringen?»

Goldsmith ließ resigniert die Hände fallen. «Tja», sagte er.

«Das ist der Punkt. Ich weiß es nicht, Sir. Aber ich werde darüber nachdenken. Außerdem – ich sagte es –, es ist nur eine Hypothese, Mr. Lloyd …»

«Es ist wahnsinnig», murmelte ich. «Das ist völlig verrückt. Und doch …» Ich überlegte. Was für ein Mensch war der Comte gewesen? Zuerst hatte ich ihn für kalt und arrogant gehalten, dann für warmherzig, belesen und sensibel, dann für ein bedauernswertes Opfer – dann war da unvermutet diese eigenartige Verbindung aufgetaucht, die ich plötzlich für möglich hielt, zwischen ihm und Alice Stalliot, und nun legte mir Mr. Goldsmith nahe, ihn … als Täter zu sehen … Ich wusste nicht mehr, was denken.

Plötzlich fiel mir eine andere Frage ein. «Warum haben Sie es mir erzählt», fragte ich, «und nicht den anderen?»

Er blieb ernst. «Nun, ich habe es Ihnen gesagt, ich halte Sie für einen Menschen, der ernsthaft nachdenkt. Außerdem: Erinnern Sie sich unseres kleinen Gesprächs über die Renaissance im Italien der Medici – Michelangelo und so weiter – beim Souper gestern Abend, Mr. Lloyd? Dass Gewalt immer gegenwärtig sei, auch wenn wir sie nicht sehen? Sie wollten es nicht glauben, das sah ich Ihnen an, und ich beließ es dabei. Als ein Beispiel für die Richtigkeit meiner Anschauung von der Unheimlichkeit und Doppelbödigkeit der Menschen, Sir, habe ich Ihnen dieses hier mitgeteilt, natürlich: nur eine Hypothese.» Er pausierte, und dann lachte er leise. «Und natürlich gibt es noch einen weiteren Grund, Sir: Sie haben mich weder, als wir gestern Nacht nach draußen aufbrachen, noch eben, als Sie diesen Raum betraten, gefragt, warum ich eine Waffe bei mir trage. Nun … Ihre Zurückhaltung in diesem Punkte gefiel mir …»

«Und?», fragte ich umgehend. «Warum tragen Sie sie?»

«Aus ebendiesem Grund», schmunzelte er. «Aus schlechten Erfahrungen, damit ich mich sicherer fühlen kann. Außerdem ist es drüben hinter dem Ozean, wo ich herkomme, das Normalste von der Welt, dergleichen bei sich zu führen, wissen Sie.»

«Schlechte Erfahrungen?»

«Bei nächster sich bietender Gelegenheit», sagte Goldsmith, «und wenn Sie Lust darauf haben, werde ich Ihnen erzählen, wie ich in den Abruzzen, zwischen Bologna und Lucca, um genau zu sein, unter die Straßenräuber gefallen bin, oder auch die Geschichte jenes schlimmen Wirtes am Golf von Kotor in Montenegro, mein Gott ...» Er lächelte in der Erinnerung, und verblüfft stellte ich fest, dass es das erste sympathische Lächeln war, das ich an ihm wahrnahm. «Wie dem sei, Mr. Lloyd, lassen Sie sich meine Gedanken durch den Kopf gehen. Ich wollte sie mit jemandem teilen, verstehen Sie?» Und als ob er gerade einen neuen Einfall hätte, setzte er hinzu: «Stellen Sie sich vor, mir stieße etwas zu, und keiner wüsste hinterher um den Schatz meiner Ideen», so spottete er über sich selbst. «Das wäre doch furchtbar!»

«Was sollte Ihnen zustoßen?», fragte ich, während mir ein Schauer über den Rücken ging.

«Mr. Lloyd», sagte er. «Haben Sie ihn schon wieder vergessen, den doppelten Boden, der in allen Dingen liegt?»

7. Kapitel

Château Lafite 1786

Ich stand auf dem Gang – Goldsmith hatte mich aufmerksam verabschiedet, zur Tür begleitet und sie wieder hinter mir geschlossen –, und die neuen Gedanken betäubten mein Hirn – verhielt es sich wirklich so, dass der Comte noch lebte und irgendwelchen sonderbaren Tätigkeiten nachging außerhalb des Schlosses? Da hörte ich plötzlich Stimmen. Sie drangen aus einer nur angelehnten Tür.

Ich blickte den Gang hinunter, wo zehn Yards weiter vorne die Tür zu Nightingales Zimmer lag, doch die Stimmen kamen von der anderen Seite, aus der Richtung, in der auch das Zimmer des Comte lag, jedoch: Die offene Tür war nicht jene zum Zimmer des Comte, sondern die daneben.

Ich weiß es nicht, was mich dazu veranlasste, näher zu treten und dem zu lauschen, was ich hörte. Ich dachte in diesem Augenblick nicht einmal daran, dass das, was ich tat, in deutlichster Weise gegen die Regeln des guten Tones verstieß.

Ich näherte mich stattdessen überaus lautlos dieser Tür bis auf einen Schritt, stand wie gebannt stille und hörte zu. Und es war so, dass ich Dinge erfuhr, die mich nichts angingen, obwohl ich es augenblicklich bereute, ihnen zu lauschen, war es doch so, dass meine Beine mir den Dienst, sofort von hier fortzulaufen, versagten.

Es war Geoffrey Stalliot, der sprach. Seine Stimme war ein heiseres Bellen, in einer Tonlage, die deutlich machte, dass der bereits zum Frühstück genossenen Flasche Château Lafite 1786 in den Stunden seither wohl weitere gefolgt waren.

«Wo – bist – du – diese – Nacht – gewesen?», fragte Geoffrey Stalliot, und er fragte es mit einer Stimme, die wie aus der Tiefe der Gewölbe des Schlosses hervorbrach.

«Was fragst du danach?», gab seine Frau zurück. Ich verstand sie kaum. Ihre kläglichen Worte waren erstickt im Schluchzen. Es war das erste Mal, dass ich Alice Stalliot weinen hörte, und es rührte mich tief im Herzen. «Du hast kein Recht dazu», stieß sie hervor und weinte laut, «du hast kein Recht, mich das zu fragen!»

«Ich habe kein Recht dazu? Das sagst du mir ins Gesicht?!», brüllte Geoffrey Stalliot aufgebracht.

«Nein, du hast kein Recht dazu, Geoffrey Stalliot. Das hast du längst verwirkt. Was glaubst du? Erinnere dich, wie es heute Nacht zum hundertsten Male wieder war. Du hast mich vor den anderen gedemütigt … wie so viele Male zuvor, bei Soireen und im Kreise von Menschen, die mir wichtig sind. Weil du betrunken warst! Und da wundert es dich, wenn ich …»

«Ja … wenn – du – was?!» Jedes seiner Worte war wie ein Peitschenknall.

«Wenn du betrunken vor dem Kamin sitzt und dich weigerst, mich zur Nachtruhe ins gemeinsame Zimmer zu begleiten, und die Gesellschaft starrt auf mich und ist empört – empört über dich, Geoffrey, und wenn dann jemand kommt und mich durch die dunklen Gänge des Schlosses begleiten will, dann sage ich: ‹Ja›, Geoffrey, so weit ist es gekommen! Ich habe mich gefreut, Geoffrey, als wir die Einladung Sir Mortimers zu diesem Symposion erhielten, weil ich glaubte, das würde dir wieder etwas mehr Halt verleihen, denn es war eine Ehre für uns beide, eingeladen zu werden, ich sah endlich … endlich … die Morgensonne aufgehen für unsere literarische Zukunft, denn, du weißt es wie ich, ‹Bunny's Kind›, ‹Der Schlaf der Gerechten›, ‹Das Erbe des Richters›, ‹Der Fluch›, ‹Janlett› und wie sie alle heißen – das alles sind Bücher, aber der wirkliche Wurf war noch nicht dabei. Sir Mortimer hat uns eingeladen …»

«Er hat dich eingeladen», brüllte Geoffrey Stalliot, seine Frau erneut unterbrechend, «denn du, Herrgott noch einmal, du schreibst diesen Kram!»

«Er hat uns eingeladen», widersprach sie, lauter dabei weinend, «denn er weiß nicht, dass ich alleine schreibe. Niemand weiß es, Geoffrey, niemand auf Gottes weitem Erdboden hat auch nur eine Ahnung davon! Und niemand wird davon erfahren! Du brauchst keine Angst mehr zu haben! Du brauchst …»

«Du redest», unterbrach Stalliot, schäumend in kalter Wut, seine Frau, «aber du sagst nichts! Ich … ich wache auf in der Bibliothek … es ist finster … es ist kalt … ich bin allein …»

«Aber wessen Schuld, Geoffrey …»

«Lass mich ausreden, verdammtes Weib! Ich tappe durch dieses nächtliche Schloss, ich komme in unser Zimmer, es ist dunkel, es ist leer. Es reicht mir mit diesen leeren Zimmern, Alice, ein für alle Mal! Damals, dieser … ach, es interessiert mich im Grunde nicht, und es kümmert mich im Übrigen auch keinen Deut, ob, Herrgott noch einmal, mit diesem Comte in dem Gasthofe irgendetwas gewesen – und wenn ja, was, ich weiß es nicht! Und außerdem ist er jetzt tot! Und nun, heute Nacht … was soll ich deiner Ansicht nach machen? … herüberkommen, an die Türe klopfen, mich als Hahnrei verhöhnen lassen? Nein! Ich kann ja nichts tun! Du schreibst ja die Bücher! Ich muss dir ja auf Knien danken, dass du mich ernährst!

Ich lege mich also hin. Ich warte. Ich schlafe sogar. Es

wird Tag, es wird Morgen, der Vormittag vergeht. Ich muss mir beim Frühstück von diesem Lloyd die impertinente Frage gefallen lassen, wie es dir gehe und wo du seist. Ich komme wieder ins Zimmer. Du bist noch nicht da. Was, verdammt nochmal, soll ich deiner Meinung nach tun?! – Zwölf Uhr des Mittags vorbei, Alice, zwölf Uhr vorbei – und da stehst du in der Tür! Soll ich dir jetzt danken, Alice, dass du dich zwischenzeitlich so weit herablässt, zu deinem Gatten zurückzukehren? Einen Teufel werde ich tun, einen Teufel!»

Er holte schnaufend Luft, um tobend fortzufahren, und seine Stimme war jetzt wie das Brüllen eines Tieres.

«Es ist nicht die Sorge, Alice, ob du irgendwann an einer venerischen Krankheit krepierst, bei Gott, nein – aber was wird dann aus mir? Ich werde sagen: ‹Nein, ohne meine geliebte Gattin schreibe ich keine Romane mehr›, das werde ich sagen, und alle werden mich bedauern über den Verlust der großen Liebe meines Lebens! Nein, das ist nicht das Problem. Aber wovon werde ich leben, verdammt noch einmal, wovon werde ich leben? Glaube mir, Gute, wenn die Romane nicht wären, hätte ich längst die Bekanntschaft eines fähigen Apothekers gesucht, und dann … adieu, Alice … aber bis dahin, jawohl, Teuerste, sorge ich mich um dich!»

Im Zimmer trat nach diesen Worten eine eisige Stille ein. Es war beängstigend. Auch Alices Weinen war nicht mehr zu hören. Und ich stand dort draußen, zitternd an die Wand gepresst, und wünschte mich fort. Aber meine Beine hätten mir, beim Versuch mich davonzustehlen, zweifellos den Dienst versagt. Was hatte ich alles gehört! Und ich wünschte bei Gott nichts mehr, als dass ich dies alles nicht vernommen! Ich wagte nicht, mich zu rühren.

Es verstrichen mir endlos scheinende Minuten, ehe ich wieder Geräusche vernahm. Ich hörte leise Schritte. Und dann sprach Alice Stalliot erneut, doch es war eine andere Stimme, die ich nicht kannte. Alice Stalliot sprach nun fast im Flüsterton, ohne zu weinen, sprach unterdrückt, und der Hass erstickte sie fast.

«Du sorgst dich nicht um mich? Nein, Geoffrey, du hast dich nie um mich gekümmert! Du bist beunruhigt, wenn dein … dein Weinglas nicht bis zum Rand gefüllt ist, doch mein Herz, es ist dir gleich! In deinen Augen bin ich wohl deine Sklavin, das mag sein, und du magst mich auch schlagen, wenn du betrunken bist. Aber du drohst mir nicht mehr, Geoffrey Stalliot, hüte dich, mir zu drohen! Und glaube mir eines: Auch ich könnte eines Tages einen ‹Apotheker› kennen lernen, o ja, einen ‹Apotheker›, wie du dich in deiner rücksichtsvollen Art auszudrücken beliebst.»

Sie machte eine Pause, in der ich sie atmen hörte. «Du bist geschmacklos, Geoffrey Stalliot, und du bist feige und selbstsüchtig und bösartig. Und ich verachte dich. Dich und … deine Trinkerei! An dem Tag, an dem dich der Allmächtige heimruft, werde ich Gott für meine Erlösung danken! Ich verabscheue dich!» Und obwohl sie leise und fast beherrscht gesprochen hatte, überlief es kalt mein Rückgrat, denn eine Warnung klang in ihren Worten, die mich mit Schrecken erfüllte. Und diese mochte wohl auch Geoffrey Stalliot verspürt haben, denn es war das erste Mal, dass auch seine Stimme fast die normale Tonlage erreichte. Und ich lehnte zitternd an der Wand und lauschte …

«Du drohst mir, Weib?» Und dann, beinahe amüsiert: «Mach dich nicht lächerlich, Alice. Dir müsste man die Zunge herausschneiden!»

Alsdann hörte man ein mehrfach klatschendes Geräusch und einen Wehelaut. Ich hörte Alice erneut weinen.

«Du bist meine mir von Gott und Kirche angetraute liebende Ehefrau, bis dass, wie es so schön heißt, der Tod uns scheidet. Und daran wirst du im Übrigen nichts ändern. – Und deine Robert Miltons … soll der Teufel holen.»

Sie weinte jetzt schrecklich, haltloser als zuvor. «Ich verabscheue dich, Geoffrey Stalliot!», hörte ich ihre Stimme. «Und ich bete zu Gott, dass du stirbst. Du bist für alle nur eine widerliche Plage!» Neue klatschende Schläge waren die sofortige Antwort, und sie schrie vor Schmerz.

Ich lehnte verzweifelt an der Wand und fragte mich, was ich heraufbeschwor, wenn ich jetzt eingriff und das grauenvolle Schauspiel unterbrach, und ob ich das tun sollte oder nicht, aber die Entscheidung wurde mir fast augenblicks abgenommen, denn in dieser Sekunde wurde die Tür von innen aufgerissen und Mrs. Stalliot fiel mir in Tränen aufgelöst buchstäblich in die Arme. Anscheinend nahm sie mich gar nicht wahr, denn sofort stieß sie sich los und rannte, heftig schluchzend, den Gang hinunter, wobei sie nebenher noch zu öfteren Malen den Wunsch, dass ihr Mann doch ins Jenseits fahren solle, herausschrie. Ich erschauerte, denn ihre Worte offenbarten so viel Wut und Schmerz, wie ich sie noch nie bei irgendeinem Menschen vernommen; man konnte nachgerade meinen, dass nicht Alice Stalliot diese Worte gerufen hatte, sondern eine Wahnsinnige, die nicht mehr bei klaren Sinnen war.

Als sie hinter der Biegung des Ganges verschwand, starrte ich in das Zimmer und erblickte dort Geoffrey Stalliot, der, mir den Rücken zugewandt und seinen Weinkelch auffüllend, vor sich hin fluchte und seine Frau verdammte.

Angst ergriff mich, dass er mich entdecken könnte, sobald er sich umdrehte, auch, dass aufgrund der beträchtlichen Lautstärke des Streits einer der anderen Gäste plötzlich seine Zimmertüre aufreißen und mich auf meinem unerträglich peinlichen Lauscherposten erblickte. Ich wendete mich um und trachtete nur noch, lautlos und flink zugleich, meinen Raum zu gewinnen. Ich schlüpfte hinein, schloss die Tür, lehnte mich hart von innen dagegen und taumelte dann, zitternd an allen Gliedern wie im Fieber, zum Bett hinüber, ließ mich bäuchlings darauf fallen und vergrub den Kopf in den Kissen. Ich wollte nichts mehr sehen, nichts mehr hören. Was hatte ich vernommen! Ich schlug mit der Faust in die Kissen. Was sollte aus all diesem werden, dachte ich verwirrt. Ein Gast dieser Versammlung war auf grauenvolle Weise verunglückt oder schlich im günstigsten Falle, falls er verrückt war, draußen ums Schloss. Zwei andere, deren literarisches Werk zum Teil auf einer Lüge basierte – von der ich nun wusste –, bedrohten sich, wenn sie sich alleine wähnten, gegenseitig auf den Tod. In den Nächten, in den Betten, spielten sich Szenen ab, die ungehörig waren und die die menschliche Ordnung infrage stellten. Und mein Freund Mortimer, auf dessen Schloss all das Unerhörte geschah, verfiel unter meinen Augen aus Sorge und Gram zu einer lebendigen Leiche – und ich konnte nichts dagegen tun.

Ich war wie die anderen gekommen zu einer literarischen Versammlung. Ich hörte Nightingale, wie sie schwärmte von den hehren Zielen der Dichtung in der heutigen Zeit, von der Schönheit der Poesie, erst gestern, in der Kutsche einige Meilen vom Schloss war das gewesen. Ich wälzte mich unruhig auf den Rücken. Das Zimmer war dämmerig, der Nachmittag kam. Und in Kürze wartete das Dinner. Nein, ich würde nicht zum Dinner gehen können, dachte ich verzagt. Ich würde dort nicht erscheinen können, ich würde es nicht vermögen, ihnen allen in die Augen zu sehen, zu konversieren, arglos zu reden, als ob nichts geschehen wäre, so tun können, als ob ich von nichts wüsste. Ich wälzte mich herum in meiner Verzweiflung. Nightingale! Ich hatte sie schon so lange nicht mehr gesehen … Ich würde wohl doch zum Dinner gehen, beschloss ich bei mir, und geschah es doch nur aus diesem Grunde … Und Mortimers halber, dem ich ein Freund sein musste. Zum Wesentlichen jedoch – ich war so ehrlich, mir dies einzugestehen – würde es wohl geschehen in der Hoffnung, Nightingale dort wieder zu treffen …

Am Kopfende des Bettes lugten böse und tief die Augenhöhlen der Totenschädel aus ihren Kapuzen. Ich wandte den Kopf …

Ich hatte in der Tat nur beabsichtigt, mein schmerzendes Hirn zu beruhigen, wurde mir aber gewahr, als es an meine Türe pochte, dass ich, ohne es zu wollen, gänzlich eingeschlafen sein musste. Es war die besorgte Stimme von Henry draußen vor der Tür: «Mr. Lloyd, ist alles in Ordnung? – Man erwartet Sie zum Lunch.»

Hochschreckend rief ich ein «Ich komme sofort» zu der Tür herüber, woraufhin ich seine Schritte auf dem Korridor sich wieder entfernen hörte, benötigte aber einige Augenblicke, um mich zu sammeln und zu erheben. Ich vergewisserte mich im Spiegel, dass ich unter Menschen wohlgelitten wäre, und machte mich nach einem prüfenden Blick über mein Zimmer und meine dort verstreuten Habseligkeiten auf den Weg. Ich stieg die Treppe zur Eingangshalle hinunter und fühlte mich mit einem Male fast wie ein anderer Mensch, neugeboren, unverwundbar und selig, und ich freute mich unschuldig darauf, dass ich Nightingale wieder sehen würde.

Ich fand die Gesellschaft versammelt – nicht vollzählig, denn Geoffrey Stalliot und Robert Milton waren zwar zugegen, aber nicht Alice Stalliot. Mein Freund Mortimer mit seinem ergrauten Haar blickte mir aufmerksam entgegen – und als er sah, dass es mir gut ging, huschte gar etwas wie ein erleichtertes Lächeln über sein Gesicht. Die wohlige Wärme der Kohlebecken erfüllte den Raum. Ich nahm an der Tafel Platz.

Zu meiner Verblüffung oder besser unendlichen Erleichterung sprach man tatsächlich nicht über den tragischen

Tod des Comte oder Goldsmiths diesbezügliche abenteuerliche Thesen. Goldsmith selbst saß wie eh auf dem Platz links neben mir, und sein unbewegtes Gesicht machte mir deutlich, dass er die anderen bezüglich seiner wahnsinnigen Ideen hinsichtlich des Comte bislang im Dunkeln gelassen. Nightingale, wieder rechts von mir wie gestern, lauschte der Debatte mit hingebungsvoll kindlichem Gesicht, würdigte mich jedoch, als ich neben ihr Platz nahm, wie mir schien, eines längeren Blickes.

Man sprach über Robert Burns, über Dr. Johnson und seinen unsterblichen Biographen Boswell, über die in der Schweiz sich befindenden Shelleys und Byrons und natürlich über Sir Walter Scott. Der Anblick von Mortimers gewandelter Haarfarbe irritierte mich nach wie vor aufs höchlichste; ich konnte mich nicht daran gewöhnen und musste mich gewaltsam zusammennehmen, um nicht fortwährend mitleidig dorthin zu starren. Wenn ich ihn jedoch unauffällig musterte, sobald der Gesprächsverlauf Gelegenheit dazu bot, war seinem Gesicht zu diesem Zeitpunkt der erlittene Schmerz wenig anzumerken. Mein Freund hatte sich in strenge Kontrolle genommen, sein Flair bei Tisch war fast heiter, er war umgänglich, eloquent, seinen Gästen mit ausgesuchter Höflichkeit zugewandt, ein durchaus charmanter Gastgeber.

Die livrierten Bediensteten umschwirrten unsere Tafel. Als ich den Raum betreten, war soeben damit begonnen worden, das Mahl aufzutragen; zunächst wurde uns eine feine, klare Kürbissuppe mit Rouchat-Muscheln gereicht, später, worüber gesondert zu berichten sein wird, folgte schottischer Lachs in einer raffinierten Meerrettichkruste, das Ganze mit kandierten Früchten garniert, wozu ein vortrefflicher weißer Burgunder unsere Gläser füllte – dies alles als ein neuerlicher schlagender Beweis für das Können von Mortimers Küche. Die beiden bezaubernden Wesen fielen mir ein, die wir dort gestern Abend beobachtet hatten, als wir zu unserer Führung aufgebrochen.

Das Gedeck des Grafen war fortgenommen, und an seiner statt hatte Mortimer einen Kranz von Immergrün, getrockneten Lilien und Rosen arrangieren lassen. Robert Milton, der mir wieder gegenübersaß, wie auch Father Thomas Olivier, jenes Gebinde zwischen sich, musterten es beide, eines ums andere Mal, mit Blicken, in denen sich auf eine sonderbare Art Scheu mit Nervosität, Mitgefühl und Trauer mischten.

Als die Suppe serviert worden war und Mortimer uns allen ein gesegnetes Mahl gewünscht hatte, kehrte zunächst Schweigen ein, das nur mehr unterbrochen ward von den leisen Schritten der aufmerksamen Dienerschaft und dem zarten Klingen unserer silbernen Löffel. Nightingale saß zu meiner Rechten und löffelte die Suppe, kaum einmal aufschauend. Goldsmith aß bedächtig, und manchmal deuchte mir sein Gesicht sich zum Ansatz eines grimmigen Lächelns zu verziehen. Robert Milton schien geistesabwesend und machte den Eindruck, als ob er es selbst kaum wahrnahm, dass er da war. Der Professor schien irritiert wie stets, Stalliot, neben ihm, rotgesichtig und fast kahlköpfig, wirkte mürrisch. Der Professor legte mit einem Male den Löffel nieder, zog sein großes weißes Tuch heraus, nahm den goldenen Kneifer von der Nase und begann, während er uns Übrige aus kurzsichtig blinzelnden Augen musterte, mit fast wütender Gebärde die Augengläser zu putzen.

«Sagen Sie», begann er plötzlich, indem er sich an Stalliot, seinen Nachbarn, wandte, «Ihre werte Frau Gemahlin ist gar nicht zugegen … Geht es ihr nicht gut? Das täte mir außerordentlich Leid.» Er reckte seinen kurzen Hals und versuchte Stalliot direkt ins Gesicht zu starren, hatte aber wegen der heruntergenommenen Sehhilfe sichtlich seine Schwierigkeiten damit.

Stalliot führte einen Löffel zum Munde, dann einen weiteren. Er, der bisher sehr zögerlich zugelangt hatte – ich entsann mich des Frühstücks, das für ihn gänzlich aus Wein bestanden hatte –, schien mir mit einem Mal geradezu heißhungrig auf die gereichte Kürbissuppe. Jetzt nahm er einen dritten Löffel, und der fatale Eindruck entstand, als sei er überhaupt nicht geneigt, auf des Professors Frage zu antworten.

Gerade als dieser, sichtlich verwundert, auf seine Erkundigung lediglich diese vernehmliche Stille geerntet zu haben, die Putzprozedur zu einem abrupten Ende brachte, das Tuch verstaute und sich mit geübter Gebärde den Kneifer wieder auf die Nase hieb, lächelte Stalliot und sagte: «Mein lieber Professor Prescott …» Er sprach akzentuiert und leise und machte mit einer Augenbraue eine Bewegung zu dem leeren Platz seiner Gattin hin. «Machen Sie sich wirklich Sorgen um meine Frau – ich meine, um Mrs. Geoffrey Stalliot? – Das müssen Sie nicht, mein lieber Freund, ich versichere es Ihnen: Ich denke, es geht ihr gut. – Wo genau es ihr jedoch augenblicklich gut geht, hinsichtlich dessen, mein werter Herr Professor, bin ich bedauerlicherweise überfragt. Vielleicht sollten Sie, um darüber Auskunft zu erheischen, sich lieber an Ihren anderen Nachbarn wenden. Nicht wahr, Mr. Milton?»

Robert Milton saß mir, wie gesagt, genau gegenüber. Ich sah, wie sein Gesicht um den Mund herum sehr weiß wurde, seine Augen sprühten kalt, und genauso klang seine Stimme, als er, ohne Stalliot eines Blickes zu würdigen, recht aggressiv erwiderte: «Ich erkenne nicht genau, worauf Ihre Frage hinauswill, Mr. Stalliot.» Er nahm einen weiteren Löffel von der Suppe und verzog übertrieben genießerisch sein Gesicht, als er sie kostete.

«Oh, nur nicht allzu bescheiden!», dröhnte Geoffrey Stalliot. «Nur nicht so keusch und moderat, mein kostbarer Mr.

Milton! Wozu diese vornehme Zurückhaltung! Geben Sie uns eine Probe Ihres Charmes. Berichten Sie uns doch freiweg, wo meine Gattin gerade weilt! Und wie es ihr geht!»

«Mr. Stalliot, es ist Ihre Gattin, nicht die meine», sagte wegwerfend, ihn immer noch nicht anblickend, Robert Milton. «Woher sollte ich wissen, wo sie gerade ist? Vielleicht sollten Sie Ihr Temperament für den Augenblick etwas zügeln, Sir, und in der Wortwahl auch bedachter sein. – Möglicherweise irritieren Sie mich mit Ihren Ausfällen, von anderen Anwesenden ganz zu schweigen.» Es war, als er dies sehr ruhig vorbrachte, der Unterton einer Drohung in seiner Stimme, die mich erzittern machte. Dabei wirkte er äußerlich unbewegt und nahm ruhig und genießerisch einen weiteren Löffel von seiner Suppe.

«Nun, Mr. Milton, vielleicht, wenn Sie uns schon nicht sagen wollen, wo Mrs. Stalliot sich augenblicklich befindet», kam es in diesem Moment von Geoffrey Stalliot mühsam beherrscht, «vielleicht wollen Sie uns dann wenigstens mitteilen, wo sie sich vor einigen Stunden befunden hat und bei wem und beschäftigt mit welcher Art von Tätigkeit? Sagen wir zum Beispiel heute Morgen gegen fünf?»

Ich nahm aus dem Augenwinkel Mortimers entsetztes, graues Gesicht wahr, jeder der Anwesenden außer Milton hatte das Essen eingestellt; der Vikar starrte sprachlos, Nightingale schaute unglücklich und verwirrt, der Professor schielte böse und verlegen vor sich hin, seit die beiden Männer rechts und links von ihm begonnen hatten, sich mit ihren Äußerungen zu attackieren, einzig Goldsmith, links von mir, wirkte gleichmütig, ja, fast amüsiert.

Robert Milton nahm genussvoll den letzten Löffel von seiner Suppe, legte darauf das Besteck nieder, tupfte sich mit der Serviette vorsichtig die Mundwinkel ab und wandte sich mit einem Lächeln, das seine Augen nicht erreichte, Stalliot völlig ignorierend, an Mortimer: «Sir, wir haben zu danken.

Ein wunderbares Entree. Eine Köstlichkeit. Wahrhaftig deliziös.»

«Danke», murmelte Mortimer betreten. Sein Blick irrte zu uns anderen. «Und ihr? Esst doch, meine Freunde, es erwartet euch ein köstlicher Lachs, den wir nicht erkalten lassen sollten …»

«Augenblick!», keuchte Geoffrey Stalliot und hielt meinen Freund am Arm, um ihn am Weitersprechen zu hindern. «Da gibt es ein Problem! Ich habe Mr. Milton etwas gefragt, und er hat mir nicht geantwortet! Dies sollten wir zuerst klären!»

Robert Milton lehnte sich zurück, um dem Bediensteten das Abräumen seines Tellers zu erleichtern, und sagte lässig: «Ein Problem, Mr. Stalliot? Haben wir das? Möglicherweise haben *Sie* eines: Man nennt das gemeinhin Paranoia. – Und nun möchte ich Sie bitten, zur Kenntnis zu nehmen, dass Sie die Tafel stören, Sir, und, falls Sie uns tatsächlich eine Geschichte zu erzählen haben, was ich bezweifle, damit doch besser zu warten, bis Ihre Gattin zugegen ist.»

«Sie kommt nicht», schnaufte Geoffrey Stalliot. «Und das wissen Sie am besten!»

«Machen Sie sich nicht lächerlich!», replizierte Robert Milton eiskalt. «Und nehmen Sie sich endlich zusammen. Hören Sie auf, hier den Ruf Ihrer Frau in aller Öffentlichkeit breitzutreten, mein Lieber, darauf herumzutrampeln wie ein Warzenschwein, mit Ihren großen Füßen. Haben Sie schon einmal gehört, wodurch sich der Gentleman auszeichnet?»

Undeutlich vernahm ich Mortimers beschwichtigende Worte, mit denen er dem Streit Einhalt zu gebieten versuchte. Ich sah, dass der Vikar die Hände wie zum Gebet faltete, Nightingale neben mir schien zu zittern, der Professor saß starr wie ein Brett, und aus Goldsmiths Blick war das Amüsement verschwunden. Die Dienerschaft hatte sich, so schien es, ängstlich in den Hintergrund des Raumes zurückgezogen.

Und erstmals jetzt drehte Robert Milton den Kopf und wendete sich mit ruhiger Stimme direkt an Stalliot. «Ihre Äußerungen, bester Herr, sind wie Fliegendreck, der auf meinen Teller fällt. Ich bitte Sie – ich bin sicher, auch im Namen der anderen – sehr herzlich darum, uns damit nun zu verschonen.»

Stalliot nahm ruckartig seine Serviette aus dem Schoß und knallte sie auf den Tisch, sein Gesicht geradezu rot glühend. Er sprang auf, dass der Stuhl hinter ihm polternd zu Boden fiel. «Fliegendreck?», belferte er. «Lächerlich? Warzenschwein? Gentleman?» Und ein Speichelfaden rann ihm am Kinn herunter. «Ich fordere Sie, Sie verdammter Lump! Sie sind ein Flegel, und ich bin sicher, unser Gastgeber wird uns gerne mit einem Paar geeigneter Pistolen aushelfen. Auf zwanzig Schritt, draußen im Hof, und wenn Sie wollen, sogleich!»

«Meine Freunde!», rief Mortimer verzweifelt und sprang ebenfalls auf. «Meine Freunde, ich bitte euch um Gottes willen, Augenmaß zu bewahren, haben wir denn nicht genug Kummer?!»

«Sie fordern mich?», fragte Robert Milton, Mortimer ignorierend, an Stalliot gerichtet, eiskalt. «Ist das Ihr Ernst?» Und dann lachte er geringschätzig und setzte hinzu: «Dafür, mein Lieber, müssten Sie für mich zunächst einmal satisfaktionsfähig sein.» Und in die betretene Pause hinein, die darauf folgte, nahm er ebenfalls seine Serviette beiseite und erhob sich gemessen, und mit einer leichten Verbeugung in unsere Runde sagte er: «Miss Nightingale, meine Herren, ich habe die Ehre.» Sprach's, trat von der Tafel hinfort und verließ gemessenen Schrittes den Saal durch die Tür zur Eingangshalle. Der Türflügel schwang leise klappend hinter ihm ins Schloss.

Geoffrey Stalliot stand zitternd, gebeugt an seinem Ende des Tisches und starrte ihm aus blutunterlaufenen Augen nach. Mortimer wollte seine Schulter berühren im Bemühen, ihn zu trösten, doch Stalliot schlug reaktionsschnell seine Hand zur Seite. Er tat ein paar tiefe, heftige Atemzüge, schien zu sich zu kommen, stützte sich auf den Tisch, senkte den Blick und sagte: «Verzeihen Sie. Verzeihen Sie alle, besonders Sir Mortimer, verzeihen Sie! Keiner von Ihnen hat einen Auftritt wie den soeben gehabten verdient, verzeihen Sie.» Er beugte den Kopf und zwinkerte ein paar Mal verkrampft mit den Augen.

«Sie entschuldigen mich, wenn auch ich mich entferne», sprach er dann und versuchte ein Lächeln, «gewiss nicht den Weg, den jener Herr soeben genommen hat, obwohl diese Geschichte noch nicht vorüber ist. Aber ich werde mich zwangsläufig zur anderen Seite hin begeben müssen.» Ein müder, resignierter Blick glitt über uns alle hin. «Es gibt im Leben eines Ehepaares immer Krisen, und am besten legt man sie bei, indem der Gatte sich ablenkt.» Er nickte ein ums andere Mal in die Runde. «Der Appetit ist mir vergangen, meine Freunde», sagte er, «verzeihen Sie, Sir Mortimer, dies war keine Bemerkung gegen die Qualität des Mahls. Aber nun habe auch ich die Ehre ... Mademoiselle ... meine Herren.» Ein neuer Gedanke schien ihm zu kommen, er lächelte plötzlich. «Sir Mortimer», sagte er und klopfte leicht mit dem Finger gegen das Glas, das neben seinem Teller stand. «Ihre Weine sind ein Gedicht, besonders jener Château Lafite 1786, den Sie gestern Abend reichen ließen – Ihr Weinkeller, das Paradies des wahren Kenners! Vielleicht sollte ich diesen unterirdischen Gewölben einen Besuch abstatten und die eine oder andere Bouteille verkosten.»

«Tun Sie sich keinen Zwang an, Mr. Stalliot, seien Sie in allem mein Gast», sagte Mortimer mit leiser Stimme und sandte ein brüchiges Lächeln in seine Richtung, wohl in der

Hoffnung, dass sich so schlussendlich doch noch alles zum Guten wenden ließe.

Stalliot nickte. Und dann, während er sich bereits in Richtung auf die Tür zum Küchentrakt hin zurückzog, machte er eine Bemerkung, die in ihrer kruden Offenheit einfach skandalös war und uns sicher alle mehr oder minder schockierte und mit der er vieles von dem, was seine teilweise doch wohlgesetzten und vernünftigen Worte von zuvor an der Situation noch gerettet hatten, wieder zunichte machte. Er sagte: «Und ich werde mir zur Abwechslung etwas Junges suchen ...»

Er ging rückwärts, und in der Tür stieß er mit einem der beiden apfelbäckigen Mädchen aus der Küche zusammen, die die erste Platte mit dem vorerwähnten Lachs hereintrug, und dann war er verschwunden. Das Mädchen, irritiert, die halb leere Tafel vorzufinden, brachte ein nervöses Lächeln zustande, und uns Verbliebenen wurde, assistiert von einem der anwesenden Diener, der Lachs aufgetan. Schweigen herrschte zunächst, in dem das Klappern der Bestecke, mit denen uns vorgelegt ward, unnatürlich laut klang. Im Hintergrund steckten zwei weitere Bediente flüsternd die Köpfe zusammen.

Mortimer war lautlos wieder auf seinen Stuhl niedergesunken. «Was?», fragte er heiser. «Was habe ich falsch gemacht? – Was ist geschehen?»

Goldsmith war es schließlich, der sich räusperte und mit verhaltener Stimme meinte: «Nun, es scheint, dass Mrs. Stalliot die Nacht nicht mit ihrem Gatten, sondern mit unserem Freund Robert Milton verbracht hat und dass ihr Gatte darüber mit Mr. Milton aneinander geraten.»

«Ja, ich weiß», sagte Mortimer, «ich meine ...»

«Nun, ich denke, dass Sie daran keine Schuld trifft», fuhr Goldsmith mit kühler Stimme fort. «Im Übrigen denke ich, dass uns das Ganze nichts angeht und dass wir es deshalb vergessen sollten.» Wir schwiegen. Auch ich schwieg, obwohl ich genaue Auskunft hätte geben können. Vor uns auf den Tellern lag der köstliche Lachs, doch niemand sprach ihm zu. Die Diener kamen herum und schenkten von dem Burgunder nach.

«Zuerst die Katastrophe mit dem Comte – und nun dies», murmelte Mortimer. «Was habe ich falsch gemacht?»

«Mortimer», rief Nightingale dringlich. Plötzlich erhob sie sich von ihrem Stuhl, eilte um die Tafel herum und umarmte meinen Freund, seitlich hinter seinem Stuhle stehen bleibend, und drückte seinen Kopf zärtlich an ihre Brust. «Mortimer, du Guter», sagte sie sanft, «was fällt dir ein, so zu reden! Versündige dich nicht! Wir alle sind auf deinem Schloss, du sorgst für uns, du machst es wundervoll, du bist ein bewundernswerter Gastgeber! Das Schicksal meint es nicht gut mit uns, das hat ein jeder begriffen – aber was bedeutet der Streit zwischen zwei Männern um eine Frau, mit dem du nichts zu schaffen hast? Mr. Stalliot ist ein Tollpatsch, harmlos, aber ein ungeschickter Mann; seine Frau ist nicht glücklich mit ihm – aber das war sie schon nicht, bevor wir alle hierher kamen. Und Mr. Milton … nun, ich denke, er hat sich nicht richtig verhalten, aber wer blickt schon in der Menschen Herz?»

«Gott blickt in der Menschen Herz», warf der Vikar von seinem Ende der Tafel her inbrünstig ein. «Und also spricht Christus, wie es geschrieben steht bei Johannes 7, Vers 6: ‹Meine Zeit ist noch nicht hier, eure Zeit aber ist allewege.›» Er nickte wie zur Bestätigung, dass ihn die Schlechtigkeit der Welt nicht überrasche, und setzte hinzu: «Natürlich hat Mr. Milton gefehlt. Und Mr. Stalliot hat gefehlt, und sein Weib. Andererseits heißt es bei Johannes 8, Vers 7: ‹Wer von euch ohne Sünde ist, der werfe den ersten Stein.› Wir bitten Sie, Sir Mortimer, grämen Sie sich nicht. – Der Herr hat dieses Mahl gesegnet. Lassen Sie uns weiterspeisen. Amen.»

Ein wenig bigott erschien mir die Aufforderung des Geistlichen wohl, und ich konnte mich des Gedankens nicht erwehren, dass ihm angesichts des Lachses lediglich der Mund wässerte. Andererseits erwies sich sein bodenständiger Rat als das Vernünftigste, was in dieser Situation zu sagen war. Nightingale entließ Mortimer aus ihrer Umarmung. Sie lächelte sogar ein wenig, während sie zu ihrem Platz zurückkehrte. Auch Mortimers Blick klärte sich, und er nickte dem Vikar zu und sprach: «Das haben Sie recht gesagt, Father Thomas. Wie grauenvoll dies alles! Jedoch … lassen Sie uns genießen, was die Küche bereitet hat.»

Und ein jeglicher hätte jetzt wohl nach seinem Besteck gelangt, hätte der Professor nicht in just diesem Augenblick begonnen, wie wild in den Taschenbeuteln seines Beinkleides zu kramen. «Vergessen … vergessen», murmelte er ein ums andere Mal. Goldsmith hob irritiert den Blick. «Was haben Sie vergessen, Professor?»

«O das …» Er errötete etwas. «Mein Mittel.» – Mir fiel ein, wie ich ihn beim gestrigen Empfangssouper dabei beobachtet hatte, wie er, in lebhaftes Gespräch vertieft, ein buntes Papiertütchen mit weißem Pulver in sein Glas geleert, ein Medikament für seine Galle, wie ich angenommen hatte.

«Entschuldigen Sie mich, ich bin sogleich zurück. Ich muss es im Zimmer liegen gelassen haben», murmelte Professor Prescott. Er betastete flüchtig seinen Brustkorb, jedoch nicht derart, als ob er da das Vermisste suche, sondern so, als ob er dort Schmerzen verspüre, schob seinen Stuhl zurück und entfernte sich rasch in Richtung Eingangshalle. Als die Tür hinter ihm zugefallen war, schaute Goldsmith mich an. Ich weiß nicht, was er mit seinem Blick bedeuten wollte, aber schon zuvor, ohne seinen Blick, unter dem Eindruck dessen, was geschehen war und pausenlos geschah, konnte ich mich eines Schauders nicht erwehren, der mir über den Rücken strich. Auch noch die unschuldigste Bemerkung flößte mir Argwohn ein … «Die Dinge sind nicht das, was sie scheinen», vermeinte ich die Stimme Goldsmiths in meinem Kopf zu hören – und das war es wohl, was sein Blick mir bedeuten wollte –, und ich ärgerte mich über ihn und über mich selbst. «Was ist es, das der Professor da einnimmt?», dachte ich bei mir. «Für seine Galle ist es nicht! Du lieber Gott im Himmel …»

Wohin war sie entschwunden, jene höfliche, heitere Konversation des gestrigen Abends? Mortimer saß, den Blick nach innen gerichtet, und führte mühsam, wie es schien, die Gabel zum Munde. Nightingale aß langsam, den Blick gesenkt, der Vikar, der uns eben noch zum Essen aufgefordert, hatte den kaum angefangenen Teller gänzlich zurückgeschoben und nickte nun einem Bediensteten, der fragenden Blicks herantrat, auffordernd zu, ihn abzuräumen. Goldsmith lächelte kaum wahrnehmbar. Er hatte in meinem Gesicht gelesen, dass ich verstanden hatte. Er nahm einen Happen. «Dieser Fisch ist delikat», richtete er das Wort an Mortimer. «Ich habe derart zarten Lachs selten erlebt. Gefangen im Loch Ness?»

Mortimer wirkte zerstreut und musste sich einen Augenblick auf die Antwort konzentrieren. «Ja», sagte er, «meines Wissens, ja.»

«Süperb», sagte Goldsmith. «Jetzt weiß ich, was die Angler, die ich während der Reise da und dort an schottischen Gestaden in der Dämmerung erblicken durfte, sich versprachen, und ich verstehe sie nun gut. Und diese Meerrettichkruste ist göttlich. Wie ist sie gemacht?»

Ein schmerzliches Lächeln traf ihn aus Mortimers Augen. «Ich weiß es tatsächlich nicht, Mr. Goldsmith. Ich könnte in der Küche fragen lassen.»

«Meerrettichwurzel, getrocknet, gerieben, Salz, Pfeffer, Sahne zum Binden, eventuell Aquavit oder ein Obstwasser zum Abschmecken … dann leicht angeröstet …» Nightingale tastete mit der Zunge an der Speise in ihrem Mund, als sie bedächtig ihre Vermutungen aussprach. «Du darfst das getrost überprüfen lassen, Mortimer, ich habe bestimmt Recht.»

In diesem Augenblick flog die Tür auf, und Professor Prescott kehrte zurück und nahm mit schuldbewusster Miene wieder an unserer Tafel Platz. «Ich bin untröstlich», sagte er und blickte in die Runde, während er die Serviette wieder auf dem Schoß glättete. «Ich hoffe, Sie haben nicht auf mich gewartet», setzte er hinzu, als er unser aller noch kaum begonnene Teller begutachtete.

Er brachte das besorgte Papiertütchen zum Vorschein, winkte einem Bedienten, ihm ein Glas Wasser bereitzustellen, und leerte das weiße Pulver dort hinein, sobald es ihm gebracht worden war. Er trank. «Eine nützliche Substanz», erläuterte er wohlgelaunt, doch noch immer etwas verlegen, «ein Präparat zur Unterstützung für das Herz … ärztlich verordnet, nichts wirklich Ernstes.» Er setzte, nachdem er getrunken, das Glas wieder ab.

«Was ist es?», fragte der Vikar interessiert und streckte seinen Finger neugierig nach dem zusammengeknüllten Papiertütchen auf dem Damast der Tischdecke aus.

«Nun, es ist nicht der Leib Christi», lachte Prescott. «Seien Sie vorsichtig damit, lieber Vikar.» Und als der erschrocken seinen Finger zurückzog: «Es ist Hüttrach, gestreckt mit ganz normalem Puderzucker.»

«Hüttrach?», fragte der Geistliche und schüttelte den Kopf.

«Warum sind die heutigen Kleriker immer so unbewandert in Kräutern und Gewürzen?», erkundigte sich der Professor, den Vikar neckend, bei Mortimer. «Da war Bruder Lorenzo aus ‹Romeo und Julia› doch noch aus ganz anderem Holze, geben Sie mir Recht? – Arsenik, lieber Freund», sagte er, zurück an Father Thomas gewendet, «Hüttrach oder Arsenik, es ist dasselbe. Nimmt man bei Herzbeschwerden. – Übrigens: Die Bauern mischen es unter das Futter für ihre Kühe, wenn diese kalben müssen. Das erleichtert die Geburten.»

«Wollen Sie kalben, Professor Prescott?», fragte Samuel Goldsmith mit unbewegtem Gesicht.

Des Professors Kopf fuhr herum, er musterte Goldsmith für eine Sekunde aus schmalen Augenschlitzen. Dann bäumte er sich in einem hellen Auflachen. «Das war gut, Sir, sehr gut! Nein, ich will nicht kalben. Ob ich kalben will …» Er amüsierte sich immer noch.

Nightingale an meiner Seite lachte ebenfalls, leicht verunsichert jedoch, wie mir schien. «Trotzdem, Professor, ist das nicht gefährlich?»

Er zog die Schultern hoch, aber ehe er antworten konnte, mischte sich Mortimer ein. «Ich war – es ist Jahre her – abhängig von Laudanum, mein bester Freund», sagte er hart. «Und ich würde, wenn ich Sie wäre, die Finger von solcherlei Zeug lassen.»

«Laudanum?», fragte Prescott interessiert. «Ach! Erzählen Sie – wie war das?»

«Nun, Sie können sich denken, wie es war», meinte Mortimer zurückhaltend. «Ich nahm es ursprünglich im Zuge eines … nun, sagen wir … kontrollierten Experiments, um zu überprüfen, inwieweit die inspirativen Fähigkeiten, die intellektuelle Beweglichkeit davon bereichert werden könnten. Ich fragte mich, ob es möglich sei, die Türen zur Wahrnehmung weiter aufzustoßen, die Grenze zu überschreiten, die zwischen der Poesie und der Universalität liegt. Ich hatte von den Indianern Mittelamerikas gelesen, bei Humboldt, die derartige Experimente mit Meskalin durchführten. Ich hatte seinerzeit Kollegen im Heidelberger Kreis kennen gelernt, die gewohnheitsmäßig Kokain schnupften.» Er lächelte und nickte in meine Richtung. «Dein Vater war übrigens nie unter jenen. – Nun, wie dem sei: Ich saß hier auf meinem Schlosse und fand eines Tages mit Schrecken heraus, dass ich dieses Teufelselixier nicht mehr nur zum Dichten, sondern einfach zum Überleben in der grauen Realität benötigte. Und ich musste mir eingestehen, dass ich den gänzlich falschen Weg eingeschlagen hatte, um meinen Geist zu erweitern. – Und hätte ich damals in diesen Mauern nicht den Segen unserer kleinen Nightingale um mich gehabt, so weiß ich nicht zu sagen, was schließlich aus alldem geworden wäre …»

Er lächelte ihr zärtlich zu, und sie, ebenfalls lächelnd, sprach: «Es war furchtbar, Mortimer, aber weniger für mich denn für dich. Denn ich war ein Kind … und bei allem … du hast mir so viel gegeben.»

«Kleine Nightingale», murmelte Mortimer, «wenn du wüsstest …» Wieder ernst werdend, wandte er sich an Prescott mit den sanften Worten: «Lassen Sie davon, wenn Sie können, Professor. Lassen Sie davon!»

Der Professor, seinen Worten nachsinnend, sagte: «Das ist, Sir Mortimer, sehr schlimm, was Sie erlebt haben. Aber sehen Sie: Mit Hüttrach – Arsenik – ist es anders. Es macht nicht süchtig. Oh, es ist gefährlich, ich weiß; eine Prise zu viel – und …» Seine Hand fuhr schneidend durch die Luft. «Aber ich könnte es lassen von heute auf morgen, lieber Freund. Es geschieht tatsächlich auf Anraten eines ehemaligen Kollegen von der Universität Glasgow, der Medizin lehrte, dass ich dieses Mittel einnehme. Sehen Sie, Menschen meines Alters», er lachte, «nun, Menschen meines Alters plagt das Zipperlein hier und dort. Ich habe kein gutes Herz mehr, leider. Ich bitte Sie, machen Sie sich keine Sorgen. Im Gegenteil, hätte ich nicht meine gewohnte Prise zum Souper gestern Abend zur Verfügung gehabt, ich weiß nicht», er lachte und drohte Mortimer scherzhaft mit dem Finger, «ich wage nicht zu sagen, wie mich die besonderen Anforderungen Ihrer Schlossführung am Ende gar zurückgelassen hätten!»

Auch Mortimer rang sich auf diese Replik hin ein Lächeln ab.

«Trotzdem, lieber Professor», ließ sich Father Thomas beharrlich vernehmen. «Das einzige wahre Lebenselixier ist das Wort Gottes. So ist es, wie ich es halte, trotz meines Alters. ‹Ich bin das Brot des Lebens›, spricht Christus, ‹und wer zu mir kommt, den wird nicht hungern, und wer an mich glaubt, den wird nimmermehr dürsten.› Johannes 6, Vers 35.»

«Das ist sehr nett von Christus», sagte Professor Prescott in etwas ungeduldigem Tonfall. «Lieber Herr Vikar, aber ‹der Mensch lebt nicht vom Brot allein›. Das steht an anderer Stelle, soweit ich mich entsinne. Sie werden mir bei der Quellenkunde behilflich sein.»

Ich sah, dass der kleine Geistliche unwillkürlich erblasste und sein schäfisches Gesicht den Ausdruck eitler Empörung annahm, aber Professor Prescott bemerkte es nicht. «Wie verhält es sich mit Ihnen?», fragte er stattdessen forsch, nun unmittelbar an Goldsmith gewandt. «Sie haben uns noch gar nicht berichtet, wie Sie es halten mit den möglichen kleinen Hilfsmitteln des Lebens? Sie sind stets recht schweigsam, Sir. Wie halten Sie es mit dem Herrn Zebaoth, Sie verzeihen, als amerikanischer Jude?»

«Oh, ich als amerikanischer Jude», sagte Samuel Goldsmith beiläufig und zeigte jenes undurchsichtige Lächeln, das ich an ihm kannte, «unterscheide mich, lieber Professor Prescott, kaum von meinen Glaubensgenossen in der übrigen Diaspora. Wir Juden lieben es, zum Frühstück ein Kind zu verspeisen, vorzugsweise einen Knaben von acht oder zehn Jahren, mit einer Haut von Milch und Honig – aber das ist Ihnen ja bekannt –, und ansonsten sind wir, lieber Mr. Prescott, eigentlich so wie alle übrigen Leute, immer ein bisschen heimtückisch und unheimlich und nie recht zu packen, sondern stets auf der Flucht vor den Mitmenschen, jeder ein kleiner Ahasver.»

Mortimer reagierte sichtlich nervös auf die beiderseitige Replik und fürchtete offenbar den Ausbruch neuer offener Feindseligkeiten in unserer Runde; dabei, fand ich, war Prescotts Einwurf lediglich ein getreues Abbild einer jener Boshaftigkeiten gewesen, für die das Lesepublikum ihn liebte, und Goldsmith hatte ihn durchaus gekonnt pariert.

«Wo ist eigentlich Henry?», wollte Mortimer wissen.

Die an der Spiegelwand beschäftigten Diener begegneten seinem fragenden Blick mit Ratlosigkeit.

«Ist das Dessert bereit?», fragte mein Freund.

«Gewiss, Sir, wenn wir servieren sollen?»

«Tun Sie das.» Mortimer blickte auf unsere nunmehr doch mehr oder minder geleerten Teller, die wir zurückgeschoben hatten, und machte eine Handbewegung. Die Diener traten heran, räumten ab, servierten die Dessertteller. Es schien, als sollte es während dieser Mahlzeit bei der eigenartigen Atmosphäre von Chaos und Auflösung bleiben.

«Sie entschuldigen mich», sprach Mortimer. «Ich will nur eben schauen ... ich habe eine kleine Überraschung vorbereiten lassen, und ich weiß nicht ... bitte warten Sie einen Augenblick auf mich.» Und schon hatte er sich flüchtig verbeugt und eilte seitlich zur Bibliothek davon.

Professor Prescott trug nach wie vor ein etwas verzerrtes Lächeln auf den Lippen und malte mit dem Dessertlöffel Muster auf die Tischdecke, die nur ihm allein helle waren. Goldsmith blickte heiter vor sich nieder, und Nightingale bewegte sich unruhig neben mir. Mir fiel auf, dass ich selbst mich während der letzten Zeit in der Konversation zurückgehalten hatte. Zu viel war es, das auf meinen Geist eindrang. Ich spürte, ohne hinzuschauen, die Wärme der Haut Nightingales geradezu sinnlich von der Seite her auf mich einströmen und dankte Gott, beziehungsweise Mortimer, dass er die Tischordnung so geregelt, dass sie neben mir saß. Und ich spürte die Kälte, die ausströmte vom Professor zu Goldsmith und von Goldsmith zum Professor. Rechter Hand saß der Vikar in einer Blase des Beleidigtseins und der gekränkten Unschuld.

Mortimer kam aus der Bibliothek zurück, dunkel im Gesicht von Ärger oder sonstiger unangenehmer Erregung, und in seinem Gefolge hinkte Henry, der sich beeilte, einem Befehl seines Herrn nachzukommen, und hinausstürzte in den Küchenflur, wo es wenige Sekunden dauerte, in denen undefinierbare Geräusche ertönten, bis erneut die Tür sich auftat und ein Zug von Bediensteten, mit Henry an der Spitze, hereinkam, die in ihrer Mitte einen kleinen, verkleideten Wagen schoben – jenen, auf dem sonst die Getränke hereingerollt wurden –, und wie immer unser aller Stimmung in der letzten Minute noch beeinträchtigt gewesen sein mochte, so war all dies doch in einem einzigen Augenblick vergessen und machte barem Erstaunen und einer gerührten Zuneigung für unseren Gastgeber Platz, der dies herrliche Schauspiel zur Delektion all unserer Sinne arrangiert hatte. Nightingale war die Erste, die ihre Hände zu einem stürmischen Applaus rührte.

Ich muss hinzusetzen: Diese Wiederkehr von Freude wurde keineswegs beeinträchtigt, nein, eher noch verstärkt durch die Tatsache, dass genau dies der Augenblick war, in dem sich auch die Türe zur Eingangshalle auftat und Robert Milton dort erschien, gemeinsam mit einer Alice Stalliot, die die Spuren von Gram und Tränen mit Sorgfalt aus ihrem Gesicht getilgt hatte.

Ich vermochte nicht zu entscheiden, ob es eher skandalös und unpassend oder doch nur ein Beitrag zur allgemeinen Versöhnung war, dass sie beide zusammen dort in der Tür erschienen – doch in der nächsten Sekunde nahm das gebotene Bild meine betäubten Sinne wieder ganz und gar gefangen. Mortimer stand ein wenig im Hintergrund und lächelte.

Die Diener trugen, trotz des noch vorhandenen Tageslichtes im Speisesaal, brennend lodernde Fackeln, und auf dem kleinen Wagen reckte sich ein Kunstwerk turmgleich zur Höhe: unser Dessert war ein geflügeltes Pferd, gefertigt aus Baiser-Teilen, gebackenen Oblaten, Eis, vielerlei Kuchen, kandierten Früchten und Sahne, die schwächeren Partien der Hinterbeine – denn das Tier bäumte sich mit den Vorderhufen über einer fulminanten Creme- und Geleespeise auf –, die Hinterbeine verstärkt und unterstützt durch ein zartes Gerüst von fast unsichtbarem weißem Porzellan.

«Bravo!», rief Nightingale begeistert. «Bravissimo!» Und ich sah Goldsmith und Prescott und Alice Stalliot und Robert Milton und den kleinen Vikar einträchtig beieinander stehen und applaudieren. Wenn ich all dies – heute – rückblickend bedenke, so war diese Szene mit dem sich aufbäumenden Pegasus, im Fackelschein jenes hellen Tages im Speisesaal und einem für den Augenblick zumindest glücklich lächelnden Mortimer an der Seite, gleichsam auch das letzte Aufbäumen eines gnädigen Schicksals, das in der Folge so gänzlich den gnadenlosen Mächten der Finsternis unterliegen sollte.

Wir begaben uns wieder zurück an die Tafel, es war ein unglaubliches Geschwirr von Stimmen im Raum, in das sogar die Dienerschaft, grinsend und erregt und mit den Fingern deutend, einstimmte. Zwei von ihnen waren mit großen, beinahe dolchartigen Messern ausgestattet und rückten nun, unter gebührlichem Bedauern und Wehklagen unserer Versammlung sowie gleichzeitigem Gelächter, dem mächtigen Pegasus-Kuchen zu Leibe. Ich sah, wie der Vikar glückselig lächelte, wie Prescott Goldsmith auf die Schulter klopfte und etwas vorbrachte, das wie eine Entschuldigung aussah, und ich sah Goldsmith darauf lästerlich grinsen; ich nahm wahr, dass Milton Alice Stalliot höflich zu ihrem Platze begleitet hatte, sich von ihr zurückzog und dann mit Mortimer flüsterte, der seinerseits darauf Henry heranwinkte und ihn, nachdem er ihm etwas ins Ohr gesagt, fortschickte – Henry nickte und verließ den Speisesaal durch die Küchentrakttüre, auf dem Wege in den Weinkeller, wie ich vermutete, um Geoffrey Stalliot zu holen und das Fest der Versöhnung zu vervollkommnen, und wir alle schließlich nahmen wieder auf unseren Stühlen Platz, jeder versehen mit einem berauschenden Tortengebilde auf seinem Dessertteller und einer Gabel bewaffnet, um dem letzten Gang des Dinners gebührend gewappnet zu sein.

Ruhe kehrte wieder ein, das heißt, verhältnismäßige Ruhe, unterbrochen von «Ohs» und «Ahs» anlässlich der ersten genossenen Bissen; die Bediensteten, die nicht gerade damit beschäftigt waren, Fackeln zu halten, kamen herum und erkundigten sich nach unseren Wünschen hinsichtlich eines Whiskys oder Kaffees oder Calvados oder Gins, und der Professor fragte soeben beiläufig und bestens gelaunt bei dem Vikar an, ob Johannes 6 auch für solcherart leibliche Genüsse einen Kommentar bereithielte, was der Vikar mit einem säuerlichen, wenngleich um Wohlwollen bemühten Lächeln quittierte, als außerhalb, in Richtung des Küchentraktes, erneut Geräusche laut wurden – ein metallener Gegenstand fiel scheppernd zu Boden, und als wir alle irritiert die Köpfe von unserer Speise hoben, riss Henry mit einem gewaltigen Schwung die Speisesaaltür auf, sodass sie gegen ihre Angeln krachte, stand dort keuchend und nach Luft japsend, hielt sich am Türrahmen fest und stammelte: «Sir, Sir! Es ist etwas geschehen! Sir, Sie müssen sofort kommen! Mr. Stalliot …»

Mortimer saß auf seinem Platz, hatte sich herumgedreht, und ich konnte ihn nur mehr seitlich sehen. Er war weiß wie ein Laken. «Was?», sagte er, und seine Frage klang in die Stille wie ein Peitschenknall.

«Sir», sagte Henry. «Ich glaube … ich weiß es nicht, Sir … ich denke, Mr. Stalliot … ist tot, Sir.»

Jedes Geräusch im Raum war längst verstummt. Mir fuhr es eiskalt den Rücken herunter.

«Was meinst du damit, Henry?», hörte ich Mortimer, die Stimme fremd, wie das Krächzen eines Vogels. «Was soll das heißen: Er ist tot!? Was ist geschehen?»

«Ich weiß es nicht, Sir … Er liegt da, unter Fässern begraben.»

Nightingale, die vor kurzem noch gelacht hatte, saß dort, bleich wie der Tod, und der Professor sah aus, als habe er sich verschluckt. Robert Milton hatte die Augen eines Wahnsinnigen, der Vikar, Goldsmith und Alice Stalliot auf ihren Plätzen zeigten eine Art Frösteln oder Zittern, ich selbst – mir schien, als schwänden mir die Sinne. Da war ein Sausen und Kreisen, das nur in meinem Kopfe sein konnte. Die apfelbäckigen Mädchen waren in der Türöffnung erschienen und starrten hinter Henry herein. Eine von ihnen weinte in ein großes, kariertes Tuch …

«Kommen Sie, Sir! Ich kann das nicht …», sagte Henry, und fast sah sein verunstaltetes Gesicht aus, als schluchze er, «… schauen Sie selbst!»

Es kam Bewegung in unsere Gruppe. Viele sprangen auf. Irgendein Stuhl polterte laut zu Boden. Ich sah, wie Nightingale wankte, und trat herzu …

«Nightingale – ich meine, Miss Dubois, ich denke, es ist besser, wenn Sie hier oben bleiben …» Ich erfasste besorgt ihre Hand, die vor Schrecken eiskalt geworden war.

«Nein, nein, es ist alles in Ordnung! Lassen Sie mich hier nicht allein!»

Robert Milton war herangestürzt und besorgte sich um Alice, die auf ihrem Stuhle saß, das Gesicht maskenhaft wie aus totem Stein. Der Professor lehnte am Tisch und wirkte um Jahre gealtert, desgleichen der Pfarrer, dessen Lippen sich im Gebet murmelnd bewegten. Goldsmith saß starr, und ein böses Lächeln umspielte seinen Mund. Mortimer stützte sich auf den Tisch, die Handgelenke in der Verkrampfung weiß. Dann stieß er sich vom Tische los und ging zu einem der Diener hinüber, riss dem Mann grob die Fackel aus der Hand. «Meine Freunde», sagte er und wies mit seiner freien Hand auf die offene Tür des Küchenkorridors. «Wer immer mir folgen will …»

Ich bemerkte, wie Robert Milton Alice Stalliot vom Stuhle hochhalf. Der Vikar sprach sein Gebet jetzt so laut, dass ich jedes Wort verstand. Henry stand immer noch schlotternd an der Tür.

Langsam setzte sich der Zug in Richtung Weinkeller in Bewegung. Nightingale ließ meine Hand, die sie hart ergriffen, nicht los, und während wir zunächst den Gang an der offenen Küche vorbeitraten, wo noch irgendetwas auf dem offenen Herdfeuer zischte, und dann, am Ende des düsteren Korridors, die Treppen in die unteren Räume des Schlosses hinunterstiegen, verkrampfte sich Nightingales Händedruck angesichts der Ungewissheit, welcher Anblick uns im Weinkeller tief unter dem Schloss erwarten würde, derart, dass mein Handgelenk schmerzte. Ihr feines Gesicht war ein ungewisser Schatten neben mir in der Dunkelheit.

Ich hatte den Weg, von der Führung des gestrigen Abends her, in umgekehrter Richtung noch gut in Erinnerung, aber er kam mir länger vor heute, unerträglich lang. Der Lichtschein von Mortimers Fackel tanzte uns voraus, unsere Schatten an den Wänden wie huschende Gespenster oder sich biegende Ungeheuer. Hinter uns … nichts. Keiner der Bediensteten hatte uns begleitet.

Dann waren wir da. Mühsam schob Mortimer die schwere Eichentür zum Weinkellereingang auf – die Fackel hatte er an Goldsmith weitergereicht, der direkt hinter ihm gegangen.

Trotz des zusätzlichen Lichts – eine weitere Fackel flackerte noch an der linken Wand – konnte man weiter hinten, dort, wo die Treppe zur Folterkammer hinaufführte, kaum etwas in dem Gewölbe erkennen – außer einem grotesken Haufen Holzes, einem gewaltigen Gewirr zumeist geborstener Fässer, eiserner Ringe und Bohlenruinen. Einige sehr große Fässer indessen schienen unzerstört und lagen in wilder Unordnung zwischen den anderen Trümmern. Man spürte Nässe und Feuchtigkeit allüberall. Der Geruch ausgelaufenen Weins stieg uns betäubend in die Nase, sodass der Professor sein Tuch herauszog und es gegen Mund und Nase presste. Linker Hand, dort wo sich noch gestern die Reihe der Weinfässer getürmt hatte, war die uralte, gemauerte Gewölbewand sichtbar. Das Gebirge von Weinfässern gänzlich eingestürzt, zerschellt.

Mortimer schwenkte die Fackel. Als ein Lichtschein auf einen blutverschmierten Arm fiel, eine Hand, zu einer grotesken Kralle gekrümmt, die unter einem der Fässerreste herausragte, schrie Nightingale auf, kehrte sich ruckartig zu mir um und vergrub ihr Gesicht an meiner Brust. Fast wäre ich selbst getaumelt.

Mortimer starrte mit brennenden Augen auf das grauenvolle Chaos, unter dem sich die Leiche von Geoffrey Stalliot vermuten ließ. Etwas mehr als einen Yard von jener Hand entfernt lag ein zersplittertes Glas. Wir alle standen totenstill, da drängte sich Alice durch unsere Gruppe nach vorne und blieb bei dem grausigen Anblick, der sich ihr bot, unvermittelt stehen. Sie schrie nicht, sie weinte nicht, sie stand nur da, regungslos – eine Ewigkeit, wie mir schien. Dann kehrte sie sich uns zu, mit leerem Blick, und als ob sie eine Erscheinung wäre, wichen wir unwillkürlich vor ihr zurück, machten ihr Platz, und sie schritt durch die Menschengasse, die wir so bildeten, hindurch, auch an Robert Milton blicklos vorbei, und dann den Gang entlang, den wir gekommen.

Sie verschwand in der Finsternis. Es wurde sehr still, bis auf das Geräusch ihrer stolpernden Schritte und des Schleifens ihrer tastenden Hand an der Wand. Schließlich verkündete uns ferner Schall, dass sie die Steintreppe erreicht hatte und sie langsam erklomm.

Nightingale begann zu weinen.

Ich sah Mortimer, wie er sich zu mir herumdrehte. Sein Gesicht war beherrscht von einer geradezu unmenschlich erscheinenden Selbstkontrolle.

«Jonathan», sagte er, «geleite Nightingale jetzt auf ihr Zimmer und leiste ihr etwas Gesellschaft. Das hier ist nichts für sie. Und, Mr. Milton, schauen Sie bitte nach Mrs. Stalliot. Ich denke, wir können es nicht verantworten, sie in dieser Stunde allein zu lassen. Wir Übrigen werden hier aufräumen und dafür sorgen, dass mein Gast Geoffrey Stalliot nicht so liegen bleibt.» Er wendete sich ruckartig von mir fort und starrte wieder in die Kammer hinein, und ich wusste, dass diese harsche Bewegung nur geschehen war, um seine Tränen zu verbergen. Robert Milton verließ wortlos den Raum und tastete sich durchs Dunkel Alice hinterher.

«Kommen Sie, Miss Dubois», flüsterte ich und bekämpfte das Gefühl unbändiger Sehnsucht und Zärtlichkeit, das mich zu übermannen drohte. «Ich bringe Sie von hier fort.»

Anstatt den Kopf oder sich zu rühren, schlang sie nur ihre Arme um meinen Nacken und hielt mich fester als zuvor. «Kommen Sie», flüsterte ich und löste eine Hand, um ihr Haar zu streicheln. Es kribbelte in meiner Haut wie von knisternder Elektrizität, und eine Welle der Schwäche ging durch mich hin. Aber dann merkte ich, wie ihre Beine sich langsam bewegten, und ich drehte sie herum und wollte sie aus der Kammer herausführen.

«Hier», sagte Goldsmith und hielt mir seine Fackel hin. «Das werden Sie die ersten fünfzig Yards weit brauchen.»

«Und Sie?»

«Schicken Sie jemanden herunter», sagte er kurz angebunden. «Die sind ja noch alle oben …»

«Ja, das will ich tun.»

Ich geleitete Nightingale den Gang entlang, führte sie weich im rechten Arm, hielt die lodernde Fackel in der Linken. Wir erreichten die obere Biegung des Aufstiegs. Am Ende des Küchenganges fiel – vom Speisesaal her – Tageslicht ein. In der Küche zischte es immer noch, etwas roch inzwischen angebrannt.

Als wir den Speisesaal betraten, fanden wir die Dienerschar versammelt, Henry unter ihnen. Der zum Dessert gedeckte Tisch stand fast unberührt – immer noch ein letzter Widerschein des Sonnenlichts im Zimmer, in den Spiegeln blitzend reflektiert. Entsetzen stand in die Gesichter der Bediensteten geschrieben. Einer von ihnen saß am Tisch, den Kopf in die Armbeuge gebettet.

«Man bedarf Ihrer Dienste im Weinkeller», teilte ich Henry mit, ungewollt wohl recht brüsk, und reichte ihm die Fackel. Er nickte eilfertig, errötend. «Gewiss, Sir, Sie haben ganz Recht, Sir, ich bitte um Verzeihung …»

Ich sah, wie er drei der Bediensteten bestimmte und sich mit ihnen zur offenen Küchentrakttür hin in Bewegung setzte. Ich selbst war zu dem Zeitpunkt mit Nightingale bereits auf dem Weg zur Eingangshalle.

Die Halle lag in gedämpftem Licht, das durch die kleinen Luken neben der Eingangspforte vom Hof hereindrang. Unsere Schritte hallten auf den nackten Fliesen des glatten Marmorbodens. Ich roch den starken, süßlichen Duft jener getrockneten weißen und roten Rosen, die seitwärts in ihrer Amphore lehnten.

Schweigsam schritten wir die Marmortreppe, die im schwachen Tageslicht lag, hinauf und betraten die Galerie. Ich sah unsere Füße in gemessenem Gleichtakt den Gang entlangtappen. Als wir Nightingales Zimmer erreichten, lehnte sie sich halb gegen die Tür, halb gegen mich, der ich sie am Arm geführt.

«Jonathan», sprach sie, und ich verstand sie kaum und beugte meinen Kopf hinab in ihr Haar, um ihr zu lauschen, und spürte erneut eine Welle der Wärme von ihr aufsteigen. «Ich weiß es recht wohl, dass man Sie jetzt im Keller dringend benötigt», flüsterte sie hastig. «Nichtsdestoweniger – Sie werden es nicht falsch auffassen, mein Freund, wenn ich Sie bitte, mich noch auf einen Augenblick zu begleiten. Mortimer … wird es verstehen. Ich kann jetzt nicht alleine sein.»

Mit dem letzten Wort hob sie ihr Gesicht, und für den Augenblick einer Sekunde streifte ihre Wange an der meinen, bevor ich den Kopf zurückzuziehen imstande war. «Ich bitte Sie um diesen einen Gefallen …»

Ich wusste, dass sie mich in diesem Moment um alles hätte bitten mögen – einerlei, ich wäre bedingungslos gefolgt. Nun bat sie mich zu bleiben …

Wortlos schob ich die Tür zu ihrem Zimmer auf.

Licht fiel jetzt in den dunklen Flur. Der Blick durch das große Fenster ging in den Hof. Die bereits tiefer stehende Sonne strömte am Wohnturm vorbei breit und warm strahlend in die rechte Zimmerhälfte, malte dort in Mustern an der Wand. Halb zur Linken stand das mit zahllosen weichen Kissen drapierte Himmelbett mit seinen duftigen blauen Volants, davor war ein Bärenfell auf dem Boden drapiert, dessen Fangzähne grimmig im aufgerissenen Maule blitzten, während die gläsernen Augen mir entgegenstarrten.

Vier bequeme Sessel waren um einen runden Tisch rechter Hand vor dem großen Fenster angeordnet, mehrere hochlehnige Stühle standen an der Wand, die Kristalle des Deckenleuchters funkelten gleißend im Gegenlicht der schräg einfallenden Sonnenstrahlen. Eine Schreibfeder lehnte in dem Tintenfass auf dem Sekretär an der rechten

Wand, ich sah Nightingales schwarzen Umhang über eine Stuhllehne gefaltet. Auf dem Nachttisch sah ich «Eine Untersuchung über den menschlichen Verstand» von David Hume in rotem Einband – ich kannte die Ausgabe, besaß sie selber in London –, auf dem Buch lag die gestern bei der Ankunft Nightingale von Mortimer überreichte rote Rose, daneben erhob sich im Dämmer ein silberziselierter Kerzenleuchter mit einer blauen Kerze. Wir standen noch an der Tür, die ich jetzt gegen den dunklen Korridor hin schloss.

Ich führte Nightingale langsam zum Bett, wo sie sich auf die Kante desselben setzte. «Sie sollten jetzt ruhen», flüsterte ich. Ich kniete vor ihr nieder und löste mit behutsamen Fingern die Bänder ihrer Schuhe. Sie ließ sie sacht von ihren Füßen gleiten, und der Anblick ihrer Fesseln bannte für eine Sekunde meinen Blick, bevor ich mich verwirrt abwandte.

«Geht es Ihnen besser so?», fragte ich mit zitternder Stimme.

«Viel besser, ich danke Ihnen so sehr.»

Ich erhob mich rasch und trat, gegen den Tisch zu, zurück, während sie sich, halb ein Seufzen, halb ein Weinen, seitwärts sinken ließ und die Beine auf das Bett zog. Das Haar glitt in ihr Gesicht. Ich stand dort im Sonnenlicht und sah auf sie, wie sie lag, im Schatten. Sie hatte die Augen geschlossen, und ich wusste, dass ich stehen bleiben würde bis an das Ende meiner Gegenwart, dass ich von ihr fern halten würde, was immer sie ängstigte, was immer an sie herantrat und seine Hand erhob, dass ich mich über sie beugen würde und sie mit meinem Kusse schützen – für alle Zeit der Welt – bis zum Ende aller Schöpfung.

«Kommen Sie zu mir», hörte ich in diesem Moment ihre Stimme zart und bittend in meine Gedanken dringen. Sie hatte verlangend den Arm gegen mich ausgestreckt.

Ich nahm mir einen der Stühle, trug ihn hinüber und

setzte mich in einiger Entfernung des Bettes. Sie lag darauf wie ein Engel, der von einer Wolke gefallen. Das Licht spielte in ihren Haaren; ich sah, wie ihre Brust sich unter ihrem Atem hob und senkte, wie der Stoff ihres Kleides ihre Gestalt zärtlich umfloss, ich sah ihren Nacken, ihre zarten Hände auf dem Satin.

«Sie schenken mir noch eine Sekunde?», hörte ich sie leise sagen.

«Gewiss, allzu gerne», flüsterte ich. «Wofür?»

«Ich weiß es nicht», antwortete sie leise. «Einfach nur, um zu bleiben und mich anzuschauen … dicht bei mir zu sein … nur einfach zu helfen.»

«Das will ich tun», sagte ich. «Ich will bei Gott nichts anderes tun … Schließen Sie die Augen und schlafen Sie etwas … Ich will Ihre Ruhe bewachen …»

Ich dachte an die anderen im Keller bei ihrer grausigen Arbeit, und ich wusste, dass ich die Gedanken daran von ihr fern halten wollte! Nightingale blieb still, lag auf der Seite, die Augen geschlossen. Sie atmete jetzt regelmäßiger, wollte mir scheinen, und mich kam unendliche Freude darüber an.

«Erzählen Sie mir», bat sie plötzlich, «was haben Sie in Ihrem Reisegepäck, Jonathan, sagen Sie es mir?» Eine Locke ihres Haares fiel in das schöne Gesicht, und sie strich sie mit einer schläfrigen Bewegung, die mich ungemein reizte, zurück. «Welche wunderbare Geschichte haben Sie nach Boroughmore Castle mitgebracht, um sie einer erwartungsvollen Zuhörerschaft zu unterbreiten?» Ich sah, dass sie lächelte. «Können Sie mir zuliebe vor der Zeit einen Zipfel dieses Schleiers lüften? Oh, kommen Sie, mein Freund, lenken Sie mich ab, bringen Sie mich auf andere Gedanken!»

Ich rückte unruhig auf meinem Stuhl. «Glauben Sie denn, dass es Ihnen helfen würde, wenn ich ausgerechnet davon berichtete?», fragte ich verwirrt. «Ich weiß nicht …»

«Oh, bitte, lieber Jonathan …»

«Es ist eine Geschichte der tiefen Nacht, Nightingale», murmelte ich verlegen, «eine böse Geschichte, ich weiß es wirklich nicht …»

Ein Schatten flog für den Augenblick über ihr Gesicht, dann sagte sie: «Einerlei, lassen Sie sie mich hören. Es ist eine Geschichte, sagen Sie? So ist es Poesie! Die Poesie ist nicht die Wirklichkeit …» Ihre Stimme erstarb im Leeren.

«Diese beruht auf der Wirklichkeit», wandte ich sacht ein, «denn sie soll sich tatsächlich so zugetragen haben …»

«Wann?», fragte Nightingale.

«Vor Hunderten von Jahren …»

«Oh, das ist fern», sagte Nightingale.

«Sie spielt in einem Dorf in Mittelengland», erklärte ich ihr, «den Stoff habe ich in einer alten Chronik entdeckt, die ich vor Jahren in einer Kirche gefunden.»

«Und was tun Sie damit, mein Freund?», wollte sie wissen.

«Ich erzähle sie jetzt in Terzinen nach», sagte ich, «die ich aber nicht auswendig im Kopf habe. Ich könnte Ihnen nur die Handlung unterbreiten, wenn Sie mögen, indessen – es ist eine recht finstere Geschichte, weshalb ich wahrhaftig nicht weiß …»

Sie unterbrach mich mit einem bittenden Blick. «Geschichten erzählt man Kindern, wenn sie gut schlafen sollen. Ist es nicht so?» Sie verbesserte sich rasch. «Nicht, dass ich über ihr einschlafen werde, Jonathan, das ist fest versprochen!»

«Aber Sie sollen doch einschlafen», rief ich unglücklich aus. Wir hielten beide einen Moment inne, und dann überkam uns ein Lachen, trotz all der düsteren Gedanken.

«Sie heißt: Der Pfarrer von Dorning», sagte ich schnell. «Das ist nicht der richtige Titel, aber ich sinne noch über einen besseren nach. Vorerst muss er mir genügen.» Ich sah, wie sie mich aus großen Augen plötzlich anstarrte, und ich erschrak. «Was ist, Nightingale?»

«Der Pfarrer von Dorning?», flüsterte sie. «Das ist hübsch. Erzählen Sie nur. Ist es denn eine Geschichte auch von Liebe?», fragte sie mich mit scheinbar großer Ernsthaftigkeit und wandte den Kopf seitlich. «Kommt eine junge Frau vor, die den Mann ihres Herzens gewinnt, mit ihm geht ... wohin er sie führt ... und leuchtet ihnen am Ende das Glück?»

«Ich fürchte, damit kann ich nicht dienen», sagte ich unsicher, «oder nur sehr von ungefähr ...»

«Oh, schade», murmelte sie, und fast vermeinte ich ein mutwilliges Aufblitzen in ihren Augen zu gewahren. Doch als sie bemerkte, wie ich verwirrt verhielt, machte sie nur eine kleine, lustige Handbewegung und bat mich, getrost zu beginnen.

Und so erzählte ich ihr schließlich von jenen Ereignissen, die sich um ein altes Haus rankten, das ich dort noch mit eigenen Augen gesehen, in einer kleinen Straße namens Canongate, in dem hübschen Flecken von Daventry, einige Meilen von Nottingham gelegen. Ich hatte jüngst gehört, dass es abgerissen worden sei, und hatte die Stätte nochmals besucht. Da war es auch gewesen, dass ich den Plan gefasst, eine längere Dichtung aus dem zu verfertigen, was mir die Chronik einstens mitgeteilt. Die Geschichte, die sich an jenes Haus knüpfte und die ich nun in kurzen Worten Nightingale wiedergab, ging so:

Gegen Mitternacht wurde bei einem Geistlichen, der oberhalb im Dorfe von Dorning wohnte, an Tür und Laden geklopft. Als er öffnete, sah er mehrere Männer draußen stehen, die ihm mitteilten, dass er sie begleiten möge, um einem Kranken die Sterbesakramente zu reichen. Er gehorchte. Als man die High-Street hinunter war, zwang man ihn, sich die Augen verbinden zu lassen; dann schritt man weiter abwärts. Nachdem ihn seine Begleiter eine Stunde lang oder gar länger in die

Kreuz und Quer geführt hatten, geleiteten sie ihn die Steintreppe eines Hauses hinauf, öffneten eine Tür im ersten Stock und hießen ihn eintreten. Hier nahm man ihm die Binde ab.

Er befand sich in einem geräumigen, wenig erleuchteten Zimmer, in dessen Mitte ein Himmelbett mit dunklen Gardinen stand, der eine Vorhang halb zurückgeschlagen. Zur Seite des Bettes saßen mehrere Männer, in demselben lag eine schöne junge Dame, eine Wöchnerin, wie man ihm sagte, erst wenige Stunden zuvor eines Kindleins genesen. Die Männer wiederholten jetzt die Aufforderung, die Worte zu sprechen, die gemeinhin am Bette eines Sterbenden gesprochen würden. Er antwortete, dass ihm der Zustand der Dame das nicht zu erfordern scheine, sie sei keine Sterbende, kaum eine Kranke; drohende Worte indes ließen ihm bald keine Wahl mehr, und zitternd, kaum seiner Sinne mächtig, sprach er die üblichen Gebete.

Als er geendet, verband man ihm abermals die Augen und führte ihn treppabwärts, ehe er die letzten Stufen erreicht hatte, hörte er einen Pistolenschuss. Vor seiner Wohnung angelangt, wurde ihm von Seiten seiner Begleiter eine Börse mit Goldstücken aufgedrungen und kurz hinzugefügt, dass er zu schweigen habe, so lieb ihm sein Leben sei. Dann ließ man ihn allein. Er trat in sein Haus, legte sich wie im Fieber nieder und fiel endlich, nachdem er sich lange rastlos hin und her geworfen hatte, in einen tiefen Schlaf.

Gegen Morgen erweckte ihn sein Diener mit der Nachricht, dass über Nacht unten in Daventry in der Straße Canongate ein heftiges Feuer ausgebrochen sei; das ganze Haus sei zerstört und die Tochter des Lord Ravendale in den Flammen umgekommen. Für den Geistlichen war kein Zweifel, dass dies dasselbe Haus sei, in dem er die Nacht vorher die Sterbegebete gesprochen, aber die Furcht hielt ihn ab, zu reden oder als Kläger aufzutreten. Dennoch blieben die Vorgänge jener Nacht nicht ganz verschwiegen, und nachdem, ziemlich ein Menschenalter später, der Geistliche gestorben war, fehlte es nicht an Personen, die von der Geschichte wenigstens gerüchtweise Kenntnis hatten. Dies Gerücht fand später eine gespenstische Bestätigung. An derselben Stelle, wo das Haus in Canongate niedergebrannt war, hatte man bald nachher ein neues Gebäude errichtet. Viele Jahre waren seitdem vergangen, der Geistliche längst tot, das neue Haus war fast wieder ein altes geworden, da brach ein zweites Mal Feuer an derselben Stelle aus. Als die Flammen die höchste Höhe erreicht hatten, wurde der Tumult, der wie gewöhnlich in den benachbarten Straßen herrschte, plötzlich durch eine Erscheinung unterbrochen. Eine schöne Frauengestalt, in reiche Nachtgewänder gekleidet, erschien mitten in den Flammen und rief laut in die Stadt hinein:

«Einmal verbrannt, zweimal verbrannt,
Das dritte Mal brennen Stadt und Land …»

So schloss ich, aus dem Kopfe, mit den zwei letzten Versen der Ballade meinen Bericht an Nightingale ab. Sie hatte während meines Vortrages ihre Stellung auf dem Bett nicht verändert, nur ab und zu die Augen geschlossen, ohne dass ich den Eindruck gewann, dass sie schlief. Ein süßes Schweigen breitete sich aus, nachdem ich geendet hatte.

«Das war wunderschön», sagte Nightingale in tiefen Gedanken. «Ich warte begierig auf den Abend, an dem Sie es mir, uns, zur Gänze vortragen werden … Ich hoffe so sehr, dass es dazu kommt …», setzte sie hinzu.

Ich schwieg.

«Sie müssen nun gehen», sagte sie nach einer Weile, «denn ich glaube, dass man Sie schon dringend erwartet bei Ihrer traurigen Aufgabe dort unten. Doch einerlei: Sie brauchen sich um mich gewiss keine Gedanken mehr zu machen. Ich danke Ihnen, Jonathan, ich danke Ihnen so sehr.» Sie schloss ihre dunklen Augen.

«Wir werden uns wieder unterhalten?», fragte ich.

«Das werden wir, mein lieber Freund», sagte sie, die Augen geschlossen. «Das werden wir ganz gewiss.» Und dann, als ich mit meinem Stuhl rückte, um mich zu erheben, fragte sie, die Augen wieder weit geöffnet: «Was haben Sie gedacht, als Mortimer uns gestern Nacht die Geschichte jener Lady Lorraine erzählte?»

«Das Nämliche, was Sie jetzt denken», sagte ich mit einem leisen Lächeln. «Ich war überrascht über die Ähnlichkeit der Ereignisse.»

«Nicht das, was ich jetzt denke», verbesserte sie mich sanft, «sondern das, was ich gestern Abend dachte ...»

Ich verstand nicht, was sie meinte.

Ich stand vor ihrem Bett, sah auf ihre zärtlich liegende Gestalt hinunter und musste mich gewaltsam zügeln, mich nicht herabzubeugen, ihr meine unsterbliche Liebe zu gestehen und sie zu küssen und stammelnd darum zu bitten, mit mir zu kommen, wenn wir dies Schloss verließen, das weitere Leben ganz zu teilen mit mir, alles, was ich ihr bieten wollte. In meiner Herzensverwirrung langte ich nach dem Stuhl, stellte ihn säuberlich zurück, wo er gestanden, kam nochmals vor bis zum Bett, stand trotz der Reife meiner bald vierzig Jahre vor ihr wie ein ungeschickter Bub. Sie blickte schläfrig mich von unten herauf an.

«Geheimnis gegen Geheimnis», sagte sie, «das ist nur wohlfeil, nicht wahr? Treten Sie zu jenem Sekretär dort hinüber und öffnen Sie ihn.»

Ich tat, wie sie geheißen.

«Sie sehen dort ein kleines, grünes Portfolio liegen, mein Freund», klang ihre schläfrige Stimme vom Bett herüber, «nehmen Sie es getrost heraus.»

Ich sah die bezeichnete Mappe, die Deckel in etwa im Quartformat, obenauf und nahm sie zur Hand.

«Und nun öffnen Sie es», sagte sie leise.

Ich löste die Verschnürung und fand, dass das Portfolio einen dünnen Packen Bogen enthielt, bedeckt mit einer feinen, wunderschön geschwungenen Hand.

«Lesen Sie …», sagte sie leise vom Bett. Und ich senkte meinen Blick darauf und las. «Der arme Vikar von Dorning – von Nightingale Dubois», stand auf dem ersten Bogen. Und ich ließ den Packen erschrocken sinken. «Das ist nicht möglich», stieß ich hervor.

«Aber warum erschrecken Sie denn so, mein Freund», flüsterte sie lächelnd. «Das ist die wahre Duplizität der Ereignisse, finden Sie nicht?»

«Nightingale …», stammelte ich. «Das haben Sie geschrieben?»

«Es war geplant als mein Beitrag zu unserem Symposion», bestätigte sie leise. «Wir müssen in derselben alten Kirche in derselben alten Handschrift geblättert haben, Jonathan, die uns die Geschichte verriet, und fast hätten sich so wohl schon damals unsere Wege gekreuzt. Was sagen Sie nun? – Wir werden eines Tages gegeneinander antreten müssen, mein Freund …»

Ich blickte auf und stellte fest, dass sie im Scherz gesprochen, denn sie lächelte, und ich schlug das Deckblatt um, erblickte die erste Seite – Terzinen … auch ihres waren Terzinen, wie ich aus der Stropheneinteilung ersah, und erneut irrte mein Blick zu ihr hin. Warum hatte sie mich dann gleichwohl meine Geschichte vortragen lassen, fragte ich mich verwirrt. Ich legte ihr diese Frage vor.

«O mein treuer Freund …», flüsterte sie schläfrig. «Sie

sollten mir derlei Fragen nicht stellen. Wer kennt schon die Wege des Schicksals? ... Sie haben mir gelesen, und ich habe Ihnen zugehört. Ich wollte Ihre Stimme hören ... Und nun müssen Sie mich verlassen.»

«Jetzt muss ich Sie verlassen», stammelte ich und nickte.

Ich beugte mich rasch nieder und berührte ihre Stirn sachte mit den Lippen.

Und ich verließ Sonne und Schatten dieses Zimmers, verließ Nightingale, als ob ich vor ihr fliehen müsste, und lehnte mich draußen im düsteren Korridor bei einer flackernden Öllampe für Minuten zitternd an die Wand, bevor sich schließlich mein rasender Herzschlag so weit beruhigt hatte, dass ich es wagen konnte, mich auf den Weg zu machen in die unterirdischen Gewölbe dieses Schlosses, wo die Freunde und eine grausige Tätigkeit meiner harrten.

Mir tönte Arbeitslärm entgegen. Als ich das Gewölbe des Weinkellers betrat, war man damit beschäftigt, ein riesiges, schweres, äußerlich unbeschädigtes Eichenfass fortzurollen, um an Geoffrey Stalliots Leichnam zu gelangen. An den Wänden – wie auch bereits in dem Gang, der mich hergeleitet – flackerten jetzt in regelmäßigen Abständen Fackeln, die die herbeigerufenen Diener mit heruntergebracht und befestigt hatten. Zwei von ihnen standen im Hintergrund, allerdings, wie mir schien, eher tatenlos, ratlos.

«Wo kann ich helfen?», fragte ich. Ich konnte Mortimer in dem Raum nicht sofort ausmachen, weil er – wie Goldsmith, der Professor, der Vikar und Henry – gebückt zwischen den Trümmern herumwerkte. Milton war augenscheins noch nicht von Alice Stalliot zurück, wie ich mit einer Spur Neides in meinem Innern erstaunt feststellte.

«Uns ist jede helfende Hand willkommen, Jonathan. Hast

du Nightingale versorgt?» Mortimer unterbrach vorübergehend seine Arbeit, kehrte sich mir zu, mit einem Gesicht weiß wie Wachs und schweißüberglänzt, mit geröteten Augenrändern.

«Ja, sie schläft jetzt – hoffe ich.»

Er blickte mich kurz an und beugte sich sodann, als ginge es um sein Leben, wieder nieder, Holzreste beiseite zu schleudern, die dem geplanten Beiseiterollen des großen Fasses im Wege lagen. «Könntest du bitte hier mit anfassen?», fragte er über seine Schulter.

Ich half ihm und Henry, und dann, unter dem Behältnis, bot sich uns ein apokalyptisches Bild des Schreckens.

Der Leib von Geoffrey Stalliot war von den schweren Eichenfässern, die wie ein Bergrutsch auf ihn herabgeschlagen sein mussten, teilweise zur Unkenntlichkeit zerschmettert. Der Schädel glich eher einem Schlamm aus schwarzem Blut und Gehirnmasse als einer organischen Substanz, im Schein der Fackeln war eine Anzahl von geborstenen Knochenbrocken und -splittern zu erkennen. Die Glieder lagen ausgestreckt, wie bei einer achtlos hingeworfenen Puppe, unnatürlich verrenkt auf dem Steinboden, auf welchem sich in den kleinen Vertiefungen das Blut in abscheulicher Weise mit dem Weine mischte. Die Haut des Mannes, soweit sie als solche noch zu erkennen war, blutete wie aus tausend Wunden und war mit Holzsplittern nachgerade gespickt. Die Kleidung, die Schuhe – alles durchtränkt und durchnässt von Blut. Man meinte den süßlichen Geruch davon in der Nase zu haben.

Mir wurde plötzlich schrecklich übel, ich musste mich abwenden.

Einer der Diener rannte taumelnd Richtung Treppe davon. Im Hintergrund verharrten reglos und still der Professor, der verbliebene Diener … Der Vikar, ich vernahm dies, würgte.

«Wie konnte ... wie konnte das geschehen, Sir Mortimer?» Die Frage kam nach einem langen lastenden Schweigen schließlich von Samuel Goldsmith, der sich seitlich gegen einen Pilaster lehnte und ersichtlich ebenfalls mit seinem Mageninhalt rang. «Ich meine ... wie konnten diese mörderisch schweren Fässer, die wir kaum zu bewegen vermögen, einfach herunterstürzen?»

Für den Augenblick war unsere Arbeit unterbrochen, und in dem düsteren Gewölbe im Flackerschein der Fackeln waren nur mehr die Laute unseres schweren Atems zu vernehmen. Ich blickte auf den blutdurchtränkten Stoff der ehemals weißen Hemdbrust, auf den durchnässten Kragen des Mannes, der einmal Geoffrey Stalliot gewesen war und der nun entseelt zu unseren Füßen lag. Er hätte vermutlich die Antwort auf Goldsmiths Frage gehabt ...

«Die einzige Erklärung, die mir logisch erscheinen würde, wäre die», ließ sich schließlich, nach einer langen Weile, die Stimme Mortimers zögerlich vernehmen, «dass Stalliot eines der mittleren Fässer anstechen wollte und dabei so stark daran rüttelte, dass das Fass sich löste ... und die darauf gestapelten Fässer so zu Fall brachte – andererseits ...» Er verstummte.

«Sie wissen selbst, dass es so nicht gewesen sein kann ...», sagte Samuel E. Goldsmith mit unnatürlich rauer Stimme.

Und als keiner von uns sprach, fügte er hinzu: «... und zwar aus mindestens drei Gründen nicht, meine Herren.»

«Ja, ich weiß ...», murmelte Mortimer düster. «Ich weiß, lieber Mr. Goldsmith, ich weiß.»

Wilbur Prescott nahm mit einem plötzlichen Schnaufer seinen goldgerandeten Kneifer von der Nase und begann ihn umständlich mit seinem großen weißen Tuch zu putzen. «Welche drei Gründe, Mr. Goldsmith?», fragte er scharf und trat aus dem Hintergrund näher.

«Drei Gründe», wiederholte Goldsmith. «Erstens: Bei seinem Alkoholkonsum kannte sich Stalliot mit Sicherheit auch mit dem Anstechen von Weinfässern aus. Und selbst wenn das nicht der Fall gewesen wäre: Kein halbwegs intelligenter Mensch würde zu einzig diesem Zwecke derart an einem Fasse rütteln, auf dem noch zwanzig weitere gestapelt sind, dass der ganze Aufbau einstürzt! – Grund zwei: Wissen Sie oder trauen Sie sich zu, zu schätzen, was die gefüllten Fässer oberhalb des betreffenden Fasses insgesamt gewogen haben? Ich bezweifle sehr, dass es Mr. Stalliot, und sei es mit seiner ganzen Körperkraft, auch nur ansatzweise gelungen wäre, die Fässerwand willentlich zum Einsturz zu bringen, selbst wenn er es versucht hätte. – Nein, kein Mensch bewegt mit der Kraft seiner Hände eine Tonne an Gewicht oder mehr – es sei denn, er hätte einen Flaschenzug, einen Hebel oder etwas Ähnliches zur Verfügung gehabt.» Goldsmith schüttelte unwillig den Kopf.

«Und der dritte Grund?», fragte Mortimer betreten.

«O ja», fuhr Goldsmith fort, «ganz recht. Entsinnen Sie sich nicht, was bezüglich seiner Pläne Mr. Stalliot äußerte, als er uns vorhin oben im Speisesaal verließ? Er sagte, ich darf ihn zitieren: ‹Ich werde mir etwas Junges suchen› – eine Bemerkung, die wir korrekt zu verstehen glaubten und deren vermeintliche Geschmacklosigkeit uns, denke ich, allen aufgefallen und im Gedächtnis geblieben ist …»

Da lachte Wilbur Prescott plötzlich krächzend. «Wollen Sie uns im Ernst weismachen, Mr. Goldsmith, dass Geoffrey Stalliot es seiner Gemahlin heimzahlen wollte durch ein tatsächliches Tête-à-Tête mit einer siebzehnjährigen Magd oder was weiß ich, hier im Weinkeller womöglich – und dass man in der Hitze des Gefechts dann wohl mit dem Fuß, so eben, die aufgestapelten Fässer zum Einsturz brachte?»

Für einen Augenblick trat ein verblüfftes Schweigen ein, einerseits über die nachgerade ordinäre Wortwahl des Professors, andererseits über den völlig neuen Gedanken, der hinter seiner Überlegung aufblitzte – ein Schweigen, das indessen fast augenblicklich von der unwirschen Antwort Goldsmiths unterbrochen wurde, der recht grob erwiderte: «Das will ich Ihnen, Professor, keineswegs weismachen, weil es schlichter Unsinn wäre – mit Verlaub.»

Ich war überrascht. Weil in Goldsmiths Rede plötzlich etwas aufgetaucht war, von dem ich vorher keinerlei Ahnung besessen hatte. Goldsmith verachtete den alten Professor, vielleicht hasste er ihn gar – und die Gründe dafür waren mir völlig verborgen. Bewusst wurde mir in dieser Situation zum ersten Male eines: Hier waren wir, diese Hand voll Menschen auf diesem Schloss, um gemeinsam den Pegasus zu reiten, der Literatur zu dienen, die Menschheit voranzubringen, zu philosophieren und einander Freunde zu sein – und ich entdeckte eben da, dass wir keine Freunde waren, sondern Fremde.

«‹Ich werde mir etwas Junges suchen›, sagte Mr. Stalliot, als wir ihn zum letzten Male lebend sahen», vernahm ich Goldsmith, der seinen Gedanken wieder aufnahm, «‹etwas Junges›, nicht wahr, meine Herren, und ich denke, er hat ganz einfach dies damit gemeint – schauen Sie!»

Wir folgten gebannt seinem deutenden Finger, als er sich jetzt zur anderen Seite des Kellergewölbes umdrehte: Wir sahen dort das unbeschädigte, deckenhohe Regal mit den Flaschen der Heurigen und des Cidre, des bretonischen Apfelweins.

«Was sagt Ihnen, meine Herren, dass Mr. Stalliot überhaupt vor den Fässern gestanden hat?», fuhr Samuel E. Goldsmith fort und hob seine Stimme. «Nein. Ich denke, er stand hier, vor den jungen Jahrgängen, denn das war es, was ihn diesen Nachmittag interessierte – und das heißt, er sah die Fässer von der anderen Seite überhaupt nicht kommen. Die Fässer kamen vollkommen lautlos und trafen ihn unvermutet von hinten – er hat nicht versucht, ein Fass anzustechen! Er wollte eine Flasche süßen Cidres, hier, auf dieser Seite des Gewölbes – das ist der dritte Grund. Er stand nicht vor den Fässern, als der Tod ihn traf!»

«Cidre», sagte Mortimer tonlos. «Apfelwein ...»

«Ganz recht, Sir – etwas Junges.» Als Goldsmith all das gesagt hatte, blieben wir wie vom Schlag gerührt. Denn unausgesprochen stand nun die Frage im Raum, was, wenn es denn so war – und Goldsmiths Theorie leuchtete uns in ihrer Klarheit sofort ein –, was die wandhoch gestapelten Fässer zum Stürzen gebracht hatte? Wilbur Prescott wischte sich mit dem Tuch, mit dem er seine Brille zu putzen pflegte, plötzlichen Schweiß von der Stirn.

«Lassen Sie uns fortfahren», sagte Mortimer schließlich tonlos. «Lassen Sie uns dieses Chaos beseitigen, vielleicht schaffen wir auf diese Weise auch Ordnung in unseren Gehirnen, lassen Sie uns etwas tun!» Das Letzte war fast ein verzweifelter Aufschrei, ein Hilferuf nach Ablenkung, um die beunruhigenden Gedanken, die uns alle bedrängten, vorderhand weniger scharf verspüren zu müssen.

«Sie haben Recht», knurrte Samuel E. Goldsmith. «Und auch die Leiche müssen wir versorgen.»

Im Hintergrund an der Treppe, die zur Folterkammer führte, stand Wilbur Prescott und rollte sorgsam ein Seil, das auf dem Boden gelegen, in ordentliche Schlingen, um es wieder auf den Haken an der Wand zu hängen, von dem es offensichtlich heruntergefallen war. Wir alle bückten uns erneut und machten uns an die Arbeit, die Trümmer des schrecklichen Unfalls zu beseitigen.

8. Kapitel

Paradise Lost

Den verbleibenden Rest jenes Nachmittags zu schildern, geneigter Leser, übersteigt fast die Möglichkeiten des Chronisten. Trostlos tropfte der langsame Strom der Zeit in das Glas der Stunden, während ein jeder von uns, so hatte ich das ungesagte Gefühl, den jeweils anderen aus dem Wege zu gehen schien.

Mortimer hatte sich, nachdem wir dort im Weinkeller für eine erste Ordnung gesorgt – das endgültige Aufräumen zu bewerkstelligen waren Diener bestellt –, mit einer gemurmelten Entschuldigung, gramgebeugt, in seine Gemächer zurückgezogen, und Henry, wie ein Schatten, war ihm wortlos hinterhergehinkt. Mortimer begleitete uns auch nicht, als wir später Geoffrey Stalliots sterbliche Überreste in die Krypta unter der Kapelle betteten. Wir hatten den zerschmetterten Körper, all des schrecklichen Blutes wegen, in dicke Tücher und Lappen gehüllt, schließlich auf einige karg zusammengenagelte Bretter gelegt; vier Diener hatten die Last getragen, und wir waren mit gesenkten Köpfen in ihrem Gefolge zunächst in die weite Stille der nachmittäglichen Kirche eingetreten und dann, nachdem dort die mitgeführten Fackeln entzündet waren, die Stufen in die Finsternis der Krypta hinabgestiegen, wo Geoffrey Stalliot nun – zumindest für die nächste Zeit – in Frieden und Kälte ruhen würde.

Es hatte sich zuvor, noch im Weinkeller, eine erregte, ja hitzige Debatte darüber ereignet, was mit dem Leichnam zu geschehen habe. Es gab innerhalb des Burggeländes keinen noch so geringen Flecken Ackers, um einen Körper zu bestatten, wie es der kleine Father Thomas sofort ungestüm von uns verlangt – jawohl, der Tote gehöre eingesegnet und in geweihten Boden versenkt –, und wir konnten aus der Burg nicht heraus, um ihn dort draußen der Erde zu übergeben; ganz abgesehen von der Tatsache, dass es, wie Goldsmith in seiner ruhigen, überlegten Art zu bedenken gab, zweifellos zuvor der Kenntnisnahme offizieller Stellen bedurfte, die juristische wie auch ärztliche Untersuchungen in Bezug auf die Todesursache anzustellen hätten, bevor an eine derartige Zeremonie überhaupt zu denken war.

Andererseits – der alte Professor Prescott äußerte diese Besorgnis in schrillem, fast wollte mir scheinen, hysterischem Tonfall – wären wir hier schließlich auf unbestimmbare Zeit abgeschnitten von der übrigen Welt und der baldige Vorgang der Verwesung würde unausweichlich einsetzen – kurzum, er sei nicht geneigt, der eventuellen Ausbreitung von Krankheiten oder schädlichen Miasmen in unserem abgeschnittenen Burggefängnis so einfach untätig entgegenzusehen. Milton, der zwischenzeitlich wieder unter uns aufgetaucht war, nachdem er Alice Stalliot auf gute zwei Stunden begleitet, stellte bissige philosophische Überlegungen darüber an, wie viel bequemer es für uns da doch der Comte mit seiner Leiche gehalten habe, indem er rücksichtsvollerweise spurlos im Burggraben ersoffen sei, eine Geschmacklosigkeit, gegen die der Vikar sich lautstark verwahrte.

Ich sah, wie bei der Erwähnung des Grafen Goldsmiths Blick unstet zu flackern begann – aber er hielt seinen Mund.

Ich empfand fast so etwas wie Dankbarkeit Goldsmith gegenüber, als er schließlich das Heft wieder in die Hand nahm und seine klugen Vorschläge äußerte, was mit der Leiche zu geschehen habe. Er sprach von der Verwesung und von der nahen Winterzeit und von der Kühle der Gruft dort unter der Kirche, die vor acht Jahrhunderten aus einzig dem Grund errichtet worden sei, um die Toten von Generationen und Abergenerationen zu beherbergen – auf lange Zeit. Und er überzeugte uns, dass dieser Ort, vorübergehend, wie es sein sollte, nun der rechte Aufenthalt für jenen so sehr dem Leben zugewandten und weinseligen, korpulenten Geoffrey Stalliot war, nachdem ein grauenvolles Schicksal ihn so unvermutet gefällt.

Nachher – Stalliots Körper in seinen weißen Tüchern hatte still auf einem der leeren Piedestale der Gruft seine vorläufige Ruhe gefunden, und der Vikar hatte an seiner Seite die Worte eines Gebetes gemurmelt – traten wir aus der Kirchentüre heraus in den mittlerweile bereits schattigen Nachmittag, und ohne dass einer zum anderen ein einziges Wort gesagt hätte, trennten wir uns und gingen einzeln auseinander.

Ich sah, dass, noch heraußen auf dem Schlosshof, Goldsmith mit verschlossener Miene die Richtung auf den offenen Durchgang zur Zugbrücke hin einschlug, und ich fragte mich, was er dort vorhatte. Father Thomas dagegen war, wie ich annahm, im Bedürfnis, noch die eine oder andere Fürbitte für den Toten zu sprechen, sogleich im Innern der Kirche, innig vor dem Altare kniend, zurückgeblieben. Robert Milton und der alte Professor schritten, ohne das Wort aneinander zu richten, mir ein Stück weit voraus. Die Tür zur Eingangshalle fiel mit einem dumpfen Tone hinter ihnen beiden zu.

Ich folgte ihnen nach, und als ich die Eingangshalle betrat, sah ich, dass Prescott soeben die Speisesaaltür linker Hand hinter sich ins Schloss zog, als ob er dort nicht gestört sein wolle – ich nahm an, dass er sich in die Bibliothek zu einem Buch zurückziehen würde –, während Milton, zur Rechten, soeben im Begriffe war, die Stufen der schwarzen Marmortreppe zu erklimmen. Ich mochte den Gedanken nicht weiterspinnen, ob er jetzt dort oben mit Alice Stalliot verabredet war.

Als ich die große Flügeltüre zum Speisesaal öffnete, war dieser in der Tat bereits wieder leer, und die Türe zur Bibliothek linker Hand glitt im Moment meines Eintretens ins Schloss. Ich verspürte wenig Lust, mich jetzt in des Professors Gegenwart zu begeben. Ich sah mir selbst in den gewaltigen Spiegelwänden zu, wie ich den Saal durchquerte, während ich noch überlegte, was jetzt für mich zu tun sei. Es war letzthin nichts zu tun, und ohne dass dieser Gang meiner eigentlichen Absicht entsprochen hätte, fand ich mich auf der gegenüberliegenden Seite des Speisesaals wieder, wo ich leise jene andere Türe öffnete, die zum Küchentrakt führte.

In dem düsteren Korridor dahinter war es still, bis auf das leise Knistern einer Fackel, die einsam an der Wand flackerte; die Türe zum Küchengewölbe war geschlossen.

Ich beschloss, nochmals auf den Turm zu steigen, und ich klomm mit bleischweren Beinen die Stufen hinauf. Als ich auf Höhe der Bastei angelangt war, fiel mein Blick auf die massive eichene Tür, die wir auch gestern Abend passiert. Einem raschen Entschlusse folgend, stieß ich sie auf, fand mich auf der Bastion und atmete die kalte Luft des sinkenden Tages.

Rechter Hand ermattete die Sonne in einem eigenartigen grauen Dunst, der sich über Loch Ness und die westlichen Hügel ausbreitete. Ein leichter, kaum wahrnehmbarer Luftzug ließ den merkwürdig trüben Schleier langsam auf Dull Manor zutreiben und verwischte dessen Konturen. Von Osten her fiel ein lichtloser Abend ein. Mich fröstelte. Über dem verfallenen Turm linker Hand kreiste lautlos eine Gruppe schwarzer Vögel. Ich überlegte, ob ich es wagen sollte, in Mortimers schweigende Trauer einzudringen und ihn in seinem Wohnturme aufzusuchen, verwarf diesen Gedanken jedoch sogleich, da ich nicht abzuschätzen vermochte, inwieweit ich ihm wirklich Stütze und Trost gewesen wäre. Ich haderte mit mir: Waren es letztlich nicht nur Furcht und Feigheit, meiner Freundespflicht ihm gegenüber nicht gewachsen zu sein, die mich daran hinderten hinaufzugehen?

Ich trat an die Zinnen zur Hofseite und spürte deren raue, poröse Oberfläche unter meinen Händen. Die kühle Abendluft trug einen Geruch wie von feuchtem Gestein mit sich, oder wie von Moor und Heide. Die gegenüberliegende Reihe der Fenster glitzerte blind herauf, das Fenster von Goldsmith, das Fenster von Nightingale – es musste das dritte von links sein –, mein Blick verweilte auf den reflektierenden Scheiben, die nichts von ihrem Geheimnis preisgaben.

Mit einem Seufzer löste ich mich aus meinen Gedanken und folgte mit langsamen Schritten der Richtung der Bastion, trat durch das Stiegenhaus des Wohnturms hindurch und auf den Südabschnitt hinaus, wo sich in einigen Yards Entfernung vor mir das monströse Gebälk der hölzernen Wurfmaschine in den grau gewordenen Abendhimmel erhob.

Ich fühlte, wie kalte, nach Schnee riechende Luft von Westen her über Loch Ness heranwehte, der seitlich unter mir lag und dessen helle Oberfläche das Licht des Tages gespenstisch aufzusaugen schien, denn es dunkelte jetzt merklich. Ich stellte mich fröstelnd an die Zinnenbrüstung nach Süden zu und lehnte mich dort an, das gebogene Ungeheuer der mittelalterlichen Wurfmaschine mir im Rücken, und ich ließ den Blick ratlos schweifen über das weite Land dort draußen und hinab, wo die Splitter und Restbalken der ehemaligen Zugbrücke zerborsten und gespenstisch in Richtung Graben hingen.

Wir waren abgeschnitten, dachte ich, abgeschnitten von der Welt dort draußen. Dort, in der Ferne, waren Dörfer,

Menschen und Städte. Einen überstürzten Moment lang überlegte ich, ob es nicht möglich sein sollte, mittels der Wurfmaschine Hilfe herbeizuholen, ja, sollte dies nicht möglich sein, wenn sie ... was hatte Mortimer gesagt? ... zwanzig Tonnen hundertzwanzig Yards weit warf ... nun gut, wie weit würde sie ein wesentlich kleineres Gewicht, sagen wir, lediglich eine um einen Stein gewickelte Botschaft, einen Hilferuf ... aber plötzlich erstarben meine Gedanken. Dies alles war kein Weg.

Zudem: Wozu? Am 1. Dezember, so hatte Mortimer vorausgesagt, also in drei Tagen, würde Hilfe kommen, ein Händler, der regelmäßig kam, der bestellt war, wie immer, wie in Zeiten der Normalität, um Aufträge von uns entgegenzunehmen. – Doch was war, dachte ich fieberheiß, wenn er nicht kam? Wenn das Schicksal es nicht wollte, dass der Bote kam, wenn es unberechenbar und unabänderlich beschlossen hatte, uns hier festzuhalten und uns, einen nach dem anderen ...

Ich dachte diesen absurden Gedanken nicht zu Ende. Es war lächerlich, sich zu fragen, sich auszurechnen, wie viele von uns die Ankunft jenes geheimnisvollen Boten aus der Außenwelt überhaupt noch gesund an Leib und Seele erleben könnten, wenn der Tod weiter so unter uns wüten würde, wie er es getan! Ich spürte, wie meine Finger sich zitternd in die Brüstung krallten.

Das wäre doch eine Geschichte!, dachte ich bebend, und wir waren doch hier, um Geschichten zu schreiben! Die Eingeschlossenen, dezimiert, dachte ich sarkastisch, aber voller Hoffnung, warteten auf den Boten von dort draußen, der angekündigt ward, um sie alle zu erretten, und dann ... mein Gott! ... welch ein Stoff stand mir da zur Verfügung! Es war zum Lachen! War es nicht grotesk? – Ich dachte an den Totentanz am Kopfende meines Bettes, und ich dachte: Carpe diem!

Als bittere Tränen in mir aufstiegen, stieß ich mich brüsk von der Brüstung los und steuerte jene Versenkung an, die in den Raum über der Zugbrücke hinabführte. Ich stieg die wenigen Stufen hinab, öffnete die quietschende Tür und fand mich in dem niedrigen, lang gestreckten Saal mit den Fässern im Hintergrund, der gewaltigen Zahnradanlage mit den Winden für die Zugseile der Brücke, der länglichen Rinne, der Befüllungsvorrichtung für die Pechnasen über dem Tor rechter Hand. Der stille Raum lag im Dämmer, weil es nur zur Hofseite hin ein paar schmale, waagerechte Luken gab, die das schwindende Tageslicht hereinließen.

Hier war es, wo Mortimer uns den Geheimgang in den Keller gezeigt. Ich trat zögernd gegen die Wand hin, und nach ein paar tastenden Versuchen – ich war gestrigen Abends nicht unter denen gewesen, die sich den Spaß erlaubt – öffneten sich tatsächlich mit einer Art Seufzen die schweren Steine der Wand vor mir, und der finstere Schacht der Treppe gähnte mir entgegen. Ein Atem kühler, modriger Luft wehte zu mir herauf, der mich schaudern machte, aber nichtsdestoweniger beschloss ich, diese Treppe zu benutzen. Ich ging zu der hölzernen Kiste, die neben dem Aufstieg nach oben stand, wo sich gestern Abend die Diener mit neuen Fackeln eingedeckt, bevor wir unsere Reise durch das Schloss fortgesetzt hatten, und entnahm ihr einen der Stäbe. Schwefelfäden und ein aus Bambus gefertigter Feuerkolben lagen dabei, und bald loderte die Flamme in meiner Hand hell auf.

Ich kletterte durch die finstere Öffnung und begann den Abstieg. Die Stufen wendelten sich steil im Kreise hinunter, und der Eindruck war, wenn auch die Treppe breiter schien als jene im Pfeilerinnern dort in der Kirche, durchaus ein ähnlicher. Das huschende Licht meiner Fackel umgab mich und verursachte mir Übelkeiten, die geheime Treppe schien kein Ende zu finden, und ich bedauerte schon den gänzlich unsinnigen Einfall dieses Abstiegs, als ich am veränderten Echo meiner Schritte wahrnahm, dass ich gleich unten angelangt sein müsse. Ein wenig taumelig stolperte ich in das Gewölbe unter der Zugbrücke, das unsere Führung gestrigen Abends ebenfalls berührt.

Der Raum war fast finster – ich überblickte ihn nicht sogleich, da meine eigene Fackel mich blendete –, nur zur Rechten gab es senkrechte Schlitze, Richtung Burggraben gelegen. Diese Luken allerdings saßen recht hoch unter der Decke, und unterhalb, in Kniehöhe, lief eine Art steinerner Sims, auf den man steigen konnte, falls man hinauszublicken wünschte. Ich trat näher und erschrak zutiefst, als ich plötzlich eine Figur auf dem steinernen Sims kauernd sitzen sah.

«Nicht erschrecken», sagte der Schatten im gleichen Augenblick, und ich erkannte, dass es Goldsmith war, der sich jetzt erhob. Ich spürte mein Herz im Halse hämmern und hielt die Fackel höher. Ich sah, dass er verhalten lächelte. «Ich habe Sie erschreckt, nicht wahr?», fragte er leise. «Tut mir aufrichtig Leid, Lloyd, aber was sollte ich tun? Als ich Sie heranpoltern hörte, als seien alle Dämonen der Hölle hinter Ihnen her, war ich für einen Augenblick meinerseits versucht, das Weite zu suchen, denn ich wusste ja nicht, was da kam … aber schließlich … ich hatte ja, Sie wissen schon …» Er hob ein wenig sein Pistol, bevor er es in der Tasche verschwinden ließ.

Ich stand und atmete schwer.

«Nett, dass Sie Licht mitgebracht haben.»

«Wie kommen Sie hierher?», fragte ich grob. «Und warum?»

«Oh, dasselbe könnte ich Sie fragen», entgegnete er leichthin. «Nicht wahr? Was mich betrifft, verhält sich die Sache äußerst einfach: Nach der ‹Aufbahrungszeremonie› für unseren Mr. Stalliot habe ich mich direkt zum Burgtor begeben. Links neben dem Burgtor gibt es vom Hof her eine kleine Tür ... wenige Stufen hinunter tritt man dort drüben heraus.»

Er zeigte auf eine dunkle Öffnung auf der anderen Seite des Raums. «Nichts so Aufregendes wie der Geheimgang, den Sie soeben im Sauseschritt durchmessen haben. Wenn ich auch», er lachte etwas, «für eine Sekunde selbst davon geträumt hatte, aufzubrechen, um den Geheimgang nach Dull Manor hinüber zu finden, den seinerzeit nicht einmal Sir Mortimer gefunden hat, aber ... Sie sehen», er lachte erneut, diesmal in Selbstironie, «ich habe leider nicht einmal eine Fackel dabei.»

«Und warum hocken Sie dann hier im Finstern?», stieß ich unwillig hervor. «Und ständig mit diesem Mordinstrument in Bereitschaft ... Sie können einen wahrhaftig den letzten Nerv kosten, mein Lieber, wissen Sie das?»

«Ich weiß, mein Freund», sagte er müde. «Aber ich habe meine Gründe. Täglich mehr davon.» Er winkte ab. «Und Sie? Warum klabastern Sie über die verschwiegenen Geheimtreppen dieses Anwesens und stürzen hier so herein, als ob Sie der Gottseibeiuns jagt? Haben Sie etwas gesehen?»

«Nein, ich habe natürlich nichts gesehen», entgegnete ich verblüfft. «Was soll ich denn gesehen haben?»

«Nun», er wiegte bedächtig den Kopf. «In diesen Mauern gehen Dinge vor ... Ich zum Beispiel habe etwas gesehen», kam es schließlich so leise, dass es fast belanglos klang.

«Was?», fragte ich atemlos.

«Oh, nichts», sagte er. «Das alte Lied.»

Er ging zurück zu seinem Sims und setzte sich wieder hin. Ich stand mitten im Raum, die Fackel in der Hand, und wartete. Ich kannte das Spiel. Es war kaum sechs Stunden her, seit wir es das letzte Mal gespielt, oben in der Burg, im Gästetrakt, in seinem Zimmer. «Was wollen Sie mir sagen?», fragte ich schließlich aufgebracht. «Lassen Sie sich nicht immerfort bitten!»

Er zuckte die Schultern. «Ich trug Ihnen heute Morgen meine Hypothesen vor, dass ich der Ansicht bin, dass der Graf noch lebt, dass er das Feuer in Dull Manor gelegt hat und dass er auch für den Absturz der Zugbrücke verantwortlich ist – um sein Verschwinden zu kaschieren.» Er lächelte etwas. «Und ich erinnere mich, dass Sie mir meine Hypothesen nicht geglaubt haben, Mr. Lloyd. – Dies Problem habe ich mit Ihnen, seit wir uns das erste Mal sprachen: Ich wirke nicht vertrauenswürdig auf Sie.»

«Das sollte Ihre unmittelbare Not kaum sein, Goldsmith», protestierte ich sarkastisch.

«Nun», fuhr er fort, «ich musste Ihnen die Antwort auf das Wie leider in der Tat bis zu einem zukünftigen Zeitpunkte schuldig bleiben, was mich sehr hart ankam, falls Sie sich vielleicht auch dessen entsinnen?»

«Nun ja doch, gewiss!», meinte ich ungeduldig.

«Nun gut», sagte er und lächelte. «Ich denke, der ‹zukünftige Zeitpunkt›, Mr. Lloyd, ist jetzt da.» Und als er sah, wie ich ihn anstarrte, setzte er hinzu: «Ich denke, ich weiß die Lösung.»

«Das ist nicht möglich», sagte ich flach und spürte wieder hart mein Herz schlagen.

Er drehte sich in Richtung auf die Schießscharten und äußerte versonnen: «Sir Mortimer hatte Recht: Es war natürlich nicht der Sturm …» Er hob leicht die Schultern und deutete auf die Schießscharten. «Ich blickte dort, einer Eingebung folgend, hinaus. Und eh ich Ihnen nun, lieber Mr. Lloyd, zum wiederholten Male etwas erzähle, das Sie mir wahrscheinlich am Ende doch lieber nicht glauben wollen, würde ich eher vorschlagen, dass Sie stattdessen selbst einen Blick dort hinaustun … Vielleicht überzeugt Sie ja der eigene Augenschein …»

Er blickte mich abwartend an. – Schließlich steckte ich die Fackel seitwärts in eine Halterung, trat hinüber zu dem

Sims, klomm hinauf und näherte mein Gesicht dem Schlitz der Schießscharte, während ich spürte, wie er das nämliche an der anderen Luke neben mir tat. Wir blickten hinaus.

Meine Sicht ging unter die Zugbrücke – sofern sie noch an ihrem Platz gewesen wäre. Ich blickte in den Burggraben, gegen die fast senkrechte, von Moosen und Flechten überzogene Böschung, gegen den anderen Abhang des Burggrabens gegenüber, der etwa zehn Yards von mir entfernt war. Und ich sah sofort, worauf Goldsmith hinauswollte.

«Sehen Sie es?», fragte er.

«Ich glaube, ja», gab ich zögernd zu.

«Und wofür halten Sie dies?»

Was ich sah, waren eigenartige, dunkle Flecken, von etwas mehr als der Größe eines Wappenschildes ... drei, vier, fünf, sechs, und zwar jeweils an jenen Stellen, wo man die Trümmer identifizieren konnte als die Reste der Verankerungen drüben an der steilen Böschung, auf denen die ganze Brückenauffangkonstruktion einst geruht. Es war da eine Art von steinernen Fundamenten zu erkennen, und um sie herum – ich strengte meine Augen an, aber es gab gar keinen Zweifel –, um sie herum sah es aus, als ob die Flechten und Moose verbrannt waren oder abgesengt.

«Was meinen Sie, warum hat es dort drüben ... auf so kleiner Fläche gebrannt?», fragte Goldsmith versonnen.

«Sagen Sie es mir», forderte ich rau.

«Es war Schießpulver», erwiderte er prompt. «Und damit hat der Graf die Fundamente weggesprengt. Gunpowder treason and plot, 1605: Guy Fawkes, Sie erinnern sich; es ist die Historie Ihres Landes. Und die Explosion ... jene, die wir heute Nacht gehört – denn ich bin sicher, dass es die Explosion war und nicht der Absturz der Brücke selbst, die wir gehört haben –, hat das Moos in Brand gesetzt, sodass es wohl für einen Augenblick geglommen hat. Nicht lange, denn es ist feucht und gleich darauf erloschen.»

Ich kletterte von dem Sims wieder herunter, setzte mich und starrte in die lodernde Fackel an der Wand. Auch Goldsmith kam herab, blieb aber stehen. «Sehen Sie, so musste ich mich auch hinsetzen», sagte er weich, fast mitfühlend zu mir, «sobald ich diese Erkenntnis gehabt. Der Einsturz der Brücke, Lloyd, ein gelöstes Geheimnis, und die Erklärung, so banal. So ist es immer, wenn man hinter die Dinge blickt.»

«So seien Sie doch endlich still», sagte ich. «Sie haben gewonnen. Es war der Graf, meinethalben – nun gut. Aber wissen Sie … da ist die Ruine, die angeblich alle hundert Jahre brennt … eine Legende … und vielleicht hat der Graf sie ja tatsächlich angezündet, weil er genauso gut wie jeder andere vernünftige Mensch wusste, dass sie in Wirklichkeit natürlich nicht von alleine brennen würde. Da ist er also in dieser Sturmnacht hinübergegangen und hat sie angezündet, weil er die Poesie über die Maßen liebte und ein Feuer zu unserer oder seiner eigenen Imagination entfachen wollte, und weil es ja nur eine Ruine war, die niemandem mehr gehört, und weil er wusste, dass er niemandem damit Schaden zufügen konnte. Dann aber, sehr schnell, kam er sich selbst nicht geheuer vor, oder er schämte sich gewaltig vor uns … und er verschwand … und, bitte sehr, damit wir eine Erklärung für sein Verschwinden hätten, täuschte er seinen eigenen Tod auf der Brücke vor, als sie abstürzte. So weit Ihre Theorie, Goldsmith, und so weit kann man folgen.»

Er stand vor mir im Flackerschein der Fackel und folgte gespannt meinen Worten, und ich sah, dass er wusste, was ich versuchte, ihm zu bedeuten.

«Aber dies hier, Goldsmith», fuhr ich verzweifelt fort, «dies hat eine ganz andere Qualität. Es ist nicht nur, dass er den Vorsatz gehabt haben müsste – überlegen Sie, welchen Aufwand es gemacht haben muss, diese Sprengung vorzubereiten, Pakete mit Pulver zu schnüren, Lunten zu legen, was weiß ich … und dies alles in Nacht und Sturm, nachdem wir zu Bette waren? Doch es ist diesmal nicht nur dies, denn er würde auch in Kauf genommen haben, anderen zu schaden, verstehen Sie? Ich denke an Mortimer, es ist seine Burg, seine Brücke. – Eine Ruine anzuzünden, wissen Sie, Goldsmith, die niemand gehört, das nennen Sie meinetwegen einen dummen Streich oder auch ein bisschen exzentrisch … aber eine Brücke zu sprengen, die in Betrieb ist, die benötigt wird – und die jemandes Besitz ist – das ist ein Verbrechen!» Ich atmete tief. «Und – Sie verzeihen es mir, Goldsmith – ich … ich kannte den Grafen kaum, aber ich kann mir um der Hölle willen den Comte de Marais nicht als Verbrecher vorstellen!»

Er stand vor mir und nickte schwer. «Das ist es, weshalb ich unglücklich bin.»

«Unglücklich hin oder her», sagte ich. «Etwas anderes: Wo sollte er das Schießpulver hergenommen haben? Meinen Sie etwa, er führte es im Reisegepäck bei sich?»

«O nein, er fand es hier», sagte Goldsmith. «Sir Mortimer zeigte es uns allen. Oben, in dem Raum, aus dem Sie eben herunterkamen, gibt es, entsinnen Sie sich, Fässer mit Pech und Schwefel und, rufen Sie es sich vor Augen, auch ein Fass mit Schießpulver. Sir Mortimer zeigte es uns. – Wollen wir hochgehen und es öffnen und nachschauen, ob etwas fehlt?»

«Schießpulver, richtig», sagte ich niedergeschlagen, «das hatte ich völlig vergessen.»

Goldsmith nickte, und dann setzte er sich, etwas entfernt von mir, ebenfalls auf den Sims, stützte die Arme auf die Knie und ließ den Kopf hängen.

«Natürlich», lenkte er schließlich ein, «haben Sie Recht mit Ihrem Widerwillen gegen den Gedanken, dass der Graf ein Verbrecher sei. Ich frage Sie nur: Wenn jener die Brücke nicht gesprengt haben soll, wer war es dann? Wen von uns halten Sie denn für einen Verbrecher?» Er lachte sarkastisch auf: «Halten Sie mich für einen Mann, der mit Schießpulver hantiert?»

Ich dachte an die Waffe in seiner Tasche, an die Tatsache, wie er mich ein ums andere Mal erschreckt, und daran, wie viel er permanent wusste und wie er wieder und wieder die Leitung des Ganzen zu übernehmen schien, während der Gastgeber, Mortimer … aber ich sagte nichts.

«Nun schleudern Sie's mir schon ins Gesicht!», forderte Goldsmith mit beißendem Spott. «‹Ich halte Sie selbst für den Täter, lieber Mr. Goldsmith! Wie wären Sie sonst so schnell darauf gekommen, dass es ein Anschlag mit Schießpulver war!› – So oder so ähnlich, nicht wahr?» Und da ich schwieg, lachte er leise in sich hinein.

Eine Stille trat zwischen uns ein, in der man nur das Knistern und Zischen der Fackel an der Wand vernahm.

«Ich schlage den Pfarrer vor», meinte ich schließlich mürrisch. «Oder den alten Professor. Oder Nightingale Dubois. Oder Mortimer selbst. Mortimer immerhin hätte es leichter gehabt. Er kennt sich – neben Nightingale – von uns allen am besten hier aus.»

Goldsmith blickte auf. «Bravo», sagte er gleichmütig. «Bravo! Oder Henry oder einer der anderen tausend Diener. Geben Sie es mir nur! – Und was ist mit Ihnen?»

«Was soll mit mir sein?», fragte ich brüsk zurück, aber er winkte nur ab.

«Ein Spaß, Lloyd, seien Sie nicht so empfindlich. » Und eine neue Stille breitete sich zwischen uns aus.

Und was war mit Alice und Milton? Wie gut hatten sich der Comte und Alice Stalliot in jenem Landgasthaus kennen gelernt? Wie wäre es, wenn Alice Stalliot ihren Gatten schon seit längerer Zeit abgrundtief hasste – weil er sie prügelte und schmähte, weil er trank und sie quälte und zudem wie ein Parasit von dem lebte, was sie allein mit dem Schreiben ihrer Bücher für beide erschuf? Hatte sie vielleicht die Chance ergriffen, die sich ihr bot, als die Einladung Mortimers hierher erfolgt war, sich ihres Gatten auf immer zu entledigen? Und hatte sie den Grafen eingeweiht?

Ich saß mit klopfendem Herzen da und ging der Idee nach, die mir da plötzlich gekommen. Dass Geoffrey Stalliot tot war, war schließlich das einzig Bestimmte, das wir wussten. Und wer hatte daran einzig ein Interesse gehabt, ihn zu töten – und dies sogar in Worte gekleidet?

«Was gibt es?», fragte mich Goldsmith von der Seite.

«Ich weiß nicht ...», sagte ich unsicher. Ich überlegte, ob ich ihn einweihen sollte, ihm erzählen sollte von dem Streit, den ich belauscht, nachdem ich heute Morgen sein Zimmer verlassen hatte, ob ich berichten sollte von der Erzählung des Grafen, die ich gelesen, oben bei Mortimer.

Goldsmith saß still, blickte mich an und wartete geduldig. Und ich tat schließlich einen knappen Entschluss und berichtete ihm von alldem, was ich wusste und vermeinte zu wissen, und er hörte mit aufgerissenen Augen zu. Ich redete minutenlang. Als ich schließlich schwieg, verbarg er das Gesicht in der Hand.

«Sie meinen», sagte er nach einer Zeit, und es war schlecht zu verstehen, was er sagte, weil er das Gesicht in die Hände lehnte, «dass Alice Stalliot und der Comte in jener letzten Nacht vor der Ankunft hier auf dem Schloss ... in jenem Landgasthof ... eine ... Liaison eingegangen sind?»

«Es wäre doch möglich», sagte ich.

«Eine Liaison, in der ... nun ... die Liebe von Seiten Alice Stalliots, meinen Sie ... lediglich als eine Art ... Vorschuss auf eine Bezahlung aufzufassen gewesen wäre, für einen Gefallen, den der Comte ihr, Alice, tun sollte?»

«Der Graf hat immerhin die Geschichte, die er notierte, nicht zu Ende gebracht ...», gab ich zu bedenken.

Goldsmith blickte nicht auf. «Und der Gefallen», sagte er

langsam, «um den sie ihn bat ... wäre der Tod ihres Gatten gewesen?»

Es trat eine Pause ein, in der Samuel E. Goldsmith überlegte. Dann sprach er schließlich weiter: «Und der Comte hätte das hehre Anerbieten natürlich abgelehnt, weil dies besser zu seinem Charakter passt? Ist es das, was Sie meinen?»

Ich entgegnete nichts.

«Und dass jetzt stattdessen ... als Ersatz gewissermaßen ... Robert Milton die Rolle des Komplizen übernommen hat?»

«So könnte es doch aussehen», stimmte ich zu. «Oder nicht?»

Goldsmith holte tief Atem. «Und dass der Graf, sagen Sie, doch tot sei, weil Alice ihn ermordet hat? Weil er eingeweiht war und dennoch das Mittun abgelehnt? – Sie meinen: Deshalb ihre Kaltschnäuzigkeit heute Nacht am Burggraben, als Geoffrey Stalliot verzweifelt nach ihm rief? – Deshalb Geoffreys Verzweiflung, weil er begriff, dass seine Frau ... – Deshalb sein unverständliches Verhalten, sein unsinniges Trinken nachher in der Bibliothek ...?»

«Nur eine Theorie», sagte ich, «nur eine Theorie ...»

«Und heute nun brachten Robert Milton und Alice Stalliot gemeinsam Geoffrey Stalliot um – was eigentlich von vornherein der Zweck gewesen? Überdies: Jetzt musste er sowieso verschwinden, da er ja zum Mitwisser des Mordes am Comte de Marais geworden war? Zwei Tote? – Zwei Morde?»

Er sah wieder auf und mir nun geradewegs ins Gesicht. «Und wie?», wollte er wissen.

«Ich weiß es nicht!», rief ich aufgebracht. «Was brachte die Fässerwand zum Stürzen? – Immerhin waren beide, Milton und Alice Stalliot, die meiste Zeit des Essens über abwesend, denken Sie daran! Alice die ganze Zeit, und Milton ging noch während der Eingangsphase des Essens, gleich nach dem Entree, und gleich darauf ging auch Stalliot – und das nächste Mal, als wir ihn alle sahen, war er bereits tot. Milton und Alice könnten ihn in der ganzen Zeit, während wir aßen …»

«Und wie?»

«Und wie, und wie, und wie?», rief ich. «Fragen Sie nicht immerzu: ‹Und wie?›! Sie reden doch immer von der Banalität der gelösten Geheimnisse! Dieses ist bislang nicht gelöst, nun gut – mein Gott! Wie bringt man Fässer zum Stürzen? – Schießpulver meinetwegen, Seile, Flaschenzug, was weiß denn ich!»

«Nein, Schießpulver nicht, nicht in diesem Falle», schaltete sich Goldsmith ein, «das hätten wir trotz der dicken Mauern, die uns immerhin den Einsturz der Fässer verborgen gehalten haben, gewiss gehört.»

«Dann war es eben kein Schießpulver, sondern etwas anderes!», rief ich. «Aber hören Sie, Goldsmith: Die beiden hatten als Einzige von uns genug Zeit, die Angelegenheit vorzubereiten und auch durchzuführen. Erinnern Sie sich an Alices Reaktion, später, als sie ihres toten Gatten ansichtig wurde! Sie sagte nichts, überhaupt nichts – und ging. Und Robert Milton lief ihr nach.»

«Nun, Sir Mortimer sandte ihn ihr nach, wenn ich mich da recht erinnere», warf Goldsmith ein.

«Ganz richtig, Mortimer sandte ihn, weil er meinte, dass sie Trost brauche. Was hätte er sonst auch tun sollen? Er weiß ja nichts von alledem! Und beim Essen – hatten Sie nicht den Eindruck, dass es Milton war, der Stalliot dazu provozierte, den Raum zu verlassen?»

«Nein, den Eindruck hatte ich eigentlich nicht», sagte Goldsmith bedächtig. «Ich denke, es war Stalliot, der provozierte – aus gutem Grunde übrigens, wie ich jetzt weiß –, und dass es Milton war, der lediglich reagierte, und Milton war es übrigens auch, der den Raum zuerst verließ. Er hat gar nicht gewusst, dass Stalliot ebenfalls ging, und erst recht nicht, wohin er ging, mein Lieber. Woher hätte er wissen sollen, dass er in den Weinkeller lief? – Robert Milton verließ den Raum zur anderen Seite, er ging vermutlich hinauf in die Räumlichkeiten von Alice Stalliot. Woher hätte er wissen sollen, was nach seinem Abgang Stalliot tat?»

Ich ließ in einer resignierenden Geste die Hände auf die Knie fallen. «Jeder von uns konnte sich ausrechnen, dass, wenn die Zeit gekommen, Stalliot den Weinkeller aufsuchen würde», rief ich. «Er würde nicht in die Kirche gelaufen sein, glauben Sie mir!»

«Da haben Sie allerdings Recht, Sir», pflichtete Goldsmith mir bei und lachte leise vor sich hin. Er wurde jedoch schnell wieder ernst und äußerte, bedächtig den Kopf wiegend: «Und … trotzdem … wir haben beide einen Fehler gemacht.»

«Welchen?», stieß ich hervor.

«Es stimmt einfach nicht», rief Goldsmith, «Ihre Theorie, Lloyd. Ich gebe zu, sie hat etwas Gewinnendes, und doch: Sie lässt einige Details außer Acht. – Der Graf lebt! Und er spaziert dort draußen einher!», sprach er beschwörend und deutete auf die Schießscharten, hinter denen die letzte Dämmerung verging. «Ich bin mir dessen sicher. Und sofern der Graf lebt, wie kommt da Robert Milton ins Spiel, vorausgesetzt, Alice Stalliot hat mit der ganzen Sache überhaupt etwas zu tun? – Aus irgendeinem Grunde sind Sie, Lloyd, daran interessiert, dass das Gespann Alice Stalliot–Robert Milton gemeinsam etwas Böses im Schilde führt. Aber sehen Sie: Hätten die beiden Stalliot getötet, so hätte natürlich auch der Tod des Comte einen Sinn. Wenn also der Tod im Weinkeller nun zwar ein Mord war, der Graf jedoch lebt, nur auf kurz dies angenommen …», Goldsmith sah mir gerade in die Augen, «… welchen Sinn hätte dann sein Verschwinden? – Sie wollen mir nicht erzählen, Lloyd, dass Alice Stalliot, schuldig am Tode ihres Gatten, eine Verbrecherin ist und Robert Milton, ihr Helfer, natürlich ein weiterer Verbrecher und dann der Graf ein dritter Bösewicht, derjenige nämlich, der die Brücke gesprengt hat. Das wäre mir etwas zu farbig, mein Lieber! ... Entweder der Graf als Täter – meinethalben – oder die beiden als Täter – auch gut! Aber nicht alle drei! Stimmen Sie mir zu? Und nun überlegen wir: Wenn also diese beiden den Mord begangen haben – für einen Moment, wie gesagt, dies angenommen –, welche Rolle hätte dann der Graf?!»

«Dann hätte er allerdings keine Rolle in diesem Drama», sagte ich ungeduldig. «Aber vielleicht können Sie einmal für einen Augenblick Ihre These vergessen, Goldsmith, dass der Graf noch am Leben ist. Wir haben ein Motiv für seinen Tod, und wir haben zwei Leute, die ihn umgebracht haben können, indem sie gemeinsam die Brücke sprengten. Ich fürchte, Sie müssen Abschied nehmen von der Idee, dass der Graf noch lebt, mein bester Goldsmith.»

«Das glaube ich nicht», sagte Samuel E. Goldsmith leise.

Ich streckte die Arme zur Decke, um ihm zu bedeuten, dass ich nicht wisse, welche Argumente ich noch ins Feld führen könne, um ihn zu überzeugen. «Aber wenn wir doch auf der einen Seite diese vielen Argumente haben, die meine These bestätigen, und auf der anderen Seite haben wir nur Ihren Glauben? ...»

Es war wie eine Anspannung, die plötzlich von ihm abzufallen schien. Er nickte mir freundlich zu, nachsichtig und verblüfft über meine Blindheit. «Als wir, Mr. Lloyd», sagte er, «wir alle, meine ich, Sir Mortimer – Henry, um vollständig zu sein –, Nightingale Dubois, Sie selbst, dazu meine Wenigkeit, ferner Geoffrey Stalliot und seine Frau – Robert Milton, das zugegeben, war nicht unter uns, den stöberten wir erst später tief schlafend in seinem Himmelbett auf –, als wir heute Nacht also am Burggraben standen und die eingestürzte Brücke betrachteten, da erst ging es los; und es ging so plötzlich los, dass ich geneigt bin anzunehmen, dass auch dort Schießpulver im Spiele war – und wenn der Orkan nicht so ohrenbetäubend getost hätte, bin ich im Übrigen sicher, hätten wir auch diese Explosion gehört. Als wir also alle da friedlich versammelt standen, Mr. Lloyd, wer hat dann da herüben bei Dull Manor den Feuerbrand entfacht, wenn nicht der Graf? Der deshalb zu diesem Zeitpunkt noch gelebt haben muss? – Haben Sie darauf vielleicht eine Antwort?»

Mir war, als wanke der Boden unter meinen Füßen. Ich saß dort auf meinem Sims in der Kammer unter der zerstörten Zugbrücke, wie ein Kind, das von seiner Mutter gescholten worden war dafür, aus der Konfitürebüchse vom Verbotenen genascht zu haben, und ich schwor mir, enttäuscht und aufgebracht über mich selbst zugleich, es mit diesem Manne nicht mehr aufzunehmen, nie mehr, denn ich sah, dass er mir über war, dieser undurchschaubare Grübler – der jetzt im Übrigen freundlich lächelnd vor mir stand, leicht mit dem Bein wippte und mich dabei fast mitleidig und, wie es schien, durchaus mit Zuneigung betrachtete.

«Sie sollten dies nicht zu schwer nehmen, lieber Freund», sagte er leichthin. «Was mich betrifft, wissen Sie, das habe ich Ihnen vorhin schon konzediert, bin ich gar nicht glücklich mit meiner Theorie vom Grafen, der das alles auf dem Kerbholz habe, denn ein Verbrecher schien er mir nun wahrlich genauso wenig zu sein wie Ihnen. Aber insgesamt und mit Ruhe betrachtet ist es mir doch lieber, ich habe mich in ihm getäuscht – statt in ihm und Robert Milton und Alice Stalliot und weiß wem sonst noch. Auch ziehe ich es vor, von einem Verbrechen, der Sprengung der Zugbrücke nämlich, auszugehen, als von zweien – dabei gleich einem so scheußlichen wie einem Mord! Der Einsturz der Fässer im Keller, lieber Lloyd – wir werden es früher oder später wissen, was es war, doch bis dahin – Gott befohlen!» Goldsmith schlug die Hände zusammen, rieb sie wie in einer Art Vorfreude aneinander und sagte übergangslos: «Und wissen Sie, was mich jetzt beschäftigt, bester Freund? – Sie ahnen es nicht? Nun, ich habe ganz einfach und kreatürlich Hunger.»

Er hatte also Hunger, dachte ich, fast erheitert, fast amüsiert – er hatte Nerven! Obgleich, wenn ich recht ehrlich war, auch mir ein hohles Gefühl in der Magengrube spürbar wurde, sobald ich nur darauf achtete. Wie spät mochte es sein? Längst kein Tageslicht fiel mehr durch die Luken der Schießscharten hinter mir herein. Ich dachte daran, dass in der Küche keinerlei Geräusch zu vernehmen gewesen, als ich vorhin aufgebrochen war, und ich teilte Goldsmith meine diesbezüglichen Befürchtungen mit. Er wackelte unglücklich mit dem Kopf. Ich zog meine Uhr zurate und bemerkte zu meiner Überraschung, dass es tatsächlich bereits auf sieben ging. Nightingale fiel mir plötzlich ein! Sie musste sich schon längst wieder von der Ruhe erhoben haben – und eine schwindelige Welle der Sehnsucht nach ihr überflutete mich.

«Kommen Sie», sagte Goldsmith. «Lassen Sie uns drüben nachsehen, wie es steht – und ob nicht vielleicht doch ein Essen für die Gäste bereitet ist. Geben Sie Acht, wir nehmen meinen Weg, er ist kürzer, ich führe Sie …»

«Warten Sie noch eine Sekunde», bat ich hastig, und er drehte sich überrascht wieder zu mir zurück und wartete, was ich auf dem Herzen hätte. Ich biss mir gewissermaßen auf die Zunge, denn dies war nicht allzu leicht vorzubringen. Diese Frage hatte damit zu tun, dass ich mich augenscheinlich geirrt hatte und er – wieder einmal – nicht, ferner damit, dass er mich mehr und mehr zu faszinieren begann, und nicht zuletzt damit, dass er mir als ein kluger, sensibler und keineswegs vorschnell urteilender Mann erschien. Und in diesem Zusammenhange erinnerte ich mich jener Szene vorhin – nachdem ich Nightingale auf ihr Zimmer geleitet hatte und wieder in den Keller zurückgeeilt, als wir die Zerstörung aufgeräumt und Goldsmith in überraschend grober Form den alten Professor angegriffen. «Da wir gerade so viel über die anderen reden: Warum mögen Sie den Professor nicht?», fragte ich schließlich geradeheraus.

Ich sah, dass ich ihn diesmal wirklich überrascht hatte. Fast schien es in dem dämmerigen Licht, als erröte er. Er verdeckte seine Verlegenheit zunächst damit, dass er zur Wand ging und die Fackel abnahm, wozu er länger brauchte, als mir nötig schien. Schließlich drehte er sich mir wieder zu und lächelte scheu.

«Oh, das ...», sagte er. «Dass es Ihnen auffiel, Mr. Lloyd ... Man sollte sich nicht so gehen lassen, nicht wahr?» Er machte ein paar Schritte durch das Gewölbe, kam dann zu mir zurück und sagte: «Nun, das ist nichts ... nur manchmal ... erinnert er mich zu sehr ... an mich selbst ...» Er stand noch einen Moment, zuckte dann die Schultern, so, als ob er überlege, ob dem noch etwas hinzuzusetzen sei. «Sind Sie denn immer zufrieden mit sich selbst?», fragte er mich.

«Nein», gab ich zu. Er schien erleichtert und machte eine kleine Geste, die so viel besagen wollte wie: Nun, sehen Sie! ... und ich musste nun meinerseits lächeln. Ich erhob mich von meinem Sims, und wir brachen auf.

Er geleitete mich über die kurze Treppenverbindung, über die er vorhin hierher abgestiegen war, und einen Augenblick später standen wir draußen im nächtlich leeren, finstern Schlosshof. Aus den hohen Fenstern des Speisesaales gegenüber, wie auch aus der Bibliothek von links daneben, fiel warmes Licht und malte beleuchtete Vierecke auf das Pflaster, und auch aus den vergitterten Luken beiderseits der Tür in die Eingangshalle drang gedämpfter Schein, und diese Zeichen von Bewohntheit machten uns beiden das Herz wohl leichter. Über uns glitzerten eisklar und fern Millionen und Abermillionen von Sternen.

«Werden Sie es den anderen sagen?», fragte ich. Er ging gesenkten Kopfes neben mir. «Ich meine … alles …»

«Ich weiß noch nicht», entgegnete er schließlich murmelnd. «Ich denke nicht. – Es ist noch nicht die Zeit.»

Die Eingangshalle erglomm im Schein der Kandelaber. Links hinter der Flügeltüre zum Speisesaal hörten wir bereits von draußen Stimmen, und mich erwartete eine Überraschung. Ich weiß nicht, was Goldsmith geglaubt, aber ich hatte nicht damit gerechnet, alle Gäste dort versammelt zu finden. Doch waren sie alle da, und sie verstummten für einen Moment, als wir eintraten.

Der Eindruck war für mich, als ich gemeinsam mit Goldsmith die Stufen herabschritt, zunächst kein so empfindlich anderer als der, welchen ich gestern Abend bei meinem Eintritt empfangen – und doch ein völlig unterschiedener. Zwar brannten die hundert Kerzen in den Lüstern über der Tafel und tauchten den Raum in ein fast unwirkliches Licht, gleißend reflektiert in den Spiegeln rechter Hand, vor denen wieder die livrierten Diener hantierten – Henry stand im Hintergrund und beaufsichtigte wachsamen Auges ihr Tun – der Tisch, um den die hohen, dunklen Lehnen der Stühle aufragten, war gedeckt mit weißem Damast, auf dem das Silber und das feine Porzellan einladend glitzerten, aber die Gesellschaft hatte noch nicht Platz genommen, sondern stand in Nähe der Fenster und bei den glühenden, wärmenden Kohlebecken – und das Gespräch, das nun wieder anhob, als man erkannt hatte, dass wir es waren, die eingetreten, war ein wesentlich gedämpfteres, zurückhaltenderes als gestern, und es gemahnte mich unwillkürlich an das im Zimmer eines Kranken.

Ich erblickte Mortimer, die Augenlider gerötet – wenngleich es mich in angenehmer Weise überraschte, ihn frischer zu sehen als insgeheim befürchtet. Der Pfarrer war da – sein weißer Backenbart leuchtete, und seine Wangen glühten, sodass man erkennen konnte, dass er gemäßen Trost gefunden hatte in Christo. Der Professor stand unlustigen Gesichts daneben, ein in rotes Leder gebundenes Buch – ich brauchte nicht nachzudenken, welches – unter den Arm gepresst, und mir wurde offenbar, dass er, seit ich ihn vor Stunden das letzte Mal gesehen, wie er in der Bibliothek verschwunden war, ganz sicher nichts anderes getan hatte, als dort innig in seinem John Milton zu blättern und zu lesen.

Robert Milton und Alice Stalliot waren auch da, und ich versuchte vorsichtig, ihre Gesichter zu entschlüsseln. Sahen so Mörder aus? Sie standen dicht beieinander, berührten sich nicht, und doch, das war mir offenbar, berührten sie sich im Geiste, denn ihre Mienen trugen den ebengleichen, fast unsichtbaren Glanz, der aus unserem Innern zu strömen pflegt, wenn wir glücklich sind – bei Alice, das will ich nicht verhehlen, überlagert von den fernen Schatten einer wehmütigen Trauer, und bei ihm von einem zynischen, grüblerischen Blick, der zu besagen schien, dass er gelernt habe, in dieser Welt keinem Frieden mehr zu trauen.

Vor allem aber sah ich Nightingale, wie sie unter den anderen stand und sich zur Türe kehrte, als wir eintraten, und fast schien es mir, dass ein Leuchten durch ihre Augen ging, als sie meiner ansichtig wurde. Sie trug ein weißes Kleid im Empire-Stil, das ich an ihr noch nicht gesehen, das ihre schlanke Figur umschmeichelte und ihr makelloses Dekolleté im Licht der tausend Kerzen zur Geltung brachte, der Stoff lang bis über die Füße herabfallend, festlich und doch schlicht, gerafft unter dem Busen. Ich spürte ein Kribbeln, als Goldsmith meine Schulter berührte und mich sacht heranschob.

«Wie geht es Ihnen?», fragte sie leise.

«Danke, gut!» Doch meine Stimme klang mir fremd.

«Ich danke Ihnen», berichtigte sie mich sanft nach einer kurzen Weile. «Sie haben mich wieder in Ihre Kutsche geladen, heute Nachmittag, als es so schlimm war mit Mr. Stalliot, lieber Mr. Lloyd. Sie haben mich gerettet, das wissen Sie? – Ich weiß nicht, was ich getan hätte, ohne das Gespräch mit Ihnen …»

«Jonathan, bitte», sagte ich rau. «Nicht … Mr. Lloyd …»

«Jonathan …», flüsterte sie.

«Was haben Sie unterdessen gemacht?», fragte ich schließlich.

«Geschlafen», sagte sie. «Lange Stunden geschlafen, tief und traumlos. Als ich herunterkam, fand ich nur den Professor in der Bibliothek, und später kam Mortimer hinzu. Und die beiden, Milton und Alice, traten soeben erst hier ein, Augenblicke vor Ihnen. Was haben Sie unterdessen unternommen?»

«Wir haben Geoffrey Stalliot zur letzten Ruhe gebettet, in der Krypta unter der Kirche …»

«Oh, nicht dies …», bat sie leise. «Das andere …»

«Ich bin über die Bastei spaziert, habe in Ihr Fenster geschaut … Dann habe ich an der Wurfmaschine gestanden und überlegt, ob wir damit Hilfe herbeiholen könnten …» Sie lächelte. «Dann habe ich Mr. Goldsmith getroffen, und wir haben uns unterhalten …»

«Worüber?»

«Oh, verrücktes Zeug», murmelte ich.

Ich sah, wie ihre Augen mich fragend anblickten, aber ich wusste nicht, ob ich sie damit belasten sollte. Ich grübelte noch über einer rücksichtsvollen und doch ehrlichen Antwort, als Mortimer mich daraus erlöste, indem er, ein Abglanz nur der Geste, mit der er während der gestrigen abendlichen Führung verschiedentlich für Heiterkeit gesorgt, leise in die Hände klatschte und halblaut rief: «Meine Freunde, da wir nun alle hier versammelt sind, so lasst uns doch zur Mahlzeit schreiten. Der Körper verlangt das Seine. Ich bitte zu verzeihen, dass es das ursprünglich geplante

Mahl heutigen Abends nicht geben wird, indessen doch immerhin, so hoffe ich, ausreichend zur Sättigung des Magens, und bei alldem schmackhaft genug, dass der Gaumen sich nicht beleidigt fühlen mag. Treten Sie heran …!»

Und alle, Nightingale eingeschlossen, die nach einem Zögern, da ich nicht geantwortet, den Blick von mir ließ, bewegten wir uns hinüber zum gedeckten Tisch, und da, mit den Augen noch den Platz suchend, auf dem man zu sitzen hatte, fiel mir auf, warum mir beim Eintritt auch die Tafel anders erschienen: Sie war jetzt kürzer als noch zum Mittagessen, der Tisch anscheinend zusammengeschoben, sodass an den Langseiten je ein Stuhl weniger Platz fand, und es war mir ein Schreck ohnegleichen, weil es so anschaulich machte, wie unsere Gruppe schrumpfte. Doch im nächsten Moment empfand ich Erleichterung, angesichts möglicher Alternativen: nämlich die jenseitige Partie der Tafel nur noch besetzt von Milton und Wilbur Prescott – mit einem entsetzlichen Gespann leerer Stühle sie flankierend und womöglich je einem Kranz pietätvoll geflochtener Blüten, wie er mittags gelegen, jetzt auf der leeren Tischdecke, wo der Comte und unser weinseliger Geoffrey Stalliot gesessen hatten. Und ich wurde mir gewahr, dass es so viel besser, weil doch erträglicher war, wie mein Freund Mortimer es in kurzem und richtigem Entschlusse getroffen, als er auch schon die Stimme erhob und Bezug darauf nahm.

«Meine Freunde», sagte er, und ich sah seine geröteten Augen, «lassen Sie uns Platz nehmen an dieser Tafel, deren Sitzordnung ich so frei war zu ändern – ohne mir von Ihnen, wie ich mir sehr herzlich wünsche, den Verdacht der Rücksichtslosigkeit eingetragen zu sehen gegenüber jenen armen, lieben Gefährten, die uns verlassen. Ich bin ganz sicher, meine Freunde, dass sie gleichwohl bei uns sind wie zuvor, dass sie uns sehen und unsere Stunde teilen, wenn wir nun speisen – und ich glaube nicht, dass sie uns auffordern würden, auseinander zu rücken in dieser kalten Welt, denn sie wissen», setzte er leise hinzu, «wie sehr wir um sie weinen ...»

Es folgte ein Moment tiefsten Schweigens, während wir unsere Plätze einnahmen, und es zeigte sich, dass wie von selbst ein jeder seinen Stuhl fand: Goldsmith war eines aufgerückt und saß nun direkt neben Mortimer, und ich und Nightingale folgten ihm – der Pfarrer rechts von uns an der Schmalseite –, während Alice die Tischseite gewechselt hatte und nun auf dem Platz ihres Gatten zwischen Mortimer und Robert Milton saß, Milton mir nach wie vor gegenüber. Der Professor hatte seinen Platz Nightingale gegenüber zwischen Milton und dem Pfarrer gefunden, da, wo der Comte gesessen. Wir setzen uns und harrten der Speisen, die die Diener nun in der Folge auftrugen, von Henry aufmerksam angewiesen und überwacht.

Ich dachte an die tote Küche im Gang um die Mitte des Nachmittags. Es wäre unbillig gewesen, ein Mahl wie das zum Lunch oder gar eines wie das des gestrigen Abends verlangt zu haben, aber die Andacht, mit der die klare Fleischbrühe, in der das Gelbe von Hühnereiern zutraulich leuchtete – wozu krustig gebackenes Graubrot gereicht wurde –, von allen entgegengenommen ward, zeigte, dass jeder der Anwesenden genauso dachte wie ich: dass unser Gastgeber ein Engel war, der mehr als nur das Menschenmögliche tat, um die Situation erträglich und für alle handhabbar zu erhalten.

«Ich wünsche Ihnen allen eine gesegnete Mahlzeit», hatte er eingangs gesagt und jeden Einzelnen von uns innig dabei in seinen Blick geschlossen. «Und Sie glauben mir, wenn ich Ihnen sage, dass ich Sie auf Boroughmore Castle glücklich wissen will.»

«Amen!», hatte Father Thomas aus tiefster Seele geantwortet. Und so hatten wir begonnen.

Wir aßen schweigend unser Mahl an diesem Abend. Das

leise Klingen der Bestecke am Tellerrande, ab und an ein kurzes Geflüster der Bediensteten, die umhergingen und vor den Spiegeln beschäftigt waren, hie und da eine Anweisung – das war alles, was die Stille unserer Mahlzeit unterbrach. Nightingale saß neben mir, und ich spürte ihre Nähe, ihre Bewegungen, die ich aus dem Augenwinkel wahrnahm, den zarten Duft eines Parfüms. Und ein erneutes Mal kam es mich an, wie sehr ich doch in Erregung geriet angesichts solcher Fiebrigkeiten.

Die Suppenteller wurden abgeräumt und Platten gereicht mit rohem und gekochtem Schinken, Lachsscheiben, geschnittenen Eiern mit Kaviar, dazu Butter und dicke Fladen geschroteten, schottischen, schmackhaften Schwarzbrotes, ein französischer Wein und Tafelwasser ... es war mehr, als das Herz begehrte, und die Tischrunde bediente sich.

«Ich habe», begann Mortimer vorsichtig, als wir alle versorgt waren, «vorhin mit unserem Vikar eine Abmachung getroffen. Eingedenk des ursprünglich geplanten Zweckes unseres Hierseins und angesichts, ja, gerade angesichts der dauernden Fallen, die das Schicksal uns zu stellen scheint, ist er im Sinne einer von der Liebe zur Poesie bestimmten Atmosphäre bereit und gewillt, für uns alle heute Abend den Born seiner jüngsten Schöpfung aufzutun und daraus hervorfließen zu lassen: Reinheit, Erbauung, Schönheit – um uns zu trösten und zu zeigen, dass es Größeres gibt als den Kummer eines jeden Tages, und sei er noch so unverständlich und schmerzlich wie der unsrige heut. Nein, ich bin glücklich, meine Freunde, dass wir, sobald nur diese Mahlzeit vorüber ist, in den Vorzug eines Vortrages, eines Versepos, wie ich höre, kommen sollen, das der Vikar im Reisegepäck mit sich führt, und ich bin unserem Father Thomas für all das, für die wunderbare Hilfe und den warmen Trost, der uns allen daraus erwachsen wird – dessen bin ich sicher –, über die Maßen dankbar.»

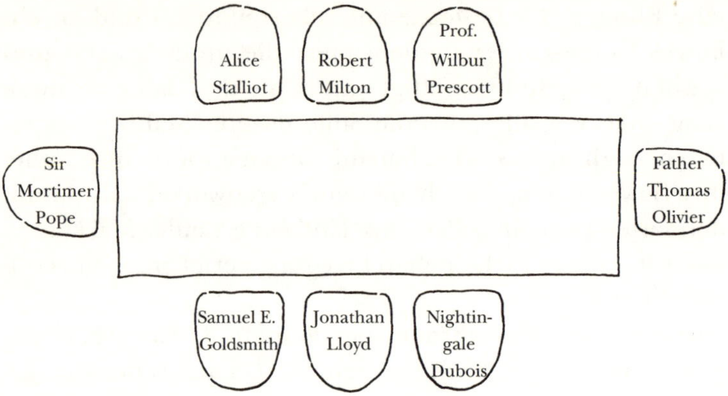

Er strich müde mit der Hand über seine Stirn. «Ich habe zuvor auch Gelegenheit genommen, mit unserer Freundin zu sprechen, meine Kameraden, welche der Verlust des heutigen Tages in besonders furchtbarer Weise getroffen hat», er schaute mit einem wehen Blick zu Alice Stalliot hinüber, die seinen Gruß mit einem sachten Lächeln erwiderte, bevor er schloss: «Lassen Sie uns alle, meine Freunde, dieses karge Mahl als Versprechen untereinander auffassen, dass nichts den Geist des Menschen hemmt, sobald ihm nur die verzaubernde Stimme der Poesie erklingt. Lassen Sie uns essen und dessen harren, was unser Freund uns hernach schenken wird.»

Der Pfarrer hatte Mortimers Ankündigung errötend gelauscht und bescheiden den Blick gesenkt. Für einen kleinen Augenblick war ich erstaunt, ja erschreckt gewesen über die Kühnheit, die im Plane meines armen Freundes zum Ausdruck zu kommen schien, doch dann hatte ich kühl überlegt und befunden, dass er damit wohl genau das Richtige getroffen haben mochte, galt es doch, uns daran zu erinnern, warum wir uns hier versammelt. Wir brauchten alle, er eingeschlossen, Trost, und wir hatten das universale Mittel, uns diesen Trost zu verschaffen, zur Verfügung! Und es war gewisslich klug und auch moralisch zu rechtfertigen, wenn wir danach griffen, um uns wenigstens für den Augenblick in jene einzigartige Sphäre entführen zu lassen, in die der Rücken unseres geflügelten Pferdes uns trug ...

Auf Mortimers abschließende Aufforderung hin hatten wir alle zu essen begonnen, und während das Mahl uns mundete, hatte sich sogar so etwas wie eine Konversation bei Tische ergeben, wenn diese sich zumeist auch auf ein Wort der Aufmerksamkeit oder des Dankes beschränkte, wenn eine Speise weitergereicht worden war. Später, als wir geendet, ließ Mortimer noch Käse, Kaffee und Whisky servieren – ich kostete diesmal tatsächlich von Letzterem, weniger um das Essen abzurunden oder gar ein in der Tat nicht vorhandenes Völlegefühl abzuwehren, als vielmehr mich in eine insgesamt entspanntere Gemütslage zu versetzen. Und nun endlich war es, dass Father Thomas Olivier mit einem leisen, um Aufmerksamkeit heischenden Hüsteln einen nicht allzu schmalen Packen Papieres einer inwendigen Tasche seines Gehrockes entnahm, ihn auf der Tafel symbolisch glatt klopfte und zu seinem Vortrage schritt.

Er begann nicht sofort zu lesen, sondern erging sich in einer rührend umständlichen Apologie dahingehend, dass es noch zu früh für eine eigentliche Lesung sei, was er uns anzubieten habe, stelle lediglich eine Vorstufe dar, ein Text, der in aller Kürze die beabsichtigte Handlung des im Entstehen begriffenen längeren Versepos erst umreiße. Es handle sich im Übrigen wie bei seinen anderen Dichtungen um einen Stoff, den die schottische Heimat ihm eingegeben, das geplante Werk führe in die Zeit zurück, als Jakob V. König gewesen von Schottland, ein Stoff, der, wenn auch nicht in allen Einzelheiten, so doch in groben Zügen historisch, wie er ihn vortrage, verbürgt sei.

Ich bemerkte, wie der Professor ob dieser allzu ausführlichen Vorrede seinen Nachbarn mit grimmiger Miene anstarrte, als wolle er ihn mit seinem Blicke niederstrecken, aber der Geistliche ließ sich davon nicht im Geringsten stören. «Der wunderbare Sir Walter Scott», fabulierte er stattdessen ruhig weiter, «hat im Übrigen den gleichen Entwurf – kaum sieben Jahre ist das her – in seiner ‹Lady of the Lake› in mitreißender Weise bereits einmal verarbeitet, und man mag es wohl Vermessenheit nennen, dass ich ihn nun abermals aufgreife. Jedoch, so hoffe ich, wird der aufmerksame Leser oder Zuhörer durchaus bemerken, dass mir vornehmlich andere Ziele am Herzen lagen als dem berühmteren Kollegen. – Das war alles, was ich Ihnen vorab mitteilen wollte, und nun, meine Freunde, werde ich beginnen ...»

Dies war ein durchaus verblüffender Einstieg, überlegte ich gespannt und dachte an den Erfolg der Scott'schen «Lady of the Lake», deren Erscheinen in zweitausend Exemplaren im Jahre 1810 zu den überhaupt wohl erstaunlichsten Vorgängen der Literaturgeschichte, soweit sie mir bekannt war, gehört hatte. Viermal noch im gleichen Jahr hatten Nachdrucke erscheinen müssen, um das Interesse der Leser zu befriedigen, und inzwischen, so hatte ich vernommen, las man das Buch genauso in Berlin wie in Petersburg, in Paris wie in London und Madrid. Es gehörte in der Tat ein gehöriges Maß an Forschheit dazu – Goldsmith hätte es vermutlich Chuzpe genannt –, durch eigenes Tun den Vergleich mit einem derartigen Meisterwerk zu wagen. Aber Father Thomas hatte offensichtlich diesen Mut.

Er klopfte seinen Text ein weiteres Mal zusammen, dann begann er zu rezitieren. Ich bemerkte, dass er den Stoff in Alexandriner gekleidet, und ich vermochte den Grund dafür zunächst nicht unmittelbar einzusehen. Dann jedoch, mit dem Fortschreiten der Handlung, gewöhnte man sich an das altertümliche Versmaß, und es schien mir im Gegenteil den Charakter und das Wesen der fernen Historie in besonderer Weise zu unterstreichen. Ganz gewiss, so viel darf ich vorausgreifend anmerken: Es war der Text unseres kleinen Landpfarrers in der Tat wohl nicht an dem großen Wurf Sir Walter Scotts zu messen, sicher nicht einmal an seinem eigenen «Sänger von Fynnan», aber ich wage doch zu behaupten, dass es ein sehr respektabler und interessanter Ansatz war, den Thomas Olivier uns da vorlegte. Die Stimme des kleinen Landpfarrers klang innig, als er begann:

Des grünen Schottlands Tal, es war des Adels Land!
Die Weiler und die Fleck', die Heide und die Höhen,
Die Moore, Stein und Lochs, die Berge und die Seen –
Das Leben aller Clans lag in des Königs Hand.

Der ward geheißen Jack und galt als tapfrer Mann,
Doch ältres Recht als dies, solch schienen uns zu mahnen
Von Icolmkill, so fern, die Geister unsrer Ahnen:
Wer war der Mensch des Tags, der Freiheit uns gewann?

Sir Rod'rick Dhu war der, der die Gefahr erkannt,
Und von Bochastle her, bis Trossachs Fels und
Schluchten,
Rief er zum Kampf auf die, die Kampf und Ehre suchten,
Der Clan, von dem ihr hört, MacGregor ward genannt.

Loch Katrine lag versteckt, im Wald geheimem Ort,
Sein Ufer war gesäumt, ein Eiland sanft inmitten –
Und ward zu mancher Stund, wenn draußen Kämpfer
stritten,
Dies Eiland letzte Rast, MacGregors Flucht und Hort.

Ja – so, entsinne ich mich wohl, begann es, jenes gewaltige Heldenepos um Kampf und Edelmut, Tapferkeit und Gerechtigkeit und die Treue eines Mädchens, das der Vikar uns an jenem Abend vorlas, und ich erinnere mich gut, wie ausgezeichnet mir letztlich die Version unseres Pfarrers gefiel. Um jedoch in der Form meiner Darstellung nicht allzu ausschweifend zu geraten, wird mein geneigter Leser es mir zugute halten, wenn ich den Fortgang der Handlung jenes Scott'schen und nun auch Olivier'schen Werks hier ausschließlich in Zusammenfassung wiedergebe.

Jakob V. war dazumal König von Schottland gewesen. Die Macht des Adels war dahin und die Oberhäupter der meisten Clans mit dem königlichen Bannfluch belegt. Nur einzelne der Hochland-Clans, pochend auf die Sicherheit und Entfernung ihrer schwer zugänglichen, durch Pass und Schlucht verteidigten Täler, waren damals noch unbezwungen und machten ihre Stellung zum Hof allein von ihrem Willen abhängig. Zu diesen Clans gehörten auch die bereits in der dritten Strophe genannten MacGregors, die in den Tälern zwischen dem Loch Katrine und Loch Lommond wohnten. Auch die Seen von Achray und Vennachar gehörten mit zu ihrem Gebiet.

Bochastle, an der äußersten Spitze des Loch Vennachar, bezeichnete dabei nach Südosten hin den am weitesten vorgeschobenen Punkt ihres Gebiets; Landrick Height, am Nordufer desselben Sees, diente als Sammelplatz des Clans, wenn es Angriff oder Verteidigung galt, und der Felsenpass der Trossachs, der, zum Loch Katrine führend, zugleich die Schutzmauer desselben bildete, war der Punkt, den die Clansleute zu besetzen pflegten, um gegen die Angriffe selbst eines übermächtigen Gegners gesichert zu sein.

Die letzte Zufluchtsstätte des Clans aber, wenn selbst der Pass der Trossachs nicht länger Hilfe zu leisten vermochte, bildete jene eingangs im Gedicht erwähnte Insel im Loch Katrine selber, jenes kleine Eiland am Südende desselben, das noch heutigen Tages den Namen Ellen-Insel führt. Mehr als einmal zog sich ein geächteter Häuptling der MacGregors, Schutz suchend, in die Öde und Einsamkeit dieser Insel zurück, die im Übrigen bei den gewöhnlichen Kriegszügen mit den benachbarten Clans als regelmäßige Zufluchtsstätte für die Greise, Weiber und Kinder diente.

Jagdeifer führte eines Tages den König Jakob seinen Gefährten weit voraus, tief in das Wald- und Bergrevier der MacGregors hinein. Den See von Vennachar entlang und die Trossachs hindurch hatte er die Spur eines prächtigen Hirsches verfolgt, bis sein überbürdetes Ross angesichts von Loch Katrine fast zusammenbrach. Der König stieß ins Horn, um seine Gefährten herbeizurufen, aber vergeblich. Die lang gezogenen Töne indes waren auf dem Ellen-Eiland vernommen und fälschlich als die Klänge eines heimkehrenden Freundes gedeutet worden, und als der König jetzt, durch allerhand Waldgestrüpp sich durchschlagend, plötzlich die Südspitze des schönen Sees vor sich sah, gewahrte er einen leichten Kahn, der eben von der Insel her über den See kam. Auf dem Kahne stand ein Mädchen und führte das Ruder mit Kraft und Geschick. Schon glitt der Kahn in die schmale Bucht hinein und fuhr unter der Wucht eines letzten Ruderstoßes weit das Kiesufer hinauf, als das Mädchen, plötzlich einen Fremden statt des Freundes gewahrend, mit rascher Geistesgegenwart das Ruder in umgekehrter Richtung gegen das Ufer stieß und, die Kraft des ersten Stoßes brechend, wieder weit hinaus auf den See schoss.

Sie war gesichert vor jedem Überfall, und jetzt begann ein Gespräch zwischen dem Könige am Ufer und dem Mädchen im Boot; eine Unterredung, die alsbald dahin führte, dass der König ins Boot stieg und als ein Verirrter und Hilfebedürftiger nach Ellen-Eiland hinübergerudert wurde. Nur Frauen und Diener waren im Haus, die Männer abwesend auf Kundschaft oder Kampf. Auf duftigem Heidekraut, frisch gepflückt auf den Bergen, wurde dem König das Lager gemacht, der am andern Morgen, unerkannt, aber bezaubert von der Insel und vor allem von dem Reiz und der Schönheit des Mädchens, die Insel verließ.

Dieses Mädchen, berichteten im Folgenden die Verse, war Ellen Douglas, die Tochter jenes stolzen Douglas, gegen den sich zweimal der Zorn des Königs und jene Ächtungsformel gerichtet, die jeden Douglas bei Todesstrafe aus den Grenzen Schottlands verbannte. Die Verbannung war ausgesprochen, aber die Liebe, mit der der alte William Douglas an seinem Lande hing, hatte ihn allem königlichen Zorn und aller Gefahr zum Trotz im Lande festgehalten, und statt über See zu gehen, war er zu den MacGregors gegangen, um unter ihnen in Stille und Heimlichkeit die Luft des Vaterlandes weiter atmen zu können.

Roderick Dhu, das damalige Haupt der MacGregors und durch nahe Verwandtschaftsbande an das Haus der Douglas' geknüpft, hatte den Verbannten und seine Tochter Ellen aufgenommen und beiden den besten Platz, den der Clan MacGregor besaß, die Insel im See, als Wohn- und Zufluchtsstätte angeboten. Sein Anerbieten war angenommen worden, und seit länger als zwölf Jahren war die Insel eine verschwiegene Residenz, darin neben Douglas und seiner Tochter auch Roderick Dhu selbst und seine Mutter lebten. Roderick Dhu liebte seine schöne Muhme, aber Ellens Herz hing an einem anderen Manne, nämlich dem jungen Malcolm Graham.

An demselben Morgen nun, an dem der König die Insel verlassen, kehrten Roderick Dhu und der alte Douglas von einem Ausflug in die Trossachs und das Tal Glenfinlas heim. Roderick Dhu war in großer Aufregung; er hatte überall, wohin er gekommen, von dem Zuge des Königs gehört und deutete ihn nicht als einen bloßen Jagdzug, sondern als eine Rekognoszierung, der bald ein Kriegszug folgen werde. Douglas' Erregung war kaum minder groß. Er glaubte seinen Aufenthalt verraten, sich als die Ursache eines Unternehmens, das er ebenso wenig bezweifelte wie Roderick Dhu selber, und klagte sich an, all dies Unheil auf seinen Gastfreund gebracht zu haben. Was immer die Ursache sein mochte, Roderick Dhu war entschlossen, das Äußerste zu wagen, und das blutige Kreuz durch alle Schluchten und Täler seines Clans sendend, rief er die MacGregors auf Landrick Height zusammen. Sie kamen alle.

Der König, der nichts ahnte von dem Ungewitter, das sich den drei Seen entlang, an deren Ufern er gestern noch in tiefem Frieden gejagt, gegen ihn zusammenzog, war inzwischen nach Stirling zurückgekehrt, voll von den Eindrücken, die das Eiland im See auf ihn gemacht, vor allem aber voll Sehnsucht nach dem schönen Mädchen, das ihm wie die Beherrscherin einer märchenhaften Insel erschienen war. Es ließ ihm keine Ruhe, und ein halbes Dutzend Gefährten bis nach Bochastle mit sich führend, ritt er jetzt aufs Neue, einsam, ein abenteuernder Ritter, in das Schluchtenland der MacGregors hinein, um das Mädchen vom See zu sehen und zu ersiegen. Er verstand sich auf Frauen und hielt sich seines Sieges gewiss.

Aber viel hatte sich seit gestern geändert. Die MacGregors lagen nicht mehr friedlich in ihren Hütten, sie lagerten wohlbewaffnet auf der Höhe von Landrick Height, und alle Engen und Pässe waren besetzt, um dem herannahenden Feinde, an dessen Existenz noch jeder glaubte, zu begegnen. Der König, der den See entlang, durch die Trossachs hindurch, ruhig seines Weges trottete, ahnte nicht, dass er dem ganzen Clan, der überall seinen Schritten folgte, als ein bloßer Kundschafter galt und dass Roderick Dhu beschlossen hatte, ihn auf dem Heimweg überfallen und töten zu lassen.

Der König fand indes das Mädchen Ellen Douglas, aber er fand sie nicht geneigt, seinen Bitten Gehör zu geben. Wohlvertraut mit der Art der Frauen, stand er von einer Werbung ab, deren Erfolglosigkeit er rasch erkannte. Im Moment der

Trennung warnte sie den König vor der ihm drohenden Gefahr, ein Wort, das, anfangs leicht hingenommen, dem Könige bald in seiner ganzen Bedeutung offenbar werden sollte. Da, wo die Trossachs zum Loch Achray hinabsteigen, sah er sich umstellt, und wiewohl er den nächsten seiner Angreifer niederschlug, rettete ihn doch nur die Nähe und Dichte des Waldes.

Der nächsten Gefahr war er entgangen, aber unkundig des Landes, der Wälder, Heiden und Moore, durch die sein Fuß jetzt irrte, wie durfte er hoffen, sich unentdeckt durch ein vom Feinde hundertfach besetztes Land zu schlagen! Erschöpft von Hitze und Anstrengung, brach er endlich zusammen und beschloss, im Dickicht des Waldes die Nacht und die Rückkehr seiner Kräfte abzuwarten. Die Stunden vergingen, und die Sterne zogen endlich herauf, blass und verschleiert, aber doch hell genug, dem Verirrten den Klippenrand oder auch die Sümpfe zu zeigen, die, unter Binsen versteckt, oft neben seinem Pfade lagen.

Es mochte Mitternacht sein, als er in die Nähe von Loch Achray kam und, um einen Felsenvorsprung biegend, plötzlich ein Wachfeuer sah, an dessen halb ausgebrannten Scheiten ein Hochländer lag. Als dieser seinerseits des Fremden ansichtig wurde, sprang er auf und forderte, auf den König eindringend, das Erkennungs- und Losungswort der MacGregors. Der König war klug genug, nicht lange verhehlen zu wollen, was Tracht und Sprache doch nicht verhehlen konnten, und gab sich rundheraus als das zu erkennen, was er war, als Feind. Aber er kannte auch die Hochlandssitte, und pochend auf die Unverletzlichkeit des Gastrechts, ließ er sich am Feuer nieder und beantwortete die Frage: «Was führt dich her?» mit einem von Herzen kommenden: «Hunger und Durst.» Der Hochländer nahm Haferbrot und Rauchfleisch aus seiner Tasche und teilte, was er hatte. Dann warf er Reisig in das erlöschende Feuer, und sein Plaid von der Schulter lösend, schob er es seinem Gaste zu, der sich ohne weiteres darin einhüllte und zum Schlaf ausstreckte.

Die beiden Feinde schliefen ruhig beieinander, bis die Morgensonne sie weckte. Man nahm einen Imbiss, dann wandte sich der Hochländer an den König und sagte: «Das Land ist von den unsern besetzt, nirgends ein Ausweg für dich, es sei denn, ich führte dich und brächte dich bis Coilantogle Ford, da beginnt euer sächsisch Land, da magst du frei deines Weges gehen.» Der König stimmte zu, und bald schweigend, bald plaudernd schritten sie vorwärts. Der Hochländer sprach viel von dem alten Rechte der MacGregors, von den stolzen und übermütigen «Sassenachs», die ihnen die alten Jagd- und Weideplätze geraubt hätten – der König aber war unzugänglich für die schlichte Beredsamkeit seines Gefährten und blieb dabei, dass die MacGregors ein räuberisches Gesindel und Roderick Dhu nicht besser als der Rest seiner Clansleute sei. So kam man bis an die äußerste Spitze von Loch Vennachar, schritt noch ein paar hundert Schritte über blühende Wiesen am Teith entlang, bis man an einen Streifen binsenbewachsenen Moorlandes kam, sumpfig um die Regenzeit, aber jetzt glatt und hart wie eine Tenne. «Hier ist Coilantogle Ford», sagte der Hochländer, «dies ist sächsisch Land, dort hinüber liegen die Türme von Stirling, und ich bin – Roderick Dhu.»

Der König zuckte einen Augenblick zusammen, weil ihm sein Herz sagte, was der nächste Augenblick bringen würde. «Wir haben Mahl und Lager geteilt», fuhr Roderick Dhu fort, «und ich habe das Gastrecht heilig gehalten: Ich habe dich hierher geführt bis auf sächsisch Land, du stehst auf deinem Boden, und die heilige Hand des Gastrechts hält mich nicht länger. Zieh! Und lass uns sehen, wo bessere Männer wachsen, hüben oder drüben!»

Dabei warf er den runden Schild hin, den er zu tragen pflegte, um während des Kampfes vor seinem Gegner nichts voraus zu haben, und stellte sich dem schweigend und unschlüssig dastehenden Feinde gegenüber. Der König sah einen Augenblick ins Land hinein, nach Bochastle hin, wo hinter dem Tannenhügel, kaum tausend Schritt von dem Binsenplan entfernt, auf dem er eben stand, seine Genossen hielten und seiner Rückkehr harrten; aber im selben Augenblick von dem Stolz und der Kampflust neu belebt, die seinem ganzen Geschlechte eigen war, rief er dem Häuptling mit der Miene der Überlegenheit zu: «So steh denn!», und drang auf ihn ein. Roderick Dhu war der Stärkere, aber großgezogen in rauer, kunstloser Schule war er schlecht verwahrt gegen die Zauberkünste einer gut geführten Klinge. Rechts und links tropfte sein Blut aus tiefen Wunden, und endlich jetzt mit einem Meisterstoß schlug ihm der König die breite Hochlandsklinge aus der Hand. Roderick sank ins Knie, und die Waffe seines Siegers berührte fast schon seine Brust, als der erschöpfte Hochländer mit einer letzten Kraftanstrengung aufsprang und, dem Stoße ausweichend, wie eine Katze an den Hals seines Gegners sprang.

Er packte mit der Rechten den Hals, mit der Linken den aufgehobenen Arm des Königs, und jetzt begann ein Ringen, in dem das Geschick des Königs der wilden Kraft des Hochländers unterlag. Keuchend lag jener am Boden, und Roderick, auf ihm kniend, zog eben sein Dolchmesser, um es dem Gegner in die Brust zu stoßen, als der Faustdruck, der den Besiegten am Boden hielt, plötzlich nachließ und Roderick Dhu, erschöpft vom Blutverlust, matt und ohnmächtig zur Seite sank. Jetzt stieß der König ins Horn, und die Reiter, die hinter dem Waldeck von Bochastle hielten, sprengten herbei. Statt Ellen Douglas, die der König heimzuführen gehofft hatte, lag alsbald der Häuptling der MacGregors auf dem breiten Sattel des Pferdes und zog blass und blutend, ein Gefangener, durch die Tore von Stirling ein.

Der Vikar zog an dieser Stelle ein kleines Tüchlein hervor

und tupfte seine benetzte Stirn, und nun, am Schlusse der Dichtung, löste er rasch und mit freundlicher Hand den geschürzten Knoten und führte alles zu Glück und Freude hinaus. – Der alte Douglas hatte sich dem König gestellt, um auf sein altes Haupt allein die Blitze des königlichen Zorns zu lenken; aber sei es der Sieg über den stolzen MacGregor, oder seien es die bittenden Augen der schönen Ellen gewesen – das Herz des Königs ist zu Milde und Vergebung gestimmt. – Roderick Dhu kehrt heim zu seinem Clan; Malcolm Graham, geschmückt mit allen Zeichen königlicher Huld, führt Ellen zum Altar. Der alte Douglas aber zieht wieder ein in sein Schloss Stirling, um zu stehen, wo er früher gestanden, als der Nächste dem Throne und dem Herzen seines Königs.

Ihr habt gehört die Mär der Jungfrau dort vom See,
Von Rod'rick Dhu und Jack und von MacGregors Leuten,
Die längst vergangen sind im dunklen Schoß der Zeiten
Und Staub geworden lang, zerschmolzen wie der Schnee.

Und wo ein Herz einst war, ist Erde heut und Wald,
Und wo die Liebe glüht', ward doch dem Tod gespendet,
Und Heldenmut und Kampf sind schließlich doch geendet,
Und was der Mensch begann, Natur ging drüber bald.

Und wenn ein Wandrer heut Loch Katrines Ufer sieht –
Die Häuser sind zerstört, die Insel öd und vage –
So sind sie nicht mehr dort, die Helden jener Tage …
Die Zauber leben fort – nur noch in diesem Lied …

So sprach Father Thomas am Schluss leise, verhielt einen Moment, sein feines Gesicht lächelnd. Als er geendet – zwei gute Stunden hatte das Werk wohl in Anspruch genommen –, war es eine ganze Weile still, dann klang gleichwohl gedämpfter Beifall in unserem hell erleuchteten Speisesaale unter den Kerzen der glitzernden Leuchter auf – jedoch gedämpft nicht etwa der erlauschten Dichtung wegen, sondern einzig aufgrund der doch besonderen Situation, in der wir uns befanden. Nein, das Werk selbst hatte, wie ich meinte, wohl unser aller ausschließlichen Gefallen gefunden – den meinen zumindest ganz gewiss!

Ich hatte zwischendurch Nightingale immer wieder beobachtet, die mit glühendem Gesicht dagesessen, Goldsmith, auf dessen Zügen sich Respekt malte, Mortimer, der mit ernster, verlorener Freude zu lauschen schien, auch Alice Stalliot und Robert Milton, die ab und an vorsichtige, zustimmende, vertraute Blicke miteinander wechselten, hatte ich beobachtet – nur der mürrische Ausdruck des Professors war bis zum Schlusse hin nicht gewichen –, sogar Henry, nach wie vor im Hintergrund stehend – wie im Übrigen der Rest der Gruppe der Diener –, hatte die Dichtung gänzlich miterlebt, ich hatte ihn gesehen, wie er, als es ans Kämpfen ging, gar mit seiner Faust immer und immer wieder in die Handfläche geschlagen. Mortimer wollte gerade zu einigen Worten der Dankbarkeit ansetzen, als er sich von Professor Wilbur Prescott brüsk unterbrochen sah – und in der nämlichen Sekunde wurde mir unumstößlich offenbar, dass ihm das zuvor Gehörte keineswegs gefallen hatte.

«Dieser Quark taugt überhaupt nichts», sagte Wilbur Prescott wütend. «Dieses Werk ist unbedeutend und minderwertig und geschmacklos – und, wenn Sie mich fragen, einfach nur schlecht. C'est ça!»

Ich sah, wie Alice Stalliot erschauerte, worauf Robert Milton beruhigend seine Hand in ihre Richtung ausstreckte, ich bemerkte auch Bewegung beiderseits von mir bei Goldsmith und Nightingale, ohne sie genauer bestimmen zu können, der Pfarrer saß wie vom Blitz getroffen, merkwürdigerweise, ohne hinwiederum den Eindruck zu vermitteln, überhaupt verstanden zu haben, was da soeben gesagt worden war, sogar bei den Dienern herüben an den Spiegeln war Beunruhigung zu spüren. Henrys Kopf schoss zwischen seinen Untergebenen hin und her, als wolle er sich vergewissern, ob er das richtig aufgefasst, was er gehört. Am schlimmsten aber hatten die Worte ersichtlich meinen Freund Mortimer getroffen, der regelrecht zusammengefahren war und der jetzt mit grauen, blutleeren Lippen auf seinem Platz saß, die Finger in die Tischkante gekrallt, und wieder und wieder den Kopf schütteln musste, so als habe er in einem Kampf einen Faustschlag ins Gesicht erhalten, und der Sekunden brauchte, bis er überhaupt wieder vernehmlich sprechen konnte …

«Erklären Sie sich bitte, Professor», stammelte er schließlich, seine Stimme beinahe ein Krächzen.

Wilbur Prescott musterte ihn kurzsichtig und geringschätzig – und dann auch uns alle der Reihe nach, während er sein Tuch herauszerrte und anfing, seinen Kneifer zu polieren. «Nun, was ich meinte, Sir Mortimer: schlecht und lächerlich und niedrig – es war nicht gegen Sie persönlich gerichtet, Herr Vikar», setzte er, mit Seitenblick auf diesen, kurz angebunden hinzu. «Wir sind hier auf diesem Schloss», fuhr der Professor wutentbrannt fort und hieb sich die Gläser mit einem Schlag wieder auf die gekrauste Nase, «und zwei von uns sind nicht mehr dabei. Gestern noch waren sie unter uns, nicht wahr? Und heute?» Er machte eine ruppige Geste. «Und wir?» Er sah sich erneut in unserem Kreise um. «Wir dagegen hören von Königen und Clanführern, von Heldenmut und adliger Gesinnung, von der absoluten Heiligkeit der Gastfreundschaft im schottischen Tiefwald des Mittelalters und von der reinen und verklärenden Liebe der Menschen zueinander! Das lob ich mir, meine Freunde! Das ist Dichtung!» Er spuckte das letzte Wort geradezu heraus. «Das ist Dichtung, sage ich, wo es sogar im Bösen doch immer noch die Sicherheit wenigstens der formalen Harmonie geben wird! Alexandriner! Einfach wundervoll!»

«Hören *Sie*», mischte sich in der Sekunde Robert Milton unwillig ein, aber Wilbur Prescott ließ ihn gar nicht zu Worte kommen.

«Hören Sie, junger Freund», unterbrach er ihn grob und streckte die Handfläche gegen ihn aus. «Sie halten doch besser den vorlauten Schnabel, mein Lieber – und kümmern sich stattdessen weiter in bewährter Art um die Dame an Ihrer Seite, die ja heute so bedauerlicherweise ihren Gatten eingebüßt hat!»

Es war etwas wie ein allgemeines erschrecktes Atemholen im Raume zu hören.

«Professor, es reicht!», sagte Goldsmith an meiner linken Seite sehr vernehmlich.

Wilbur Prescott sah überrascht auf, von solcher Seite einen Einwand gegen seine Rede zu hören. «Wie meinen?», fragte er, gleichermaßen ungläubig und im Ansatz unverschämt.

«Ich meine, es reicht …!», wiederholte Goldsmith im gleichen Tonfall wie zuvor, sehr bestimmt.

Der Professor sperrte Mund und Nase auf und blinzelte tückisch. Ich sah Mortimer auf seinem Platz sitzen, und mein Blick belehrte mich, dass von ihm in den nächsten Minuten keinerlei Reaktion zu erwarten war. Er hatte Mühe, aufrecht dort auf seinem Stuhl zu verharren, und er war weiß wie ein Laken, die Augen zwei hohle Vertiefungen im Schnee. Der Pfarrer hatte sich bislang überhaupt nicht gerührt, vor ihm lagen die Blätter seines Werkes; ich nahm Nightingales zitternde Hände wahr, wie sie sich in ihrem Schoß verzweifelt um die Serviette verkrampft hatten.

Ich hatte beobachtet, wie Robert Miltons Gesicht, als der Professor ihn – respektive Alice Stalliot – so direkt angegriffen, sich in plötzlicher, dunkler Wut verfärbt hatte und wie er dem Professor auf seine Replik hin sofort hatte offensichtlich derbstes Paroli bieten wollen, aber ich hatte auch bemerkt, wie Alice Stalliot ihn mit einer fast unsichtbaren Bewegung ihrer auf dem Tisch liegenden linken Hand zurückgerufen, bevor er begonnen hatte. Milton hatte sofort den Mund fest verschlossen und saß nun da, die Lippen grau vor Wut und den Kopf gesenkt.

Henry war unterdessen hinter Mortimer geschlichen wie ein geprügelter Hund und starrte erst ihn von hinten und dann uns der Reihe nach ratlos mit seinem einen, aufgerissenen Auge an. Mortimer als der Gastgeber hätte jetzt sprechen müssen, dachte ich verzweifelt, aufspringen, beruhigen … Jedoch, aus seiner Richtung kam nichts außer einem Blick wortlosen Schreckens und der Verzweiflung über die Vorfälle. Mein Freund war, das war ganz offensichtlich, am Ende seiner Kraft angelangt und zeigte uns einen Gesichtsausdruck, der mich mählich um seinen gesunden Geisteszustand fürchten ließ.

Überraschenderweise war es Alice Stalliot, die das Wort ergriff, und sie sprach mit lauter und überdies steinharter Stimme: «Ich bin zutiefst erstaunt, Professor Prescott», sagte sie überdeutlich, «dass Sie uns hier den Eindruck vermitteln wollen, als sei mein Gatte noch am Leben, dessen traurige Angewohnheit in der letzten Spanne seines Lebens es ausschließlich gewesen ist, Geschmacklosigkeiten vorzubringen, sobald er nur seinen Mund zum Reden auftat. Ich bin verblüfft, Professor Prescott, dass Sie nun offenbar seine Unbedachtheiten und Rücksichtslosigkeit wohl noch um ein Weiteres zu überbieten gedenken. Ihr empörender, gefühlloser Ausfall gegen das Lied des Vikars stößt bei keinem von uns auch nur auf einen Hauch von Verständnis, seien Sie dessen gewiss. – Und was das andere betrifft … Nein!», sagte sie scharf, als sie sah, dass der Professor ihr etwas entgegnen wollte. «Sagen Sie jetzt nichts, und hören Sie nur zu!»

Und ich sah, wie der Professor eingeschüchtert die geplante Gegenrede unterließ.

«Nein», sprach Alice Stalliot schließlich langsam, «ich habe meinen Mann nicht mehr geliebt, nach dieser langen, gemeinsamen Zeit, nein, falls Sie das erheischen wollten zu wissen. – Liebe vergeht. Und ich habe ihn nicht mehr geliebt, wenn Sie auch das wissen wollen, weil er böse war und ungerecht und überdies gewalttätig gegen mich und ein unglücklicher Schmarotzer obendrein.»

Und dann, ohne jegliche Vorwarnung, gewissermaßen fast ohne Atem zu schöpfen, gab sie in knappen, spröden Worten und mit kühler Stimme all das bekannt, was ich und – da ich es ihm weitergegeben – Goldsmith bereits wussten, dass nämlich jene Bücher, die ja vermeintlich sie und ihr Gatte gemeinsam veröffentlicht, seit jeher von ihr ganz allein geschrieben worden seien, dass Geoffrey Stalliot niemals im Leben auch nur eine einzige Zeile zu einem von ihnen beigetragen, ja, dass sie ihn ernährt hatte, ihren Gatten. Was Alice Stalliot berichtete, verursachte unter den im Speisesaal Versammelten, kurz gesagt, einen Schock.

Ich nahm den Pfarrer wahr, der erblasst war und dem plötzlich Bäche von Schweiß über das Gesicht strömten, ich bemerkte, dass Nightingale die Serviette zum Munde führte und sie dagegenpresste, wie um nicht aufzuschreien, sogar der Professor schien für den Augenblick erschreckt und verblüfft, aber am schlimmsten, in einer Weise, dass es mich entsetzte, hatte die unvermutete Eröffnung abermals meinen Freund getroffen. Mortimer sah aus wie sein eigenes Gespenst. Er bemühte sich zu sprechen, aber es kam nichts, kein einziger Ton …

Alice Stalliot war jedoch noch nicht fertig mit dem Professor. «Mein Mann ist jetzt tot», sagte sie hart. «Ich hätte das nie gewollt, Sir, aber so verhält es sich nun einmal: Er ist tot, und ich habe ihn überlebt. Jawohl, ich lebe noch», fuhr sie mit schroffer Stimme fort, «und ich gedenke noch eine ganze Weile weiterzuleben, Professor, und ganz sicher wird dabei ein Mensch an meiner Seite sein, mit dem zu leben es sich lohnt, dessen dürfen Sie gewiss sein!» Und sie legte ihre Hand auf die Robert Miltons, die auf dem Tische ruhte, und streichelte sie einen Moment, nahm sie, führte sie an die Lippen, drehte sie und hauchte einen Kuss in die Handfläche, was in dieser Form und hier in aller Öffentlichkeit nichts anderes war als ein Skandal und eine offene Provokation. Bewegung ging durch unsere Reihen. «Und überdies», endete sie ihre Replik, «Sie verzeihen mir doch hoffentlich meine aufrichtigen Worte, sehr geehrter Herr Professor, überdies sehe ich in Ihnen wahrhaftig und in keinem Falle den Mann, der mir das ernsthaft verübeln, verleiden oder gar ausreden wollte! Oder wünschen Sie mir zu widersprechen?»

Robert Milton saß gesenkten Hauptes neben Alice, und fast nahm es sich aus, als ob er sich schämte, allerdings nicht darüber, was sie über ihrer beider intimes Verhältnis in Wort und Tat dieser Versammlung soeben eröffnet, sondern eher darüber, dies nicht selbst in die Wege geleitet und dem Professor das Seine gegeben zu haben, und was immer die objektiven Regeln der Etikette und ihre Verletzung im vorliegenden Zusammenhange anbetraf – ich empfand für Alice Stalliot in diesen Sekunden nur noch eitel Zuneigung und Bewunderung. Sie war eine unendlich mutige Person.

Die anderen mochten wohl ähnlich empfinden. Keiner sprach irgendetwas.

Der Professor sah Alice Stalliot daraufhin allerdings mit einer Art abgründigen Hasses in den Augen an, schwieg jedoch wie die anderen – Mortimer hatte sich in gewisser Weise gefangen, er weinte lautlos. Henry, hinter seinem Stuhle stehend, wand sich ersichtlich in Qualen, ihm nicht besser helfen zu können.

Zu unser, denke ich, aller Überraschung war es plötzlich

der Vikar, der, nachdem er sich erst den Schweiß abgetupft, das Wort nahm und dieses an den Professor richtete. Er sprach ruhigen Tones – und in seiner Replik leuchtete eine innere Wärme und Zugeneigtheit auf, die, wie ich erstaunt feststellte, mir an seiner Position nicht zur Verfügung gestanden hätte.

«Sie lieben die Menschen nicht», sagte der Vikar sacht zu seinem Nachbarn, dem Professor. «Und es steht doch geschrieben: ‹Liebe sogar deine Feinde wie dich selbst. Und wenn dich einer auf die linke Wange schlägt, so sollst du die rechte ihm hinhalten.› So spricht der Herr. Und wenn ich auch bekennen muss, dass mich Ihr Urteil, Professor, hinsichtlich meiner ‹Lady of the Lake› verwundert, ja, mehr noch, dass ich es nicht verstehe und – ja, auch das – dass es mich abstößt, so frage ich mich doch nicht, Professor, wie ich Sie jetzt strafen könne für Ihre so unbedachten und rohen Worte mir selbst und meinem Werk gegenüber – und um wie viel mehr noch jener Lady dort gegenüber, die heute ein so schweres Los getroffen hat –, sondern ich frage mich stattdessen, wie man Ihnen helfen kann, Ihre Verbitterung über jene zwei schrecklichen Todesfälle zu überwinden, Professor. Wie man Ihnen beistehen kann, Ihren Schmerz zu lindern, der Sie ganz offensichtlich im Zentrum Ihres Herzens getroffen und tief verwundet hat. Sie sind Schotte wie ich, Professor Prescott, Schotte und Christ! Lassen Sie sich versichern, dass ich als Schotte oder Christ, je nachdem, wie Sie es wünschen, Ihnen jederzeit und gerne – und in der Liebe des Herrn – für ein klärendes Gespräch unter vier Augen zur Verfügung stehe. Jederzeit, Professor.» Und er blickte dem Professor, nachdem er dieses angeboten, mit Hingabe und Aufmerksamkeit entgegen.

Der, seinerseits, durch die allgemeine Reaktion der Ablehnung, die er auf seine anfängliche Stellungnahme hin erfahren, sich auf das tiefste gekränkt fühlend und wohl auch in die Enge getrieben, hatte anscheinend nur auf ein passendes Opfer gewartet; der Balsam christlichen Trostes, der auf ihn eingeflossen war, hatte ihn jedenfalls nicht erreicht – im Gegenteil, der Strom seiner vorübergehend zurückgehaltenen Wut brach sich stattdessen erneut Bahn, und er machte sich Luft, als er den weißhaarigen Geistlichen nun, schäumend in blindem Zorn und bissig wie ein Höllenhund, anfuhr: «Verdammt seien Sie mit Ihrer pechschwarzen Philisterseele, Thomas Olivier! Der Säufer aus unserer Runde ist tot und liegt drüben in der Kapelle, und er fault vor sich hin, und überall in der Luft bilden sich längst Miasmen … Miasmen …», er fuchtelte mit seinen kleinen Händen wild um seinen Kopf, «… und der Comte treibt dort draußen irgendwo durch den dunklen Loch Ness, aufgeschwemmt und blutig und mausetot. – Aber bei Ihnen … ja, bei Ihnen, Herr Pfarrer, da sind es unschuldige, junge Damen, die albern mit irgendeinem Kahn herumpaddeln auf irgendeinem See. Mein Gott! Lassen Sie sich doch nicht auslachen! Das!» – und er knallte mit seiner Hand auf das Buch, das er mitgebracht hatte und das immer noch vor ihm auf dem Tische lag – natürlich John Miltons «Paradise Lost» – «das, Vikar, ist die einzige Literatur, die ich anzuerkennen vermag! Der Mensch ist schlecht, Herr Vikar, und er hält nicht die andere Wange hin – den Teufel wird er tun! –, sondern achtet auf seinen Vorteil, nur darauf – ja, längst haben wir das Paradies verloren, und nicht erst, als die Weinfässer jenen unglücklichen Mann dort erschlugen! Kain und David und Simson und Jehu – und wie sie alle immer auch geheißen haben mögen – und Gideon und Herodes und Elija und Mose – sie haben getötet – und nichts als das!»

Er erhob sich überstürzt von seinem Platze, sodass der Stuhl hinter ihm fast zu Boden gepoltert wäre. «Und die Bibel als Ihr Lieblingswerk obendrein! Zum Teufel, Herr Vikar, wissen Sie, was Judas Ischariot getan hat, als er den

Herrn verraten und seine dreißig Silberlinge glücklich kassiert hatte? Nehmen Sie es sich zu Herzen! Hier sollte einer desgleichen tun! Wie heißt es da doch so eingängig: ‹Und er nahm ein Seil, und er ging hin und hängte sich auf!› – Ein Seil … mein Gott, ein Seil …»

Und an dieser Stelle brach er seinen Text unvermittelt ab und starrte mit wirren, fast irren Augen in unsere Runde – schwer atmend und schwitzend stand er da. «Es hat mich gefreut, Ihre Bekanntschaft gemacht zu haben, meine Herren, Verzeihung, meine Damen und Herren …», und er verbeugte sich in einer Art Parodie von Verneigung in unsere Runde, «… aber Sie werden entschuldigen, dass ich für heute genug von Ihrer aller Gesellschaft habe. Die absolute Liebe hin oder her oder die absolute Gastfreundschaft oder die absolute Dichtung, Sie verzeihen tausendmal – ich habe jedoch die Ehre, mich zurückzuziehen!» Und er ergriff mit fahrigen Fingern sein geliebtes Buch, klemmte es sich unter den Arm und stürzte davon Richtung Bibliothek, deren Tür sogleich darauf krachend hinter ihm zuschlug – und wir alle, unabgesprochen, wussten, dass er nun dort drüben sitzen würde für den Rest dieses Abends und in seinem Milton blättern, um Trost zu finden für sein aufgebrachtes Herz.

Im Speisesaal war es nach diesem Abgang vollkommen still, keiner wagte etwas zu sagen.

Es war einer der Diener, der sich schließlich ein Herz fasste und an den Tisch getreten kam, um Mortimer leise zu fragen, ob er abräumen solle – und der so indirekt dafür sorgte, dass wir uns alle aus unserer ersten Erstarrung befreiten. Mortimer antwortete zwar nichts, aber Goldsmith war es, glaube ich, der mit einer Handbewegung bedeutete, dass der Mann seiner Pflicht nachkommen dürfe – und als Geschirr auf Geschirr klapperte und Glas an Glas klang, da erst war es, dass Mortimer langsam zurückzukehren schien, und ich hörte Nightingale neben mir aufatmen, die seinen Besorgnis erregenden Zustand die ganze Zeit über wohl ebenso entsetzt beobachtet hatte wie ich. Der Pfarrer seufzte tief auf und steckte endlich das Taschentuch, mit dem er sich den Schweiß vorhin fortgetupft hatte, ein, Goldsmith räusperte sich, Henry verlor etwas von seiner Anspannung, und Alice Stalliot und Robert Milton rührten sich, musterten sich gegenseitig kurz – es war wie ein Signal, das sie sich gaben –, und Robert Milton hob an zu sprechen.

«Liebe Leidensgenossen», sprach er, leise beginnend, sich um einen einfachen, ja schmucklosen Tonfall bemühend, «lieber Gastgeber, doch zunächst lieber Herr Vikar!» Er nickte in seine Richtung. «Es ist dieses Treffen leider nicht zu dem geworden, was wir alle und unser Gastgeber uns vorgestellt haben, und unter solch ungünstigen Umständen sollte man, das haben Sie vorhin ganz recht betont, lieber Father Thomas, nicht jede Handlung und jedes Wort eines jeden Einzelnen von uns sogleich auf die Goldwaage legen. So werden wir letzten Endes auch die überbordende Reaktion unseres ... heute Abend etwas verwirrten ... ein wenig neben sich stehenden, verehrungswürdigen Herrn Professors hinzunehmen haben. Ich bin jedoch sicher, dass auch er sich über kurz oder lang wieder beruhigen wird!

Keiner von uns sollte sich durch sein wenig geschicktes Auftreten soeben in diesem Kreis in ernsthafterer Weise verletzt oder beunruhigt fühlen, liebe Mitstreiter um die Gunst der Poesie – da ich sicher bin, dass das Verhalten des Professors nur Folge einer vorübergehenden Panik oder Verzweiflungsattitüde war. Keiner von uns ist in solcher Gefühlsklemme imstande, immer nur rational zu reagieren! Auch ich will in dieser Beziehung gerne versuchen, mich zu mäßigen – ich bin wohl das, was man gelegentlich einen cholerischen Menschen heißt, wie übrigens der Professor auch einer ist, und ich muss unbedingt lernen, mit solcher Art bösen Blutes, das sicher in uns allen fließt, besser umzugehen.»

Robert Milton zeigte uns ein kleines Lächeln. «Deshalb von uns allen: Dank an Sie, Herr Vikar, für die Stunde, die Sie uns mit Ihren Versen und Ihrer Erzählung geschenkt haben! Und ebensolchen natürlich auch an Sie, Sir Mortimer. – Ich bitte Sie sehr herzlich, lieber Freund, sich das, was hier geschehen, doch nicht allzu nahe gehen zu lassen, denn was immer es gewesen, es war weder Kritik an Ihnen als Gastgeber noch an Ihrer im Einvernehmen mit dem Vikar klug und richtig getroffenen Entscheidung, es heutigen Abends, trotz der Ereignisse des Tages, mit einer literarischen Lesung zumindest zu versuchen. Ich – wir alle, denke ich, haben diejenigen Partien des heutigen Abends, auf die es ankam, doch durchaus sehr genossen. Wir werden, denke ich, was immer passiert, die Poesie in unseren Reihen keinesfalls sterben lassen, nicht wahr? Das können wir doch gar nicht», setzte er leise hinzu, «weil wir sie lieben.»

Er warf einen Blick auf Alice Stalliot, wie um sie zu fragen, ob sie etwas hinzufügen wolle, aber sie lächelte nur ein ganz klein wenig und schüttelte den Kopf.

«So sei es denn, lieber Sir Mortimer, liebe Gäste», er verneigte sich im Sitzen gegen uns, und es war keinerlei Ironie in seiner Haltung, «gestatten Sie mir zum Schluss, bevor wir uns jetzt, diese wunderbare Frau und ich, zurückziehen werden, ein Wort in … nun, lassen Sie es mich nennen … privater Angelegenheit an Sie zu richten: Ich weiß, dass die Anstandsregel das, was ich jetzt sagen werde, an sich verbietet, im Kreise der Öffentlichkeit auszubreiten – dass auch normalerweise wenig Feingefühl und Menschenkenntnis sich darin ausdrücken würden, dass derart jemand fremde Menschen mit heiklen Dingen behelligte. Ich denke jedoch, dass das, was geschehen ist, im Guten wie im Bösen, Sie alle zwangsläufig zu Zeugen unseres Unglücks und Glücks, zu Mitleidenden … ja, zu Freunden gemacht hat – die jetzt ein Recht darauf haben, informiert zu werden.

Und einzig dieser Pflicht bemühe ich mich hierdurch nachzukommen.»

Er tippte überlegend die Fingerspitzen zusammen.

«Ich bitte Sie alle vorab um Vergebung, falls Sie Anstoß an unserem Handeln nehmen sollten, mahne jedoch, bevor Sie uns verurteilen, auch zu bedenken, dass vieles während des letzten Sonnenkreises uns betroffen hat, ohne dass wir etwas dazu oder dagegen taten. Diese tapfere Frau an meiner Seite hat heute einen trotz allem schlimmen Verlust erlitten – das wird keiner unter uns bestreiten. Wir beide wollen nun ... nicht einfach weiter hinnehmen, liebe Versammelte, sondern das Gesetz des Handelns an uns ziehen, indem ...», er lächelte wieder, «... indem wir auch bei den guten Dingen das Recht uns nehmen, uns schadlos zu halten und, soweit es die Umstände erlauben, glücklich zu sein – und wir würden uns – geringer Wunsch! – freuen, wenn man uns von Ihrer Seite darin verstünde ... Nichts weiter wollen wir. – Denn schließlich glaube ich, dies ist eine besondere Zeit ... ich hoffe nicht, dass es die letzte sein wird ...»

Er nickte uns allen einzeln zu.

«Ich danke Ihnen, Nightingale, Sir Mortimer, Herr Vikar, Mr. Lloyd und Mr. Goldsmith, dass Sie mir so geduldig zugehört haben. Wir beide werden uns jetzt zurückziehen für die Nacht, die, wie ich sicher bin, uns keine neuen Schrecknisse der einen oder anderen Art bringen wird, und sei es nur aus dem banalen Grunde, dass auch die Gorgonen einmal eine Pause brauchen.»

Er lächelte noch einmal in unsere Runde, erhob sich, reichte Alice Stalliot die Hand, die sich ebenfalls – still – gegen uns verbeugte, und so führte er sie hinaus, und die Flügeltür zur Eingangshalle sank hinter den beiden ins Schloss.

Wie soll ich meine Gefühle beschreiben? Ich nahm Nightingale, rechts von mir sitzend, wie durch einen Schleier wahr. Mich überflutete unbändige Sehnsucht nach ihr, und ich hätte den Kopf an ihrer Brust bergen und mich ausweinen mögen. Ich dachte über die beiden nach, die soeben den Raum verlassen – eine Handlung, die sich im Grunde gar nicht von dem unterschied, was, wenn auch zu späterer Nachtzeit, gestern geschehen, dessen wir alle Zeuge geworden, daher wir nun wussten, dass sie die zweite Nacht beieinander verbringen würden. Und ich beneidete sie, weil ihnen, was geschehen, offenkundig die Kraft gegeben hatte, zueinander zu finden, wo es anderen eher so schien, als ob das, was geschah, ein jegliches zärtliches Näherrücken verhinderte. Und dann war da Mortimer, mein alter Freund, der bei uns saß, und wenn ich der grauenvollen Wandlung gedachte, der sein Leib und seine Seele in weniger als vierundzwanzig Stunden unterworfen gewesen, so machte mich auch dies innerlich laut aufbrüllen vor Schmerz. O Mortimer, dachte ich, der du gestern noch voller Leben warst und voller Lust auf unser literarisches Abenteuer, mit hinreißender guter Gastgeberlaune versehen und ein brillanter Redner, wie du uns geführt hast durch die Mauern deines Schlosses – was war aus dir nun geworden, der du da hocktest wie ein Toter, der seine Ruhe nicht fand, ein menschliches Wrack, ein Bild des grauen Elends, vom Zipfel des leibhaftigen Wahnsinnes kaum genesen – o Mortimer! Was war mit dir geschehen! Es jammerte mich in der Seele, wie ich ihn da sah!

Mortimer hatte nichts gesprochen, während Milton so lange geredet, hatte nur gestarrt und gestarrt und gegen Ende, kaum merklich, ganz langsam, ein manches Mal gar schwach genickt, wie zum Zeichen, dass er wohl verstehe. Jetzt sah ich, wie sein Mund zu zucken begann und wie er Worte zu bilden sich bemühte, und schließlich, nachdem er den einen oder anderen Versuch unternommen, formte er schließlich Wort um Wort, und was er hervorbrachte, klang folgendermaßen:

«Meine Freunde, es tut nichts, wenn ihr mich zu trösten

versucht. Es tut auch nichts, wenn mein junger Gast Robert Milton so verständnisvolle Worte für mich findet. Denn ich kann sie nicht annehmen. Ich habe Sie, teurer Vikar, in eine schlimme Falle gelockt, indem ich Ihnen antrug, uns Ihre Dichtung zu lesen. Ihr wundervolles Werk hat es nicht verdient, zum Anlass eines solchen Ausbruches zu werden. Wobei ich die Schuld nicht beim Professor sehe, der mir herzlich an der Seele liegt und der mir furchtbar Leid tut, sondern einzig und allein bei mir. O meine Freunde, was habe ich getan! Mir bleibt nur mehr noch, mich zu entschuldigen, bei Ihnen, Herr Vikar, für meine Unbedachtheit und die Wunde, die durch mein Verschulden Ihnen zugefügt worden. Meine Freunde, bleiben Sie ruhig, und sagen Sie mir nichts. Ich habe gefehlt, ich habe mich schrecklich verlaufen.»

Ich sah, wie er die Hände hart auf die Tafel stützte und wie er versuchte, von ihr aufzustehen, und als Henry herzutrat und ihm von hinten half, gelang es ihm schließlich auch. Nun stand er, vornübergebeugt, und blickte uns mit roten, verweinten Augen an.

«Ich werde mich auch bei dem Professor entschuldigen», sagte er, «sogleich morgen früh – nicht jetzt, jetzt wäre es für beide Teile zu viel verlangt.» Sein Blick irrte durch den Raum. «Und mit dem Versprechen, dass ich die furchtbare Leichtfertigkeit nicht wiederholen werde, von einem von Ihnen eine Lesung seines neuen Werkes zu verlangen, auf dass es hier auf meinem Schloss doch nur der Zerstörung anheim falle, werde ich mich jetzt zurückziehen, meine Freunde, und bitte Sie, mich zu entlassen, mich zu Bette begeben zu dürfen, und mich dort sicher zu erholen, und morgen früh werden wir weitersehen. Ich entschuldige mich auch bei dir», fuhr er fort, halb über die Schulter umgewandt zu seinem Diener, «ich vergesse es manchmal, dass auch deinen Kräften Grenzen gesetzt sind – nein – du brauchst mich heute nicht zu begleiten, denn ich werde es ganz alleine meistern, mich nach oben zu begeben», fügte er an, als er sah, dass Henry hilfreich nach ihm greifen wollte, und er wehrte diese Bewegung mit einem Winken seiner Hand ab. «Meine Freunde», sagte er, ein letztes Mal an uns gewandt, «Ihr Gastgeber wünscht Ihnen eine traumlose, eine ruhige und friedliche Nacht. Schließen Sie mich in Ihre Gebete ein, Herr Vikar. Und euch, Nightingale, Jonathan, Mr. Goldsmith ... meine ganze Liebe.»

Und ich sah, wie er die Hilfe Henrys abermals zurückwies und dann, nach einem Zögern, nicht den Weg durch die Bibliothek nahm, sondern seine Schritte zur Küchentrakttür hinlenkte, und wir verstanden, dass er über die Bastei in seinen Wohnturm gehen würde, um nicht dem Professor in der Bibliothek zu begegnen. Mit einem leisen Quietschen fiel die Türe hinter ihm ins Schloss.

Henry stand da, bucklig vornübergebeugt, und ich sah Tränen in seinem Auge schwimmen. Der Pfarrer nahm ein Taschentuch heraus und schnäuzte sich vernehmlich, und ich sah, dass auch Nightingale jetzt weinte. Goldsmith wirkte blass, und im Spiegel gegenüber konnte ich mein eigenes Gesicht erkennen, das an Farblosigkeit einer gekalkten Wand in nichts nachstand.

Ich überlegte verzweifelt, wie ich die letzten Passagen Mortimers, die er gesprochen, zu deuten hatte. Mir war gar nicht wohl bei dem Gedanken, ihn jetzt im Geiste – in der fürchterlichen Verfassung, in der er war – über die nächtliche, neblige Bastei tappen zu sehen, hoch über den Wassern des Burggrabens, von Tränen blind, gegen den Himmel schluchzend. Was sollten wir tun, wenn ein Unfall geschah oder – unter diesen Umständen – Schlimmeres? War Mortimer wirklich standhaft genug, dem Sog des Unglücks, das über ihn hereingebrochen, zu widerstehen und jedem Gedanken daran, etwa diese irdische Existenz freiwillig zu beenden und einzutauchen in den Fluss Lethe, völlig zu entsagen? War er das? Warum hatten wir uns zurückweisen lassen und beließen ihn ohne Begleitung? Warum war nicht wenigstens ich mitgegangen? – Und mir verblieb ein taubes Gefühl und die Gewissheit, erst wieder aufatmen zu können, wenn ich ihn am Morgen wohlbehalten wieder sah.

Zeit verstrich in dem großen, hell erleuchteten Raum.

Goldsmith war es schließlich, der das Wort ergriff.

«Es ist jetzt», sprach er mit rauer Stimme und nahm mit knappen, abgezirkelten Bewegungen seine Uhr hervor, um einen Blick darauf zu werfen, «zwanzig Minuten vor Mitternacht. Die Zeit, wo man in der Tat vernünftigerweise das Bett aufsuchen sollte, und ich halte dafür, dass wir es unserem Freund und Gastgeber nachtun. Dieser grausame Tag hat uns genug des Denkwürdigen beschert – mehr als ein Mensch vertragen kann –, und wir sollten ihn nun abschließen und nicht unnötigerweise um ihn weinen.»

Er steckte mit einer brüsken Bewegung die Uhr wieder weg. «Henry», sagte er dann, «Sie haben gehört, was Ihr Dienstherr verlautet hat. Ihrer Hilfe wird heute nicht mehr bedurft.» Und mit weicherer Stimme setzte er hinzu: «Wir danken Ihnen.» Er schaute sich im Raume um und fügte noch an: «Vielleicht können Sie jemanden einteilen, der hier aufräumt und auch die Lichter löscht. Und vielleicht lassen Sie jemanden dafür Sorge tragen, dass uns morgen Vormittag ein Frühstück oder etwas Ähnliches zur Verfügung steht. Ich weiß nicht», sagte er, und seine Stimme versackte im fast Ungesagten, «ich weiß nicht, wann wir den Tag beginnen werden.»

Henry stand dort, nickte und nickte abermals. Und als Goldsmith langsam aufstand und uns alle ansah, erhob sich seufzend der Pfarrer, und ich folgte ihm, und zum Schluss Nightingale. Wir zögerten noch einen Moment dort im gleißend erleuchteten Speisesaal im herrlichen Schloss unseres Freundes und wandten uns dann, nachdem Goldsmith den

Livrierten nochmals abschließend zugenickt hatte, in Richtung der Flügeltür in die Eingangshalle, in der die Kandelaber nach wie vor flackerten.

Wir erklommen die Treppe und gelangten in den Gang, wo zunächst der Pfarrer sich gerade mit einem leisen Segenswunsch in sein Zimmer linker Hand zurückziehen wollte, als ihn Goldsmith unvermittelt am Ärmel festhielt und freundlich sagte: «Herr Vikar – die ‹Lady vom See› … glauben Sie es mir getrost … ein Meisterwerk. »

Und der Pfarrer sah ihn aus seinen rührenden Augen an, schüttelte den Kopf und entgegnete: «Gott segne Sie, mein Freund. Sie sind ein guter Mensch – auch wenn Sie den wahren Weg zum rechten Glauben noch nicht gefunden haben.»

Und in der nächsten Sekunde war er in sein Zimmer geschlüpft, hatte die Tür fast unhörbar hinter sich geschlossen – ich sah Goldsmith neben mir auf dem Gang stehen und fast amüsiert grinsen. «Das wäre soweit dann also dies …», stellte er mit Betonung fest, wandte sich flugs seiner eigenen Türe zu, die schräg gegenüberlag. «Ihnen eine gute Nacht», lächelte er leichthin, grüßte uns, Nightingale und mich, mit den Augen und verschwand in seinem Zimmer.

«Gute Nacht», hauchte Nightingale.

«Gute Nacht», sagte auch ich. – Und dann waren wir allein.

Wir taten die verbleibenden wenigen Schritte zu Nightingales Zimmertüre hin, und sie lehnte sich dagegen wie des Nachmittags, nur dass diesmal keine Berührung zwischen uns war. Sie lehnte nur da, und ich stand vor ihr. Keiner von uns sprach.

Sie betrachtete mich. «Erklären Sie mir alles», flüsterte sie schließlich, «lieber Jonathan! Wieso hat es zu dieser schrecklichen Szene kommen können, wo uns der Vikar doch nur sein Werk gelesen … Und es war doch gut, es war doch poetisch und wunderschön! Warum war der alte Professor so wenig bei sich? Weshalb war er so? Und Mortimer … unser Freund … ich habe Angst um ihn, Jonathan …»

«Ich weiß es nicht …», flüsterte ich.

«Und dann jene anderen beiden … Sie wissen schon …»

Ihre Augen glitten scheu den Gang entlang in die Richtung, aus der wir gekommen.

«Jonathan … warum?», hauchte sie.

«Ja …», murmelte ich leise.

«Wie haben sie es gemacht?», wollte sie wissen.

«Ich weiß nicht», flüsterte ich erneut.

«Jonathan», sagte sie leise. «Ich kann das nicht …»

«Ich weiß», flüsterte ich schwach.

«Ich kann Sie jetzt nicht … hereinbitten …»

«Ja, ich weiß», sagte ich.

«Man kann das nicht … tun – nicht jetzt …»

«Nein», sagte ich. «Man kann das nicht tun …»

«Jonathan …»

Ich dachte daran, wie Alice Stalliot Robert Milton das Innere seiner Handfläche geküsst hatte, dort unten im Angesicht aller anderen, und die Erinnerung daran machte mich wehe …

Sie lehnte immer noch dort, dann löste sie sich von der Tür, kam zu mir heran und strich mit ihrer Hand über meine müde Stirn. Ihre tiefen Augen trafen mich wie inwendiges Feuer.

«Schlafen Sie gut, Jonathan», flüsterte sie.

«Schlafen Sie auch gut.»

«Gute Nacht», hauchte sie.

«Gute Nacht, Nightingale», sagte ich meinerseits.

Und dann war sie fort, und ich ging den Gang hinunter zu meiner einsamen Nachtkerze und zu meinem Totentanz. Ich wusste nicht, wozu das noch alles führen sollte.

Als ich zu Bette war, wollte zuerst der Schlaf mich meiden. Ich ließ die Kerze brennen über Nacht und starrte in die Flamme bei meinem Bett. Totenstill lag das Haus und wie allein in der Welt. Später dann musste der Schlaf doch gekommen sein, und er war traumlos dieses Mal, und keinerlei Schrecknisse suchten mich heim.

Als ich erwachte, war der Tag schon da, der heute grau durchs Fenster hereinstrich. Keine Sonne stand am Himmel, wie noch gestern um die gleiche Zeit. Wenn ich mich anders bettete, konnte ich einen Streifen des grauen Himmels draußen vorm Fenster erkennen – die Landschaft sah ich nicht. Aber ich wusste, dass sie leer war und öde und in der leeren Unendlichkeit verschmolz mit den Wolken. Ein neuer Tag ..., dachte ich, was würde er bringen? Acht Uhr bereits vorbei, wie meine neben dem Bett aufgehängte Uhr mir zeigte, und ich hatte lange und tief geschlafen.

Ich senkte das Gesicht in die Kissen und musste noch einmal hinweggedämmert sein, denn ich schrak zusammen und fuhr auf, als es an meine Türe pochte. Ich hatte niemanden kommen hören. Ich blickte erneut auf die Uhr, kaum zehn Minuten waren vergangen.

«Wer ist da?», rief ich.

«Henry», hörte ich die Stimme des Dieners dumpf hinter dem Holz.

«Sind die anderen schon auf?», fragte ich.

«Sie werden unten erwartet», rief der Diener statt einer direkten Antwort, und ich hatte den Eindruck, dass seine Stimme seltsam klang heute Morgen – aber das konnte daran liegen, dass er durch das Holz sprach.

«Ich komme sogleich ... zehn Minuten», rief ich zur Tür hinüber.

«Sehr wohl, Sir», hörte ich ihn dahinter sprechen, «ich habe Ihnen warmes Wasser hingestellt, Sir», und dann hörte ich seinen hinkenden Schritt, mit dem er sich entfernte.

Ich blieb gleichwohl noch liegen in den warmen Daunen, und als ich mich erhob, geschah dies mit einem Seufzen. Es fiel mir schwer heute Morgen, meine Ruhestatt zu verlassen, und als ich aufstand, war die Kälte sogleich da. Ich holte den Krug mit dem warmen Wasser herein, betrieb meine Toilette, kleidete mich an. Ich hatte länger gebraucht als die versprochenen zehn Minuten, aber es war mir gleich. Nightingale, dachte ich ... wie hast du heute geschlafen? ... Und Mortimer, wie geht es dir, mein Freund? ... Und den anderen?

Der Tisch im Speisesaal war zum Frühstück gedeckt, aber niemand war da, kein Diener und niemand von den Gästen. Tee dampfte unbeachtet, Eier brutzelten mit bereits schwarzen Rändern in einer Pfanne. Ich hörte allerdings Stimmen, die durch die offene Tür zur Bibliothek drangen, und ich wandte mich dort hinüber. Je mehr ich mich der Tür näherte, desto mehr verstärkte sich das Gefühl eines nie gekannten, entsetzlichen Unwohlseins und der Angst. Und als ich die Türe nun gänzlich aufschob, war das Erste, das mir Ekel erregend und süßlich-stechend in die Nase fuhr, ein nie gerochener, widerlicher Gestank. Fast hätte ich würgen müssen.

Die Bibliothek lag im freudlosen, grauen Licht, das durch die großen Fenster linker Hand vom Schlosshof hereindrang. Der Körper des Satans, der dort durch die Decke zu brechen schien, warf einen sonderbar länglichen, ungewissen Schatten in den Raum. Und etwas schien anders und äußerst befremdlich heute Morgen: Es war so, als ob er *leibhaftig* da gewesen wäre – denn Reste seines merkwürdigen, toten Rauches standen überall in der Luft, obwohl sämtliche der Fenster weit aufgerissen waren. Der eigenartige Geruch war kaum zu ertragen. Ich sah Nightingale, Goldsmith, die anderen und eine ganze Reihe von Dienern rechter Hand bei der Sitzgruppe der Sessel vor dem Kamin stehen. Mortimer – mit heißem Schrecken konnte ich ihn zuerst nicht ausmachen, dann bemerkte ich, dass er zusammengesunken in einem der Sessel kauerte, hinter ihm lehnte Henry und blickte mir kurz und verwirrt mit seinem verbliebenen Auge entgegen. Ich war mehr als glücklich, dass es meinem Freunde gut ging, doch die Freude über seinen Anblick währte nur eine schrecklich kurze Sekunde. Denn da erst sah ich, worauf sie alle miteinander starrten.

Es war der Professor, der bäuchlings auf dem Boden ausgestreckt lag und so tot war, wie man nur tot sein kann. Sein schmächtiger Leib war mit dem Kopf und dem Oberkörper im Fallen halb in den Kamin hineingeschlagen, dessen Feuer jetzt erloschen war – aber das noch gebrannt haben musste, als der Sturz erfolgt war, denn die Jacke, das Hemd, sein grauer Haarwust, das Gesicht, der ganze Kopf, der Oberkörper hatten zumindest zeitweise noch selbst gebrannt und waren jetzt bedeckt mit einer feinen Schicht grauer Asche. Ja, das Feuer hatte an der Leiche noch gefressen, sich in entsetzlicher Weise gütlich getan, und an diesen Stellen war der Leib des Toten schwärzlich verkohlt. Sein Kopf lag auf der einen Seite über dem Kaminrost, dessen scharfe Kante ihm den Hals aufgerissen hatte. Und der Kopf besaß kein Gesicht mehr, sah vielmehr aus wie der zu einem spukhaften Strunk verbrannte Rest irgendeines Holzklotzes. Die goldene Uhr war dem Professor herausgefallen und ein Stück weit über den Boden gerollt, die goldene Kette gerissen.

Seitab zwischen der Leiche und einem der Sessel lagen auf dem Boden ein Feuerhaken – und aufgeschlagen das Buch, das er immer so geliebt: «Paradise Lost» von John Milton.

Der dritte Tag

9. Kapitel

Goldsmiths Theorie

Das graue Tageslicht, das durch die Fenster fiel, ließ die Szenerie in einer Art eigentümlicher, gespenstischer Klarheit vor mein Bewusstsein treten.

Mortimer sah mich an, mit einem zu Tode erstarrten Gesicht und Augen, die ich nie mehr würde vergessen können. Ich fragte mich verzweifelt, wie lange unser Freund uns noch erhalten bliebe, bevor Wahnsinn oder der Tod – aus dauerndem Schmerz und ständig weiter ausgehöhltem Lebenswillen gezeugt – ihn uns endgültig rauben würden.

Es war also geschehen: der Dritte aus unseren Reihen … dahingerafft … der zweite Morgen erst auf Boroughmore Castle – und doch: Wir waren unserer nur noch sieben …

Nightingale starrte mir entgegen, ihre Lippen bebten, und ich sah, dass sie geweint haben musste. Sie sagte nichts. Alice Stalliot und Robert Milton hielten sich dicht beieinander, als ob sie sich durch ihrer beider Anwesenheit gegenseitig stützen wollten. Sie nahmen meinen Eintritt im Übrigen nicht wahr, wie auch der Pfarrer nicht, dessen Lippen in einem unhörbaren Gebete flogen, und ich bemerkte, dass er am ganzen Leibe zitterte. Goldsmith stand zwischen den anderen, wirkte still, trug einen schwer deutbaren – vielleicht wütenden – Gesichtsausdruck.

«Was, um Gottes willen, ist geschehen?», flüsterte ich, an

niemanden direkt gewandt, und vielleicht hatte niemand mich gehört, vielleicht aber fühlte sich nur niemand in der Lage, mir Auskunft zu erteilen – keiner jedenfalls antwortete mir. «Welch ein Morgengruß aber auch!», musste ich fassungslos denken.

Ich stellte mir vor, wie sie zunächst alle erwartungsvoll am Frühstückstisch Platz genommen und auf das Servieren der Speisen gewartet hatten. Vielleicht hatten sie geglaubt, dass der Professor nach dem Aufstehen in die Bibliothek gegangen und über einem Buch eingeschlafen sein mochte und so den Gong zum Frühstück überhört hatte, überlegte ich. Wer von ihnen war dann hereingekommen, hatte ihn gefunden? Doch nein, halt! Wie waren sie überhaupt darauf geraten, dass er nicht auf seinem Zimmer war? Hatten sie ihn nicht zunächst dort gesucht?

Oder besagte die Tatsache, dass er hier lag, etwa, dass er die ganze Nacht über hier gelegen, seit er uns gestern Abend im Speisesaal so aufgebracht verlassen hatte? Er war immerhin sehr erregt gewesen, dachte ich entsetzt, als er hinausgestürzt war nach dem schrecklichen Streit um des Priesters Dichtung und das Milton-Stalliot'sche Verhältnis. Und er war immerhin herzkrank gewesen … Hatte er womöglich einen Schwächeanfall erlitten und war … schrecklich … in den Kamin gestürzt, während wir anderen womöglich noch nebenan ahnungslos gesessen?

Doch dann sprang mir der Feuerhaken, der dort, schwarz, gebogen, bei der Leiche auf dem Parkett lag, wieder ins Auge. Nein, dachte ich, er hatte vermutlich zunächst hier noch einige Zeit gesessen und gelesen, und war dann, längst nachdem wir alle das Bett aufgesucht hatten, aus seinem Sessel aufgestanden, als das Feuer niedergebrannt gewesen war. Er hatte es vermutlich schüren wollen – und dann war er dabei gestürzt?

Durch die geöffneten Fenster drang die beißend winterliche Kälte in den Raum, und langsam, ganz langsam, zog der in der Luft stehende Rauch ab und mit ihm Teile des furchtbaren Geruchs, der als Ahnung gleichwohl im Raume verblieb. Ich fühlte plötzlich, wie jemand mich sacht am Arm berührte, und gewahrte, dass es Nightingale war und dass ich, ohne es recht zu bemerken, längst neben ihr stehen geblieben war. Ich sah sie an, ihr Gesicht blieb traurig, blass und elend, aber dass sie mich berührt hatte, war mir mehr wert in jener Sekunde als alle Schätze der Welt. Sie hatte mich nicht gestreichelt, nur berührt, an meinem rechten Oberarm, nahe der Schulter, und nur eine Sekunde hatte dies gedauert, aber mir war es wie ein Zeichen innigster Zärtlichkeit gewesen oder ein Hinweis zumindest, mit dem sie mir sagte, dass sie für mich da sein würde, wenn ich sie brauchte. Vielleicht, ganz am Schlusse, würde sich doch für sie und für mich noch alles zum Guten wenden, und ein gemeinsamer Morgen, der erste von vielen, würde sorgenfrei und hoffnungsvoll über dem Horizont heraufziehen.

Jetzt endlich fing sich Goldsmith. Ich sah, wie er angestrengt mit den Augen zwinkerte, und dann sprach er mich direkt an mit den denkwürdigen Worten: «Kein guter Morgen diesmal, Mr. Lloyd. Nein. Wir haben einen weiteren Todesfall zu beklagen. Ich habe Sie sehnsüchtig erwartet.»

Irritiert kehrte ich mich ihm zu. «Mich sehnsüchtig erwartet?»

«Oh, verzeihen Sie, bester Freund, generell, als einen der noch Jüngeren unserer Gruppe», verbesserte er sich rasch und ließ ein geistesabwesendes Lächeln sehen, das indessen sofort wieder schwand. Ich verstand seine Bemerkung nicht, beschloss jedoch, sie im Augenblick auf sich beruhen zu lassen. Da ich Goldsmith inzwischen hinlänglich kannte, war ich gewiss, dass seine Replik in Kürze eine Erklärung erfahren würde.

«Wer hat ihn gefunden?», fragte ich stattdessen, in der Hoffnung, Aufklärung hinsichtlich der vielen anderen Fragen zu erhalten, die ich mir eingangs gestellt.

«Henry», sagte Goldsmith finster, «als er herunterkam, um Feuer anzuzünden. – Das war gegen sieben, wie er sagt. Er weckte dann Sir Mortimer, der ihm sofort den Auftrag erteilte, uns andere zu wecken, sofern wir nicht schon wach wären. Henry hätte auch bei Ihnen geklopft, sagt er, aber Sie hätten ihn nicht gehört. Deshalb ist er später nochmals hinaufgegangen.»

«Ich habe sehr fest geschlafen», sagte ich schuldbewusst. «Die Anstrengung, die Aufregung des gestrigen Tages ...»

Goldsmith winkte unlustig ab. «Einerlei, Mr. Lloyd, was es war, Sie wären sowieso zu spät gekommen. Wir alle kamen zu spät.» Er wies auf den toten Körper Professor Prescotts. «So sahen wir ihn dann liegen, als wir hereinkamen, einer nach dem anderen. Nein», wiederholte er sarkastisch, «es ist wahrhaftig kein guter Morgen, Sir.»

«Es ist so traurig», sagte ich sinnend und äußerte die Gedanken, die ich zuvor gehabt. «Er war ein alter Mann, und mit seiner Herzkrankheit ... es muss geschehen sein, als er das Feuer schüren wollte, da ist er getaumelt ...»

«Ach, meinen Sie?», unterbrach Goldsmith mich eigenartig streitlustig und blickte mich finster an. «Darüber, fürchte ich, mein Freund, werden wir sehr intensiv zu debattieren haben.»

Erneut wusste ich nichts mit seiner Einlassung anzufangen, aber Mortimer äußerte sich im gleichen Moment mit der brüchigen Stimme eines alten Mannes, und das brachte mich fürs Erste davon ab, Goldsmith etwas zu entgegnen.

«Ich hätte mich heute Morgen ... bei ihm für meine Unbedachtheit von gestern Abend entschuldigt», sagte mein Freund, «so wie ich es euch versprochen. Jetzt bleibe ich ihm diese Freundestat schuldig ... und das bricht mir das

Herz … das habe ich nicht gewollt … das bricht mir das Herz …» Er begann zu weinen. Henry hinter ihm stand wie eine Bildsäule, das Gesicht dunkel von Verzweiflung.

Ich dachte über die schreckliche Parallelität der Ereignisse nach. Gestern Morgen noch war es der Vikar gewesen, der sich verzagt darüber gezeigt, die Gelegenheit versäumt zu haben, ein unglückliches Missverständnis mit dem Comte noch rechtzeitig auszuräumen. Heute äußerte unser Gastgeber Ähnliches.

Ich ließ, dem Augenblick und meinem Bedürfnis gehorchend, Nightingale, wo sie war, trat an Mortimers Sessel heran und legte ihm warm die Hand auf die Schulter, und für eine Sekunde schaute er auf, mir direkt in die Augen. «Lass nur, mein Freund, mir geht es gut …», flüsterte er, und dann senkte er schluchzend den Kopf auf die Brust. Ich stand dort, streichelte seine tränenfeuchte Wange und wusste nicht, was sonst ich hätte tun können.

Goldsmith hatte uns beobachtet und schien irritiert und nervös. Jetzt fasste er sich, und er wandte sich im Wechsel an mich und die anderen, während er sprach.

«Wir haben hier, denke ich, Verschiedenes zu erledigen», sagte er, und er sagte es in überraschend geschäftsmäßigem Tonfall. «Mein Vorschlag ginge dahin, dass … bis auf Mr. Milton und Mr. Lloyd … und drittens meine Wenigkeit, die wir die Jüngeren der Runde sind, sich alle jetzt in den Speisesaal hinüberbegeben sollten … auch Henry – geleiten Sie Sir Mortimer, mein Freund, und auch die Damen … und vielleicht sollten Sie alle sogar versuchen, eine Kleinigkeit zu sich zu nehmen, denn weiß der Teufel, wie dies alles noch weitergeht. Und wir drei bleiben fürs Erste hier zurück und erledigen, was zu erledigen wäre.» Er sah Milton an und dann mich. Milton reagierte nicht; ich glaube, ich nickte schwach.

Darauf wandte sich Goldsmith unvermittelt an einen der

vier oder fünf reglos und verängstigt umherstehenden Diener mit den Worten: «Wie heißen Sie, mein Bester?»

«Gerald McDonovan, Sir.»

«Gut, Mr. McDonovan, Sie und Ihre Kollegen sollten gleichfalls hier bleiben und uns bei unserem notwendigen Tun assistieren.»

«Selbstverständlich, Sir.»

Mortimer, in dem Sessel unter mir, regte sich und erkundigte sich schwach: «Was haben Sie denn vor, Mr. Goldsmith?»

«Oh», sagte dieser und kaute gedankenverloren auf seiner Unterlippe, «Professor Prescott ... vielmehr das, was von ihm übrig ist ... muss irgendwie versorgt werden, Sir, denke ich. Bekümmern Sie sich nicht darum ... es ist fast schon Routine ...»

Es war, befand ich bei mir, eine recht grobe Bemerkung, und ich spürte, wie Mortimer unter meiner Hand erbebte, aber mir wurde gleichzeitig bewusst, dass Samuel Goldsmith sie solcherart rücksichtslos selbst gar nicht wahrgenommen, geschweige denn gemeint hatte.

Nightingale kam heran, auf die andere Seite von Mortimer, und gemeinsam mit Henry half sie ihm aus dem Sessel auf, und dann trat auch Alice Stalliot herzu, und zu dritt geleiteten sie die gebrechliche Hülle des Körpers, die meinen Freund beherbergte, zur Speisesaaltüre hinüber. – Der Vikar schlug jetzt ein Kreuz über den grausam entstellten Überresten jenes Mannes, der gestrigen Abends seine Dichtung so rückhaltlos angegriffen, und schritt dann aufrechten Hauptes hinter den anderen her.

Goldsmith wandte sich, nachdem sich die Tür hinter den anderen leise geschlossen hatte, an jenen der Diener, der Gerald McDonovan hieß. «Wir brauchen, Mr. McDonovan», sagte er, «wieder, wie gestern in dem anderen Falle schon, einige Bretter, auf die wir den Toten betten könnten, ferner einige Tücher, groß genug, um zuvor den Körper darein einzuschlagen. – Vielleicht können Sie mit zweien Ihrer Kollegen für die Organisation dieser Gegenstände Sorge tragen, mein Guter, und dann wieder zu uns zurückkommen? Und nachher müssen Sie uns alle helfen, den Leichnam hinüber in die Krypta zu tragen.»

«Jawohl, Sir», sagte der Diener mit leiser Stimme, bestimmte alsgleich durch Blicke zwei seiner Kompagnons, ihm zu folgen, und verließ mit ihnen den Raum.

Goldsmith wandte sich den beiden letzten verbliebenen Livrierten zu und bat sie nunmehr, die Leiche des Professors aus dem Kamin zu heben und in einer weniger entwürdigenden Stellung auf den Boden zu betten. Die beiden nickten und machten sich sofort an die Aufgabe, die ihnen, wie der Ausdruck ihrer jungen Gesichter zeigte, sehr unangenehm war. Besonders derjenige, dem es zukam, den Oberkörper des Toten berühren und transportieren zu müssen, scheute einen kleinen Augenblick davor zurück, bevor er sich bückte und die Hände danach ausstreckte.

«Etwas dort hinüber, meine Herren, sodass der Platz vor dem Kamin frei wird», erläuterte Goldsmith seinen Wunsch, und sie taten, wie er sie geheißen, und trugen den toten Körper, nachdem er erst einmal angehoben war, mit verhältnismäßiger Leichtigkeit vor das nächste Bücherregal zur Rechten, wo sie ihn langsam und rücksichtsvoll, fast so, als ob er noch lebte, auf dem Boden ablegten.

Goldsmith beobachtete sie und seufzte tief. Mein Blick kreuzte sich mit dem Miltons. Ich konnte in seinem Gesicht eine Ahnung von Abscheu erkennen, und ich konnte auch deutlich in seinem Mienenspiel lesen, dass er sich fragte, warum Goldsmith uns hier behalten hatte. Offen gesagt wunderte ich mich über das Nämliche. Goldsmith jedoch seinerseits bekümmerte sich nicht im Geringsten um uns, sondern ging, nachdem er bedächtig einige Schritte langsam umher getan, sich dabei zwiefach gebückt und das Buch und die zerbrochene goldene Uhr aufgehoben und auf dem Sims des Kamins abgelegt hatte – nicht ohne beides zuvor einer aufmerksamen Betrachtung zu unterziehen –, in eine Hockstellung auf der nun freien Fläche vor dem Kamin und schaute sich dort in alle Richtungen um. Ich fragte mich, was er suchte, und kam zu dem Schluss, dass er das wahrscheinlich selbst nicht so genau wisse – er war eben ein gründlicher Mensch –, jedoch bereits der nächste Augenblick sollte mich darüber belehren, dass Goldsmith mit seiner Methode noch stets den rechten Erfolg zu haben schien, denn er ließ sich jetzt auf ein Knie nieder, dann auf beide, kroch solcherart plötzlich mit flinken Bewegungen auf jenen Sessel zu, in dem Mortimer zuvor noch gesessen, und schaute mit gebeugtem Nacken darunter.

«Na, das ist doch aber interessant», murmelte er, und es klang beinahe erfreut.

«Was?», fragten Milton und ich wie aus einem Munde.

«Kommen Sie nur her», sagte er, «ich brauche Sie als Zeugen. Je mehr Augen, desto besser.»

Milton und ich beeilten uns, seiner Aufforderung Folge zu leisten, und im nächsten Moment knieten wir ebenfalls, rechts und links von ihm, und starrten wie er unter den Sessel. Ich war erschüttert – und in nicht unerheblichem Maße auch unangenehm berührt. Denn dort, im Halbschatten, lag eindeutig … eine Zahnprothese, eine doppelte, blitzende Zahnreihe, ein kompliziert aussehendes Gebilde aus Draht, Gummi und Elfenbein, leicht gegeneinander verschoben, und es grinste uns an wie der untere Teil eines Totenschädels. Ich fuhr zurück und sog erschreckt den Atem ein.

«Nun – das muss dem Professor herausgefallen sein, als er stürzte», sagte Robert Milton, als er sich von seiner Überraschung erholt hatte, und ich hörte seiner Stimme Mitleid und auch gleichermaßen so etwas wie mühsam unterdrückten Ekel an.

«Oh, ganz gewiss, Mr. Milton», beeilte sich Goldsmith zu sagen, «so muss es gewesen sein – es ist ihm herausgefallen – ganz gewiss.»

Ich sah, wie er sich halb aufrichtete, umdrehte und mit den Augen die Entfernung maß bis zum Kamin, wo die Leiche des Professors gelegen hatte. «Erstaunlich», murmelte er. «Fürwahr: ganz erstaunlich … finden Sie nicht?»

«Was meinen Sie mit ‹erstaunlich›, Goldsmith?», fragte ich, sicherlich etwas brüsk.

Er winkte ab. Statt einer Antwort erhob er sich, indem er sich zunächst auf sein Knie stützte, und schritt hinüber zu der Leiche des Professors, die dort vor das Bücherregal gebettet lag. Wir, Milton und ich, sahen, wie er sich bei dem halb verbrannten Körper niederhockte und sich intensiv mit dem Kopfende desselben zu beschäftigen begann. Sein Rücken verdeckte die genaue Art seiner Tätigkeit – ich verspürte auch wenig Lust, Einzelheiten erkennen zu wollen. Als Goldsmith sich schließlich wieder aufrichtete und sich uns zukehrte, wirkte sein Gesicht blass, und er hielt ein Schnupftuch in den Händen, womit er sich Handflächen und Finger reinigte.

«Es ist das Gebiss des Professors», bestätigte er kühl, «ich wollte auch nur hundertprozentig sichergehen – sein Mund ist leer», und schon kam er zu uns zurück, wo er sich erneut niederhockte und zwischen uns unter den Sessel starrte, wo das Gebiss lag.

«Rücken Sie das verdammte Möbel beiseite», befahl er nach einer kleinen Weile kurz angebunden.

Milton und ich erhoben uns und rückten wortlos den schweren Sessel zwei Yards weiter in den Raum Richtung Fenster. Er, auf dem Boden, kroch, auf den Knien rutschend, emsig hinterher – das heißt, er beabsichtigte das wohl zu tun –, als er mit einem leisen Schmerzenslaut innehielt, sein Knie ruckartig anhob und es erstaunt betrachtete. Und wir sahen ihn dort hinlangen und nun mit vorsichtigen, spitzen Fingern etwas von seinem Beinkleid herunterlesen, das sich dort im Stoff verfangen hatte. Er starrte darauf und stieß dann grollend etwas auf Hebräisch aus, das ich nicht verstand, das jedoch, der Tonlage nach zu urteilen, etwas wie ein Fluch sein musste.

Ich hatte ihn zum ersten Mal in dieser Sprache reden hören, hatte gar nicht geahnt, dass er sie überhaupt beherrschte. Es war dies etwas, das mich auf unklare Weise weiter beunruhigte.

«Was haben Sie gefunden?», fragte ich nervös.

Er antwortete nicht, und Milton und ich ließen – wie auf ein Kommando – im selbigen Moment den Sessel los und stürzten, gewissermaßen, von dort zu ihm hin, neugierig, ließen uns auf die Knie nieder, um zu starren auf das, was er uns nun auf der Kuppe seines Zeigefingers entgegenhielt. Es war winzig ... und glitzerte sehr stark ... wie ein Diamant, schien mir, nur war es länglicher ...

«Ist das etwa von dem Gebiss abgesplittert?», fragte Milton und verlieh damit unserer ersten Ratlosigkeit Worte.

Goldsmith drehte sich plötzlich um. «Hören Sie», sagte er zu dem einen der beiden verbliebenen Diener, der in der Nähe stand. «Wäre es wohl möglich, guter Mann, in diesem Hause eine Lupe für uns zu besorgen?»

«Gewiss, Sir, das ist ohne weiteres möglich», antwortete der Diener beflissen.

«Nun, dann seien Sie doch so freundlich und holen Sie sie bitte her.»

Der Mann nickte wortlos und enteilte.

Wir starrten weiter auf das winzige Fundstück, das Goldsmith uns auf seiner Fingerkuppe entgegenhielt, und versuchten es irgendwohin einzuordnen. Plötzlich kam mir ein abwegiger Gedanke. «Könnte es nicht», fragte ich Goldsmith, «… ich weiß, es gibt keinen Sinn … aber könnte es nicht eventuell trotzdem … ein winziger Splitter … von einem Spiegel sein?»

Er schaute mir, da wir dort alle dicht beieinander knieten, aus allernächster Nähe in die Augen. «Oh, es ist ganz gewiss ein Splitter von einem Spiegel», sagte er ruhig und nickte bestätigend. «Das ist das, was ich die ganze Zeit über schon denke. Nur … ha! Ich verstehe durchaus Ihre Beunruhigung, Lloyd – einerlei: Falls gleich die Lupe kommt, werden wir zweifellos die Bestätigung erhalten …»

«Aber was soll das bedeuten?», fragte Robert Milton aufgebracht. «Ein Splitter von einem Spiegel? – Was überhaupt für ein Spiegel?» Er richtete sich auf und blickte sich um. «Im Speisesaal drüben gibt es Spiegel, jede Menge, gewiss, Quadratyards groß – aber die sind, soweit ich weiß, alle intakt – in der Bibliothek hingegen … nicht einen einzigen.»

«Richtig, hier gibt es keine Spiegel», bestätigte Goldsmith.

«Nun wohl! Und was bedeutet dann dieser Splitter?»

«Wenn ich das wüsste, Mr. Milton», sagte Goldsmith und lächelte freudlos, «dann wäre uns allen zweifellos geholfen. Ich habe absolut keine Ahnung, zugegeben.» Er überlegte, und wir sahen uns an. Dann setzte er, an Milton gewendet, unvermutet hinzu: «Indessen, man sagt, zerbrochene Spiegel bringen Pech, mein Lieber … Nun, so wollen wir doch in aller Ruhe abwarten, wem dieses Exemplar hier Pech bringen wird, nicht wahr?»

Seine Stimme klang eigenartig, fast rachsüchtig, wollte mir scheinen …

Ich rätselte noch seiner kryptischen Bemerkung nach, während Goldsmith, da der Diener mit der Lupe noch nicht zurückgekehrt war, plötzlich aufstand, hinüberging und den Splitter vorsichtig auf dem Kaminsims neben der Uhr und dem Buch ablegte – bevor er zu uns zurückkam, sich hinhockte, das Schnupftuch erneut aus seiner Tasche hervorholte und nun das Gebiss des Professors damit vom Boden aufnahm. Er wickelte es darein, trat abermals zum Kamin hinüber und legte es, eingeschlagen in das Tuch, ebenfalls dort ab. Dann kam er zum zweiten Male zu uns zurück, wollte sich gerade wiederum auf die Knie niederlassen, wohl um den Fußboden einer weiteren, noch genaueren Kontrolle zu unterziehen, als er plötzlich stutzte und nun den von Milton und mir beiseite gerückten Sessel schärfer ins Auge fasste. «Na, das ist doch ...», stieß er hervor, «aber dass wir das vorher nicht gesehen haben, meine Herren ...!»

«Was?», fragten Milton und ich abermals wie aus einem Munde.

«Das da», sagte Goldsmith und wies mit ausgestrecktem Arm auf den Sessel.

Dass wir den Sachverhalt nicht früher gesehen, mochte daran liegen, dachte ich, dass der Sessel jetzt, nachdem er verrückt war, besser im Lichte stand als zuvor. Doch sahen wir natürlich jetzt sofort, was Goldsmith meinte. Wir beugten unsere Köpfe gegen einen dunklen, bräunlichen Fleck – auf den dunklen Polstern war er wahrhaftig nicht leicht zu erkennen – an der Seite der Rückenlehne, etwa in Kopf- oder Schulterhöhe. Goldsmith langte danach und ließ die Fingerspitzen sanft prüfend darüber hingleiten.

«Noch feucht», sagte er rau. «Haben Sie vielleicht ein anderes Taschentuch für mich? Meines liegt herüben auf dem Kamin.» Er betrachtete sinnend seine Hand.

Wir beiden anderen waren so entsetzt, dass wir nicht auf seine Frage reagierten. Milton zerrte schließlich ein weißes Tuch aus der Tasche und reichte es ihm. «Ich danke Ihnen», sagte Goldsmith, rieb sich die Finger damit ab und steckte es gedankenverloren ein.

«Mein Gott», stammelte Milton, «aber das heißt doch ...»

«Augenblick», sagte Goldsmith scharf, «lassen Sie uns zuerst einen letzten kleinen Beweis hinsichtlich unserer Vermutung einholen, meine Herren, bevor wir hier womöglich irgendwelche später nicht haltbaren Behauptungen äußern!» Und er kehrte sich um und machte die wenigen Schritte, die dazu notwendig waren, bis zu dem Feuerhaken, der dort immer noch am Boden lag.

Er bückte sich rasch, nahm ihn auf und trat damit ans offene Fenster, durch das immer noch die klirrende Kälte hereinströmte. Milton und ich folgten ihm eilig und schauten uns das Eisen, das er in der Faust hielt, genauer an. Im hellen Licht war deutlich zu erkennen, worauf der Zeigefinger seiner anderen Hand deutete. Eine bräunlich-klebrige Masse haftete in geringer Menge an jener Stelle, wo oben der Haken sich krümmte – und in dieser bräunlichen Substanz festgebacken, erkannten wir eine schmale, ausgerissene Strähne grauen Haars.

«Blut», sagte Goldsmith. «Nicht nur an der Sessellehne, meine Herren, sondern auch hier haben wir … Blut …»

Wir starrten uns gegenseitig in die Augen, und ich verspürte mit einem Male die Kälte nicht mehr, die scharf von dort draußen zu uns hereindrang.

Der Vormittag in seinem trüben, grauen, winterlichen Licht war unterdessen weit fortgeschritten, die Zeit fast erreicht, wo unter normalen Umständen getrost das Mittagsmahl auf dem Tisch hätte dampfen dürfen. Wir, die Verbliebenen – Mortimer, Goldsmith, Alice Stalliot, Robert Milton, der Vikar, Nightingale und ich –, saßen in der Sitzordnung des gestrigen Abends und debattierten. Henry stand wie immer hinter Mortimers Stuhl; an den Spiegeln verharrten einige der Diener in Habtachtstellung.

In der Sitzordnung des gestrigen Abends bedeutete natürlich, dass der, von mir aus bezeichnet, rechte Eckplatz gegenüber – dort, wo der Professor gesessen – jetzt leer war; zum zweiten Male war dieser Stuhl geräumt, denn am ersten Abend hatte, wie ich mich mit einem Grauen erinnerte, noch der Comte dort gesessen.

Auf der Tischdecke an diesem leeren Platz lag heute jedoch kein Kranz von Immergrün, Lilien oder Rosen. Wir saßen noch alle wie zum Frühstück, das im Übrigen weiterhin unabgeräumt auf dem Tische stand – erkalteter Tee, erkaltete, teilweise angebrannte Spiegeleier, Butter, Brot, kalter Lachs –, aber kaum einer von uns hatte Nennenswertes zu sich genommen während der langen Stunden dieses Vormittags.

Ich sollte, ich erkenne es, geneigter Leser, doch besser berichten in der ordentlichen, der chronologischen Abfolge der Ereignisse, und wie sie uns alle antrafen, und doch – es fällt schwer, sich darauf zu konzentrieren. Ich will meiner Pflicht als Chronist jedoch nach dem Maße meiner schmalen Fähigkeiten so weit als möglich nachkommen und habe deshalb hier und jetzt nachzutragen:

Dass zunächst – noch herüben in der Bibliothek – der Diener jene Lupe brachte, unter deren Linse wir den von Goldsmith zufällig gefundenen Splitter tatsächlich eindeutig als den winzigen Rest eines offensichtlich zerbrochenen Spiegels ausmachen konnten, ferner, dass kurz darauf die anderen von Goldsmith ausgesandten Diener mit den verlangten Brettern und Tüchern zurückgekehrt waren. Der Leichnam war eingeschlagen, auf die Bretter gebettet und von uns allen in einer ähnlichen Zeremonie, wie wir sie gestern Nachmittag für Geoffrey Stalliot abgehalten, in die Krypta überführt worden, wo – auf einem weiteren der marmornen Piedestale – nun auch die sterblichen Überreste des Professors Wilbur Prescott in der Dunkelheit auf die Dauer der Ewigkeit würden warten müssen.

Alle waren wir diesmal bei der traurigen Verrichtung in der kalten Kapelle im unheimlichen Licht der Fackeln zugegen gewesen: alle, und das schließt auch Mortimer ein, obgleich zuvor, noch im Speisesaal, eine hektische Debatte darüber aufgeflammt war, ob es ratsam sei oder nicht, meinen Freund dorthin mitzunehmen.

Dann, nachdem wir wieder im Speisesaal angelangt waren, hatte es einiges emsige Gelaufe der Dienerschaft gegeben, von Mortimer angeordnet, von Henry überwacht. Denn Goldsmith hatte Mortimer von dem Gebiss erzählt, das nebenan in der Bibliothek immer noch auf dem Kaminsims läge, und so waren nicht nur die Uhr und das in das Goldsmith'sche Schnupftuch eingeschlagene Gebiss des Professors auf sein Zimmer zu seinen übrigen Utensilien verbracht worden – ein Detail, über das, wie ich bei mir dachte, man bei ruhigerer Überlegung fast hätte lachen dürfen, wäre es nicht am Ende so grausam gewesen, zeigte es mir doch einen Widerhall jenes alten, alles bedenkenden Menschen, der mein Freund einst gewesen. Auch wurde von ihm im gleichen Atemzuge angeordnet, dass sämtliche Papiere, die sich eventuell im Zimmer des Professors fänden, unverzüglich in seinen Wohnturm hinüberzubringen seien, wo er sie sichten müsse, um zu erfahren, welche Maßnahmen hinsichtlich der Benachrichtigung von Personen et cetera er, Mortimer, zu treffen habe, nun, da der Professor nicht mehr unter uns sei. Ich musste an den gestrigen Morgen denken und an das Zimmer dort oben im Turm in der Sonne – vierundzwanzig Stunden war das her –, wo er die nämliche grausame Arbeit auf sich genommen bezüglich seines anderen Gastes, des Comte de Marais …

Und jetzt saßen wir also alle in der vorerwähnten Sitzordnung um den Tisch im Speisesaal, das Gelaufe der Diener war einer Phase der Ruhe gewichen. Mortimer war, nachdem er vorübergehend in die Tätigkeit des Befehlens und

Organisierens sich hatte flüchten können – was ihm, wie ich meinte, gut getan haben musste –, erneut in eine Art geistesabwesender Starre verfallen. Er blickte krank und grüblerisch und schien wenig Anteil daran zu nehmen, was um ihn herum an der Tafel vorging.

Es war Goldsmith, der schließlich das Wort ergriff.

«Werte Anwesende», begann er, erneut in seinem geschäftsmäßigsten Tone, «wir haben uns – wieder einmal – hier zusammengefunden, um uns auszutauschen. Die ganz besonderen Ereignisse und Erkenntnisse, darin wir uns finden, machen es jedoch unumgänglich, dass wir, anders als sonst, in einer neuen Qualität miteinander umgehen werden müssen – ja, lassen Sie es mich so unumwunden anmerken –, dass wir erstmals Tacheles miteinander zu reden haben.»

Der Vikar stutzte und blickte auf, Alice Stalliot und Milton unterließen fürs erste weitere zärtliche Blicke, Nightingale schien etwas zu erzittern, so, als wenn sie fröstelte, sogar Mortimers Blick wurde vorübergehend etwas wacher, wie mir scheinen wollte. Das, dachte ich bewundernd, hatte Goldsmith geschickt eingefädelt, die Aufmerksamkeit der Tischrunde war ihm nach dieser Einleitung gewisslich sicher – so weit als nach menschlichem Ermessen nur irgend möglich.

«Unser aller Treffen auf diesem Schloss stand von Anbeginn an unter keinem guten Stern», fuhr er fort. «Lassen Sie uns rekapitulieren.» Mir fiel auf, dass er den Begriff benutzte, den der Professor für solcherlei Ansprache bevorzugt haben würde – und die Reminiszenz an den jüngst Verblichenen berührte mich unheimlich.

«Da haben wir zunächst den Comte», sagte Goldsmith gedämpft. «Schon in der ersten Nacht verschwindet er unter rätselhaften Umständen aus unserer Mitte, als die Brücke herunterbricht, die laut Auskunft von Sir Mortimer doch eigentlich ein äußerst stabiles Bauwerk gewesen sein soll.»

«Sie kann nicht vom Sturm eingestürzt sein», protestierte Mortimer schwach, «... auch wenn Sie mir nicht glauben wollen, mein Freund. Und dass der Comte de Marais, dieser wunderbare Mensch, dieser große Dichter nun tot ist ...»

«Augenblick», winkte Goldsmith nervös in seine Richtung ab. «Ich glaube Ihnen ja, Sir Mortimer, oh, ich glaube Ihnen aufs Wort, und Sie werden auch sogleich vernehmen, warum ich Ihnen Glauben schenke. – Aber bevor wir dazu kommen, lassen Sie uns doch einiges andere ins Gedächtnis rufen.»

Mortimer hatte, als er unterbrochen wurde, müde innegehalten und harrte nun wie wir alle dessen, was kam. Das heißt, wenn ich ehrlich bin, so war wohl meine Spannung in jenen Minuten geringer als die der anderen, denn ich glaubte ja zu wissen, was Goldsmith uns mitzuteilen hatte. Ich wusste nicht, dass er zumindest in einem Punkte doch auch mich wieder zu überraschen gedachte.

«Die Brücke stürzt also ein», fuhr Goldsmith fort, «und in der gleichen Stunde noch flackert das geheimnisvolle hundertjährige Feuer in der Ruine von Dull Manor auf – das Feuer der Inspiration, der Legende – wir erinnern uns! Nun, wie dem sei, in dieser Nacht verloren wir also unter wahrhaft schrecklichen Umständen einen unserer Mitstreiter um die Gunst der Musen, mit all den uns bekannten, verheerenden Folgen für die Atmosphäre unseres Zusammenseins, für unseren inneren Frieden, im Besonderen aber schrecklich für Sir Mortimers Gesundheit.» Er verbeugte sich leicht gegen diesen.

«Ein Unglück, meine Freunde, war geschehen, und in unserem tapferen Innern beschlossen wir, jenem Fatum die Stirn zu bieten und gleichwohl mit dem Procedere in etwa so fortzufahren, wie es unser Gastgeber sich zuvor für uns ersonnen. Ich erinnere mich in diesem Zusammenhang der Trost spendenden Worte, die unsere Freundin Alice Stalliot in jener Nacht, als wir dort in der Bibliothek am Kaminfeuer versammelt waren, für unseren Gastgeber und für uns alle fand.»

Er nickte ihr bei diesen Worten besonnen und freundschaftlich zu.

«Aber wie ging es dann weiter, meine Freunde? Es war nur weniger als vierundzwanzig Stunden später, dass – nach dem ersten Unglück – bereits ein zweites der gleichen Konvenienz über uns hereinbrach und einen weiteren aus unserer Mitte riss: Geoffrey Stalliot wurde, und dies schien kaum minder rätselhaft als die Katastrophe, die den Grafen ereilt hatte, im Weinkeller von einer Lawine stürzender und rollender Fässer erschlagen – wir wissen bis heute nicht, wie das hat geschehen können.»

Er blickte bedeutsam und ernst in unsere Runde. Alice Stalliot hatte den Blick zu dieser Minute gesenkt, alle anderen starrten Goldsmith mit gebannten Augen an.

«Heute Morgen beziehungsweise heute Nacht nun ein drittes *Unglück*», sagte Samuel E. Goldsmith langsam, und mir fiel auf, wie eigenartig er das letzte Wort betonte, «dessen schauerliches Ergebnis es ist, dass wir auch den Professor ... nicht mehr länger ... unter den Lebenden finden. Ein drittes Mal kommt der Tod, binnen nicht einmal achtundvierzig Stunden ...» Er machte eine lange Pause, bevor er weitersprach. «Unglücke ... Unfälle ... Finden Sie nicht, dass uns Fortuna einfach unglaublich auf die Probe stellt?»

Es war eine rhetorische Frage gewesen, niemand antwortete. Seine Stimme klang anders, müder, als er schließlich weitersprach.

«Wir haben uns heute früh dort drinnen», er deutete mit dem Daumen über seine linke Schulter auf die Tür zur Bibliothek, «bei der Leiche des unglücklichen Wilbur Prescott etwas genauer umgesehen, Mr. Milton, Mr. Lloyd und ich, und wir sind dort Zeugen von allzu Augenscheinlichem geworden, welches es nachgerade dringlich geraten erscheinen lässt, dass wir uns jetzt … meine Freunde … verabschieden müssen von der schrecklichen – im Vergleich jedoch auch ungemein beruhigenden – These, dass wir es hier mit Unfällen zu tun haben …»

Es war so still im Raum geworden, dass man den Schrei eines Vogels hörte, der irgendwo dort draußen über das Geviert des Burghofes hinschoss. Die Dienerschar drüben an den Spiegeln war in jeglicher Bewegung erstarrt, wir alle am Tisch hatten den Atem angehalten.

«Im Einzelnen haben wir Folgendes festgestellt», dozierte Samuel Goldsmith langsam und mit zurückgenommener Stimme. «Erstens: Unter einem der Sessel, jenem, in dem Sir Mortimer gesessen hatte, lag das Gebiss des Professors. Nun, da wir davon ausgehen dürfen, dass der Professor es nicht herausgenommen hat, um es etwa vorübergehend unter dem Sessel zu deponieren – kein Mensch würde so etwas tun, so sagen wir uns –, so muss es ihm wohl herausgefallen sein. Und wir fragen uns folglich: Bei welcher Gelegenheit konnte so etwas geschehen?»

Samuel E. Goldsmith blickte sich in unserem Zirkel um, aber da keiner etwas zu seiner Rede beisteuerte, fuhr er, leicht mit der Schulter zuckend, fort: «Wir können überdies ausschließen, dass das Herausfallen des Gebisses in der nämlichen Sekunde geschah, als der Professor – aufgrund eines Schwächeanfalls etwa oder einer Überdosis seines gefährlichen Medikaments, vielleicht mit dem Schüren des Feuers oder einer ähnlichen Tätigkeit beschäftigt – in den Kamin stürzte. Denn die Fundstelle des Gebisses befand sich viel zu weit vom Kamin entfernt. Gesetzt den Fall nämlich, der Kopf des Professors schlug wirklich in den Kamin, so wie wir uns das augenblicks noch vorstellen, dann hätte das Gebiss zumindest, um im gleichen Augenblick dort herauszurutschen, fast sechs Yards weit zurücklegen müssen, um bis unter den Sessel zu gelangen – und das ist unmöglich, das ist uns allen bewusst, denke ich. Und es hätte eingangs überdies noch das kleine Messinggitter vor der Feuerstelle überwinden müssen. – Wie also kam das Gebiss unter den Sessel?»

Er pausierte. Keiner von uns sprach.

«Zweitens, unsere Beobachtungen betreffend: Es befand sich einiges Blut … an der Lehne desjenigen Sessels, unter dem wir das Gebiss liegend fanden», fuhr Goldsmith bedächtig fort. «Wäre Sir Mortimer heute Morgen mehr bei sich gewesen, meine Freunde, so hätte er höchstwahrscheinlich das Blut selbst wahrgenommen, bevor er in dem betreffenden Sessel Platz genommen. Das Blut befand sich in Höhe des Kopfes eines potenziell dort Sitzenden an der Rückenlehne, es befand sich, als Sir Mortimer erst saß, direkt hinter ihm, er verdeckte es für uns mit seinem Kopfe.»

Ich sah, wie Mortimer fahrig zusammenschauderte. Auch durch die anderen ging eine Bewegung des Entsetzens und der Überraschung – mit Ausnahme Miltons und meiner selbst, da wir von diesem Umstande ja bereits gewusst.

Goldsmiths Finger fuhren, während die anderen noch tuschelten, nervös auf der Tischfläche herum, zeichneten dort imaginäre Linien nach, und es schien, als verspürte er selber eine Art von Furcht vor dem, was er jetzt auszusprechen gedachte.

Schließlich hob er erneut den Blick und sagte ernst: «Drittens: Dasselbe Blut wie an der Sessellehne … und überdies Haarreste des Professors … klebten an dem Feuerhaken, der vor dem Kamin in der Nähe der Leiche lag – und das zeigt uns eindeutig, dass dieser Unfall leider kein Unfall war, sondern dass mit diesem Feuerhaken auf den Kopf des Professors … eingeschlagen worden ist.»

Die Wirkung des soeben Gesagten war bei den anderen geradezu ungeheuerlich. Alles redete, schrie, diskutierte durcheinander, mit Ausnahme Mortimers, der still geblieben war und nur in einer langsamen, entsetzten Bewegung seine Hand über die Augen deckte. Der Vikar fuchtelte mit den Händen herum, Milton und Alice hatten sich bei den Fingern genommen, und Nightingale ließ ein Messer fallen, mit dem sie zuvor nervös herumgespielt, sodass es klirrend zu Boden fiel.

«Ein Mord … ein Mord!» Jetzt war es unwiderruflich heraus, das finstere Wort, und Alice Stalliot war es wohl gewesen, die es zuerst hervorgestoßen, und ich dachte verwirrt bei mir: Ein Mord, ein Totschlag … sei dem, wie ihm sei … Jetzt war alles aus, jetzt konnten wir nicht mehr zurück!

«Ich kann nicht glauben und ich will es nicht glauben», hörte ich den alten Vikar, ins Leere gewandt, inniglich betonen, «dass einer da unter uns sein soll, der, sündhaft in den Spuren Kains wandelnd, in wahrhaft gottloser und verruchter Weise seine Hand gegen ein anderes Menschenkind erhoben haben würde. Nein, wer unter uns sollte dies denn sein, Mr. Goldsmith, wer denn, wer?!»

Und ich sah Nightingales Augen in einem lautlosen Aufschrei der Furcht über die Gesichter in unserem Kreise dahinfahren, auch über das meinige …

«Bitte, meine Damen, meine Herren, bitte!», rief Goldsmith währenddessen eines ums andere Mal im Bemühen, sich wieder Gehör zu verschaffen, doch es dauerte geraume Zeit, bis eine verhältnismäßige Stille wieder eingetreten, die es erlaubte, dass er zu uns weitersprechen konnte, ohne die Stimme im Besonderen erheben zu müssen.

«Ich fürchte», fuhr er finster fort, «das ist noch nicht einmal alles, was ich Ihnen zu sagen habe! Der Professor ist in seinem Sessel sitzend, als er vornübergebeugt in sein Buch blickte und las, von hinten erschlagen worden … das wissen wir, da der Professor eine Wunde am Hinterkopf hatte, welche wir, da der Oberkörper nachher in so starkem Maße durch das Feuer im Kamin in Mitleidenschaft gezogen worden ist, jetzt zwar nicht mehr sehen können, die aber gleichwohl vorhanden gewesen sein muss! Wie anders sonst wäre wohl das erwähnte Blut gegen die Rückenlehne des Sessels appliziert worden, nicht wahr?»

Goldsmith kratzte sich die Schläfe, nickte, wie um es sich selbst zu bestätigen, und fuhr fort. «Weiter: Wir wissen nicht, ob es ein oder mehrere Schläge waren, die den Professor trafen, und auch nicht, ob dieser oder diese Schläge sogleich tödlich waren. Durch die Schläge jedoch, meine ich, ist dem Professor sein Gebiss herausgeflogen, und dies mag die Wucht dieser Schläge hinreichend verdeutlichen. Und der Mörder muss den alten Mann, bevor er vom Stuhl fallen konnte, festgehalten und wieder nach hinten gezogen haben, vielleicht, um erst den Feuerhaken loszuwerden, wer weiß. Ich vermag nicht zu sagen, ob der Professor zu diesem Zeitpunkt bereits tot gewesen ist oder ob er noch lebte … nun, wie dem sei, anschließend jedoch hat der Täter den Toten … oder Besinnungslosen zum Kamin geschleift und dort mit dem Oberkörper ins Feuer geworfen, in der Hoffnung, dass die Flammen so die Spuren der Tat verbergen würden …»

Bis hierher war Goldsmith mit seinen Erläuterungen gekommen, als ihn der entsetzte Aufschrei Nightingales unterbrach, die in einen Strom haltlosen Schluchzens ausbrach und sich vornüber auf die Tischdecke sinken ließ, den Kopf auf den Armen – und in all dem Wehelaut stammelte sie: «… aber das ist doch barbarisch! … wer würde so etwas tun?!» Und sie schluchzte und schrie, obwohl ich mich nicht mehr länger zurückhielt, ihr pausenlos den bebenden Rücken zu streicheln und beruhigend auf sie einzureden. In mir selbst tobte ein ungeheures Zittern. Ich erinnere mich, dass der Pfarrer zu wehklagen und wieder laut zu beten angefangen hatte, dass Alice Stalliot und Milton jetzt eng umschlungen saßen und dass Mortimer plötzlich besinnungslos in seinem Sessel zusammengebrochen war und Henry und Goldsmith sich um ihn bemühten. Ein Diener war indes fortgelaufen und mit Riechsalz wieder herbeigeeilt.

Ich gestatte es mir, wohlmeinender Leser, an dieser Stelle meine Ausführungen zu unterbrechen und die Einzelheiten der nächsten Viertelstunde aus meiner Schilderung auszusparen, einer Zeit, in der an unserem Tische das helle Chaos herrschte und die Entsetzensäußerungen, das Beten und das Weinen schauerliche Ausmaße annahmen. Dann brach sich eine Phase der Erschöpfung und der stillen Tränen Bahn, in der Goldsmith erneut das Wort ergriff und seine Rede weiterführen konnte, und ich bemerkte, dass er dies mit größtmöglicher Schonung für alle Anwesenden tat, in Stimme und Wortlaut.

«Es ist», sagte er, «meine lieben Freunde – ich betonte es eingangs – eine furchtbare Sache, über die wir sprechen müssen, ich weiß dies alles doch sehr wohl. Ich bitte Sie aber auch zu bedenken, dass die Dunkelheit vor der Morgendämmerung immer die finsterste ist, und dass es danach nur noch aufwärts gehen kann … jetzt wird es aufwärts gehen – und zwar mit der Erklärung dieser Unfälle, die in Wirklichkeit keine sind. Denn ich behaupte, wenn der Tod des armen Professors Prescott kein Unglücksfall war, dann wird sich dies auch bei unserem bedauernswerten Geoffrey Stalliot nicht anders verhalten haben – und auch nicht im Falle des Verschwindens des Comte! Denn eine Häufung solcher Katastrophen tritt einfach nicht ein! Ja, uns ist da lediglich Sand in die Augen gestreut worden! Und jetzt, wo wir wissen, dass wir nicht gegen das Schicksal ankämpfen, sondern alleinig gegen menschliche Niedertracht und Bösartigkeit, gegen menschlichen Erfindungsreichtum, da sollte doch die Furcht von uns genommen sein wie ein vergangener Alb, nicht wahr? Denn jetzt … wird sich auf alle unsere Fragen –

früher oder später – eine Antwort finden lassen! Glauben Sie mir dies!»

Es ging wieder hoch her unter den Anwesenden, aber die Aufregung war diesmal nur von wenigen Sekunden Dauer.

«O ja, Fragen!», rief Goldsmith in die Runde. «Ich nenne Ihnen einige dieser Fragen. Als Erstes den Tod Geoffrey Stalliots betreffend: Wie sind die Fässer im Weinkeller ins Stürzen geraten? Und – damit spiele ich auf zwei andere ungelöste Fragen an, die den heutigen so genannten Unfall betreffen –», er spuckte das Wort Unfall geradezu mit Hohn und Lust heraus, «welches, meine Freunde, ist die Bedeutung jenes Splitters von einem Spiegel? Ein Splitter, den ich dort drüben in der Nähe der Leiche fand?», setzte er mit erhobener Stimme hinzu, als er sah, dass einige der Anwesenden fragend aufblickten. «Erkundigen Sie sich bei Mr. Lloyd oder Mr. Milton: Wir fanden den Splitter auf dem Boden liegend, ich fand ihn durch Zufall, er stach mich beim Herumrutschen ins Knie. Es ist ein winziger Splitter, so winzig, dass wir uns eine Lupe bringen lassen mussten, um ihn überhaupt eindeutig als solchen identifizieren zu können, nicht wahr, meine Herren?»

Er fixierte uns beide kurz Bestätigung heischend. Seine unruhigen Augen kreisten dann erneut in unserer Runde. «Schlussfolgerung?», fuhr er fort und antwortete nach einem Augenblick des Schweigens selbst: «Ein Spiegel muss heute Nacht bei der Leiche des Professors zu Bruch gegangen sein. Aber wieso und warum und unter welchen Umständen? Ich bin überzeugt, dass man die Scherben eines ganzen Spiegels durch gründliches Aufsammeln und Auskehren dort beseitigt hat. Dieser winzige Splitter allein ist dabei der Aufmerksamkeit dessen, der da kehrte, entgangen, denn er lag in etwa dort, wo zuvor der Professor gelegen. Die Leiche hatte den Splitter bedeckt …»

Er rieb seine Hände aneinander. «Gab es jemals einen

Spiegel in der Bibliothek oder dort irgendwo in der Nähe?», richtete er die plötzliche Frage an Mortimer. Dieser reagierte nicht sofort, starrte nur mit hohlem Blick zurück, aber Henry beantwortete die Frage stellvertretend für meinen Freund.

«Nein, Sir, nein, es gab da nie einen Spiegel.»

«Sehen Sie», sagte Samuel E. Goldsmith, wieder an uns alle gewandt, und breitete die Hände in einer Geste aus, als wolle er bedeuten: «Was habe ich gesagt?»

Stille trat nach seinen Worten ein.

«Welche zweite Frage?», fragte der Vikar plötzlich.

«Bitte?», machte Goldsmith, für den Augenblick irritiert.

«Nun, Sir, Sie sprachen von zwei ungeklärten Fragen, die sich im Zusammenhang mit ... mit dem heutigen ... Unfall stellten», sagte der Geistliche.

Goldsmith schlug sich an die Stirn und rief: «Richtig, lieber Vikar, zwei Fragen. Die zweite hängt natürlich mit der ersten zusammen. Sie muss sich einem einfach stellen, nicht wahr? Warum ...», sagte Goldsmith dann leise und bedeutsam, «warum ... um Gottes willen, wenn denn beispielsweise ausgefegt worden ist und wenn der Professor extra in den Kamin gelegt worden ist – und das alles nur, um Spuren zu verwischen –, warum hat der Täter dann ausgerechnet die auffälligste aller Spuren, nämlich den blutbesudelten Feuerhaken, völlig übersehen, der doch mitten auf dem freien Parkett herumlag? – Das ist eine Frage, auf die ich momentan einfach keine Antwort weiß.» Er schüttelte den Kopf.

Ich staunte ein erneutes Mal über Goldsmith. Natürlich, dachte ich, sprang einem diese Frage sofort ins Auge, natürlich! – Aber trotzdem hatte ich sie mir nicht gestellt ...

Und eine Anzahl wilder Ideen schoss mir augenblicklich durch den Kopf. Ich äußerte indessen keinen dieser Einfälle den anderen gegenüber – zu wirr, zu unsinnig schienen sie mir selbst im Moment ihrer Geburt. Derjenige Gedanke unter ihnen jedoch, der mich von allen am unheimlichsten berührte, war jener, dass es der Mörder vielleicht gewollt hatte, dass wir den Feuerhaken fänden. Aber dies – wie gesagt, unter der Prämisse, dass es wahr war, wie Goldsmith postuliert hatte, dass dort sorgfältig etliche Spuren verwischt worden waren –, dies ergab mir einfach keinen Sinn.

Ich grübelte noch über diese vertrackten Zufälle nach, da ging Goldsmith zu dem über, was er uns noch zu sagen hatte.

«Ungeklärte Fragen, meine Freunde», äußerte er warm, «die gibt es in dieser Affäre gewiss noch zuhauf. Aber andere Fragen, denke ich, gibt es doch ebenfalls: solche, die nicht gestellt zu werden brauchen.» Er lächelte. «Vor einigen Momenten, und das verstehe ich gut, kam eine gewisse Erregung unter Ihnen allen auf, als Ihnen gegenwärtig wurde, dass es hier einen Menschen geben muss, der für die bisherigen Todesfälle direkt verantwortlich ist – einen Mörder. Da blickten Sie sich untereinander an und fragten sich entsetzt: ‹Wer sollte dieser Mensch wohl sein? Sitzt er womöglich mit uns anderen hier am Tisch?›»

Goldsmith winkte beschwichtigend mit seiner Hand, als wieder Unruhe unter den Anwesenden aufbrach. «Nein, meine Freunde, Gott sei Dank brauchen wir uns diese Frage nicht mehr zu stellen, weil wir sie schon geklärt haben. Ja! Ich denke, wir wissen, wer für all dies hier verantwortlich ist – und ich habe zu unserem Freunde Mr. Lloyd auch bereits seit längerem darüber gesprochen.»

Ich errötete, denn alle starrten mich überrascht an, auch Nightingale, besonders jedoch Mortimer, dessen traurigen Gesichtsausdruck ich nicht zu deuten verstand – es war eine Art Verwunderung, auch Enttäuschung, ein tiefer Vorwurf in seinem Blick –, und ich schämte mich und verfluchte gleichzeitig Goldsmith, dass er dies hier coram publico und ohne jede Vorwarnung so schmählich verraten. Es stellte mich dies vor den anderen, befand ich unglücklich – ohne dass er dies so beabsichtigt haben mochte –, doch in ein recht eigentümliches Licht. Andererseits, dachte ich erbittert, hätte ich etwa vorher zu jemand anderem, zum Beispiel Nightingale, davon gesprochen, so hätte ich einerseits sie beunruhigt und wäre andererseits und gleichzeitig in den sehr zweifelhaften Genuss des Gefühls gekommen, Goldsmith zu hintergehen. Was also hätte ich letztlich tun, wie mich verhalten sollen? Überdies – der Teufel sollte ihn holen!, dachte ich erzürnt: Ich hatte ihn nicht dazu aufgefordert, mich in sein scheußliches kleines Geheimnis einzuweihen! Nein, Goldsmith, dachte ich, nein, dies war nicht fair! Und ich war in diesem Moment bereit, sehr viel von der herzlichen Sympathie, die ich für ihn zu empfinden begonnen, ihm in der letzten Phase unseres Zusammenseins doch wohl auch zunehmend entgegengebracht hatte, im Geiste gänzlich zurückzunehmen.

Noch immer schauten mich, wie ich spürte, alle die anderen an, obwohl ihre Augen unsteter wurden. Ich hatte den Eindruck, Nightingale bewege sich, obwohl sie sich körperlich nicht rührte, trotzdem auf geheimnisvolle Weise von mir fort, in eine kalte, dunkle Ferne hinein ... und ich hätte schreien mögen vor plötzlicher Sehnsucht und kaltem Schmerz. Ich suchte ihre dunklen, bezaubernden Augen, aber sie waren für mich nicht mehr da; sie vermied meinen Blick und schaute stattdessen ratlos zu Robert Milton und Alice Stalliot hinüber.

Goldsmith nahm seinen Faden wieder auf und setzte nun die anderen umfassend in Kenntnis, und dies allein zog umgehend alle Aufmerksamkeit von mir ab. Und ich saß dort allein in all meiner Irritation und hasste den Mann. Ja, Goldsmith setzte sie endlich in Kenntnis von seiner Theorie, der Comte habe das Feuer in Dull Manor angezündet, habe auch die Brücke zerstört. Sie sei mit Schießpulver gesprengt worden, teilte er, direkt an Mortimer gerichtet, diesem mit –

«kein Sturm, kein morsches Gebälk, Sir, Ihre Brücke war tadellos intakt» – er, Goldsmith, sei bereit, den Beweis dafür anzutreten, und im Übrigen sei ich auch hierin sein Zeuge …

Abermals traf mich ein eigentümlicher Blick Mortimers, und Nightingale, sofern das überhaupt möglich war, entfernte sich noch ein Stück weiter von mir … aber Goldsmith – der, wie ich wohl so ehrlich sein muss beizufügen, wirklich überhaupt nicht zu bemerken schien, was er mir da antat – war in der nämlichen Sekunde schon bei dem Teil seiner Hypothese angelangt, der besagte, dass man aus der zeitlichen Konstellation des Brückenabsturzes und des Brandes drüben in der Ruine völlig untrüglich darauf rückschließen könne, dass der Graf jetzt, in dieser Sekunde, noch am Leben sei …

Es erübrigt sich, verehrter Leser, hier die genaue Reaktion aller Anwesenden im einzelnen nachzuzeichnen – zu wenig doch unterschied sie sich von der meinigen, als ich – vor nun kaum mehr als vierundzwanzig Stunden – das erste Mal von Goldsmiths gewagter These gehört. Im Übrigen achtete ich wohl auch vergleichsweise wenig darauf, was die anderen in diesen Minuten sagten, taten, dachten, hatte ich doch augenblicks und immer noch einfach zu viel damit zu tun, mich in die mir neue und üble Lage zu finden, mich innerhalb der Gemeinschaft wie hinter einem unsichtbaren Spinnennetz isoliert zu sehen. Goldsmith hatte das, ich wiederhole mich, keineswegs beabsichtigt, aber das Ergebnis seiner beiseite gesprochenen Anmerkungen war anders kaum zu bezeichnen – was mich im Falle meines Freundes Mortimer und ganz besonders in dem von Nightingale Dubois wie eine Wunde am Herzen schmerzte und quälte.

Nightingale jedenfalls war es, die, auf Goldsmiths Ausführungen hin, in warmem Plädoyer zu bedenken gab, dass solche Handlungsweise, wie Goldsmith sie dargestellt, dem

Grafen, ihrer Auffassung nach und soweit sie ihn kennen gelernt habe, in keinem, gar keinem Falle zuzutrauen sei – ich beobachtete indes, als über den Grafen gesprochen wurde, Alice Stalliots Gesicht, aber da regte sich nichts, das über eine der Situation völlig angemessene Betroffenheit und Anteilnahme hinausgegangen wäre. Und ich dachte wieder an meinen Verdacht, dass sie ihn, den Grafen, zum Mitwisser gemacht und ihn, den Unwilligen, möglicherweise – und anschließend ihren Gatten ebenfalls – ermordet hatte … Dumme Idee! Denn was, in all diesem Morden, überlegte ich, hätte dann die grausige Bluttat, der heute der Professor zum Opfer gefallen war, was für eine Funktion in diesem Schema hätte sie gehabt?

«Ich weiß», äußerte Goldsmith, an Nightingale, auf ihre Replik hin, gerichtet, «genauso hat mir Mr. Lloyd auch geantwortet, meine Liebe …» – Schon wieder!, dachte ich ärgerlich. «Und auch Ihnen wie ihm gebe ich zu, es gefällt mir selbst nicht, was ich da denke, und auch Ihnen komme ich nun mit der einzigen Gegenreplik, die mir auf Ihre vehemente Verteidigung des Grafen hin beifallen will, und andernfalls müssten wir uns die Frage tatsächlich stellen, die ich vorhin noch meinte, vermeiden zu können: Wenn nicht der Graf, meine Liebe – wer sollte es Ihrer Meinung nach sonst gewesen sein?»

Er blickte in unsere Runde, in der es auf diese Frage hin sehr stille blieb, um schließlich fortzufahren: «Und ich konzediere Ihnen allen überdies ein Weiteres: dass ich mich nämlich geirrt habe … in einer Ansicht zumindest habe ich mich geirrt …» Und als er sah, dass wir ihn erwartungsvoll anblickten, sprach er weiter: «Ich habe mich bislang nämlich immer dahingehend ausgedrückt, dass der Graf dort draußen herumwandle – und ich revidiere mich jetzt insofern, als ich Ihnen sage: Er ist beileibe nicht da draußen, sondern er ist hier drinnen, und zwar irgendwo hier versteckt, ganz dicht bei uns – und er hat Geoffrey Stalliot und Professor Wilbur Prescott umgebracht.»

Man hörte ein Zischen, als Mortimer hart den Atem durch die Nasenflügel ausstieß und darauf hastig nach dem Riechfläschchen griff, das immer noch vor ihm auf dem Damast stand. Ansonsten hörte man nichts. Die Reaktionen spielten sich ausschließlich in unser aller Innerem ab. Geisterhafte Augen blickten allenthalben über der Tafel umher.

«Sie sagten», fand der Vikar nach langer Zeit als Erster von uns das Wort, «dass der Vicomte de Marais die Ruine angezündet habe, nachdem die Zugbrücke abgestürzt war, verstehe ich Sie recht, Sir?»

Goldsmith blickte ihn aufmerksam an und nickte ihm zu.

«Nun», meinte der Pfarrer und zuckte dabei die Schultern, «wenn die Zugbrücke also abgestürzt war und wenn er sich jetzt innerhalb dieser Mauern aufhält, um seine Untaten zu begehen, wie ist er dann – ich meine nach der Brandstiftung – wieder in die Burg hereingekommen?»

Goldsmith lächelte ein wölfisches Lächeln. «Durch den Gang», sagte er leise.

«Durch den Gang?», fragte der Pfarrer verdutzt. «Aber durch welchen Gang denn bitte, mein Sohn?»

«Durch den Gang», wiederholte Goldsmith, «den Sir Mortimer uns gegenüber am ersten Abend bereits erwähnt hat, den alten Gang, den die Urkunden bezeichnen, den Sir Mortimer mit seinen Dienern seinerzeit gesucht, aber nicht gefunden hat, den Gang, der direkt zwischen Boroughmore Castle und Dull Manor dort draußen auf dem Hügel verläuft.»

«Aber diesen Gang gibt es doch gar nicht», sagte der Pfarrer abschätzig. «Er ist doch nur ein Gerücht.»

«Oh, ich bin überzeugt, Herr Vikar, dass es diesen Gang gibt, und durch ihn geht der Graf tagtäglich hier ein und aus – und tut, was er will, wann immer er will.»

«Wann immer er will, wann immer er will! Und wie, mein Sohn, sollte der Comte ihn innerhalb der ersten Nacht gefunden haben», protestierte der Vikar lebhaft, «wenn Sir Mortimer ihn nicht aufspüren konnte, und dies nicht in Jahren der Suche?»

Goldsmiths Gesicht büßte das leichte Lächeln ein, das es trug. «Ich gebe zu, dass dieser Punkt eine Schwachstelle meiner Theorie ist, Herr Vikar», sprach er leise, «aber das wird sich über kurz oder lang ändern. Glauben Sie mir!»

Der Vikar lehnte sich, befriedigt anscheinend, in seinen Sessel zurück.

Da sagte Robert Milton plötzlich, und alle schauten überrascht zu ihm hin: «Er hat selbstverständlich – wenn er denn in der Nacht sowieso drüben war – den Einstieg zum Gang *dort,* in Dull Manor gefunden. Dann brauchte er ihm zurück nur noch nachzugehen ...»

Der Pfarrer räusperte sich, und in das Gesicht von Goldsmith kehrte langsam das Lächeln wieder.

«Oder haben Sie auch von drüben, ich meine, von Dull Manor aus, gesucht?», wandte sich Robert Milton an Mortimer, und der, nach einer unendlichen Pause, schüttelte langsam verneinend den Kopf. «Es war mir nicht wichtig genug erschienen», hörte ich seine leise Stimme. «Wir haben auch beileibe nicht jahrelang gesucht. Ich habe das alles schließlich eher für einen Scherz gehalten, Mr. Milton.»

Robert Milton nickte ihm freundlich zu. «Wahrscheinlich stolpert man geradezu über den Einstieg, sobald man erst drüben ist», vermutete er abschließend.

«Das war sehr gut, Mr. Milton», sagte Goldsmith leise. «Ich danke Ihnen für diese Schützenhilfe.» Sein Lächeln ging einmal flüchtig in unsere Runde. «Nun», fuhr er fort, «... wie dem sei, nachdem diese Dinge geklärt sind – Herr Vikar, meine Freunde –, denke ich, steht unsere Marschroute somit fest. Wir werden diesen Gang gleichfalls finden.»

Ich blickte ihn an. Ich konnte mir einfach nicht helfen: Sein Witz, seine Tatkraft, sein Optimismus wirkten ansteckend und machten ihn mir – trotz des gerade zuvor Geschehenen – schon wieder auf seltsame Art sympathisch. Er seinerseits fixierte mich eben einen Augenblick lang schärfer als gewohnt – irritiert, wie mir schien. Hatte er etwas vom Wechselbad meiner Gefühle bemerkt? «Seien Sie vorsichtiger, Mr. Goldsmith», dachte ich bei mir, «in Ihrer gar so vortrefflichen Weise, mit Ihren Mitmenschen umzuspringen!»

«Wie wollen Sie das tun?», erkundigte sich der Vikar. «Sie kommen doch gar nicht nach Dull Manor hinüber. Wollen Sie vielleicht fliegen?»

«Ich muss nicht hinüber. Und fliegen muss ich vermutlich auch nicht», beharrte Goldsmith. «Wir müssen stattdessen nur gründlich nachdenken, lieber Vikar.»

«Dann denken Sie nach, mein Guter; mein Kopf ist zu alt dafür», entgegnete der Geistliche schnippisch.

Goldsmith zuckte die Schultern und überging diesen Einwand. «Wenn wir nach Dull Manor hinüberwollen», überlegte er laut, «dann müssen wir wohl sehr tief herunter, bis unter den Grund des Burggrabens zumindest, geben Sie mir Recht? Denn dieser Gang muss zwangsläufig den Burggraben unterqueren. Nun, ich kenne nur eine einzige Stelle in dieser Burg, die so tief hinunterreicht – und das ist der toskanische Brunnen. Ihn müssen wir demnach einmal genau untersuchen.»

«Verzeihung», meldete sich da Mortimer wieder zu Wort, und wir alle – in tiefer Berührtheit – sahen ihn dort mit eingesunkenen Schultern sitzen, «aber im toskanischen Brunnen», sagte er leise, «ist der Einstieg ganz gewiss nicht zu finden. Den haben meine Leute und ich gleich zu Anfang – und wirklich gründlich – untersucht, denn ich dachte natürlich genauso wie Sie, Mr. Goldsmith. Heute bin ich überzeugt: Wenn der Einstieg dort irgendwo wäre – dann hätten wir ihn auch entdeckt. Nein, im Brunnen fängt der Gang bestimmt nicht an.»

Samuel Goldsmith lächelte, dass sein Goldzahn seitlich sichtbar wurde. «Sir Mortimer», sagte er umgänglich, «ich hoffe sehr, Sie verübeln es mir nicht oder halten es auch nicht für eine Missachtung Ihrer Persönlichkeit oder gar eine Provokation, wenn ich Ihnen sage, dass ich trotzdem furchtbar gerne genau dort suchen würde.»

Auch Mortimer bemühte sich um ein Lächeln, das indessen recht missglückte. «Oh, lieber Freund», entgegnete er leise, «wie ich seinerzeit betonte … mein Schloss ist ganz das Ihrige. Suchen Sie genau, wo immer Sie mögen, und ich werde der Erste sein, der Sie beglückwünscht, falls Sie etwas finden.»

Goldsmith nickte ihm zu, schaute in die Runde und sprach dann, abwechselnd an Robert Milton und mich gewandt, unverzüglich weiter: «Und was das Technische dieses beabsichtigten Unterfangens betrifft: Ich hätte Sie beide, meine Herren, ausnehmend gern dabei, wenn wir in den Brunnen einsteigen, denn ich denke, wir haben vorhin dort drinnen», er deutete mit dem Daumen auf die Bibliothek hinter seiner Schulter, «sehr gute Arbeit geleistet. Und das lässt mich immerhin für unseren weiteren gemeinsamen Erfolg auch in dieser Sache hoffen. Sind Sie einverstanden?»

Sieh da, dachte ich. Was war dies? Schmeichelei, dass man für das Gelingen eines Experiments gebraucht wurde, weil man ein geschickter Arbeiter sei? Ich beeilte mich nichtsdestoweniger, sofort zu nicken. Milton folgte mit seinem Nicken, wie mir schien, zögernder nach und entfernte sich dabei, gleichwohl unverrückt auf seinem Stuhle sitzend, etwas von Alice Stalliot. Samuel E. Goldsmith gab uns unser Nicken mit einem befriedigten, ja dankbaren Blick zurück.

«Ich hätte auch gerne ein paar Ihrer Diener dabei», fuhr er darauf flink, nun wieder an Mortimer gewendet, fort, «so viele, wie Sie nur irgend entbehren können, Sir. Und Ihre Leute könnten, wenn das wohl möglich wäre, auch einige Hämmer oder kurze Stangen mitbringen, kurz gesagt: Instrumente, die man zum Abklopfen von Wänden gebrauchen kann. – Keine Angst, Sir», setzte er lächelnd hinzu, «wir werden keine Mauern einreißen, nichts zerbrechen oder zerstören. Wir wollen nur gründlich suchen. Und, falls es sich ermöglichen ließe: Wir bräuchten auch ein, zwei Seile, darunter ein längeres Exemplar – zweihundertfünfzig oder dreihundert Fuß sollten es sein –, ferner ein Dutzend Stück Kreide oder Ölkreide und natürlich ausreichend Fackeln.»

Mortimer zeigte durch eine matte Handbewegung sein Einverständnis mit all diesen Wünschen an, während ich mich fragte, was Goldsmith denn zum Beispiel mit der Ölkreide anfangen wollte.

«Wenn ich dazu etwas äußern dürfte», meldete sich in dieser Sekunde Henry, der hinter Mortimers Stuhl stand, zu Wort, und sein Kopf, der Blick seines einen Auges pendelte zwischen seinem Herrn und Samuel Goldsmith hin und her. Mortimer wendete sein Haupt etwas zur Seite, um seinem hinter ihm stehenden Diener zu bedeuten, dass er wohl höre; und so fuhr Henry nach einem kleinen Moment der Unsicherheit, auf ein aufforderndes Nicken Goldsmiths hin, mit dem, was er zu sagen hatte, fort: «Was die Seile anbetrifft, Sir, so will ich Patrick senden – ich habe im Weinkeller jüngst etliche Rollen Seiles liegen sehen; und was das andere angeht ... die Kreide, meine ich ... so haben wir meines Wissens zwar keine Kreide oder Ölkreide im Haus – wenn ich mir jedoch erlauben dürfte, eine Empfehlung auszusprechen, Sir, so möchte ich daran erinnern, dass drüben im Spielsalon genügend Billardkreide vorhanden sein müsste. Falls also diese für Ihre Zwecke geeignet wäre, so will ich jemanden bitten ...»

«Oh, Billardkreide konveniert vorzüglich», unterbrach Goldsmith den Butler erfreut. «Vielen Dank, Henry, dass Sie uns erinnert haben. Und wenn Sie gleich dafür Sorge tragen wollen, dass ich einige Stücke davon mitnehmen kann …?»

«Selbstverständlich, Sir.» Der Butler Henry senkte seinen Blick, schien mir, etwas unschlüssig auf seinen Herrn, der vor ihm saß, und verbeugte sich dann, als von dort keinerlei Reaktion kam, gegen Goldsmith und uns andere und zog sich mit der leisen Bemerkung, er wolle umgehend mit der Kreide wiederkehren, seitwärts gegen die Tür zur Bibliothek hin zurück, die gleich darauf leise hinter ihm ins Schloss klappte.

Einen Moment war es still, dann fragte Alice Stalliot plötzlich, ohne den Namen des Gemeinten auszusprechen: «Was würden Sie denn mit ihm machen wollen, wenn Sie ihn finden, Mr. Goldsmith?» Und ich überlegte, ob ich da tatsächlich so etwas wie Mitgefühl mit dem Gejagten in ihrer Stimme vernommen – oder war es ganz anders und das Glitzern in ihren Augen so zu deuten, dass sie einzig gar fürchtete, der Mann – erst gefunden – könnte Auskunft erteilen über dies und jenes, das sie womöglich zu verbergen trachtete …?

«Was ich mit ihm mache, wenn ich ihn finde», wiederholte Samuel E. Goldsmith ihre Replik, lachte etwas und nickte lebhaft mit dem Kopfe. Er klopfte mit den Knöcheln auf den Tisch. «Das ist eine schwierige Frage, Mrs. Stalliot, die ich im Augenblick selbst kaum zu beantworten weiß. Ich denke einfach nur, es wäre in unserer augenblicklichen Situation wohl sehr wichtig, ihn zu finden, ihn zu sprechen … und es wäre sehr wichtig zu verhindern, dass sich weitere … Unfälle ereignen … wie auch immer … nicht wahr?»

Er holte tief Atem. Es schien alles gesagt, von Goldsmith vorgebracht und nichts Weiteres mehr dem hinzuzufügen. Nightingale zu meiner Rechten hielt noch immer den Kopf gesenkt, saß wie erstarrt und musterte, wenn sie kurzzeitig den Blick hob, Robert Milton, Alice Stalliot oder Mortimer, aber nicht mich. Der Pfarrer kaute zerstreut auf Krumen, die er zwischenzeitlich von der Tischdecke las, Mortimer saß auf der anderen Seite mit blassem Gesicht und schüttelte ab und an wie in Verwunderung den feinen Kopf mit dem ergrauten Haar. Alice Stalliots und Robert Miltons Hände suchten und fanden sich, nicht sonderlich vor unser anderer Augen verborgen, knapp unterhalb der Tischkante. Und Goldsmith saß für den Moment, sichtlich scharf nachsinnend, ob er etwas vergessen.

Dann kam Henry aus Richtung der Bibliothek zurück und brachte aus dem Spielsalon mehrere Stücke Billardkreide mit, mehr noch, er hatte sie in irgendein kurzfristig beschafftes Tuch eingeschlagen, das er jetzt auf der Tischdecke unter unser aller Augen öffnete.

«O wunderbar, wunderbar», machte Goldsmith und warf einen Blick auf die Stücke, «genau, was wir benötigen, mein Lieber – haben Sie verbindlichsten Dank!» Er nickte Henry flüchtig zu, der das Tuch wieder zusammenschlug und sich anschließend erneut hinter Mortimers Sessel aufbaute. Goldsmith ließ die Kreide langsam in seiner Tasche verschwinden – ohne uns mitzuteilen, was er damit vorhatte. «Dann sollten wir uns doch recht bald an diese Aufgabe wagen», meinte er stattdessen und machte Miene, sich vom Tisch zu erheben. «Ich weiß nicht, was Sie andere jetzt vorhaben, Mrs. Stalliot, Miss Dubois, Herr Vikar, Sir Mortimer. Was mich selbst betrifft: Ich würde mich lediglich kurz auf mein Zimmer zurückziehen wollen, um mir noch einiges eventuell sehr Nützliche in die Tasche zu stecken, bevor wir aufbrechen ... Und was Sie betrifft, Henry – Sie denken an die Seile?»

Goldsmith streifte mich mit einem Blick, der mir deutlich zeigte, was unter dem «eventuell sehr Nützlichen» zu verstehen war, an das er dachte, und eine Gänsehaut überfuhr mich bei dem Gedanken, dass er tatsächlich wohl damit rechnete, auf unserer Suche nach dem Grafen dem Letzteren leibhaftig zu begegnen. – Er schob den Stuhl zurück und erhob sich.

«So halten wir es denn, meine Herren? Ich würde vorschlagen, wir treffen uns in dem Raum direkt unter der Zugbrücke – von dort ist es nicht allzu weit bis zum Einstieg in den Brunnen – in, sagen wir, einer halben Stunde?» Er schaute Robert Milton an. «Eine Treppe führt vom Hof aus dort hinunter, Mr. Milton. Halten Sie sich an Mr. Lloyd: Er kennt den Weg.» Er nickte uns allen zu.

Ich dachte daran, wie ich gestern Nachmittag, gestern Abend, lange mit Goldsmith dort unten, in dem Raum, den er jetzt als neuerlichen Sammel- und Aufbruchsplatz auserkoren, konferiert hatte, nachdem er mir jene Brandspuren des Schießpulvers unter der ehemaligen Zugbrücke gezeigt, und wie ich meine eigene These hinsichtlich Alice Stalliots und Robert Miltons ihm vorgetragen hatte – und dabei so schmählich an seinem überragenden Geist gescheitert war. Und ich überlegte und dachte bei mir, dass es, die heutigen Ereignisse einbezogen, ja in der Tat wohl ein hohler Unsinn gewesen wäre anzunehmen, dass das Paar, das mir dort, hilflos und rührend mit den Händen nacheinander greifend, gegenübersaß, gleichermaßen verantwortlich sein sollte auch für den Tod des Professors!

Ich bemerkte, wie Goldsmith, der immer noch aufgestützt an der Tafel stand, mich vorsichtig musterte. Warum schaute er so?, dachte ich ärgerlich. Hatte er am Ende bemerkt, was er mir angetan? Aber als er sah, dass ich seinen Blick erwiderte, verschwand sofort die Schärfe aus seinen Augen, er nickte mir zu, und an mich und die anderen gleichermaßen adressiert, verlautete er fast heiteren Tones: «Ich würde Ihnen im Übrigen sehr herzlich empfehlen, doch etwas von dem vorzüglichen Lachs zu essen, den ich vorhin auch bereits gekostet. Denn wir werden zwar in der Tat nicht verhungern, liebe Freunde, wenn wir heute weniger essen», sagte er, «aber wir sollten doch zumindest darauf achten, bei Kräften zu bleiben, sowohl in körperlicher als auch in geistiger Hinsicht. Also stärken Sie sich rechtschaffen für das Kommende!» Er strich abschließend leicht mit der Hand über den Tisch: «Alsdann: Wir sehen uns in einer halben Stunde, meine Herren.» Und damit hatte er sich auch schon umgedreht und verschwand sonderbar hastig über die wenigen Stufen Richtung Eingangshalle.

Wir anderen blieben an der Tafel zurück. Ich selbst hatte, soweit ich wusste, für die nächsten zwei Dutzend Minuten nichts zu tun, außer meinen Mantel zu holen, denn es würde kalt dort unten sein, wo wir uns treffen würden. Doch allzu gern hätte ich jetzt noch, bevor ich aufbrechen musste – allein und ohne die anderen –, einen Augenblick mit Nightingale gesprochen ... aber die Gelegenheit dazu ergab sich nicht, denn sie alle unterhielten sich ihrerseits darüber, was sie in den nächsten Stunden, während wir drei uns auf die Suche machten, zu tun gedachten. Der Pfarrer, der tatsächlich ein Stück Lachses und etwas Brot zu sich herangezogen hatte und es aß, deutete an, zum Altar in die Kirche sich hinüberbegeben zu wollen, um dort für den Professor und uns zu beten, Alice Stalliot verabschiedete sich mit stillen Blicken von Robert Milton, und Nightingale, die aufgestanden und um den Tisch herumgegangen war, ohne mich eines Blickes zu würdigen, bot Mortimer an, ihn zu begleiten – was dieser dankbar aufnahm –, wenn er jetzt, wie er verkündet hatte, die Papiere Professor Wilbur Prescotts sichten würde.

Es war ein unendlich trauriges Auseinanderlaufen, fand ich, an jenem Tische dort im Speisesaal an jenem Mittag. Meine Uhr ging auf zwei, wie ich mit einem Blick darauf bemerkte. Ich erhob mich schließlich von der Tafel, und als ich den Raum verließ, nahm ich aus dem Augenwinkel wahr, dass auch Robert Milton sich bereits erhoben hatte.

Ich schloss hinter mir die Tür, als ich den Raum Richtung Eingangshalle verließ, obwohl wir denselben Weg hatten. Ich wartete nicht auf ihn.

Das Tageslicht fiel senkrecht von oben in den runden Schacht, ich beugte mich – ich konnte der Versuchung nicht widerstehen – durch eines der seitwärtigen Fenster, obwohl wir noch nicht allzu viel der Strecke nach unten zurückgelegt haben mochten, und drehte den Nacken nach oben.

Ich sah zehn oder fünfzehn Yards durch den Schlauch dieses «Hofes» aufwärts, erblickte weit über mir und über dem oberen Ende des Brunnenschachtes einen Ausschnitt der Decke jenes unterirdischen Gewölbes, welches den Brunneneinstieg beherbergte, sah in Verlängerung der Brunnenachse dort den Durchbruch und einen breiteren, fensterlosen Schacht um weitere zwanzig oder dreißig Yards aufstreben – mein Blick ging ganz durch den zerstörten Südostturm hindurch direkt in die von hier nur handtellergroße runde, milchig-trübe Fläche des Novemberhimmels hinein, welch letzterer sein mattes Licht müd bis zu uns herunterschickte.

Und ich seufzte und wandte den Blick nach unten, und als ich die glotzenden, schwarzen Bogenhöhlen der Fenster unter mir sah, die sich in dem perspektivisch nach unten zu verjüngenden Schacht bis in unermessliche Tiefe ringsum zu Hunderten zu verteilen schienen, da schwindelte mir, und ich musste mich an dem Fensterbogen festhalten, um nicht vornüber dort hinein abzustürzen. Ganz unten erkannte ich das Brücklein über der leicht bewegten, münzgroß den Lichtkreis des Himmels reflektierenden Wasserfläche. Dorthin waren wir unterwegs.

Ich hörte die Schritte der anderen, ihr Echo im Schacht, hundertfach zurückgeworfen, und ich löste mich widerstrebend von jenem Fenster und bewegte mich in einem leichten Laufschritt hinterher – was auf dem steil abfallenden, gemauerten Boden nicht schwer fiel; schwierig war eher der Schwindel erregende Lauf, immer im Kreis, immer im Kreis, bis ich sie eingeholt.

Eine eigenartige Expedition, musste ich denken. Goldsmith und Milton vornweg, in Mänteln und Kapuzen, Goldsmith trug einen Kompass um den Hals, den er wohl selbst im Reisegepäck führte – was mich schon gar nicht mehr weiter überraschte, im Gegenteil: Mich hätte inzwischen auch das Erscheinen eines Sextanten oder Astrolabs in seinem Gepäck nicht mehr sonderlich verblüfft –, und ein langes, gerolltes Seil über der Schulter. Dahinter und darum herum sage und schreibe zehn Diener, teils in ihrer Livree, teils in ihrer normalen Alltagskleidung, drei von ihnen mit lodernden Fackeln ausgerüstet, die sie hochhoben, obwohl es hier und jetzt noch nicht gänzlich dunkel war, denn Licht fiel, wie gesagt, schwach, aber doch ausreichend durch die abfolgenden Fensteröffnungen, an denen wir in regelmäßigem Turnus vorbeikamen – weitere Fackeln wurden in einer wohlgefüllten Kiste, die zwei von den Bedienten schleppten, mitgeführt, alle anderen trugen Hämmer, Äxte, eiserne Stangen, allerlei Gerät, kurzum alles, womit man nur irgend an Wände klopfen konnte.

Ich war mir nicht ganz im Klaren über das, was Goldsmith eigentlich erwartete. Den Comte, wenn er denn hier war, würden wir nicht zu Gesicht bekommen, wenn wir hier mit einem Kriegsheer von dreizehn Mann, laut mit unseren Stiefeln polternd und die Wände abklopfend wie die Spechte, anrückten. Dreizehn Mann …, dachte ich, für einen Augenblick unangenehm abergläubisch berührt …

Goldsmith hatte, als wir unsere Expedition in die dunkle

Tiefe des Brunnens begonnen hatten, als Erstes ein Seil, das er aufgewickelt über der Schulter getragen und das, wie er uns erläuterte, die exakte Länge von sechzig Yards aufwies, herabgenommen und von der Schachtöffnung her, wo er es zuvor an einem Maueranker befestigt, in die düstere Endlosigkeit herabgeworfen. «Sechzig Yards, meine Herren», erläuterte er nüchtern, während er es noch mit ausholendem Schwung seiner Arme hinabbeförderte, «ich habe mich zuvor davon überzeugt, es eigenhändig ausgemessen: sechzig Yards, das dürfte recht genau der Höhenunterschied sein, der uns, von hier aus gesehen, nach unten zu vom Burggraben trennt ...»

Getuschel hatte sich in der Dienerschaft für einen Augenblick erhoben. Nun, in der Gruppe der Expedition weiter stetig hinabsteigend, beugte Goldsmith sich in regelmäßigen Abständen durch die kalten steinernen Fensteröffnungen nach draußen in den Schacht, um zu kontrollieren, wie weit wir uns dem noch immer in sanft schwingender Bewegung herabhängenden Seilende bereits genähert hatten.

Mir leuchtete Goldsmiths Vorgehen ein. Er schien anzunehmen, dass es erst von einer gewissen Tiefe an sinnvoll wäre, die Suche nach dem besagten Gang aufzunehmen, da jener eben unter dem Burggraben hindurch verlaufen musste. Dennoch kamen mir vorübergehend Zweifel an seiner Entscheidung, da sie die, schien mir, doch zumindest erwägenswerte Möglichkeit so gänzlich außer Acht ließ, dass der Geheimgang eventuell doch schon einen höher gelegenen Einstieg innerhalb des Brunnens besitzen mochte, um dann erst hinter den Wänden desselben hinabzuführen. Goldsmith musste dies durchaus kühl einkalkuliert haben, überlegte ich mir – ein gewisses Risiko ganz bewusst eingegangen sein – um somit das Wahrscheinliche gegen das Realistische abzuwägen: Denn wie lange hätten wir wohl gebraucht, um den Schacht in seiner Gänze abzusuchen?

Nach einem weiteren prüfenden Blick in den Brunnenschacht, zu dem er seinen Schritt verhalten und sich seitlich hinausgebeugt hatte, wandte sich Goldsmith schließlich uns anderen zu. «Ich denke, wir haben die Höhe respektive die Tiefe, ganz wie Sie wollen, des Burggrabens erreicht», teilte er uns knapp mit. «Wir sollten hier mit unserer Suche beginnen.»

Sein Blick, der nicht eigentlich die Wand meinte, glitt flüchtig darüber hin. «Ich habe über ein vernünftiges Verfahren nachgegrübelt, meine Herren», sagte er, «wie wir die Suche nach dem Gang ökonomisch gestalten können. Bedenken Sie: Es ist eine erhebliche Fläche, die wir unserem Klopfen, unserem Tasten unterziehen müssen, und obwohl wir dreizehn sind, kommt da einiges auf uns zu.» Er lächelte kurz und gänzlich humorlos. «Ich schlage deshalb vor, die Fläche beziehungsweise die Strecke dort hinab unter uns aufzuteilen, und bitte um das Handzeichen eines Freiwilligen, der bereit wäre, hier mit der Suche zu beginnen.»

Er blickte sich um und trat auf einen der Bediensteten, der eine Axt trug und der zögernd den Arm etwas gehoben hatte, zu und berührte ihn leicht an der Schulter. «Sehr gut, mein Lieber», sagte er leichthin. «Treten Sie bitte dort zur Wand hinüber», er zeigte auf die Außenwand, «und beginnen Sie mit Ihrer Suche. Sie wissen vermutlich, wie Sie vorgehen sollen?»

Der Mann nickte stumm.

«Umso besser», sagte Goldsmith, «wir anderen werden Sie verlassen und uns circa zwanzig Schritte weiter dort hinunterbewegen.» Er drehte sich um und deutete mit dem Finger. «Dann wird der Nächste von uns mit der Suche beginnen.»

Er kramte in der Tasche seines Mantels und förderte ein Stückchen der Billardkreide zutage, die Henry ihm oben im Speisesaal ausgehändigt hatte. «Dort, wo der Nächste mit seiner Suche ansetzt, werden wir für Sie, mein Freund, eine Markierung an der Wand hinterlassen, sodass Sie, wenn Sie sich erst bis dorthin vorgearbeitet haben, unschwer erkennen werden, dass Sie Ihre Suche einstellen können. Ich würde Sie dann bitten, uns alle gewissermaßen zu überholen und die Suche weiter vorne fortzusetzen. Auf diese Weise sollten wir den Rest der Strecke bis ganz unten, denke ich, gleichermaßen gründlich wie doch auch vergleichsweise zeitunaufwendig unter die Lupe nehmen können.»

Er wandte sich uns zu, wobei er die Diener in selbigem Maße in seine folgende Frage einbezog wie Milton und mich. «Halten Sie dieses Vorgehen für einigermaßen vernünftig, meine Herren, oder haben Sie andere Vorschläge?»

Stille, Überlegung unter uns allen, Scharren mit den Füßen – schließlich zögerndes Kopfschütteln.

«Nun gut», meinte Goldsmith fast fröhlich, «dann lassen Sie uns gegenseitig Glück wünschen zu unserem Unterfangen, und lassen Sie uns beginnen. – Ihre Aufgabe ist klar?», fragte er abschließend den Diener, der seitwärts stand.

«Jawohl, Sir», sagte der Mann.

«Ausgezeichnet», erwiderte Goldsmith. «Dann werden wir jetzt anfangen.»

Und während ich den Bediensteten noch beobachtete, wie der sich zur Wand kehrte und mit der flachen Seite des Axtblattes dicht unter der Decke begann, vorsichtig gegen die Wand zu pochen – es klang, wie zu erwarten gewesen war, überhaupt nicht hohl –, wandten wir anderen uns bereits – Goldsmith ging vorneweg – der Tiefe zu.

Nach zwanzig Schritten, die unser Anführer im Übrigen laut abzählte, meldete sich auf Anfrage ein weiterer aus der Gruppe der Diener und trat sogleich auf ein Kopfnicken des Amerikaners hin zur Wand, um mit seiner Aufgabe zu beginnen – Goldsmith markierte die Stelle auf dem Gemäuer mit einem etwa zwei Fuß langen senkrechten Strich seiner Kreide – und schon gingen wir weiter. Das nämliche Procedere wiederholte sich im Folgenden wieder und wieder, und es zeigte sich, dass wir den Grund des Schachts annähernd erreicht hatten, als der letzte Diener zur Wand hintrat.

«Wie weiter?», fragte Goldsmith, an Milton und mich als die Einzigen, die übrig geblieben waren, gerichtet. «Möchte einer von Ihnen hier mit der Suche fortfahren, meine Herren? Oder wollen Sie, dass ich …» Er lächelte.

Ich trat einen Schritt hervor. «Jetzt ist die Reihe wohl an mir», sagte ich.

Goldsmith nickte befriedigt: «Sehr verbunden, Mr. Lloyd.»

Ich sah ihn und Milton um die Biegung des Ganges nach unten zu verschwinden und blieb mit meinem Werkzeug allein zurück. Ich trat zur Wand und begann über Kopfhöhe mit der flachen Seite des Pinnhammers, den mir einer der Diener bereits oben im Raum unter der Zugbrücke, in dem wir uns versammelt, eingehändigt hatte, vorsichtig die Wand zu bearbeiten. Es gab einen dumpfen, matten Ton, der sich jedoch in keiner Weise so anhörte, als sei hinter dem Gestein ein auch nur geringer Hohlraum verborgen. Gewissenhaft hämmerte ich mit kleinen, kurzen Schlägen gegen die Wand, lauschend, direkt unter der Decke beginnend und in jeweiligen Abständen von etwa einem Fuß oder etwas mehr mich senkrecht nach unten zu vortastend, sodass ich mich schließlich beugen musste – und in solcher Art untersuchte ich dann auch den Wandbereich in Höhe meiner Lenden, meiner Knie und Füße. Unten angekommen trat ich einen halben Yard zur Seite und vollzog von dort an den gleichen Arbeitsgang, nur in umgekehrter Richtung, diesmal aufwärts klopfend. So setzte ich die Tätigkeit fort – zwei vertikale Klopfstrecken auf jedem Yard Breite, und dies wieder und wieder – und arbeitete mich so, langsam, um die Rundung des Ganges herumtretend, weiter nach unten hin vor.

Ich stellte mir vor, wie es gewesen wäre, wenn unter einem

der Schläge meines Werkzeugs die Steine plötzlich zu bröckeln angefangen, polternd und finsteren Staub aufwirbelnd in die Schwärze eines Loches dahinter gestürzt wären und vor meinen Augen sich der gesuchte Gang nach Dull Manor aufgetan hätte, aber dergleichen geschah natürlich nicht.

Ich empfand meine Tätigkeit als monoton. Ab und an kam einer der weiter oben eingeteilten Diener flinken Schrittes vorüber, warf mir und meiner Tätigkeit einen kurzen Blick zu und verschwand, um an der Tête der Gruppe seine Arbeit wieder aufzunehmen. Ich meinerseits lenkte meine Gedanken zum wiederholten Male hin zu Goldsmith. Nein, ich war augenblicklich absolut nicht im Reinen mit ihm. Auf wie lange mochte er die Atmosphäre des Vertrauten, die sich auf so wundersame Weise zwischen Nightingale und mir in den letzten Tagen entwickelt, zerstört haben? Mit einer unbedachten Bemerkung hatte er, was die zart erblühende Verbindung zwischen Nightingale und mir anbetraf, die letzten zwei Tagesläufe der Sonne ungeschehen gemacht. Nightingale … Wo mochte sie zu dieser Stunde weilen? Meine Gedanken flogen zu ihr, durchstreiften ihr Zimmer – und Sehnsucht schmerzte mein Innerstes.

Im höllentiefen, dämmrigen Schacht dieses Brunnens hallten das Schlagen und Klopfen unserer Hämmer und Meißel, unserer Äxte und Stangen und das Scharren unserer Tritte unheimlich wider. Ich war überrascht, als ich das Kreidezeichen sah, den zwei Fuß langen, gelblichen Strich an der Wand, wo der nächste – Milton oder Goldsmith – mit seiner Arbeit angefangen hatte, und ich beeilte mich, die verbliebenen wenigen Yards der Wand bis dort hin nach der beschriebenen Methode einer nicht allzu flüchtigen Überprüfung zu unterziehen. Das Ergebnis gleichwohl blieb, wie mir beschieden war, ein Nichts. Nirgends antwortete die Wand anders als mit ihrem üblichen soliden Klang.

Ich fühlte, wie sich Enttäuschung in mir ausbreitete, und

ich spürte auch bereits, der ich dergleichen Tätigkeit kaum gewohnt, die Haut meiner Innenhand unter dem rauen Holz des Werkzeugs leiden – und ich ahnte, dass ich diesen Einfall unseres Kameraden vermutlich mit einigen recht herben Wasserblasen in der Gegend zwischen Daumen und Zeigefinger würde zu bezahlen haben. Ich spürte, wie die Wut auf ihn erneut in mir aufstieg.

Als ich an meinem Kreidezeichen angekommen, machte ich mich auf den Fußmarsch nach unten und fand zunächst Milton, dann Goldsmith klopfend und tastend an ihrem Wandstück vor, Goldsmith mir zunickend – ich nickte nicht zurück –, und war gleich darauf voller Überraschung am Fuße des Brunnens angelangt, am Ende des Ganges, der hier, statt rundum weiterzuführen, rechtwinklig nach rechts abbog. Eine Türöffnung war da, und dahinter sah ich das Brücklein – eher nur einige Bretter mit einem notdürftig gezimmerten Geländer auf der einen Seite –, das über das Wasser führte. Ich trat dort hinaus.

Es war phantastisch. Ich hielt meinen Atem an, umfasste das Geländer zu meiner Rechten, hob den Kopf in den Nacken und blickte in die unermessliche Höhe über mir. Ein Schacht, wie das Innere vielleicht eines gigantischen Kanonenrohrs – von den Fenstern einmal abgesehen – und in der Ferne die fingernagelgroße Scheibe des grauen Spätnachmittagshimmels dort oben; ich senkte den Blick und schaute in das klare Wasser kaum einen Yard unter mir, sah den Kies am Grunde liegen, sah die leichte Bewegung der Wasseroberfläche, dort auch den augenkleinen Punkt, in dem sich der Himmel über mir spiegelte, schauderte und entsann mich dann, warum ich hier war, trat durch die Öffnung des jenseitigen «Ufers» hindurch in einen nämlichen Gang ein wie jenen, den ich kannte, der sich hier beginnend jedoch linksherum wand und aufwärts und immer aufwärts führte. Ich dachte: Nach oben, mein Freund, nach oben! Jetzt kann eigentlich alles nur noch besser werden! Und ich begann den Aufstieg.

Ich kam nacheinander an den zehn Dienern vorbei – ich zählte sie –, die dort mit ihren Gerätschaften bereits die Wand abklopften. Der letzte unterbrach sich, als er mich kommen sah. «Sir», sagte er etwas atemlos, «Sir», fingerte in der Tasche und überreichte mir ein Stückchen jener ominösen Billardkreide mit den Worten: «Dies hat mir Mr. Goldsmith für Sie mitgegeben, als ich an ihm vorüberkam, mit der Bitte an Sie, die Wand eigenhändig zu markieren, wo Sie mit Ihrer Arbeit beginnen werden, Sir.» Statt einer Antwort nickte ich nur stumm und nahm die Kreide entgegen.

Ich legte – meiner Schätzung nach – eine weitere gute Runde auf meinem Weg nach oben hin zurück, warf einen kurzen, überprüfenden Blick durch eines der Fenster in den Schacht und sah, dass ich mich jetzt kaum mehr unterhalb des baumelnden Endes des Seiles befand, wandte mich zur Wand, machte dort mein Kreidezeichen und begann zu klopfen. Die wenigen Meter Aufstiegs, bemerkte ich plötzlich, hatten mich angestrengt, und einen unvernünftigen Augenblick lang erzitterte ich bei dem Gedanken, was etwa wäre, wenn sich am Grunde des Brunnenschachtes in all der Zeit giftige Gase angesammelt hatten und wir alle den Tod längst in uns trugen.

Und dann hätte ich beinahe gelacht. Wir trugen doch den Tod alle längst in uns. Natürlich! Jeder Mensch, der geboren wird, trägt notwendigerweise den Tod in sich – dazu hätte der Pfarrer sicher einige wohlgesetzte Worte beisteuern können. Ich musste an den Totentanz am Kopfende meines Bettes denken.

Ich trocknete mir den Schweiß mit meinem Tuch von der Stirn. Im Schacht hallte hohl das Klopfen und Scharren auch der anderen auf und nieder, und ich arbeitete mich langsam vorwärts weiter den Gang hinauf, eine Lotung abwärts, eine zurück nach oben, Mal um Mal um Mal, in der endlosen Biegung dieses steilen Korridors. Eine kurze Zeit, dachte ich, war ich jetzt vorne, der Erste in der Reihe, der Erste der Gruppe, die sich vorwärts kämpfte, notwendigerweise auch der Erste, fragte ich mich, der etwas finden würde? – Ich fand natürlich nichts, die Wand klang immer gleich kompakt.

Ich wurde für den Moment aus meiner Tätigkeit gerissen, weil Schritte sich näherten, und ich sah Robert Milton mit der kleinen Feueraxt, die sein Werkzeug war, auf dem Weg nach oben vorbeikommen. Er sah mürrisch aus, befand ich, und würdigte mich keines Blickes. Er verschwand oberhalb von mir um die Biegung des Korridors, und auf boshafte Weise bereitete es mir fast Freude, ihn so mürrisch zu sehen – es ging ihm nicht anders als mir –, und ich musste über ihn und wohl über mich selbst ein wenig lächeln – bis mir im nächsten Moment dieses Lächeln buchstäblich aus dem Gesicht geschlagen ward, denn … ich hörte Robert Milton schreien: «Gooooldsmiiiiith …!»

Und danach war es still, denn Klopfen und Hämmern hatten augenblicklich aufgehört, und – es war wie ein Tropfen – ich hörte klatschende Schritte, die sich näherten und die gespenstisch im Hofschacht widerhallten, und dann, dann erschien Goldsmith, Schweißperlen auf der Stirn, und mühsam rannte er gegen die Steigung an, was bei ihm ein wenig lächerlich aussah, und erst als er an mir vorbei und nach oben hin verschwunden war, löste ich mich aus meiner schockartigen Erstarrung und rannte ihm hinterher.

Ich brauchte nicht weit zu laufen, möglicherweise eine Drehung weiter nach oben oder anderthalb. Ich fand Goldsmith und ich fand Milton, beide wohlauf, stehend vor einem Loch in der Wand, und in den nächsten Sekunden schwoll das Geräusch der vielfachen Schritte im Schacht an, und die Diener, die zehn, versammelten sich nach und nach um uns her und starrten gleichfalls auf das Loch.

Ich sah einen offenen Bogen in der Wandseite, dessen untere Hälfte drei Fuß hoch nach Art einer Brüstung zugemauert war, dahinter Schwärze, der Geruch von Feuchtigkeit drang daraus hervor, wir sahen gewissermaßen den oberen Teil einer Türöffnung in der Wand, die untere Hälfte nicht gangbar; man hätte über das Mäuerchen steigen müssen. War dies der Gang, den wir gesucht?

«Gentlemen», sagte Goldsmith gemessen, «ich bin ... in der Tat ... etwas überrascht. Dies ist zweifelsohne ... ein Durchbruch.»

Er hatte seinen Kompass herausgefingert, schüttelte den Kopf. «Er verläuft westwärts, wie wir sehen, parallel zum Burggraben, genau auf Dull Manor zu ... ja, wir scheinen am Ziel unserer Wünsche zu sein, meine Herren. – Indessen», er kratzte sich am Kopf, «diesen Einstieg», er drehte sich zu uns um und lachte etwas verkrampft, «ich kann im Moment nicht begreifen, meine Herren, wie dieser Einstieg auch nur einer oberflächlichen Suche hat entgehen können! Wenn Sie sich hier die Mauerung ansehen, das alles ist alt und nicht erst seit gestern zu erkennen. Jeder Mensch, der einmal diesen Brunnenweg hinuntergeschritten und hier vorbeigekommen ist, muss diese Öffnung gesehen haben – so wie man am helllichten Tag die Sonne sieht ...»

«Verzeihen Sie, Sir», unterbrach ihn in dieser Sekunde einer der Bediensteten, indem er aus dem Hintergrunde herantrat und zaghaft den Zeigefinger hob, «verzeihen Sie, Sir, aber wir kennen diesen Gang, Sir.»

«Sie kennen diesen Gang?», fragte Goldsmith aufs äußerste irritiert.

«Er führt zum Burggraben, Sir. Ein Fluchtweg, Sir – aus dem Mittelalter.»

«Nun – ich verstehe nicht», meinte Goldsmith nervös und unschlüssig.

«Ein Fluchtweg, Sir», wiederholte der Diener. «Deshalb ist

die untere Hälfte des Bogens vermauert – damit die Esel, die hier im Brunnen die Wassereimer zu transportieren hatten, nicht seitlich ausbrechen konnten. Dieser Stichtunnel führt zum Burggraben. Mit der Ausrüstung einer Taucherglocke konnte man dann von dort aus durch den Unterwassertunnel zum Loch Ness entkommen, wenn es Not tat. Sir Mortimer hat uns das bei Gelegenheit erklärt, Sir. Ein mittelalterlicher Fluchttunnel, nichts weiter.»

«Sie meinen, Sir Mortimer kennt diesen Tunnel?»

«O ja, Sir. Er kennt ihn gewiss.»

«Und er hat uns nichts davon gesagt?», fragte Goldsmith ungläubig. «Und lässt uns stattdessen hier herumsuchen …?!»

«Dieser Tunnel führt nicht nach Dull Manor. Es ist nicht der Tunnel, den wir suchen, Sir.»

«Sie meinen, dass dieser Tunnel nicht nach Dull Manor führt?», fragte Samuel Goldsmith dringlich.

«Keineswegs, Sir», sagte der Diener. «Wir kennen diesen Tunnel, Sir.»

Goldsmith trat nervös von einem Fuß auf den anderen und starrte auf seinen Kompass.

«Einerlei, meine Herren», sagte er, «mein Kompass weist aus, dass dieser Gang genau westwärts führt, also genau in Richtung auf Dull Manor zu. Wir sind hier eingestiegen, meine Herren, um den Gang nach Dull Manor zu finden. Ich halte demnach absolut dafür, dass wir diesen Gang untersuchen müssen – hat Sir Mortimer seinerzeit diesen Gang wirklich selbst … gründlich untersucht?»

«Es ist ein Tunnel, Sir, der zum Burggraben führt», sagte der Diener fest, «wir kennen diesen Gang, Sir.»

Goldsmith schien eine Sekunde unschlüssig. «Also, Milton, Lloyd, sind Sie dabei?», erkundigte er sich schließlich knapp. «Ich werde in diesen Gang eindringen. Wollen Sie mich begleiten? Es wäre doch gelacht, wenn nicht … Wir wollen doch sehen, wohin wir gelangen, meine Herren, oder nicht? Ich frage Sie: Kommen Sie mit?»

Ich sah Miltons verbissenen Blick, und ich nickte ihm zu. Er zuckte daraufhin lediglich lustlos die Schultern.

«Kommen Sie!», rief Goldsmith aufmunternd. «Packen wir es an!» Und er drehte sich zu den Dienern um, und auf die undurchdringliche Schwärze hinter der Öffnung weisend, fragte er: «Haben wir Fackeln dabei, meine Herren?»

Es stellte sich heraus, dass, als die Klopferei begonnen hatte, die Diener die Kiste mit den Fackeln selbstverständlich abgestellt und die brennenden Fackeln hatten verlöschen lassen – da man des Lichtes nicht bedurfte. Das war noch auf der anderen Seite des Brunnens, in dem dort absteigenden Gang, geschehen. Goldsmith sendete folglich zwei von den Männern zurück, um die Kiste zu holen. Die Minuten, die dies in Anspruch nahm, nutzte er, um über das brüstungsartige Wandstück in den Tunnel hinüberzuklettern – wobei er sich von zweien der Diener assistieren ließ, was mich einigermaßen lächerlich anmutete. Milton und ich, dazu aufgefordert, es ihm gleichzutun, kletterten schließlich hinterher. Ich spürte eine Art Geröll unter meinen Füßen, riskierte auch einen langen, neugierigen Blick in den Tunnel hinter mir, sah dort aber nur Schwärze – und also erwarteten wir die Fackeln.

«Machen Sie sich bereit, meine Herren, dem Comte zu begegnen», murmelte Goldsmith, mehr zu sich selbst, schien mir, als zu uns beiden anderen – mir jedoch, als ich dies hörte, lief ein kalter Schauer über den Rücken.

Dann erschienen keuchend, die Kiste zwischen sich, die beiden Diener, und binnen kurzem waren drei der Fackeln aus der Kiste entzündet und uns auf unsere Seite des Mäuerchens hinübergereicht.

«Sie halten sich in Bereitschaft?», vergewisserte sich Goldsmith bei der auf der anderen Seite der Mauer zurückbleibenden Gruppe der zehn Bediensteten.

«Wir warten hier, Sir», versicherte uns der aus ihrer Mitte, der auch zuvor das Wort geführt hatte.

«Wie lang ist diese Passage?», fragte Goldsmith.

«Das weiß ich kaum zu sagen, Sir. Sie mündet in Höhe des Wasserspiegels … unter der Zugbrücke … auf den Burggraben – also, fünfzig … sechzig Yards, Sir … nicht lang …»

«Fein», sagte Goldsmith. «Und Sie warten hier auf uns, meine Herren?»

«Selbstverständlich, Sir», sprach der Diener im Brustton der Überzeugung, verwundert über die nochmalige Nachfrage, «wir werden hier auf Sie warten.»

«Alsdann», meinte Goldsmith, nunmehr in unsere Richtung gewendet, «dann lassen Sie uns mit der Inspektion dieses Geländes beginnen, meine Herren.»

Und ehe einer von uns noch ein weiteres Wort gesagt haben konnte, hatte er sich schon umgedreht und war vorangeschritten in die nächtliche Schwärze des Ganges hinein, Teile von dessen Mauerung im Lichte der Fackel aus der Dunkelheit herausreißend, und wir beeilten uns und schritten ihm hinterher.

Der Weg entpuppte sich weniger als ein Gang, vielmehr als ein Stollen, der mit Hilfe von Schlagwerkzeugen und Steinbohrern in unermüdlicher Kraftanstrengung vor Hunderten von Jahren durch den soliden Fels, auf dem das Schloss stand, vorangetrieben worden war. Der Gang war eng, kaum mannsbreit, wenige Yards nach dem Beginn auch nicht mehr gemauert, sondern aus purem Gestein ringsum bestehend, von dem das Licht unserer Fackeln reflektierte, ab und zu ein Wasserrinnsal in einer Vertiefung seitlich hinunterrieselnd. Der Boden unter unseren Füßen zeigte sich äußerst uneben, als sei er der Boden einer natürlichen Höhle, teils rutschig wie von Lehm, teils trocken, teils auch geröll- oder kiesartig.

Ich kam zu dem Schluss, dass dieser Stollen wohl tatsächlich nur teilweise künstlich angelegt war und sich in anderen Partien die natürlichen Hohlräume, die es hier innerhalb des gewachsenen Gesteins bereits vorher gegeben hatte, zunutze machte. Das erkannte man daran, dass jetzt über unseren Köpfen ein sich verjüngender Spalt so weit in die Felsen hinaufreichte, dass das Licht unserer Fackeln bei weitem nicht bis dorthin vordrang, wo er endete. Goldsmith wies darauf, deutete mit der Fackel in die Höhe.

«Ja», sagte ich. «Ich habe es gesehen.»

Wir tasteten uns vorwärts in diesem Spalt, dessen beide Felswände jetzt partiell so eng zusammenrückten, dass wir uns nur mit Mühe hindurchpressen konnten; ein beleibterer Mensch hätte dies überhaupt nicht vermocht. Die Enge war unheimlich und erzeugte mir eine Art Platzangst, die dadurch vermehrt wurde, dass sich der Spalt in seiner gesamten Höhe zur Seite neigte, nicht mehr vertikal verlief, sodass man nur noch seitlich gebeugt vorwärts kam, sich mit der linken Hand an der Wand abstützend.

«Eng …», hörte ich Miltons Stimme hinter mir.

«Ja», sagte ich. «Elendiglich … eng.»

Es war anstrengend, so voranzukommen, zumal man Sorge zu tragen hatte, sich nicht am Ende selbst oder einen der anderen mit der Fackel zu versengen. Man spürte deutlich einen Wind durch diesen Tunnel gehen, und die Lichter flackerten unruhig. Ich war etwas besorgt, denn ich wusste, dass ich es nicht sonderlich gut und schon gar nicht für länger hier ausgehalten hätte, wenn unsere Fackeln etwa erloschen wären. Ich wäre gern schneller geklettert, aber das erlaubte die unbequeme Wegstrecke nicht, zudem bewegte sich Goldsmith direkt vor mir und sperrte so den weiteren Verlauf des Stollens. Es ist ein seltsam Ding mit der Platzangst, dachte ich. Sie ist so herzlich wenig vom Kopfe her steuerbar – eine Erbschaft unserer sicherlich entferntesten Vorfahren. Selbstverständlich wusste ich, dass diese Felswände seit Jahrmillionen sich nicht einen Inch weit bewegt hatten, trotzdem gelang es mir nicht gänzlich, den mich aufs tiefste beunruhigenden Gedanken abzuschütteln, wie ich mich wohl verhalten würde, wenn in dieser Sekunde die Wände plötzlich zusammengerückt wären und mich mit pressendem, atemabschnürendem Druck in ihre steinernen Arme genommen hätten … Nach einigen Yards war dieser Schrägkamin jedoch passiert und wir traten in einen Teil des Stollens ein, der nicht nur abgezirkelt rechtwinklig beziehungsweise tonnenförmig gewölbt seinem Querschnitt nach war, sondern hinreichend breit und – was am erstaunlichsten war – aus den schweren Quadern gemauert, die wir oben aus den Kellern her kannten. Wir drei traten nebeneinander, verschnauften einen Moment, starrten nach vorne.

«Hier scheint der Fels den alten Baumeistern weniger zutrauenerweckend ausgesehen zu haben, dass sie sicherheitshalber ein stützendes Gewölbe eingezogen», sagte Goldsmith. «Vielleicht waren Quarzadern dazwischen, rieselnder Sand …»

«Lassen Sie es gut sein, Goldsmith», warf ich ein. «Lassen Sie uns einfach weitergehen.» Neben der Sorge des Eingeschlossenwerdens trat der Gedanke, hier plötzlich einem womöglich bis an die Zähne bewaffneten Grafen gegenüberzustehen, mit frischer und unangenehmer Deutlichkeit in den Bereich meiner Vorstellungen. «Wir wollen es hinter uns bringen, Goldsmith», sagte ich. «Machen Sie schon!»

Auch Milton starrte nervös nach vorn ins Dunkel. «Da vorne scheint der Gang zu Ende», meinte er unvermittelt.

«Bitte wie?», machte Goldsmith verblüfft, und sein Kopf fuhr herum.

«Der Gang … da vorne ist er zugemauert, meinen Sie nicht?»

Wir starrten darauf, was Milton uns beschrieben, und es sah tatsächlich so aus, als ob er Recht habe, dann aber, als wir näher traten, erkannten wir, dass der Gang rechtwinklig nach links abbog – wir hatten die gemauerte rechte Seitenwand hinter diesem Knick für das Ende der Passage gehalten. Goldsmith blieb stehen und zog seinen Kompass zurate.

«Ja, das ist eigenartig, meine Herren», verlautete er. «Der Stollen kehrt hier nach Süden um, verläuft also tatsächlich jetzt auf den Burggraben zu – genau so, wie der Diener gesagt hat.»

«Und was ist daran so eigenartig, wenn jemand offensichtlich die Wahrheit spricht?», wollte Milton in leicht aggressivem Tonfall wissen.

«Ich finde es eigenartig, Mr. Milton, dass der Gang, der bis jetzt stracks nach Westen geführt hat, hier enden soll beziehungsweise in dieser Richtung nicht weiterführt, sondern nach Süden zu, und zwar, mathematisch gesprochen, in einem Winkel von neunzig Grad abbiegt. Ökonomischer wäre es doch wohl gewesen, Anfangs- und Endpunkt, Brunnen und Burggraben in Höhe der Zugbrücke, in der kürzesten aller denkbaren Linien zu verbinden, nicht wahr? Ich misstraue diesem Umweg, Mr. Milton, diesem Knick. – Vielleicht geht der Gang hier eben doch geradeaus weiter.» Und er zog ohne Umstände ein kleines, versilbertes Hämmerchen aus der Tasche und begann in der bewährten Art und Weise, das Stück Mauer abzuklopfen, das in westlicher Himmelsrichtung unser Fortkommen hemmte. Milton und ich standen tatenlos daneben. Die Mauer klang dumpf, solide, nicht hohl.

«Geben Sie es doch auf», knurrte Milton nach einer Weile. «Hier kommen wir im Leben nicht nach Dull Manor.»

Goldsmith ließ sich nicht stören und beklopfte mit großer Akkuratesse jeden Zollbreit der Länge und der Höhe nach – ohne das geringste Ergebnis. Am Schluss kniete er vor der Mauer und hämmerte leicht gegen die Kehlung, die die Wand nach unten zu abschloss. Der Ton änderte sich auch hier nicht: Hinter diesen Steinen war definitiv kein Hohlraum. Dann schließlich hielt er seufzend inne, stand leise wieder auf und verstaute Hämmerchen und Kompass in seinen Taschen in einer Art, die daran erinnerte, wie Ärzte ihre Utensilien nach getaner Untersuchung des Patienten weglegen.

«Also gut», sagte er – und seiner Stimme war keinerlei Gemütsregung, kein Ärger, auch keine Enttäuschung anzuhören. «Es scheint hier tatsächlich nicht weiterzugehen, meine Herren. – Aber warum der Knick?»

«Aber da gibt es doch viele Möglichkeiten der Erklärung», sagte Milton mit einem Hauch von Ungeduld und schlug vor: «Die einfachste könnte zum Beispiel lauten: Die Pläne für diesen Gang wurden während des Baues geändert. Vielleicht sollte der Stollen ursprünglich woanders hinführen, eh man sich umentschied? Wer kann das wissen? Die ganze Anlage ist schließlich mehr als ein halbes Jahrtausend alt.»

Goldsmith wiegte, den Vorschlag bedenkend, den Kopf, nahm aber keine direkte Stellung dazu. Stattdessen meinte er: «Nun, jedenfalls werde ich mir noch das Ende des Ganges anschauen, einen Blick in den Burggraben werfen, falls sich das so ergibt. Sie können, meine ich, schon zurückgehen – oder mich natürlich auch begleiten, meine Herren, wenn Sie das lieber möchten.»

Es wurde nicht darüber geredet, aber jetzt war die Neugier doch allzu groß – bei Milton mochte es sich ähnlich verhalten –, sodass es für mich ganz außer Frage stand, dass auch ich diesen Blick in den Burggraben tun wollte, zumal es sich nun wirklich um keine Entfernung mehr bis dorthin handeln konnte – wenige Yards bestenfalls. Und so machten wir drei uns wieder auf den Weg, der sich jetzt etwas abzusenken schien. Und es verhielt sich tatsächlich, wie wir erwartet hatten, denn nach einer kurzen Strecke beschrieb der Gang nochmals zwei kleine Biegungen, und nach der letzteren nahmen wir von vorne her bereits den Einfall dämmrigen Außenlichtes wahr. Hier gab es sogar eine Art gemauerten Hafenbeckens en miniature, der Boden, auf den wir traten, führte als winziger Kai an diesem Wasser entlang.

Vorne befand sich ein hoher, senkrechter Schlitz, durch den das Tageslicht hereindrang. Ich ahnte an seiner unregelmäßigen Form, dass er von draußen vermutlich wie eine Art natürlicher Höhleneingang wirken würde, falls ihn überhaupt jemand von der erhöhten Perspektive aus, nämlich oben am Burggraben stehend, wahrgenommen hätte. Das Wasser des Burggrabens schwappte herein und bildete hier innen das zuvor erwähnte Hafenbecken – mit einem sehr kleinen Boot, einem Kanu etwa, hätte man von dort draußen hier hereinpaddeln können.

Das heißt, das wäre zu normaler Zeit möglich gewesen – jetzt augenblicklich hätte sich einem derartigen Unterfangen ein kaum überwindliches Hindernis in den Weg gestellt, denn die Trümmer der Zugbrücke, die vorgestern Nacht hier herabgestürzt waren – und aus der Nähe sahen die geborstenen Balken bedrohlich, gewaltig und die Bruchstellen wahrhaftig beängstigend aus –, die Trümmer blockierten den Wasserausgang fast vollständig, mehr noch, ihr Sturz, ihr Aufschlagen hier unten hatte einen Teil des ruinenhaften Holzes – lange Balken, spitze, gebrochene Bohlen und Planken – regelrecht von außen her durch die Öffnung hereingedrückt, sodass sie jetzt hier drinnen kreuz und quer in einer infernalischen Unordnung durch den vorderen Teil dieses Raumes spießten und stachen.

Das alles aber war es nicht, das unsere Augen mit unwiderstehlicher Gewalt so magisch anzog und uns gleichzeitig den plötzlichen Schauer des nackten Entsetzens über den Rücken jagte ... Was wir sahen, erfüllte uns mit Trauer und Fassungslosigkeit, doch ebenso mit der grauenvollen Gewissheit, dass wir das Ziel unseres Weges erreicht hatten.

Denn tote Augen starrten uns weit offen stehend und anklagend entgegen, aus einem weißen, entmenschten, malträtierten Gesicht, das entstellt war von den Schlägen und Malen, die es im Sturz erhalten. Wunden, gleichsam blutlos, klafften dort wie Münder, ihr Blut längst verströmt und vom Wasser ausgewaschen, die Kleidung des Mannes zerweicht und zerrissen. Der schrecklich zerstörte, zerschlagene Körper, zu mehr als drei Vierteln unter Wasser liegend, dort zwischen den geborstenen Balken eingezwängt, war bereits aufgedunsen und grässlich verfärbt. Das lange mittelblonde Haar schwebte auf dem Wasser und bewegte sich zart mit dessen leisem Wellenschlag auf und nieder, was unendlich schrecklich anmutete, da es dem Ausdruck lebendiger Bewegung eine grauenvolle Parodie zu bieten schien.

Einerlei, was immer wir vorgehabt oder antizipiert hatten, so waren unsere Vermutungen und kleinen Gewissheiten mit einem Male grauenvoll durchkreuzt. – Wir hatten Frédéric Apollinaire François Richard, den Vicomte de Marais, schließlich doch noch gefunden.

10. Kapitel

De profundis

Der Speisesaal, acht Uhr abends. Ja, abermals war es der Speisesaal, das gewohnte helle Licht aus den Kerzenlüstern an der Decke, von den großen Spiegelflächen der Wände gleißend reflektiert, die Kerzen in der Mitte unserer Tafel, das glänzende Besteck, das weiße, am Rande vergoldete Porzellan, das Kristall der Gläser – im Raum war die Wärme der Feuerbecken unter den Fenstern –, die dritte Abendmahlzeit, an diesem, unserem dritten Tag auf Boroughmore Castle, war aufgetragen – und verspeist worden.

Es war eine Mahlzeit gewesen, nicht das Fest des Eingangssoupers des vorgestrigen Abends und auch nicht das karge, aber ehrliche Mahl des gestrigen Abends. Es war heutigen Tages ein drittes, ein anderes gewesen: einerseits von der Küche – auf Mortimers oder Henrys Anweisung hin, ich weiß es nicht zu sagen – im ersichtlichen Bemühen gestaltet, zurückzukehren zu den Anfängen unserer Sorglosigkeit und Freude. So gab es mehrere Gänge: eine französische Gänsemastleber aus dem Périgord als Entree, zweitens eine kleine Portion Hummer mit einer sehr delikaten, sehr schmackhaften Cognacsoße, anschließend Wachtelmaultaschen, die von einer raffinierten Kombination aus Schwarzwurzeln und Trüffeln begleitet waren. Es wurde schließlich sogar ein Dessert gereicht: eine Portion Eis, nach der Methode des Fürsten Pückler bereitet, mit Rumfrüchten, wie wir sie schon einmal an der Tafel meines Freundes genossen; es war ein wirklich erlesenes Mahl gewesen – andererseits aber auch eine Tortur, eine Qual, eine kleine, ganz private, fürchterliche Hölle für jeden Einzelnen von uns, der daran teilgenommen.

Oh, es hatte ein jeder eifrig zugelangt – zu lange hatten wir alle nichts zu uns genommen und zu ungeordnet war der ganze Tag, was die Einnahme von Mahlzeiten betraf, verlaufen –, aber uns war alles abhanden gekommen, das man mit Fug und Recht als Grundlage hätte bezeichnen können für die Fähigkeit zu kultivierter Konversation: Wir aßen schweigend, und ich übertreibe nicht, wenn ich diesem Schweigen eine deutliche, allseitige Feindseligkeit attestiere – mehr noch, durchaus auch Furcht und gegenseitiges Misstrauen mischten sich in die unheimliche Stille unseres Mahls.

Wir waren unmittelbar bevor wir uns zu Tische gesetzt aus der Krypta wiedergekehrt – zum zweiten Mal an diesem einzigen Tage, um diesmal die geschundene sterbliche Hülle unseres Freundes, des Comte, in der bewährten, gleichwohl fürchterlichen Manier, in Tücher und Laken eingeschlagen, auf zwei elenden Brettern transportiert, auf eines der verbliebenen Piedestale dort unten zu betten. Und als dies geschehen, und während noch die leblose Stimme des Vikars die Worte der Fürsprache und des mageren Trostes zu uns gemurmelt hatte, die bei dergleichen Begängnis wohl die üblichen sind, und während, leise knisternd, das rötliche Licht der Fackeln, die wir in den Fäusten hielten, uns umzuckt, war der eine oder andere scheue Blick meinerseits dort hinübergegangen zu jenen beiden weißen, marmornen Piedestalen seitab im Dämmer des Gewölbes und dort über die stillen Tücher hingeglitten, in die eingehüllt die Körper unserer anderen beiden Toten in Stille und Kälte lagerten.

Und nun, als Erster von ihnen vom Leben zum Tode gekommen, aber erst als Letzter von uns versorgt, kam mir der Comte als der unzweifelhaft teuerste und beklagenswerteste der drei Toten vor.

Ich beobachtete Goldsmith, der seitlich verharrte und der den Blick gesenkt hielt – unergründlichen Ausdrucks –, und ich dachte, welches Unrecht hatten er … und ich auch … diesem Toten angetan, hatten ihn verdächtigt, ein Feuer in einer Ruine gelegt, gar mit Schießpulver eine Brücke gesprengt, zum Schluss die Leben jener zwei anderen dort Liegenden geschändet und genommen zu haben! O Frédéric Apollinaire François Richard Vicomte de Marais, wie würde seine unsterbliche Seele – wo immer sie jetzt war – uns dies jemals verzeihen?

Ich sah Nightingale drüben auf der anderen Seite des schrecklichen eingeschlagenen weißen Tuchs stehen und blicklos starren, weit fort von mir, eine mir gänzlich fremd Gewordene. Und ich sah Mortimer, kleiner geworden, zitternd vor Kälte oder Erschöpfung zwischen Nightingale und seinem treuen Diener Henry harren. Mir zur Rechten standen der das «De profundis» murmelnde Pfarrer – und links Robert Milton und Alice Stalliot, beide blass, beide schmal. Alice Stalliot weinte. Ich sah ihre Tränen die Wangen hinab ihre glänzende Spur ziehen und vom Kinn herabtropfen, ohne dass sie mit ihrer Hand irgendetwas gegen diesen dauernden Strom unternommen hätte.

Der Graf … Was hatte dich mit ihm verbunden, Alice Stalliot?, fragte ich mich unruhig. Der Graf, der vielleicht auf dem Wege nach Dull Manor gewesen war, um zu erleben, ob die Legende des Feuers ihre Wahrheit erfuhr, vielleicht nur in einem neuerlichen Erglühen des Nordlichtes über dem ganzen Himmelshorizont – wer wusste dies? Einerlei, der Graf war tot, war mit der Brücke abgestürzt und längst nicht mehr unter den Lebenden gewesen, als wir dort oben noch am Burggraben gestanden und Geoffrey Stalliot nach ihm gerufen hatte.

Er war hinabgestürzt mit den Trümmern der Brücke, und die Strömung hätte ihn wohl gen Loch Ness hinausgezogen, wie Mortimer vermutet, wenn sich die Leiche nicht in den Trümmern der Brücke verkeilt hätte und mit ihnen in jenen Kanal hineingedrückt worden wäre, der das Ende des ominösen Fluchttunnels bildete, welcher im toskanischen Brunnen seinen Anfang nahm.

Wie viele sonderbare Zufälle aber auch!, dachte ich. Und doch gar keine Zufälle auf der anderen Seite. Der Comte war mit der Brücke abgestürzt, schoss es mir durch den Kopf, die ein anderer mit Schießpulver gesprengt hatte! Die Brücke war gesprengt worden, Goldsmith und ich hatten die Spuren gesehen! Und jemand hatte das Feuer in Dull Manor gelegt, während wir anderen noch am Burggraben standen! Und jemand hatte Geoffrey Stalliot getötet, ja, hatte auf rätselhafte Weise die Fässer im Weinkeller zum Rollen beziehungsweise zum Einsturz gebracht. Und jemand hatte den Professor gestern Nacht gemordet … und seinen Körper in die Flammen des Kamins geworfen … grauenvoll, bestialisch, hatte Nightingale gesagt … und anderes war dazu wohl auch nicht zu vermerken …

Nachher waren wir aus der Gruft herausgetreten in den Hof, auch der Pfarrer war diesmal nicht in den hohen, gleichwohl einsamen Gewölben der Kirche zurückgeblieben. Und wir standen dort alle einen Augenblick beisammen unter dem Sternenzelt. Der Zufall wollte es, dass ich neben Mortimer stand, ihn wohl auch ein wenig stützte, und da war es, dass er sich zurückbeugte, den Sternenhimmel ansah, tief die jetzt beißend frostige Luft in seine Lungen sog und dann murmelte: «Ich mache mir große Sorgen, Jonathan …»

«Warum machst du dir Sorgen?», fragte ich leise, gleichwohl zutiefst erschrocken. Ich glaube nicht, dass einer der anderen uns hörte, mit Ausnahme natürlich Henrys, der Mortimer unmittelbar auf der anderen Seite begleitete.

«Ich mache mir Sorgen», wiederholte Mortimer. «Denn wir bekommen bald Schnee, sehr viel Schnee.»

Ich dachte darüber nach und empfand den Satz meines Freundes zuerst als eine recht sonderbare Bemerkung, schien ausgerechnet das Wetter doch so herzlich wenig unsere vorrangigen Sorgen zu berühren, und eine Sekunde dachte ich mit heißem Schrecken sogar daran, dass mein Freund nun wirklich begann, seinen Verstand aufzugeben – als ich mich, gestrigen Nachmittags, selbst wieder an der mittelalterlichen Wurfmaschine stehen und über den Boten aus der Außenwelt räsonieren sah, den wir doch so sehnlich erwarteten … den wir … ich rechnete … übermorgen früh erwarteten, und da erinnerte ich mich oder glaubte mich zu erinnern, dass auch ich gemeint hatte, es liege der Geruch von Schnee in der Luft. Vor diesem Hintergrunde gewann die Bemerkung meines Freundes plötzlich eine neue, überaus bedrohliche Dimension, bedeutete sie doch nichts anderes, als dass wir – bekämen wir tatsächlich, wie er sagte, viel Schnee – ganz vergeblich auf diesen Boten würden warten müssen, der mithin nicht zu uns durchdringen, uns nicht würde erlösen können. «Wann, meinst du, um Gottes willen, wird es schneien, Mortimer? Wann?»

Er musterte mich kurz und ängstlich und antwortete dann genauso leise: «Heute Nacht noch, Jonathan – und es wird viel Schnee sein, mein Freund, Schnee, genug für die nächsten Wochen; der wird nicht vor Jahreswechsel tauen, wahrscheinlich jedoch erst im März, April. Ich rieche es; ich weiß es – ich lebe lange genug hier.»

Ich, der ich daran dachte, wie sicher er am ersten Abend den nahenden Sturm vorausgesagt, zweifelte nicht eine Sekunde an seinem Wort.

Wir setzten uns wieder in Bewegung – ich stützte Mortimer –, auf die Pforte zur Eingangshalle zu, Goldsmith hielt die Tür für uns auf.

Dann das Essen, unser schweigendes, feindseliges, furchtsames Mahl, eine erschreckend neue Atmosphäre. Die Diener drüben vor den Spiegeln hantierten noch und hatten nun alles abgeräumt bis auf den Kaffee und ein Glas Calvados, das der Vikar trank – und obschon es äußerlich so ganz wie immer an unserer Tafel aussah, so war doch alles verändert ... durch das schauerliche Wissen, dass der Comte nicht der Verantwortliche für all jenes Schlimme gewesen, das uns hier widerfahren war, nein, dass Goldsmith sich grauenvoll geirrt hatte und dass einer von uns ... mir fehlten für das, was ich dachte, die Worte ...

Goldsmith sah blasser aus als je zuvor, und er war schweigsamer, als ich ihn je erlebt. Und ich erinnerte mich seines Gesichtsausdrucks und seiner Haltung die Stunden zuvor in jenem Stichkanal unmittelbar nach dem Auffinden der Leiche des Comte. Da hatte ich ihn zum ersten Mal wirklich verwirrt und fassungslos gesehen. Und ich muss es bekennen, tief in meinem Herzen war trotz der Trauer und des Entsetzens auch etwas wie eine Art bitterer Schadenfreude da gewesen, angesichts des grotesken Fehlers, dessen Goldsmith da plötzlich überführt war: O ja, er hatte sich furchtbar geirrt, und das, was andere gesagt hatten, war womöglich weit richtiger gewesen als alles, das er jemals verlautet.

Unmittelbar nachdem das Essen beendet gewesen, hatte Mortimer vorgeschlagen, hinüberzugehen in den Spielsalon oder auch das Musikzimmer dort hinter der Bibliothek aufzusuchen, aber keiner von uns hatte darauf reagiert. Mortimer hatte, ohne dass ein Wort gefallen wäre, unser Ressentiment eingesehen und genickt. Dann war auch er wieder in düsteres Schweigen verfallen. Sein unleugbar vorhandener physischer und psychischer Verfall immerhin schien – was mich mit Erleichterung erfüllte – gewissermaßen in Schüben vor sich zu gehen, mit Phasen vergleichsweiser Rekonvaleszenz zwischendurch. Denn nach allem, was bislang geschehen war, schien der Fund der Leiche des Comte meinen Freund vergleichsweise gering zu berühren – es schien, als wiege der überraschende, gleichwohl befriedigende Umstand der völligen Rehabilitierung seines Gastes den Verlust und den erlittenen Schmerz Mortimers zu einem Gutteil auf.

Nightingale, wie immer auf dem Platz rechts von mir, hatte ihren Stuhl vielleicht eine Ahnung weiter zum Vikar an der Stirnseite hin gerückt. Sie war mir fern wie nie zuvor, und eine bittere Trauer darüber fraß an meinem Innern, und ich getraute mich kaum, meinen Blick zu ihr hin zu lenken. Wann immer ich es tat – ich weiß nicht, wie ich es nennen soll –, schien mir die junge Frau ernster, erwachsener, weniger hilfsbedürftig geworden zu sein, als sie es noch um die Mittagszeit herum gewesen – erkaltet auf irgendeine Weise in einer glasigen Aura der Unnahbarkeit und Autarkie. O Nightingale, dachte ich, was hätte ich dir wohl Böses antun sollen? Goldsmith und ich, wir hatten uns doch nur gegenseitig unsere Gedanken eröffnet, nichts anderes als dies, um Hilfe zu suchen, um eine Lösung zu finden …

Der Pfarrer wirkte spitzmäusiger, unsicherer denn je. Er tat, was er schon so häufig hier bei Tisch getan, er spielte mit unsichtbaren Krumen auf dem Damast und schob sie vor sich herum. Ab und an hob er den Blick aus seinen geröteten Augen, ließ ihn unter uns kreisen und wirkte, als ob er uns andere alle mit der Nase beschnupperte. Und Robert Milton und Alice Stalliot saßen, mir gegenüber – die Einzigen auf ihrer Tischseite –, beieinander wie ein gemeinsam alt gewordenes Ehepaar. Alice wirkte verweint und welk, während in Robert Miltons jungem, anziehendem Gesicht eine dunkle, unterdrückte Wut gegenwärtig war, eine versteckte Wachsamkeit, ja eine neue Gefährlichkeit, die mir auffiel – die allem und jedem um ihn herum zu gelten schien – und die es dem Aufmerksamen verwies, sich mit diesem Menschen etwa anzulegen.

Seltsamerweise, dachte ich, schien der Speisesaal zu einem Zentrum all unserer Unternehmungen geworden, von hier brachen wir, wie es schien, nur noch kurzfristig auf zu tangentialen Schauplätzen, zum Brunnen, zur Krypta hin … wir alle wie Spinnen in einem einzigen, unsichtbaren, unheimlichen Netz gefangen, kaum noch Herren unserer eigenen Entscheidungen, sondern unser Tun alleinig uns aufgezwungen vom wirbelnden Ablauf der Geschehnisse – doch halt, unterbrach ich den ungestümen Sturz meiner Gedanken, dies war ja nicht die ganze Wahrheit: Gab es doch einen in unserer Mitte, auf den dieser Zustand des Ausgeliefertseins keineswegs zutraf …

«Sagen Sie …» Plötzlich war eine eisklare Stimme im Raum, und ich nahm überrascht wahr, dass es Robert Milton war, der sprach, und mit noch ungleich größerer Überraschung bemerkte ich, dass ich es war, den er mit seiner Rede meinte. «Sagen Sie …», richtete Robert Milton die plötzliche Frage an mich, «sind Sie sich eigentlich völlig sicher, Mr. Lloyd, dass Sie uns nichts – absolut nichts zu erklären haben?»

In seinen Augen die lauernde Wut, die ich erwähnt – ich war fassungslos: Sie galt mir.

«Wie meinen Sie das?», fragte ich ihn, zu Tode erschrocken. «Wovon reden Sie denn da?!»

Er lachte etwas verächtlich: «Nun, ich bin erstaunt, Mr. Lloyd, dass Sie den Sinn dieser einfachen Frage nicht begreifen wollen; so kompliziert scheint mir das doch wirklich nicht zu sein, nicht wahr?»

Ich fühlte, wie mich alle, auch Nightingale, anstarrten, und ich hätte es liebend gerne vorgezogen, im Boden zu versinken oder an einem anderen Ort zu sein.

«Mein Gewissen, Mr. Milton, ist blütenrein», sagte ich mit so viel Zurückhaltung in der Stimme, wie sie mir in der gegebenen Situation noch eben zu Gebote stand. «Wenn Sie indessen glauben, Fragen an mich zu richten zu haben, Mr. Milton, so bitte ich Sie, sich nicht zu scheuen, sondern sie einfach und geradeheraus zu stellen!»

Ich sah, wie Robert Milton sich nervös die Oberlippe leckte. «Geradeheraus ...?», murmelte er. «Ich bin sicher, dass die anderen die gleichen Fragen haben, Sir ... wenn sie sie nicht stellen ... nun gut! Also geradeheraus: Wir alle am Tisch hier ... sind in der gegenwärtigen Situation, um mich vorsichtig auszudrücken, besorgt – ja, lassen Sie es mich der Einfachheit halber besorgt nennen. Nun, glauben Sie nicht, Sir, dass, wenn wir unter solch obwaltenden Umständen plötzlich und sehr überraschend den Eindruck gewinnen müssen, dass Sie gewisse Geheimnisse vor uns verbergen – nun, dass uns dann dies alle sehr nervös machen muss?»

Im Grunde hatte ich natürlich seit einer kleinen Weile geahnt, dass es das war, worauf er hinauswollte. Es war mir nicht einmal unlieb, hier und so endlich für ein wenig Klarheit sorgen zu können.

«Mein lieber Mr. Milton», sagte ich deshalb, «natürlich haben Sie völlig Recht, was den Umstand der Nervosität betrifft – und ich entschuldige mich dafür herzlich. Nur nimmt es mich schon ein wenig wunder, dass Sie mich wegen dieses Sachverhaltes angreifen und nicht etwa meinen Nachbarn zur Linken, unseren Mr. Goldsmith.» Ich fühlte, wie jener zusammenzuckte und den Kopf zu mir wandte, aber bevor irgendeiner der Anwesenden etwas äußern konnte, war ich fortgefahren: «Sei dem, wie ihm sei, Mr. Milton, meine Damen und Herren, der Sachverhalt ist ein einfacher, wenig geheimnisvoller, leicht zu erläuternder – und ehe weitere dunkle und unzutreffende Mutmaßungen das Klima an dieser Tafel vergiften, will ich soeben sehr gerne mit einer

Erklärung dienen: Es ist nichts weiter, als dass gestern gegen Mittag Mr. Goldsmith mich auf dem Gang vor den Gästezimmern abpasste, mich zu sich hereinbat und mich in Betreff seiner These über den Verbleib des Comte – des Teils der These, in welchem es hieß, dass der Comte das Feuer in Dull Manor gelegt, dass er ferner die Zugbrücke zum Einsturz gebracht habe und dass er dort draußen irgendwo frei umhergehe – in Kenntnis setzte. Nein, mir gefiel diese These überhaupt nicht, lieber Mr. Milton! Ihm, sagte daraufhin Mr. Goldsmith, gefalle sie genauso wenig. Gleichwohl war ich sie – wie Sie ja später auch – geneigt zu glauben, als mir Goldsmith – das war gegen Abend, ich traf ihn zufällig in dem Raum unter der Zugbrücke wieder – als er mir dort die Spuren des Schießpulvers zeigte und mir so bewies, dass die Brücke tatsächlich fortgesprengt worden war.»

«Da glaubten Sie also daran», fragte Robert Milton verblüfft zurück, als ich schwieg, «dass es der Comte gewesen sei, der alleinig für all das Böse um uns herum die Verantwortung trage?»

«Ja. Da glaubte ich daran – mit widerstrebenden Gefühlen, Mr. Milton, aber ich glaubte daran. Glaubten Sie etwa nicht daran?»

«Nein», sagte er und lachte etwas. Es war kein fröhliches Lachen. «Ich habe nie an diesen Unfug geglaubt.»

«Und warum sind Sie dann in den Brunnen mit abgestiegen?», fragte ich ihn und empfand dabei selbst recht deutlich, wie aggressiv meine Stimme klang.

«Ich wollte sehen, was *Sie* tun», sagte Milton und schaute mir gerade ins Auge. «Ich wollte einfach nur sehen, was Sie und Goldsmith tun. Ich wollte auf alle Fälle dabei sein, wo etwas passierte – oder wo etwas vertuscht wurde. Sie beide, wissen Sie, das habe ich ziemlich bald so empfunden, Sie beide stecken ziemlich viel die Köpfe zusammen. Bei Tisch hingegen, Lloyd, wenn wir uns hier gemeinsam unterhalten, kriegen Sie die Zähne nicht auseinander. Es missfällt mir. Sie sitzen nur da wie ein Beobachter, der mit irgendeinem verdammten Plan befasst ist! Nun, Himmel! Ich bin ein misstrauischer Mensch!»

«Ich habe es Ihnen erklärt», sagte ich. «Ich habe Goldsmith nicht darum gebeten, mich in seine Theorien einzuweihen. Es hat sich zufälligerweise so ergeben.»

«So sagen *Sie* ...», machte er abwertend.

«Was soll das heißen?!» Ich fühlte, wie ich langsam wütend wurde, aber in diesem Moment mischte sich Goldsmith selbst ein.

«Mr. Milton», sagte er sanft, «Mr. Lloyd spricht – soweit ich das sehe – wirklich die reine und die lautere Wahrheit.»

Ich fragte mich, was er mit dieser dummen Einschränkung bezweckte.

Robert Milton ruckte scharf mit dem Kopfe herum zu ihm. «Ach, sieh da, unser kabbalistischer Zauberer», sagte er höhnisch. «Auch wieder im Lande? – Ich frage mich gerade, was wir jetzt zu gewärtigen haben – neuen Unterricht in Betreff weiterer Täter?»

Ich bemerkte aus dem Augenwinkel, welche Qualen Mortimer angesichts des sich anbahnenden Streites litt. Ein paar Mal hatte er die Hand bewegt, wie um einzugreifen, jedes Mals dann aber doch nicht die Kraft dazu gefunden.

«Weitere Täter? Wer weiß?», erwiderte Goldsmith sanft wie zuvor. «Und Unterrichtung vielleicht nicht einmal von mir.» Er warf einen kurzen, unauffälligen Blick zu mir herüber. «Meine Theorie, da haben Sie völlig Recht, war eine Chimäre. Sie dürfen mich schmähen, mich bespucken, wenn Ihnen danach besser ist: Eine Seifenblase, nicht mehr und nicht weniger, das war meine Theorie – und was den Ruf, den Charakter, das Bild des Comte betrifft, so habe ich ihn schimpflich beleidigt, mich in ihm getäuscht, ich habe einen verheerenden Fehler begangen. Es tut mir Leid! Mir hat – Mr. Lloyd berichtete das völlig korrekt –, mir hat meine These vom Grafen als Täter selber nie so recht gefallen mögen. Jetzt», er pausierte einen Moment, «jetzt bin ich gezwungen, sie fallen zu lassen, mit Konsequenzen, die mir eigentlich, recht betrachtet, noch weit weniger gefallen wollen ... denn jetzt, meine Damen und Herren, müssen wir uns die Fragen, um die wir noch heute Mittag herumzukommen glaubten, tatsächlich stellen ... Sie haben völlig Recht, Mr. Milton ... Ja, es geht um die Suche nach einem oder mehreren neuen Tätern.»

«Oh, ist dem so?», fragte Robert Milton mit deutlichem Hohn in der Stimme. «Sehen Sie das jetzt auch? Das erleichtert uns die Angelegenheit zweifellos. Trotz alledem, lieber Mr. Goldsmith, sollten Sie uns nicht gram sein, wenn wir es mit dem Annehmen weiterer chassidischer Weisheiten, wie Sie sie vorbringen werden, von nun an vorsichtiger halten, eventuell sogar auf Ihren Rat ganz und gar verzichten ... in dem Falle nämlich, dass wir uns entscheiden und darauf verstehen sollten, wie sagten Sie so nett, den oder die Täter bereits zu kennen. Der Graf hat sich nicht wehren können ... seinerzeit, Mr. Goldsmith. Wie sieht es denn mit Ihnen aus?»

«Mit mir?», fragte Goldsmith und machte düstere, überraschte Augen.

«Ganz recht, mit Ihnen selbst», sagte Milton. «Mit Ihnen und Mr. Lloyd.»

«Mit mir und Mr. Lloyd?»

«Was soll das, Mr. Goldsmith? Glauben Sie auf diese Weise genügend Zeit zu gewinnen, indem Sie jede Frage repetieren?»

Goldsmith und er maßen sich mit Blicken.

«Und aus welchem Grund ...», fragte Goldsmith schließlich – leise, langsam, akzentuiert –, «aus welchem Grund, bester Mr. Milton, sollten Mr. Lloyd und ich dergleichen getan haben ... oder tun?»

«Aus welchem Grund, verehrter Mr. Goldsmith», entgegnete Robert Milton maliziös, «sollte irgendwer dergleichen tun?»

Goldsmith nickte. Er ließ den Kopf sinken und ließ die Hand auf den Tisch fallen. «Da haben Sie allerdings Recht», sagte er. «Andererseits: Irgendjemand hat es getan.»

Ich bemerkte, wie er wieder zu mir herüberschielte, ganz wie zuvor. Er wollte mir sichtlich goldene Brücken bauen. Oh, ich verstand genau, was seine permanenten Blicke bedeuteten.

«Es müssen neue Überlegungen her. Vor allem brauchen wir Motive. – Warum sollte irgendjemand dies hier tun? So ähnlich waren Mr. Miltons Worte. Recht haben Sie, Sir!»

Er klappte in die Hände, und sein Blick fiel auf mich. Er zögerte. Es war dies ein Spiel unserer Augen. Wir beherrschten es inzwischen schon ganz gut, befand ich bei mir. Aber ich wollte nicht auf seinen Vorschlag eingehen, vor allem nicht nach dem unangenehmen Zusammenstoß von zuvor mit Robert Milton, und deshalb reagierte ich nicht auf seinen dringenden Blick, sondern stellte mich blind und taub.

Goldsmith seufzte leise und resignierend vor sich hin.

Es war Nightingale, die plötzlich das Wort ergriff. «Mr. Lloyd», sagte sie in meine Richtung, und dieses «Mr. Lloyd» schnitt mir tief in die Seele. «Ich schließe mich unbedingt Mr. Milton an, der die Ansicht geäußert hat … er habe verschiedentlich den Eindruck gewonnen, dass Sie uns etwas vorenthielten. Ein Geheimnis. Vielleicht eine Antwort, vielleicht nur eine Frage. Sie wissen etwas. Es kann nicht nur das Einverständnis mit Mr. Goldsmiths Thesen gewesen sein. Reden Sie!»

«Ich weiß gar nichts, Miss Dubois», sagte ich rau, und es klang härter, als ich dies beabsichtigt. «Ich mache mir allerdings Gedanken.» Ich überlegte, während ich das noch sagte, wie ich möglichst diplomatisch vorgehen konnte. «Ich wollte, ich wüsste etwas Genaueres, das mir … und Ihnen, Miss Dubois … und uns allen anderen … Sicherheit geben könnte …»

«Sieh an», meinte Robert Milton abschätzig. «Mr. Lloyd … Goldsmith Nummer zwei! Der Messias ist gekommen.»

Ich bemerkte aus dem Augenwinkel, wie sich der Vikar angesichts dieser Blasphemie unruhig bewegte.

«Ich entsinne mich jedoch zum Beispiel eines Details dieser ganzen furchtbaren Affäre», fuhr ich fort, ohne auf Miltons aggressive Replik direkt einzugehen, «das es seinerzeit Mr. Goldsmith so sehr wahrscheinlich erscheinen ließ, dass es der Comte und niemand anders sein müsse, der hinter all dem Bösen stecke – und das war die Tatsache, dass das Feuer erst entzündet wurde, nachdem die Brückenverbindung nach draußen längst zerstört war. Denn dies wirkte doch so, nicht wahr, als ob jemand außerhalb das Feuer gelegt haben müsse.»

Ich ließ eine Pause eintreten, in die hinein Alice Stalliot sich zum ersten Mal zu Worte meldete. «Worauf wollen Sie hinaus, Mr. Lloyd?»

Ich tippte überlegend die Fingerspitzen aneinander und formulierte vorsichtig weiter. «Jetzt wissen wir: Der Graf hat das Feuer nicht gelegt, denn er hat die Ruine gar nicht erreicht in jener Nacht.»

«Und?», machte Nightingale nach einer Weile.

«Nun, es springt doch ins Auge, Miss Dubois», sagte ich rau. «Das Feuer ist demnach, falls wir zufällig vorbeistromernde Vagabunden als Brandstifter ausschließen wollen, von innen … ich meine, von der Burg aus … gelegt worden … es kann gar nicht anders sein. Wir standen alle am Burggraben, als das Feuer aufflammte, entsinnen Sie sich? Es war niemand außerhalb – und es hat doch gebrannt …»

«Und wenn das Ganze … ich meine das Feuer … doch nur

ein Zufall war?», fragte Nightingale nach einer weiteren, wie mir schien, endlosen Pause kläglich – und zum ersten Mal schien mir ihr Blick so etwas wie zu mir zurückzukehren.

«Ein Zufall?», fragte ich.

«Ja, ein Zufall», sagte sie.

«So wie die Weinfässer im Keller, die rein zufällig im rechten Moment in Bewegung gerieten und Geoffrey Stalliot erschlugen?», fragte ich sie.

Nightingale schwieg betroffen.

«Oder wie die Brücke, die zufällig gesprengt wurde – oder wie der Feuerhaken in der Bibliothek, der zufällig Wilbur Prescotts Hirn zerschmetterte?»

Nightingale schwieg weiter und senkte den Kopf. Ich weiß, es war dies alles – was ich gesagt und wie ich es gesagt hatte – nachgerade niederträchtig von mir ihr gegenüber gewesen, aber irgendwie war in meinem Kopfe plötzlich die unbestimmte Hoffnung aufgeschlagen, ich könne sie so für mich zurückgewinnen.

«Also weiter?», fragte Milton in ungnädigem Tonfall in die Stille. «Was weiter, Lloyd? Sie haben doch was?!»

«Jemand hat von hier drinnen», wiederholte ich langsam und mit Betonung, «das Feuer dort draußen in Gang gebracht – ist hinübergelaufen … Einer von uns.»

«Und wie, nachdem die Brücke nicht mehr existierte?»

«Durch den geheimen, unterirdischen Gang.»

«Durch den geheimen Gang?!» Robert Milton prustete laut los vor ungebärdigem Lachen. «Um Gottes willen, Lloyd, verschonen Sie uns doch mit Goldsmiths geheimem, unterirdischem Gang! Wir hatten genug von den Hirngespinsten dieses Herrn, ohne dass sie uns wesentlich weitergebracht hätten, will mir scheinen!»

Ich bemerkte, wie Goldsmith links von mir leicht lächelte, aber er sagte nichts.

«Was grinsen Sie, Mann?», fragte Milton ihn scharf, und

sein Kopf ruckte zu ihm herum. Goldsmith zuckte die Schultern und winkte unlustig ab.

Ich überlegte. «Sie haben, Mr. Milton, zuzeiten auch an diesen Gang geglaubt, soweit ich mich erinnere. Von Ihnen stammte zum Beispiel die bravouröse Idee, dass man die gesuchte Passage von herüben, von Dull Manor aus, vermutlich ganz leicht fände.»

«Ja, das ist schon richtig. Das stimmt», lenkte er nickend ein, «aber das war, Mr. Lloyd, verzeihen Sie, bevor die Doktrin des ehrenwerten Mr. Goldsmith ihren spektakulären Schiffbruch erlitt! – Hören Sie: Wir haben den Gang nach dort drüben nicht gefunden!»

«Was nicht gegen Ihr wunderschönes Argument spricht, dass man ihn von drüben sehr wohl und womöglich sogar sehr leicht finden könnte», erinnerte ich sanft.

Er runzelte die Stirn, warf verächtlich den Kopf zurück und schwieg.

«Ganz recht, Mr. Milton: Dieser Gang existiert nicht», meldete sich in diesem Augenblick ruppig und mit krächzender Stimme der Vikar in diesem ganzen Gespräch erstmalig zu Wort. «Es ist wie mit all den anderen tausend Ansichten, die hier geäußert wurden und wohl noch werden: Es sind Chimären. Nein, es gibt diesen Gang nicht, meine Freunde. Es gibt ihn nicht.» Er wischte mit der Hand durch die Luft und erhob sich von seinem Stuhl, was ihm in Anbetracht seines Alters und der Tatsache, dass er eine ganze Weile hier gesessen hatte, nicht ganz leicht fiel.

«Götzenbilder!» Er blickte uns der Reihe nach an, nickte mit dem schlohweißen Haupt und zitierte dann mit erhobenem Zeigefinger: «‹Und ob ich schon wanderte im finsteren Tal, fürchte ich kein Unglück; denn du bist bei mir. Der HErr ist mein Hirte, mir wird nichts mangeln. Er weidet mich auf einer grünen Aue und führet mich zum frischen Wasser.› – So steht es geschrieben. – Ich bin nicht geneigt, nach Chimären zu suchen, meine Freunde, sei es in der Tat oder auch im Gespräch, denn ich weiß, dass all dies Disputieren am Ende zu nichts führen wird.» Er schüttelte den Kopf. «Wir sollten nicht so eitel sein, die Ratschlüsse des HErrn erforschen zu wollen. Wir sollten uns ihm anvertrauen und gar nichts tun. Uns lenken lassen. Warten.»

Er nickte uns gemessen zu. «Ich werde deshalb, statt mich an diesem sinnlosen Disput zu beteiligen, Sinnvolleres tun», sagte er. «Ich gestatte mir, mich zum Gebet zurückzuziehen. Falls Sie wirklich meiner Hilfe bedürfen, bitte ich hinüberzusenden in die Kapelle, Sie werden mich dort vor dem Altare liegend finden, in der Seligkeit des HErrn.» Er nickte nochmals kurz und schritt mit seinen bedächtigen Schritten über die flachen Stufen zur Eingangstüre hoch, die er vor sich aufzog, um gleich darauf leise dahinter zu verschwinden und sie ins Schloss zu ziehen.

Ein unangenehmes Frösteln ging über mich hin. Vermutlich war sie ihm gar nicht aufgefallen, die fatale Doppeldeutigkeit, die seine letzten Worte enthalten hatten. «Sie werden mich dort vor dem Altare liegend finden, in der Seligkeit des HErrn» … und mir fiel ein, in welch vertrackt ähnlicher Weise doch im Grunde Geoffrey Stalliot und Professor Wilbur Prescott jeweils von dieser Tafel aufgestanden waren, um danach nie wieder hierher zurückzukehren …

«Wir sind unterbrochen worden», wieder war es Robert Milton, der nach längerer Zeit erneut das Wort ergriff. «Es ging um den geheimen Gang, Mr. Lloyd, von dem Sie meinten, dass er existiert, wozu ich meinerseits kein endgültiges Urteil abgeben möchte.»

«Ganz recht, Sir», ich lächelte etwas.

«Jemand von uns hat den Gang benutzt, meinen Sie», fragte er, «ist hinübergeeilt nach Dull Manor, hat das Feuer gelegt, ist zurückgekommen …?»

«Ganz recht.»

«Hat natürlich vorher in traumwandlerischer Sicherheit den Eingang zum Gang gefunden, was Sir Mortimer mit erklecklich größerem Aufwand vor Jahr und Tag nicht gelungen ist …»

«Dass er von hier aus gesucht hat, ist unwahrscheinlich», unterbrach ich an dieser Stelle Robert Miltons unwillige Rede. «Von drüben aus wird derjenige deshalb den Einstieg zum Stollen auch gesucht und gefunden haben …»

«Ja, aber dann müsste die betreffende Person vorher», rief Robert Milton hitzig, «… ich meine, bevor wir hier offiziell eintrafen … diesen Gang bereits gefunden haben, denn als wir ankamen, an jenem Abend, vor dem Souper … dürfte dafür kaum die Zeit gewesen sein.» Er kratzte sich gereizt am Kopf. «Das alles ist doch …» Er brach ab.

«Was?», fragte Nightingale.

«Nun, das ließe auf einen sehr lang zuvor geplanten Vorsatz bei alldem schließen», sagte Goldsmith langsam.

«Richtig», pflichtete Milton bei.

«Wieso?», fragte Mortimer. Es war das Erste, das er seit seinem Angebot vorhin, in den Spielsalon oder das Musikzimmer überzuwechseln, sprach. Es zeigte mir, dass er immerhin hinreichend aufmerksam unserer Debatte folgte, ja, dass er in der Lage dazu war – und das freute mich.

«Ich stelle es mir so vor», sagte ich jetzt bedächtig, «dass derjenige … oder diejenige … Tage zuvor, vielleicht vor Wochen, vielleicht vor Monaten … ohne dein Wissen, Mortimer, hier war – und das Terrain in der bezeichneten Weise erkundet hat. Vor Wochen mag das geschehen sein, wie gesagt, oder vor Monaten, bald nachdem er … oder sie … deine Einladung erhalten hatte …»

Mortimer starrte mich ungläubig berührt an, sein feines, sensibles Altersgesicht sorgenvoll und verzagt. «Dass jemand von euch schon hier gewesen sei, ohne dass er von mir oder meiner Dienerschaft dabei bemerkt worden wäre?»

«Ein Beispiel, Mortimer», sagte ich geduldig. «Der Ausstieg aus dem Gang liegt hier irgendwo in den Kellern. Derjenige ist dort herausgeschlüpft, hat sich umgetan – wer hätte ihn dabei bemerken sollen? Er hat sich also den Weg gemerkt, bis er an eine charakteristische, eindeutig identifizierbare Stelle kam, meinetwegen den Folterkeller ... das Weitere erklärt sich von selbst. – Du warst so freundlich, Mortimer, uns am ersten Abend zu zeigen, wie er ... oder sie ... von hier aus auf direktem Wege zum Folterkeller kommt. Nun, also kannte er oder sie den kompletten Weg.»

Ich bemerkte, wie Alice Stalliot mich plötzlich mit eigenartigem Blick fixierte, konnte mich aber kaum darauf konzentrieren, weil Mortimer langsam, dabei überlegend, sprach: «Die meisten der Diener beschäftige ich nicht dauernd», sagte er. «Ich benötige sie nicht. Sie wurden einige Wochen vor eurer Ankunft eingestellt, um sich einzuarbeiten, und sie werden hinterher wieder entlassen werden. Ohne meine Gäste ist dies ein ruhigerer Ort, als man meinen mag. Zugegeben: Die Chance, jemandem in den Kellern zu begegnen, wäre wirklich recht gering gewesen, trotzdem ...» Mortimers Stimme versackte in der Tonlosigkeit, und wir alle sahen ihn mitleidig an. Plötzlich wurde sein Blick wieder fester: «Und diese Diener?», fragte er. «Viele kenne ich kaum. Könnte nicht einer unter jenen ...»

Er schaute sich in unserem klein gewordenen Kreise um, in seinen Augen ein Funke neuer Energie, fast ein hoffnungsvolles Leuchten – das sofort erstarb, als Alice Stalliot sich plötzlich vorbeugte, seine Hand tätschelte und sagte: «Sir Mortimer, lassen Sie uns vernünftig sein und bei den Tatsachen bleiben. Sie kennen jeden dieser Diener – die Sie kaum kennen, wie Sie es nennen – somit doch immerhin um einige Wochen länger als irgendwen anderen von uns. Wir sind die Fremden auf diesem Schloss – so verhält es sich ja wohl – mit Ausnahme natürlich von Miss Dubois ... und ...», sie machte eine Pause, setzte dann fast unwillig hinzu und blickte mich dabei sehr merkwürdig an: «... und Mr. Lloyd, natürlich ...»

Als sie meinen Namen nannte, drehten sich Mortimers müde Augen zu mir. Ich sah, wie er grübelte. «Jonathan», meinte er nach einiger Zeit. «Wenn ich an mein Dienstpersonal denke ... da war doch noch jemand anderes, der mir jetzt einfällt ... entsinnst du dich, wie wir beide die Papiere des Grafen sichteten, seine Erzählung ... da war das Bild ... von diesem Kutscher, den er entlassen wollte, der füglich einen Zorn auf den Comte gehabt haben mag ...»

«Maximilien», sagte ich.

«Maximilien. Richtig, das war sein Name. Ein großer, brutal wirkender Bursche. Meinst du nicht vielleicht, dass er ...»

Mein Kopfschütteln unterbrach das, was immer er gerade hatte sagen wollen. «Mortimer», sagte ich und schüttelte erneut den Kopf. «Dieser Maximilien ... er hat einst dem Grafen das Leben gerettet ... meinethalben ihm es jetzt zurückgenommen ... aber welcher Grund, um Gottes willen, sollte ihn getrieben haben, auch noch Geoffrey Stalliot und den Professor umzubringen – die er beide gar nicht kannte ...»

«Und wenn er irre ist?», flüsterte Mortimer mit grauem Gesicht.

«Irre, verrückt, einfach so?», fragte ich. «Und woher hätte er das mit dem Feuer in Dull Manor wissen können? Was hätte er als Kutscher des Comte mit dieser hiesigen Legende zu schaffen gehabt? Und woher hätte er ahnen sollen, wann die Brücke zu sprengen sei – wann sein Herr sie betreten würde? Und ob sein Herr sie überhaupt des Nachts betreten würde? Und so weiter, und so weiter – nein, nein, nein.» Ich schüttelte abermals den Kopf.

«Immerhin», meldete sich Robert Milton mit rauer Stimme wieder zu Wort, und er richtete sich direkt an mich, der ich zuletzt gesprochen. «Ganz von der Hand zu weisen ist die Idee mit dem Wahnsinn nicht, Lloyd. – Oder wollen Sie mir ein ‹vernünftiges› Motiv nennen, das diese drei so unterschiedlichen Todesfälle unter einen Hut bringt – einen Plan meinetwegen, der, bitte, was dann genau verfolgt?»

«Ich darf Hamlet zitieren», schaltete sich Goldsmith wieder ein. Er lächelte. «‹Und ist dies auch schon Wahnsinn, so hat er doch Methode›, so oder so ähnlich sagt dort wohl Polonius. Nein, meine Freunde, auch ich denke in der Tat: Das, was uns hier geschieht, ist nicht das zufällige Produkt der Taten eines Irren. Dazu scheinen die Ereignisse zu kompliziert. Ich bin überzeugt wie Mr. Milton: Dies alles läuft nach einem ganz genau durchdachten Plan ab.» Er zeigte uns seine Handflächen. «Nur macht es mich krank, dass ich diesen Plan so gar nicht zu erkennen vermag. Nein, ich sehe da nichts – außer dass es einen nach dem anderen von uns das Leben kostet …»

Robert Milton lachte spöttisch: «Niemand verlangt von Ihnen, Mr. Goldsmith, dass Sie etwas sehen. Ich fürchte beinahe – ich sagte zuvor schon Ähnliches –, dass Sie in der Vergangenheit bereits zu viel gesehen haben und dass wir anderen uns, was unsere gemeinsame Zukunft betrifft, tunlichst vor Ihren seherischen Fähigkeiten hüten sollten.»

Es herrschte nach dem unfreundlich vorgebrachten Einwurf Robert Miltons eine Zeit lang feindseliges Schweigen. Goldsmith lächelte nicht mehr. Milton saß auf der anderen Seite des Tisches und sonnte sich in seiner Arroganz. Dann drehte er sich zu den Dienern bei den Spiegeln um, gab einem ein Zeichen und bestellte bei ihm, als jener näher getreten war, mit leiser Stimme etwas zu trinken – ein Glas Wein. Er bestellte, wie mir auffiel, lediglich eines für sich, nicht für Alice Stalliot.

Goldsmith war nicht anzumerken, ob er verärgert war, als er das Wort wieder ergriff und sagte: «Theoretisch bedacht, welche Motive fallen uns denn ein … dass ein Mensch einen anderen umbringt – einmal abgesehen von einem jeglichen Krieg, einer Revolution, einem Aufstand – nein, ich meine die durchaus privateren Gründe. Welche haben wir da?»

«Tja, welche haben wir denn da?», äffte ihn Milton und nahm den ersten Schluck aus dem Glase, das der Diener ihm gebracht.

«Hass … zum Beispiel», sagte Goldsmith und fixierte den jungen Mann.

Der verschluckte sich beinahe an seinem Getränk. Er setzte das Glas abrupt ab und starrte Goldsmith finster an.

«Hass, Wut, Abneigung, Mr. Milton. Alle drei sollen im Extremfall schon zum Mord geführt haben, wie man weiß.» Er lachte plötzlich, als alles still blieb, hell auf und fuhr fort: «Da es jedoch so aussieht, wie wir ermittelt haben, als ob diese Morde von langer Hand vorbereitet waren, können wir Hass, Wut, Abneigung als Motive hier wohl ruhigen Gewissens ausschließen … wir kannten uns ja vorher nicht gegenseitig.» Er nickte und schaute sich unter uns um. «Und auch an Taten im Affekt mag ich in den vorliegenden Fällen unseres armen Comte, Geoffrey Stalliots und des Professors nicht recht glauben – dazu wirkt das Ganze zu … zu bizarr, zu ausgesucht.»

«Nun, wenn kein Affekt, Mr. Goldsmith», sagte Nightingale schließlich, ganz engagiert in den Stoff, der uns beschäftigte, «wenn kein Affekt und kein Hass, Mr. Goldsmith – was dann?»

«Wie steht es mit dem berühmten Vorteil, den der eine aus dem Tod eines anderen zieht?», fragte Goldsmith mürrisch, als werfe er einem Hund einen Knochen hin. «Oder wie schon Cicero sagt: Cui bono?»

«Geld?», fragte Nightingale atemlos.

«Geld oder etwas anderes», antwortete Goldsmith. «Irgendeiner profitiert vom anderen, sofern jener stirbt. Jedoch – ich bin geneigt, auch dieses auszuschließen – unter der gleichen Prämisse wie zuvor, dass wir uns nämlich vorher nicht kannten. Ich kann mir nicht denken, dass, was unsere Gruppe betrifft, hier einer zugunsten eines anderen ein Testament oder etwas Ähnliches abgeschlossen hat – vielleicht abgesehen von Ihnen, Mrs. Stalliot, und Ihrem Gatten.»

«Was möchten Sie denn damit bedeuten, Mr. Goldsmith?», erkundigte sich Alice Stalliot rau.

«Ich möchte damit überhaupt nichts bedeuten, Mrs. Stalliot», antwortete Samuel Goldsmith in einem Tone, als ob ihm das Gespräch unendlich auf die Nerven ginge. «Ich habe – merken Sie wohl auf! – weder gesagt, dass Sie Ihren Gatten getötet haben, noch, dass Sie das Nämliche beim Comte unternommen hätten, noch, dass der Tod des Professors auf Ihr Konto ginge! Ich habe mich bloß selbst gefragt, welche Vorteile hier der eine eventuell aus dem Tod eines anderen zu ziehen hätte!»

Ich sah seinen nervösen Blick, mit dem er mich streifte und in dem zu lesen stand, dass ich nun endlich – fundiert und grundsätzlich – beginnen sollte, das vor ihnen allen auszubreiten, was als These seinerzeit längst in mir gereift gewesen, was aber er – eingedenk seiner eigenen Ideen – damals strikt in den Bereich des Unwahrscheinlichen verwiesen hatte. Es schien ihm all dies jetzt, wurde mir aus seinem Verhalten unvermittelt klar, eher in den Horizont realer Möglichkeiten gerückt, und ich verhehle nicht, dass mir dies durchaus schmeichelte. Ich schüttelte indessen, zu ihm hinblickend, für die anderen unmerklich, denke ich, den Kopf. Er dagegen nahm die Bewegung wahr und verdrehte andeutungsweise die Augen, worüber ich fast hätte lachen müssen.

«Meine Kinder», hörte ich da plötzlich Mortimers Stimme. Ich gebe zu, ich hatte ihn die letzten Minuten nicht beachtet, und nahm jetzt zutiefst bewegt wahr, wie die hellen Tränen über seine Wangen rannen. «Ist es denn wirklich notwendig?», fragte er innig und flehentlich, die Hände gegen uns erhoben. «Ist es notwendig, dass in der gegenwärtigen Situation ihr euch gegenseitig untereinander mit Anwürfen, Verdächtigungen, Beleidigungen quält … euch Verletzungen zufügt, die doch jedem von euch Leid täten, wenn ja nur die Umstände unseres Beisammenseins friedlichere wären? Bedenkt doch nur, was ihr tut!»

«Wir bedenken genau, was wir tun, Sir Mortimer», entgegnete ihm Robert Milton mit bemerkenswerter Kälte in der Stimme. «Wir klären die Sachlage, nichts sonst! Wir räumen Hindernisse aus dem Weg, Sir. Es ist ein Weg, der uns dichter zueinander führen wird – auf dass wir erkennen mögen, was wir wirklich aneinander haben …»

«Wenn wir den Plan hinter all diesen Gräueltaten augenblicklich noch nicht zu sehen vermögen», lenkte ich hastig ab, hauptsächlich, um Mortimer nicht weiteren Herzensqualen ausgesetzt zu sehen, «dann müssen wir doch wohl anders herangehen und vorderhand andere Fragen stellen, nicht wahr?»

«Andere Fragen?», wiederholte Robert Milton abfällig. «Als da zum Beispiel wären, mein überaus geschätzter Mr. Lloyd?»

Ich überlegte mir, ob ich in der gegenwärtigen, bereits mehr als gereizten Stimmung mich so weit offenbaren sollte, wie ich es wohl vermocht hätte – und entschied mich zunächst für eine halbe Lösung.

«Nun, die Frage», erläuterte ich, «die sich mir immer wieder stellt, Mr. Milton, und die ich vorhin auch schon ansprach: die Frage nämlich nach der Gelegenheit. Wer einzig hatte die Gelegenheit, die Taten zu begehen? Und da will mir als auffälligstes Detail immer und immer wieder jenes Feuer in Dull Manor nicht aus dem Kopf, bei dem, als es in jener Nacht dort draußen aufflammte, lediglich zwei Personen nicht bei uns am Burggraben anwesend waren. – Und die eine dieser beiden damals abwesenden Personen, Mr. Milton … nun, das waren zweifellos Sie.»

Robert Milton saß dort, mir gegenüber – er hatte Alice Stalliot längst losgelassen –, und ein grimmiges, böses, kleines Lachen erschütterte ihn nun. Er schaute mich nicht an, sondern saß dort vornübergebeugt, während dies Lachen ihn schüttelte, und er klopfte zu mehreren Malen mit der Hand auf den Tisch, wie um sein köstliches Amüsement, das keines war, zu unterstreichen.

Schließlich endete das falsche Gelächter abrupt, und er schaute mich mit eisigem Blick quer über den Tisch an. «Das haben Sie aber wirklich fein gemacht, Mr. Lloyd!», sagte er sarkastisch. «Großes, bedeutendes Lob, mein lieber Freund! Ich nehme an, das war die Retourkutsche auf meine Bemerkungen vorhin, als ich Sie beschuldigte, mit irgendetwas hinsichtlich des hier Vorgehenden hinter dem Berge zu halten! An Ihnen ist ein Volkstribun verloren gegangen! Ausgezeichnet gemacht – nur haben Sie dabei unterschlagen, dass der andere, der ebenfalls in jener Nacht nicht am Burggraben zugegen war … der Vikar war, nicht wahr?»

«Ganz recht, Sir», sagte ich förmlich. «Der andere war der Vikar.»

Robert Milton schlug abermals heftig mit der Hand auf den Tisch. «Und da wollen Sie uns nun bedeuten, Mr. Lloyd, dass – nachdem der Comte als hoffnungsvoller Kandidat ja leider ausgeschieden ist –, dass zweifellos einer von uns, nämlich der Vikar oder ich, das Feuer in Dull Manor gelegt haben müssen? Oder vielleicht wir beide zusammen? – Wie wäre es mit uns beiden zusammen?!»

«Es ist lächerlich!», platzte in dem Moment Nightingale unwillig laut heraus, «den alten Vikar solcher Tat zu beschuldigen – und ungehörig ist es ebenfalls, Mr. Milton – zumal jetzt, da er selbst nicht hier ist und sich verteidigen könnte, sondern drüben in der Kirche für uns alle ein Gebet spricht!» Ihr Gesicht strahlte helle, glühende Empörung aus.

«Oh, warten Sie, Miss Nightingale, warten Sie», beeilte sich Milton bissig auf einen Umstand hinzuweisen, der ihm wichtig war. «Nicht ich behaupte, dass der Vikar das Feuer in Dull Manor gelegt hat, sondern Ihr Freund hier, Mr. Lloyd, ist es, der uns das gerne nahe bringen möchte.»

«Erstens: Er ist nicht mein Freund!», verwies Nightingale Dubois den jungen Mann auf der anderen Tischseite in einer Schärfe, die ich bisher nicht an ihr vernommen, und brennend schnitt mir jede Silbe ein Stück meines Herzens aus der Brust. «Zweitens», fuhr sie unvermittelt fort, «zweitens hat er Sie, soweit ich das sehe, genauso beschuldigt wie den Vikar – und gegen jenes Argument habe ich auch überhaupt nichts einzuwenden.»

«So!», präsentierte uns Robert Milton ein gespieltes, gleichwohl wütendes Erstaunen. «Sie haben also nichts dagegen, dass mir hier unterstellt wird, drei Morde begangen zu haben – was, schlicht betrachtet, einfach lächerlich ist, Sie haben jedoch andererseits eine Menge dagegen, wenn der Vikar in das nämliche, üble Licht gerät. Habe ich Sie da recht verstanden?»

«Was wollen Sie vom Vikar?!», rief Nightingale aufgebracht. «Jeder sieht, dass er nicht einmal einer Fliege etwas zuleide tun könnte. Er ist ein Christ, der das fünfte Gebot wahrlich innigst in sein Herz eingeschlossen hat: Du sollst nicht töten!»

«Ihr Wort in Gottes Ohr!» Robert Milton lachte sarkastisch. «Religiöse Eiferei ist für den Abgang von drei Vierteln der vorzeitig Dahingerafften auf dieser Erde verantwortlich, und das, seit Jesus Christus am Kreuze litt. Ich weiß nicht, wie viele Hexen man getötet hat, junge Dame, auf direktes Geheiß der Inquisition. Vergessen Sie bitte die Folterkammer nicht, dort unter unseren Füßen! Hören Sie mir doch auf mit dem fünften christlichen Gebot oder so genannter religiöser Wohlanständigkeit! Und er scheint mir genau so ein kleiner, frömmelnder Eiferer – unser Vikar –, wenn ich denn je einen gesehen, liebe Nightingale – Sie werden mir verzeihen!»

Robert Milton schaute sich aufgebracht um. «Was sagt Ihnen denn eigentlich so hoffnungsfroh, Miss Dubois», fuhr er fort, «dass er nicht den Comte ausgelöscht hat, weil dieser nämlich gottlose Gedichte schrieb, und Geoffrey Stalliot, weil dieser gottlos trank – entschuldige schon, Alice –, oder den Professor, weil dieser gestern erbarmungslos seine ‹Lady of the Lake› … wahrhaft in Grund und Boden gestampft, wessen wir alle Zeugen wurden – ja, wahrhaftig vernichtet hat?! – Warum hat er denn so vehement die Existenz eines eventuellen Ganges hinüber nach Dull Manor geleugnet? Kennt er ihn vielleicht? Möchte er uns davon abbringen, dass wir weiter danach suchen, weil er weiß, dass er existiert, und weil er weiß, wo er ist, und weil er ihn alleine, ganz alleine für sich weiter nutzen möchte? – Sie, liebe Miss Dubois, nehmen an, er sei jetzt drüben in der Kirche und bete zum HErrn – was macht Sie eigentlich so sicher, meine Liebe, dass er nicht dort draußen direkt vor der Tür oder dem Fenster hockt und uns gerade jetzt, in dieser Sekunde, belauscht und genau beobachtet, sieht, was hier vorgeht, und hört, was wir reden, und längst sein Urteil gefällt hat in Betreff des Nächsten unter uns, den er auszulöschen gedenkt?!»

«Sie sind ja wohl verrückt», sagte Nightingale, nachdem eine bange Schrecksekunde verstrichen war; ich sah sie nichtsdestoweniger deutlich zusammenschauern.

Ein weher Schmerzenslaut kam da von Mortimer, und ich blickte erschrocken zu ihm hin. Er hatte das Gesicht verzweifelt in den Händen geborgen und weinte wieder, und seine Schultern zuckten verloren wie bei einem kleinen Kind. «O Gott», rief er. «Wohin aber mit alldem, was hier geschieht, meine Freunde? Hört auf, euch zu zerfleischen, ich rufe euch dies zu! Mehrt nicht die Folter durch Verdächtigungen untereinander, verweist sie auf euren Gastgeber allein, in dessen Mauern all dies Schreckliche geschieht, aber lasst ab von …»

«Moment», fuhr Robert Milton in der nämlichen Sekunde rücksichtslos dazwischen. «Ihr Schmerz in allen Ehren! Aber hier, in diesen Mauern, werden Menschen willentlich ausgelöscht – und wir können etwas dagegen tun: Wir können eruieren! Und das unternehmen wir gerade – nicht mehr und nicht weniger!»

Er schlug auf den Tisch, und sein kalter Blick ging zwischen uns hin und her. «Ja, meine Herrschaften», sagte er grob, «der Pfarrer ist draußen – und falls er uns gerade zuhört, so spucke ich darauf und sage: Dies ist hier durchaus auch für seine Ohren bestimmt! Ich weiß nicht, ob er ebenso etwas vor uns verbirgt wie wahrscheinlich mancher andere …» Ein flüchtiger Blick aus tückisch wirkenden Augen streifte Goldsmith und mich. «… Und ich habe auch keine Ahnung, ob der Pfarrer den Geheimgang bereits vor zwei Monaten oder erst vor zwei Wochen gefunden hat – ich bitte nur, Folgendes zu bedenken, und rufe es deshalb Ihnen allen ins Gedächtnis: Gestern Abend – der Pfarrer hatte uns soeben mit seiner ‹Lady of the Lake› beglückt, die – seien wir doch einmal ehrlich – in Anbetracht der Existenz der Walter Scott'schen ‹Lady of the Lake› zumindest eine gründliche Untersuchung daraufhin verdiente, ob es sich hierbei um ein Plagiat handelt oder nicht – aber dies auf einem ganz anderen Blatt … gestern Abend jedenfalls, als uns der Vikar also gelesen, da geschah es, dass der Professor völlig aus der Rolle fiel. Warum, frage ich Sie, meine Herrschaften, geschah das gerade da?»

Erneut ging einer seiner unangenehmen und verletzenden Blicke in die Runde. «Was genau gleich sagte der Professor noch? Was waren seine letzten Worte, bevor er ging?»

Wir erinnerten uns alle gut, denke ich, aber niemand antwortete auf Miltons schulmeisterlich gestellte Frage. Goldsmith, auf dem Stuhle links von mir, war in eine grüblerische, düstere Starre versunken, eine Art von Geistesabwesenheit, die aber, anders als im Falle meines Freundes Mortimer, so wirkte, als sei er trotz alledem zumindest noch mit einer Faser seiner Aufmerksamkeit unter uns. Gegenüber, zurückgelehnt gegen die Lehne ihres Stuhls, saß schweigsam, dunkel und trotz einer rätselhaften Abgelebtheit schön, Alice Stalliot mit leicht gesenkten Wimpern, ihr Gesichtsausdruck, als werde ihr eine Komödie vorgeführt, die ihr nicht gefallen wollte.

«Was also, meine Herrschaften, waren seine letzten Worte, bevor der Professor ging?», wiederholte Robert Milton seine Frage und beantwortete sie selbst. «Er empfahl dem Pfarrer, falls Sie sich entsinnen, es so wie Judas Ischariot zu halten – nämlich hinzugehen, sich einen Strick zu nehmen und sich am nächsten Baume aufzuknüpfen … abgesehen davon», Robert Milton lachte flüchtig, «dass wir hier keinen Baum zur Verfügung haben – aber drüben um Dull Manor herum stehen durchaus welche, das haben wir gesehen. Wenn wir also erst einmal den Gang gefunden haben werden …»

«Augenblick», unterbrach Goldsmith in merkwürdiger Weise versonnen den Monolog des jungen Mannes. «Einen kleinen, kurzen, flüchtigen Augenblick, mein Lieber, wir wollen doch besser genau sein! Der Professor sagte nicht, der Vikar solle hingehen und sich aufhängen – wenn mir das recht erinnerlich ist –, sondern er sagte, wenn ich das korrekt zitiere: Einer von uns … sollte hingehen … und dies tun.»

«Ja, aber er sagte es, nachdem er über den Pfarrer und seine Dichtung so wütend geworden war», beharrte Robert Milton. «Er meinte den Pfarrer!»

«Aber woher wollen Sie denn das wissen?», gab Goldsmith

abschätzig zurück. «Er könnte genauso gut Sie gemeint haben, mein Guter. Er hat den Namen nicht genannt. Vielleicht hat er Sie gemeint.»

«Oder Sie!»

«Ganz recht, oder mich.» Samuel Goldsmith blieb provozierend ruhig und winkte einmal lässig mit der Hand im Kreis. «Oder Sir Mortimer oder vielleicht Henry oder Miss Dubois oder Mr. Lloyd. – Vielleicht hat er aber auch den Mann im Mond gemeint.»

«Hüten Sie sich!», sagte Robert Milton, sein Gesicht plötzlich weiß. «Unterstehen Sie sich, solcherart mich oder das, was ich sage, der Lächerlichkeit preiszugeben. Sie haben, indem Ihr ach so hochfliegendes Luftschloss sich als trübselige Fata Morgana erwiesen hat, wahrhaftig nicht den geringsten Grund dazu, sich über andere zu erheben. Ich behalte mir weiterhin vor, jegliche Klugheit von Ihren Lippen als den schäbigen Versuch einer beabsichtigten Irreführung zu deuten, und» – er zeigte mit ausgestrecktem Zeigefinger abwechselnd auf Goldsmith und mich – «ich mache dabei zwischen Ihnen und dem Aufschneider dort an Ihrer Seite keinerlei Unterschied!»

Goldsmith und Nightingale – ich fühlte es – blickten mich von beiden Seiten her an, überrascht, um zu sehen, wie ich auf diesen frechen Angriff reagieren würde. Ich drängte vorerst den Ärger zurück, den Miltons Beleidigung in mir entzündete, nahm mir aber das Recht heraus, lauter und deutlicher zu werden als zuvor, wobei ich mich redlich bemühte, das, was ich zu sagen hatte, nicht allzu sehr nur als Ausdruck meiner Wut missverstanden zu wissen.

«Wir sollten endlich zum Ausgangspunkt dieses Teils der Debatte zurückkehren», schlug ich deshalb kühl vor, «der Frage nämlich, wer überhaupt die Möglichkeit gehabt hat, zum Beispiel das Feuer herüben in Dull Manor zu entfachen. Und ich entsinne mich in diesem Zusammenhang, wie angemerkt – ich bedaure dies zutiefst, kann es aber nicht ändern –, dass wir den Pfarrer und Sie, Mr. Milton, tief schlafend in Ihren Betten aufgefunden haben, ja, Sie beide heraustrommeln mussten, bevor wir uns in jener Nacht in der Bibliothek versammelten. Nun, schön: Ich gratuliere immerhin zu solch einem Schlaf – beneidenswert –, aber es könnte natürlich auch einfach ein Bluff gewesen sein. Denn erstaunlich ist es doch ein wenig – finden Sie nicht? –, dass Sie das wahrlich fürchterliche Geräusch des Sturms nicht schon vorher aus den Federn getrieben hat, während wir anderen alle längst wach waren? Die Frage muss erlaubt sein, Mr. Milton, ob nicht stattdessen … Sie überhaupt nicht schliefen, sondern zur gleichen Zeit nach Dull Manor hin unterwegs waren, um Feuer zu legen, ob Sie nicht anschließend flugs durch den Tunnel zurückgekehrt und in Ihr Zimmer geschlüpft sind und ob Sie uns dann … auf unser wüstes Klopfen hin … ein paar Minuten später … sozusagen ‹mit verschlafenen Augen› … Ihre Türe auftaten und Überraschung heuchelten. Überdies, um noch deutlicher zu werden, Mr. Milton: Es geht hier doch gar nicht in erster Linie um die Frage, wer das Feuer in der vermaledeiten Ruine gelegt hat! Es geht vielmehr darum, wer die Brücke gesprengt und damit den Grafen getötet hat – und wer Geoffrey Stalliot ermordet hat und wer den Professor …»

«Augenblick», unterbrach mich Robert Milton, schnaubend vor Wut, und ich sah daran, wie er mit der Hand unkontrolliert auf dem Tischtuche herumfuhr, dass er mich wohl liebend gern ins Gesicht geschlagen hätte. «Das reicht nun aber fürs Erste, guter Mann! Sie haben gehört, was ich zu Goldsmith an Ihrer Seite sagte! Und Sie haben gehört, wie ich Sie genannt habe! Jetzt sehe ich das getretene Hündchen bellen!» Er funkelte mich drohend an. «Aber weniger noch, Lloyd, als dass Ihr Nachbar da mich lächerlich macht, werde ich unwidersprochen hinnehmen, dass ein undurchsichtiger Strolch wie Sie ... mir allen Ernstes diese verdammten Verbrechen in die Schuhe schieben will! Sie werden Gründe für Ihre Anwürfe haben, dem Teufel sei's geklagt! Nun los denn, lassen Sie hören! – Doch sollten diese Gründe fadenscheinig sein oder mir in sonst irgendeiner Weise suspekt vorkommen, kurz, mir nicht vollauf befriedigend erscheinen, so behalte ich mir vor, Ihnen die gebührende Antwort darauf zu erteilen und Sie, wenn nötig, mit aller Härte zur Rechenschaft zu ziehen! Also überlegen Sie zuerst ... und ein jedes Wort genau, das Sie sagen!»

«Was wollen Sie mir tun?», fuhr ich ihn zornig an, durch seine überzogene Replik meinerseits zur Polemik angereizt. «Mir den Arm abreißen? Drohen Sie mir nicht, Milton, spitzen Sie die Ohren und antworten Sie, falls Ihnen das möglich sein sollte, sachlich, sobald ich fertig bin! Ich meinesteils muss für meine Antwort etwas ausholen. Haben Sie Geduld! – Ich hatte gestern Gelegenheit», begann ich also, «in Sir Mortimers Turmzimmer – mit diesem zusammen – die hinterlassenen Papiere des Comte zu sichten und zu ordnen, darunter auch eine Studie zu einem autobiographischen Roman oder einer Novelle, die, zwangsläufiger Weise unvollendet geblieben, bei Fertigstellung offenbar jedoch dieses Colloquium zum Thema gehabt hätte. Jenes Manuskript nun schildert auf seinen ersten Seiten die Begebenheit, dass – und unter welchen Umständen – der Comte bereits vor der Ankunft hier mit Mrs. Stalliot zusammengetroffen ist, schildert dies in einer Weise, die zumindest den Verdacht nahe legt, dass ... wie soll ich sagen ... die Eifersucht, die Mr. Stalliot, Gott habe ihn selig, verschiedentlich und unter Zeugen in Betreff des Verhaltens seiner Gattin geäußert hat, einer grundsätzlichen Berechtigung sicher nicht völlig entbehrte. Es tut mir Leid, Mrs. Stalliot.»

Sie hatte die Hand über die Augen gelegt und antwortete nicht.

Ich zögerte etwas – weil mich einerseits die völlig ausbleibende Reaktion der dunklen Frau mir gegenüber für den Augenblick verunsicherte, andererseits, weil es mir unangenehm war, meine moralisch nicht ganz einwandfreie Rolle bei dem Folgenden zu enthüllen – doch ich hatte nicht die Absicht, jene zu beschönigen, denn wenn uns diese Unterhaltung in irgendeiner Weise weiterbringen sollte, soviel war mir klar, dann konnte jetzt nur noch eines von Nutzen sein: absolute Aufrichtigkeit.

«Ich bin darüber hinaus», fuhr ich deshalb nach einem leichten Zögern fort, «Zeuge einer privaten Auseinandersetzung zwischen Mrs. Stalliot und ihrem Gatten geworden – und ich bin, als ich Fetzen dieses Wortwechsels auf dem Gästekorridor durch die offene Zimmertüre hindurch hörte, näher getreten und habe gelauscht. – Ja, ich weiß, dass sich dergleichen nicht gehört», setzte ich, die Hände hebend, lauter hinzu, als ich sah, dass Robert Milton offensichtlich zu einer beißenden Stellungnahme ansetzen wollte, «ich habe gegen den guten Ton verstoßen, Milton – ich weiß. Doch ich stehe hier weder an, über die moralische Bewertung dieser Maßnahme mit irgendjemandem zu rechten, noch mich verteidigen zu wollen. Nein, ich teile nur mit: Ich habe gelauscht, aufgrund der insgesamt beunruhigenden Situation und der vielen offenen Fragen wegen habe ich gelauscht – und ich vernahm bei gleicher Gelegenheit, sozusagen aus erster Hand, neben anderen Hintergründen dieser Beziehung, über die uns Mrs. Stalliot inzwischen selbst in Kenntnis gesetzt, wie Geoffrey Stalliot seine Frau anbrüllte, quälte und schlug. Mrs. Stalliot wurde gedemütigt und hat dafür mein ganzes Mitgefühl. Es kam dazu, dass ich Zeuge wurde, wie sich beide – Mr. und Mrs. Stalliot – gegenseitig den Tod an den Hals wünschten und ... sich bedrohten ... und sei dem, wie dem sei», schloss ich, tief Atem schöpfend, «kaum zwei Stunden später ... war Mr. Stalliot tot.»

«Sind Sie noch bei Trost?», fragte in die neuerliche Stille danach hinein plötzlich bedächtig, nicht wütend, jedoch mit einem Ausdruck, den ich überhaupt nicht zu deuten wusste, die dunkle Frau gegenüber, und ich blickte zu ihr hin. Sie sah mich nicht an, während sie mich fragte.

«Es tut mir wahrhaftig Leid, Mrs. Stalliot», wiederholte ich, und ich sprach langsam, mit möglichst vernünftiger Stimme, sodass ein jeder, der mich vernahm, meine Argumente verstehen sollte und einsehen konnte.

«Ich halte, Mrs. Stalliot», sagte ich, «insgesamt zumindest, folgende Hypothese für durchaus vertretbar. Sie hassten – aus gutem Grunde – was hier ein jeder im Raume versteht – Ihren Gatten ... und trachteten ihn loszuwerden. Und in Ihrer Klugheit und Weitsicht bot sich Ihnen das Symposion, das Sir Mortimer Ihnen vor einigen Monaten brieflich offerierte, als die vermeintlich geeignete Möglichkeit dazu an. So blieb Ihnen genug Zeit, das kühne Unterfangen zu planen, Madam. Ihnen war bald bewusst, dass Sie einen Helfer für Ihr Vorhaben benötigen würden – und da kommt der Comte ins Spiel. Sie trafen ihn, denke ich, tatsächlich zufällig, in jenem Landgasthause, liebten ihn ... und weihten ihn in Ihren Plan ein. Doch der Comte, von Ihrer Schönheit, Ihrem Leiden zweifellos stark beeindruckt, das zeigt sein Text, den ich oben in der Stube von Mortimer lesen konnte – der Comte, Madam, lehnte aufgrund ... lassen Sie es mich nennen, charakterlicher Ungeeignetheit, Ihr Ansinnen ab. Denn der Comte war sanftmütig und ein Mann der Poesie – nicht der Realität, nicht wahr? Sie unterdessen, Mrs. Stalliot, was sollten Sie tun?»

Ich beobachtete sie während meiner rhetorischen Frage. Sie hatte wieder die Hand über den Augen, aber ihren Mund konnte ich sehen, und mir schien fast, sie lächelte etwas höhnisch oder abfällig. Goldsmith, links von mir – ich nahm dies mit halber Aufmerksamkeit wahr –, fixierte sie wie ihren Gefährten mit geradezu hypnotischer Wachsamkeit: Keine Regung, kein verdächtiger Augenschlag sollte ihm entgehen; und ich wusste, dass er mir, würde ich ihn hinterher etwa dazu befragen wollen, jedes Zucken der Iris und jedes noch so beiläufige Verkrampfen der Fingerspitzen würde berichten können.

Mortimer saß an seinem Tischende, in seiner ganzen Haltung um Frieden bemüht, aufmerksam, aber matt, und Robert Milton – ahnte er, was gleich gesagt werden musste, oder ahnte er es nicht? –, Robert Milton trug eine Art ungnädiger Ungeduld und nervösen Desinteresses zur Schau, das, wie ich bei mir überlegte, beim besten Willen nicht echt sein konnte. Eigenartig schien mir in diesen Minuten, dass er sich so vergleichsweise fern von Alice Stalliot hielt, ihr nicht zur Seite rückte, die Hand nicht koste, sie nicht durch heftige Worte gegen mich unterstützte, der ich doch etwas gegen sie vorzubringen im Begriffe stand.

Am interessantesten war mir in jenen Momenten Nightingale. Sie schien mir von einer gänzlich neuen Qualität von Nachdenklichkeit betroffen, ihre dunklen, geheimnisvollen Augen musterten das Pärchen auf der Gegenseite des Tisches aufmerksam und hin und wieder, vorsichtig herüber zur Seite streifend, wollte mir scheinen, hin und wieder auch mich.

Ich sammelte sorgfältig meine Gedanken und fuhr fort, indem ich das zuletzt Gesagte sinngemäß raffend wiederholte: «Der Comte weigerte sich, Ihnen zu helfen, Mrs. Stalliot, und so trafen Sie hier in Boroughmore Castle ein. Und nun – nicht wahr?» Ich wies mit der flachen Hand auf Robert Milton. «Hier nun, Mrs. Stalliot, ergab es sich, dass Sie – nach weiteren Demütigungen durch Ihren Gatten in aller Öffentlichkeit – Ihren jetzigen Begleiter kennen lernten … einen jungen Mann, der über die Skrupel des Grafen nicht verfügte, sondern … tatkräftig, entschieden … und darüber hinaus Ihnen in aufrichtiger Liebe zugetan … das Vorhaben also in die Wege leitete und es schon am nächsten Tage – gestern nämlich – mit Ihnen zusammen –, während des Mittagessens – zu dem Sie beide nicht anwesend waren –, in die Tat umsetzte: Gestern Mittag, davon bin ich – nachdem sich Mr. Goldsmiths Thesen nicht als tragfähig erwiesen haben – mehr denn je überzeugt, starb im Weinkeller Geoffrey Stalliot, Ihr Gatte, von Ihrer und Ihres Begleiters … Hand.»

«Invektiven … Malignant!», sagte mit leiser Stimme, fast belanglosem Tonfall Alice Stalliot in die Stille hinein, die nach meinen letzten Worten eingetreten war. «Sie sind ein gemeiner, niederträchtiger Mensch, Mr. Lloyd … und Sie wissen es!»

«Aber bitte, meine Kinder …!», war die unglückliche, äußerst dringlich hervorgestoßene Replik meines Freundes Mortimer, begleitet von flehenden, ausdrucksvollen Handbewegungen in unser beider Richtung hin, verzweifelte Gesten, mit denen er Weiterem vorzubeugen hoffte. Aber ich musste ihn unterbrechen, um hier und jetzt diesen Punkt zu Ende zu bringen, und ich sprach weiter, in gleichwohl ruhiger Tonlage, ohne mir äußerlich die geringste Reaktion auf Alice Stalliots Beschimpfung ansehen zu lassen – auch wenn es mich, das will ich gerne bekennen, eine gewisse Mühe kostete:

«Und von Ihrer beider Hände», fuhr ich also fort, «war zuvor auch der Comte gestorben, weil er ein Mitwisser Ihres Planes gewesen, vielleicht, weil er sich dagegen ausgesprochen hatte, ich weiß es nicht – jedenfalls, weil er zu einer Gefahr für Sie beide geworden war. Und in der nämlichen Weise verfuhr einer von Ihnen … oder Sie beide zusammen … auch in der heutigen Nacht … mit Professor Prescott, weil auch er eine Gefahr für Sie geworden war. Er hatte gestern Abend an dieser Tafel in Wut über das, was geschehen, Beschimpfungen gegen eine anonyme Adresse ausgestoßen, die Ihnen jedoch sehr wohl zeigten, dass er genau im Bilde war über Ihr heimliches Tun – und er hat Sie, ohne Sie namentlich zu nennen, aufgefordert, einen Strick zu nehmen und sich aufzuhängen – das heißt, ich will genau sein, er forderte einen von Ihnen auf, sich einen Strick zu nehmen … und ich will deshalb meinen, dass er genügend Gentleman war, Sie, Mrs. Stalliot, nicht dazu aufzufordern, sondern nur … Ihren … Begleiter. – Denn Mord, Mrs. Stalliot, das wird zum Beispiel einem jeden offenbar, der mit offenen Augen den ‹Macbeth› des großen Shakespeare gelesen hat, Mord ist wie eine Lawine … Man will, nein, man muss den einen Mord begehen, um ein Ziel zu erreichen, Madam, und dann muss man weitere Morde begehen, um den ersten zu decken, nicht wahr? Und noch weitere … bis schließlich man sich fragt, hört denn dies niemals auf …?»

«Nun verzeihen Sie schon!», unterbrach mich mit lärmender, larmoyanter Stimme Robert Milton. «Aber genau das ist die Frage, werter Mr. Lloyd, die sich Ihre verzweifelten Zuhörer schon die ganze Zeit über stellen. Sie legen mit bewunderungswürdiger Genauigkeit den Finger auf den wunden Punkt, nämlich: Hört denn dies niemals auf? Ich meine Mr. Goldsmith mit seiner penetranten Beredsamkeit … das war ja schon ausnehmend schwer zu ertragen, aber Sie mit Ihrem losen Geschwätz … das ist ja eine Zumutung, wissen Sie, an den Geschmack, an die Geduld und nicht zuletzt an die Widerstandskraft Ihrer wackeren Zuhörer … So haben Sie doch ein Einsehen! Und lassen Sie …»

«Mr. Milton», unterbrach ich meinerseits diese offenbar absichtlich lächerliche Philippika, und ich wunderte mich, dass er derart substanzlos geantwortet, statt die wütende Gelegenheit zu ergreifen, eine Bresche für Alice Stalliot zu schlagen, «ich sehe schale Rhetorik und blinde Demagogie an der Stelle von sachlichen Argumenten. Ich bemerke, dass Sie lediglich mit dummem Sarkasmus um sich zu prügeln gedenken, ohne zu einer Schwächung oder gar Widerlegung meiner Position in der Lage zu sein, und deshalb will ich sogleich …»

Ich kam nicht mehr dazu auszuführen, welche Pläne ich meinerseits hegte, ihn in seine Schranken zu weisen, weil wir plötzlich allesamt von der Entwicklung der Ereignisse erneut überrollt wurden. Wir hörten Lärm – es war wohl die Eingangstüre in die Halle, die krachend ins Schloss fiel –, und wir hörten taumelnde Schritte sich der Speisesaaltür nähern.

Indem ich mit dem, was ich sagen wollte, innehielt, herrschte völlige Stille im Raum, so war das Geräusch von draußen deutlich zu vernehmen, und in der nämlichen Sekunde geschah es, dass die Speisesaaltür aufgedrückt wurde und der Vikar in ihr erschien – aber wie sah er aus! Er war kreideweiß, die wächserne Tönung seiner Gesichtshaut hob sich kaum mehr vom Haupthaar und dem mächtigen Backenbart ab, Schweiß stand auf seinem Gesicht, und er hielt sich mit verkrampfter Faust dort am Türknauf fest, so, als ob er ohne diesen Halt zu Boden gesunken wäre – und dann stieß er stammelnd ein paar Worte heraus, die einen jeden von uns im Tiefsten überraschen mussten. – Darauf, wir hatten nicht damit gerechnet, keiner von uns rührte sich rechtzeitig, sank er tatsächlich langsam an der Tür herunter und lag dort vor unseren Augen mit offenem Mund und ohne Besinnung.

Und alle schwiegen wir, unfähig zunächst, irgendetwas zu unternehmen.

«Ich habe …», hatte Thomas Olivier gestammelt, bevor er zusammengebrochen war, «… ich habe, meine Freunde … ich habe den Gang nach Dull Manor gefunden …»

Der geheime Gang nach Dull Manor, der bis dahin Gerücht – geglaubt oder nicht geglaubt – gewesen war, er war jetzt eine unumstößliche Realität, und der Vikar hatte ihn tatsächlich gefunden.

Mir schoss so vieles elendig gleichzeitig durch den Kopf, dass mir fast schwindelte. Ich dachte daran, wie der Vikar uns zuvor verlassen hatte und wie er den 23. Psalm rezitiert und wie er gesagt hatte, wir sollten uns ihm anvertrauen und gar nichts tun. Uns lenken lassen. Und er hatte genau das getan und gebetet und scheinbar in fast schon ironischer Weise damit Recht behalten – und den Gang gefunden … wenn er ihn denn jetzt erst gefunden hatte!

Andererseits: die Ohnmacht, der Schweiß, der ersichtliche Schreck?

Wir hatten ihn auf einem Stuhl bei den Kohlebecken recht schnell wieder zu sich gebracht, mittels des Riechsalzes, das – zuvor schon bei Mortimer gute Dienste geleistet habend – sich noch in unmittelbarer Nähe befand und von einem Bedienten daher umgehend herbeigeschafft werden konnte. Und die Geschichte, die der Vikar uns aufgetischt, sobald er seiner Sinne wieder mächtig gewesen und nachdem ihm noch ein weiteres Glas Cognac zur Stärkung gereicht worden war, hatte folgendermaßen gelautet:

Ja, er hatte gebetet, herüben in der Kirche, kniend vor dem alten Altar, das große Goldkreuz inbrünstig anschauend, das darauf stand. Und nach einer Weile habe er es wohl zu ergreifen gesucht – es war ein schweres Kreuz und er habe es nicht vom Fleck bekommen – gleichviel habe er getrachtet, es ein Stück zu sich heranzuziehen, um es inbrünstig zu küssen, und dabei sei es, mit Knall und mörderischem Schlage, plötzlich umgestürzt, das ganze ellenbogenlange Kreuz sei lang auf den Altar hingeschlagen, und er habe einen üblen Schrecken davongetragen; der jedoch ein vernachlässigbar geringerer gewesen sei im Vergleich zu dem, der ihn gleich darauf ereilt – als er nämlich zu seinem lauteren Entsetzen bemerkt habe, wie der ganze Altar sich bewegt. Der riesige tonnenschwere Altar sei, nachdem das Goldkreuz, gleichsam wie ein Schalter, erst in eine waagerechte Position gebracht worden war, wie von Geisterhand einen guten Yard weit auf unsichtbaren Schienen vor ihm fortgerollt und habe dabei eine Öffnung im Unterboden entblößt, in die hinab, wie er im ungewissen Kerzenlicht erkannt hatte, eine schmale, feuchte Treppe führte.

Ich schenke mir im Einzelnen die Schilderung der Aufregung, die daraufhin dort im Speisesaal unter uns ausgebrochen – sogar Mortimer war aufgeregt gewesen. Ergebnis unseres kurzen, lauten Disputs war jedoch, dass binnen kurzem wir alle hinübergeeilt waren in die Kirche – um die Szenerie noch genauso vorzufinden, wie der Vikar sie uns geschildert und wie er sie Minuten zuvor in Panik hinter sich zurückgelassen: Das Goldkreuz auf dem Altar war flach hingestürzt, der Altar war verrückt um eine unerhebliche Strecke, weit jedoch genug, um einen rechteckigen, schwarzen Schacht und einige Stufen freizulegen, der sich darunter geöffnet hatte. Goldsmith war es gewesen, der beherzt das Kreuz angehoben und in die Senkrechte gebracht – der Vikar hatte seinen kühnen Griff nach dem christlichsten aller Symbole ersichtlich misstrauisch, andererseits aber noch zu sehr beschäftigt mit der eigenen, augenblicklich dürftigen körperlichen Konstitution, beobachtet –, und wir alle waren Zeugen geworden, wie der Altar, begleitet von einem dumpfen, glatten Rollen, in Bewegung geraten war. Bevor er an seinem Zielpunkt angekommen gewesen, hatte Goldsmith das Kreuz allerdings schon wieder umgelegt gehabt, und der Altar war in der Mitte seiner Bewegung übergangslos in die entgegengesetzte Richtung eingeschwenkt – ein erstaunliches Schauspiel, das sich da unseren Augen bot!

«Genial ...», murmelte Samuel Goldsmith mit einer gewissen Bitterkeit und gleichzeitiger Bewunderung in der Stimme: «Ausgangspunkt? Selbstverständlich in der Kirche – dort, wohin man sich zuletzt zu einem Gebet zurückgezogen hat, bevor man die verzweifelte Flucht antritt. Und genial auch aus anderem Grunde.» Er lachte. «Ich meine, in den Kellern hätten wir lange suchen können, nicht wahr? Nein, man hat ihn nicht in den Kellern beginnen lassen, sondern tatsächlich ein Stück oberhalb … äußerst raffiniert von den alten Baumeistern. Wobei», er tippte sich sacht gegen die Stirn, «wobei es mich noch im Nachhinein natürlich ärgert, nicht doch darauf gekommen zu sein. Natürlich musste der Fluchttunnel hier beginnen, meine Damen und Herren, denn nirgends sonst wohin in der Burg gibt es derartig viele Geheimtreppen und Geheimdurchgänge wie jene, die hier hereinführen – über das Dach und sogar durch die Krypta … aber manchmal ist man eben …» Er brach ab, vollendete nicht.

Henry war geschickt worden, die Baupläne aus der Bibliothek zu besorgen, die man sich daraufhin etwas genauer ansah. Der Gang war nicht eingezeichnet gewesen, aber es war in der Tat zu erkennen, dass die Krypta nicht bis unter die Apsis und den Altarraum reichte. Im Gegenteil, die Wand zwischen diesem Abstieg und der dort auf gleicher Höhe liegenden Gruft war viel zu stark – vier, fünf Yards ganz sicherlich –, als dass man von dort aus jemals an einen Durchbruch hätte denken können oder gar daran, durch etwaige Klopfsignale einen Hohlraum in der betreffenden Wand zu ermitteln.

Bei uns allen herrschte in dieser Viertelstunde, nachdem wir erstmals den Einstieg in den Geheimtunnel erblickt und dann innerhalb des Eingangs auch den Kettenzug entdeckt hatten, mit dem man im Falle einer Flucht die geheimnisvolle Pforte hinter sich würde haben schließen können, eine eigentümliche, kaum beschreibliche Gefühlsverwirrung vor. Einerseits empfanden wir Bewunderung für die Baumeister, andererseits wussten wir nicht, was die Entdeckung des Tunnels in der Folge genau für uns zu bedeuten hätte, ja, irgendwie misstrauten wir der Tatsache, dass wir ihn gefunden hatten. Vielleicht fragten wir uns, ob es denn dem Monster, das uns tötete, eigentlich recht sein konnte, dass wir den Einstieg jetzt kannten – oder ob wir … in irgendeiner Form eine Art der Rache dafür zu gewärtigen hätten. Der Gedanke war bei dem einen oder anderen deshalb wohl auch vertreten, nun blind hinaufzustürzen in das seinerzeit angewiesene Zimmer, sich dort flugs seines Gepäckes zu versehen und die unmittelbare Flucht anzutreten, jetzt, wo der Weg nach draußen doch so frei und eben schien. Ich las dies in verschiedenen Blicken – meinem Innern selber, das muss ich bekennen, war der Gedanke nicht fremd.

Ich beobachtete Nightingale, deren Augen einem fiebrigen Glühen verfallen waren, wie sie dort in die Tiefe starrte mit einem Kopf, der uns andere nicht mehr wahrnahm – und ich musste daran denken, wie wir am ersten Abend während der Führung, die Mortimer uns geschenkt, hier hindurchgetreten, und wie sie ähnlich versunken gewesen war in eine andere Welt – aus anderem Grunde damals – und wie ich sie bewundert hatte für ihre Schönheit … wie ich sie immer noch bewunderte … und begehrte …

Und ich sah Alice Stalliot, die mich jüngst einen Malignant und einen schlechten Menschen geheißen, und Robert Milton, der mich angegriffen hatte, auf der anderen Seite der Stufen stehen und hinabstarren, und doch weniger eng beieinander, wollte mir scheinen, als bei verschiedener anderer Gelegenheit zuvor. Und erneut verwunderte ich mich darüber und konnte es nicht recht begreifen. Und den Pfarrer sah ich seitab wanken und verzagt blicken: Altäre, die unvermutet die Positionen änderten, waren gewiss nicht nach seinem Geschmack. Und Mortimer, Mortimer sah ich bei Henry stehen, und in seinen Mienen spiegelte sich das ganze Ungewitter der widerstrebenden Gefühle wider: Würden wir ihn jetzt verlassen, heillos flüchten, hinauslaufen in die Nacht, umherirrend auf der Suche nach dem nächsten Dorf? Würde somit ein Mörder dem irdischen Gericht entkommen sein auf alle Tage, und wir verstreut in der Einsamkeit dort draußen, und er selbst hier wieder auf dieser Burg allein? Wie würde es mit alldem weitergehen?

Goldsmith war es – wieder einmal Goldsmith –, der im Gegenwärtigen das wohl Vernünftigste tat, indem er beherzt sagte: «Einerlei, meine Herrschaften, was oder wie Sie darüber denken, ich werde jetzt, bevor wir hier Wurzeln schlagen, auf mein Zimmer gehen, mir dort greifen, was ich glaube zu benötigen: meinen Kompass, meinen Mantel, vielleicht, wenn Henry dies ermöglichen kann, zur Sicherheit einen kleinen Spaten und auch wieder einen Hammer – sowie ein, zwei Fackeln, nicht zu vergessen – ich werde, solchermaßen ausgerüstet, in diesen Gang eindringen und, so Gott will, die Passage nach Dull Manor meistern. Ein jeder, der Lust dazu verspürt, mag mich begleiten – und alsdann dort herüben tun, was ihm beliebt, und wenn es das ist, auch seiner Wege gehen. Was mich betrifft, ich werde anschließend wieder hierher zurückkehren. Nicht, weil ich die Mordbestie unter uns nicht fürchtete, sondern weil ich glaube, dass der andere Weg, jetzt hinaus in die Nacht, bei weiter sinkenden Temperaturen und möglicherweise aufkommendem Schnee, gewiss noch die sicherere Entscheidung birgt für den Tod – und keine wirkliche Alternative.»

Er lächelte auf seine wölfische Art. «Nein, meine Herrschaften, Samuel Goldsmith bleibt hier und läuft nicht weg vor dem, was ihm bestimmt ist. Ich will nur einmal dort hinüber, herausfinden, ob es denn überhaupt möglich ist, hinzugelangen. Was uns bei alldem bleibt, ist, darüber nachzusinnen, ob wir auf diesem Weg die Flucht antreten sollten oder nicht. Und wir sollten, wenn wir denn flüchten, es vernünftigerweise tagsüber tun und nicht nachts – das bessert, denke ich, unsere Chancen.»

Er brach ab und verbeugte sich ironisch direkt gegen Robert Milton. «Verzeihen Sie mir, Sir, dass ich schon wieder Parolen ausgegeben – aber ich habe nur für mich gesprochen, Sir, nicht für Sie.» Und hierauf drehte er sich zu Mortimer um, und diese Verbeugung barg keinerlei Ironie: «Nein, noch verlasse ich Ihr Schloss nicht, Sir, noch lasse ich Sie hier nicht allein.» Er verbeugte sich abermals, gegen uns alle, höflich: «Ich gehe mir jetzt meinen Mantel holen.»

«Warten Sie», sagte ich laut zu Samuel Goldsmith. «Ich komme mit.»

Er nickte mir leicht zu, schien nicht im mindesten überrascht. «Ja, kommen Sie, Mr. Lloyd. Ich freue mich. Ich habe das eigentlich von Ihnen erwartet.»

«Fängt das schon wieder an?», fragte Robert Milton ruppig, mit einem wütenden Grollen in der Stimme, von seiner Seite der Treppe her.

Goldsmith drehte sich überrascht herum zu ihm. «Was, bitte, fängt schon wieder an?», meinte er lächelnd, gespielt unschuldig. Und gewissermaßen als offenes Angebot setzte er hinzu: «Oh, bitte, Mr. Milton, begleiten Sie uns doch!»

«Den Teufel werde ich tun, Salomo», fluchte jener steif, und sein Gesicht war dunkel vor Zorn.

«Warum nicht?!», fragte Goldsmith heftig, und plötzlich war auch er wütend. «Glauben Sie wirklich allen Ernstes, Lloyd und ich fallen über Sie her und schneiden Ihnen die Kehle ab, sobald wir erst ins Dunkel dieses Tunnels eingetaucht sind, Mr. Milton? Glauben Sie das, ja? Mann Gottes, ich weiß tatsächlich nicht, was ich darauf erwidern soll …!»

Robert Milton trat einen Schritt gegen die Treppe zu vor, hob die Hände gegen uns, winkte ab und sagte beherrscht: «Holen Sie doch Ihre Mäntel, meine Herren, und gehen

Sie anschließend dort hinüber, wenn Sie meinen, das tun zu müssen. – Und ich rate Ihnen: Ziehen Sie sich warm an …»

Goldsmith lächelte interessiert und verwundert. «Sie drohen uns?», fragte er den jungen Mann, und darauf gab es ein kurzes, gleichwohl sehr ungemütliches Schweigen.

Jetzt jedoch hatte auch Robert Milton plötzlich sein maliziöses Lächeln wieder. «Aber ich drohe Ihnen doch nicht, Mr. Goldsmith», sagte er wegwerfend und machte eine großzügige Handbewegung. «Und Mr. Lloyd selbstredend genauso wenig.» Er lächelte sanft. «Sie haben mir ja auch nicht gedroht …» Er zuckte die Schultern. Goldsmith und er musterten sich einen Moment mit sublimer Feindseligkeit, dann gab Goldsmith sich einen Ruck und sagte zu mir über die Schulter: «Mr. Lloyd …?»

Und so hatten wir aus unseren Zimmern unsere Mäntel geholt. Wir hatten nicht geredet auf dem Weg dorthin. Das heißt, ich hatte ihn ansprechen wollen, aber er hatte mir mit einem um Verzeihung bittenden Schulterzucken und einem Winken seiner Augen bedeutet, dass er es augenblicklich vorzog nachzudenken, und hatte knapp ein «Später» gemurmelt.

Dann hatte ich im Korridor auf ihn gewartet – wusste Gott, welche Ausrüstungsgegenstände neben den erwähnten er noch mitzuführen gedachte und in den Taschen seines Mantels zu verstauen –, aber schließlich war auch er aus seinem Zimmer herausgetreten, und gemeinsam waren wir zurückgekehrt in die Kapelle, wo wir die anderen vorfanden, wie wir sie verlassen, gleichsam, als hätten sie sich in der Zwischenzeit kaum bewegt.

Das heißt, Henry war inzwischen ebenfalls unterwegs gewesen – er kam einen Augenblick nach uns zurück – und brachte den zuvor verlangten Hammer und die Schaufel mit, dazu ein Bündel Fackeln, eine davon vorsorglich brennend, und er hatte sogar an die Seile gedacht, nach denen jetzt zwar niemand ausdrücklich verlangt, die wir jedoch am Nachmittag benutzt hatten. Er überreichte Goldsmith und mir die Gegenstände mit einem vergrämten, gleichwohl wie um ein Lächeln bemühten Gesicht, das tränennasse Abschiedsrührung genauso wie bebende Sorge auszudrücken schien, so, als ob wir uns in einer Nussschale hinausbegäben auf eine gefährliche Fahrt über den wilden Ozean.

Mich rührte dieser Gesichtsausdruck Henrys ungemein, und Goldsmith mochte Ähnliches empfinden, denn er lächelte und klopfte dem alten Diener sacht auf die Schulter. «Alles halb so schlimm, Master Henry», murmelte er ihm freundlich zu, «in einer halben Stunde oder Stunde sind wir zurück.»

Es stellte sich heraus, dass kein weiterer unter den Anwesenden sich entschlossen hatte, uns zu begleiten. Robert Milton und Alice Stalliot standen schweigend beieinander, auf unserer Seite der Treppe ebenso Mortimer, Nightingale und der Pfarrer. Ich seufzte, aber ich denke, niemand vernahm mich dabei. – Und so folgte ich Goldsmith, und hintereinander – er vorneweg – kletterten wir die Treppenstufen hinunter in die Finsternis der Tiefe, und hinter uns, über uns, blieb die Kapelle zurück …

Es war in der Tat nur eine Treppe, die geradeaus, ohne Bogen und ohne Knick und lediglich die ersten Yards noch zwischen gemauerten Quadern verlaufend, dann jedoch einfach durch das nackte Gestein des Felsens geschlagen, gefährlich steil abwärts und immer weiter abwärts führte. Fels und abermals Fels riss der Schein unserer Fackeln im Passieren aus der ungewissen Finsternis, während wir der Tiefe zustrebten, der Schall unserer Tritte hohl zurückgeworfen aus der Ferne. Die anderen hatten, als wir eingestiegen waren, nicht geredet, aber selbst wenn sie es getan hätten, so wären ihre Stimmen jetzt längst in der Stille hinter und über uns untergegangen gewesen.

Einige Minute mochten vergangen sein, da plötzlich hatte die Treppe ein Ende, und wir standen in einem flachen, düsteren Gang. Hier war es, dass Goldsmith sich zu mir umdrehte und fragte: «Nun? Haben Sie die Stufen gezählt, Mr. Lloyd?»

Nein, ich hatte sie natürlich nicht gezählt. Er stand mir gegenüber, und ich nahm jetzt wahr, dass er den Kompass in der Hand hielt. «Vierhundertzweiundachtzig», sagte Goldsmith mit einer gewissen Befriedigung in der Stimme. «Meiner Schätzung nach kommen auf jedes Yard Höhenunterschieds fünf bis sechs Stufen: Das bedeutet, dass wir uns knapp unterhalb des Burggrabens befinden dürften – und der Kompass weist aus, dass wir uns exakt westwärts bewegen, also wie geplant auf Dull Manor zu. Mr. Lloyd, unser Vikar hat in dieser Lotterie einen Volltreffer gelandet!»

«Wenn er den Gang nicht schon vorher kannte, wie Milton vermutet hat, und dies alles hier nur ein finsterer Bluff ist …», sagte ich schwach.

«Das steht auf einem anderen Blatt, darüber können wir keine Aussage treffen», meinte Goldsmith knapp. «Nichtsdestoweniger ändert es nichts an der Tatsache, dass dies hier wirklich der Geheimgang nach Dull Manor und somit eventuell der Fluchtweg für uns alle sein wird – falls es dazu kommt …» Er schaute sich sinnend um und setzte dann hinzu: «Lassen Sie uns nachprüfen, ob der Weg überall gangbar ist oder ob es eventuell eingestürzte oder verschüttete Passagen gibt – was an sich nicht der Fall sein dürfte, falls der Mörder wirklich diesen Gang benutzt hat, um in Dull Manor Feuer zu legen. Kommen Sie.»

Und schon hatte er sich umgedreht und schritt, mir vorneweg, den Tunnel entlang, die Fackel fast an der Decke entlangstreichend. Der Gang war, fand ich, äußerst bequem zu begehen, fast eine Art Korridor, der jetzt völlig eben verlief, einen knappen Yard breit, annähernd zwei Yards hoch, die Wände ein schrundiges, trockenes Felsmaterial, hier und dort zusätzlich geglättet, bearbeitet, der Fußboden so sauber, dass er fast wie gefegt wirkte. Ich überschlug, dass bei einem Neigungswinkel von etwa fünfundvierzig Grad und westwärtiger Richtung die absteigende Treppe sich tief unter der Eingangshalle hindurch erstrecken und ihren Fuß in der Tiefe wohl recht genau unterhalb des Speisesaals oder Küchenturms haben musste, und von hier verlief der Gang schnurgerade weiter westwärts, tauchte vor uns aus dem Dunkel und versank hinter uns wieder darin – wir hatten jetzt sicher schon den Burggraben unterquert – und während ich noch so dachte, hob sich der Boden vor uns und der Stollen führte in sanftem Gefälle wieder aufwärts, breit, bequem, trocken, sodass ich – dem die Tiefe, in der ich mich wusste, wie stets unbehagliche Gefühle bereitete – fast geneigt war, sie zu vergessen; der Gang war denkbar unaufregend, man hätte hier, wäre die Decke nur um ein weniges höher gewesen, mit dem Veloziped fahren können.

Dies war mir gerade beigefallen, als Goldsmith herumfuhr, meinen Arm packte, mit dem Fackelarm nach vorn deutete und aufgeregt rief: «Schauen Sie nur, dort … dort …!»

Ich sah die Ratte im Stollen vor uns gerade noch aus dem Lichtschein davonhuschen und verstand im Moment Goldsmiths Aufregung nicht.

«Begreifen Sie doch!», rief er lachend, als er meinen Gesichtsausdruck sah. «Da vorn ist ein Durchgang, Lloyd, denn der Zugang hinter uns – unter dem vorgefahrenen Altar – ist, das behaupte ich einfach einmal, im ‹Normalzustand› derart luftdicht abgeschlossen, dass dort selbst für dieses zarte Tier ein Durchtritt schlechterdings unmöglich sein durfte. Nein, sie kommt von da vorn!» Und er deutete erneut in die Richtung, in der wir unterwegs waren, wies auf seinen Kompass und wiederholte: «Unverrückt westwärts, lieber Freund … ein Durchgang – Sie werden sehen! »

«Ein Durchgang jedenfalls groß genug für eine Ratte», meinte ich skeptisch.

«Nein, nein, Lloyd», lachte er glücklich. «Ein Durchgang groß genug für uns! Wir haben von Anfang an Recht gehabt!»

Ich fand es bemerkenswert, dass er mich in seine Einschätzung einschloss, wobei er es doch alleinig gewesen, der die Idee mit dem Tunnel aufgebracht; ich wollte gerade etwas dafürhalten, als ich sah, wie er erneut stutzte und nun plötzlich aufmerksamer dort, wo eben noch die Ratte gehuscht war, den Boden betrachtete. Er hob die Fackel etwas höher, bis er damit fast an die Decke geriet, stöhnte verhalten, beugte sich, trat ein paar Schritte dorthin, schüttelte den Kopf, stieß ein «Unglaublich!» hervor, drehte sich erneut, nein, fuhr herum und betrachtete nun den Boden zwischen uns. Er kam hastig zu mir zurück, ich trat, ohne noch zu sehen, worauf dies alles hinauswollte, einen Schritt zur Seite, um ihm Platz zu machen – aber er begehrte gar nicht an mir vorbeizutreten, sondern leuchtete nur mit seiner Fackel in das Stück Stollen hinein, das wir bereits zurückgelegt. «Das ist doch …», kam es tonlos von seinen Lippen, und er starrte an mir vorbei. «Das habe ich nicht bedacht … Sehen Sie das, Lloyd?! – Es ist alles anders, ganz anders!»

Ein eisiger Schauer ging über meinen Rücken. Ich wusste nicht, was er meinte. Der Gang war absolut leer und versank nach einigen wenigen Schritten in völliger Finsternis, augenscheinlich schlich uns niemand nach, und ich konnte mir keinen Reim auf sein Gestammel machen, bis er mit der Fußspitze deutete, wiederholte: «Sehen Sie das?» – Da erst sah ich, was er meinte. Es war eine Art Strich oder dünner Linie, die, schlangenförmig sich windend, etwa in der Mitte des Ganges auf dem Boden entlangführte, kaum fingerbreit, keineswegs gleichmäßig, die hier und da unterbrochen schien – eine ungewisse Schwärzung nur, die sich vom Dunkel des Bodens kaum abhob.

«Und was meinen Sie, was das sein soll?», fragte ich atemlos.

«Mein lieber Lloyd», sagte Goldsmith ernst, legte mir schwer die Hand auf die Schulter, blickte mir direkt in die Augen und setzte bitter hinzu: «Das ist leider der neuerliche Einsturz all unserer guten Ideen, denn der, den wir suchen, scheint wahrhaftig erfindungsreicher zu sein, als wir es bislang gewesen …»

Er brach ab, schüttelte beinahe verzweifelt den Kopf und brauchte Sekunden, um sich zu fassen. Er nahm die Hand von meiner Schulter, sah mich gleichwohl weiterhin an und äußerte bedrückt: «Abermals müssen wir uns gründlich revidieren, mein Freund, in Betreff all dessen, was wir bisher über den Brand in Dull Manor gedacht. Dies hier – nun, ich halte dies für Pulverschwärzungen, Mr. Lloyd, wie unter der Zugbrücke», fuhr er fort, «die altbekannte Handschrift unseres Freundes … In einem Wort: Hier entlang hat eine Lunte gelegen – eine vierhundert, fünfhundert Yards lange Zündschnur – und wissen Sie, was das heißt?!» Er nickte schwer mit dem Kopfe. «Das heißt, dass das Feuer in Dull Manor … von Boroughmore Castle aus gelegt worden ist, dass der Brandstifter in jener Nacht Boroughmore Castle gar nicht zu verlassen brauchte … er hat das Feuer ganz aus der Ferne entzündet, mittels einer Brennschnur – und nun überlegen Sie nur, was das in consecutio heißt!»

Er strich sich nervös die Haare aus der Stirn. «Eine Zündschnur von derartiger Länge, mein Lieber, vielmehr diverse Zündschnüre, aneinander geknüpft», rief er aufgeregt, «was denken Sie wohl, wie lange eine solche Konstruktion zum Abbrennen braucht? Ich habe keine Ahnung! Aber lassen

Sie uns eben schätzen, rechnen. Das Feuer frisst sich vorwärts, sagen wir, ein Viertel oder ein Fünftel Yard pro Sekunde – und das bedeutet», er rechnete flüchtig mit grübelnder Stirn und fliegenden Lippen, «dass eine halbe Stunde oder mehr vergangen sein dürfte zwischen dem Zünden der Lunte und dem Aufflammen des Brandes dort drüben in Dull Manor, mein Gott! ... und das heißt: Es ist uninteressant, ob wir den Vikar oder Robert Milton aus dem Bett aufstöberten oder nicht, denn jeder, der frech mit uns gemeinsam am Burggraben stand, kann es gewesen sein – Sie, ich, Henry oder Sir Mortimer, ja sogar Mademoiselle Nightingale käme theoretisch als Brandstifterin infrage! Oh, das ist furchtbar! Eine einfache, geschickte, raffiniert angelegte zeitliche Verzögerung, verstehen Sie?!»

Und ich sah Goldsmith in seiner Zerknirschung zu und verstand sehr gut seine Fassungslosigkeit. Und ich sah mich wieder in jener Nacht, geweckt von dem Klopfen an der Türe, und Nightingale blass draußen im Korridor stehen: Sie habe etwas gehört. Und ich sah uns in der Folge unsere Mäntel holen und erinnerte mich, wie wir Goldsmith mit seinem Pistol in der Halle getroffen, ich sah uns hinausgehen und wie wir die eingestürzte Brücke entdeckten, fühlte erneut unseren Schrecken und überlegte, ob einer von uns da falsch gespielt, ob es denkbar, ja, ob es möglich war, dass Nightingale in der Kirche unter dem Altar ... das Feuer entfacht ... den Gang verschlossen, dann in aller Ruhe die Brücke gesprengt hatte und dann heraufgekommen war, um mich zu wecken. – Mein Gott, es war so unglaublich ... nein, es war nicht denkbar. Aber möglich ... rein, was den zeitlichen Ablauf betraf ... möglich war es schon ...

Und dasselbe betraf übrigens Goldsmith, der, als wir ihn in der Halle antrafen, gerade auf dem Wege zurück gewesen sein mochte, der vielleicht eigentlich die Absicht gehabt hatte, sich wieder unauffällig ins Bett zu begeben, wären wir ihm nicht in die Quere gekommen dabei – und ich stellte bei mir fest, dass diese Lösung mir viel lieber war als die andere. – Doch halt! Die Pforte der Eingangshalle war abgeschlossen gewesen, und nur Nightingale hatte gewusst, wo der Schlüssel zu finden lag – nur sie hätte deshalb zuvor schon draußen und über den Hof und in der Kirche beim Altar gewesen sein können …

Nein, Goldsmith hatte nicht gewusst, wo der Schlüssel war – leider hatte er es nicht gewusst … oder hatte er, dachte ich im nächsten Augenblick, nur vorgegeben, dass er es nicht gewusst habe?! Goldsmith, dachte ich, was war mit ihm? – Er sei aus dem Westflügel zurückgekehrt, wo er nach dem Rechten gesehen habe, hatte er uns dort in der dunklen Halle versichert, und gerade da fiel mir der offene Durchgang in den Hof ein, den es im Westflügel, genauer vom Südwestturm in den Hof, doch gab, den ich gesehen, als Henry mich am anderen Morgen in Mortimers Turmstübchen hochgeführt; und das bedeutete, dass – selbst wenn die Tür zwischen Eingangshalle und Hof in jener Nacht, wie in allen anderen Nächten, auch abgeschlossen gewesen war und selbst wenn nur Nightingale den Verwahrplatz des Schlüssels kannte – dennoch ein jeder aus dem Gästetrakt in den Hof hätte gelangen können, sofern er nur den Speisesaal, die dahinter liegende Bibliothek, den darauf folgenden Spielsalon und schließlich das anschließende Musikzimmer durchschritten hätte. Er wäre in den Turm gelangt und von dort direkt in den Hof. Mithin: Einem jeden wäre es möglich gewesen, auch dem Pfarrer, auch Robert Milton, auch Alice Stalliot und selbstverständlich auch Goldsmith …

Er bemerkte, wie ich ihn sinnend beobachtete. Wir standen immer noch – im Lichte seiner flackernden Fackel – in dem unterirdischen Stollen still. Da hörte ich ihn leise lachen.

«Sind Sie wieder einmal dabei?», fragte er zurückhaltend, fast amüsiert.

«Wobei?», schnappte ich zurück.

«Nun, ich sehe Ihnen doch an, dass Sie sich gerade einen bezaubernden kleinen Mörder namens Goldsmith backen – in guter Butter und in Mandelsplittern gewälzt, schätze ich, goldgelb und mit süßer, brauner Schokolade.»

Ich starrte ihn an. «Ich wette, Sie haben das Pistol wieder dabei», stieß ich statt einer Antwort zornig hervor.

Er lachte gleichmütig. «Oh, diese Wette wird keiner annehmen, Lloyd», winkte er lässig ab. «Die haben Sie gewonnen, und Sie wissen es. – Nein, nein. Und ich hatte sie übrigens auch dabei, als wir heute Nachmittag …», für einen Augenblick ging ein trüber Schatten über sein Gesicht, «… als wir den Comte … entseelt auffanden, bei dem Kanal, und ich hatte sie dabeigehabt, weil ich damit gerechnet, dass wir ihn treffen würden … lebendig allerdings …»

Ich nickte ungeduldig und winkte ab. «Und warum haben Sie sie jetzt dabei? – Wen sollten wir hier antreffen?»

«Warum ich sie jetzt dabeihabe?», fragte er zurück und blickte mich unlustig an. «Mein Gott, natürlich, damit ich Sie erschießen kann, mein lieber Lloyd – was haben Sie denn geglaubt?! Sie wissen doch, wie im Märchen vom Rotkäppchen», und er äffte: «‹Großmutter, warum hast du ein so großes Maul?› … Ich muss mir allerdings noch eine gute Geschichte für die anderen ausdenken, wenn ich nachher ohne Sie zurückkehre. Na … vielleicht sind Sie ohne Gepäck Richtung Süden geflüchtet.» Er zwinkerte übel gelaunt, drehte sich um und schritt mir voran hurtig aus. «Kommen Sie jetzt weiter?», fragte er ungnädig, indem er für einen Augenblick stehen blieb. «Oder laufen Sie lieber zurück?»

Ich brauchte nicht wirklich zu überlegen. Ich folgte ihm weiter, zumal er, zwingendes Argument, die einzige brennende Fackel besaß.

Und dann, nach vielleicht tausend Schritten, der kahle Felsstollen war seit einer Minute wieder in einen gemauerten, gewölbten Tunnel übergegangen, drang mich plötzlich kalte Luft von vorne her an, und es erwies sich, dass sowohl Hammer als auch Seil, Schaufel wie auch Kompass im Grunde überflüssiges Gerät gewesen, denn es gab hier keinerlei Geröll, keinen Engpass, nur ein kurzes Treppchen, und wir kletterten oben ohne Mühe über ein vor längerer Zeit eingefallenes Ziegelmäuerchen hinweg und standen in einem weiten, düsteren, nichtsdestoweniger luftdurchzogenen Keller, in dem es nach Feuchtigkeit und Moosen roch – luftig deshalb, weil ein Teil der Decke herabgestürzt war; und deren eingebrochene Trümmer lagen, ohne dass ihre Existenz unser Fortkommen sonderlich gehindert hätte, in dem weiten, offenen Kellerraume umher.

In der Ecke, sahen wir, führte im Bogen der Rest einer steinernen Treppe aufwärts, die kein Geländer mehr besaß. Wir vertrauten uns ihr vorsichtigen Schrittes und uns dicht an der Wand haltend an. Sie erzeigte sich jedoch als noch durchaus stabil, und oben angekommen, traten wir unter einem weiteren Stück eingebrochener Decke hindurch, über Holzreste und eine natürliche Aufschüttung von Erde hinweg, die die vergangenen Jahrhunderte hier angesammelt hatten, in den eigentlichen Bereich der Ruine hinein – über uns der Nachthimmel. Die Sterne waren, wie ich erkannte, jetzt verborgen, weil sich eine Wolkenschicht herangeschoben hatte, die das Firmament bedeckte. Ringsum die kahlen Mauern, Fensterhöhlungen, der offene Durchtritt einer Türe seitab – es war atemnehmend, denn ich sah, dort hindurch, drüben auf seinem Hügel wie ein großer Schatten liegend, Boroughmore Castle. Es war unheimlich, erleichternd gleichermaßen, ein Anblick wie ein unwirklicher Traum. Wir waren draußen … hatten es geschafft … wir hatten den Weg für den Notfall gefunden!

Ich machte Anstalten, durch die leere Türöffnung hinauszutreten vor die Ruine, um den freien Blick auf die Burg zu haben, als Goldsmith mich am Arme packte und in eine Ecke des deckenlosen Raumes hinüberwies, die der Schein seiner Fackel, die er in der hoch erhobenen Rechten trug, gerade noch erreichte. Wir traten herzu, und es war uns unschwer auszumachen, worum es sich handelte: Eine weit verteilte Schütte grauer und schwarzer Asche lag da, dazwischen die Reste von Holz, vermutlich von Fässern – und die Spuren sprachen eine beredte Sprache: Hier hatte es gebrannt, dieses waren die allzu profanen Überbleibsel von etwas, das poetisch gemeint gewesen war, oder nur, um uns alle das ultimate Fürchten zu lehren – dies vor unseren Füßen jedenfalls waren die Überreste des per Zündschnur «ferngezündeten» Feuers von Dull Manor.

Und nun traten wir durch die Türöffnung und standen draußen vor der Ruine, starrten zur Burg hinüber, wo die anderen zurückgeblieben, und es dauerte nicht lang, da schien mir, als flammte es an der Spitze des Nordwestturms, des Küchenturms, den wir am ersten Abend während der Führung bestiegen und von dem wir diese Ruine hier entdeckt hatten, als flammte dort der Schein einer oder mehrerer Fackeln auf, und wenn man die Augen anstrengte, meinte man die Bewegung einer oder mehrerer Personen zu erkennen.

«Sehen Sie das?», fragte ich Goldsmith aufgeregt und wies darauf.

Er nickte, und statt einer direkten Antwort hatte er mir seine Fackel überreicht und seinerseits ein Perspektiv aus der Tasche gezogen, das er nun seinem ledernen Futteral entnahm. Er zog es auf, hielt es ans Auge und richtete es auf den Burgturm – starrte hindurch. Ich schaute ihm zu. Ein Perspektiv!, dachte ich.

«Schwenken Sie die Fackel», empfahl er mir in der nämlichen Sekunde, weiter durch sein Rohr blickend, «damit sie uns auch sehen können. Ein Jammer, dass wir keine Signalraketen mithaben, um uns etwas deutlicher bemerkbar zu machen.»

«Was!?», schnappte ich bissig. «Sie haben keine Signalraketen dabei?! Aber wäre denn das nicht das Mindeste gewesen?! Zu einem literarischen Symposion?!»

Er setzte das Perspektiv ab, schaute mich an, deutete hinüber. «Es ist Milton», murmelte er nach einem Moment des Zögerns, «in Begleitung Ihrer Freundin, Nightingales.»

Ich schluckte. «Ich fürchte, sie ist nicht meine Freundin – dank Ihrer tätigen Bemühung», entgegnete ich rau. «Geben Sie mir dies einmal her?»

Wir tauschten, ich reichte ihm die Fackel, er mir das Perspektiv, und ich schaute hindurch, suchte und fand. – Immer wieder, seit meiner Kinderzeit, hat mich das phantastische optische Überraschungsbild fasziniert, Entferntes so plötzlich so dicht vor mir zu haben, wann immer ich die Gelegenheit gehabt, durch ein Perspektiv zu blicken. Hier geschah das Nämliche, und mit einem Frösteln sah ich im Schein einer Fackel Robert Milton und Nightingale Dubois hinter den Burgzinnen dicht vor mir stehen, und es war mir, was mich seltsam berührte, als ob sie mir geradewegs in die Augen schauten. Jetzt beugte er sich zu ihr, sagte etwas, sie antwortete – der Eindruck des Dicht-bei-ihnen-Stehens war mir so stark, dass ich einen Augenblick verblüfft war, nicht ihre Stimmen zu hören. Jetzt deutete Nightingale herüber, und Milton nickte, woraus ich schloss, dass sie beide ihrerseits uns respektive den Lichtpunkt unserer Fackel entdeckt haben mussten.

Nightingale … hier war sie wieder zusammen mit Robert Milton … wie vor einigen wenigen Sonnenkreisen, als ich sie kennen gelernt, als ihre Kutsche niedergebrochen, nur einige Meilen von hier … und wo war Alice Stalliot?

Brennende Eifersucht schoss in mein Herz, und ich setzte

das Rohr ab und fühlte, wie die bitteren Tränen beißend und würgend in meiner Kehle aufstiegen. Ich bekam kaum Luft zum Atmen. Ich spürte, wie mich Goldsmith von der Seite her beobachtete, und ich reichte ihm brüsk das Perspektiv zurück, ohne ihn dabei anzusehen. Er nahm es, behielt auch die Fackel. «Wie meinten Sie das?», fragte er nach einer Weile still.

«Wie meinte ich wohl was?»

«Die Bemerkung mit meiner ‹tätigen Bemühung›.» Er beobachtete mich immer noch.

Mein Zorn half mir, mein Bedürfnis nach Tränen fürs Erste zu unterdrücken, und ich konnte ihn jetzt wieder geradewegs anschauen. «Das sollten Sie nicht bemerkt haben?», erkundigte ich mich bitter. «Der Sie doch ansonsten jede meiner Gedankenregungen zu lesen scheinen wie in einem offenen Buche, Sie sollten nicht gesehen haben, in welche Situation Sie mich vorhin bei Tische lavierten, indem Sie den anderen vertrauten, ich sei seit langem in alles eingeweiht? Hören Sie aber, Goldsmith!»

«Oh, ich weiß jetzt, was Sie meinen», sagte er leise. «Und es tut mir gewiss Leid, Lloyd. Ich habe die Situation falsch eingeschätzt, denke ich. Ich wollte an sich das Gegenteil damit erreichen, wissen Sie. Ich wollte Sie als Autorität zitieren, um meine Argumente den anderen gegenüber glaubwürdiger, vertrauter, einsichtiger erscheinen zu lassen. Ich nahm an, Ihnen glaubte man das eher als mir, verstehen Sie? Was immer passiert ist: Es täte mir Leid.»

«Was immer passiert ist?», gab ich zurück. «Sämtliche Tischgenossen rückten drei Yards von mir fort, das haben Sie doch gesehen! Sie und ich, die Geheimniskrämer, die gemeinschaftlich Böses auskungeln – das war die Position, in die Ihr ungeschicktes Verhalten mich plötzlich versetzte!»

Er nickte mir ernsthaft zu. «Und im Falle von Miss Dubois tut Ihnen das nun Leid, Mr. Lloyd?»

«Pah!», stieß ich wütend hervor. «Sie können vielleicht Fragen stellen!»

«Ich glaube es trotzdem nicht», meinte er nach einem Moment vorsichtig und wackelte mit dem Kopfe.

Ich war irritiert. «So? – Was glauben Sie nicht?», wollte ich aufgebracht wissen.

«Nun, wenn das, was – wie Sie meinen – zwischen Miss Dubois und Ihnen vorgeht ... oder vorgehen sollte», sagte Goldsmith genauso bedacht und ruhig wie zuvor, «wenn das etwas mit wirklichem Gefühl zu tun hat, Mr. Lloyd – dann würde ich mir an Ihrer Stelle sehr wenig Sorge darum machen.»

«Ach, in der Tat, meinen Sie?»

«Wenn das, wovon wir reden, im Ansatz echt ist», fuhr er bestimmter fort, «dann wird es nicht zerstört durch ein bloßes Missverständnis bei Tische, nicht durch so etwas Flaches wie ein dummes Wort von einer dritten Person – dreist, wenn ich diese Person bin.» Er lächelte mich vorsichtig an. «Betrachten Sie den augenblicklichen Zustand dieser Beziehung als von einem leichten Fieber befallen, als beschattet von einer Wolke, Lloyd, die sich vorübergehend über den Himmel gezogen – mehr nicht –, bevor die Sonne wieder scheint. Ich bin mir dessen ganz sicher!»

Ich antwortete nicht auf seine Replik, sondern lauschte dem Klang seiner tröstenden Worte und betete im Herzen, dass er Recht haben möge. Ich sog die kalte, klare Luft tief in meine Lungen und schaute zu dem Licht dort auf dem Turme hinüber, mit so etwas wie neuer Hoffnung im Herzen, während er in seiner stillen Art neben mir weitersprach. «Es war in jedem Fall sehr ungeschickt von mir», gab er zu und nickte schwer mit dem Kopf. «Und es tut mir herzlich Leid. – Verzeihen Sie mir?»

Als ich nicht reagierte, lachte er plötzlich unfroh. «Dabei war es noch überflüssiger, Lloyd, als Sie es eben darstellten, dies alles, noch viel überflüssiger insofern, als die These, um die es mir ging – die These, die ich da so großartig entwickelt hatte –, sich schließlich doch als barer Unsinn entpuppte ...»

Ich sah, wie er sich von mir abwandte, und fast tat er mir Leid in dieser Sekunde. Da war ein Moment tiefer Stille zwischen uns.

«Geben Sie mir noch einmal das Rohr?», bat ich ihn.

Er gab mir zunächst die Fackel zu halten, zog dann das Perspektiv aus seiner Tasche, öffnete es wieder und reichte es mir. Ich nahm es wortlos entgegen, indem ich ihm meinerseits die Fackel übergab, hob es vors Auge und holte mir den kleinen glühenden Punkt, der dort drüben auf der Burgzinne schwebte, ganz dicht heran. Da waren sie wieder. Milton hielt die Fackel über ihren Köpfen. Ich sah Nightingales Haar sacht im Flammenschein schimmern. Beide standen nebeneinander, sagten nichts, taten nichts, schauten nur stumm zu uns herüber, ohne mehr von uns zu sehen als ebenfalls einen glühenden Punkt. Ich setzte, im Inneren versengt von Nightingales Schönheit, die dort drüben unberührbar in der Nacht stand und nicht wusste, dass ich sie betrachtete, das Rohr ab und gab es wortlos an Goldsmith zurück, hielt stumm die Fackel, während er es wieder verstaute. Dann standen wir da und schauten stille. Eine Windbö fuhr raunend durch die leeren Fensterhöhlungen hinter uns – und eine stete Brise kam mit einem Male auf. Die Fackel brannte unruhiger. Ich fragte mich, was Goldsmith wohl in diesen Minuten dachte.

«Dieser junge Mann, Robert Milton», sagte ich nach einer Weile. «Was halten Sie von ihm?»

«Was ich inzwischen von Ihrer Theorie hinsichtlich seiner Person und Alice Stalliots halte?»

«Nein, nicht von meiner Theorie», korrigierte ich rasch. «Ich meine: Was halten Sie von ihm, von ihm als Menschen?»

Goldsmith scharrte mit der Fußspitze im Staube. «Er wirkt manchmal ... eigenartig gefährlich», sagte er vorsichtig nach einer längeren Bedenkzeit, «ohne dass ich damit etwa behauptet haben will, dass er der Verantwortliche ist – Sie verstehen mich recht? Ihrer beider Auseinandersetzung vorhin war hart, von seiner Seite teilweise überraschend unsachlich geführt – warum nur, da er sonst viel geschickter scheint? Man hätte doch zu gern noch mehr von ihm gehört. Ihrer beider Dialog, Lloyd, brach zur Unzeit ab.» Er zuckte die Schultern und fuhr sinnend fort. «Er agiert mir manchmal ein wenig zu sehr nach der Strategie des Divide et impera, will mir scheinen. Außerdem: Ich weiß nichts über seine Vergangenheit ... nun ja, nicht mehr als über die eines jeden anderen hier», setzte er lächelnd hinzu und grübelte. «Er ist jung, unser Freund ... er wirkt trotzdem in vielerlei Hinsicht erfahren ... vielleicht verletzt, verstehen Sie, was ich meine? Und ... eigenartig genug, aber vorhin bei Tisch schien mir, als ob er ... von Alice Stalliot in den Stunden, nachdem wir den Comte gefunden hatten, bereits wieder abgerückt sei – bitte, ich kann mich täuschen ...»

Ich nickte nur, sagte nichts. Ohne es mir anmerken zu lassen, nahm ich verblüfft zur Kenntnis, wie genau sich doch in allen Details seine Einschätzung mit der meinigen deckte.

«Tja, ich weiß nicht», schloss er ab. «Robert Milton ist mir nicht sonderlich sympathisch, falls Sie das wissen wollten – aber das macht ihn natürlich noch nicht zum Mörder. Im Gegenteil, wenn ich eine Wette darauf abschließen sollte, ob er der Täter sei, den wir suchen, würde ich eher meinen, er sei es nicht – aber auch das will nicht viel heißen. Wenn ich mir die anderen anschaue, habe ich mit denen doch dieselben Schwierigkeiten.»

Er war damit beschäftigt, die zweite Fackel an der ersten zu entzünden und die erste, die so gut wie abgebrannt war, zu löschen. Als ich danach wieder aufschaute und mein

Blick suchend hinüberschweifte nach Boroughmore Castle, sah ich, dass der leuchtende Punkt der einsamen Fackel dort von der Zinne verschwunden war. Nightingale und Milton mussten in der Zwischenzeit abgestiegen sein. Einen Augenblick noch beobachtete ich den Turm, ob man irgendwo hinter einer der Schießscharten Licht auftauchend wahrnahm. Aber ich wartete vergebens; alles blieb dunkel dort drüben.

«Kommen Sie», murmelte Goldsmith, und ich sah, dass er seine Uhr zurate gezogen hatte. «Es geht auf halb elf, wir sollten wieder zurückkehren und den anderen Bericht erstatten.»

Und ich nickte ihm stumm zu und kehrte mich mit ihm gemeinsam zur dunklen Ruine. Wir traten durch die leere Türöffnung in das zerstörte Haus. Und noch als wir drinnen, gleichwohl unter freiem Himmel, auf die Treppe zuschritten, war plötzlich eine eigenartige Feuchtigkeit in der Luft zu verspüren, und die ersten weißen Flocken stäubten lautlos und kalt im stärker aufkommenden Wind auf uns nieder.

11. Kapitel
Schneefall

Zu meiner nicht geringen Verblüffung fanden wir, als wir zurückkehrten und schließlich die in dieser Richtung sehr anstrengend lange Treppe im Schweiße unseres Angesichts glücklich gemeistert hatten, die Kapelle völlig verlassen und dunkel vor – niemand der anderen war geblieben oder hatte uns erwartet. Ich vertraute Goldsmith meine Verwunderung über den Umstand an, und er äußerte daraufhin unbestimmt die Besorgnis, dass doch nicht etwa schon wieder etwas «Schreckliches» vorgefallen sei. Gleichviel: Er verschloss zunächst durch Aufstellen des Kreuzes den Geheimgang, und wir beobachteten fasziniert, wie der Altar an Ort und Stelle rollte. Alsdann machten wir uns auf und verließen die Kapelle.

Auch der Hof fand sich völlig dunkel – im Speisesaal, in der Bibliothek, nirgends mehr war Licht – einzig ein düsterer Schein glomm hinter den Luken beiderseits der Tür zur Eingangshalle. Und ich sah wie einen einsamen Stern hoch am Firmament eine vereinzelte Kerze dort oben am Fenster von Mortimers Wohnturm. Wie mochte es meinem alten Freunde gehen? Ich wünschte nur, dass der stürmische Aufbruch aller aus der Kapelle nicht etwa in gesundheitlichen Missliebigkeiten, die mit ihm zu tun hatten, zu finden sei.

Ein dünnes, gleichmäßiges Schneegestöber war jetzt in

der Luft; im Licht der Fackel, die ich trug, erkannte ich, dass die ersten zarten Flocken auf der Erde liegen blieben.

«Es schneit», meinte Goldsmith beiläufig. «Hoffen wir, dass wir nicht wirklich schlimm einschneien. Dann wird es in der nächsten Zeit nämlich nichts mit Flucht oder Rettung.»

Ich dachte daran, was Mortimer mir vorhin leise anvertraut, als wir ebenso wie jetzt aus der Kapelle herausgetreten, und ich dachte: Jetzt schneit es die ganze Nacht, und wir werden auch morgen nicht von hier fortkommen, aber zu Goldsmith sagte ich in diesem Augenblicke nichts davon.

Wir traten auf die Eingangspforte zu, und Goldsmith zog sie für mich auf. Auch gestern hatte er dies getan, und mir fiel auf, dass er eigentlich ein vertrackt höflicher Mensch war. Für einen unvernünftigen kleinen Augenblick hatte ich befürchtet, die Eingangstüre verschlossen vorzufinden, und war erleichtert, als der Blick in die Halle sich auftat, andererseits – so überlegte ich sofort – wenn sie uns ausgesperrt hätten, dann hätten wir auch den anderen Eingang über den Südturm benutzen können. Es gab immer einen zweiten Weg, dachte ich sarkastisch, beinahe amüsiert über mich selbst. Wir traten in die Eingangshalle, und hier fanden wir zu meiner Überraschung Nightingale Dubois.

Die Halle war fast gänzlich dunkel, nur zwei der Kerzen brannten in den hohen Kandelabern bei den Sesseln und dem niedrigen Tische rechter Hand; ihr Licht war es gewesen, das wir draußen auf dem Hof durch die Eingangsluken beiderseits wahrgenommen. In dem einen der hochlehnigen Sessel saß die schlanke, zarte Gestalt Nightingales. Im ersten Moment erschrak ich fürchterlich, als ich sie erblickte – denn ich sah sie tot, weil sie bei unserem Eintritt so stille blieb, aber dann nahm ich wahr, dass ihr Arm, ihre Hand sich bewegten, wie sie die wilden Locken aus der Stirne strich –, und mit Mühe hielt ich mich davor zurück, zu ihr hinzustürzen, sie anzuflehen, mich zu lieben, und weinend das Gesicht in ihren Schoß zu bergen. Ich bezwang mich, blieb ruhig stehen, beobachtete sie, äußerlich gänzlich unbewegt.

Goldsmith an meiner Seite räusperte sich, schritt bedächtig zu ihr hin, blieb vor einem der anderen Sessel stehen, deutete eine Verbeugung an, zeigte auf das Sitzmöbel und sprach: «Sieh da, Miss Dubois – das ist sehr freundlich, dass Sie uns erwarten. Doch noch ein Empfangskomitee nach unserer anstrengenden Expedition? Was machen die anderen?» Er drehte sich zu mir um und lachte: «Man ist nicht am Ergebnis unserer Exkursion interessiert, Lloyd, bemerken Sie's wohl? Fast beleidigend, finden Sie nicht?»

Und als er sah, dass ich mich immer noch nicht rührte, lachte er erneut, winkte mir zu und rief: «Nun kommen Sie schon, Sie Sauertopf!» und, wieder zu Nightingale gewandt, fragte er mit aufmerksamer, gleichwohl etwas ironisch übertriebener Höflichkeit: «Sie gestatten doch wohl, junge Dame?»

Nightingale lächelte nicht, blieb ernst, machte jedoch eine kaum sichtbare Handbewegung, die Zustimmung ausdrückte, und Goldsmith setzte sich in den einen der Sessel, auf einen Abstand von zwei Yards von ihr.

Ich trat näher heran. «Wie geht es Mortimer?», fragte ich unruhig. «Ist irgendetwas mit Mortimer, da all die anderen weg sind?»

Nightingale schaute mich an, und ich gewahrte eine Spur Interesses und ihrer alten Herzenswärme in ihrem Blick. Sie dankte mir mit einem Kopfnicken für meine Besorgnis und berichtete dann, dass Mortimer tatsächlich, kaum dass wir auf der Treppe verschwunden waren, einen Weinkrampf erlitten habe, der wahrhaft herzbrechend gewesen sei. Auch Alice Stalliot habe wieder zu schluchzen begonnen, es sei entsetzlich gewesen. Henry, assistiert vom Vikar, habe Mortimer hinausgeführt und wohl in den Turm auf sein Zimmer geleitet, wo er sich sicher über Nacht beruhigen werde; der Vikar sei hier vor einigen wenigen Minuten hindurchgeschritten und habe ihr berichten können, dass unser Freund sich, nachdem er erst gebettet worden war und einen heißen Brustwickel von Henry erhalten, dem Vernehmen nach schon besser gefühlt habe – der Vikar sei jetzt gleichfalls zu Bett. Sie zeigte mit dem Finger über ihre Schulter hoch zur Galerie.

Goldsmith nickte ihr aufmerksam lauschend zu und fragte alsdann, was mit Alice Stalliot sei.

Die habe gleichfalls ihr Zimmer aufgesucht, gab Nightingale zur Auskunft, gleich nach Mortimer sei sie aus der Kirche verschwunden, und sie habe – ich konnte die Verwunderung über den Umstand in Nightingales zartem Gesicht deutlich lesen – dazu die Begleitung Robert Miltons ausdrücklich abgelehnt, sei, während man Mortimer nach oben auf sein Zimmer brachte, vielmehr alleine dort drüben hinausgetreten in den Hof. So seien sie zunächst, Nightingale und er, Milton, als Einzige in den Gewölben der Kapelle zurückgeblieben – und schließlich, weil ihr das Warten etwas unheimlich war, habe sie vorgeschlagen, auf den Küchenturm zu steigen, um zu sehen, ob man vielleicht etwas von unserer Ankunft dort drüben zu sehen bekäme. Robert Milton war so freundlich gewesen, sofort einzuwilligen und sie zu begleiten. Und so sei es geschehen. Nightingale zuckte ihre Schultern. Sie hätten ihre Mäntel aus den Zimmern geholt, seien durch den Speisesaal und drüben wie am ersten Abend aufgestiegen, und kaum oben angekommen, hätten sie auch schon an dem Licht auf der anderen Seite wahrnehmen können, dass uns beiden der Durchbruch ganz offensichtlich geglückt war. Ja, und nachdem sie beide sich von dieser Tatsache hinreichend überzeugt hatten, seien sie wieder heruntergestiegen, Milton habe sich verabschiedet und sei nach oben gegangen, zu Bett, sie habe hier Platz genommen. Dann sei, vor ein paar Minuten, wie gesagt, der Vikar, von Mortimer zurückkehrend, vorbeigekommen – und das Weitere wüssten wir.

«Und nun, der Gang?», fragte sie, nachdem sie ihren Bericht solcherart abgeschlossen. «Wie haben Sie ihn vorgefunden, meine Herren?»

Das so unpersönliche «meine Herren» verletzte mich, dabei war ich mir im Augenblick nicht einmal sicher, ob die Anrede denn wirklich so gemeint gewesen. Goldsmith hingegen trug ein völlig argloses Gesicht zur Schau, das in seiner ganzen Harmlosigkeit unmöglich echt sein konnte. Er musterte mich flüchtig, prüfte, ob ich auf ihre Frage zu erwidern gedächte, und erklärte Nightingale, nachdem er das nicht bestätigt fand, in aller Kürze selbst, dass jener Gang durchaus bequem, luftig, ja geradezu unaufregend gewesen sei und im Notfalle so von jedem, Mann wie Frau, Alt oder Jung, ohne weiteres passiert werden könne. Nightingale nickte verstehend mit dem Kopfe und gab sich mit der Antwort zufrieden.

Goldsmith lächelte verhalten, und eine vorsichtige Konversation mit der jungen Frau beginnend, meinte er: «Für den Augenblick, Miss Dubois, als wir die Kirche leer und den Hof dunkel vorfanden, fürchteten wir tatsächlich, niemanden mehr anzutreffen, glaubten gar den Eingang zu dieser Halle verriegelt. Andererseits …»

«Gewiss, andererseits», nahm Nightingale das Wort auf und nickte, «weshalb sollte man diese Türe abschließen, nicht wahr? Wogegen? Gegen wen, meine Herren, meine ich, sollte uns eine verschlossene Pforte wie diese wohl schützen, da doch die Gefahr nicht von außerhalb droht, sondern von innerhalb dieser Mauern kommt, wo sich, maskiert, das Mordbiest mitten unter uns befindet?» Sie zog fröstelnd das Brüsseler Tuch an ihrem Halse zusammen und senkte erbittert den Blick. Die Hoffnungslosigkeit, die in ihrem Verhalten zum Ausdruck kam – und gegen die ich augenblicks nichts zu tun vermochte –, schnürte mir die Kehle ab.

«So sehe ich es auch», stimmte Goldsmith ihr zu, «und früher oder später werden wir die Frage zu beantworten haben, Miss Dubois, wer sich unter dieser Maske verbirgt. Aber nicht heute Nacht – fürderhand haben wir andere Probleme zu klären.» Er deutete mit dem Daumen über seine Schulter Richtung Hof. «Es beginnt zu schneien. Natürlich können wir das Ausmaß dieses Schneefalls nicht vorhersagen und von daher auch nicht prophezeien, inwieweit dieser Schnee bei einer möglichen Flucht morgigen Tages oder zu einem späteren Zeitpunkt zum Hindernis oder gar zur Gefahr für Leib und Leben geraten wird. Das enthebt uns zwar vorerst der Notwendigkeit, uns übertriebene Sorgen zu machen oder sogar in Panik zu verfallen, andererseits, die Frage ist durchaus angebracht: Was ist mit dem Boten, den wir eigentlich für übermorgen erwarten? Was ist etwa, wenn es bis dahin weiterschneit?»

«Wir können mit Sicherheit davon ausgehen, dass der Bote nicht kommen wird», mischte ich mich hier ins Gespräch – meine Stimme klang rau und überraschte mich selbst, und ich beobachtete aus den Augenwinkeln, wie ihrer beider Köpfe sich wendeten und ihre Gesichter mich mit irritiertem Interesse anblickten. «Mortimer», erläuterte ich nach einem unwillkürlichen Zögern, «der dieses Klima besser kennt als jeder andere von uns, hat mir heute Abend, als wir von der Bestattung des Comte zurückkehrten, Schneefall angekündigt – und, mehr als das …» Ich holte tief Atem, bevor ich hinzusetzte: «Er fürchtet den dauernden Wintereinbruch … für die nächsten Monate …»

Es war in diesen Sekunden nicht so, dass ihrer beider Erschrecken in Ausrufen oder offenem Entsetzen deutlich geworden wäre, aber Nightingales Gesicht schien um eine Spur weißer geworden, und Goldsmith sog leise zischend die Luft durch die Zähne ein. Für einen Moment herrschte Stille.

Ich, der ich bisher bei der Gruppe der Sessel stehend verharrt hatte, setzte mich vorsichtig auf die Ecke des einen nieder.

«Was heißt das für uns?», fragte Goldsmith nach einer Weile mit leiser Stimme. «Sollen wir die anderen jetzt wecken und jetzt fliehen, bevor noch zu viel Schnee gefallen ist?» Er klopfte leise vor sich auf den Tisch. «Nüchtern und kühl also überlegt: Wie sind unsere Chancen? Wir kennen nicht einmal die Strecke des Weges und wie lang er wohl dauern mag – zurückgelegt, meine ich, zu Fuß. Ferner: Wir kennen nicht die Richtung, und wir wissen nicht: Wie heißt das nächste Dorf? Wir könnten Mortimer fragen, aber gleichwohl: Wie sieht unsere nähere Zukunft aus, meine Freunde, wenn wir es wagen, Boroughmore Castle zu verlassen?»

Nightingale, mir gegenüber, äußerte fast tonlos: «Ein Fortgehen von hier ist ganz sicher mit Gefahr für das Leben unser aller verbunden, Mr. Goldsmith – übrigens nicht anders, als wenn wir hier bleiben – aber wir müssen uns doch noch eine weitere, eine ganz andere Frage stellen, nicht wahr?» Sie blickte auf und ließ ihre Augen flüchtig über Goldsmith und mich hingleiten, was mir war, als hätte sie mich mit der Hand berührt. «Wenn wir gehen», sagte sie ernst, «wenn wir heute Nacht oder morgen aufbrechen von hier, ist diese Flucht dann ... Mortimer gegenüber ... überhaupt ... moralisch vertretbar?»

Ihr Blick wich in die Finsternis der Halle aus, kehrte schließlich zurück. Ich sah eine Träne in ihrem Auge glänzen. «Wir sind – lassen Sie uns die Dinge beim Namen nennen – so oder so gefangen. Wir können nicht weg, schon nicht, wenn wir uns selbst gegenüber ehrlich bleiben – uns unserer Menschlichkeit nicht benehmen wollen.»

«Das ist vollständig richtig», stimmte Goldsmith ihr zu, «wir können unseren Gastgeber seinem Schicksal nicht überlassen, schon gar nicht zulassen, dass ihm etwas geschieht, sollte der Mörder eventuell nicht mit uns abreisen.» Er lachte bitter auf und schlug abermals mit der Handfläche auf den Tisch. «Aber wir werden ihn kriegen! Herrgott noch einmal, und wenn es das Letzte ist, das ich in meinem Leben tue … Glauben Sie mir, Miss Dubois, glauben Sie mir, Lloyd – und dies sind keine leeren Worte!»

Ich hatte ihn selten so zornig erlebt – jetzt ließ er den Kopf auf die Brust sinken, wie um nicht noch mehr zu sagen, wie um sich zu beruhigen. Ein merkwürdig erschöpftes, fast schläfriges Schweigen breitete sich aus – beinah war es, als seien wir drei bereits zu Bett gegangen. Die Kerzen flackerten leis, und obwohl man nichts von draußen vernahm, vermeinte ich in der völligen Lautlosigkeit die Schneeflocken dort tanzen und stäuben zu hören. Nightingale, nach Minuten schließlich, beendete das Schweigen.

«Sagen Sie, Mr. Goldsmith», sagte sie verträumt, und fast war etwas wie ein Lächeln dabei um ihre Augen: «Sie haben uns noch gar nicht davon gesprochen: Gesetzt der Fall, es wäre hier auf Boroughmore Castle … tatsächlich zu den poetischen Lesungen gekommen, wie wir sie verabredet und antizipiert hatten – welcher literarischen Überraschung hätten wir dann von Ihrer Seite gewärtig werden können?»

«Sie meinen, das könne ich Ihnen nun ohne weiteres verraten?»

Nightingale legte den Kopf schief. «Oh, meinen Sie nicht?», fragte sie zurück.

«Oh, natürlich meine ich das», lachte Goldsmith. «Es ist absolut kein Staatsgeheimnis, Miss Dubois. Ich meinte nur», er legte überlegend den Finger an die Nase, «dass der Begriff der Überraschung ein durchaus subjektiver ist, insbesondere in Zusammenhang mit meiner jüngsten Geburt – um nicht zu sagen Ausgeburt, die, um im Bilde zu bleiben, mir manchmal ein wenig wie mit der Saugglocke geholt vorkommt – Sie verzeihen den Ausdruck. Ich sollte den behandelnden Arzt um Rat fragen, ob sich ein Großziehen überhaupt verlohnt …»

«Oh, nur nicht allzu viel Bescheidenheit, Mr. Goldsmith», sagte Nightingale, ob der drolligen Wendungen ihres Gegenübers leise auflachend. «Verraten Sie: Worum geht es?»

«Es geht um meine Heimat», sagte Samuel E. Goldsmith, «um Amerika. Meine letzten beiden Romane hatten die europäische Kultur zum Hintergrund, jetzt bin ich zurückgekehrt zu meinen Wurzeln, nicht denen meiner Vorfahren, sondern meinen eigenen. Ich hatte eigentlich vorgehabt, über die Borgia zu schreiben, oder Machiavelli – Mr. Lloyd kennt meine Affinität zur italienischen Renaissance –, bis mir auffiel, dass annähernd die gleiche Gewalt, das gleiche böse Prinzip des Stärkeren der Grundzug auch der modernen amerikanischen Politik ist.» Er lächelte. «Titel meines Buches soll sein: ‹Das Gold von Washington›. Dieser Titel ist ironisch zu verstehen; es geht um einen fiktiven Präsidenten namens Jesse Madson, mad son …, Sie verstehen, ein Wortspiel, dahinter verbirgt sich mutatis mutandis James Madison – jaja, ich war diesmal etwas phantasielos, vielleicht auch nur deutlicher als sonst», er grinste kurz zu mir herüber.

«Dieser Madson jedenfalls reißt das Land, das jüngst erst die Unabhängigkeit vom Mutterland erlangt hat, das überdies von inneren Querelen noch kaum genesen ist, die fast zur Auflösung des jungen Staatenbundes geführt haben, er reißt das Land in einen völlig unnötigen Krieg um eine nördliche Provinz, und selbstverständlich verliert dieser Jesse Madson diesen Krieg. Oh, ich beschreibe nicht, wie er ihn verliert oder dass er ihn verliert; mein Roman hat einen –

vielleicht ungewöhnlich und vielleicht auch etwas ungezogen für die Gattung – völlig offenen Schluss; andererseits: Jeder amerikanische Leser wird die Hinweise und Winke verstehen, weiß, worum es geht, und kennt den wahrhaftigen Fortgang der jüngsten Historie ...» Goldsmith bewegte ausdrucksvoll die Hand.

«Die These, die ich vertrete, ist, wie gesagt: In Amerika wird sich ein System der Gewalt weiter und weiter entwickeln, basierend auf der Ausplünderung von schwarzen Sklaven, ferner der Rücksichtslosigkeit gegen die amerikanischen Ureinwohner und eventuell der Missachtung der Juden – hier ist mein Interesse, wie Sie verstehen, ein ganz persönliches. Oh, nicht dass es mich sonderlich verwundert: Mein Volk ist seit Jahrtausenden in Kleinasien, in Arabien, in Ost-, Mittel- und Südeuropa immer blutigen Pogromen ausgesetzt gewesen, die Babylonier, die Ägypter, die Perser, die syrischen Seleukiden, danach die Römer – im Jahre 70 der christlichen Zeitrechnung zerstörte Kaiser Titus unser Jerusalem ... Auf uns ist immer herumgetrampelt worden – denken Sie an die Vertreibung der Juden aus Toledo im 15. Jahrhundert und Isabellas Ausweisungsdekret ausgerechnet 1492. Aber ein wenig enttäuschend ist es natürlich doch, dass, scheint mir, wir Amerikaner nun, mit der Eroberung des neuen Kontinents, die Gelegenheit so absolut vertan, nicht wahrgenommen haben, ein ‹Utopia› im Sinne von Thomas Morus zu schaffen, das Himmelreich auf Erden ... wann je, mein Gott, in der Geschichte der Menschheit hätte die Idee so nahe gelegen! – Aber nein, die Händel und der Kleinkrieg, der Neid und auch die bitteren, großen, barbarischen Schlachten gehen weiter ... auf dem neuen Kontinent, gerade jetzt, wo auf dem alten die Ruhe wieder einkehrt – nach fünfundzwanzig blutigen und wirren Jahren. Nein, der Mensch als solcher, Miss Dubois ... es tut mir Leid, dies konstatieren zu müssen ... der Mensch als solcher ...

lernt wirklich nichts dazu ...» Samuel Goldsmith breitete die Arme aus; dann ließ er sie sinken.

Er grinste plötzlich mit hinreißender Leichtigkeit – spitzbübisch, jungenhaft. «Sie hätten mich nicht darauf ansprechen sollen, junge Dame», sagte er heiter. «Wie heißt es bei diesem Deutschen ... beziehungsweise diesem Spanier: ‹Mein Gegenstand, Sire, reißt mich dahin ...› – Verzeihen Sie also, dass ich auf eine einfache Frage gleich einen längeren Vortrag hielt. Kein Mensch kommt gegen seine Eitelkeit ... Sie entschuldigen gleichwohl?»

Nightingale, die gespannt gelauscht hatte, lehnte sich zurück, legte sanft die Hände in den Schoß, lächelte und sagte weich: «Aber lieber Mr. Goldsmith, was wollen Sie – es war wunderbar», sie betonte jede einzelne Silbe. Sie schüttelte einen Augenblick verwirrt den Kopf, wie um zu sich selbst zu finden, und wandte sich unvermutet an mich. «Meinen Sie nicht auch, Mr. Lloyd?»

Die ganze Zeit, während der Goldsmith gesprochen, war meine Aufmerksamkeit eine durchaus geteilte gewesen: Mit den Ohren war ich brav bei ihm gewesen, hatte genossen, wie wohlgesetzt seine Rede war, ich hatte mit Interesse wahrgenommen und darüber hinaus mit einigem Wohlgefallen bemerkt, dass er seiner literarischen Sache treu geblieben zu sein schien, nämlich Schlüsselromane über Personen und Ereignisse unserer Zeit zu verfassen, gleichviel, ob sie nun im Gewande einer Philosophenfehde aus der Epoche der attischen Hochblüte daherkamen oder wie seinerzeit sein dramatischer Bericht über die zweite Türkenbelagerung von Wien im Jahre 1683 – «Halbmond» war der Titel jenes aufregenden Romans gewesen –, wo er, ähnlich wie eben, hauptsächlich Gelegenheit ergriffen hatte, die Zukunft der heutigen Kultur unter dem Blickwinkel der traurigen Einschränkungen zu ventilieren, die notwendig einhergingen mit mangelnder Toleranz der unterschiedlichen

Kulturkreise einander gegenüber. Nun, mit dem «Gold von Washington» schien er sich sogar direkt in unsere Zeit gewagt zu haben, er hatte – sage ich – die volle Aufmerksamkeit meiner Ohren gehabt. Gleichwohl waren meine Augen ausschließlich bei Nightingale gewesen, und sie hatte im Kerzenlicht dort gesessen und, Gott sei es gedankt, nichts von meinem Blick bemerkt.

Und während Goldsmith sprach, zu ihr sprach, und sie, während er sprach, meiner völlig vergessen hatte, wie es schien, und während sie ihm zuhörte, ausschließlich ihm, an seinen Lippen hing, hatten eigenartige, merkwürdige Gedanken mich bewegt, hatte Verwunderung in mir Raum gegriffen, warum ich keine Eifersucht verspürte wie sonst, wenn beispielsweise Robert Milton zugegen war, nein, keinerlei bitteren oder unguten Hauch, keinen Schmerz, keine Ahnung von Zorn – ohne dass ich die Begründung dafür in dem Gefühl fand, dass Samuel E. Goldsmith etwa kein ernst zu nehmender Konkurrent um die Gunst der jungen Frau gewesen wäre, das ganz gewiss nicht. Doch ich wurde den unheimlichen Verdacht nicht los … ja, ich spürte über eine Art geheimnisvoller Ader, die mich in jenen Augenblicken mit ihm zu verbinden schien … dass auf eine ganz verrückte Art und Methode … er das alles nur meinetwegen … oder genauer noch: für mich veranstaltete – und ich bestaunte, ja, ich liebte ihn innig dafür.

Jetzt, als er geendet und mich die unvermutete Frage der jungen Frau getroffen hatte, saß ich da in meiner ganzen Verwirrung und hatte die größte Mühe, nicht in Tränen oder sinnloses Gestammel auszubrechen, sondern sammelte mich, Gott für die unzulänglichen Lichtverhältnisse in jener nächtlichen Halle innig dankend – die mein tiefes Erröten hinlänglich verbergen mochten –, und brachte erfolgreich eine Entgegnung etwa dergestalt hinter mich, dass mich der Pessimismus unseres amerikanischen Freundes hinsichtlich der Unbelehrbarkeit des Menschengeschlechtes zwar zutiefst betroffen mache, andererseits aber sicherlich die Frage berechtigt sei, ob da nicht nur vorschnell geurteilt würde. Seit Januar sei schließlich drüben, hinter dem großen Wasser, der neue Mann im Amt, und ob nicht manches darauf hindeute, dass gerade jener durchaus die Begabung entwickeln könne, die im Sinne Goldsmiths über kurz oder lang dazu zu führen vermochte, dass ein utopisches Element in der Politik, genauer der Außenpolitik der Vereinigten Staaten, tatsächlich Wirklichkeit werde.

«Aber er repräsentiert doch die gleiche Partei wie der andere vor ihm», sagte Goldsmith misslaunig, «was, allen Ernstes, glauben Sie, Lloyd, sollte sich deshalb ändern!»

Ich lachte, wie befreit, denn ich begriff, dass er ein Spiel spielte. «Sie sind ein unverbesserlicher Defätist, Goldsmith», rief ich. «Denn ein Mann, der einerseits über Kriege und die Brutalität der Politik schimpft – aber andererseits gewohnheitsmäßig mit einer scharfen Waffe in der Tasche herumläuft wie Sie, der kann gar nichts anderes sein als ein Defätist, glauben Sie nicht selbst?»

Er zog eine schiefe Grimasse.

«Sie haben», fuhr ich fort, «als ich Sie vorgestern nach Sinn und Zweck Ihrer wüsten Bewaffnung fragte, Mr. Goldsmith, finster angedeutet, dass Sie mir bei Gelegenheit die Geschichten vom Golf von Kotor und aus den Abruzzen erzählen wollten, wo Sie unter die Straßenräuber gefallen seien, sobald sich nur die Gelegenheit dazu ergäbe. Nun – finden Sie nicht, dass der Zeitpunkt jetzt gekommen ist?»

Goldsmith winkte ohne Ernst ab. «Zuerst kommt diese junge, hübsche Dame hier daher und fragt mich über das neueste Machwerk aus meiner nachgerade genialen Feder aus, und nun soll ich mich – in dieser finsteren Nacht – auch noch hinsichtlich meiner ganz persönlichen Erlebnisse und Erinnerungen vor Ihnen offenbaren?» Er lachte. «Sie tun ja beide geradewegs so, als würde ich den morgigen Tag nicht mehr erleben! – Oh, Entschuldigung», setzte er, für den Augenblick betreten, hinzu, als er sah, dass Nightingale zusammengezuckt war, «es war nicht so gemeint, Demoiselle …»

«Schon gut», sagte sie kurz.

Und unversehens wieder munter an mich gewandt, forschte er kritisch nach: «Die Geschichte von den Straßenräubern in den Abruzzen wollen Sie also wirklich hören, und jene von dem mörderischen Wirt in Montenegro?»

Ich verzog den Mund und erteilte ihm mit einer ausladenden Handbemerkung sozusagen das Wort.

«Und Sie?», fragte er und ruckte mit dem Kopf zu Nightingale herum.

Sie hatte sich nach dem kleinen Schrecken von eben wieder gefangen. «Oh, nur zu, nur zu», nickte sie, «fangen Sie an! Wenn Sie uns Ablenkung und eine gute Geschichte versprechen, Mr. Goldsmith, bin ich die Letzte, die nein dazu sagt.»

«Nun, ich weiß nicht, inwiefern ich eine gute Geschichte versprechen kann, Miss Dubois», äußerte Goldsmith erheitert, «fangen wir damit an, dass mein Vater mir beibrachte, dass Juden generell gefährlich leben, insbesondere wenn sie hinüber in die Alte Welt zu fahren trachten …»

«Ihr Vater lebt noch?», unterbrach Nightingale.

«Oh, ein rüstiger alter Herr, Mademoiselle, der mit meiner Mutter, die allerdings nicht mehr ganz so gut zu Fuß ist, in Boston ein Häuschen besitzt, jeden Sabbat in der Synagoge zu finden sein wird und darüber klagt, dass aus mir partout kein Kantor oder Rabbi werden wollte. Für sein Empfinden habe ich zu viel von einem Goj», er lachte, «aber abgesehen davon verstehen wir uns prächtig. Als ich den Verlag mehr oder minder über Nacht an den Nagel hängte, meinem Kompagnon das Weitere zu regeln überließ und den Segler nach Athen bestieg, begleitete er mich zum Hafen – meine Mutter blieb ihrer Beine wegen zu Haus und weinte beim Abschied bitterlich –, und dort am Hafen angekommen, als es galt, an Bord zu gehen, segnete er mich und sprach in etwa so: ‹Mein Sohn›, sprach er, ‹unser Volk ist seit jeher weit herumgekommen – das Land, wo Milch und Honig fließen, haben wir gleichwohl nicht gefunden, doch immerhin ein Heim, wo unsere Rechte im Augenblick respektiert werden: Amerika. Erstaunlich finde ich es deshalb wohl, mein Junge, dass es dich ohne Not hinaustreibt in die Fremde. Aber du willst den alten Kontinent sehen – wenn sich die Gelegenheit ergibt, so schau in Jerusalem vorbei!› – Ja, er hatte immer etwas eigene geographische Auffassungen – aber ich stritt niemals mit ihm, schwieg auch jetzt stille, wollte nur nach Athen und nachher weitersehen. Und so wünschte er mir schließlich, nachdem wir eine Weile voreinander verharrt hatten, mazel tov, und da geschah es, dass er sich verstohlen umsah und mit den Worten: ‹Zögest du nach Sonnenuntergang, so hättest du wohl alleine daran gedacht, mein Sohn – jetzt, wo du nach Sonnenaufgang ziehst, muss dein alter Vater in allem für dich sorgen›, ein Tuch aus der Tasche zog, in das etwas eingewickelt war, und es in die meinige steckte; und er küsste mich zum Abschied, fragte: ‹Sohn, was soll bloß aus dir werden ohne mich›, drehte sich um und verschwand mit wehenden Schläfenlocken im Gewühl der anderen Leute. Und ich packte das Tuch erst an Bord des Schiffes aus, und siehe da, es war, wie Sie zu sagen beliebten, Mr. Lloyd, die ‹wüste Bewaffnung›.»

Er nickte mir zu und winkte zerstreut mit der Hand. «Nichts weiter als ... ein Abschiedsgeschenk meines Vaters, wenn Sie so wollen, das ich schon allein deshalb in Ehren halten werde. – Mein Vater, der mir, nach meiner Geburt, ohne es zu wissen, damit zumindest zum zweiten und dritten Mal das Leben geschenkt, und so schließe ich denn, durchaus in Dankbarkeit und Ehrfurcht, an: den Bericht des mörderischen Wirtes von Kotor …»

Ein Hauch wie von einer plötzlichen Bö fuhr an den Luken neben der Eingangstür entlang, und fast war es, als glommen die Kerzen dunkler, als Goldsmith fortfuhr: «Wir kamen von Athen her über die albanischen Pässe herunter in den ersten Apriltagen des Jahres 1815 – ja zweieinhalb Jahre ist es jetzt her – wir waren über Thessaloniki gereist und über Skopje, und unser Ziel war die alte Stadt Ragusa gewesen, das heißt, genau betrachtet wollten wir von dort nur die Fähre nehmen hinüber nach Bari an der Ferse des italienischen Stiefels. Und wenn ich sage ‹wir›, so meine ich zunächst mich selbst, ferner jedoch zwei wackere Reisegefährten, George Revett, Oxford-Absolvent und Archäologe seines Zeichens, der in Griechenland Skulpturen und Schmuck ausgegraben hatte, und Caspar Mendelssohn, einen Korrespondenten der ‹Times›, einen aufstrebenden jungen Mann, der für seine Zeitung gerade den Bericht einer Reise durch die türkisch besetzten Gebiete der hellenischen Halbinsel verfasst hatte. Wir drei wollten nun aus voneinander völlig unabhängigen Gründen über das Adriatische Meer, hatten uns nur zwecks der Reise zusammengefunden, und als wir nach drei oder vier Tagen der Wildnis, der grausen Schluchten und gewaltigen Höhenrücken, der Höhlen und stürzenden Wasserfälle das finstere montenegrinische Gebirge verlassen wollten und von der Höhe des Lovcen hinunterblicken konnten auf den Golf von Kotor, die herrliche mauerumsäumte Stadt an seinem Ufer, die tausend goldenen Kuppeln und Minarette tief unter uns blitzen sahen im späten Aprilsonnenlicht, da dachten wir, dass die Zeit der schlimmsten Strapazen jener Reise wohl hinter uns lägen – aber wir sollten uns grausam getäuscht haben.

Wir fanden in Kotor kein Quartier und zogen im sinkenden Abend weiter am Gestade des Golfs entlang, der, länglich und düster, eher wie ein nordischer Fjord denn eine südliche Bucht wirkend, sich vor unserem Auge weithin erstreckte. Wir kamen in ein kleines Dorf, das an der plätschernden Brandung dieses Golfes oder eher halb abgestürzt darinnen hing; Stufen führten dort unter den Meeresspiegel hinab und in das gespiegelte Licht der letzten Sonnenstrahlen hinein – ein unheimlicher Anblick! Ein in der Zeit halb im Wasser versunkener Ort war dies, ein verwunschenes Dorf und von Menschen scheinbar gänzlich geräumt, verwilderte Weinreben an den Häuserwänden – weshalb wir doch äußerst verblüfft waren, als Revett, der ein Stück vorausgeritten war, uns plötzlich anrief und seitab in einem Arkadengang das Quartier entdeckt hatte, von dem zu reden sein wird.

Der Wirt, ein fettleibiger Zeitgenosse, der seinen Wanst in ein schmieriges Hemd und ein Paar unaussprechliche Beinkleider gezwängt hatte, war bei unserer Annäherung durch die Tür hervorgesprungen und lockte uns mit Schmeicheleien und devotesten Komplimenten in seine Behausung – nachdem wir die Pferde seitlich in einem halb niedergebrochenen Schuppen versorgt hatten. Drinnen am Tisch hatte er, ehe wir uns versahen, einen Krug Rotweines aus dem Kosovo auf Kosten des Hauses, wie er uns versicherte, offeriert und ferner durch ein wettergegerbtes, zahnloses altes Mütterchen, das unversehens durch eine Tür im Hintergrunde eingetreten war und das ein entstellendes Feuermal auf der Wange trug, auch Brotfladen, Speck, Oliven und Ziegenkäse auftragen lassen. Wir aßen und tranken, und der reichlich genossene Wein wie die Anstrengungen der zurückliegenden Tage im Sattel nötigten uns, als es schließlich spät am Abend dazu kam, dass der zwielichtige Wirt uns die Treppe hochführen und die engen Gemächer der oberen Etage zu unserer Übernachtung anweisen wollte, dass wir nicht, wie es vernünftig gewesen wäre, Abstand davon nahmen, hier zu nächtigen, sondern beschlossen zu bleiben, obwohl uns weder das Gesicht unseres Gastgebers noch die räumlichen Gegebenheiten im mindesten zusagen wollten.

Nachdem wir unter seiner beredten Führung eine modrige Stiege im hinteren Teil des Gebäudes jenseits eines schmutzigen, engen Hofes erklommen hatten, fanden wir uns in einem düsteren Korridor, von dem drei gleiche Kämmerchen abgingen, in deren Innerem, nachdem sich quietschende Türen vor uns geöffnet, wir zu unserer Überraschung drei monströse, gleichwohl schäbige Himmelbetten vorfanden, die die drei Räume zur Gänze ausfüllten. Wir waren nicht nur über die Ungeheuerlichkeit dieser scheußlichen Schlafmöbel verwundert, sondern es berührte uns auch eigenartig, dass wir, anders als üblich und als wir es bislang stets auf unserer Reise vorgefunden, hier getrennt voneinander untergebracht werden sollten.

Gleichviel, der Wirt, der uns umgarnte, beruhigte uns mit merkwürdigen, fast obszön wirkenden Gesten hinsichtlich des Preises, den er verlangen würde, und im Hintergrunde stand die ganze Zeit das Mütterchen mit dem Feuermal dabei und ließ in einem recht scheußlichen Grinsen ihre zahnlosen Gaumen sehen – sodass wir schließlich endgültig einwilligten, die Zimmer zu beziehen. Und während der Wirt dann, sich pausenlos tief verbeugend, vor uns zurückzog und das grässlich grinsende Weib mit sich nahm, verabschiedeten wir drei uns für die Nacht voneinander, losten lachend die Zimmer untereinander aus, traten in die Kammern ein und schlossen die Türen hinter uns ab.

«Ja», setzte Goldsmith nach einem Moment des Nachdenkens mit einem leisen Auflachen hinzu, «ich entsinne mich: Es steckten dort Schlüssel in den Türen, und ich nutzte den meinen und schloss ihn um und hörte auch, wie die beiden Freunde abschlossen, die zwielichtige Atmosphäre jenes Gebäudes mochte sicher ihren Teil zu unserer spontanen Entscheidung beigetragen haben. Und wir betteten uns also zum Schlafe – und es hätte ein Abschied auf immer und ein Schlaf auf Ewigkeit werden sollen, wenn es nach dem Wirt gegangen wäre.»

Goldsmith räusperte sich verhalten, bevor er mit gesenkter Stimme fortfuhr: «Ich war beunruhigt in meinem Innern, ich hätte nicht zu sagen vermocht, warum genau; ich mochte vielleicht weggenickt, eingeschlafen sein oder auch nicht, ich weiß es nicht, jedenfalls kam ich plötzlich zu mir, mit einer mich selbst erschreckenden, völligen Klarheit – es war die toteste Stille der Nacht, völlige Dunkelheit in diesem Zimmer, nicht die Hand vor den Augen zu sehen, und trotzdem hörte ich ein unsagbar leises Scharren, ein Quietschen … oder Hauchen … etwas, das ich nicht einordnen konnte. – Und da ich mich, um die Quelle jenes merkwürdigen Geräusches ausfindig zu machen, aufrichte, packt mich der Schreck mit ungemeiner Wucht, denn ich finde meinen Kopf, wie ich gegen einen harten Gegenstand stoße, der dort nicht sein durfte – dies alles in völliger Dunkelheit, Sie verstehen mich? Und ehe ich überlegen, ja, ehe ich denken kann, lasse ich mich zurückfallen, wälze mich, drehe mich seitlich, rolle – stürze aus dem Bett … und finde mich auf dem Boden. Es ist still. Da! Wieder dieses Knirschen, dieses Geräusch; mein Herz schlägt mir im Halse … ich suche mit fliegenden Fingern Licht zu machen … es gelingt mir schließlich», Goldsmith schluckte hart, «der Kerzenschein flackert auf in dem Zimmer, und was ich sehe, würgt mir die Luft zum Atmen ab, der Schweiß bricht mir aus, ich sehe einen wahr gewordenen Albtraum, etwas, das ich bis heute selbst kaum glauben kann – wie kann ein Mensch sich so etwas ausdenken?! Ich sehe … eine Maschine, ein Mordgerät – und dieses Mordgerät … ist das Himmelbett. Ich sehe, schwarz, senkrecht, ölig, eine schenkeldicke Metallschraube durch eine Öffnung in der Decke herabgefahren, ich sehe den Betthimmel gleich einem übermäßigen Sargdeckel herabgesenkt, von der Schraube herabgedrückt, ich sehe diesen Deckel, in Schienen geführt, die die vier Bettpfosten sind, fast lautlos hinuntergleiten auf die Bettstatt, und ich sehe im nächsten Moment, wie der mörderische Betthimmel unten auf dem Bett ankommt und ihn mit einem dumpfen, fast saugenden Geräusch verschließt. Das Bett, ein mörderischer Moloch, hat zugebissen, und was immer dort zwischen seinen Kiefern in dem Augenblick gelegen hätte – der ahnungslose Schläfer –, er wäre erdrückt gewesen … erstickt zumindest. Und ich denke, was machen die Kameraden? Und der Angstschrei will mir zur Kehle heraus, ich will rufen, will sie warnen … und im nächsten Augenblick beiße ich mir auf die Lippen, weil mir bewusst wird, dass mein Schrei nur ihn, den Wirt, warnen wird. Und ich rufe nicht, obwohl das Entsetzen mich schaudern macht und die Furcht an meinem Herzen reißt, sondern ich schließe stattdessen so schnell wie möglich, so leise wie möglich die Türe meines Zimmers auf und trete hinaus in den nächtlichen Korridor.»

Ich hörte, obwohl sie ferne von mir saß, Nightingale atmen. Sie saß vornübergebeugt und mit erregten Augen dem Erzähler gebannt lauschend.

«Im Korridor war es still», fuhr Goldsmith mit sehr leiser Stimme fort. «In der Linken hielt ich das Licht, in der Rechten», er lächelte kurz und klopfte auf seine rechte Hüfttasche, «das Pistol. Ich erkannte im Hintergrunde eine schiefe Treppe, die nach oben führte, und ich schlich darauf zu, weil ich ahnte – oder besser vermutete –, dass der Verursacher dieses finsteren Anschlages seine Mordmaschine doch irgendwo von dort oben her steuern musste … Und ich erklomm die besagte Treppe … und stoße auf einen Dachboden hin vor, der im Halbdüster liegt – im Hintergrunde gab es einiges Licht.»

Goldsmith seufzte und breitete die Hände aus. «Nun, und dort hinten im düster flackernden Schein einer Windlaterne fand ich sie beide – bizarre Szene! – unseren Wirt einerseits, beschäftigt mit der obskuren Tätigkeit, leise und vorsichtig an großen, eisernen Rädern zu werken und zu drehen, und das alte Mütterchen mit einem Kännchen Öl befasst, dessen Inhalt sie mit Bedacht auf diverse Gelenke und Schieber eines mir im Einzelnen zwar rätselhaften, in seinem Zweck aber doch nur umso klareren Mechanismus entleerte. Ich sprang also herzu und schrie jetzt wohl auch, machte meiner ganzen inneren Anspannung Luft, schrie grausame, wilde Worte und Verwünschungen, schleuderte Gebete und Flüche, und insgesamt», er lächelte, «mag mein Auftritt durchaus seine erschreckenden Seiten für die beiden plötzlich Übertölpelten gehabt haben, aber ebenso sicher ist hier festzuhalten, dass ihre Kaltblütigkeit ein sehr gerüttelt Maß betrug, denn schnell, allzu schnell hatten sie sich wieder gefasst und fielen ihrerseits mit Werkzeug, einer Stange und dem vermaledeiten Ölkännchen, über mich her – und solcherart Öl, in die Augen gewischt, mag einen Mann sehr schnell blind und das heißt in diesem Falle kampfunfähig machen. Hätte ich nicht jenes kleine Pistol bei mir gehabt, mit dessen Hilfe es mir gelang, mich meiner Haut zu wehren, indem ich sie – man scheut in solch verzweifelter Situation vor keinem Mittel zurück, meine Freunde! –, indem ich sie der Alten, die ich mir griff, hart an die Schläfe setzte und ihren Sohn verwünschte, alsdann – schreiend – bedrohte, dass ich sie, seine Mutter, erschießen würde, wenn er nicht sofort sein Räderwerk in umgekehrter Richtung in Gang zu setzen gedachte, um die unten eingeschlossenen Freunde zu befreien – was er schließlich sabbernd und fluchend tat. Ich hätte, meine Freunde, da bin ich sicher, in jener Nacht, überwältigt und geschlagen von der Übermacht der beiden Rasenden, das Leben der Freunde nicht mehr retten können und mein eigenes eingebüßt. So, indessen, geschah es, dass, herbeigeholt gleichermaßen durch unser aller Geschrei wie durch den eigenen logischen Menschenverstand, nachdem sie erst einmal befreit waren, George Revett zuerst und gleich darauf auch Caspar Mendelssohn auf dem Dachboden erschienen und das Blatt weiterhin zu unseren Gunsten hin wandten. Wir konnten unsere Gastgeber fesseln, wir banden sie an ihrer eigenen mörderischen Maschine fest, und Mendelssohn und ich ritten am nächsten Tage nach Kotor zurück zum Präfekten, holten ihn, er benachrichtigte andere Helfer und Bedienstete, und es war ein erklecklicher Haufe Mensch, der in der unheimlichen Herberge einzog, um das Spektakel, das dort stattgefunden hatte, ein für alle Mal zu beenden.»

«Und?», fragte Nightingale schließlich atemlos in die Stille hinein, die sich in der nächtlichen Eingangshalle ausgebreitet hatte, nachdem der Amerikaner schwieg, als wolle er seine Erzählung damit beenden. «Wie ging es weiter, Mr. Goldsmith?»

Goldsmith lächelte schüchtern. «Oh, das war die Geschichte, Miss Dubois, mehr ist da kaum zu erzählen. Die Geschichte lautet: Samuel Goldsmith war immer ein ängstlicher Mensch, und deshalb besitzt er heut ein Pistol, und deshalb konnte er einmal dem Schicksal nützlich sein und sich selbst und zwei Freunde retten – und deshalb kommt es ihm auch nicht ganz so neu vor, wenn er hier, plötzlich, in diesen Mauern, sich abermals bedroht sieht … von einer ruchlosen Hand …»

«Ein für alle Mal?», fragte ich nach einiger Zeit, als er abermals schwieg. «Was meinten Sie damit?»

«Was sagen Sie?», fragte er zurück.

«Sie beendeten Ihre Geschichte mit dem Satz, dass das Spektakel dort ein für alle Mal beendet worden sei. Wie sollen wir das verstehen?»

«Oh, richtig», meinte Goldsmith und nickte. «Es stellte sich heraus, dass in der Gegend von Kotor zu mehreren Malen bereits Reisende, Fremde … unter ungeklärten Umständen verschwunden waren, und nachdem unserem finsteren Wirte vom kaum weniger finsteren Präfekten ordentlich eingeheizt worden war … ich meine das wörtlich, meine Freunde – sie sind in dieser Gegend der Welt in der Wahl ihrer Mittel heute noch nicht recht fein …», Goldsmith krauste in einer Geste des Abscheus die Nase, «… nachdem also die nackten Fußsohlen unseres Wirtes eine Weile mit glühender Holzkohle behandelt worden waren, die ein naher Köhler nur allzu bereitwillig lieferte, führte der Erstere seine Peiniger schließlich in seinen Garten hinaus, zeigte mit dem Finger da und dort, musste dann selbst graben … und förderte schließlich die Reste … die Überreste von sage und schreibe zwölf oder dreizehn Menschen zutage, Männer und Frauen … so genau war das gar nicht mehr auszumachen nach all der vergangenen Zeit …» Er pausierte, und unser Schweigen war gedankenverloren und schwer. Auch wir wurden getötet, wie wahr!, dachte ich bei mir, auch unserem Erdenlicht stellte man grausam und mörderisch nach … und doch hatte dies alles hier … hatte dies alles … ich wagte den plötzlich aufgekommenen Gedanken gar nicht zu Ende zu formulieren.

Draußen war Schneewind, den man jetzt deutlich vernehmen konnte, Kälte und Luft – einzelne plötzliche Stöße, eisig, fern, wie ein Seufzen, ein Atemholen, raunend … geisterhaft. Ich sah Nightingale wieder fröstelnd zusammenschauern, und sie legte die Hände zusammen, blickte still nieder in ihren Schoß.

«Und was war mit den Abruzzen, wo Sie unter die Straßenräuber gefallen sind?», hörte ich ihre zarte Stimme nach langer Zeit und nahm wahr, wie sie wieder aufgeblickt hatte. Sie bemühte sich um Munterkeit. Es war eine zu traurige Nacht und eine sehr seltsame dazu. «Mr. Lloyd sagte vorhin etwas von Straßenräubern und den Abruzzen», wiederholte Nightingale Dubois, und ihre Augen glommen im düsteren Kerzenschein. Ein kurzer Seitenblick traf mich, bevor sie wieder zurückkehrten zu Goldsmith. Sie hob in Andeutung mahnend den Finger gegen ihn. «Sie sollten all diese Geschichten aufschreiben, Mr. Goldsmith», flüsterte sie lächelnd, «und sie der Nachwelt nicht vorenthalten. Also: Was ist mit den Abruzzen?»

«O das», sagte er, leise ihr Lächeln wiedergebend. «Das ist nicht im eigentlichen Sinne eine Geschichte, Miss Dubois – keine Entwicklung, kein Spannungsbogen –, und schon gar zu Ende, bevor sie recht begann. Nichts als nur das: ein Überfall durch simple, ordentlich vermummte Straßenräuber, vier oder fünf Mann, auf der Straße zwischen Bologna und Florenz, weit oben in den Bergen, etwa fünf Stunden nachdem wir an jenem Tage die Grenze zwischen dem Kirchenstaat und der Republik Venedig passiert hatten. Ein Überfall, der glimpflich abging dadurch, dass sie nicht damit gerechnet hatten, jemanden in der Kutsche vorzufinden, der den einen von ihnen unversehens vom Pferde schoss, ehe sie noch überhaupt ihre ersten Bedrohungen vollständig hervorgestoßen hatten. Ich sah den Burschen herunterpoltern, und dann, nach einem erschreckten Moment, den er dort unten gelegen, sprang er wieder auf und rannte hinkend und fluchend seinem davongaloppierenden Pferde hinterher, und die anderen – sie hatten nicht selbst geschossen; ich bezweifle heute überhaupt, ob ihre Waffen taugten, Waffen, die zwar zweifellos sehr malerisch aussahen, bezüglich deren Funktionstüchtigkeit meines Erachtens aber bei ruhiger Überlegung durchaus begründete Zweifel anzumelden gewesen wären –, die anderen ergriffen, wie gesagt, als der Erste rannte, selbst das Hasenpanier, und zwar derart überstürzt, dass – völlig überflüssigerweise –

noch ein Weiterer von ihnen vom Pferde schmetterte und so den Rückzug zu Fuß antreten musste, nachdem das räuberische Unternehmen derart schmählich fehlgeschlagen war.

Und es wäre ganz gewiss keine Geschichte, Miss Dubois, wäre nicht noch ein winziges Detail anzuhängen, dergestalt nämlich, dass die junge Dame, die mich auf diesem Stück der Reise begleitete, eine Comtessa Parigi, die zu Verwandten ins österreichische Mantua wollte, und ich selbst – wir machten tatsächlich nur dies Stück der Reise zwischen Florenz und Bologna gemeinsam –, von Mendelssohn, der zuvörderst nach Rom weiterreisen wollte, und von Revett, den ein Schiff im Königreich Neapel erwartete, hatte ich mich längst, bald nach Bari, der unterschiedlichen Wegstrecke halber, schmerzlich trennen müssen – nein, es wäre keine Geschichte gewesen, wenn es nicht geschehen wäre, dass wir, alleine in dieser Kutsche reisend, an diesem Tage des Überfalls nicht mehr ganz so weit aus der Gegend gelangten, wie es uns vielleicht lieb gewesen wäre, sondern in einem Gasthause kaum drei englische Meilen von der Stelle entfernt, an der die Banditen uns aufgelauert, einzukehren und zu nächtigen genötigt waren, da – wir waren zuvor schon beim Passieren der Grenze ungebührlich aufgehalten worden – unversehens der kühle Abend über die wilde Landschaft einfiel.»

Goldsmith rieb langsam die Hände aneinander, als fühle er plötzlich wieder die Kälte jenes Abends.

«Nun, es war dies ein gänzlich anderer Gasthof als der zuvor geschilderte», sagte er leise und schmunzelte in merkwürdig berührender Weise traurig in der Erinnerung daran. «Die Gaststube war voller Rauch und Stimmen, die Leute gut gelaunt, aber ungeduldig, dass das Essen noch nicht kam. Es gelang der Wirtin, einer strammen, sehr humorigen Matrone, zu all der Arbeit, die ihr oblag, die Comtessa und mich noch in zwei Räume zu jeweils einem halben Dutzend anderer reisender Damen beziehungsweise Herren einzuquartieren, und kaum hatten die Comtessa und ich uns im Gastraum danach wieder versammelt – wir fanden sogar Platz an einem der langen Tische –, wurde das Essen aufgetragen, das deftig war und gut: eine Minestra oder Polenta, wie es Landessitte war. Wir aßen, und da geschah es, dass die Tür nochmals aufging und einige gut gekleidete jüngere Herren, vier oder fünf an der Zahl, verspätet eintrafen, sodass die Wirtin für sie im Hintergrunde einen einzelnen, kleineren Tisch aufstellen lassen musste, an dem sie sich niederließen und schließlich ihr Essen und den verlangten Krug Wasser hingestellt bekamen.»

«Ja, Wasser», wiederholte Goldsmith und massierte einen Augenblick gedankenverloren seine Stirn, «Wasser – während die meisten der anderen doch Wein aufgetischt hatten –, und das fiel mir auf, zumal es Herren waren, wie ich betonte, jüngere Landedelleute, wie ich vermutete, vielleicht Neffen des Landesfürsten oder Söhne eines Großgrundbesitzers, die auf der Rückkehr von der hochherrschaftlichen Jagd in den Bergen allzu früh von der Dunkelheit überrascht worden sein mochten – und ich täuschte mich nicht, denn ich hörte im Gespräche der Umsitzenden, die teilweise aus der Gegend stammten, ehrfürchtig den einen oder anderen Namen nennen … flüstern … munkeln: der junge ‹da Bartolo›, der junge ‹di Angelo›, der junge ‹di Giacopetti›.

Nun, Sommer 1815, meine Freunde: Napoleon war geschlagen, endgültig aus der Politik entfernt, wir wissen, welche Folgen das für Italien hatte … und noch haben wird! Er, der seine Brüder, Söhne und Stiefsöhne als Könige und Vizekönige über Teile des Landes gesetzt hatte, er war nicht mehr und nicht mehr seine Macht – alles im Aufbruch, alles in der völligen Umwälzung begriffen … Die alten Geschlechter langten erneut nach den Thronen, die bisherigen Machthaber teils auf der Flucht, teils in ungewohnter Abhängigkeit. Großen Teilen des italienischen Adels, jenen, die sich nicht schnell genug in ihre neuen, adäquaten Positionen hatten finden mögen, ging es schlecht – oder zumindest, sagen wir: Sie waren in veritablen Schwierigkeiten. In welchen Schwierigkeiten, in welchen Problemen, das begriff ich erst an diesem Abend.»

Samuel Goldsmith lächelte düster, bevor er seine Erzählung abschloss: «Denn diese, das waren sie – zweifellos –, weshalb hatten sie es nötig, in Gasthäusern zu speisen und Wasser zu trinken? Das waren sie, vielleicht beauftragt von ihren Großonkeln oder reicheren Vettern, vielleicht auch im eigenen Auftrage unterwegs, zurückgekehrt von der heute leider erfolglosen … täglichen Jagd … auf das Gepäck … auf die Taschenschätze … der Reisenden der Berge … auf uns. Und es kam mich so etwas wie Mitleid mit ihnen an, weil ich doch schlecht vor sie hintreten konnte, sie zum Weine einladen – das hätten sie nicht verstanden –; und nachher, als sie vor allen anderen sich zurückzogen zur Ruhe, sah ich, dass der eine von ihnen immer noch hinkte, und seine Beinkleider waren blutig … und beschmutzt …»

In den fernen Ecken der Halle versank das Flackerlicht in grausen Schatten – von dort kroch die nächtliche Kälte heran. Nightingale bewegte sich leicht, als kehrte sie aus einem Traum zurück. Ich hörte den Stoff ihres Kleides …

«Mr. Goldsmith …», hauchte sie.

«Mademoiselle …?»

«Mister Goldsmith …», wiederholte sie mit Betonung und lächelte und schwieg, lauschte ihrem Lächeln nach … Dann schwand das Lächeln, und ich sah Nightingale zusammengesunken dort in ihrem Sessel sitzen, schmal und verletzlich und herzzerreißend schön …

«In jener Nacht, als der Comte in den Brunnen stürzte …», murmelte Nightingale und schwieg erneut …

Ich nahm Goldsmiths verzögerte Bewegung aus dem Augenwinkel wahr. «Mademoiselle?», machte er verblüfft.

Sie kehrte aus ihrer Gedankenstarre wieder und war ihrerseits verwundert. «Monsieur?», gab sie leise zurück. – Sie verstand nicht.

Nach einer winzigen Pause lachte er irritiert. «Sie wollten eine Frage stellen, Miss Dubois», erläuterte er. «Sie begannen mit: ‹Als der Comte in den Brunnen stürzte …›»

«Oh, gewiss», sagte sie sanft, «ich weiß. Ich meine, ob er viel gemerkt hat, bevor er starb … der arme Mann? Ob es ein schlimmer Tod war, meine ich …»

Eine irritierte Stille trat ein, nur für den Hauch einer Sekunde. Goldsmith sah zu mir herüber, einen kurzen Moment, bevor er, mit einer gewissen Nervosität, wieder Nightingale fixierte.

«Miss Dubois, der Comte ist in den Burggraben gestürzt – nicht in den Brunnen …»

«Was habe ich gesagt?», fragte sie, sich beiläufig konzentrierend, und, nach einer Sekunde, begreifend, abwinkend, matt lächelnd: «Ach Gott, ja, in den Burggraben … natürlich … was für ein Unsinn aber auch! Ich dachte gleichzeitig daran, meine Herren, wie Sie heute in den Brunnen hinein aufgebrochen sind, ihn zu suchen …»

Ihre Stimme klang müde.

«Nun, und wir haben ihn ja auch gefunden», sagte Goldsmith, mit Bitterkeit und Sarkasmus im Ton. «Mein Fehler – wenn ich nur daran denke … Herrgott …!»

Als der Graf in den Brunnen fiel … als der Graf in den Brunnen fiel … der Versprecher klang seltsam lange in mir nach. Es hatte nichts mit ihr zu tun … und nichts mit unser aller Müdigkeit. Nicht einmal mit Goldsmith oder mir hatte es zu tun. Die Nacht der Geschichten … seltsame Nacht … wie ein Lied, das ich einst in meiner Kindheit gehört … eine lange verloren geglaubte Melodie … als der Graf in den Brunnen fiel … woran, zum Teufel, war es, dass mich das erinnerte …?!

«Nein, ich glaube nicht, dass er viel gemerkt hat vor seinem Tod», meinte Goldsmith sacht und blickte zu mir her, und ich war sicher, dass er sofort sah, dass etwas in mir vorging. Er nickte mir beruhigend zu, sozusagen nur mit den Augen – und ohne dass Nightingale etwas davon bemerkte, beantwortete er ruhig ihre Frage zu Ende: «Die Explosion des Schießpulvers, Miss Dubois, die die Brücke herabriss, hat ihn augenblicklich ausgelöscht ... da bin ich sicher. Nein, er hat nichts gespürt.»

Mir tauchten die geisterhaft grauenvoll aufgerissenen Augen des toten Comte vor das Gedächtnis wie ein Spuk, und ich sah das bleiche, weiche Haar auf dem Wasser schweben, und ich wusste: Goldsmith log. Er beantwortete ihre beunruhigte Frage mit einer Unwahrheit, und ich dankte ihm dafür. Der Comte hatte in seinen letzten Sekunden sehr wohl noch verstanden, dass man dabei war, ihn zu töten – das zeigte unzweifelhaft sein schrecklich entstelltes Gesicht. Und Goldsmiths dunkler Blick kehrte zu mir zurück und signalisierte: ‹Das andere ein andermal, mein Freund.›

«Der gute Comte ...», flüsterte Nightingale mit gemartertem Blick, «und all die anderen ...»

«Und all die anderen ...», wiederholte Goldsmith. «Wir müssen vor allem darauf bedacht sein, dass es nicht noch mehr werden, nicht wahr? Wir müssen uns vorsehen ... sehr vorsichtig sein, Miss Dubois ...»

Die Nacht der Geschichten, dachte ich. Mörderische Geschichten, die Goldsmith erzählte. Geschichten um Raub und Tod und Vorteilsnahme. Finstere Taten und grausame Motive ... die Gier ... geboren vielleicht sogar aus augenblicklicher Not ... Ja, es mochte für die Täter Sinn haben, zu töten und zu stehlen ... Aber was, Herrgott, dachte ich brennend, besaßen wir, das man uns stahl – außer natürlich dem Leben selbst?! Worum wurden wir bestohlen?! Und warum lief das alles so bizarr ab?

«Warum nur … so eigenartig?», entfuhr es mir plötzlich. Goldsmith nickte.

«Ich habe mich das schon manches Mal gefragt, mein lieber Lloyd, schon so manches Mal!»

«Wie meinen Sie?», meinte Nightingale atemlos, ihr Gesicht im Schatten.

Draußen war wieder der grausige Hauch wie von einem fernen Windstoß zu hören, und ich sah vor meinem geistigen Auge, wie die Milliarden weißer Flocken das Schloss heute Nacht zuschütteten, verwehten … sodass der einsame Wanderer es nicht mehr fand, keine Spur mehr sah … die von der Welt abgeschnittene Burg hinter der Hecke … Dornröschen … Ich schüttelte den Kopf. Was war nur mit mir los?

«Was ist?», fragte Nightingale ungeduldig, ängstlich, erregt, und ihr Blick wechselte hastig zwischen Goldsmith und mir hin und her.

«Nun, Mr. Lloyd wundert sich über die ausgefallenen Todesarten, denen wir anheim fallen», sagte er, und es klang insgesamt seltsam dezidiert, als er das sagte.

Nightingale, soweit ich das sehen konnte, starrte ratlos – ihr Auge wechselnd zwischen ihm und mir …

«Was meint er denn?», fragte sie schließlich mich, ohne mich wirklich anzusprechen.

«Nun, wenn uns jemand hier tötet», sagte ich langsam, «und an der Tatsache kann ja wohl bedauerlicherweise kein Zweifel mehr bestehen – warum ermordet er uns dann auf so perfide unterschiedliche Art … den einen so … den anderen anders …» Ich zuckte ratlos die Schultern, machte meinem Unwissen Luft. «Ich meine: Wenn es einfach darum geht, uns auszulöschen, oder anders gesagt, wenn irgendjemand einen Vorteil davon hat, dass wir nicht mehr sind, verstehen Sie …» Ich brach ab und setzte, um mich zu erklären, grob hinzu: «Man könnte geneigt sein zu fragen: Warum sind einige von uns überhaupt noch am Leben?»

«Um Gottes willen», flüsterte Nightingale Dubois.

«Wenn es darauf ankommt, uns zu töten, begreifen Sie?», fuhr ich hastig fort, «um uns irgendwie zu bestehlen, warum wurde uns dann … von dem Betreffenden oder der Betreffenden zum Beispiel nicht einfach irgendetwas ins Essen gemischt? Zwei oder drei Tütchen des Professors zum Beispiel? Wäre das nicht für alle Beteiligten leichter gewesen?» Und dann, als keiner von beiden sprach, setzte ich verzweifelt hinzu: «Ich verstehe das Schema nicht … das Prinzip, das doch irgendwie dahinter stecken muss …»

Ich sah Nightingale dort sitzen, düster zusammengekauert, in das Tuch und ihren Umhang gehüllt, in der Kälte dieser nächtlichen Halle, und Goldsmith seinerseits verhielt sich völlig still.

«Es ist so merkwürdig», spann ich den Faden weiter, «aber – ich habe den Eindruck …» Ich musste einen Augenblick nach Worten ringen, um das namhaft zu machen, was mir als Idee im Kopfe spukte. «… Irgendetwas ist da, was uns gelehrt werden soll, das wir begreifen sollen … ich weiß nicht, wie ich mich ausdrücken kann … warum hätte die Person sonst jenes horrible Feuer in Dull Manor entzündet, künstlich entzündet, das keinerlei Funktion hatte, niemanden getötet hat? Warum, meine ich, musste es wahrhaftig brennen, wenn nicht als … als Bild? Es steckt etwas dahinter, das wir sehen sollen – das ahne ich, das fühle ich, da ist irgendetwas dergleichen … Es ist, als ob … Herrgott! Warum läuft das Ganze so kompliziert ab?!»

«Schema … Prinzip …», sagte Goldsmith versonnen. «Sie haben völlig Recht … und das ist auch die Antwort auf Ihre Frage, mein Lieber …»

Jetzt war die immense Atemlosigkeit an mir. «Wieso, wie meinen Sie das?»

«Sie wollten eben wissen, warum einige von uns noch leben», sagte Goldsmith sacht, «warum wir nicht auf einen

Schlag ausgelöscht wurden – nun … zweierlei. Erstens: Es kommt auf unseren Tod gar nicht an …»

«Na, hören Sie», wandte Nightingale von ihrer Seite des Tisches ein. «Drei sind immerhin schon gemordet!»

«Augenblick, lassen Sie mich das bitte ausführen», unterbrach Goldsmith flink und höflich, und es war wie immer, wenn er erregt war.

«Sie sagen, Miss Dubois, wir haben: drei Tote. Ich sage … und ich denke, Mr. Lloyd sagt das auch: Wir haben mehr als das. Wir haben ein Muster, das wir nur noch nicht erkennen können.» Sein Blick irrte unruhig durch die Düsternis der Halle. «Wir haben ferner … ich bin mir da übrigens gar nicht sicher», er fixierte mich, «eventuell auch drei Diebstähle, aber da ich, wie Sie, überhaupt nicht sehe, was da gestohlen worden sein soll, bin ich für den Augenblick geneigt, dieses Faktum erst einmal zurückzustellen. Es kommt nur auf das Muster an …»

«Aber was meinen Sie denn immerzu mit Muster?», fragte Nightingale, und ihre Stimme klang ängstlich und aus ihrer Angst heraus im Moment fast schrill.

«Ich meine die Idee … oder das Symbol dahinter …», sagte Goldsmith, «diese Todesfälle sind Zeichen, Miss Dubois …»

«Die Sie nicht erkennen?», fragte Nightingale atemlos.

«Die ich nicht erkenne», gab Goldsmith offen zu. «Die ich vielleicht nur ahne.»

«Die Sie ahnen?», fragte Nightingale hastig. «Und was ahnen Sie?»

«Oh, bitte!», schränkte er ein. «Ich weiß fast nichts … wirklich nicht, und ich habe mich – wie ja hinlänglich bekannt – schon früher furchtbar getäuscht …»

«Jeder von uns hat sich im Leben ungefähr zweiundzwanzigtausend Male getäuscht», sagte Nightingale mit einer gewissen Schärfe im Ton, «und es ist absolut der falsche Zeitpunkt, Mr. Goldsmith, für konziliante Zurückhaltung oder sokratische Bescheidenheit!»

Er schien das zu überdenken. Er schaute mich flüchtig an. «Also gut, vielleicht nur eines oder zwei Dinge», sagte er zögerlich. «Denn das, was ich sage, hat den Nachteil, nur zwei Aspekte, vielleicht nur zwei Aspekte, zwei Details zu erklären – und die anderen auszulassen ... und das ist freilich lächerlich, denn gerade dadurch, dass Anknüpfungspunkte fehlen, wird ja das Muster noch nicht erkennbar! Sie können aus fünf oder sieben Punkten ein erkennbares Muster bilden, aber nicht aus zweien.»

«Goldsmith», stieß ich mahnend zwischen den Zähnen hervor, und er verstand mich sofort.

«Zwei Dinge gehen mir seit längerem im Kopf herum», sagte er sofort bemerkenswert schnörkellos und konzentriert. «Zum einen ist da der Fall Geoffrey Stalliot. Stalliot ist ein Säufer. Stalliot stirbt. Er wird nicht erschossen, er wird nicht erstochen, er wird nicht erwürgt. Er ist ein Säufer, und er trinkt gern Wein. Und er wird von einem Weinregal erschlagen ...» Goldsmith schaute uns offen an. «Na, da scheint doch fast so etwas im Spiel ... wie ... lachen Sie mich bitte nicht aus ... wie ... göttliche Gerechtigkeit ... oder eine grausige Ironie. Beides ist möglich.» Er sah uns wie über eine nicht existente Brille hinweg an. «Nun wäre es freilich phantastisch, meine Freunde, wenn mir in Verbindung mit den beiden anderen Todesfällen eine ebenso ‹ironische› Art von Logik beifallen wollte – aber dem ist leider nicht so. Der Professor, der ‹Paradise Lost› liebte, ist nicht etwa folgerichtig von einem Apfel vergiftet worden – sondern ein schnöder Feuerhaken setzte seiner Existenz ein Ende; und der Graf, über den ich sowieso allzu wenig weiß, aber der zum Beispiel ein französischer Adliger war, der die große Revolution überlebt hat, warum ist er nicht etwa auf einer herbeigezauberten Guillotine zu Tode gekommen?»

Er blickte uns an, und zum ersten Mal sah ich, dass jetzt – sehr spät in dieser merkwürdigen Nacht – auch seine Augen müde aussahen … Er kratzte sich vernehmlich an der Wange, bevor er fortfuhr: «Punkt zwei, wovon ich sprach, immerhin bleibt uns noch – und auch dort – ein Zeichen – ich rede vom Tod des Professors. Wir haben das ungelöste Problem des zerbrochenen und verschwundenen Spiegels bei der Leiche des Professors, und wir fragen uns natürlich, welch ein Symbol könnte solch ein Spiegel sein?»

Ein Spiegel zeigt mir mein Gesicht, dachte ich. Ein Spiegel, in die Sonne gehalten, blendet. Beim Militär vielfach gebraucht … und zum Signalisieren in der Seefahrt. Ein Spiegel ist ein Requisit für den Zigeunerfluch. Das Gesicht ist der Spiegel der Seele … Wasserspiegel … ein Spiegel besteht aus Quecksilber … Quecksilber ist giftig … der Spiegel im Märchen, der die Wahrheit spricht … ich fühlte, wie mir langsam fast die Sinne schwanden …

Es war still, dass man den Schnee draußen wirbeln hörte.

«Sie sagten ‹göttliche Gerechtigkeit›», wisperte Nightingale. «Und wenn es das ist: göttliche Gerechtigkeit … für uns … die Strafe für das, was wir tun?»

«Ach! Aber was tun Sie denn?», schnarrte Goldsmith, doch selbst er hatte einen Moment gebraucht, sich zu fassen. «Ich bitte Sie – liebe Miss Nightingale Dubois! Nun lassen Sie sich nicht verrückt machen, meine Gute! Keine göttliche Gerechtigkeit hinter all dem, ich meine: keine wirkliche Gerechtigkeit! Ich schwöre es Ihnen! Und hier reiten, das kann ich Ihnen im Übrigen gleichfalls versichern, auch keine Wesen auf Reisigbesen durch die Fenster ein und aus!» Er lachte kurz und schmerzlich auf.

«Ich fürchte, darum geht es, wissen Sie», setzte er erfrischend sachlich hinzu. «Genau das zu veranstalten, was mit Ihnen gerade passiert, meine Liebe, verstehen Sie? Und deshalb kann er uns schon recht ärgerlich machen, dieser ganze Zauber, nicht?! Und Sie wären jämmerlich schlecht beraten, darauf auch nur einen Deut zu geben!» Er schnaubte verächtlich durch die Nase. Und dann fluchte er wieder auf Hebräisch …

Und es war wahrhaftig, als hätte es die Luft gereinigt – als wären die erwähnten Hexen abgezogen und als hätte der Schwefel sich verteilt –, denn Goldsmith lachte plötzlich, befreit und viel jünger, als er eigentlich war, hell auf und sagte, mit dem Daumen nach hinten über seine Schulter deutend: «Morpheus hockt gewiss seit Stunden nervös in meinem Zimmer und hadert, dass ich nicht komme, meine Freunde – nein, im Ernst: Die Nacht ist fortgeschritten, und, offen gesagt, genauso verhält es sich mit meiner Müdigkeit.» Er grübelte einen Moment, kehrte zu größerer Ernsthaftigkeit zurück, sprach: «Und wenn man müde ist, begeht man Fehler, nicht wahr? Und weitere Fehler können wir uns im Augenblick in keiner Hinsicht leisten, denke ich. – Und deshalb werde ich jetzt der Lockung der Daunen und Decken nachgeben …»

Er war nun wirklich ernst. Er klopfte – überlegend – wie zum Abschied sacht mit dem Finger vor sich auf den Tisch.

«Wissen Sie», meinte er nachdenklich, «ein Mensch mosaischen Glaubens wie ich … ist immer in besonderer Weise der Kritik ausgesetzt – ich ließ das verschiedentlich anklingen. Darin steckt meinerseits kein Vorwurf gegen die anderen, aber ich frage mich doch hin und wieder, warum das so ist … Ist es so, dass wir wirklich mehr Fehler begehen als andere? Die Fehler, die von Menschen jüdischen Glaubens begangen werden, fanden immer mein besonderes Interesse …» Er lächelte schwach, brach ab und fuhr sich müde mit dem Finger über die Stirn.

«Sie kennen Shylock und den furchtbaren Fehler, den er beging», sagte er leise, «wiewohl das ihn umgebende Personal von unserem großen Dichter auch nicht gerade charakterlich fehlerfrei gezeichnet ist: Antonio, der königliche Kaufmann, dessen Schiffe ausbleiben, ist unköniglich genug, den verhassten Juden anzuspeien und trotzdem Geld bei ihm zu leihen; Bassanio doch eigentlich nur ein gerissener Mitgiftjäger; Lorenzo, der mit Shylocks Tochter Jessica durchbrennt und mit ihr … das ihrem Vater gestohlene Gut verjubelt … o nein, er ist nicht ohne frivole und zuhälterische Züge …» Goldsmith winkte ab. «Und der restlichen, schmarotzerhaften Kumpanei steht moralische Entrüstung über Shylock schon gar nicht an! – Was ich sagen will … die Fehler … die großen und die kleinen, Mr. Lloyd … wir bügeln sie aus, nicht wahr? Soweit wir dies können … Nehmen Sie meine Entschuldigung an?»

«Sie beschämen mich», gab ich verhalten zurück, «ich möchte nicht mehr daran denken … das ist längst vorbei … Sie dürfen mich nicht für Antonio halten …»

Nun erhob er sich, schien sich umwenden zu wollen, uns zu verlassen, als er nochmals innehielt und ein vorsichtiges Lächeln sein Gesicht verschönte: «Ich möchte es abermals mit dem göttlichen Shakespeare halten: Sogar der Kaufmann von Venedig erfährt am Ende, dass nicht alle seiner Schiffe untergegangen sind. – Mr. Lloyd … Miss Dubois …» Eine letzte, leichte Verneigung, kaum wahrnehmbar, dann ging er, ein Schatten selbst in der Finsternis der riesigen Halle, zur Treppe hinüber und stieg diese leise hinauf. Wir hörten gleich darauf das leichte Tappen seiner Schritte oben auf der Galerie, und dann waren wir allein.

«Was meinte er … mit dieser Entschuldigung?», fragte Nightingale plötzlich.

«Oh … das», stammelte ich und spürte, wie ich glühend errötete. «Wir haben uns herüben in Dull Manor etwas gestritten … nichts Wesentliches …»

Was hätte ich ihr sagen sollen?! Dass es um sie gegangen war, dass ich ihm vorgeworfen hatte, er habe meine Chancen bei ihr zerstört? Sie saß dort, immerhin ... fragte mich etwas, sprach wieder zu mir nach diesen Stunden des Schweigens ... hatte mich nicht allein hier in der Halle zurückgelassen, sondern war geblieben ... und es schien, als habe Goldsmith dies so für mich eingefädelt, mit seinen Geschichten, seiner Abgründigkeit, all seinem Charme ...

«Wir sind ein wenig aneinander geraten», wiederholte ich matt.

Sie nickte, ihr Interesse daran schon erlahmt, als sie begriff, dass es wohl wirklich nichts Wichtiges gewesen.

«Es ist bemerkenswert, wie er trotz der unberechenbaren Situation doch immer wieder Hoffnung in uns weckt ...» Ihr Blick, der während ihrer Worte leer in dem kaum erleuchteten Raum umherirrte, untermalte die tiefe Skepsis in ihrer Stimme.

Ich überlegte, was ich erwidern könne. «Aber denken Sie nicht», begann ich leise, «dass diese Einstellung – schon im Sinne von Eigennutz und Klugheit – die vernünftigere, nein, die notwendige Haltung ist?»

Sie zuckte leicht die Achseln. Unsere Blicke trafen sich schweigend für den Bruchteil einer Sekunde.

«Ihr Pessimismus mag allerdings begründet sein», setzte ich hastig hinzu, «allein schon, wenn wir den eingangs diskutierten Schneefall betrachten, von dem Mortimer vermutet, dass er Tage, Wochen anhalten ... und uns ebenso lange hier festhalten mag.»

Nightingale hatte den Kopf gesenkt und schwieg.

Wochen um Wochen, dachte ich ... vielleicht Wochen mit ihr ... Warum blickte sie nach unten? Fürchtete sie etwa diesen Aufenthalt? Fürchtete sie ihn meinetwegen ...? O Gott im Himmel, dachte ich, warum kannst du mir nicht beistehen ...?!

Ich bewegte mich sachte. «Ich werde einen Blick wagen, um in Erfahrung zu bringen, wie das Wetter fortgeschritten ist, seit ich mit Goldsmith hier hereingetreten bin», sagte ich leise und stand vom Sessel auf.

Ich wendete mich zur Tür, hörte das Hallen meiner eigenen Schritte auf dem Marmor des weiten Raumes und war, an der Tür anlangend, gerade im Begriff, den Knauf zu fassen, als Nightingales Stimme mich erreichte: «Warten Sie einen Augenblick, Mr. Lloyd, lassen Sie mich nicht hier alleine zurück, ich werde Sie begleiten.» Sie erhob sich und glitt zu mir heran.

Ich konnte nicht hinsehen. Es war in mir eine ungeheure Atemlosigkeit. Mein Inneres jubelte. Ihr Duft umschwebte, betäubte, benebelte meine Sinne. Ihre plötzliche Nähe machte mich schwindeln.

Indem ich die Tür öffnete, taumelten uns eisig unzählige Schneeflocken entgegen. Ein Schwall frostiger Luft ließ mich schauern bis ins Mark. Ich spürte, wie Nightingale den Kragen ihres Umhangs enger schlug, als wir vorsichtig einen Schritt vor die Tür traten.

Ich hob den Blick. Die Nacht war erfüllt von einem ungeheuren Wirbeln und Stieben, ein Chaos von weißen Flocken stürzte herab, während sich auf dem Boden bereits eine pudrige, dichte Schicht von mehreren Inches Höhe gebildet hatte, die, als wir den einen Schritt hinaus taten, unter unseren Füßen knirschte.

Eine infernalische, lautlose Bewegung war dort unter dem ganzen Himmel; in den Augen, auf den Wimpern hefteten sich sofort Kristalle fest; beißende Feuchtigkeit netzte die Wangen.

«Mein Gott», stieß Nightingale hervor. «Jetzt ist der Winter gekommen … So schlimm habe ich es mir nicht vorgestellt!»

Wir standen und starrten in das lautlos wilde Treiben des Wetters, reglos, stumm angesichts dessen, was es für unsere Zukunft bedeutete.

Oberhalb gab es kein Licht mehr an Mortimers Fenster, alles dunkel dort oben im Wohnturm. Alles Finsternis und Stille auch sonst. Alle anderen schliefen; wir die beiden letzten Wachenden. Der Schnee wirbelte lautlos herab. Die ganze Welt war tot. Wir beide die einzigen, die letzten Lebenden, hier an der Tür zum Hof, an der Grenze zum fallenden, tödlichen Weiß.

Ich spürte, dass Nightingale an meiner Seite sich bewegte. Sie wischte sich die nassen Flocken aus dem Gesicht. «Mr. Lloyd», bat sie leise, «lassen Sie uns einige Schritte tun … Kommen Sie mit? Mir wird kalt, wenn wir hier verharren.»

«Sicher», sagte ich, aber meine Lippen formten die Silben nicht.

Wir setzten uns in Bewegung, gingen dicht nebeneinander, schlugen, ohne einen genauen Gedanken daran zu wenden, den Weg quer über den Hof in Richtung auf den offenen Durchgang zur Zugbrücke hin ein. Das knirschende Geräusch unserer Schritte klang in der Stille des weiten Hofes eigenartig gedämpft, das Schneegestöber schluckte auf merkwürdige Art jeglichen Laut.

Wir schritten schweigend, ohne uns zu berühren.

«Mr. Lloyd», sprach Nightingale schließlich.

Ich blickte, ohne etwas zu sehen, auf unsere Füße im Schnee, wie wir nebeneinander gingen.

«Mr. Lloyd», wiederholte sie, «ich will Sie nicht kränken, nicht indiskret sein oder vorlaut … aber … ist da irgendetwas, das Sie mir sagen möchten? Gibt es ein Problem, das Sie bedrückt? Ich meine … neben dem Besprochenen und dass wir hier auf geraume Zeit eingeschneit sein werden?»

Ich überlegte, was ich sagen sollte. Tausend Dinge brannten auf meiner Seele, die ich hätte vorbringen können, keines davon schien mir im Moment das Angebrachte zu sein, all dies war mir zu vage, zu plump.

«Nightingale», begann ich vorsichtig, brach jedoch sofort wieder ab und schwieg erschüttert.

Wir hatten den Hof überquert und erreichten in dem Augenblicke die Düsternis der Tordurchfahrt, das Geräusch unserer Schritte änderte sich und hallte in dem leeren Torweg. Der Wind pfiff durch die dunkle Passage und trug vereinzelte, verlorene Schneeflocken mit sich herein.

«Mr. Lloyd?», fragte sie verwundert, als ich schwieg. Sie machte es mir wahrlich nicht einfach.

Ich wusste: Von Verteidigung oder Verlust dieses Überganges hing das Schicksal nicht nur dieses Tages ab.

«Aber das ist es, dieses ‹Mr. Lloyd›», murmelte ich verzagt. «Wir waren uns doch so viel näher ... Sie sagten einst ‹Jonathan› zu mir ... gestern. – Gestern erst war es ... Heute haben Sie kein einziges Wort mit mir geredet ... warum nennen Sie mich nicht wieder ‹Jonathan›?»

«Jonathan?», vergewisserte Nightingale sich leise.

«Ja», sagte ich matt.

Unsere Schritte hallten in dem Torweg. Vor uns zeichnete sich etwas heller der stiebende Nachthimmel hinter dem offenen Torbogen nach draußen ab.

«Verstehen Sie doch», bat ich mit gesenktem Kopfe, im Herzen bebend, und zitierte tonlos: «‹Ein Nadelstich von ihrer Hand / verletzt mein Herz so schwer wie sonst nur tausend Dolche ...›»

«Marlowe ...», sagte Nightingale, und ich sah es oder bildete es mir zumindest ein, dass sie im Dunkeln nickte.

Wir hatten den Abgrund der Zugbrücke erreicht. Hätte die Zugbrücke noch bestanden, hätten wir hinaus- und hinübertreten können in die Freiheit, auf die leere, weiße Ebene gegenüber. Nightingale war stehen geblieben. Wir hatten uns einander zugekehrt. Ich konnte ihre Stimme hören, ihr Gesicht jedoch kaum sehen, obwohl es so nahe war.

«Habe ich Ihnen einen Nadelstich versetzt, Mr. Lloyd?

War es das, was Sie die ganze Zeit belastet hat?», fragte sie dunkel.

«Verzeihen Sie, so kam es mir vor», entschuldigte ich mich.

«Sie waren mir wie fremd», sagte Nightingale nach einer Pause eigenartig zart. «Mit einem Male waren Sie mir so fremd, Mr. Lloyd ... es wirkte alles so unheimlich ... all die schauerlichen Geheimnisse ... die Vertraulichkeit, die Sie mit Goldsmith hatten, die Verbindung, die da auf merkwürdige und für mich undurchschaubare Weise zwischen Ihnen beiden bestand. Ich dachte, Sie vertrauten mir ... und plötzlich war dies alles so fern ... so ungeschehen.» Sie stand zum Greifen nahe vor mir, ein Schatten in der Dunkelheit. «Vielleicht war ich auch einfach nur eifersüchtig», setzte sie kaum hörbar hinzu.

«Eifersüchtig?», fragte ich atemlos. «Aber auf wen?»

«Nun, auf Goldsmith natürlich», meinte sie, und ihre Stimme war ein Wispern.

«Aber weshalb auf Goldsmith?» Für den Bruchteil einer Sekunde war ich völlig verwirrt.

«Nun, ihm sind Sie beständig nah ...»

Ich spürte ein plötzliches, unregelmäßiges Pochen meines Herzens. «Nightingale», wisperte ich, «was meinen Sie ... aber das hieße ja ...»

Eine Pause entstand. Nightingales Silhouette begann unmerklich zu zittern. «Aber du Dummer», sagte sie leise, «hast du endlich begriffen ...?»

Ich fühlte, wie sie gegen mich sank, und umfing sie mit den Armen. Ich spürte ihren weichen Atem über meine Wange streichen. «Jonathan ...», flüsterte sie an meinem Ohr.

Eine wilde Woge aus Glut und Begierde schlug über mir zusammen. Ich dachte nichts mehr, mein Kopf flog mir davon, mein Körper war fort, ich spürte nur noch sie ... sie in meinen Armen und ihren Kuss ... Ich spürte ihre seidigen

Lippen. Meine Hand strich zitternd über ihre Schläfe, über ihr Haar. Sie löste sich, ruhte in meinem Arm.

«Komm», flüsterte ich.

Ich führte sie durch die Düsternis der Toreinfahrt zurück, durch das schwirrende Inferno der wirbelnden Schneeflocken im Hof, unsere Trittspuren von zuvor schon halb wieder zugeweht. Ich tat die Tür für uns auf; es war eigenartig, mit einem Male die schneelose Stille und Düsternis der Eingangshalle um uns zu haben; schwerelos war Nightingale in meinem Arm; kaum spürte ich unsere Schritte, als ich sie sanft zur Treppe geleitete, kaum nahm ich die Stufen unter meinem Fuße wahr … Das Flackern der Ölflämmchen im Korridor war das ewig gleiche, und Stille lastete hinter den Türen der anderen Gäste … Nightingales Tür fiel leise hinter uns ins Schloss.

Als das Tageslicht, grau wie gestern, wieder durch die Eisblumen am Fenster brach, lag ich, immer noch wach, in meinem schwarzen Himmelbett – nein, ich hatte keine Minute Schlaf mehr finden können in der vergangenen Nacht, nachdem ich aus dem Zimmer über den Gang zurückgekehrt war. Die Vernunft hatte mir diktiert, dass ich mich niederlegen müsse in Anbetracht des nächsten Tages und der unzweifelhaften neuen Gefahren, die uns da erwarteten, aber Morpheus spielte mir einen Streich, und ich lag wach und war erregt und glücklich und dachte an Nightingale.

Es mochte acht Uhr des Morgens sein oder später – ich wusste es nicht. Einerseits luden die sanften Daunen mich ein, weiter im Bette zu verweilen, andererseits spürte ich bereits die Sehnsucht wieder erwachen. Ich musste meinen Engel baldmöglich sehen, in die Arme schließen; so erhob ich mich schließlich, tappte zum Fenster, hauchte die Eisblumen an der Scheibe fort und blickte hinaus in die Weite. Wenn der Schneefall für den Augenblick auch ausgesetzt hatte, wie ich sah, so musste es doch die ganze Nacht über weitergeschneit haben, denn eine dicke Lage Weiß, die das Grau des endlosen Himmels zu mir ins Zimmer reflektierte, bedeckte den Boden – Wellen und Wellen, bis zu einem unsichtbaren Horizont. Und gerade als ich dies bei mir dachte, waren bereits neue wirbelnde Flocken in der Luft.

Ich seufzte, kehrte mich ins Zimmer und beschloss, unverzüglich mit meiner Morgentoilette zu beginnen. Ich würde Nightingale sehen. Unsere Zukunft würden wir gemeinsam verleben ... Unsere Zukunft? Nun, aber da war immer noch jenes gesichtslose Monster, das uns nachstellte, da war in diesen Mauern eine Gefahr, noch nicht gebannt – und man durfte, im Besitze des augenblicklichen privaten Glücksgefühls, um Gottes willen nicht den Fehler begehen, achtlos zu werden und sorglos der Dinge nicht zu achten, die aus dem Schatten nahten.

Eine kurze Weile später trat ich in den Korridor, und ich war, vor Nightingales Türe angekommen, gerade im Begriff, leise dort anzuklopfen, als sich wieder einmal – ich vernahm zunächst eine Art Luftzug im Flur – die Tür von Goldsmiths Zimmer geöffnet hatte und er heraustrat und – leicht überrascht – zu mir hinsah.

«Guten Morgen», sagte er gelöst und mit halblauter Stimme. «Déjà-vu?»

Ich verbiss mir ein Lächeln. «Guten Morgen», entgegnete ich, «ob ich *sie* schon gesehen habe», erkundigte ich mich, «oder ob mir dies bekannt vorkommt? Nun: nein und ja. – Nein», gab ich Auskunft, «was das Erste betrifft, ja das Letztere.»

Jetzt musste er auch lächeln. «Wenn das so ist», sagte er, «lassen Sie sich nicht zurückhalten, lieber Freund. Wir sehen uns beim Frühstück.»

Und damit, lässig mit der Hand winkend, kehrte er sich um, schloss seine Türe und bewegte sich mit katzenartigen Schritten den Gang hinunter Richtung Treppe.

Ich klopfte an Nightingales Tür – und nach einigen Sekunden nochmals lauter, weil sich nichts tat, aber es blieb auch dann gänzlich still hinter jenem Holz. Einen winzigen Moment war ich irritiert und unsicher.

«Warten Sie!», rief ich Goldsmith hinterher, und ich sah, wie er den Schritt verhielt und herblickte; dann, nach einem weiteren Zögern, probierte ich die Klinke. Die Tür gab sofort nach.

Das Zimmer war jedoch leer, wie ich mit einem schnellen Blick feststellte. «Es ist alles in Ordnung», rief ich Goldsmith deshalb zu, und er, Erleichterung im Blick, zuckte die Schultern, nickte.

«Na dann … kommen Sie», sagte er.

Ich schloss flink die Türe und beeilte mich, zu ihm aufzuschließen.

«Ist Ihnen übrigens aufgefallen», sagte Goldsmith und lenkte sein Augenmerk auf eine Tatsache, über die auch ich schon nachgedacht hatte, «ist Ihnen aufgefallen, dass wir eine merkwürdige Koinzidenz haben, indem wir am ersten Abend unseres Aufenthaltes auf diesem Schloss hier, obwohl alle fröhlich und aufgeregt waren und unser Gastgeber uns – damals noch – eloquent und witzig zu führen vermochte, doch sonders mit Unheimlichem und Bösem konfrontiert waren: mit der finsteren Ruine dort drüben und ihrer Geschichte, mit der mittelalterlichen Wurfmaschine, dem eingestürzten Turm, der Krypta, dem nächtlich grausigen Brunnen, finsteren Geheimgängen, nicht zuletzt mit der Folterkammer – es ist doch letztlich eigenartig, dass dem allem im Nachhinein geradezu eine Vorbedeutung zugekommen ist! Sogar der heitere Weinkeller ist zum Schauplatz des Schreckens geworden …» Und indem Goldsmith so meine

Gedanken auf jenen korpulenten, dem Lebensgenuss zugetanen Mann gelenkt hatte, der vor zwei Tagen getötet worden war, und wir den Korridor noch nicht weit hinuntergetreten waren, geschah eine weitere Koinzidenz: Ich hörte die Klinke hinter uns knarren und ich sah im gleichen Moment die Tür sich öffnen – und die Witwe dessen, an den ich just gedacht, trat heraus und zu uns in den Flur.

Das unvermutete Zusammentreffen war für alle Beteiligten eine peinliche Angelegenheit. Sie sah uns, stockte, wäre wohl am liebsten wieder in ihr Zimmer zurückgekehrt – sie trat aus ihrem eigenen Zimmer, wie ich bemerkt, nicht etwa dem des jungen Robert Milton.

«Guten Morgen, Mrs. Stalliot», sagte Goldsmith sogleich freundlich und neigte, wie absichtslos, das Haupt, «haben wir den gleichen Weg zum Frühstück?», und: «Guten Morgen», flüsterte sie in unsere Richtung, ohne uns wirklich zu sehen, und nickte ihrerseits bestätigend mit dem Kopfe.

Und so schritten wir, Goldsmith zwischen uns, den weiteren Korridor hinunter, und weder sie noch ich waren unmittelbar genötigt, das Wort aneinander zu richten, denn Goldsmith plauderte, nachdem er ihrer ansichtig geworden, in einem Strome, der traumhaft leicht daherfloss, ohne wie ein Ablenkungsmanöver zu wirken – obwohl er genau dies und nur dies war –, auf sie ein; wahrhaft ein begnadeter Diplomat! Er schwieg erst, als wir uns der Flügeltür zum Speisesaal näherten. Er trat voraus, öffnete die Tür für Alice Stalliot, höflich wie immer, ich ließ ihr den Vortritt, wir traten beide hinter ihr hinein; sie hatte mich keines Blickes gewürdigt.

Im Speisesaal sah man uns entgegen. Der Lüster über der Tafel war dunkel, aber die Leuchter auf dem Tische selbst waren sämtlich entzündet – ein Kompromiss hinsichtlich des trostlosen Lichts, das durch die hohen Fenster brach –, denn der Schnee draußen machte es heller im Raum als normal. Unter den Fenstern knisterten die Kohlebecken. An der Tafel saß Nightingale – mein Herz klopfte wild, als ich sie nur erblickte. Mortimer war da, kauerte an seinem Ende der Tafel in seinem hochlehnigen Stuhl, eingefallen und hager – hinter seinem Sessel, fast genauso grau, stand Henry und hielt sich ängstlich in Bereitschaft, seinem Herrn beizuspringen. Der Pfarrer saß an seinem Platze und kehrte uns Eintretenden den Rücken zu, wendete sich auch nicht um, als wir herannahten. Er nickte mir leicht zu, als ich in sein Blickfeld kam. Der Rest der Anwesenden waren Diener, die wie gewohnt vor den Spiegeln hantierten: Pfannen mit Speck und Ei zischten, Tee zog, Kaffee brodelte leise auf einem Kocher, Brot wurde geschnitten.

Das Frühstück, so sah es aus, würde heutigen Tages ordnungsgemäß gereicht. Ich begrüßte Mortimer, indem ich an der Tafel vorbei bis zu seinem Stuhle hintrat, zärtlich seine Schulter berührte, einen Gruß murmelte, «... mein alter Freund ...», Goldsmith stand derweil hinter mir, ließ mir den Vortritt, Mortimer entgegnete nichts auf meinen Gruß, nickte mir schwach zu; jetzt, aus der Nähe, sah ich Schweiß auf seiner Stirne stehen, obwohl es – trotz der Kohlebecken – nicht sonderlich warm war im Raume; ich strich seine Wange, die fiebrig heiß war, mit den Fingern und setzte mich, zutiefst beunruhigt, während Goldsmith ihn begrüßte, auf meinen Platz zu Nightingale. Sie glitt eben, wie unauffällig, mit ihrer Hand über meine hin, die auf dem Tuche lag, für eine kurze Sekunde nur, als sie nach ihrer Serviette langte – doch mir war dies alles, was ich benötigte ... wir sprachen nicht.

Alice Stalliot hatte sich wortlos auf ihren Platz gegenüber, neben Mortimer, gesetzt, begrüßte ihn lediglich mit einem gemessenen Neigen des Kopfes. Er griff plötzlich ungestüm nach ihrer Hand, drückte sie – Alice Stalliot sah darauf aus, als ob sie gleich zu weinen beginnen würde. Ich bemerkte, wie der Pfarrer mich beobachtete, senkte den Blick auf den Tisch. Unterdessen begannen die Diener mit dem Auftragen der Speisen, den Eiern, dem Speck, und mit dem Einschenken des Tees, und das dazugehörige Gemurmel – «Tee oder Kaffee, Sir?» – beendete für einen Moment das entsetzliche Schweigen um den Tisch. Der Vikar sprach ein kurzes Gebet, einen Segenswunsch für die Mahlzeit. Nicken, Besteckklappern.

Wir aßen in Stille. Ich schaute in die Spiegel mir gegenüber, vor denen die Diener geschäftig umhergingen und hantierten, und sah in den großen, hellen Flächen die Fenster hinter mir reflektiert, und ich sah beständig neue Flocken herniederrieseln. Und da erst fiel mir auf, dass Robert Milton an unserer Tafel fehlte!

Wo war er, zum Teufel?! War er in der Nacht geflohen vom Schloss und jetzt irgendwo dort draußen im Eis? Oder lag er tot in seiner Kammer? Und warum, in Herrgottes Namen, sprach hier keiner darüber, dass er abwesend war? Es konnte doch nicht sein, dass ich der Einzige war, der dies bemerkt?!

Ich legte vorsichtig meine Gabel hin, ich konnte plötzlich nicht mehr. Und ich sah, dass Nightingale auch die ihre längst abgelegt, und ich blickte auf ihre Hand, die dicht neben der meinen lag. Ich konnte meinen Blick nicht heben, ihr, Nightingale, nicht in die Augen schauen. Alice Stalliot, dachte ich und schaute zu ihr hinüber. Sie aß in kleinen Bissen, dort drüben, hastig, als ob sie wüsste, dass es so bald nichts mehr zu essen gab. Alice Stalliot, siehst du denn nicht, wer fehlt – dass dein Geliebter nicht da ist?, schrie es in mir.

Goldsmith wollte sprechen, aber er wartete auf den Pfarrer, der noch mit seiner Mahlzeit beschäftigt war. Ich spürte, wie Goldsmith unter dem Tische ungeduldig mit den Füßen scharrte, aber schließlich war der Pfarrer fertig, legte sacht das Besteck nieder, tupfte sich mit der Serviette leicht die

Mundwinkel ab und lächelte befriedigt über das genossene Mahl, und dies war der Moment, dass der Amerikaner das Wort ergriff.

«Trinken Sie Ihren Tee aus», sagte Goldsmith hart. «Wir haben gegessen, getrunken, uns gestärkt – und werden zweifellos das Weitere meistern. Also trinken Sie aus, meine Damen und Herren, und lassen Sie uns nachsehen, wo Mr. Milton steckt, ob er noch im Schloss ist oder nicht. Ich denke, wir fangen mit seinem Zimmer an.»

So hatte Goldsmith gesprochen, und es war absolut eigenartig: Wir wussten, was kam, und nahmen es hin ... fatalistisch, ohne äußere Dramatik – wir legten einfach die Servietten auf den Tisch, schoben unsere Stühle zurück, erhoben uns, traten zur Tür des Speisesaals. Zwei, drei Diener erboten sich, uns zu begleiten; Goldsmith war es, der ihnen durch ein Handzeichen gebot, getrost davon Abstand zu nehmen – er war es meiner Erinnerung nach auch, der uns die Tür aufhielt.

Wir tappten schon durch die graue Eingangshalle, auf die Marmortreppe zu, und so, zu sechst, gingen wir oben über die Galerie und folgten dem Korridor um die zwei Biegungen herum, bis wir linker Hand vor der Tür von Robert Miltons Zimmer innehielten. Ich entsann mich des Abends unserer Ankunft, wo Henry – Nightingale und mich zurücklassend – den jungen Milton in sein Zimmer eingewiesen hatte, und er war es auch jetzt, der Mortimer für einen besorgten Moment lang losließ, ihn dort im Korridor der Obhut Goldsmiths anvertraute und selbst an die Türe anpochte, dass das Geräusch im Korridor widerklang.

Es blieb still hinter jener Tür.

Henry war nach einem irritierten Augenblick nervös herumgefahren zu seinem Herrn, hatte jenen gemustert, ihn, der den Kopf in all seiner entsetzlichen Schwäche gesenkt hielt, ratlos angestarrt, und Henrys Blicke waren schließlich über uns weitergewandert, dann auf Goldsmith haften geblieben. Und Letzterer hatte ihm bedeutet zu öffnen – und also hatte sich Henry wieder der Türe zugewandt und sie nach einem Augenblicke des Zauderns geöffnet, und dies war problemlos und schnell bewältigt, denn die Tür war tatsächlich nicht abgeschlossen gewesen, ein jeder hatte hier zuvor hineingekonnt …

Es war das erste Mal, dass ich Miltons Zimmer sah, und es erfüllte mich mit unwillkürlichem Schrecken, zu bemerken, dass dieser Raum geradezu ein Zwilling meines eigenen Zimmers war: Rechter Hand an der Wand stand die Waschkommode mit Schüssel und Krug, linker Hand verteilten sich Kamin, Nachtschränkchen und Tür zur Ankleidekammer – ebenfalls links, doch vor der Hinterwand, erhob sich ein monströses, schwarzes Barockhimmelbett mit Schachbrett-Kassettendecke, ganz wie das meinige, es fehlte lediglich der große Bauernschrank, der auf der rechten Wand in meinem Zimmer stand – ansonsten war alles gleich, alles gänzlich gleich.

Andererseits war in schrecklicher Weise eben nicht alles gleich, sondern die Spuren einer herzlosen Verwüstung waren allüberall im Zimmer zu bemerken. Der Stuhl bei dem Schreibtische neben dem Fenster war umgestürzt – ein Stück der Lehne dabei zersplittert –, auf dem Boden bei ihm und überall vor dem Bett lagen achtlos Papiere verstreut, das Fenster selbst, beide Flügel, standen sperrangelweit aufgerissen. Durch sie trug ein eiskalter Hauch zahllose der Schneeflocken, wie sie draußen rieselten, sanft, ja geradezu zärtlich in weichem Fluge herein, wo sie sich auf dem Boden sammelten. Das Kaminfeuer auf der Seite war längst erloschen, klirrender Frost im Zimmer – aber all das war nicht das eigentlich Schreckliche …

Robert Milton lag im Bett, seine Gestalt gänzlich verborgen unter aufgehäuften Kissen und Decken, so, als ob er sich gegen die barbarische Kälte im Zimmer hatte schützen wollen, als er sich niedergelegt. Eine eigenartig dürr wirkende Hand hing anklagend aus einem Wust von Laken und Stoff heraus.

Die aufgetürmten Kissen und die Schneeflocken ... für einen winzigen, beunruhigenden Moment stellte sich mir im Kopfe eine Verbindung zwischen beidem her – ein Gedanke, rätselhaft, vertraut, ich wusste nicht, woran er mich gemahnte, irgendetwas Naheliegendes, glaubte ich – und dann war er auch schon wieder fort ... aber es war wirklich merkwürdig, denn ich wusste, er würde zweifellos wiederkommen.

Derweil waren wir alle ins Zimmer eingetreten, drängten uns um das Fußende des Bettes, sorglich darauf achtend, keines der herabgefallenen Papiere mit den Schuhen zu beschmutzen. Es war grotesk, gespenstisch: Fast wusste ich, was in der nächsten Minute geschähe – und so war es dann auch. Goldsmith machte, halb beherzt und gleichzeitig zögerlich, eine hölzerne Bewegung auf die Bettseite zu, er griff mit der Hand nach den Kissen, die Robert Milton bedeckten, und zog sie vorsichtig beiseite. Wir starrten in ein Gesicht, das eine bläuliche Verfärbung aufzuweisen schien. Mund und Augen waren weit aufgerissen, die Augen, als ob sie im letzten Moment ihrer Existenz des versteinernden Hauptes der Medusa ansichtig geworden wären. Dort lag Robert Milton entblößt und leblos, und in diesem kalten Anblick war es, dass Alice Stalliots Stimme das Zimmer erfüllte mit einem Laut so furchtbar, so voll eindringlichen Schmerzes, und ich sah ihren schmächtigen, geschmeidigen jungen Körper über den Geliebten auf dem Bette hinstürzen, dass mir eine Gänsehaut den Rücken hinabfuhr.

Und ich spürte einen scharfen Schmerz im linken Ellenbogen und begriff, dass Mortimer, taumelnd, blicklos, sich dort eingekrallt bei mir hielt, ohne seinen Griff überhaupt zu bemerken. Ich sah den Pfarrer nach einem Augenblicke des blassen Erstaunens sich fassen und irritiert die Hand heben, sah Nightingale, sich verwirrt umtuend, nervöse Blicke werfend, dem Bette sich nähern, sah Henry wie einen Schatten auf der anderen Seite Mortimers auftauchen – es geschah sehr vieles gleichzeitig, als es erst einmal so weit gekommen war, in Robert Miltons eisigem Raum.

Goldsmith streckte seine Hand nach der schreienden, schluchzenden Frau auf dem Bett, sie tröstend, zurückziehend, Blicke derweil auf uns zielend, die uns auffordern sollten, zu tun und beizuspringen – der Pfarrer und Nightingale traten von zwei Seiten des Bettes heran, Nightingale an Goldsmiths Seite. «Fassen Sie sich, Alice», flüsterte Nightingale, «fassen Sie sich, meine Freundin.» Ich ward gebunden durch Mortimers Griff. Dann war es, dass jener, während das Unglück auf dem Bette noch anhielt, zusammenbrach, leicht wie eine Feder zu Boden stürzte, kaum vernahm man das Geräusch, dass er dort aufschlug – es geschah vollständig unspektakulär und schneller, als dass Henry oder ich irgendetwas dagegen hätten unternehmen können. Dann war Henry – schneller als ich – unten, betastete fiebernd seines Herrn Gesicht, kniete und lauschte an seiner Brust.

Die drei auf dem Bett, die mit der von Schauern geschüttelten Alice Stalliot befasst waren, warfen unsichere Blicke zu uns herüber, sonders Goldsmith tändelte sichtlich mit dem Zweifel, welche der beiden Gruppen seiner Hilfe eher bedürfe. Die Antwort erteilte Henry, der sich aufrichtete und bewegt hervorstieß: «Er lebt, Sirs, er lebt – Gott sei auf ewig gepriesen und gedankt – ein Tropfen Wasser, bitte …»

Nightingale ließ die beiden anderen, stieg stattdessen vom Bette herunter und kam heran, mit einem Tuch, auf das sie nun einige Tropfen ihres Parfüms fallen ließ.

Gleichviel, bevor sie noch niederknien und es dem Liegenden vors Gesicht halten konnte, flatterten dessen Lider und seine Augen taten sich zögernd wieder auf, schmerzlich, verzweifelt und in Qual um das Geschehene. «O Gott … o Gott … o Gott …», stieß er immer wieder hervor, nichts weiter als eine nicht enden wollende Kette monotoner Gebetsformeln … «O Gott … o Gott … o Gott … o Gott …»

Schließlich kam er zur Ruhe, presste die Lippen aufeinander, dass die Wangenknochen weiß hervortraten, während Alice Stalliot wieder schrie. Die beiden Männer, Goldsmith insbesondere, hatten sie jetzt aufgerichtet, der Vikar eilte ums Bett, um Goldsmith von seiner Seite her zu assistieren, und als sie sie aufgehoben, sah ich ihr Gesicht … hohlwangig, ein offener Mund, der sinnlos schrie, leere Augen, in die Stirn hängendes Haar, weiß die Haut und nass von Schweiß und Tränen …

«Kommen Sie», keuchte Goldsmith, der die sich gegen ihn wehrende Frau in den Armen hielt, die den teuren Toten nicht lassen wollte, und er nickte Nightingale dringlich zu. «Hilf ihr …», stammelte Mortimer, mit der Hand fahrig Nightingale von sich schiebend, und so kehrte sie sich von uns und geleitete Alice Stalliot, die von Goldsmith und dem Vikar weiterhin gehalten ward, aus dem Raum; und wie zu vermuten stand, begaben sich die vier in das Zimmer der Stalliots nebenan.

Ich richtete jetzt Mortimer vom Boden auf, stützte seinen Rücken, bemüht begleitet von Henry, der auf seiner Seite das Seine tat. Wir zogen ihn auf die Beine, wo er unsicher stand und sich an uns hielt, und dann sank er in meine Arme, und ich hörte an meiner Schulter fiebrig hervorgestoßene Worte, fühlte seine Tränen, die meinen Hals netzten, spürte die ganze Verzweiflung und mehr noch eine grässliche Angst, die meinen armen Freund in ihren Klauen hielt. «O Jonathan, Jonathan, warum hat es hierzu kommen müssen? Warum konnte ich's nicht wehren? Ich bin doch der

Gastgeber! Unter diesem Dach sollte nur geschehen, was ich *will* …!»

Und ich hörte Henry von der anderen Seite auf seinen Herrn mit seiner dumpfen Stimme einreden, er streckte auch die Hand aus und streichelte, tätschelte unbeholfen den Rücken seines Herrn, der an mir lehnte, und gemeinsam brachten wir es so weit, dass er sich schließlich fürs Erste zu beruhigen schien und wieder zu sich fand.

«Sir», entsinne ich mich, Henry vorschlagen zu hören, «Sie sollten sich, ein paar Stunden nur, zur Ruhe betten», was von Mortimer zunächst wild abgelehnt wurde. «Es ist neun oder zehn des Morgens – ich habe gerade erst die ganze Nacht geschlafen», wies er den durchaus wohlgemeinten Vorschlag seines alten Dieners brüsk zurück – dann aber, als er begriff, dass ich in dasselbe Horn stieß und dass weder Henry noch ich im mindesten locker lassen mochten, sah er wohl ein, dass er gegenüber unser beider gemeinsamem Durchsetzungsvermögen auf die Dauer keinerlei Chance besaß, und da ließ er sich schließlich von Henry – widerstrebend, möchte ich sagen – abführen. Ein Blick noch über die am Boden verstreuten Papiere, ein ungläubiges Kopfschütteln und der geradezu wie ein Verweis klingende Auftrag an Henry, ja binnen kurzem wieder zurückgekehrt zu sein, die Ordnung wiederherzustellen, diese Papiere zu sortieren … und ihm zur Durchsicht zu bringen! Und dann waren auch die beiden aus dem Zimmer heraus, und ich blieb zurück in dem nun plötzlich geradezu unwirklich lautlosen Raum, in den es nach wie vor durch das weit geöffnete Fenster hineinschneite.

Ich hockte mich einen Augenblick bei den zuvor von Mortimer bezeichneten Papieren nieder, nahm das eine oder andere auf und ließ den Blick darüber schweifen. Es waren Gedichte darauf, die ich nicht kannte, also vermutlich jene, die er hierher mitgeführt und die er uns hatte zur Kenntnis bringen wollen. Ich hätte momentan nichts darüber zu sagen vermocht, zu wenig nahm mein Hirn die Bedeutung der Verse in jenen Momenten in sich auf. Ich war zu abgelenkt, als dass ich sie wirklich gelesen, verstanden oder gar genossen hätte – sodass ich sie stattdessen schließlich nur mehr oder minder gebündelt vom Boden zusammenlas und auf dem Schreibtisch ablegte, bei der Gelegenheit auch den Stuhl wieder aufstellte, der umgestürzt war, wobei meine Hand – gewissermaßen mechanisch – jene abgesplitterte Stelle prüfte, auf die er gefallen. Dann war der Moment gekommen, da ich zum Bette hinübertrat und Robert Milton in die blicklosen Augen sah.

Ich starrte in Robert Miltons offene, im Tode eigenartig trübe Augen – dieser junge Mann, wohl fünfzehn weniger an Jahren als ich … und hingestreckt hier vor mir, unter Kissen erstickt – worauf die asphyktische Gesichtsfarbe deutete –, gemeuchelt, ausgelöscht mit einem Kissen … mein erbarmungsloser, zynischer, geheimnisvoller Streitgegner bei Tisch – er, den ich zeitweise selbst für den Täter gehalten, Widerpart zuletzt im garstigen Disput des gestrigen Abends …

Ich dachte daran, wann und wie ich ihn zum ersten Male gesehen, wie er unvermutet mit seinem Schreibblock hinter der beschädigten Kutsche aufgetaucht war an jenem blutroten Sonnenuntergangsabend wenige Meilen von hier, vor vier Tagen bei unserer Anfahrt … und wie ich ihn zum letzten Male lebend gesehen – heute Nacht, mit einer Fackel, auf dem Nordwestturm, in Begleitung von Nightingale, wie er herübergestarrt hatte zu Goldsmith und mir …

«Verzeih mir, dass ich es bin, der lebt», murmelte ich lautlos dem Toten ins Gesicht und schloss mit einer Handbewegung sanft seine Augen. Es war mir wohler ohne diesen Blick. Ich zog sacht eine dünne Decke über das Gesicht des jungen Mannes, dass er nicht fror, schaute zum Fenster hin, durch das immer noch dicht und gleichmäßig und völlig lautlos die Schneeflocken hereinstoben.

Meine Sicht verschwamm … ich musste plötzlich weinen wie seit dem Tode meines Vaters, meiner Mutter, meiner Frau nicht mehr.

Der letzte Tag

12. Kapitel

Rendezvous

Ich fühlte, wie jemand mich sanft an der Schulter berührte. Ich drehte mich um und fand, dass es Nightingale war, die lautlos hereingekommen und hinter mich getreten war und die nun ihre tröstende Hand ausstreckte, als sie mich weinen sah. «Lieber …», wisperte sie zart. In ihren tiefen Augen spiegelte sich Besorgnis, während ihre Hand behutsam meine Wange strich, um die Spuren meines Kummers zu tilgen. «Man erwartet dich nebenan im Zimmer von Alice Stalliot», flüsterte Nightingale. «Es geht ihr nicht gut, Lieber. Sie möchte dich sprechen.»

Ich blickte zu dem offenen Fenster hinüber. Ich wusste nicht, ob ich es schließen sollte. Ich hatte eine eigenartige Scheu davor, den Flug des Schneegestöbers zu unterbrechen, das immer noch stetig hereinwehte. Ich trat schließlich zum Fenster hin, beugte mich hinaus und blickte an der senkrechten, glatten Außenwand hinunter bis in das schwarze, unbewegliche Wasser des Burggrabens. Warum, zur Hölle, stand das Fenster offen?, fragte ich mich zum wiederholten Male. Der Mörder hatte uns kaum weismachen wollen, dass jemand hier über die Außenmauer eingestiegen war und Robert Milton getötet hatte!

Ich verharrte unschlüssig, besah mir ein letztes Mal die verhüllte Gestalt auf dem Bett, schloss dann abrupt die Fensterflügel. Nightingale wartete, und wir verließen das Zimmer nebeneinander, ohne uns zu berühren. Ich war dabei, die Tür zu schließen, als ich Henry den Gang heraufkommen sah.

«Ich habe die Papiere auf den Schreibtisch gelegt», teilte ich ihm mit, «und das Fenster geschlossen.»

«Ich danke Ihnen, Sir», entgegnete er matt, und ich musste plötzlich mit daran denken, dass er beileibe kein junger Mann mehr war, auch in seinem Gesicht hatten die Ereignisse fürchterliche Spuren hinterlassen – nie zuvor war mir das in solcher Klarheit aufgefallen wie in diesem Moment und hier im Zwielicht stehend zwischen Tür und Angel.

In einer impulsiven Geste berührte ich ihn leicht an der Schulter. Er zuckte zusammen, was mir unendlich Leid tat. «Es ist gut, Henry», stammelte ich unbeholfen. «Ich will sagen, es tut mir alles Leid. – Wie geht es Mortimer?»

«Es geht ihm den Umständen entsprechend, Sir, ich danke Ihnen für die Nachfrage. Aber … Er schläft nicht. Ich soll ihm *jetzt* die Papiere bringen, die er durchsehen will. Er will *jetzt* die Papiere durchsehen.» Das ganze Ausmaß seines Kummers über diesen Umstand, sein Nicht-einverstanden-Sein mit Mortimers Tätigkeit, die nach seiner Ansicht ihn aufrieb, war in seinem Blick deutlich zu lesen.

Ich glaubte, ich verstand ihn. «Glauben Sie mir, Henry, lassen Sie Mortimer seinen Willen: Wenn er arbeiten will, so lenkt ihn das möglicherweise eher ab und ist eine bessere Medizin für ihn als all unsere gut gemeinte, sorgende Zuwendung.»

«Ich verstehe, Sir», sagte er steif und senkte den Blick. «Haben Sie vielen Dank.»

«Nun denn …»

Ich zog mich zurück, gesellte mich zu Nightingale, die mich zwei Schritt weiter erwartete. Unsere Hände berührten sich für eine flüchtige Sekunde. Dann gingen wir den Korridor entlang, bis wir vor der Tür zu Alice Stalliots Zimmer standen.

Ich entsann mich, wie ich schon einmal hier gestanden – und da ein Gefühl des Unbehagens mich augenblicklich befiel, drückte ich kurz entschlossen die Klinke nieder, um die Spanne des Verweilens an diesem Orte für diesmal möglichst knapp zu halten, schob die Tür auf und trat, nachdem ich Nightingale den Vortritt gelassen hatte, ein.

Ich hatte seinerzeit, unmittelbar bevor ich die Flucht in mein Zimmer angetreten, einen flüchtigen Blick hier hinein getan: Dort stand die Anrichte, an der Geoffrey Stalliot gelehnt, und es war ein Fenster da und ein Bett und eine Waschkommode. Es verhielt sich jedoch so, dass ich kaum genügend Zeit hatte, den Raum in seiner Gänze in mich aufzunehmen, denn im Augenblick, als ich ihn gerade erst betreten, war Alice Stalliot vom breiten Bett an der linken Stirnwand aufgesprungen und an Goldsmith und dem alten Vikar mit der Geschwindigkeit eines Raubtieres vorbeigefahren, um sich sogleich auf mich zu stürzen. Ein Schrei brach aus ihrer Kehle, wie ich ihn schon einmal gehört in jener Szene, als ihr Mann sie geschlagen. Mit Händen wie gekrümmten Klauen fuhr sie auf mich zu, als wolle sie mich zerreißen.

Ich spürte Alices Fingernägel an der Brust und am Hals und setzte mich zur Wehr, und nach einem Moment des Schreckens konnte ich ohne alle Mühe ihre Hände festhalten. Mittlerweile waren auch Goldsmith und der Vikar heran, redeten beruhigend auf sie ein und führten die erneut aufschluchzende Frau zu ihrem Bett zurück.

«Wir sollten einen Bedienten rufen», schlug ich vor. «Es müsste irgendetwas Beruhigendes im Hause sein.»

Ich meinte es ehrlich und war voller Mitgefühl für unsere Mitstreiterin, die – dessen war ich sicher – lediglich der Kummer so rasend gemacht. Aber sie, kaum dass sie meinen Vorschlag gehört, schlug wild auf dem Bett um sich, von

Goldsmith und dem Pfarrer mühsam gehalten, und schrie und spuckte in meine Richtung: «Das könnte Ihnen so passen!», geiferte sie. «Sie wollen mich betäuben, vergiften, Mensch, töten …! Wie meinen Mann … und wie Robert … o Gott …!»

«Sie sind, meine Liebe, nicht bei sich», beging ich jetzt den Fehler zu sagen, «beruhigen Sie sich, meine gute Alice.» Doch was ich damit leichtfertig heraufbeschwor, war etwas nächst einem Weltuntergang! Alice Stalliot geriet außer sich: Ihr Schrei erschütterte die Grundmauern des Schlosses, es hätte mich kaum verwundert, Mortimer, zutiefst aufgestört, aus seinem Wohnturm herbeigestürzt zu sehen, und aus ihrem Auge sprühten Hass und Neid.

«Ihr beiden Würmer!», schrie Alice Stalliot. «Was hat Gott euch gegeben, das er mir vorenthält?! Ich habe genug gelitten weiland in dieser Existenz, an Geoffreys Seite – und der Graf wurde mir bereits gestohlen … und jetzt der junge Dichterteufel auch … o Robert … er war ein schmutziges Lamm, ein verderbter Junge, so lang er mir blieb, und er hat mich glücklich gemacht, glücklich … eine Nacht! Bis du redetest, Jonathan Lloyd! Verdammt seist du in der Hölle! Und ihr … Was bist du, Nightingale Dubois … eine Schwalbe, die im Sommer singt? Und du, Mr. Lloyd, was bist du? Hat Gott dir das Recht gegeben, IHM vorzugreifen und über andere zu richten? Über mich? – Oh, ich warne euch, ich warne euch …» Sie hob plötzlich einen Arm, einen drohenden Finger gegen Nightingale. «… Du bist ein Schwan, Nightingale Dubois, keine Schwalbe, ein Schwan, der nur einmal singt – wenn er stirbt! O ja, du wirst sterben, und dein Geliebter wird sterben mit dir … und du wirst an meine Worte denken … es dauert nicht mehr lange …» Und hier, als sie diese Verwünschung ausstieß – hier war es, dass Nightingale vortrat, hörbar Luft schöpfte, ruhig mit dem Arm weit ausholte – und zuschlug.

Die Hand klatschte in Alice Stalliots Gesicht, sodass ihr Kopf zur Seite flog, und noch einmal schlug Nightingale, von der anderen Seite, mit dem Handrücken zu. Alice schnappte nach Luft – und schwieg still. Und dann ließ sie den Kopf fallen, sodass ich einen unsinnigen Augenblick lang glaubte, sie sei von den beiden Schlägen besinnungslos geworden; dann jedoch kehrte sie uns ihr tränennasses Gesicht zu.

«Ich entschuldige mich für die Schläge, Alice Stalliot», sagte Nightingale mit klarer Stimme, «umso mehr, als Sie doch leider schon so oft in Ihrem Leben, wie wir wissen, ungerechtfertigtermaßen geschlagen worden sind – und es tut mir umso dringlicher Leid, als ich Sie hier auf Boroughmore Castle vor einigen Tagen als moderaten Menschen und herzenswarme Person kennen gelernt habe. Es tut mir furchtbar leid, was Ihnen zugestoßen ist, liebe Freundin … aber mich lassen Sie aus!» Und dies mit Bestimmtheit vorgetragen habend, kehrte sie sich um und verließ, niemanden von uns, auch mich nicht, anblickend, erhobenen Kopfes den Raum.

Alice blieb still, ein Gurgeln entrang sich ihrem Rachen, und sie sank in den Armen der beiden anderen zusammen. Ich ließ verstört, wie ich war, den Blick zwischen Goldsmith und dem Vikar hin- und hergehen. Goldsmith gab mir ein Zeichen mit den Augen, und ich jagte durch die Tür Nightingale hinterher.

Sie erwartete mich zu meiner Überraschung im Korridor stehend vor ihrem Raum, die Hand auf der Klinke. Ganz ruhig stand sie dort und wartete, bis ich herangetreten war. «Ich weiß», sagte sie, ehe ich irgendetwas äußern konnte, «ich weiß, Lieber … aber das hättest du tun sollen …»

Und in meiner Betroffenheit, der ich da wie geschlagen stand, küsste sie mich flüchtig auf die Lippen und war in ihren Raum eingetreten und hatte die Türe leise gegen mich geschlossen, noch eh ich auch nur einen Ton gesagt. Ich hatte indes genug Anstand, nun nicht an das Holz zu pochen – ich beschloss, in den Raum zu den anderen zurückzukehren, diesen Vormittag bei mir verfluchend –, und lächelte innerlich, verzagt über mein vergeblich erhofftes Rendezvous.

Es war hoher Mittag, dass wir Robert Milton schließlich zu Grabe trugen – der Tag draußen nach wie vor düstergrau und leer. Ich habe noch das gewisperte «Memento, homo, quia pulvis es, et in pulverem reverteris» des Vikars im Ohr.

Wir standen in der Krypta, um das vierte Piedestal und den vierten, in weißes Tuch eingeschlagenen Toten versammelt. Vierundzwanzig Jahre jung, dachte ich fassungslos. Es berührte mich, wenn ich daran dachte, dass er – während wir noch in der Banalität des realen Lebens verharrten – nun bereits zeit- und körperlos jene finsteren Gefilde durchirrte, die wir alle so schrecklich fürchten … und die jeder von uns dermaleinst würde queren müssen.

Mortimer hatte der provisorischen Bestattung nicht beigewohnt, sondern war weinend zuvor schon – nach einem kurzen Auftritt unter uns – von Henry wieder auf sein Zimmer im Turm geleitet worden. Nightingale hatte Alice, die mich keines Blickes gewürdigt, uneingedenk des jüngst Vorgefallenen, während der Prozedur zu mehreren Malen in den Arm genommen und mit leise gemurmelten Worten getröstet. Nach der Zeremonie dann hatte der Vikar die dunkle, blasse Frau, so muss man es wohl nennen, unter Assistenz Nightingales im Arme geschleppt. Ein ums andere Mal brach Alice in den Knien ein und glitt fast zu Boden; lauthals hatte sie dabei lamentiert und geschrien, ihr zweites Leben sei nun auch zerstört. Zu dritt waren sie also, ein Bild des Schreckens und des elenden Jammers, die schwarze Marmortreppe aus der Eingangshalle hinaufgewankt, während Goldsmith und ich wie von ungefähr unten zurückgeblieben – und sie waren kaum verschwunden gewesen, als er mich wie ein Verschwörer am Arme gehalten und wild mit sich fortgezogen hatte, zunächst durch den Speisesaal hindurch und dann bis in die Bibliothek. Und hier, ganz in der Nähe des Kamins, wo wir gestern die Leiche des Professors gefunden, hatte er mich losgelassen und mich – ich kann es anders kaum nennen – angeherrscht mit den Worten: «Nun, was?! Lloyd? – Der Teufel!» Und dabei hatte er an jene Stelle der Decke gedeutet, wo so schrecklich der stürzende Seraph hindurchbrach. «Der Teufel, Lloyd, hole doch meine verdammte Seele, aber jetzt, wenn Sie mich fragen, jetzt ist der Zeitpunkt gekommen, wo wir aufräumen müssen und diesem Spuk ein Ende machen! Es reicht, Himmel noch eines!! Lloyd – wir müssen es enden!»

Und er hatte mich mit glühendem Auge angeschaut, und in seinem Blick stand zu lesen, dass vier Tote genau das waren, das hinzunehmen bei all seiner Geduld seine Kraft um ein verfluchtes Jota überforderte; und er erwartete eine Replik meinerseits, und ich – ich musste fast lächeln ob seiner Aufgebrachtheit – fühlte mich ihm zugleich innigst verbunden. Er hatte Recht, es galt zu handeln – und zwar schnell!

«Also?», fragte Goldsmith aggressiv. «Wie gehen wir jetzt vor? Was wollen Sie sagen?»

Ich wollte zu der Sekunde, offen gesprochen, überhaupt nichts sagen, denn ich wusste nicht, wo wir klugerweise hätten anfangen sollen. Gleichwohl stellte ich eine Frage knapp in den Raum: «Wie hat Ihnen Alice Stalliot heutigen Tages gefallen?»

Die Frage war böse gemeint und böse hervorgestoßen, und ich sah, wie Goldsmiths Gesicht sich verzerrte: «Wie sie mir gefallen hat? Oh, sie hat mir großartig gefallen! Genau die Portion Gezeter, die wir bei ihrem Gatten so schmerzlich vermisst haben – und nun um den jungen Robert Milton … weiß doch der Himmel! Ihr Gatte wurde erschlagen, und sie stand eisesstarr und still daneben, ich weiß. Und nun das junge Glück mit Milton; wie gewonnen, so zerronnen, könnte man sagen … O ja, sie nebelt mir das Hirn, Ihre alte These, Lloyd, bemerkenswert, schmerzlich. Alice Stalliot … unsere schöne Mörderin. Zuerst lullt sie, wie Sie gesagt haben, unseren Marquis ein, und dann, weil der Marquis nicht mitspielen möchte, auch Robert Milton. Und sie bringt, mit Robert Miltons Hilfe, Geoffrey Stalliot, ihren Gatten, im Weinkeller um – den Marquis hat sie zuvor mit Robert Miltons Hilfe als Mitwisser getötet. Und nun, heute Nacht, stirbt zu allem Überfluss auch noch Robert Milton selbst … als Dritter aus diesem direkten Kreis um Alice; der unmittelbare Komplize … der letzte Mitwisser … Wetter noch eines! Es ist wahr: Anders als der Pfarrer, als Sie oder ich … oder Sir Mortimer, oder meinethalben auch Henry, hat Alice Stalliot in einer wahrhaft vertrackten Weise eine unmittelbare Verbindung zu allen bisherigen Opfern besessen. Der Professor, der des Abends vor zwei Tagen Milton und sie in unser aller Beisein schmählich angriff wegen ihrer Taten … voilà! Zudem, wer hätte heute Nacht leichter Zutritt zu Miltons Zimmer gewinnen können als sie, falls sie nicht beide von Anfang an dort zusammen waren? Wem sonst von uns hätte er nachts wohl die Tür geöffnet und wäre arglos wieder ins Bett geschlüpft? Wer anders als sie mag also im gemeinsamen Bett den geeigneten Moment abgewartet haben, ihm das Kissen ins Gesicht zu drücken? Aber ich sage, Freund, trotz allem: Es ist zu deutlich … es wäre zu schön, um wahr zu sein! Alice Stalliot als nunmehr vierfache Mörderin, die sich schlicht hinter einem Vorhang von Tränen und Unflat verbirgt … das schreit zum Himmel, Lloyd, wollen Sie das sagen? Das schreit zum Himmel und stinkt nieder zur Hölle gleichermaßen! Aber es wäre so zu einfach, ich schwöre es Ihnen! Wir hätten nicht diese Schwierigkeiten damit ... es kann einfach nicht wahr sein!»

«Und was wäre dann wahr?», fragte ich still und bemühte mich um Sachlichkeit.

«Wahr ist, dass wir Schnee haben», sagte Goldsmith giftig. «Dass wir eingeschneit hier festsitzen ... wohl bis zum Sankt-Nimmerleins-Tag, will mir scheinen. Schauen Sie nur zum Fenster, Lloyd, es fallen schon wieder neue Flocken! Es ist ferner wahr, dass wir vier Todesopfer aus unseren Reihen zu beklagen haben und noch immer das Muster dahinter nicht erkennen, von dem wir heute Nacht schon sprachen, Sie und ich und die schöne Nightingale. Und es ist wahr, dass wir uns, summa summarum und wohl auch bei aller möglichen optimistischen Beschönigung der Situation, unumstößlich bewusst machen müssen, dass wir uns alle, samt und sonders, in höchster Lebensgefahr befinden, solange der Täter ... oder die Täterin ... nicht unschädlich gemacht worden ist – wie auch immer!»

Er blickte so bedrohlich, dass ich mich für einen Moment geradezu vor ihm fürchtete ... nein, ich hätte nicht in der Haut jenes anderen stecken wollen. Aber das war in der nächsten Sekunde wieder vorbei, und er blickte sich in der fahrigen, nervösen Manier im Raume um, die ich so unnachahmlich und bezaubernd an ihm fand. Er suchte zwei Sessel für uns aus, in die wir uns setzen könnten, zwei, die nicht zu entfernt standen, wies knapp darauf, und wir taten beide die wenigen Schritte und setzten uns, auf ungefähr zwanzig Fuß dem Kamin gegenüber.

Keiner von uns sprach zunächst. Wir blickten im Raume umher, ließen die Szenerie auf uns wirken.

Hier war es, dachte ich, dass wir nach dem ersten Vorkommnis in jener Nacht vereint gesessen, um uns zu beraten, wie auf den Tod des unglücklichen Comte zu reagieren sei. Und hier hatten wir zuvor schon gesessen, am gleichen Abend, aber früher, nach dem Abschluss der Führung durch das ganze Anwesen, die Mortimer für uns veranstaltet, und in ungleich froherer Runde: Draußen war bereits der Sturm aufgekommen; der Comte, Nightingale und ich hatten ins Feuer gestarrt und uns unterhalten ... worüber doch gleich? ... über Märchen ... ja ...

Märchen ... Spiegel ... was hatte der Splitter des Spiegels, den Goldsmith an dieser Stelle gefunden hatte, zu bedeuten? – Spieglein, Spieglein an der Wand ... die Frage nach der Wahrheit?

Ich bemerkte, dass Goldsmith mich beobachtet hatte, und schrak aus meinen Gedanken hoch. Ich nickte ihm zu. Er heischte zu wissen, was mich so gedankenverloren gestimmt hätte, und ich teilte es ihm in Kürze mit. Er verzog den Mund und wiegte anerkennend das Haupt. «Darüber sollten wir beide intensiv weiter nachdenken», gab er zu und setzte mich in Kenntnis, was ihn unterdessen beschäftigt, und ich sah, dass seine Grübeleien in ganz andere Richtung gegangen waren. Er glaube nicht daran, dass es Alice Stalliot war, die uns diese fürchterlichen Schwierigkeiten beschere, uns dieses schier unlösbare Rätsel zu lösen aufgab. Gleichwohl, konzedierte er, habe er sich ja bekanntermaßen schon mehrfach getäuscht, könne also auch hier irregehen und Alices Täterschaft ungerechtfertigterweise missverkennen. Andererseits, wenn er Recht mit seinem Verdachte hatte, dass sie völlig unschuldig sei, wer sei dann alternativ zu verdächtigen, falls ich, er lächelte, in diesem besonderen Ausnahmefall gewillt sei, die Unmöglichkeit mehrerer Alternativen trotzdem zuzulassen?

Ich saß in meinem Sessel, musste unwillkürlich lächeln. Und auch Goldsmith musste lächeln.

In diesem Moment sprang die Türe auf, und herein trat der Vikar. Er war offensichtlich überrascht, uns hier sitzend vorzufinden, mehr noch verblüfft allerdings schien er darüber, dass wir augenscheinlich heiterer Stimmung waren; missdeutend, was unserem augenblicklichen Lächeln unmittelbar vorausgegangen, stahl sich so etwas wie eine neidische Missbilligung unseres Tuns in seine Augen, und es klang ausnehmend ungnädig, als er sich an uns wandte: «Sieh da, die Herrschaften Lloyd und Goldsmith! Freut mich doch sehr für Sie, meine Herren, dass es Ihnen gut geht! Man kann dies augenblicklich ja leider nicht von allen Anwesenden behaupten ... Ich meinerseits komme gerade von Mrs. Stalliot.» Er deutete flüchtig über die Schulter zur Tür, durch die er hereingekommen. «Ich habe Miss Dubois bei ihr zurückgelassen, ihr weitere geistige Labung zukommen zu lassen, um mich unterdessen unseres anderen Tröstungsbedürftigen zu versehen. Ich will in den Turm hinauf, um bei Sir Mortimer vorbeizuschauen.» Er musterte uns: «Darf ich den Grund Ihres Amüsements erfahren, meine Herren?»

«Oh, wissen Sie, unsere Ausgelassenheit hält sich durchaus in Grenzen», gab Goldsmith bittersüß Auskunft.

Der Vikar stutzte. «Und was konkret haben Sie besprochen?», wollte er, geradezu insistierend, wissen.

Goldsmith lachte sarkastisch. «‹Ein Weiser rühme sich nicht seiner Weisheit, ein Reicher rühme sich nicht seines Reichtums›», sagte er lässig. «Jeremia 9, Vers 22, lieber Freund, wenn ich mich nicht irre. – Was wir beredet haben? Nun, wir haben überlegt, wer hier der gefallene Engel ist, der anderen das Leben verkürzt.» Er deutete beiläufig zur Decke. «Wir haben unter anderem die tröstungsbedürftige Alice Stalliot in unsere Überlegungen einbezogen.»

«Hauptsächlich ich habe sie einbezogen», fügte ich, der Wahrheit die Ehre gebend, hinzu, worauf der Pfarrer sich augenblicklich zu mir drehte.

Goldsmith nickte kurz in meine Richtung, sprach dann, wieder an den Pfarrer adressiert: «Wir wollten aber auch nicht gänzlich ausschließen, dass die Verantwortlichkeit womöglich doch ganz anderenorts zu finden sei. Wir ventilierten sozusagen gerade die Eventualitäten. Matthäus 23, Vers 37», sagte er im Tonfall einer Zugauskunft. «Ferner: der vorerwähnte Jeremia 22, Vers 5 – sowie Psalmen 69 und 26: ‹Siehe, euer Haus soll euch wüste gelassen werden›», fuhr er fort. «Und damit, Herr Vikar, waren wir nicht einverstanden! – Will sagen: Wir werden etwas gegen die progressive Wüstenei in diesen Mauern tun. Das wird Sie nicht verwundern, denke ich ... Apropos ...» Er blickte sich einen Moment um, als müsse er sich erst orientieren.

«Wenn Sie uns jetzt verlassen, Herr Vikar, und Sir Mortimer aufsuchen», fuhr er fort, «werden Sie dort oben zweifellos den Diener Henry vorfinden. Wir wären Ihnen sehr dankbar, wenn Sie ihn uns für einen Augenblick heruntersenden wollten; bitten Sie Sir Mortimer um Nachsicht. Es geht, wie gesagt, um diese Mauern.» Goldsmith deutete im Kreise. «Bestellen Sie Henry, wir säßen in der Bibliothek und erwarteten ihn. Gestern Nacht in der Kirche, als Sie, Sir, dankenswerterweise die Tür zu dem Geheimgang nach Dull Manor für uns aufgetan, lief er und brachte uns flugs die Baupläne der ganzen Burg herüber ... ich bin sicher, dass das Material hier irgendwo im Umkreis lagert. Wir wissen nicht, wo, brauchen es nur momentan.» Goldsmith deutete auf die Folianten in den Regalen. «Der Geheimgänge gibt es hier ja einige», schloss er ab, «und wo einige sind, möchten womöglich noch mehr sein, und selbst wenn diese nicht eingezeichnet sind – was man füglich auch nicht verlangen kann –, so könnte doch die Stärke der eingetragenen Mauern uns hier und da mit verräterischer Zunge reden, uns Aufschluss erteilen hinsichtlich des einen oder anderen, das wir wissen möchten. Wir überlegten übrigens gerade auch, wozu uns ein Spiegel nütze sein könnte, als Sie eintraten, Sir. Mr. Lloyd tat diese Überlegung.»

Er deutete seitwärts auf mich, blickte dem Pfarrer, der mit all diesen Einlassungen sichtlich wenig anzufangen wusste, frei ins Gesicht und legte den Kopf schief, um dessen Antwort zu erwarten.

Thomas Olivier starrte Goldsmith und mich – ich kann es nicht anders nennen – missgünstig an … nur eine Sekunde … dann verwandelte sich sein Gesicht: Es wurde flach, nichts sagend und zwischen dem biblischen Backenbart und der weißen Haarpracht breitete sich ein höfliches, gleichwohl unglaublich leeres Lächeln aus.

«‹Richtet nicht, auf dass ihr nicht gerichtet werdet›», sagte er leise. Er neigte konziliant den Kopf, versicherte uns, unserem Wunsche, Henry zu benachrichtigen, umgehend Sorge zu tragen, verbeugte sich leicht zum Abschied und durchquerte die riesige Fläche der Bibliothek zum anderen Ende hin, um dort, Richtung Spielsalon, Musikzimmer und Wohnturm, den Raum zu verlassen.

Ich dachte an den Vikar, wie er «Die Letzten werden die Ersten sein» gesagt, am denkwürdigen Abend unserer Ankunft, da ich verspätet im Speisesaal eingetroffen und mich dessen böse geschämt hatte – wie ich ihn durch diesen einen Satz kennen gelernt und er dadurch als Mensch direkt in mein Herz getreten war, weil er mit dem einen Zitat meine Unruhe dort bei Tisch, meine Verlegenheit, mit einem Lächeln vernichtet und in den Bereich des Unbedeutenden verwiesen hatte – o Gott, ich war ihm zutiefst dankbar gewesen … Nun, es hatte sich seither hinreichend Gelegenheit ergeben, in der einen wie der anderen Richtung das menschliche Urteil über ihn zu ändern.

Mir kam vor den Sinn die anrührende Zerknirschung des Geistlichen bei jenem traurigen Frühstück nach der ersten Nacht, wo er gleichermaßen sich selbst Vorwürfe, er habe den Comte verkannt, gemacht, wie er gleichzeitig ein deutliches Beleidigtsein zutage gekehrt angesichts der Tatsache, dass keiner von uns zur Messe erschienen war – ich dachte auch an die unglaubliche, unendliche christliche Geduld, mit der er jenes Abends das wahrhaft vernichtende Urteil des Professors über seine «Lady of the Lake» hatte über sich ergehen lassen, oder an sein rigoroses Wettern gegen die Existenz des Ganges – und seine bemitleidenswerte Ohnmacht bei der Tür des Speisesaals andererseits, nachdem er die Öffnung gefunden.

Was sollte man nun von alldem halten?! Wie ging das eine mit dem anderen zusammen?! Ich wusste es wirklich nicht, teilte nichtsdestoweniger Goldsmith meine Gedankengänge in Umrissen mit.

Er wiegte das Haupt, meinte: «Sie haben zweifellos Recht, mein Guter … seine Haltung wirkt inkonsequent – aber das mag auf Augenblicksstimmungen beruhen … oder darauf, mit wem er gerade spricht. Vielleicht mag er uns beide nicht leiden … oder einen von uns …», er lächelte flüchtig, «… oder vielleicht hängt auch dies von Augenblicksstimmungen ab. – Wie dem sei, ich habe Probleme, ihn anders zu sehen als nur harmlos. Er ist ein liebes Schaf, glaube ich, vielleicht zu eitel für einen Geistlichen, vielleicht nicht mit übergroßer Intelligenz gesegnet, aber wer ist das schon und vor allem: All das macht ihn nicht zum Mörder. Nein, ich bin geneigt – ich habe das schon einmal getan, entsinnen Sie sich –, auch über ihn hinsichtlich unserer Fragestellung das Verdikt zu sprechen: ‹Nicht schuldig›. Wobei …» Er brach plötzlich ab, stutzte, grübelte …

«Was haben Sie?», fragte ich irritiert.

«Ach nichts …», murmelte er wegwerfend, nachdem er noch einen Augenblick vor sich hin gestarrt hatte. «Wissen Sie, ich habe nur gerade …», er wirkte mürrisch über seinen eigenen neuen Einfall, «… ich habe nur gerade daran gedacht, wie vorsichtig wir doch mit unserem Urteil über den Vikar sind … und das ist ja zweifellos auch richtig so … wie erbarmungslos dagegen gestern Abend Robert Milton über den Vikar geredet hat ... und jetzt ist er tot.» Goldsmith starrte mich an, wie überrascht über das, was er gerade gesagt.

«Ich weiß», pflichtete ich zögernd bei. «Ich entsinne mich. Aber denken Sie daran: Der Vikar war draußen, als Robert Milton mit seiner Suada anfing ...»

«Richtig!» Goldsmith war plötzlich von einer neugewonnenen Lebhaftigkeit. «Und Robert Milton flocht Miss Dubois gegenüber solche Sätze in seine Rede ein wie: Er schere sich einen Deut darum, ob der Pfarrer etwa draußen vorm Fenster hocke und alles das mit anhöre. Im Gegenteil: Er äußerte ganz explizit den Verdacht, der Vikar stecke hinter all dem Bösen. Er hatte seine Schlüsse gezogen, da der Vikar uns doch scheinbar davon abzubringen trachtete, dass wir weiter nach dem Gang suchten, von dem er zuvor syllogistisch geschlossen hatte, dass der, der ihn kenne, notwendigerweise auch der sein müsse, der das ganze riesige Mordkomplott schon vor unser aller Ankunft hier geplant und in Szene gesetzt habe.» Goldsmith hob den Finger und wiegte ihn überlegend. «Zehn Minuten später präsentiert uns der Vikar überraschend den Geheimgang, aufgrund dessen wir wenigstens hinter die Lösung des letztlich marginalen Rätsels des Feuers auf Dull Manor kommen. Und heute nun liegt Robert Milton, der den Vikar so vielleicht dazu ‹überredet hat›, uns den Gang zu zeigen, tot in seinem Bett!» Goldsmith ließ seine Hand aufs Knie fallen, und eine Minute des Schweigens trat zwischen uns ein.

«Und ein Weiteres», sagte er dann. «Auch der Professor ist tot, nicht wahr? Und seit wann? Er ist gestorben, kurz nachdem er des Vikars Dichtung vor unser aller Augen brutal niedergestampft hatte – wobei der Pfarrer uns gegenüber eine geradezu unnatürliche Bereitschaft zum christlichen Märtyrertum an den Tag legte und ihm scheinbar – ich sage scheinbar – verzieh. Und beim Comte, erinnern Sie sich, war es der Punkt, dass er mit ihm aneinander geraten war wegen dessen gottloser Gedichte. Lassen Sie uns das eine zum anderen zählen!»

«Ich weiß», rief ich und hob die Hände. «Lassen Sie mich überlegen!» Ich grübelte einen Moment. «Sie halten den Priester nicht für sonderlich klug», sagte ich schließlich. Goldsmith nickte bestätigend. «Nun, Sie haben Recht», fuhr ich fort. «Ich traue ihm … und zwar von der benötigten Intelligenz her … diesen Plan nicht zu. Und wir sehen das Muster dahinter nicht, das Motiv für all das nicht, und mir will absolut nicht in den Kopf, dass ausgerechnet dieser kleine Mann … uns so gekonnt an der Nase führt …»

«Jaja, gewiss …», Goldsmith winkte hastig ab, rieb sich überlegend den Nacken, zuckte schließlich die Schultern. «Also dann …? Sie konnten die anstehenden Fragen immerhin klären? Ich meine, mit Miss Dubois, letzte Nacht?», fragte er beiläufig, das Thema wechselnd. Ich muss sehr überrascht geschaut haben, denn er lachte hell auf und rief: «Um Gottes willen, Lloyd, Frage zurückgezogen, denn ich weiß nicht, was Sie hinter ihr erwarten! Ich wollte nur wissen, ob so weit alles in Ordnung ist, dass ich mir keine Vorwürfe mehr zu machen brauche hinsichtlich meines gestrigen möglicherweise ungeschickten Vorgehens, Sie verstehen mich doch?»

«Ich verstehe Sie schon», sagte ich. «Nein, es ist alles in Ordnung.»

Er lächelte. «Glückwunsch», sagte er. «Sie ist gewiss eine nette Person …»

«Danke», murmelte ich verlegen.

Eine Sekunde der Stille trat wieder ein, in der es fast schien, als wolle er noch etwas über Nightingale äußern … aber dann nahm ich wahr, dass er, sozusagen sich selbst gegenüber, den Kopf schüttelte und stattdessen auf das Vorherige zurückkam: «Der Pfarrer ... nun, es ist schon recht merkwürdig, fanden Sie nicht? Wie der Zufall eben so spielt, dass wir gerade mit angehender Sicherheit Alice Stalliot von der Liste unserer Mordverdächtigen gestrichen haben und füglich nach neuen suchen», sagte er, «als just jener hier eintrat ... gewissermaßen nach dem Motto: ‹Wenn man vom Teufel spricht› ...»

Ich schmunzelte, kam aber nicht dazu, etwas zu erwidern, da in der nämlichen Sekunde die Tür zum Spielsalon, durch welche der Vikar verschwunden war, wieder aufsprang und Henry dort erschien. Er hinkte, ohne uns eines Blickes zu würdigen, schräg durch den Raum zu einem der Regale zwischen den Fenstern hinüber, sodass wir uns in den Sesseln scharf umdrehen mussten, ihn nicht aus den Augen zu verlieren, fuhr dort flüchtig tastend mit der Hand entlang und studierte die Titel, zog dann einen dicken Band heraus – ich erkannte ihn von der vorherigen Nacht aus der Krypta wieder, er brachte ihn uns mit beiden Händen und hielt ihn nach einem kurzen Zögern, in dem der Blick seines verbliebenen Auges zwischen uns beiden wanderte, Goldsmith hin, und die Geste mit einer Verbeugung begleitend, äußerte er höflich: «Bitte, Sir, die Baupläne von Boroughmore Castle, wie von Ihnen verlangt.»

Goldsmith nahm sie ihm ab, hielt den schweren Band unbeholfen auf den Knien, sagte: «Ich danke Ihnen, Henry – Sie sind des Lesens kundig?»

«Ja, Sir, ein wenig, Sir. Sir Mortimer hat es mir seinerzeit beigebracht.»

«Ich verstehe», sagte Samuel Goldsmith. «Wie geht es Sir Mortimer?»

Ich sah, wie sich Feuchtigkeit im intakten Auge Henrys sammelte. «Nicht gut, Sir», sagte er, nachdem er zwei-, dreimal geschluckt hatte, mit deutlich wankender Stimme.

Goldsmith nickte. «Gehen Sie zurück zu ihm und grüßen

Sie ihn von uns, mein Freund», sagte er sanft, «und bestellen Sie ihm, dass wir beide später noch zu ihm heraufkommen werden, nach ihm zu sehen.»

Henry neigte seinen grauen Kopf. «Ich danke Ihnen, Sir», sagte er unbeholfen. «Sir Mortimer wird sich über Ihren Besuch sehr freuen.»

«Oh, das wird er gewiss», sagte Goldsmith – und dann gab es ein merkwürdiges Zögern in seiner Rede, das mir auffiel. «Sagen Sie, Henry», setzte er schließlich hinzu, «wir haben nie darüber geredet – und ich hoffe, Sie verübeln es mir nicht, wenn ich jetzt dennoch auf den Punkt komme –, aber, verzeihen Sie, bei welcher Gelegenheit, sagten Sie noch gleich, haben Sie Ihr Auge eingebüßt?»

Ich war, ich muss es bekennen, aufs äußerste verblüfft und peinlich berührt über Goldsmiths plötzliche, dreiste Neubegier, doch ich war gleichzeitig in unendlicher Erwartung, wie der Diener auf diesen unverschämt intimen Zugriff reagieren würde. Henry schluckte nämlich, schloss das verbliebene Auge eine Sekunde und stieß geradezu in einem Atem hervor: «Dies geschah, Sir, als ich sechs Jahre alt war, ein Knabe. Der Herr prügelte mich, Sir: Lord Lavencastle, der Vorbesitzer der Burg – Gott hab ihn selig. Er ist damals der Herr gewesen auf diesem Schloss, als mein Vater mich hierher nahm, Sir, er hat allein hier gelebt – Lord Lavencastle, meine ich – und er ist sehr alt geworden, über neunzig, Sir. Er hat meinen Vater überlebt und meine Mutter, welche Magd hier war unter Lord Lavencastle, und manchmal glaubte ich, Sir, er würde wohl auch mich noch überleben, aber dann rührte ihn der Schlagfluss und der HErr berief ihn ab … und Sir Mortimer kam und … man soll nichts Schlechtes sagen, über die Toten, meine ich, Sir, aber Sir Mortimer, das ist doch ein anderer Herr, Sir … der nicht prügelt und nicht durch Kälte straft …»

Und dann war es, als ob Henry mit einem Male verzweifelt

versuche, strammzustehen wie beim Militär; er war sich wohl der ungebührlich langen Antwort bewusst geworden, die er gegeben – es war in der Tat die längste Replik, die ich jemals von ihm gehört –, und er knickte sozusagen in seinem ganzen Selbstbewusstsein zusammen, was unendlich rührend war zu sehen. Er äußerte schließlich knapp und mit fester Stimme: «Lord Lavencastle hat mir das Auge versehentlich mit seiner Reitpeitsche ausgeschlagen, Sir, als er mich strafen wollte für einen Diebstahl, den ich nicht begangen.»

Danach war es still, und der alte Diener starrte vor sich und harrte weiterer Befehle.

«Eine Missetat», murmelte Goldsmith schließlich leise, und nach einem Moment: «Was, Henry, hat man Ihnen unterstellt, hätten Sie gestohlen?»

Henry musterte Goldsmith irritiert: «Ein Ei, Sir», sagte er mit leicht verwundert klingender Stimme. «Ein Fasanenei, Sir, von der Frühstückstafel des Herrn – aber ich bin es nicht gewesen.»

Eine Pause trat ein, bis Goldsmith schließlich verhalten fragte: «Und all das andere, Henry, Sie verstehen mich wohl …? … Das andere?»

Erneut traf uns einer dieser erstaunten Blicke aus dem Gesicht des alten Dieners, so, als ob er verwundert darüber sei, dass sich jemand überhaupt dafür interessieren könne.

«Ich sagte: Sir Mortimer ist ein guter Herr, Sir», betonte er und neigte den Kopf.

«Das wissen wir ja, Henry», entgegnete Goldsmith mit leichtem Lächeln.

«Lord Lavencastle … er hat mich einfach nicht mehr ansehen wollen, Sir, seit ich so verunstaltet war – mit meinem Auge», erklärte Henry. «Außerdem: Er liebte es zu prügeln, Sir – einfach so. Einmal hat er, an einem Mittag, ein Maultier mit dem Stecken und einem Knüppel totgeschlagen, und als es tot war und vor ihm lag und schrecklich blutete und ich stand daneben, da wurde er wütend auf mich, Sir, und da schlug er auch mich … mit dem Knüppel … und das war der Tag, Sir, seit dem ich nicht mehr richtig wachsen konnte, wie mein Vater sagte, und auch nicht mehr recht laufen, weil der Herr, Lord Lavencastle, Sir, die Knochen in meinem Rücken verletzt hat, und ich war damals noch ein Kind … Ich war sehr lange krank, Sir, damals, aber Lord Lavencastle hat mich weiter ernährt …» Der Diener verstummte.

Goldsmith holte ein paar Mal tief Atem, dann nickte er schließlich. «Gut, Henry», sagte er. «Ich glaube, wir brauchen Sie jetzt nicht mehr.»

«Sehr wohl, Sir. Vielen Dank, Sir.»

Wir sahen ihn zur Tür hinüberhinken, und schon klappte sie leise hinter ihm ins Schloss. Die darauf eingetretene Stille umgab uns so lange, bis ich sie nicht mehr ertragen konnte. «Was sollte das, Goldsmith?», platzte ich unwirsch heraus. «Was bezweckten Sie mit dem Ganzen? Was sollten die geschmacklosen Fragen nach seinem Auge, nach all dem anderen – wollten Sie ihn an seine Missgestaltungen gemahnen? Meinen Sie, er ist es, den wir suchen?! Meinen Sie, er gibt hier … eine Art Richard III., der sich für seine Verunstaltung an der Natur zu rächen für notwendig hält oder Ähnliches?!»

Goldsmith winkte ab, senkte den Kopf.

«Und wieso haben Sie ihn eingangs gefragt, ob er lesen kann?», wollte ich wissen.

«Ach, hören Sie doch», gab Goldsmith vage Auskunft. «Ich habe gesehen, wie er die Buchrücken studierte … ich suche nach Hinweisen!»

«Bei ihm suchen Sie nach Hinweisen?!» Meine Stimme muss sehr ungläubig geklungen haben.

«Ach, hören Sie», wiederholte Goldsmith; er schien wieder einmal uneins mit sich selbst, gab mir die Antwort zögerlich und sichtlich widerstrebend: «Ich habe Hinweise gesucht … das ist alles! Aber es ist tatsächlich nicht so – falls Sie das meinen –, dass ich ihn für den Täter halte …»

«Da bin ich doch froh», gab ich sarkastisch zurück. «Denn da könnten wir genauso gut anfangen, Nightingale Dubois … oder Sie … oder mich in den betreffenden Kreis einzubeziehen, nicht wahr?! Ich denke, bestimmte Albernheiten sollten wir gleich außen vor lassen, finden Sie nicht auch?»

Ich blickte ihn in Erwartung einer klaren Antwort aufmunternd an – es schien jedoch, als läge ihm noch eine andere Bemerkung auf der Zunge. Er gab sich einen Ruck und sagte: «Nun, immerhin heißt er mit Nachnamen ‹Snow› … ‹Henry Snow›, wenn ich das recht in Erinnerung behalten habe.»

«Ja, und?», fragte ich fassungslos.

Er deutete mit den Augenbrauen zum Fenster. «Wir haben Ärger mit Schnee», murmelte er. «Haben wir doch?»

Ich starrte ihn an.

«Sie haben schon bessere Witze gemacht!»

Er nickte nachdrücklich: «Zweifellos, aber ich war insgesamt zuzeiten auch schon besser gelaunt und weniger ratlos, mein lieber Freund! – Und jetzt kommen Sie her und lassen Sie uns dies Monstrum auf einen Tisch oder Ähnliches breiten, mit dem Wälzer auf den Knien lässt es sich nicht proper nachdenken.» Er erhob sich von seinem Sessel und schleppte das kartographische Werk, das Henry ihm gebracht, zu einem der flachen Tische in der Nähe eines der Fenster, die mit Zeitschriften, Kunstdrucken und Folianten bedeckt waren, und legte es darauf nieder. Ich trat hinüber zu ihm.

Das Buch war alt, und das Papier brach an einigen Stellen, als Goldsmith es umwendete und vorsichtig mit den Fingern darüber strich. «Wissen Sie», sagte er beiläufig zu mir über die Schulter. «Ich bin schon wegen der Bücher nach

Boroughmore Castle gekommen – aber an solche hatte ich dabei eigentlich nicht gedacht …» Er schnaubte leise lachend durch die Nase. Dann blätterte er schweigend und konzentriert weiter, ließ den Blick über die aufgeschlagenen Seiten wandern. Ich stand hinter ihm. Er studierte den einen oder anderen Bogen genauer als andere, fuhr mit dem Finger darüber hin, deutete auf einige der Linien, mit denen ich wenig anzufangen wusste, blätterte plötzlich einige Seiten zurück, studierte jene nochmals genauer und schlug wieder vor … und wieder zurück – mehrere Male. «Na, das ist doch interessant», murmelte er zwischen den Zähnen.

«Haben Sie etwas entdeckt?», fragte ich hastig.

«Na, wenn das nichts ist …», sagte er verblüfft.

«Was haben Sie?», wiederholte ich meine Frage.

«Ach Gott, wissen Sie …», meinte er bedächtig. Er blickte sich um, warf einen Blick auf mich, winkte mir mit dem Finger: «Schauen Sie hier», und ich beugte mich neben ihn, folgte seinem die Linien abfahrenden, deutenden Finger über die momentan aufgeschlagene Seite und hörte seine Stimme: «Dies hier … sehen Sie das? Was, glauben Sie, dass das ist?»

«Was das ist? Ich verstehe wenig davon», gab ich zu bedenken.

«Schauen Sie hier», meinte er, «dies ist die Ecke des Gebäudes, der Turm … respektive die Küche, da dieser Schnitt das Erdgeschoss darstellt … daneben: der Speisesaal … und hier … hier haben wir die Fenster … eine fensterlose Wand gegenüber … den Kamin … zwei Türen an den Enden … was meinen Sie, was das ist?»

«Die Bibliothek?», meinte ich vorsichtig.

«Aber gewiss ist das die Bibliothek, mein Freund, in der wir beide uns gerade befinden. Sehen Sie hier? Der Hof … und da, wie ich sagte, der Kamin …» Er schaute sich über die Schulter um nach dem Kamin in der Realität. «Ja, der

Kamin», wiederholte er träumerisch und deutete mit dem Finger. «Die Wand dort … die Außenmauer … finden Sie nicht? Sie ist dick … sehr dick …»

«Außenwände müssen dick sein», sagte ich.

«Ja, gewiss, Außenwände müssen dick sein», wiederholte er, aber er hatte mir gar nicht zugehört. Er blickte sich mit großen Augen abermals um.

«Und was ist daran so interessant?», fragte ich schließlich ungeduldig.

Er löste nur langsam den Blick vom Kamin.

«Was so interessant sei? Nun, sehen Sie hier …» Er blätterte hastig einige Seiten zurück. «Wir haben hier das Kellergeschoss. Und nun schauen Sie einmal genau hin … gleicher Maßstab … gleiche Umrisse … dieser Bogen … und der vorherige … aufeinander gelegt … verrät uns, was sich unter der Bibliothek befindet … – Herrgott noch einmal!» Er ließ das Buch plötzlich los, stand in einem Atemzug auf, sodass mir gar nicht die Möglichkeit blieb, es ihm nachzutun, stürzte zum Kamin, fingerte wie ein Wilder am Sims und den aufgehängten Schwertern herum, hetzte zur Seite und pochte mit den Knöcheln an die Wand, riss dann einen der Morgensterne herunter und klopfte mit ihm auf die Tapete, ehe ich überhaupt noch Gelegenheit gefasst hatte, mich von meiner Verwunderung zu erholen.

«Halten Sie ein!», rief ich. «Sie beschädigen die Bespannung.»

«Sir Mortimer wird Verständnis dafür haben», war die knappe, zwischen den Zähnen hervorgestoßene Replik.

Ich erhob mich langsam und trat zu ihm herüber. Er wechselte zu der Sekunde hastig seinen Standort und begab sich auf die andere Seite des Kamins, und schon wieder erfüllte das Geräusch des Pochens den großen Raum der Bibliothek. Ich blieb in einiger Entfernung stehen und breitete, obwohl er mir den Rücken zuwandte, die Arme aus.

«Kommt Ihnen das nicht bekannt vor, Goldsmith?», fragte ich laut, im unbestimmten Bedürfnis, ihn von seinem unsinnigen Tun abzubringen. «Ich sehe uns wieder im Brunnen, lieber Freund, und unser Geklopfe war gänzlich umsonst, wenn Sie sich erinnern …»

«Wir haben die Leiche des Comte gefunden», replizierte er kurz, ohne sich umzudrehen.

«Nun, nun», beschwichtigte ich. «Wir haben sie gefunden, ja, weil wir zuvor die Öffnung in dem Gang, der zum Burggraben führte, entdeckt hatten, die wir allerdings auch ohne zu klopfen, nur so im Vorbeigehen, nur so im Hinsehen, meine ich, zweifellos entdeckt hätten.»

Er antwortete nicht. Allerdings legte er den Morgenstern auf dem Kaminsims ab und begann stattdessen mit Fingern und flacher Hand abrollend an verschiedenen Stellen gegen die Wand zu drücken, nicht unähnlich einem Arzte, der den Bauch eines Patienten untersucht.

«Goldsmith», mahnte ich ungeduldig. «Wozu soll das gut sein?!»

Er bequemte sich, nachdem er eine Minute wortlos systematisch hinauf und hinunter weitergedrückt hatte, zu einer Antwort: «Wir werden sehen, wozu das gut ist, lieber Freund! Ich bin nicht sicher – aber ich habe eine Idee …» Und gerade, als er so gesprochen, geschah es, dass unter seinem Druck ein deutliches Knacken aus der Wand her zu vernehmen war, und gleichauf mit diesem Geräusch entstand in dem Winkel zwischen Kamin und Wand ein senkrechter Spalt von etwa einem Fuß Höhe – und ein Türchen, weniger noch: Eine dünne, kleine, tapetenbespannte Klappe öffnete sich knapp unterhalb unserer Augenhöhe.

Goldsmith selbst war so verblüfft, dass er innehielt wie vom Schlag gerührt. «O mein Gott!», stieß er hervor.

Nun war es an mir, eine Sekunde lang Überlegenheit zu zeigen. «Ja, was haben Sie denn erwartet?», fragte ich ihn gereizt über seine Schulter hinweg. «Schließlich haben Sie hier minutenlang herumgehämmert wie ein Minenarbeiter!»

Er drehte sich langsam herum, sein Gesicht nicht sonderlich freundlich – dann sah ich, dass es eigentlich nur geistesabwesend war –, und er sagte: «Warten Sie hier auf mich, alter Freund ... und geben Sie mir drei Minuten.»

Ich war verblüfft. Ich stand geradezu starr vor Spannung. «Wozu brauchen Sie drei Minuten?», konnte ich mich schließlich ermannen zu fragen.

«Sie werden es sehen, mein Freund», murmelte er verbissen, und dann verbesserte er sich: «Wir werden es sehen. Ich fürchte, es ist das Ende einer weiteren Legende ...»

Und er wandte sich Richtung Speisesaaltür ...

Eine knappe Viertelstunde später saßen wir beide wieder in den nämlichen Sesseln wie zuvor in der Bibliothek auf einige Entfernung dem Kamin gegenüber, und wir waren beide – ich muss es so nennen – auf eine gewisse Art völlig atemlos. Ein Teil des Rätsels hatte sich uns hier und heute unversehens enthüllt, und wie es sich so häufig mit jenen Dingen verhält, die uns faszinieren – ich musste wieder an jenes Kreuzgewölbe herüben in der Kirche denken, auf das wir am ersten Abend bei Mortimers Burgführung von oben geschaut: Sobald man erst hinter sie hat blicken können, haben sie plötzlich all ihren Zauber eingebüßt – so verhielt es sich auch hier. Wir saßen, lagen fast mehr in den Sesseln, als dass wir saßen, und uns gegenüber, rechts vom Kamin, genau im Winkel zwischen Kamin und Wand, stand immer noch jenes Türchen von etwa einem Fuß Höhe in der Tapete weit offen, dahinter ein schwarzes Loch, das in die Tiefe führte.

«Es ist zu klein, zu eng – sogar für einen Essensaufzug», fasste ich schließlich meine nervös kreisenden Gedanken in Worte. «Wozu mag es ursprünglich gedient haben?»

Goldsmiths Gesicht wirkte gedankenleer, war es aber nicht. Er starrte mit weit geöffneten Augen hinüber, zuckte die Schultern, stieß ein neuerliches «Mein Gott … mein Gott …» hervor, schwieg, fasste sich schließlich, schaute mich an und äußerte unwirsch: «Wozu es gedient haben mag, alter Freund, ist es nicht gleichgültig? Vielleicht, wenn nicht zum Transport von Essen, dann eben zum Transport einzelner Weinflaschen, weiß der Teufel! – Doch ist es nicht wirklich einerlei, wozu es gedient hat, wo wir jetzt wissen, wozu es jetzt, jüngst erst, hat dienen müssen?!»

Ich nickte. Er tat natürlich völlig recht daran, so zu reden, denn was hatten wir entdeckt! Eine Legende, wie Goldsmith zuvor prophezeit, zerbrochen, und die Welt war klarer mit einem Mal … und so unendlich viel prosaischer als zuvor.

Doch ich erkenne, geschätzter Leser, dass – wieder einmal – ich meiner Pflicht als angenehmer Erzähler höchst unzulänglich nachgekommen bin, und so will ich der Obliegenheit nachkommen und chronologisch die Ereignisse jener wenigen Minuten zwischen der Entdeckung der Luke in der Wand und Goldsmiths Rückkehr von seinem Ausflug nacherzählen.

Das neu entdeckte Loch war kein Geheimgang, durch den ein Mensch jemals hätte kriechen können, dazu war die Öffnung viel zu eng, ja, nicht einmal den Kopf konnte man hineinstecken, um in die Tiefe zu blicken; die Röhre führte sofort nach dem Eintritt in die Wand senkrecht und, wie es schien, glattwandig nach unten. Nach oben zu gab es keine Verlängerung jenes geheimnisvollen Hohlraums, doch war dort eine Art Spindel an der Decke angebracht, deren Zweck mir auch bei längerer Überlegung nicht einleuchten wollte. Es war absolut finster in dem Loch, keinerlei Sicht unterwärts über die ersten wenigen paar Inches hinweg, in die das Tageslicht der Bibliothek noch einfiel, wie sich Goldsmith – und später auch ich – mit einem halben Blick hatten überzeugen können.

Goldsmith war nach seiner rätselvollen Bemerkung mit den drei Minuten hinausgestürzt aus der Bibliothek, nach rechts zu, durch die Speisesaaltür, die er weit hinter sich offen gelassen, und ich hörte gleich darauf noch eine weitere Tür ins Schloss klappen, als er den Speisesaal auf der anderen Seite wieder verließ – war es die Tür zum Küchentrakt gewesen? Er hatte mich mit bebendem Herzen zurückgelassen. In der Bibliothek war es leer und absolut still, und von den Fenstern fiel das graue Tagesdämmerlicht herein. Ich weiß nicht, wie lange ich dort bei der Tapetentür verharrt hatte – objektiv mögen es sicher weniger als die von Goldsmith apostrophierten drei Minuten gewesen sein –, als ich plötzlich wieder etwas hörte. Ein unbestimmbares Geräusch, das hohl und unheimlich zu mir drang, ein Rascheln oder Tappen, als es näher kam, wie eine Fledermaus oder eine Katze, und es wurde lauter … es waren eindeutig Schritte, die sich näherten, ohne dass ich den Verursacher sah. Es dauerte einen Augenblick, bis ich verstand, dass ich das Geräusch direkt aus dem Loch heraus vernahm … und ich trat unwillkürlich von der unheimlichen Öffnung zurück. Und da hielten die Schritte inne, und ich hörte aus der Tiefe heraus – und durch die bauliche Eigenart der Anlage eigenartig dumpf und verzerrt klingend – die deutlich von Goldsmith gesprochenen Worte: «Verzeihen Sie, Lloyd, aber ich musste erst eine Fackel entzünden.»

«Wo sind Sie?», stieß ich atemlos hervor.

«Das erraten Sie nicht?», lachte es hohl aus der Tiefe zurück. «Was wir im Plan gesehen! Quod erat demonstrandum! Wollen Sie so gütig sein und Ihre Hand kurz in das Loch stecken?»

Also trat ich wieder dicht heran – obwohl mich Goldsmiths Verschwiegenheit ärgerte – und steckte, ihm zu Gefallen, die Hand in das Loch.

«Ha!», kam es im selben Augenblick von unten. «Ich kann sie sehen, Ihre Hand. Ich kann Ihre Hand sehen!»

Ich zog sie unwillkürlich, als sei ich in eine Kerzenflamme geraten, zurück.

«Wo sind Sie denn?», rief ich abermals hinab.

«Jetzt haben Sie sie wieder zurückgezogen», kam es begeistert von unten. «Passen Sie auf, mein Freund. Ich bin gleich wieder bei Ihnen in der Bibliothek!» Und dann setzte er hinzu: «Was glauben Sie denn wohl, wo ich bin? Im Weinkeller natürlich …!»

Ich stand wie vom Blitz gerührt – bis Goldsmith ein oder zwei Minuten später wieder in der Speisesaaltür auftauchte, ein leichtes Lächeln im Gesicht, und nach einem winzigen Zögern herankam, den Arm um meine Schultern legte und mich sorglich zu dem Sessel führte, in dem ich zuvor schon gesessen.

«Kommen Sie, mein Freund», sagte er gelassen, «wir sind auf dem richtigen Weg … Das ist alles, was wir prüfen wollten …»

Auch Goldsmith hatte wieder in seinem Sessel Platz genommen. Er deutete auf den noch immer aufgeschlagenen Plan. «Wie hier zu sehen ist, liegt unter uns der Weinkeller, in dem Geoffrey Stalliot starb … in dem er, vor einem Weinregal respektive Cidreregal stehend, von rollenden, stürzenden Fässern erschlagen wurde.» Goldsmith grübelte einen Moment. «Ich bin unten gewesen, Lloyd. Ich könnte es Ihnen aufzeichnen, aber Sie werden meine Darstellung auch so verstehen: Von unten aus gesehen ist dieser Schacht», er deutete zur Wand hinüber, «eine Art trichterförmige Öffnung der Decke … an genau der Stelle, an der Geoffrey Stalliot stand, als er von dem kippenden Weinfassstapel erschlagen wurde. Eine trichterförmige Öffnung in der Decke, Lloyd – nichts als das! Und ich sage Ihnen noch etwas: Wäre hier oben die Klappe nicht auf gewesen und wäre deshalb kein Tageslicht durch das Loch eingedrungen, so würden Sie unten im Keller die trichterförmige Auswölbung der Decke – geschweige denn den daraus aufschießenden Schacht, der nicht einmal sonderlich lang ist – überhaupt nicht wahrgenommen haben! Es ist doch so herzlich unwichtig, was da oben an der Decke los ist, nicht wahr?! Wir sind bei Gott alle, als wir den Weinkeller aufgeräumt haben, stundenlang unten gewesen und haben diesen Schacht nicht bemerkt … nicht beachtet. Und jetzt hören Sie noch ein Weiteres von mir.»

Er strich sich nervös über die Stirn.

«Wenn Sie eine Seilkonstruktion anbringen, meinethalben in Verbindung mit einem Flaschenzug – mein Gott, ich hatte es gleich gesagt …! – Wenn Sie also eine Seilkonstruktion anbringen, die zerstört wird, indem der Fässerstapel einstürzt», er sprach langsam, verfolgte mit den Augen während der ganzen Zeit meine Reaktionen, «dann haben Sie, oben am Fässerstapel ansetzend, zusätzlich noch die ganze physikalische Wirkung eines Hebels auf Ihrer Seite, wenn Sie das Seil durch diesen Schacht hier hochführen in die Bibliothek!

Mein Gott, ein fünfjähriges Kind hätte so, an diesem Strick ziehend, den Fässerstapel unten zum Einsturz gebracht! Jawohl, mein Freund, es ist fast beruhigend, aber das ist ganz die alte, heimtückische Handschrift unseres Freundes, vorzutäuschen, dass man ganz woanders sei, als es scheint – denken Sie nur an die Flammen in Dull Manor, die von hier, vom Schloss aus, gezündet worden sind. Auch hier verhält es sich so: Geoffrey Stalliot wurde zwar im Weinkeller ermordet – aber er wurde *von hier aus* ermordet! Und weil unser wackerer Täter dummerweise mit dem Kopf nicht in diesen Schacht hineinpasste, um zu kontrollieren, wann unten im Keller Stalliot mit der Fackel herantritt, die günstige Position für den Anschlag einzunehmen ...» Goldsmith schaute mich an und ließ einige spannende Sekunden verstreichen, bevor er weitersprach: «... deshalb haben wir hier den Punkt der Geschichte erreicht, an dem der ominöse Spiegel endlich einen Sinn erhält. – Kommen Sie, mein Freund!»

Goldsmith zerrte mich plötzlich aus meinem Sessel hoch, zog mich wieder hinüber vor das Loch und deutete auf die eigenartige Spindelkonstruktion, die ich erwähnt, an der Decke des Schachtes. «Hier war das Seil festgemacht, Lloyd, irgendein Seglerknoten», beschied er, «oder der Spiegel ... oder beides ...» Er drehte sich herum und deutete in die Weite der Bibliothek. «Oder der Spiegel hat flach unter den Zeitschriften dort herüben auf dem Tisch gelegen, bis er gebraucht wurde – es ist ja letztlich auch völlig gleich! Und mittels des Spiegels und der Seilkonstruktion wurde Geoffrey Stalliot von hier aus ... dort unten im Keller ermordet. – Kommen Sie», sagte Goldsmith und führte mich wieder herüber zu meinem Sessel, wo ich Platz nahm und wo er sich in dem seinigen niederließ. «Und jetzt», fuhr er fort, und seine Stimme war plötzlich eine gänzlich andere, rau, zutiefst nervös und empfindsam, «jetzt kommt für mich der unheimliche Moment, da dieser eigenartige Ausbruch unseres Professors Wilbur Prescott an jenem Abend dort nebenan im Speisesaal, nachdem der Vikar seine Lesung der ‹Lady of the Lake› abgeschlossen hatte – entsinnen Sie sich? –, dieser Ausbruch, der so unmotiviert unsachlich, ja, ich möchte bald sagen geisteskrank wirkte ... wissen Sie noch? Es war die alte Geschichte von Judas Ischariot, der sich mit einem Seil erhängte, und dass einer aus unseren Reihen doch gefälligst desgleichen tun solle und so weiter ... und wie Prescott ein ums andere Mal lachte und schrie: ‹Ein Seil ... ein Seil ...› –

erinnern Sie sich? Das bekommt auf einmal eine gänzlich andere Note! Der Professor wusste, dass und wie Stalliot … mit einem Seil nämlich … ermordet worden ist; der Professor ist lange vor uns darauf gekommen … und deshalb musste er sterben.»

Ich saß wie vor den Kopf geschlagen von Goldsmiths haarsträubender Eröffnung. Es verhielt sich aber auch zu phantastisch, dass hier dieser Schacht existierte …

Und da war es, dass ich meine Frage nach dem ursprünglichen Zweck dieser rätselhaften Tunnelanlage tat, und wir saßen oder lagerten atemlos in unseren Sesseln und starrten auf jenes schwarze Loch und das kleine Klapptürchen neben dem Kamin hinüber, dessen Entdeckung uns so erregte.

«Wenn Professor Wilbur Prescott für dieses Wissen sterben musste», äußerte ich schließlich, halbwegs in Gedanken, «dann befinden wir uns doch aber jetzt in eben der gleichen Lebensgefahr …»

Goldsmith winkte geringschätzig ab. «Das wussten wir vorher schon», meinte er gleichmütig. «Wir sind und wir waren in Lebensgefahr, solange wir in diesen Mauern weilen, Lloyd!» Er verstummte und grübelte in sich hinein.

«Trotzdem sollten wir das Türchen wieder zumachen», schlug ich nach einiger Zeit zaghaft vor. «Ich meine … das Schicksal nicht herausfordern. Denn es könnte doch geschehen, dass gleich jemand hereinkommt … so wie vorhin der Pfarrer … und dieser Jemand ist zufällig der Mörder, nur, wir wissen es nicht … und dieser Jemand sieht das Türchen offen stehen und uns davor sitzen … was wird er tun, nicht wahr? – Wir sollten es schließen, meine ich …»

Goldsmith sah mich einen Augenblick aus trüben Augen an, und schon war er aus seinem Sessel aufgesprungen und auf dem Weg zum Kamin hinüber. Ich wollte ihn zurückrufen, eine Äußerung tun hinsichtlich dessen, dass ich es nicht als Aufforderung verstanden wissen gewollt, ihn nicht zu meinem Diener oder Laufburschen machen, vielmehr nur einen Vorschlag hatte tun wollen, aber ich unterließ es, irgendetwas zu sagen oder zu verbessern, weil mir im gleichen Augenblick einfiel, dass dergleichen Goldsmith gegenüber wirklich von keinerlei Bedeutung war. Er kam, nachdem er das Türchen geschlossen, wieder zurückgeschlendert und ließ sich in seinem Sessel nieder.

Und er hatte dort im Übrigen kaum Platz genommen, als die Tür zum Spielsalon wieder aufsprang und wir des Pfarrers erneut ansichtig wurden, der augenscheinlich nun von seinem Besuch bei Mortimer zurückkam. Bescheiden, fast lautlos trat er herein. Wenn man vom Teufel spricht … zum zweiten Mal, dachte ich verblüfft! Das Schicksal verhöhnt uns doch manchmal mit den absonderlichsten Zufällen … Goldsmiths und meine Augen fanden sich für eine Sekunde in einem Blick, dann wandte ich wieder den Kopf und schaute dem näher kommenden Pfarrer entgegen. Der schien verkniffen und nicht sonderlich wohlgelaunt – andererseits, von wem hätte man augenblicks auch solches verlangen wollen?

«Sie sind immer noch hier?», fragte er ohne wirkliches Interesse. «Ich komme von Sir Mortimer», setzte er verloren hinzu, während er näher trat. «Es geht bergab mit ihm, ja, so muss man wohl leider sagen … Ich habe Ihre Grüße und Ihre Bestellung ausgerichtet, Mr. Goldsmith, Mr. Lloyd. Allerdings … augenblicklich wären Sie in der Tat wohl weniger zu einem Besuch willkommen, denn ich habe ihn verlassen, als er gerade eingeschlafen war. Henry überdies ist bei ihm geblieben, bewacht seine Träume …» Der Pfarrer schnaubte durch die Nase in ein mächtiges Taschentuch und blickte uns groß aus seinen leicht geröteten, unschuldig wirkenden Kinderaugen an. «Und Sie, meine Herren? Wie verbringen Sie den Tag?»

«Oh, Sie sehen ja», replizierte Goldsmith augenblicks.

«Wir sitzen hier in Sesseln und beten den Geist der Logik an.»

Father Olivier blickte irritiert. Ich begriff nicht, warum Goldsmith ihn so neckte, wo er doch wissen musste, dass ihn der Pfarrer nicht verstand.

«Den Geist der Logik?», fragte der plötzlich schneidender, als es angemessen schien oder als man es ihm auch nur zugetraut hätte. «Es gibt doch wohl nur einen Geist, den man anbeten sollte, Mr. Goldsmith, ganz gleich, welchem Glaubensbekenntnis man nahe steht! Und die kalte, reine Logik, scheint mir, hat sich doch schon so manches Mal als Goldenes Kalb entpuppt, finden Sie nicht? Denken Sie an Descartes und sein unseliges Cogito ergo sum. Den Zweifel an die Stelle des Glaubens zu setzen, wissen Sie, das empfand ich immer als einen Götzendienst. Wir dagegen müssen auch in schwierigen Zeiten unseren Glauben in Gott nicht verlieren! Ich halte es deshalb lieber mit Augustinus' ‹De trinitate›.»

«Gar nicht zu reden von seinem ‹De civitate Dei›, nicht wahr?», fragte Goldsmith, ohne mit der Wimper zu zucken.

Der kleine Geistliche stutzte und fixierte Goldsmith angestrengt, ob hier etwa eine finstere Ironie zum Tragen käme. Schließlich entschied er, dass dem wohl leider so sei. «Ich sehe schon», sprach er würdevoll, «ich habe mit meinen Ansichten den Spötter in Ihnen gereizt. Sie belieben über Augustinus, über den christlichen, dreifaltigen Gott, über das zukünftige Reich Gottes und die göttliche Ordnung des Universums spaßige Bemerkungen zu erheben. Nun, wie dem sei, und selbst auf die Gefahr hin, mich zu wiederholen – und in der Befürchtung, Sie nicht zu bekehren, Mr. Goldsmith – ich denke, es ist angezeigt, dass wir alle, ganz gleich welchen Credos, in uns gehen sollten … denn die Zeit des Weltgerichts ist nahe.» Er nickte, hob mehrfach den Zeigefinger und winkte uns damit vor der Nase hin und her. «Es trifft den einen», sagte er leise, «… und es trifft den anderen … blicken Sie sich doch um …» Und mit einer leichten Neigung des Kopfes und einem fast verklärten Lächeln kehrte er sich fort, verließ uns, schwebte sozusagen davon, zur Speisesaaltür hinaus, die er sanft hinter sich ins Schloss gleiten ließ.

Goldsmith stieß die Luft durch die Zähne aus, sagte aber nichts. Wir saßen eine Weile in der Stille der Bibliothek. «Puh …», meinte er schließlich, so, als habe ihn schnelles Bergsteigen völlig außer Atem gebracht. Er ließ die Hände in den Schoß fallen.

«Können Sie mir diese Äußerung deuten?», erkundigte ich mich nach einer Weile ungeduldig, als nichts weiter mehr von ihm kam. Es war wirklich – und stets aufs neue – eine unendliche Mühsal mit ihm!

«Was deuten, lieber Freund?», wollte er wissen.

«Was Ihr onomatopoetischer Ausfall von eben besagen will!»

Er lächelte schwach. «Nun, was denken Sie denn selbst, Lloyd? Dieser Mann kreuzt zweimal in der Stunde diesen Raum, pünktlich wie ein Uhrwerk sozusagen, Caritas persönlich auf dem Wege zu Sir Mortimer oder anderen gerade Leidenden, ein Märtyrer der Nächstenliebe, so schneit er hier andauernd herein … habe ich ‹schneit› gesagt?» Goldsmith schmunzelte flüchtig und blickte zum Fenster hin. «Und so gar kein Interesse daran, herauszufinden, was hier vorgeht, nicht wahr? So ganz jenseits von gut und böse kommt er hier hindurch, und just immer dann, wenn zuvor gerade besonders kritische Aspekte beleuchtet worden sind – na schön, das mag alles Zufall sein! Aber jedes Mal nutzt er die Gelegenheit, uns zu … ja, was? Zu drohen? Uns freundschaftlich zu warnen? Und dann, also wissen Sie: Über Descartes zu schimpfen – und dann Augustinus! Seine Haltung hätte jedem beliebigen Mitglied des Collegium Romanum zur Zeit der Prozesse gegen Giordano Bruno oder Galilei gewiss alle Ehre gemacht! Aber heutzutage ... und im anglikanischen England? Na, da hört sich doch alles auf!»

Er setzte sich gerader in seinem Sessel hoch und erhob den Zeigefinger: «Kann ein Mensch, ich meine in diesem Fall ein christlicher Geistlicher, derart nicht von dieser Welt, ja geradezu nicht aus dieser Zeit sein? Du lieber Vater! Mir wird himmelangst ... bei dem Gedanken, dass er sich womöglich als Werkzeug der ständig von ihm angekündigten Apokalypse betrachtet! Wenn dem nämlich so wäre, dann hieße das, er wäre so weit jenseits all dessen, was noch mit Fug und Recht unter ‹Normalität› subsumiert werden darf, dass wir getrost davon ausgehen können, niemals auch nur eine seiner Handlungen vorauszusehen – und dass wir uns deshalb auch nicht gegen sie zur Wehr werden setzen können, bis wir alle mausetot sind.» Er schlug sich hart aufs Knie und rieb es anschließend sorgfältig, so, als habe ihn der Schlag geschmerzt.

«Sie wissen, was Sie vorhin gesagt haben?», fragte ich ihn. «Dass Sie ihn nicht für schuldig halten?»

«Ich weiß, was ich vorhin gesagt habe», gab er bissig zurück. «Wir haben diese Konversation übrigens schon mehrfach geführt, und wir werden jedes Mal wieder darin stecken bleiben, bis wir ...» Er erlahmte und verstummte.

«Bis wir was?», wollte ich wissen.

Er sah mich an. «Bis wir Beweise haben, lieber Freund ... mehr wissen ... das Muster dahinter sehen ...», kam es leise.

«Das Muster?», fragte ich. «Das aber nicht da wäre, falls er wirklich verrückt ist ...»

«Kann sein», sagte Goldsmith. Sein Blick wurde unterdessen wieder lebhafter. «Doch hören Sie, Lloyd, wir haben auch das schon diskutiert, die These vom Verrückten, sei es nun der Vikar oder wer anders ... wir müssen uns wieder vor Augen führen, dass es hier zu viele Aspekte gibt, die deutlich gegen eine solche These sprechen. Entsinnen Sie sich: die Vorbereitung von langer Hand, die – ich möchte sagen – kluge Durchführung der Morddetails, sei es das Feuer auf Dull Manor, die Sprengung der Zugbrücke, die eben von uns konstatierte Technik mit Spiegel und Seil und so weiter, ferner die ganze Heimlichkeit oder Geschicklichkeit des sich Verbergens vor uns ... mit einem Wort: die ganze Taktik, die dahinter stecken muss. Ich bitte Sie: So etwas tut doch kein Irrer! Ein Irrer verrät sich, er hat meinetwegen Schaum vor dem Mund ... was weiß ich denn!»

Er winkte aufgebracht ab und blickte zur Speisesaaltüre hin, durch die der Vikar vor Minuten verschwunden war – und er blickte ausnehmend lange dorthin. Als er sich mir wieder zuwendete, schien er sich beruhigt zu haben. «Etwas ganz anderes, Lloyd, mit dem wir in der Diskussion zuvor abgebrochen haben, bevor der Pfarrer kam, ist der folgende Gedanke.»

Er tippte zweimal mit dem Finger gegen seine Nasenspitze, überlegte, wie er formulieren sollte. «Der Professor weiß, wer und wie derjenige Geoffrey Stalliot umgebracht hat ...»

Ich nickte.

«Wenn dem so ist und der Professor den Täter kannte ... wieso um aller Welt hat er ihn uns bei jenem denkwürdigen Abendessen nicht einfach genannt? Haben Sie darüber einmal nachgedacht?»

Ich schwieg verblüfft.

«Ich meine», führte Samuel Goldsmith aus, «warum gerät er derart in Wut, benutzt mehrfach das Wort ‹Strick›, um dem Täter zu zeigen, dass er ihn kennt, und nennt ihn uns nicht! Wollte er den Täter warnen? Ja ...», plötzlich kam ihm ein neuer Gedanke, «wollte er ihn schützen? Vor uns? Oder was soll das Ganze?» Er fuhr sich verzweifelt durch die Haare, sodass sie über der Stirne etwas aufstanden. «Das sieht ja fast nach einer Umkehrung all dessen aus, was wir bisher glauben! Oder nicht?» Er lachte hell auf. «Wir glauben, jemand trachtet uns nach dem Leben, und folglich glauben wir auch, uns schützen zu müssen, und vor allen Dingen glauben wir: Wir haben das Recht dazu. – Sehen Sie, jetzt sind wir auch schon beim Glauben angekommen, wie unser Herr Vikar.» Diese Bemerkung tat er mit einem lustlosen Schmunzeln zur Seite. «Und was tut der Professor? Er ist unendlich zornig, aber er schützt den Täter … machen Sie sich einen Reim darauf!» Goldsmith schüttelte den Kopf.

Ich überlegte. Er hatte natürlich Recht. Das Ganze war äußerst eigenartig. Und wieder einmal war es mir zuvor nicht aufgefallen.

«Vielleicht hielt er den Täter für schutzbedürftig», sagte ich ratlos.

«Wie bitte?», fragte Goldsmith erregt.

Ich wollte meine Worte wiederholen, aber er unterbrach mich sofort: «Nein, nein, ich habe Sie ja gut verstanden, Lloyd, nur bedenken Sie doch, was Sie soeben gesagt haben!» Er ließ mir eine Pause zum Nachdenken.

«Wenn der Täter schutzbedürftig ist», führte er ungeduldig aus, als ich schwieg, «lässt uns das doch verschiedene mögliche Rückschlüsse auf ihn ziehen, nicht wahr?»

Ich wartete einfach ab, was er noch zu bemerken hatte.

«Zum Beispiel könnte der Professor doch so rücksichtsvoll gewesen sein», meinte Goldsmith nach einiger Zeit, «weil es sich … um eine Täterin handelte …»

«Ach … Sie meinen Alice Stalliot?»

«Ich meine – nicht unbedingt», entgegnete er langsam, und mir schien, als sei soeben mit lautem Knall eine Wand eingestürzt, obwohl es totenstill blieb in der Bibliothek.

Ich brauchte eine halbe Ewigkeit, ehe ich antworten konnte. «Geben Sie Acht, was Sie sagen!», warnte ich ihn kalt.

«Lloyd!», rief er beredt und wirbelte mit levantinischer

Behändigkeit seine Arme durch die Luft. «Seien Sie doch nicht wieder so empfindlich! Ich weiß, was Ihnen die betreffende Dame bedeutet! Trotz alledem darf sie, meine ich, doch nicht so gänzlich aus unseren Überlegungen ausfallen, zumal wir gerade einen Hinweis erhalten haben und derlei Gedanken spinnen. – Der Professor wollte jemanden schützen, Lloyd. Indem er das tat, hatte er nämlich ganz offensichtlich keine Angst vor der betreffenden Person, richtig? Er wird nicht daran geglaubt haben, dass die betreffende Person ihn umgehend töten würde, er wähnte sich hinreichend sicher, sonst wäre seine Handlung unvernünftig gewesen und er nichts als ein dummer Selbstmörder. Ich meine: Er ist vom äußeren Erscheinungsbild der betreffenden Person ausgegangen, oder? Und was bietet sich da eher an als eine zarte, liebreizende und ausnehmend hübsche junge Dame wie unsere …»

«Hören Sie sofort auf!», rief ich wütend.

Er beendete seinen Satz in der Tat vorzeitig, setzte jedoch ein trotziges «Auch eine Frau kann schließlich einen Feuerhaken schwingen» hinzu, bevor er endgültig schwieg.

Das Schweigen war ein feindseliges, und es lastete lange Minuten. Ich stand auf, ging zum Fenster, blickte hinaus in den Schnee. Unschuldig … weiß … unschuldig …, war alles, was ich denken konnte. Mir war matt, schwindelig, und ich fror, als ich draußen das Schneegestöber sah, und doch war mir heiß wie in der Hölle.

Schließlich ging ich zurück zu dem Sessel, wo Goldsmith mit gesenktem Kopfe stille saß.

«Hören Sie: Kein Wort mehr davon!», stieß ich aus rauer Kehle hervor. «Auch Alice Stalliot ist eine Frau, Goldsmith. Und der Pfarrer ist ein schwacher kleiner Geistlicher, der schnell einmal ohnmächtig wird. Und Mortimer ist geradezu gebrechlich geworden in den wenigen Tagen – mein Gott! – Ihre These vom schwächlichen Täter trifft auf annähernd jeden hier zu. Also lassen Sie es gut sein …» Ich stand vor ihm, drohte unwillkürlich mit dem Finger, aber er sah es gar nicht, weil er den Kopf weiterhin gesenkt hielt.

Ich nahm wieder Platz in meinem Sessel, als Goldsmith langsam den Kopf hob und mich ansah.

«Nightingale Dubois …», begann er, brach aber sofort ab, als er in meine Augen blickte. Er zog die Schultern etwas ein und hob gleichzeitig die Hände auf zu einer Geste der unterwürfigsten Beschwichtigung.

«Ich habe nichts gesagt», sagte er. «Ich habe kein böses Wort gegen die Dame Ihres Herzens vor, Lloyd – und nehmen Sie dies ohne jede Ironie. Aber es muss nach wie vor gestattet bleiben, ihren bloßen Namen zu erwähnen … nicht?» Er machte eine kleine Pause.

«Nightingale Dubois …», begann er schließlich ein zweites Mal von vorn, und als er merkte, dass ich keinen weiteren Einspruch erheben würde, fuhr er fort: «… hat heute Nacht einen merkwürdigen Versprecher getan, Lloyd. Erinnern Sie sich? Sie sprach davon, dass der Comte in den Brunnen gefallen sei – und sie nannte zur Erklärung, dass sie natürlich den Burggraben gemeint, währenddessen aber gerade an unsere Expedition in den Brunnen gedacht habe. Entsinnen Sie sich der Angelegenheit?»

«Nein», sagte ich grob. «Ist mir völlig entfallen. Wovon reden Sie nur?»

Sein Blick bat mich, sachlich und ruhig zu bleiben, und seine Stimme wurde noch eine Spur leiser und rücksichtsvoller, als er fortfuhr: «Da ging etwas Besonderes in Ihnen vor, Lloyd, als sie das sagte, das habe ich Ihnen angesehen.» Er blickte kurz auf seine Hände, die er auf seinen Knien faltete, bevor er die Frage tat: «Was haben Sie in jenem Moment gedacht?»

Der Moment, zwölf oder dreizehn Stunden zurückliegend, war mir völlig präsent, dies eigenartige Gefühl des

Déjà-vu, das ich gehabt ... der Comte ist in den Brunnen gefallen ... der Comte ist in den Brunnen gefallen ... dieser vage Eindruck, etwas Fernes aus der Kindheit zu hören, etwas wie in alten Geschichten, die einem von den Eltern erzählt worden sind. Und wie eine Mühle ging der Refrain in meinem Kopf, ohne dass ich noch antwortete, und ich nahm bei halbem Bewusstsein wahr, wie Goldsmith mich gespannt beobachtete. Ich mochte mich diesem Blick nicht aussetzen, winkte ab, trat wieder ans Fenster und starrte erneut hinaus in den Schnee. Der Schnee, der auf das Bett des toten Robert Milton wehte, durch das weit geöffnete Fenster ... ich sah uns im Zimmer dort stehen. Und am anderen Tag der blutige, durchnässte Leichnam Geoffrey Stalliots unter den Fässertrümmern im Keller, und wir im Flackerschein bei den Fackeln davor ... und dann der Professor, stinkend und verbrannt im Kamin ... Der Comte war in den Burggraben gestürzt, nicht in den Brunnen! – Der Comte ... natürlich ... es war der Comte! Mein Gott, es war ... ich starrte in den Schnee, der auf einmal weiß meine Augen blendete ... Robert Milton im Frost unter dem Kissen ... dem Kissen ... mein Gott! Das Märchen, das ich gelesen in der Handschrift des Comte, eingelegt in ein dickes Buch ... Ich sah wieder das offene Fenster, durch das die kalten Flocken hereinwehten ... ich sah eine Frau ein Fenster öffnen und die Kissen ausschütteln ...

Frau Holle, dachte ich mit plötzlichem Grauen im Herzen – das Märchen der Gebrüder Grimm!

«O mein Gott ...», stieß ich hervor. «Das Muster ... ich habe das Muster!»

Goldsmith war aufrichtig besorgt um mich. Er kam zu mir, der ich dort immer noch am Fenster stand, legte mir den Arm um, führte mich sacht wieder zum Sessel zurück und assistierte mir beim Hinsetzen. Mir war völlig weich in den Knien, elend, schwach. «Ich habe das Muster!», keuchte ich fassungslos. «Es ist haarsträubend, Goldsmith! Einfach unglaublich …! Aber ich habe das Muster!»

Goldsmith tätschelte meine Schulter, murmelte beruhigende Worte auf mich ein; meinte schließlich leise: «Reden Sie, Lloyd, wenn Sie können … Möchten Sie ein Glas Wasser oder einen Cognac? Ich kann einen Bediensteten rufen …»

Ich winkte ab, schüttelte den Kopf, schnappte noch immer nach Luft. Der Schreck war mir mit Wucht in die Glieder gefahren. Fahrig ging mir im Kopf herum, dass ich des Morgens – wie die anderen auch – kaum und des Mittags gar nichts gegessen hatte, da die Küche nicht mehr arbeitete, und die Frage erheiterte mich für den winzigen Bruchteil einer Sekunde, wie wohl die Wirkung eines Cognacs unter den obwaltenden Umständen ausgefallen wäre. Gleichzeitig ergriff ich Goldsmiths Hand, da er neben mir stehen geblieben, und versuchte zu sprechen. Zuerst litt ich Schwierigkeiten damit, dann ging es besser. Ich erzählte von dem Buch, von der handschriftlichen Transkription respektive Übersetzung durch den Grafen, wie Mortimer und ich dort oben gesessen und debattiert hatten, ich erkundigte mich bei Goldsmith, ob er etwas über die Arbeit des Grafen wisse und über die Forschung der Brüder Grimm, ob er das Märchen selbst kenne – er kannte es nicht –, und ich breitete alles, alles vor ihm aus … sah ihn im Gesicht grauer und grauer werden. Schließlich ließ er mich los, schlich wie ein geprügelter Hund zu seinem Sessel zurück und ließ sich hineingleiten, minutenlang starrten wir uns entsetzt an, ohne zu sprechen. Eine unheimliche Stille erfüllte den Raum. Diese Theorie war maßlos und fremdartig und unfassbar, aber es schien die einfache, die furchtbare Wahrheit zu sein.

«Sie meinen also, irgendjemand mordet hier nach dem Prinzip von ‹Frau Holle›?»

Ich nickte schwach.

«Das offene Fenster bei Robert Milton, der erstickt unter

Kissen liegt», fuhr Goldsmith fort, «einzig zu dem Zweck, uns an Frau Holle zu gemahnen, die im Märchen die Betten ausschüttelt, sodass es auf der Erde schneit ... ein bemerkenswertes Faible unseres Mörders für Stimmungskolorit ... finden Sie nicht?» Er wagte kaum weiterzusprechen. Seine Stimme klang rau und trocken. Auch ich musste unwillkürlich schlucken. «Bedenken Sie, wie alles hier angefangen hat. Der Comte ist des Nachts in den Burggraben gefallen», fuhr er fort, «und im Märchen ist es ein Brunnen, in den die Tochter zu Anfang springt, weil sie ihre Spindel verliert. Dort stürzt jemand ab. Hier stürzt jemand ab – welche Koinzidenz! Und dann: Das Mädchen geht unten über die Wiese. Die Äpfel wollen vom Baum geschüttelt werden, sie poltern herunter – und hier wird Geoffrey Stalliot vor dem Apfelwein stehend von fallenden Fässern erschlagen ... mein Gott!» Goldsmith schüttelte fassungslos den Kopf.

«Und die Brote, die aus dem Ofen gezogen werden wollen ...», erinnerte ich ihn.

«Der Professor ... nur deshalb ist er in den Kamin gestoßen worden ... oh, es ist furchtbar», stammelte er nach einer Weile. «Welche Sünde ... welche Ironie dahinter ... andererseits: welche Phantasie! Es ist krank ... es ist grauenvoll ...»

Goldsmith begriff wie ich erst nach und nach die ganze Tragweite dessen, was wir entdeckt.

«Aber hören Sie», sagte er wild. «Etwas stimmt trotzdem nicht! Bei uns passierte zuerst die Sache mit dem Apfelwein, die Sache mit Stalliot. Im Märchen kommen aber zuerst die Brote, wenn Sie recht erzählt haben. Glauben Sie, dass das eine Bedeutung hat?»

Ich zuckte die Schultern, ich wusste es nicht. Ich sah, wie er in Nachdenken versank. Nach einer Minute erwachte er aus seiner Starre.

«Passen Sie auf», meinte er. «Es ist ganz einfach: Es ist etwas dazwischengekommen! Der Professor sollte noch vor

Stalliot sterben, aber es ist etwas dazwischengekommen! Entweder hat es mit dem Professor zuerst nicht geklappt, wie es sollte, oder … nein, warten Sie, noch einfacher: Die Gelegenheit, Stalliot umzubringen, ergab sich früher als erwartet, deshalb rückte sein Todesfall sozusagen einen Platz auf. Grundgütiger Himmel! Sicher, genauso war es! Erinnern Sie sich doch nur an die fürchterlichen Auseinandersetzungen zwischen Milton und Stalliot, zwischen Stalliot und seiner Frau! Da lief Stalliot plötzlich in den Weinkeller, er brauchte nicht erst durch einen Trick dorthin gelockt zu werden, und diese wunderbare Gelegenheit durfte natürlich keinesfalls versäumt werden, so hat unser Mörder wohl gedacht …!»

Goldsmith brach ab, runzelte böse die Stirn und fügte, nachdem er so den einen Punkt nachgerade im Vorbeigehen geklärt hatte, gleich den nächsten an: «Interessant ist ja auch die Frage, wie ausgerechnet der Professor dem Mörder so frühzeitig auf die Schliche gekommen ist, dass er ihn beim Abendessen vorgestern bloßstellen konnte. Die Frage haben wir noch nicht beantwortet. Apropos bloßstellen: Handelte es sich wirklich um ein Bloßstellen bei dem, was der Professor tat? Oder war es eine Warnung? Oder war es nichts als das, was es zu sein schien: die Aufforderung, sich einen Strick zu nehmen, der irdischen Gerichtsbarkeit … oder uns … die Arbeit abzunehmen? Was war es explizit, das der Professor da praktizierte?» Goldsmith lachte grimmig auf. «Es war letztendlich sein eigener Tod, der in Aussicht stand … wie die ‹Brot-Parallele› belegt …»

Ich dachte nach. Da hatten wir doch so vieles herausgefunden. Und trotzdem blieben Fragen über Fragen offen. Im Gegenteil, ich gewann den Eindruck, es taten sich immer neue vor uns auf, so wie auf einer Bergwanderung, bei der man den einen Gipfel erreichen will, den man in der Ferne schon deutlich erkennt – und doch erheben sich bei Annäherung geheimnisvoll immer weitere Höhenzüge vor dem endgültigen Ziele, und jeder von ihnen wirkt wie der Letzte.

Mir war plötzlich, als ob ich keine Luft mehr bekäme, und in einer sonderbaren Art von Panik sprang ich auf und trat wieder ans Fenster. Draußen, über dem weißen Schnee im Hof, begann, obgleich es noch vergleichsweise früh am Nachmittag war, bereits sacht die Dämmerung zu sinken. Wie viele Tage war es her, dass ich die Sonne nicht gesehen? Zwei, dachte ich verwundert, nur zwei ... Vorgestern Nachmittag, oben auf der Bastei, war sie zum letzten Mal rot hinter dem Horizont versunken ... Unmerklich füllte sich die Bibliothek mit langen Schatten.

Hinter mir, in seinem Sessel, atmete Goldsmith einmal tief durch. «Was wissen wir?», fragte er. «Wir wissen, dass der Mörder dieses Märchen kennt.»

«Ja», bestätigte ich. «Das ist wohl deutlich.»

«Und das Unglaublichste: Er spielt mit uns ... er spielt die entsetzliche Parodie eines Märchens durch, und wir sollten es sehen, die ganze Zeit – und wir sahen es nicht. Diese Inszenierungen, um uns zu zeigen, dass es eben nicht um die Verwischung von Spuren ging, sondern um schlichte Notwendigkeiten ... um die Originalkulissen einer Bühne sozusagen – der Täter, ein Theatermann, oder ... ein Dichter, wenn Sie so wollen ... kurz, einer von uns – was wir im Übrigen längst wussten.»

Goldsmiths Stimme hinter mir erstarb.

«Wissen Sie, es ist seltsam», sagte er nach einigen Minuten, «dass ich wieder an den Grafen denken muss.»

Ich blickte ihn verwundert an.

«Ja», erläuterte er. «Er hatte das Buch mit dem Grimm'schen Text der ‹Frau Holle› im Gepäck. Er hat eine handschriftliche Übersetzung ins Französische angefertigt. Er muss ein besonderes Interesse an dem Märchen gehabt haben. Welches? Denn jetzt wird hier nach diesem Prinzip gemordet. – Wissen Sie, wenn ich nicht genau wüsste, dass der Graf tot ist, wenn ich nicht so verdammt genau seine Leiche gesehen hätte – ich würde glatt denken …»

«Sie wollen doch nicht etwa Ihre alte Theorie wieder ausgraben», fragte ich fassungslos.

Er musste etwas lächeln, als er meine Verblüffung sah. «Nun, in der Tat, Lloyd, das würde ich – obwohl es natürlich Unsinn ist … doch sehen Sie: Gehen Sie mit mir konform, dass diese Morde nur vor unserer Ankunft auf Boroughmore Castle geplant worden sein können?»

«Das hatten wir uns so errechnet», bestätigte ich leise. «Der Ablauf der Details ist viel zu kompliziert, als dass nicht etliche Vorbereitungen dazu notwendig waren …»

«Richtig», sagte Goldsmith und tippte leicht auf den Tisch. «Und dieses verdammte Frau-Holle-Märchen, wissen Sie, das kommt mir nun wirklich wie eine dieser Vorbereitungen vor. Als die allererste Vorbereitung, genau genommen! Und wenn Sie, wie auch ich, nicht annehmen wollen, dass der Täter dem Grafen – nachdem der mitsamt seinem Buch hier eingetroffen war – sozusagen die Idee zu seinen Morden gestohlen hat, wie wollen Sie mir dann den höllischen Zufall erklären, dass der Graf zwar den Grimm-Text … und zwar als etwas Besonderes … im Gepäck bei sich führt. Und wie davon völlig unabhängig der Täter sich zufällig in dasselbe Märchen vergafft, um hier nach dem nämlichen Schema sein grausiges Spiel mit uns zu treiben. An die Existenz solcher Zufälle glaube ich nicht! Und ich sage deshalb nicht mehr als dies: Hier werden Leute nach der Konstruktion eines bestimmten literarischen Elaborats der Gebrüder Grimm ins Jenseits befördert – und der Comte war derjenige, der den Text im Gepäck führte …»

Ich setzte mich wieder in meinen Sessel, fühlte mich inwendig hohl und leer. Ich wusste tief in meinem Innern, dass diese Geschichte bald zu Ende ging, und ich ahnte undeutlich, dass mir das Ende nicht gefallen würde. Irgendetwas war noch im Anzug, das fühlte ich tief. Und ich spürte heiße Sehnsucht nach meinem Engel, den ich, wie mir schien, Tage nicht gesehen. Wie lange hielt ich mich hier in der Bibliothek auf im Gespräche mit Goldsmith? Mir schien es schon wieder wie die Ewigkeit selbst.

«Jetzt müssen wir sehen, wie es weitergeht», schlug ich vor.

Er betrachtete mich mit Interesse. «Da haben Sie Recht», sagte er knapp.

Und dann gab es diesen unglaublichen Moment zwischen uns, in dem ich fühlte, wie mir die Beine völlig wegsanken, wie das Blut heiß in meinen Ohren pochte, und wie Goldsmiths entsetzt aufgerissene Augen mich ungläubig anstarrten: Wir hatten beide im selben Moment begriffen, was meine arglose Äußerung eigentlich bedeutete ... Das Märchen war noch nicht zu Ende! Während wir hier untätig saßen und schwatzten – wie lange hatten wir hier unendliche, kostbare Zeit vergeudet? –, war anderswo und doch ganz in unserer Nähe der nächste Mord in Vorbereitung ... oder schon in Ausführung begriffen ... und wir hatten ihn nicht verhindert!

«O mein Gott!», schrie ich in kaltem Entsetzen auf und sprang von meinem Sessel. «Was meinen Sie, Goldsmith? Wo? Und wie?» Auch er war hochgefahren, ich sah, dass er zitterte, dennoch legte er mir beschwichtigend die Hand auf die Schulter. «Ruhig, ruhig, Junge!», sagte er. «Ein weiterer Mord wird also folgen», murmelte er dann knapp, mehr zu sich selbst als zu mir, «wenn wir nichts dagegen tun. Lassen Sie uns also überlegen, was das Märchen an Mordschablonen noch zu bieten hat. Ganz ruhig, Junge, sage ich! Ganz ruhig.»

Ich war so erschreckt und nervös, dass es mir im Moment nicht einfiel. «Was meinen Sie?», schrie ich in Panik und zog ihn am Arm Richtung Speisesaaltür.

«Warten Sie! So warten Sie doch!», machte er unwillig und hielt mich zurück.

«Wir müssen los, bevor es zu spät ist und ein weiteres Unglück geschieht», schrie ich außer mir vor Angst. «Ein Unglück, das wir eventuell zu verhindern gewusst hätten! Vielleicht hilft es uns ein Stück weiter, Goldsmith, wenn wir durch das Schloss und den Innenhof laufen und uns alles das einmal mit den Augen des Mörders anschauen! Wenn uns etwas verdächtig erscheint, können wir immer noch entscheiden, wie es weitergehen soll! Aber kommen Sie! Kommen Sie! Solange wir hier untätig herumstehen, kann der Mörder ungehindert alles vorbereiten!»

«Bleiben Sie ganz ruhig!», mahnte mich Goldsmith abermals eisern und scheinbar gelassen. «Wir haben zwei Möglichkeiten, Lloyd. Sinnloses Herumgerenne ist, denke ich, nicht der Weg. Damit verzetteln wir uns nur … Wir wissen, wo die einzelnen Leute stecken – oder wir werden es schnell herausgefunden haben. Sir Mortimer wird schlafen und ist in seinem Wohnturm in den Händen von Henry vermutlich aufgehoben wie in Abrahams Schoß. Bleiben die anderen drei: Alice, der Pfarrer und Nightingale, und die werden im Ostflügel in ihren Zimmern oder in einem der Zimmer sein – gleich wie: Wir müssen alle noch Lebenden schnellstmöglich zusammenführen. Denn der Mord wird zwangsläufiger Weise da geschehen, wo die Opfer sind. Wenn wir die potenziellen Opfer also zusammenbringen und zusammenhalten, kann der Mord vermutlich nicht stattfinden. So einfach ist das.»

Ich nickte. «Also geht einer von uns hoch zu Mortimer und der andere …»

Goldsmith schüttelte heftig den Kopf. «Sie haben mich immer noch nicht verstanden!», sagte er. «Aus bestimmten Gründen liegt mir viel daran, dass wir beide uns nicht trennen, verstehen Sie?!»

Ich winkte hastig ab. «Gut, gut! Was noch?», fragte ich, und die Unruhe nagte an mir wie mit tausend glühenden Zangen.

«Wir müssen die Methode antizipieren.»

«Die Methode?»

«Wie die Tötung durchgeführt werden wird. Eventuell können wir sogar das Opfer vorausbenennen. Das Märchen – was gibt es noch her, meine ich? … nach dem Tod von Robert Milton?»

«O Gott», sagte ich. «Es schneit, weil das gute Mädchen die Betten schüttelt …»

«Das haben wir ja schon», meinte Goldsmith erregt und zeigte auf die Fenster.

«Das Mädchen erhält den Lohn … es wird mit Gold überschüttet … dann kommt dasselbe Spiel noch einmal von vorn mit der bösen Tochter – glauben Sie, er wird die Mordserie wiederholen?»

Ich bemerkte mit einem Mal, dass Goldsmith gar nicht weiter zuhörte, und brach ab …

«Kommen Sie schnell», flüsterte Goldsmith. «Ich glaube, ich weiß, wer es sein wird … und er wird sie nicht mit Gold belohnen …»

Und wie der Sturmwind war er aus der Türe hinaus und hinüber durch den Speisesaal unterwegs, eh ich überhaupt zu begreifen vermochte, was seine eigenartige Bemerkung bedeutete. Ich folgte Goldsmith, so schnell meine Beine mich trugen. Ich sah ihn bereits aus dem Speisesaal hinaus in die Eingangshalle stürzen, als ich gerade erst den Raum betrat. Die große Flügeltür, die er aufgerissen, war krachend gegen die Wand geschlagen – einer der großen Spiegel zwischen dem Marmor klirrte soeben zersplitternd zu Boden –, und die Tür sank bereits langsam wieder zu, während ich darauf zustürmte. Rennend riss ich sie vor mir auf und sah, dass Goldsmith herüben die schwarze Marmortreppe erreicht hatte und sie, mehrere Stufen auf einmal nehmend, hinaufhetzte. Ich sprang hinterher, erreichte den Fuß der Treppe, als er bereits oben war. Goldsmith jagte in langen Sätzen vor mir über die Galerie, dann den Korridor entlang und verschwand eben um die zweite Biegung, als ich die erste erreichte. Der Gästeflur. Die Reihe der Türen rechts und links.

«Goldsmith!», rief ich verzweifelt.

«Kommen Sie!», keuchte er, drehte sich kaum über die Schulter …

Und schon war er vor ihrer Tür, an ihrer Tür und probierte die Klinke, und all dies schneller, schien mir, als es das Auge vermochte, den Lidschlag auszuführen, und da er noch vom Schwung seines Laufes getragen ward, stieß er gleichzeitig mit dem rechten Arm und der Schulter hart gegen das Holz der Füllung. Allein: Die Tür öffnete sich nicht. Mein Herz sackte in Tiefen, die zu schildern, geneigter Leser, ich nicht imstande bin …

Goldsmith probierte einmal, zweimal – ungläubig, er schlug mit der Faust gegen das Holz. «Miss Dubois!», schrie er. «Miss Dubois! Machen Sie auf!»

Inzwischen war ich endgültig heran. Er probierte ein weiteres, erfolgloses Mal, die Tür aufzudrücken. Groß wendeten sich seine Augen zu mir herum.

«Nightingale!», rief ich und schlug selbst mit der Faust an das Holz.

Es blieb still, totenstill – mit Ausnahme des Lärms natürlich, den wir beide selbst veranstalteten.

«Soll ich die anderen Türen probieren?», fragte ich. «Vielleicht ist sie noch herüben bei …»

«Nein, nein», sagte Goldsmith und winkte ab. Er sah mich an. Es bedurfte keiner weiteren gesprochenen Verabredung zwischen uns. Er zählte mit den Fingern … eins … zwei … und drei … und mit all unserer Kraft warfen wir uns mit den

Schultern gegen die Tür von Nightingales Zimmer. Es krachte heftig, meine Schulter schmerzte, als sei mein Arm gebrochen, Holz splitterte und flog in Brocken um uns herum, die Tür schlug auf, schwang herum und polterte innen gegen die Wand – Goldsmith fing sie mit gestreckten Fingern auf, als sie zurückkam, drückte hart dagegen und gab ihr einen schnellen Stoß. Wir blickten ins Zimmer.

Ich weiß nicht, was ich erwartet hatte. Mit einem schnellen Blick überflog ich die Szenerie – das Bett zur Linken, das Nachtschränkchen daneben, das Bärenfell mit dem gefletschten Raubtiergebiss am Boden davor – bei oberflächlicher Betrachtung alles in Ordnung, der Tisch mit den Sesseln am Fenster, hinter dem die Dämmerung fiel, die hochlehnigen Stühle an der Wand zur Rechten standen steif; sogar der silberziselierte Kerzenleuchter und die getrocknete Rose auf dem Nachtschrank entgingen nicht meiner Aufmerksamkeit, jedoch Nightingale – sie war nicht da. Ihr schwarzer Umhang fehlte, der neulich über die Stuhllehne gebreitet gewesen war. Hieß das …?

Über Goldsmiths Nase hatte sich eine scharfe Falte gebildet. Schweiß stand in dicken Perlen auf seiner Stirn.

«Ich habe es befürchtet», wisperte er.

«Was haben Sie befürchtet?»

Er antwortete nicht.

«Was haben Sie befürchtet?» Ich schrie es fast heraus. In mir wütete eine nie gekannte Angst, eine Panik, die ich kaum noch beherrschen konnte.

«Dass wir sie verpassen», flüsterte Goldsmith, «dass sie schon weg ist» – und dann, mit einem Male, fuhr er herum, wie von einer Schlange gebissen, und taumelte zum Tisch hin, auf dem ich, in der nämlichen Sekunde, als er die Bewegung aufgenommen, einen Zettel liegend wahrnahm, den ich in der furchtbaren Erregung vorher nicht gesehen und der doch die ganze Zeit über dort gelegen hatte … Und ich sah Goldsmith, wie er den Tisch erreichte und mit der Geschwindigkeit einer Schnecke, so schien es, den Zettel an seine Augen riss und schrie: «Der Schluss des Märchens! Die böse Tochter unter dem Tor, Lloyd, unter dem Tor … und von oben kommt Pech!»

«Die Pechnasen über dem Tor!» – Und ich las mit Entsetzen die wenigen Zeilen auf dem Zettel, den er mir entgegenstreckte:

> 16.00 Uhr, Burgtor. Ich denke, ich habe die Lösung dessen, wovon wir sprachen, gefunden.

Der Zettel trug keine Anrede und keine Unterschrift. Gleichwohl meinte ich die Hand zu kennen. Mir war, als schwänden die Sinne … Ich spürte plötzlich einen schneidenden Schmerz in meinem Gesicht, Goldsmith, der mich schlug – und langsam kam seine Stimme zu mir zurück: «Lloyd, um Gottes willen, Jonathan, kommen Sie zu sich …» Und ich fand mich wieder zu mir gebracht durch die Schläge, dass meine Wangen brannten, und im nächsten Augenblick war alles wieder klar, und ich saß auf dem Boden … «Geht es?», fragte Goldsmith. «Sie waren etwas außer sich …», und er half mir auf.

Wie viel Zeit blieb uns?

«Wir haben die Pechnasen über dem Burgtor vergessen», sagte ich schwach. «Nicht Ihr Fehler! Meiner ebenso! Wir müssen uns beeilen, bevor das Schreckliche passiert, falls es nicht schon passiert ist!»

Goldsmith streichelte eine Sekunde meine Wange, dort, wo er mich geschlagen hatte, sagte leise: «Kommen Sie …», und ohne dass ein weiteres Wort gefallen wäre, stürzten wir aus dem Zimmer und rannten in vollem Laufe den Flur entlang Richtung Eingangshalle.

Wir flogen über die Treppe nach unten, es war mir wie im

Traum, irgendein gütiges Geschick lenkte unseren Schritt; und jetzt zur Tür, zur Tür, dachte ich. O du Himmel, wenn nur einmal in diesem Leben – dann hilf jetzt!

Goldsmith kam vor mir an der Tür an, packte mit beiden Händen zu, zog sie scharrend auf, es eröffnete sich mir der Blick hinaus in den Hof. Trübe Dämmerung, Schnee auf der Erde, auf den Fenstergesimsen, auch der Bewuchs durch das Laub verschneit, überall die Wände hinauf – aber all mein Augenmerk war auf einen Punkt mir gegenüber gerichtet, etwa zweihundertfünfzig Fuß entfernt: Nightingale. Ich sah ihre schmale, schwarze Silhouette am Ende des Tordurchwegs stehen, sah sie vor der noch hellen Landschaft, im letzten Licht des Tages, schwarz vor der weißen Schneelandschaft, die leer und flach jenseits des Burggrabens begann. Sie stand genau dort, wo wir uns zum ersten Male gefunden … Sie blickte hinaus, sie wartete unter den Pechnasen …

Ich rannte hinaus und kam beim überstürzten Hinabspringen über die fünf oder sechs Stufen der Freitreppe vorm Eingang fast zu Fall. Ich geriet ins Straucheln, rutschte im Schnee, fing mich aber, und rannte, als ob es um mein Leben ging – und im Grunde genommen war es auch so.

Ich fühlte, dass Goldsmith irgendwo in dichtem Abstand und hetzendem Lauf hinter mir her war, hörte laut seinen Atem in der Schneeluft. Ich wusste nicht, ob ich schreien sollte, wusste nicht, was sie davon halten würde, wenn sie uns beide so heranstürmen sah, wusste nicht, was geschähe, wenn sie sich auf meinen Ruf hin umdrehte, erschrak und rückwärts in den Burggraben taumelte …

«Nightingale!», schrie ich.

Sie hörte mich nicht, dabei hatte ich den Torweg fast erreicht, Goldsmith dicht hinter mir. Ich erkannte jetzt jede Einzelheit. Der Wind spielte in ihren Haaren, und sie wickelte sich fester in ihren Mantel. Sie stand dicht am Abgrund, blickte hinab auf das Wasser und die Trümmer der Zugbrücke, schien zu schaudern. Sie kehrte mir immer noch den Rücken zu. Ich erreichte den Torweg, strauchelte wieder, der Schnee lag hier dünner, hörte im mittleren Bereich der Überbauung ganz auf, während der Wind ihn an den Wänden, in den Nischen beiderseits, fein und weiß stäubend, hochgeweht hatte. Meine Füße knallten auf das nackte Pflaster. Am oberen Ende des Torbogenausgangs nahm ich plötzlich feinen, weißen Rauch wahr, der unvermittelt gelb wurde, dann braun.

«Nightingale!», schrie ich grell auf ... Hinter mir gelangte Goldsmith in den Torweg; ich hörte es am Klang seiner Schritte.

Jetzt hatte Nightingale bemerkt, dass etwas vorging, und sie kehrte sich herum gegen uns, und in ihrem Gesicht zeigte sich plötzlicher Schrecken.

«Nightingale», schrie ich, «komm her zu mir!», während ich gleichzeitig mein Tempo zu mäßigen trachtete, wobei ich ausrutschte und fast fiel. Ich stolperte, dann stürzte ich wirklich, schlug lang hin, riss den Kopf hoch, starrte fassungslos das Mädchen an, das erblasst war und jetzt zurücktrat, ganz wie ich befürchtet. Goldsmith kam neben mir zum Halt, reckte mir die Hand hin, ich beachtete sie nicht. Er streckte sie daraufhin der jungen Frau entgegen. Ich sah, ohne dass ich etwas davon spürte, Blut über meine Hand rinnen, als ich mich hochstützte und aufstand. Eine Art Grollen war in der Luft und quirlender Dampf plötzlich zu sehen unter dem Bogen.

«Nightingale», ich legte alle Dringlichkeit in den Ton, über die ich verfügte, «ich flehe dich an: Was dir auch erzählt worden ist über mich, Liebste, es ist nicht wahr!», stieß ich heiser hervor. «Ich weiß nicht, was es ist, was dir gesagt wurde, aber es ist nicht wahr! Komm in meine Arme, Geliebte! O Gott, bleib nicht stehen da! Du wartest auf deinen Tod!»

Ich fühlte, wie salzige Tränen über meine Wangen strömten. Sie verharrte dort, trat dann noch einen Schritt zurück auf den Graben zu … und dann noch einen … ihr Gesicht erfüllt von Unglauben und Furcht …

Und über ihr war jetzt ein neues Geräusch und ein Geruch, wie ich ihn nie gerochen, ein süßlicher, ekelhaft beizender Gestank …

«Nightingale!», schrie ich entsetzt. «Schau nach oben! Er bringt dich um!»

Und dann, ohne zu überlegen, stürzte ich vorwärts und bekam einen Stoffzipfel zu fassen. Sie schrie auf und wehrte sich. Und ich packte sie, erst am Arm, dann an der Hüfte, und taumelte mit ihr auf den Abgrund zu, während ich grausame Hitze von oben herabfahren spürte. Wir fallen …, dachte ich matt.

Das Mädchen schrie in Todesangst. Etwas Entsetzliches ging über unseren Köpfen vor.

Da sprang Goldsmith mit einem Schlag nach vorn zum Ausgang und riss sie von der anderen Seite an ihrem Arm, gerade als ich sie im Taumeln verlor. Er presste sie eine Sekunde fest an sich und stieß sie dann in meine Arme zurück, den Blick nach oben gekehrt, verzerrt und in höchster Panik. Und von oben schoss es jetzt schwarz brodelnd und heiß herab. Da machte er einen Sprung, flüchtete sich selber in den Schutz des Torbogens. Ich umhüllte Nightingale mit meinem Mantel, trug sie halb, zerrte sie halb, weil ihr Körper mich hinderte, und stürzte mit ihr zu Boden. Hinter uns, außerhalb des Torwegs, donnerte ein Sturzbach von kochend heißer, stinkender Brühe herunter. Die Hitzewelle schlug über uns zusammen. Ich hörte Goldsmith schreien …

13. Kapitel

Pegasus

Das Gold der Harfe schimmerte matt aus dem Dunkel. Völliges Düster herrschte im Musiksalon, bis auf das Windlicht, das zwischen uns dreien auf dem niedrigen Schemel stand. Wir sahen unseren Atem in der Luft, denn der Raum war gänzlich ungeheizt. Unsere Schatten, schwarz, riesengroß, zuckten an den Wänden … zur Linken, draußen vor den Fenstern, lag die bereits tiefe, kalte Winternacht. Und doch war kaum mehr als eine Stunde verstrichen seit dem höllischen Anschlag auf Nightingales Leib und Leben!

«Wer geht?», fragte Goldsmith, und das Gewicht seiner Frage ließ uns in Schweigen verharren. Goldsmith trug die linke Hand in einem weißen Verband, ansonsten war ihm äußerlich nichts mehr davon anzumerken, dass er jüngst noch an einem fürchterlichen Abgrunde gestanden – und dies nicht nur bildlich gemeint! Ich sah Nightingales Blick, der dankbar, ja fast zärtlich auf ihm ruhte, und darob war keinerlei Eifersucht in mir, wusste ich doch nur zu gut, dass er derjenige war, der der jungen Frau wie mir das Leben gerettet – und dabei das seine aufs Spiel gesetzt!

Als wir so im finsteren, kalten Musiksalon beisammen standen, hatten wir zum ersten Mal das sichere Gefühl, uns im letzten Akt dieser Farce zu befinden, und dieses Gefühl war eigenartig und zwiespältig: Es mischten sich unbändige

Freude darüber und ein geradezu überwirkliches Glücksgefühl, dass alles überstanden war und wir dem Leben wiedergegeben – denn zum ersten Male war dem Täter ein Plan wirklich fehlgegangen –, mit dem gleichermaßen unheimlichen und sich mit jeder Minute mehr ins verborgene Bewusstsein schleichenden Albtraumgedanken, es könne doch in letzter Minute noch etwas passieren, mit dem wir nicht gerechnet; und so standen wir in Unruhe und dem Vorgefühl großer Erleichterung gleichermaßen beisammen, als wir die letzten Absprachen trafen.

Doch ich will, geduldiger Leser, bevor ich den Bericht über das, was uns allen in den düsteren Mauern von Boroughmore Castle widerfuhr, endlich beschließe, geschwind zusammenfassen, was in der schmalen Stunde geschah, die seit dem Anschlag auf Nightingale vergangen, und es war dies tatsächlich nicht allzu viel, wenngleich vielleicht des Berichtens Notwendiges: Nightingale hatte schrecklich geweint, in meinen Armen gezittert, und Goldsmith, als er sich zu uns in die Sicherheit des Torbogens geworfen, hatte geschrien, aber mehr aus Zorn, wie ich meine, denn aus wirklichem Schmerz. Spritzer des herabstürzenden Pechs hatten ihn an der linken Hand getroffen und verbrüht – aber das waren nicht seine augenblicklichen Sorgen, sondern seine Frage galt uns und ob uns etwas zugestoßen: «Ist Ihnen etwas geschehen?»

«Nein, Goldsmith, nein, es ist alles in Ordnung!», keuchte ich.

Schließlich half er uns auf, Nightingale, die sich fahrig und sinnlos immerzu mit der Hand den Umhang glättete, bemerkte zuerst die Verletzung an seiner Hand, schrie erneut und begann zu weinen, begriff nicht, was geschehen. Wir führten sie fort von dem Abgrund, wo jetzt ein gezackter, schwarzer, dampfender Fleck, als hätte der Teufel selber dort hingespuckt, zurückblieb – ein Mal … ein Zeichen – führten sie über den Hof in die Eingangshalle zurück, wo wir nach einem kurzen Moment des Zögerns uns nach rechts wandten und die Treppe erklommen, die zum Osttrakt führte. Wir geleiteten Nightingale zu ihrem Zimmer, öffneten die Tür, auf dem Boden lag immer noch der Zettel …

«Hören Sie», sagte Goldsmith in der Tür, «erwarten Sie mich hier, ich will mir eben etwas für diese Hand besorgen, dann sehen wir weiter – Sie kommen zurecht?», und schon hatte er uns allein gelassen, und ich geleitete Nightingale, wie schon einmal, hinüber zu ihrem Bett, wo ich sie sanft niedergleiten ließ; sie hielt mich in ihrem Arm.

«Bleib, bleib …!»

«Ich bleibe ja», murmelte ich.

Draußen vor den Fenstern wich die letzte Dämmerung der finsteren Nacht, während ich Nightingale wortlos hielt. Es wurde gänzlich schwarz im Zimmer, das Viereck des Fensters schließlich nur noch ein erahnbarer Schemen. Ich schmeckte salzige Küsse und atmete den süßen Duft ihrer zarten Halsbeuge, spürte die samtene Weichheit ihrer Brust und erzitterte. Mein Leben selbst war mir wiedergegeben, denn, das wusste ich, ohne sie hätte ich nicht mehr existieren mögen – und so hielt ich sie in meinen Armen, hörte ihren und meinen eigenen Atem zitternd in der Dunkelheit. Wir sprachen nicht.

Als Goldsmith zurückkehrte und leise an die Türe pochte, machte ich mit unsicheren Fingern Licht, und als die Kerze auf dem Nachttisch schließlich brannte, rief ich, dass er hereinkommen solle. Er trat ein und trug jenes Windlicht in der Hand, das wir dann mit uns in den Musiksalon nahmen.

Noch in Nightingales Zimmer hatten wir kurz debattiert über das, was wir wussten, die Sachlage erklärt soweit möglich, auch vor der unendlich erschütterten Nightingale; und ich hatte mir Goldsmiths verbundene Hand betrachtet. Er hatte, berichtete er, im Küchentrakt gesucht und tatsächlich zwei Diener dort angetroffen, die von dem Gerücht des neuerlichen Anschlages auf das Leben eines der Gäste Sir Mortimers bereits etwas vernommen, wusste Gott, auf welchem Weg! Sie hatten sehr verstört gewirkt und waren sofort geeilt, die Zutaten zu einer Panade aus Eigelb, Rosenöl und Terpentin zu besorgen, die sich, wie sie versicherten, im Schlosse sicher finden würden, ferner Scharpien und einen Fetzen saubere Leinwand herbeizuschaffen, als er sie darum gebeten; in kurzer Zeit hatten sie alles erledigt und ihm dann beim Verbinden assistiert.

Keinen der anderen hatte er gesehen. Wo immer der Vikar und Alice Stalliot sich jetzt befanden – auf ihren Zimmern oder nicht –, so musste doch nun vor allem der Gastgeber unverzüglich aufgesucht und mit dem schrecklich Ermittelten vertraut gemacht werden. Und als Goldsmith und ich, nachdem all dies von uns erörtert und beschlossen worden war, daraufhin Miene gemacht hatten aufzubrechen, war Nightingale vom Bette, auf dem sie geruht, aufgesprungen, hatte sich mir wild an den Hals geworfen und Goldsmith und mich stürmisch bedrängt, wir könnten sie jetzt um Gottes willen nicht alleine in ihrem Zimmer lassen!

So waren wir gemeinsam im Schein des von Goldsmith besorgten Windlichtes aufgebrochen Richtung Musiksalon. Gleichwohl wussten wir: Es verbot sich von selbst, Sir Mortimer in seiner geschwächten Gesundheit in Dreiheit zu überfallen. Einer genügte, einer sollte allein die schlimme Aufgabe übernehmen, ihn aufzusuchen – und da war es, dass Goldsmith die eingangs hier wiedergegebene Frage getan, und es schien, als seien Nightingale oder ich – als die am längsten mit ihm bekannten und befreundeten Personen – gerade recht für die Aufgabe, und da Nightingale, zumal in ihrer angegriffenen Verfassung, der Auftrag schlechterdings nicht zuzumuten war, bekannte ich mich, wenn auch alles andere als freudig, bereit, den Freund in dieser furchtbaren Angelegenheit zu treffen.

Goldsmith neigte den Kopf und wies auf die Laterne. Nightingale vertraute ich der Obhut des Amerikaners an, begleitete mit der Lampe, die ich aufnahm, die beiden noch bis zur Tür des Spielsalons; dort waren von irgendwelchen uns unsichtbar gebliebenen Dienern aus rätselhafter Verantwortlichkeit heraus vorhin schon Lichter entzündet gewesen, wie in der Bibliothek, wie im Speisesaal, die Räume gleißten im Schein der tausend Kerzen wie für eine gespenstische Festlichkeit, gespenstisch, denn niemand, keine Gäste, keine Bediensteten waren in dem weiten Trakte zu sehen. Goldsmith packte stumm meine Schulter und nickte mir zu; ferner ließ er mich wissen – er hatte kurz seine Uhr zurate gezogen –, dass es auf sechs am Abend ging und dass er und Nightingale sich bis zu meiner Rückkehr um ein Souper für alle daran Interessierten bemüht haben würden, kurz, dass ich Nightingale und ihn in jedem Fall bei meiner Rückkehr in einem der hell erleuchteten Säle wieder vorfände – und so schieden wir endgültig voneinander, bevor ich meinen mir so unendlich schwer werdenden Weg antrat.

Ich schloss die Tür hinter ihnen und stand in der Kälte und Düsternis des Musiksaals einen Augenblick stille, hielt die Laterne hoch, sah meinen Atem fliegen, ließ das Licht dann wieder sinken und machte mich auf den Weg hinüber zur anderen Tür. Die Spinnweben über dem gold schimmernden Messing der Instrumente wehten leise im Windzug, als ich vorüberschritt, und ich hörte sie unsichtbar eine Musik spielen, ein fernes, trauriges Lied von der Vergänglichkeit der Dinge, die wir lieben und die uns teuer sind. Dann erreichte ich die Tür am anderen Ende und öffnete sie, und vor mir lag nun das Treppenhaus, rechts die Stufen, links der offene Durchgang zum Hof.

Ich schauderte. Das Fehlen jeglicher Begrenzung machte es, dass der Schnee hier hereingeweht war bis an den Fuß der Stufen und dass klamme Gletscherluft eisig und ungehindert hereindrang wie der frostige Atem Grönlands selbst. Ich ließ die Musikzimmertüre leise hinter mir ins Schloss gleiten, wandte mich nach rechts, erklomm die hölzernen alten Stufen, stieg in den düsteren Schacht auf. Das Holz ächzte da und dort unter meinem Tritt, schaukelnd begleitete mich der Schein meiner Laterne. Warm werden wollte mir diesmal nicht. Ich bog um die erste, die zweite, die dritte Kehre, bog nochmals und nochmals um, dann kam ich an den Öffnungen, die auf die Bastion hinausführten, vorbei. Ich dachte einen Augenblick daran, wie wir am ersten Abend bewegt und fröhlich hier entlanggewandert, noch neu und ungewohnt auf diesem Schlosse: der ruppige, laute Geoffrey Stalliot und der feine Graf und der missmutige Professor und der junge, zynische Robert Milton – wie lange war das alles her! Ich stieg hinauf bis dort, wo die kalte, offene Luft bereits von oben herunterwehte und wo jene kleine windschiefe Türe in den Angeln lag, die ich bereits einmal durchschritten. Und hier klopfte ich vorsichtig an.

«Komm herein», hörte ich augenblicklich die vertraute Stimme des Freundes hinter dem dünnen Holz der Tür, und so drehte ich den Knauf und trat ein. Ich weiß nicht recht, was ich erwartet, und entsinne mich wohl, dass ich mich hinsichtlich des Aussehens von Mortimer im Geiste gründlich auf Schlimmstes vorbereitet hatte, aber das, was ich dann tatsächlich sah, übertraf doch an Furchtbarem alles, was ich geahnt.

Das Zimmer war dunkel, bis auf die Ahnung des Umstandes, dass sich linker Hand das Fenster befinden musste – und sobald man sich das klar machte, sah man dort in der Tat das hohe, hohle Viereck mit der vagen Reflexion des Wolkenhimmels dahinter. Die Lampe, die ich mitgebracht, spendete die einzige Beleuchtung. Ich nahm undeutlich wahr, wie Mortimer erschreckt einen Arm vor die Augen riss, und war erschüttert angesichts des flüchtigen Anblicks auf sein zerstörtes, gestorbenes Gesicht. Es war grauenvoll! Ich beeilte mich, die Lampe mit dem eigenen Körper zu decken, und trug sie in den hintersten Winkel des Raumes, wo ich sie – hinter Mortimers Schreibtisch – auf dem Boden absetzte. Erst dann kehrte ich zur Tür zurück, um sie zu schließen.

Mortimer hatte den Arm immer noch wie in halber Abwehr erhoben, doch der Schatten seines Schreibtisches fiel gnädig über sein Gesicht und ließ es im Dunkel, fiel auf seine ganze erbarmungswürdige Gestalt, die zerbrochen im Lehnsessel kauerte, umgeben von Decken und eingehüllt in wärmende Kissen, die der sorgende Henry bereitet haben musste – der sich übrigens nicht im Raum aufhielt. Nur langsam, in grenzenloser Ermattung, ließ Mortimer den erhobenen Arm sinken. In der Sekunde, in der das Licht auf ihn gefallen war, hatte ich einen zitternden Greis mit schlohweißem, unordentlichem Haar erblickt – als ob der Teufel ihm das Leben aus dem Mark gesaugt hätte – und ich glaubte, ich würde es nicht ertragen, aber dann hörte ich seine Stimme, und sie brach mir das Herz und rührte mich gleichermaßen, war sie doch alt und gebrochen, aber auch warm und zugewandt wie stets mir, als er sagte: «Jonathan ... wie sehnlich habe ich dich erwartet. Ich wusste, du würdest kommen ... nimm dir einen Stuhl und rück ihn heran zu mir und sei mir nah, mein Freund ... mein einziger Freund ... Ich danke dir, dass du gekommen bist ...»

Ich nickte und holte mir den Stuhl von der anderen Seite des Schreibtisches, trug ihn heran, ließ mich darin nieder und fühlte die ganze Zeit, wie brennende Tränen von hinten gegen meine Lider drückten. Ich schloss die Augen und öffnete sie – er würde es nicht sehen bei dem schlechten Lichte –, und ich fühlte erleichtert, wie die Flüssigkeit über meine Wangen rann.

Eine lange Stille war in dem dunklen Raum, und ich war meinem Freunde dankbar, dass er mir diese Pause ließ.

«Ich entsinne mich, Mortimer … wie du mich auf deinen Knien hast reiten lassen», sagte ich schließlich und wusste es kaum selbst, dass ich sprach, «als ich ein kleines Kind gewesen, mit einem Holzgewehr – als wir von Heidelberg herübergekommen waren. Ich entsinne mich meines Vaters, wie er dabeisaß und wie er lachte … in der Veranda unter dem Weinlaub im Herbst. Er war ein fröhlicher, ein guter Mann … und er liebte mich …»

«Ich sehe es auch …», sagte Mortimers Stimme zärtlich im Dunkeln. «O ja, er liebte dich, Jonathan. – Aber es ist so lange her … du bist ein erwachsener Mann inzwischen, ein Mann mittleren Alters, wie es so furchtbar heißt. Und er ist lange tot …» Ich hörte Mortimer atmen. «Wir zusammen!», sagte er. «Weißt du, wie wir die Welt zu unseren Füßen hatten? Und die Zukunft offen vor uns, mochte die Politik dunkle Wolken an den Horizont werfen oder nicht, wir spürten, dass uns kein Widerstand gewachsen war, deinem Vater, deiner Mutter … meiner Frau … mir … und dir … Wir wollten nach England zurückgehen, wir hatten unsere Pläne, unser Leben, unsere Phantasie …» Seine Stimme verwehte im Dunkeln, und ich hörte nur noch das Ticken der Uhr schräg hinter ihm, die ich nicht sehen konnte: Tick … tock … tick … tock …

Ich ließ Mortimer schweigen, schwieg mit ihm. Dann, nach langer Zeit, flüsterte er: «… und all das Leben, die Träume … dahin … vorbei … Und die Menschen …», ich hörte, wie er schluckte im Dunkeln, «… alle tot. – Das Alter», sagte er, und seine Stimme wurde erstickt von Trauer, als er sprach, «weißt du, was das Alter ist, mein guter, mein junger Freund? Meinst du, das Alter ist die ausgebreitete Schönheit des Greisentums, der früchtereiche Herbst des Patriarchen, Edelreife im Dämmerlicht, glaubst du das? Ich sage dir, was es ist stattdessen: Einsamkeit und Kälte … geistiges Elend … und all die Treulosigkeiten des Körpers … O Gott, Jonathan: Die Wahrheit der abgelaufenen Zeit widerlegt alle Entwürfe des Abends. Es gibt, Jonathan, keine uneingeschränkte Feier des Alters, das Alter ist nur das Angekommensein des Menschen an seinem Ende und vor dem Nichts … Das Alter ist, sich vor Augen führen, was es heißt, befristet in der Welt zu sein, Jonathan. – Auflehnungen des alten Menschen gegen den Verfall? Lass mich nicht lachen! Das Leben nimmt sich mit Gewalt, was es einst dem Menschen zuerkannt. ‹Und Zeit verwüstet selbst, was sie gegeben hat› … Shakespeare, Lear, was wäre dem hinzuzufügen? Ich bin alt, Jonathan», murmelte er, «nein, ich bin tot …»

«Du bist nicht tot», sagte ich grob. «Ich will nicht, dass du stirbst!»

«Nein, wahrscheinlich willst du das nicht …», sagte er, und es klang nachdenklich.

«Du liebtest mich, wie mein Vater mich liebte», flüsterte ich.

«O ja …», murmelte er, «und ich tue es noch, Jonathan, ich tue es noch …»

«Ich weiß», sagte ich und fühlte, wie neue Tränen kamen.

«Ich dachte», fuhr Mortimer fast unhörbar fort, und ich konnte sein Gesicht nicht erkennen im Dunkel, «man muss gleichgültig werden gegen alles, das einen daran hindert, den Faden des Traums zu verlieren. Ich dachte: In der Spur der Jahre muss doch etwas zu finden sein, das zu der Feststellung berechtigt: Es hat sich gelohnt. Und ich, Jonathan, ich füllte mich an mit der Ruhe der Nacht und der Erwartung des Sonnenaufgangs, ja, ich war der unsichere Friede des Winters, das Schmelzen des Schnees …», ich hörte, wie Mortimer weinte, «… und ich dachte mir: Was ist das Alter? Lächelnde Entsagung, Stille, kurz: unbemerktes Dasein. Würde im Verzicht, das wollte ich zeigen. O Gott, ich wusste nichts von anderen, denen alles schwindet, denen das Leben nur Aufschub gegeben hat; was ist das Leben, Jonathan … Heimsuchung und Illusion, bevor das Schweigen beginnt …»

Minutenlang herrschte eine entsetzliche Stille im Zimmer.

«Und man verliert die Menschen», sagte er leise, «man verliert alle Menschen, Jonathan, denk an deine Frau, die dich einst glücklich gemacht, und denk an meine … Laura … und an meinen gestorbenen Sohn und an William …» Eine Bewegung im Dunkeln zeigte mir, dass er sich die Tränen fortwischte. «Sei froh», fuhr er fort, «dass du keinen Sohn oder keine Tochter gehabt hast, Jonathan, denn die Menschen bleiben uns nicht, Jonathan, nicht einmal, wenn sie weiterleben. Leben … ist Abschied.»

«Nein», flüsterte ich.

«Doch, mein Freund: Leben ist Abschied», wiederholte er.

Danach war es abermals still und so, als ob alles gesagt wäre bis zum Ende der Zeit. Die große Standuhr tickte monoton ihr regelmäßiges Geräusch – wenn man genau lauschte, glaubte man, das Pendel schwingen zu hören. Dunkelheit und Totenstille in dem Turm … und außerhalb nur leere Luft und leere Landschaft bis zum fernen Horizont. Mir schwindelte einen schrecklichen Moment, als ich daran dachte. Als ob alles gesagt wäre … und doch war noch nicht alles gesagt!

«Es hat wieder einen Anschlag gegeben, Mortimer», begann ich leise. «Nightingale war das ausersehene Opfer.» Ich hörte, wie er scharf Atem holte, und ich fuhr schnell fort: «Aber er ist missglückt! Nightingale lebt! Die Pechnasen über dem Tor – ich entsinne mich der Führung des ersten Abends, Mortimer, als du uns deine Burg zeigtest und sagtest ...»

«Wie geht es ihr?», unterbrach mich Mortimer mit zurückgenommener, kontrollierter Stimme, gleichwohl merkwürdig ungestüm, so geängstet, dass es mir kalt über den Rücken lief.

«Es geht ihr gut ... geht ihr gut ...», wisperte ich beruhigend.

Es blieb eine Sekunde still auf seiner Seite, dann hörte ich, wie er gepresst den Atem ausstieß, fast ein Schluchzen. «Oh, Gott sei Dank», kam es unendlich erleichtert aus dem Dunkel mir gegenüber. «Gott sei Dank, es geht ihr gut! Das ist eine gute Nachricht ... nichts geschehen ... der Bann gebrochen.»

«Der Bann gebrochen», bestätigte ich, «Mortimer, höre mir zu.»

Aber er konnte mir nicht zuhören, nicht die nächsten Minuten, denn er weinte jetzt, ein lautloses Weinen, das mir einzig offenbar wurde an den gelegentlichen Bewegungen seines Körpers dort in den Kissen. Dann schließlich wurde er ruhiger, und ich hörte ihn mit zuckender Stimme sagen: «Ich wusste, dass du kommen würdest, mein Freund. Was ist es, was du mir sagen willst? Warum bist du heraufgekommen?»

«Wir müssen reden, Mortimer», sprach ich eindringlich. «Ich muss dir vieles mitteilen, und es wird schlimm für dich werden, mein alter, guter Freund. Wir werden dich alle verlassen.»

«Aber ich habe das gewusst», replizierte er fast unhörbar, «ich habe es dir gesagt ... das Leben ist Abschied.»

«Das Leben ist Abschied», bestätigte ich. «Vielleicht, Mortimer, vielleicht ist es Abschied. Denn morgen ist der Tag, an dem der Bote kommt.»

«Ja», meinte Mortimer still.

«Wenn er kommt, Mortimer, wenn er kommt.»

«Er wird kommen», flüsterte Mortimer, seine Stimme war wieder fest. «Er wird gewiss kommen, und dann seid ihr alle gerettet.»

«Ich glaube, recht betrachtet, auch, dass er kommen wird», lenkte ich sachte ein, «ich glaube sogar, dass alle auf diesem Schloss nun gänzlich außer Gefahr sind, nachdem der Anschlag auf Nightingale missglückte. Ich glaube fest daran, Mortimer. – Und wenn du mich fragst, was Nightingale denn damit zu tun habe, so lass dir sagen, dass vieles in den letzten Tagen, ja, Stunden geschehen ist, von dem du noch nichts weißt, von dem ich dir jedoch jetzt und hier berichten will. Goldsmith und ich, Mortimer, haben etliches herausgefunden. Fühlst du dich kräftig genug, mein Freund, solches zu hören? Soll ich sprechen?»

Er beantwortete meine Frage mit einem langen Schweigen, dann hörte ich einen harten Atemzug von dort, wo er im Finstern saß, und seine vertraute, leise Stimme drang aus dem Dunkel zu mir her: «Sprich, Jonathan, sprich …»

«Wir haben zum Beispiel, Goldsmith und ich», begann ich zögernd, «als wir gestern Nacht durch den unterirdischen Tunnel nach Dull Manor hinübergingen, eher zufällig die überraschend simple Methode entdeckt, wie dort das Feuer entzündet wurde. Gemeinhin, nicht wahr, geht man davon aus, dass, wenn eine Brandstiftung begangen worden ist, auch der Verursacher neben dem ausbrechenden Feuer zu finden sein wird. Aus diesem Grunde hatten wir lange fälschlich geglaubt, dass jemand der hier auf diesem Schloss Anwesenden an jenem Abend beziehungsweise in jener Nacht zu der Ruine hinübergelaufen sein müsse, um den Brand zu legen. Seit heute Nacht nun stellt sich der Ausbruch des unheimlichen Brandes jedoch völlig anders dar, denn – wir fanden eindeutige Rußspuren – höre, Mortimer:

Es gab eine Zündschnur von einigen hundert Yards Länge aus der Nische unter dem Altar bis hinüber in das Herrenhaus, von welcher wir ausrechnen konnten, dass sie wohl um eine gute Dreiviertelstunde zum Abbrennen benötigt haben wird. Ergo: Das Feuer auf Dull Manor brach kurioserweise fast eine Stunde nach der eigentlichen Brandlegung aus, was dem Täter die Möglichkeit gab, währenddessen in aller Ruhe sein Zimmer wieder aufzusuchen … wo er sich von uns nun ‹wecken lassen› konnte.»

«Ich verstehe», murmelte Mortimer hilflos.

«Du wirst noch mehr verstehen müssen, Mortimer», fuhr ich leise fort. «Dieselbe Handschrift finden wir in einer weiteren Täuschung, die uns über Tage erfolgreich genarrt: Geoffrey Stalliot wurde im Weinkeller von stürzenden Fässern erschlagen, was uns auf den zwar nahe liegenden, aber irrtümlichen Gedanken brachte, dass der Täter, als er Geoffrey Stalliot tötete, sich ebenfalls im Weinkeller oder in seiner unmittelbaren Nähe aufgehalten haben müsse – oder eben, dass dieser Todesfall nichts als ein zufälliges Unglück gewesen sei. Doch mitnichten: Goldsmith ist es heute Nachmittag gelungen nachzuweisen, dass Stalliot mittels einer Seilkonstruktion getötet worden ist, die die Fässer zum Stürzen brachte, eine Seilkonstruktion, die man aus der Bibliothek heraus bedient hat! Ein Gedanke, an den wir uns schon vorher hätten halten sollen, denn der Professor hatte diesen fern wirkenden Mordmechanismus längst entschlüsselt! Das hätte uns deutlich werden können an jenem Abend, als er in Wut verfiel und ‹ein Seil … ein Seil …› erwähnte, du entsinnst dich wohl? Doch wir bezogen des Professors Suada, zumal sie in Erregung vorgebracht ward, lediglich auf Judas Ischariots Selbstmord, sahen nur Prescotts Empfehlung an den Täter, sich gleichfalls mit einem Seil zu erhängen. Nun, dem Täter ist es jedoch deutlich geworden, dass er entdeckt, mehr als das, dass seine Methode durchschaut … und dass er selbst bedroht war – und er hat dementsprechend und prompt gehandelt und Professor Prescott noch in der gleichen Nacht erbarmungslos ausgelöscht.»

«Entsetzlich ...», hörte ich Mortimer stammeln. «O mein Gott, Jonathan, wie furchtbar ...»

«Hat ihn ausgelöscht», führte ich den Gedanken weiter, «ohne dabei zu vergessen, sorgfältig das teuflische Arrangement mit der Leiche im Kamin zu treffen, auf das es ihm doch recht eigentlich ankam, denn das Ganze war nichts als ein literarisches Spiel ... aber lass mich, bevor ich darüber spreche, zunächst auf das Vorherige zurückkommen und die Frage stellen, wie es denn kam, dass der Professor so viel klüger war als wir alle und den Mordmechanismus längst durchschaut hatte, als wir anderen noch im Dunkeln tappten. Dazu müssen wir uns die Szenerie im Weinkeller vergegenwärtigen, wie wir sie antrafen, als wir nach der Katastrophe dort antraten, um für Ordnung zu sorgen. Die Stätte, entsinne dich, war ein Trümmerfeld: der ausgelaufene Alkohol, der damit in Verbindung stehende starke Geruch im Gewölbe, die geborstenen Fässer, die zerschmetterte Leiche, unsere Unruhe – nun, niemandem fiel in all dem Chaos auf, dass zwischen den Requisiten der Zerstörung auch ein Seil am Boden lag, aber zu einem späteren Moment entsann ich mich, den Professor dabei beobachtet zu haben, wie er eben dieses Seil aufnahm und aufrollte, als wir alle mit unseren ordnenden Tätigkeiten befasst waren, und es an einen Haken bei der Treppe hängte. Henry war es, der mir später diesen Eindruck wieder vors Gedächtnis rief: Auch er hatte dort im Keller das Seil wahrgenommen, und er erbot sich, es beibringen zu lassen, für den Fall, dass Goldsmith es für seine Brunnenexpedition benötigte.»

«Ich erinnere mich», murmelte Mortimer kaum hörbar.

«Du erinnerst dich», bestätigte ich, mit den Gedanken bereits bei dem Folgenden, das ich auszuführen gedachte.

«Ihn, den Professor jedenfalls», fuhr ich schließlich fort, «muss das Aufrollen dieses Taues im Weinkeller an jenem Nachmittag ganz offensichtlich vor uns anderen darauf gebracht haben, dass ein Seil des Rätsels Lösung war, zumal Goldsmith, wie ich mich erinnere, auch schon zu diesem Zeitpunkt über Flaschenzüge und ähnliche Mechanismen spekulierte. Du zum Beispiel, Mortimer, entsinne ich mich, tratest dem Gedanken nahe, Stalliot habe womöglich an einem der mittleren Weinfässer gerüttelt, um es anzustechen oder Ähnliches ...»

«Ich habe furchtbaren Unsinn geredet», bekannte er leise, kraftlos.

«Wir haben alle Unsinn gedacht, Mortimer», stellte ich richtig, «mehr oder weniger Unsinn, nicht wahr? Bis auf Goldsmith natürlich, der uns immer eine Nasenlänge voraus war ...»

«Er ist ein kluger Mensch», äußerte mein Freund mit sanfter Zurückhaltung.

«Oh, ich fürchte, das ist er!», schaltete ich mit Betonung ein.

Nun war es wieder gänzlich still bis auf das schwere Ticken der Uhr, und ein- oder zweimal warf es sich geheimnisvoll von außen gegen das dunkle Fenster: Das war der Wind, der neuen Schnee mit sich brachte. Ich spürte, mehr als dass ich sah, dass Mortimer sich enger in den wärmenden Decken barg. Schließlich sprach ich weiter ...

«Wir hatten den Splitter eines Spiegels unter der Leiche des Professors gefunden. Wir hatten daraus rückschließen können, dass der Fußboden bei der Leiche ordentlich gesäubert worden war – ein solch kleiner Splitter ist dabei leicht zu übersehen. Wir überlegten dies und jenes, welches die Bedeutung eines zerbrochenen Spiegels bei der Leiche sein konnte: ein Zeichen, ein Hinweis, ein Symbol? Der Spiegel der Wahrheit vielleicht? – Goldsmith fand jedoch heraus, dass die Erklärung stattdessen banal war, Teil der Methode mit dem Seil: Aus der Bibliothek heraus konnte der Täter damit ‹um die Ecke›, nämlich in den Keller, schauen und sehen, wann sein Opfer, Stalliot, sich unten nahte und wann folglich der tödliche Fässersturz eingeleitet werden musste: banal – wie ich sage – ernüchternd ... nichts als ein weiteres bösartiges Zauberkunststück ...»

«O du gütiger Himmel!», flüsterte Mortimer matt.

«Du hast ganz Recht», bestätigte ich vorsichtig. «Nun, wie dem sei, all dies wurde Goldsmith erst im Laufe des heutigen Nachmittags klar – was uns jedoch immer noch nicht der Lösung der Frage näher brachte, wieso einerseits die erwähnten ominösen Spiegelscherben – also jene Spuren – bei der Leiche beseitigt, und andererseits der Feuerhaken, das Corpus Delicti gewissermaßen per se, vor unser aller Augen frei und offen liegen gelassen worden war: Ein Fehler eines Täters, der sonst gar keine Fehler beging? Oder war unser Freund vielleicht nur bei der Ausführung der Tat gestört und so zu unziemlicher Hast getrieben worden? Nun, inzwischen kennen wir, denke ich, auch hierauf die Antwort – zumindest meinen Goldsmith und ich sie solcherart auslegen zu dürfen: Der Täter, nachdem er den Professor getötet, nutzt, weil er gerade an Ort und Stelle ist, die günstige, nächtliche Gelegenheit, den letzten stummen Zeugen, der noch von der Ausführung des vorherigen Verbrechens kündet, ebenjenen Spiegel hinter der Klappe neben dem Kamin, zu beseitigen, und dabei passiert ihm vermutlich das Allzumenschliche, dass ihm jener entgleitet und zerschellt. Möglicherweise, weil seine Hände nach der eben begangenen Schreckenstat, dem Mord am Professor, noch unsicher sind, denkbarerweise! Und weil Nervosität im Spiele ist, Angst, in der Mitte der Nacht an der Seite der Leiche des Professors entdeckt zu werden ... Und nun kommt das Auskehren des Unglücksplatzes und das fast geglückte Beseitigen der Scherben. Folgerichtiges Handeln. Und der Feuerhaken? Nun, während die Scherben nicht beabsichtigt waren, vielmehr Zeugnisse darstellten von nichts Weiterem als einem lächerlichen Missgeschick, gehörte der liegen gebliebene Feuerhaken – wie die Tatsache, dass die Leiche des Professors extra in den Kamin geworfen worden war – zu einem Bilde, das wir sehen sollten. Wir sollten endlich sehen, dass ein Verbrechen begangen worden war, denn bis dahin, entsinnen wir uns doch, bewegten wir uns vollständig im Trüben, glaubten an alles Mögliche – an Schicksalsschläge, Unglücksfälle, womöglich Teufelswerk.»

«Aber es war Teufelswerk», sagte Mortimer schwach. «Oder findest du dafür einen anderen Begriff?»

«Teufelswerk, wie du es jetzt meinst, sicher …», gab ich ihm zu. «Aber Menschenwerk war es gleichwohl, mein Freund, das Werk eines verzweifelten, gefallenen Menschen …»

Mortimer blieb still.

«Es ist doch eine interessante psychologische Frage», schloss ich an. «Da haben wir einen Täter, der die ruchlosesten Verbrechen begeht – und sind seine Taten auch die Taten einer Bestie oder eines Teufels, so ist es doch verständlich und nachgerade menschlich, dass er versucht zu verbergen, dass er der Verursacher ist! Kein Mensch läuft frei daher und ruft: ‹Schaut auf mich her, ich bin ein Monster, tötet mich nur, meine Freunde, denn ich bin es gewesen, verantwortlich für all euer Unglück!› – Das kann man tunlichst nicht verlangen – von keinem Menschen, Mortimer, und im Grunde vom edelsten nicht! Vom Teufel mag er sich besessen gefühlt haben, o ja, und vielleicht weniger in der eigenen Kontrolle, als wir ahnen … wie, mein Gott, mag sie all so sein, die Angst, die vor dem Wahnsinn kommt? – Was mag er, meine ich, gefühlt haben, als er die Taten vorbereitete … und beging? War denn der Täter glücklich bei dem, was er trieb? Oder mit dem, was ihn trieb? – Und so wurde er schließlich zum Januskopf, dieser Mensch, zum Menschenteufel für sich und andere … sich verbergend vor uns, weil er tun musste, wie es das Fleisch uns zwingt zu sein: feige … und uns doch Zeichen gebend, von Anbeginn. – Eine doppelte, widersprüchliche, unglückliche Strategie … Ich muss dir sagen, Mortimer, was Goldsmith und ich herausfanden, nach und nach … du entsinnst dich des Buches, das der Comte im Gepäck führte, welches die Grimm'schen Märchen enthält, das eine davon übersetzt von der eigenen Hand des Grafen – wir lasen es hier im Zimmer, Mortimer, als die Sonne schien – natürlich entsinnst du dich …»

«Natürlich entsinne ich mich», kam seine Replik, aber sie war kaum vernehmlich. Erneut gab es einen fast unhörbaren Laut, als der Wind von außen gegen das Fenster des dunklen Zimmers drückte. Schnee knisterte im Fluge dagegen.

«Das Märchen der Frau Holle», sagte ich, «der Schicksalsmacherin, der Schneemacherin – wir plauderten mit dem Grafen darüber noch am ersten Abend in der Bibliothek, und er sagte, das Märchen sei inhomogen und rätselhaft in seiner Struktur. Wir saßen am Kaminfeuer unter dem mächtigen Deckengemälde deiner Bibliothek, das den Tag des Jüngsten Gerichts abbildet … Dieser wunderbare Raum, der doch Ort des Schreckens werden sollte! Zuvor hattest du uns durch deine Burg geführt – eigenartig, erst heute Morgen fand Goldsmith Worte dafür, wie merkwürdig und grauenvoll doch die Übereinstimmung aller, noch der harmlosesten Begebenheiten und Örtlichkeiten innerhalb dieser Mauern mit all dem Scheußlichen war, das uns auf deiner Burg erwartete; wenn ich soeben von der Banalität des Schrecklichen sprach, so will mir jener Blick nicht aus dem Kopf, den wir von oben auf die Deckengewölbe deiner Kirche hatten: der überraschende Einblick hinter die Kulissen und das elementar Gemeine, das solchermaßen immer zum Vorschein kommt – so wie hier bei der Ausführung dieser Taten. Oder ich denke daran, wie wir, lachend und munter, in den Raum mit der Befüllungsvorrichtung für die Pechnasen traten, jener Anlage, die Nightingale vorhin fast das Leben gekostet, oder wie du uns dort das Fass mit dem Schießpulver zeigtest, mit dem noch in der gleichen Nacht deine Brücke in die Luft gejagt wurde; das Bett, in dem ich des Nachts liege – und in dessen Zwilling seinerseits Robert Milton lag –, beide Möbel mit ihrem Schachbrettmuster und ihrem Memento mori … vanitas; das Trepodon, das Gegenstand gewordene Symbol menschlicher Gewalttätigkeit und Tücke; ferner die Geschichte der Lady Lorraine, das Labyrinth des toskanischen Brunnens, Luzifer, wie er im Zentrum deines Schlosses, in der Bibliothek, durch die Decke bricht … und die Folterkammer … Wir waren hier auf der Streckbank, Mortimer … Sogar der harmlose Weinkeller, das schrecklich Banale stets dahinter … Als ob das Schicksal oder der Täter uns hätten zeigen wollen, was uns erwartete …»

In mir erhob sich ein unendlicher Zorn, doch ich mochte ihn meinen alten Freund nicht spüren lassen.

«Das Märchen von der Frau Holle», fuhr ich fort, «gab das Muster ab, nach dem wir hier gemordet wurden» – und ich hörte ihn im Dunkeln erschrocken die Luft einziehen –, «ja, so und nicht anders ist es, Mortimer: Ein Mädchen springt in den Brunnen – der Graf starb beim Absturz in den Burggraben. Apfelbaum und herabstürzende Früchte waren das Vorkommnis im Märchen … und Apfelwein und herabstürzende Fässer lautete das grausam-bizarre Pendant in der Realität. Die schreienden Brote im Ofen, Mortimer – ich hatte, als ich hier im Raum an jenem Morgen das Märchen, das der Comte mitgebracht, erstmals las, sogleich ein unbeschreibliches Gefühl von Verwunderung oder Schrecken diesem Stoffe gegenüber –, die schreienden Brote im Ofen, sage ich … kontrastierten mit dem verbrannten Professor im Kamin!» Ich holte tief Luft. «Und in Robert Miltons gewaltsamem Ende, unter einem Kissen bei geöffnetem Fenster und Schneefall, Mortimer, in diesem Ende sollten wir das Gemälde vom Tun der Frau Holle selbst erblicken …»

Ich brach ab, musste abbrechen, denn ich hörte ihn schluchzen. Ich sah ihn nicht, hörte nur im Dunkeln sein schreckliches Weinen, nahm die grausige Bewegung dort drüben wahr.

«Wo ist Henry?», fragte ich schließlich.

«Ich weiß es nicht», sagte Mortimer nach einer Weile, seine Stimme insgesamt kaum verständlich.

«Er wird nahe sein», vermutete ich, «und zur Stelle, wenn wir ihn brauchen. Sorge dich nicht.» Ich ließ meinem Freund einige Zeit der Stille, bis er sich wieder gefangen und besonnen geworden war. Schnee knisterte an die Scheiben.

«Wir saßen also in der Bibliothek, Nightingale, der Comte und ich. Und der Comte», nahm ich den Faden wieder auf, «der Comte, der zu dem Zeitpunkt nur noch wenige Stunden zu leben hatte, sprach uns von einem Freunde, mit dem er jüngst debattiert, der ihm gegenüber die Meinung vertreten, dass der Born der Literatur längst ausgeschöpft und es nicht mehr möglich sei, heutigen Tages wirklich etwas Neues zu verfassen. Der Graf mochte ihm hierin nicht zustimmen, er war der schlichten Ansicht, dass, solange der Mensch das Thema der Dichtung bleibe, ebenjener in seiner ganzen Unauslotbarkeit noch allemal hinreichend Stoff abgebe für eine neue Dichtung zu aller Zeit. Gleichviel, wenn ich ihn recht begriff, den Comte, so war der Freund, von dem er berichtete, am Ende seiner Kräfte angelangt – was, wenn ich es recht verstehe, so viel hieß wie: Jener Freund, nicht die Literatur, nein, der Freund selbst war ausgebrannt. … Ja, Mortimer, jeder Mensch, glaube ich, kennt etwas, das er nicht erträgt – den Tod der geliebten Frau, des einzigen Kindes … Möglicherweise ist es auch nur ein bestimmter körperlicher Schmerz … oder die Unerwidertheit einer Liebe … oder ihr Verlust. – Bei einem ist es das, bei dem anderen anderes. Aber immer ist es, falls du verstehst, was ich sagen will, ist es absolut unerträglich …»

«Ich verstehe, was du sagen willst», wisperte mein Freund im Dunkeln.

«Und bei jenem Freund, von dem der Comte erzählte», fuhr ich fort, «mag es das gewesen sein: die Angst, verbraucht zu sein, nichts mehr zu sagen zu wissen, verstehst du … ein dichterischer Quell, versiegt …»

«‹Nihil est dictum quod non sit dictum prius›, wie Terenz sagt?» Mortimer war kaum zu verstehen, obwohl er mir auf Armesweite gegenübersaß.

«So ist es, mein Freund», bestätigte ich in großem Ernst.

«Was willst du mir noch sagen?», fragte Mortimer.

«Ich erinnere mich an den Toast des Comte am ersten Abend, geliebter Freund», sprach ich leise, «als wir dort unten im gleißenden Kerzenschein, in der Frische unserer jungen Gemeinsamkeit und der Erwartung glücklicher Tage beisammensaßen, zehn Personen. Er lautete: ‹Möge das ewige Feuer der Dichtkunst unauslöschlich unsere Seelen erhellen, auf dass keiner von uns jemals die Kälte der Phantasielosigkeit verspüre.› Oh, der Comte *wusste*, wovon er sprach, er dachte an jenen Freund, der sich ihm anvertraut … und Stunden später war er tot, weil er es gewusst.» Ich spürte Mortimer erbeben. «Doch auch du wusstest, mein Freund, wovon er redete; wir alle hatten den Abend sichtlich Mühe, uns zu sammeln, nachdem der Graf gesprochen. Und als ich dich erstmals hier oben in deinem Zimmer zwischen Himmel und Erde besuchen konnte vor drei Tagen, Mortimer, da erwähntest du selbst den ‹kalten, leeren Ozean der Phantasielosigkeit›, sprachst, dass mich das eisige Grauen ankam, von dem, was in uns ist und mich vielleicht in einer grauen Zukunft erwartet! – Und du begrüßtest mich schon in der Eingangshalle am Abend unserer Ankunft», fuhr ich fort, «mit den Worten: ‹Solange das Feuer der Dichtkunst in uns brennt, sind wir unverwundbar.› – Unverwundbar, Mortimer, waren nur sehr wenige in diesem Haus.»

Mein Freund Mortimer schwieg, während der Wind mit kalten, leckenden Stößen gegen das Fenster fuhr und die Uhr in seinem Rücken tickte.

«Ich erinnere mich des eigenartigen und unheimlichen Gefühls, das sich meiner bemächtigte, Mortimer, sobald ich nur die Einladung zu diesem Symposion erhalten – ich entsinne mich sogar der Unsicherheit, die meine Schwester befiel, bei der Frage, ob ich tatsächlich fahren sollte … Das ist doch merkwürdig! Ich wollte, ich könnte verdeutlichen, was ich meine … als ob wir es alle geahnt hätten, was die Zukunft barg. – ‹Es gibt Größeres als den Kummer eines jeden Tages› waren deine Worte, mein Freund, als du die Einleitung zur Lesung unseres Kameraden, des Vikars, sprachst, und du hattest damit die Poesie gemeint – ich erinnere mich wohl. Oh, der Sturm ist gekommen, Mortimer, und über uns hinweggegangen. Du sagtest dies alles, als wir uns das erste Mal trafen nach langen Jahren, in denen wir uns nicht gesehen …»

«Sieben Jahre …», flüsterte Mortimer. «Sieben Jahre …»

«Ich weiß, mein Freund», sagte ich und fühlte, wie ich innerlich erzitterte. «‹Geheimnisse sind nicht unbedingt dazu da, entschlüsselt zu werden›, meinte der Graf an jenem ersten Abend», fuhr ich schließlich fort, «als wir in der Bibliothek, wie zuvor bemerkt, am Kamine saßen, ins Feuer starrten und über Märchen plauderten, über Legenden, Träume und Wünsche. Und doch, Goldsmith und ich konnten später nicht umhin, in dieser Sache Fragen uns zu stellen und Antworten zu geben, in einem fort. Warum wir zum Beispiel nicht einfach beim Essen vergiftet worden waren, fragten wir uns, was doch schneller gegangen wäre … und was uns, wollten wir wissen, eigentlich geraubt wurde – außer dem Leben, selbstverständlich; was uns gelehrt werden sollte; und schließlich wurden wir logisch und erkannten: Es war das Märchen. Ich möchte es vielleicht so erklären: Dem Täter war die Literatur abhanden gekommen, die Macht über die Geschichten … und doch wollte er es nicht wahrhaben. – Ich verstehe ihn gut, er konnte das nicht ertragen, er wollte literarisch bleiben, sich beweisen, uns beweisen, dass er nach wie vor ein Dichter war. Und so ersetzte er die Literatur, die ihm verloren gegangen, durch literarischen Mord … anhand eines Modells, über das er mit dem Comte geredet: Frau Holle. Deshalb hatte der Comte ihm den Text in jenem Buche mitgebracht. Mord, poetisch und traurig, und geliehen überdies … plagiiert … in jeder Form.»

Mortimer war still. Er weinte längst nicht mehr, lauschte nur noch gebannt. Das Windlicht auf der Erde hinter seinem Schreibtisch flackerte leicht, warf einen schwachen Schein dort gegen die Wand, der nun, da die Augen sich an die Finsternis gewöhnten, das ganze Zimmer zumindest ahnungsvoll hervortreten ließ. Ich sah undeutlich den in seinem Sessel eingehüllten, reglosen Schemen des Freundes.

«Ich erinnere mich des merkwürdigen Gefühls, Mortimer», sagte ich, «als wir uns das erste Mal umarmten bei der Begrüßung. Du sprachst über Laudanum, das du genommen, aber nicht mehr benutztest – und dies sei dein Laudanum jetzt, dies Zimmer, als ich dich des sonnigen Morgens erstmals hier besuchte. Du erinnertest mich an den Tod deiner Frau … und meiner Frau … da war die Entfremdung von deinem Sohn, wie ich lernte … ich hätte es mir denken sollen, mein Freund! Ich war so uneinfühlsam. Ja, ich entsinne mich – ich schäme mich, es zuzugeben – ich erinnere mich sogar der leisen Überraschung, als deine Einladung kam, die ich nicht erwartet, da dein Leben trister geworden schien in all den Jahren, die wir uns nicht gesehen … ich sprach mit meiner Schwester darüber … Eine grausige Existenz – wie meines doch auch, Mortimer, wie meines doch auch! – Glück … Unglück … in unserem Leben … was ist das schon?»

«Einsamkeit», flüsterte Mortimer, «weit elender als der Tod …»

Eine neue Stille trat ein, und Lautlosigkeit auch draußen unter dem Himmel, als ob die Natur erschöpft Atem holte. Ich nahm undeutlich das Schwingen des Pendels wahr. Und ich entsann mich plötzlich der grauenvollen Szene, nachdem der erschlagene Professor in der Bibliothek gefunden worden, wie Mortimer in Weinen ausgebrochen, als uns allen bewusst geworden, dass er sich nicht mehr würde beim Professor entschuldigen können. «Es bricht mir das Herz», hatte Mortimer geschluchzt. «Es bricht mir das Herz.» Und all die anderen Male, wo er sich selbst bezichtigt, allein sich die ganze Verantwortung aufgeladen … bekannt hatte, dass wir uns an ihn zu halten hätten, wenn wir den Schuldigen suchten … die körperlichen Zusammenbrüche … das Dahinschwinden … die Hoffnungslosigkeit … Gott, wie hatte der Mann gelitten in diesen Tagen und Wochen!

«Was ich ihm am übelsten nehme», sagte ich rau und unterbrach die eingetretene Pause, «ist, was er aus dir gemacht hat, mein Freund.»

«Was meinst du?», fragte Mortimer schwach.

Ich antwortete nicht sogleich, war selbst traurig und zerstört.

«Dabei waren da Anzeichen, die mich unbedingt hätten darauf stoßen müssen», brach ich schließlich das Schweigen, ohne direkt zu antworten. «Ja, jeder von uns konnte darauf kommen. – Ich erinnere mich zum Beispiel meiner Irritation, als ich Henry im Zimmer des Comte antraf, wie er dessen Papiere zusammenraffte. Es hatte etwas … Unangenehmes … der Anblick eines Aasfressers beim Fleddern des Opfertiers …»

Ich fühlte mehr, als dass ich es sah, dass Mortimer erschauerte.

«Ja, ich hätte es wissen müssen», wiederholte ich leise. «Goldsmith und ich haben so viel gemeinsam nachgedacht, mein Freund. Und es ging all dies Töten und Morden doch nur um Literatur. – Merkwürdige Koinzidenz: Den ersten Abend, du weißt, nach der Führung durch deine Burg, in der Bibliothek, als wir mit dem Grafen zusammensaßen, sprach er, als wir die Märchen abhandelten, nicht nur über der Grimms ‹Frau Holle›, sondern über eines, das ‹Der Froschkönig› hieß. Darin trat am Ende ein Diener auf, des deutschen Namens Heinrich, der hatte sich aus Unglück darüber, dass es seinem Herrn schlecht ging, drei eiserne Bänder um den Brustkorb schmieden lassen. Und wir stellten die Frage, ob es heute noch Diener gäbe, die alles … ich sage alles, für ihre Herrn tun. – Ganz gleich, weißt du, ob sie nun Heinrich oder Henry heißen …»

Ich hörte ein Geräusch und erschrak. Mortimer saß reglos, aber die Türe war leise aufgeklappt und Henry lautlos hereingetreten. Er stand dort wie ein Schatten. Ich wendete den Kopf, fasste mich … «Wir brauchen Sie augenblicklich nicht, Henry», sagte ich rau. «Sie haben gelauscht, mein Lieber. Das sollten Sie nicht tun – es gehört sich nicht. Gehen Sie bitte.»

«Nein», sagte Henry fest.

Ich war verblüfft, wusste einen Augenblick tatsächlich nicht, was ich tun sollte, denn die schattenhafte Gestalt des alten Dieners dort an der Tür hatte trotz ihrer Schmalheit, ihrer Verhaltenheit durchaus etwas Bedrohliches … Ich überlegte mir, unsinnig, was geschähe, wenn er etwa einen Gegenstand, eine Waffe an seiner Seite in der herunterhängenden Hand barg. Einen Feuerhaken? Ich konnte seine Hand nicht sehen.

«Gehen Sie schon!», wiederholte ich hart, doch Henry rührte sich nicht.

«Gehorche, Henry», sagte schließlich kaum hörbar Mortimer, «und tu endlich, was mein Freund dich geheißen.»

«Jawohl, Sir», murmelte Henry augenblicklich zu ihm, und an mich gewandt: «Es tut mir Leid, Sir, verzeihen Sie mir, Sir? Es war nicht so gemeint, verzeihen Sie ...», und er ging.

Leise klappte die Tür.

«Er liebt dich, Mortimer», sagte ich. «Goldsmith und ich haben heute die Geschichten von seinem üblen Vorbesitzer, deinem Vorgänger, gehört.»

«Ich kenne sie», sagte Mortimer leise.

Im Zimmer war es kalt und dunkel und sehr still.

«Die Geschichte jener Lady Lorraine», sprach ich versonnen, «die du, entsinnst du dich, uns nicht erzählen wolltest, als wir an jenem ersten Abend auf den Küchenturm gestiegen waren ... und des Nordlichts und erstmals der Ruine ansichtig wurden. Diese Geschichte erzählte vom brutalen Schicksal einer armen Frau, Mortimer, die vor Hunderten von Jahren, fälschlich der Hexerei angeklagt, in einem Nachbardorf grausig auf dem Scheiterhaufen starb. Du wolltest uns die Geschichte nicht erzählen», und als Mortimer stille blieb, fragte ich: «Du hieltest das Sujet für ausgesprochen delikat, fragwürdig – und dies wohl hauptsächlich der Damen wegen, die bei uns waren – du wolltest sie nicht erzählen, die Geschichte, Mortimer, nicht wahr? Oder doch?

Goldsmith und ich – und Nightingale war auch dabei – haben, vor einer guten Stunde war das erst, nachgedacht und uns überlegt, wie weit es das Schicksal mit uns und mit Zufällen treibt, Mortimer ...», sprach ich mit verhaltener Stimme. «Du hast uns eingeladen, ausgerechnet an dem Tag vor der Nacht, in der vor fünfhundert Jahren Lady Lorraine starb … wenn es darum ging, mein Freund, die unangenehmen Schauer für deine Gäste zu vermeiden, warum hast du uns nicht einfach drei Tage früher … oder fünf danach eingeladen?» Und als er abermals stille blieb, setzte ich hinzu: «Oder würden uns die Bücher verraten, dass sie in Wirklichkeit Ende August starb – wo das Wetter einer Hinrichtung im Freien gemäßer ist …? Oder Anfang Juni? Und womöglich … in einem ganz anderen Jahr?»

Mein Freund machte eine leichte Bewegung mit den Händen, antwortete aber nicht. Die entsetzliche Stille in diesem Zimmer biss mir ins Herz. Ich war dem Wind dankbar, der in dieser Sekunde wieder eine Hand voll Schnees gegen das Fenster warf.

«Oder würde ich in den Büchern am Ende gar nichts finden?», flüsterte ich. «Keine Lady Lorraine? Ist es … eine Geschichte von dir?»

Tick … tock … tick … tock … tick … tock …

«Wie kam der Graf des Nachts auf die Brücke?», flüsterte ich. «Oh, warum hast du nicht stattdessen … einfach wieder Laudanum genommen, mein Freund?»

Ich wäre, als er nicht antwortete, am liebsten ungestüm von meinem Stuhle aufgesprungen, ans Fenster geeilt, hinter dem ich nichts gesehen haben würde als die kalte, leere Nacht, aber ich hätte wenigstens die Hand an die Fugen des Fensters gelegt und den eisigen Wind dort hindurchgehen gespürt, hätte das Geriesel auf dem Glas dicht vor meinem Gesicht gefühlt … Es hätte die Kälte vielleicht meinen reißenden, bohrenden Schmerz weggebeizt …

«Mortimer», sagte ich traurig, «wir müssen jetzt von den verlorenen Möglichkeiten der Vergangenheit reden.»

Ich sah das Licht auf dem Boden hinter dem Schreibtisch und gegenüber als schattenhafte Silhouette die reglose Gestalt meines Freundes, grausig in ihre Decken verhüllt.

Ich dachte daran, wie vor ein paar Tagen bei Tisch – bevor

wir aufgebrochen waren in die Tiefe des Brunnens, um dort den Grafen anzutreffen, von dem Goldsmith noch geglaubt hatte, ihn lebend zu finden –, wie Goldsmith da von Alice Stalliot angelegentlich mit der Frage konfrontiert worden war, was er denn mit jenem vorhabe zu tun, wenn er ihn denn finde. Ich entsann mich, wie Goldsmith seinerzeit eine klare Entscheidung vermieden, eine eindeutige Antwort aufgeschoben hatte, und ich dachte, bei Gott, dieses Los blieb mir nun nicht erspart, Gott im Himmel, die Entscheidung hieß es in Kürze zu treffen, und mir graute davor. Mein alter Freund … warum wir beide?

Und so sagte ich zu dem schweigsamen Schatten, der mir gegenübersaß: «Der Graf musste sterben, Mortimer, weil er dich auf das Märchen gebracht hatte. Er kannte das Motiv, wusste auch, dass dir das Schreiben verloren gegangen. Er war ein edler, anständiger Kerl, der Comte. Er hätte dich verraten, wenn er gesehen, dass die Menschen hier nach dem Schema seines Grimm'schen Märchens getötet wurden. Wie also kam er des Nachts auf die Brücke, mein Freund? Hast du ihm einen Zettel geschrieben – wie heute Nightingale? Erst die erfundene Geschichte der Lady Lorraine mit der in uns allen gesäten Erwartung eines eventuellen inspirativen Feuers diese Nacht … dann, als er zu Bett ging, erinnere ich mich, schlüpftest du auf eine kurze Minute mit ihm hinaus – war das die Verabredung, auf die Brücke zu kommen und eventuell das Feuer zu sehen? Und er kam? Natürlich kam er! – Du hast immerhin Glück gehabt mit dem Sturm, Mortimer, denn wie hättest du sonst die herabgebrochene Brücke motivieren wollen? Oder hast du kein besonderes Glück gehabt? Hätten wir unter Umständen auf den ersten Todesfall nur ein paar Tage warten müssen? Einerlei, die Natur hat mitgespielt, der Sturm hat seine Schuldigkeit getan, du hattest Glück, wenn man hierbei von Glück reden kann, und die Geschichte des Feuers und das tatsächliche Feuer selbst … nur, um uns Angst einzujagen, an Unnatürliches glauben zu lassen …»

Mein Blick ging durchs Zimmer, löste sich schließlich vom Fenster und tastete sich durch die Dämmerung zu meinen Knien. Ich faltete meine Hände, schaute Mortimers reglosen Schatten an.

«Wir alle wurden hierher bestellt, weil man uns unsere Dichtungen rauben wollte», fuhr ich fort. «Ich erinnere mich jetzt, dass du mir nicht antwortetest auf die Frage, ob wir das Gefundene, die Geschichten, die Gedichte, nicht möglicherweise den anderen zeigen sollten. Du lenktest ab. Hättest du sie alle als deine Werke veröffentlicht, Mortimer», fragte ich leise, «hättest du das? Jedes Mal, wenn wieder ein Toter zu beklagen war, galt deine erste Sorge den Papieren, o mein Freund … Schrecklich ist es, wie im Nachhinein noch die kleinsten, harmlosesten Tätigkeiten, Beobachtungen einen fürchterlichen Beigeschmack bekommen. – Ich entsinne mich an so vieles: Wie du während der Führung am ersten Abend die Leute zurückriefst, die durch die Schießscharten hinausblicken wollten, in den Graben unter der Zugbrücke. Hattest du Sorge, sie könnten trotz der Dunkelheit die Zündschnüre sehen? Du wirktest während des Mittagessens, als Geoffrey Stalliot getötet werden sollte, zerstreut, und das war kein Wunder, denn du grübeltest, als Stalliot nach dem Streit mit Milton plötzlich freiwillig in den Keller lief, sozusagen ins offene Messer hinein, ob du von der zuvor ausgemachten Reihenfolge des Märchens abweichen solltest. Der Mord geschah von der Bibliothek aus, und du warst der Einzige, der während des Essens dort hinüberging. Ich glaubte damals, du wärest gegangen, Henry zu suchen, wegen des Desserts, des Pegasus, weil du mit ihm zurückkehrtest; dein Gesicht war dunkel vor Erregung, ich glaubte damals, vor Ärger. Aber ich denke jetzt, Henry hat dich nur bei deinem Tun an der kleinen Klappe überrascht, hat dich und den Spiegel und den Seilgriff gesehen, der Geoffrey Stalliot vernichtete, und du hattest natürlich Angst, wie er reagieren würde. – Als er dann gleich darauf zurückkam aus dem Weinkeller, wohin du ihn anschließend geschickt und wo er das Entsetzliche gefunden, da hatte er erstmals verstanden, was sein Herr wirklich getan, anders war seine entsetzte Reaktion kaum zu erklären! Und die Reaktion deinerseits, Mortimer, als du Henry fragtest, was er gefunden, verzeih mir, du fragtest mehrfach, ob er tot sei und was denn das genau heiße – könnte dies nicht im Nachhinein gedeutet werden als Sorge, Stalliot wäre am Ende nicht tot, der Plan fehlgeschlagen, er hätte überlebt, er könnte reden? – Aber er war tot, Mortimer. Und ich entsinne mich deines verzweifelten Verhaltens, dessen Maß mich überraschte – du wirktest minutenlang wie geistesgestört –, am Abend daraufhin, als Alice Stalliot uns eröffnete, dass ihr Mann nie eine Zeile geschrieben. Ich habe sehr lange gebraucht, um zu begreifen, Mortimer, und ich begreife es eigentlich heute noch nicht: Was geht in einem Manne vor, mein Freund, wenn er furchtbarerweise erfährt, dass er einen Menschen völlig umsonst getötet hat? – Du wolltest seine Dichtung ... und er hatte keine, Mortimer, er hat nie ein Wort geschrieben ... o furchtbare Ironie, armer Freund ...»

Ich nahm wahr, dass er jetzt wieder weinte. Ein lautloses Schluchzen. Aber ich konnte ihm dies hier nicht ersparen.

«Dabei sprachst du sie oft, die Wahrheit, und wir sahen es nicht. Du sagtest: Ich werde alles dafür tun, dass es mit der Dichtung in diesem Hause weitergeht. – Das Motiv zu töten! Du hast dich gemeint, mein Freund ...»

Ich holte tief Luft und fuhr fort: «Wir hätten stetig besser zuhören müssen und hinschauen sollen, Mortimer, als der Professor zum Beispiel an jenem schrecklichen, denkwürdigen Abend – vermeintlich auf das gelesene Werk des Vikars bezogen – über ‹die reine und verklärende Liebe der Menschen zueinander› höhnte, über die ‹absolute Heiligkeit der Gastfreundschaft im schottischen Tiefwald des Mittelalters›. Wir saßen bei der Tafel und hörten ihm fassungslos zu, ohne zu verstehen, dass er von unserem Gastgeber sprach. Nur du verstandest ihn. Und als er fort war, verabschiedetest du dich schließlich von uns, batest den Vikar, dich in sein Gebet einzuschließen, und verließest den Raum in Richtung Bastei, was mir Sorgen bereitete … du batest den Vikar, für dein Seelenheil zu beten … Aus Grund, o Mortimer! Aus Grund! Oh, ich glaube wirklich an die Aufrichtigkeit deines körperlichen Zustandes, Mortimer, missversteh mich nicht, nichts hast du uns vorgetäuscht, nicht deine körperliche Schwäche, nicht dein erbleichendes Haar, nicht deine furchtbare Verzweiflung … aber es war, anders als bei uns anderen, eine Verzweiflung nicht über die Taten als solche … sondern über dich selbst! Oh, wer verstünde dich nicht, mein Freund, wer könnte dies dir nicht nachfühlen …?»

Das Schluchzen war jetzt vernehmlich, es würgte ihn in der Kehle. Er zog eine Hand aus der Decke über seinem Knie, klammerte sich an die Sessellehne, wankte und schlotterte.

«Was hast du gewollt, mein Freund?», fragte ich ihn. «Du hast in dem Sessel gesessen, in dem du den Professor erschlagen, um unseren Augen die Blutspuren zu verbergen, die wir hinterher gleichwohl entdeckten, und du bist zu Tode erschrocken, als Goldsmith bei Tisch enthüllte, dass es keine Unglücksfälle waren, die uns trafen, sondern Morde, souverän geplant und ausgeführt – fühltest du dich da bereits durchschaut? Ich sehe schließlich deine Reaktion der Panik vor mir, als wir auch den Gang nach Dull Manor gefunden. Fürchtetest du, wir würden dich alle verlassen, mein Freund … oder war es nur die Furcht, der beigebrachten Manuskripte verlustig zu gehen?»

«Nein, nein, nein, so war es nicht», schluchzte Mortimer, und es war das Erste, was er nach einer Viertelstunde sprach.

«Sag», sprach ich hart, «hattest du eigentlich vor, uns alle zu töten? Heute deine Nichte Nightingale, morgen den Pfarrer und Alice … übermorgen Goldsmith und mich?»

«Nein», wisperte Mortimer unter Tränen, «so war es nicht. Nicht Nightingale und nicht dich … ich habe immer gehofft, dass es vorher vorüber ist … Ich habe, Jonathan, dies alles mir selbst angetan … nicht euch …»

«Und der Comte, mein Freund?», fragte ich bitter. «Und der Professor, und der junge Milton, sogar der desolate Geoffrey? Niemanden sollte ein Mensch seiner Existenz benehmen …»

«Ich wollte dies nicht … ich habe dies nicht gemeint.»

«Was nutzt es, dass es gleichwohl uns traf und das Leben kostete, Mortimer?», fragte ich entsetzt. «Es ging um die Poesie, den Erhalt der Poesie, das habe ich begriffen. Aber heute Nachmittag, wenn Goldsmith und ich nicht schneller gewesen wären, hättest du Nightingale ermordet … und damit mich. Du hast, Mortimer, bedenke das, vier Leben ausgelöscht, vier deiner Gäste um ihre irdische Existenz betrogen, ihre Zukunft geraubt! Du hast uns vorsätzlich hierher gelockt, eingeladen, einzig aus diesem Grund.»

«Aber dann töte mich! Töte mich doch endlich», schrie er auf und bemühte sich, aus seinem Sessel aufzustehen. «Ich habe mich selbst getötet und andere mitgerissen, aber es will nicht gelingen … will nicht gelingen … Jonathan! Hilf mir …»

«Aber solcherart kann man kein Ende machen», sagte ich leise. «Niemand kann das leicht, mein Freund. Selbst wenn es nur darum ginge, dir zu helfen … Wem ginge es von der Hand, das hast du selbst erfahren! Ich kann es nicht, bei dir nicht – und keinem anderen! Ich kann nicht töten, Mortimer, ich kann nicht …»

Ein gurgelnder Laut brach von dort drüben hervor, der Würgeengel hatte ihn an der Kehle: «Aber will denn keiner seine Rache? Keiner von denen? – Mein Gott, wer tut es, wer tut es … wer?»

Ich gab mir einen Ruck und erhob mich, trat hinter den Schreibtisch, nahm die Lampe vom Boden auf – das Licht im Zimmer schwankte – und trug sie zu meinem Sitz, setzte mich, stellte sie ab, auf den Tisch rechts von mir. Nun war erbarmungsloses Licht im Zimmer, fiel auf sein Gesicht … rotgeäderte Augen, schlohweißes, wirres Haar, die welke, tote Haut eines Leguan … und er ließ es geschehen.

«Nein, ich denke, keiner will sich rächen, mein Freund», flüsterte ich.

Das Licht tat Grauenvolles meinem alten Freunde an, aber er wehrte sich nicht dagegen, suchte keinen Schutz mehr hinter vorgehaltener Hand. Mit Entsetzen erblickte ich die Spuren der furchtbaren Verwüstung, die seine zerstörte Seele seinem Körper in diesen letzten Tagen und Stunden zugefügt. Er schüttelte jetzt geisterhaft und verständnislos den Kopf. «Aber ich bin doch eine Gefahr für jeden, der sich mir naht, Jonathan», murmelte er verzagt. «Für jeden – habt ihr denn das noch nicht begriffen?»

An seiner Schläfe unter dem eisigen Haar pulsierte nervös eine Ader. Ich sah, wie seine Mundwinkel von einem grauenhaften Zittern befallen waren, die welke, knochige Hand, die fahrig die Decken über den Knien glatt zog, erinnerte an ein Tier, das schutzlos sein Versteck nicht fand.

«Nein, Mortimer», sagte ich leise zu ihm. «Du hast dich selbst vernichtet. Du hast deine Seele erbarmungslos zerstört, hast etwas mit ihr angerichtet, das dir dein ärgster Feind in rasendster Wut nicht angetan hätte, du hast sie vergiftet mit der grauenhaften Krankheit Mord, hast deine Ohren verschlossen und nicht gehört, wie sie um Hilfe geschrien und gebettelt – und da hat sie sich gerächt an dir, mein Freund, und deinen Körper sterben lassen. – Du warst eine Gefahr für uns, das ist richtig, oh, du warst eine tödliche Gefahr, und du hast uns Angst gemacht … aber du tust es nun nicht mehr. Denn jetzt bist du wirklich tot, mein Freund. Tot, Mortimer. Und du tust mir unendlich Leid … armer Mortimer …»

Ich sah ihn weinen.

«Und du wirst mich nicht strafen?», fragte er. «Keiner von euch? Aber warum …?»

Ich griff nach der Lampe. «Nemo prudens punit quia peccatum est sed ne peccetur», murmelte ich und sah, wie er müde aufhorchte und den Satz bei sich übersetzte. Dann wiederholte er ihn leise, ganz für sich, und wog jede Silbe mit der Zunge. «Nemo prudens punit quia peccatum est sed ne peccetur …»

«So ist es, mein Freund …»

Ich stützte meinen Kopf in die Hand und rieb mir die müde Stirn. Das Licht fiel mir hell in die Augen – blendete mich. «Mortimer», sagte ich, «es ist vorbei … vorbei … der Augenblick gekommen …»

«Ich weiß», wimmerte er, «mein Freund, ich weiß doch, ich weiß …», und das Schluchzen schüttelte ihn, trostlos wie ein kleines Kind.

Ich nahm die Lampe, fühlte überdeutlich den eisernen Griff mir in die Handfläche schneiden, stand auf, mit bleiernen Knien, und trat, rückwärts gehend, zur Tür. Mit jedem meiner Schritte versank die zuckende Gestalt des alten Freundes ein wenig mehr in der Dämmerung des Raums. Meine Hand tastete nach der Klinke hinter meinem Rücken; ich drehte sie und trat hinaus in die Kälte des Stiegenhauses. Dort, ein paar Stufen höher, saß Henry im Finstern, den Kopf in den Händen geborgen.

«Sie können jetzt hinein», sprach ich zu ihm – und kehrte mich, um über die Treppe abzusteigen.

Postscripta:

Ich habe, geduldiger Leser, bis an diesen Moment mit Sorgfalt und Gewissen getreulich die unerhörten Begebnisse, wie sie sich in jenen letzten vier Novembertagen des Jahres 1817 auf dem Schloss meines Freundes im fernen Schottland zugetragen, deinen Augen unterbreitet und danke dir für die Hingabe, mit der du, gewiss mit Aufmerksamkeit und Anteilnahme, diesen Text bis hierher begleitet. Gestatte mir also, die eigentliche Erzählung so abzuschließen.

Das Weitere gleichwohl, von dem das geneigte Publikum im Groben den Verlauf sowieso erraten wird, soll, da seither doch so viel der Zeit im goldenen Tau der Zukunft aufgeleuchtet und – wie das Leben verging – längst wieder in der grauen Dämmerung des Gestern versunken ist, hier noch kurz berichtet werden. Und da ich des Ereignisses noch nicht erwähnt, das erst jüngst mich aufgestört und im recht Eigentlichen veranlasst, diesen Text niederzulegen und deinem Urteile anheim zu geben, so will ich nun nicht säumen – doch gleichsam nur im Tonfall einer knappen Zusammenfassung –, für ein letztes, kurzes Mal hinabzusteigen in den fernen Schoß der Vergangenheit – und zurückkehren in die Mauern jener unglückseligen Burg, in der wir so viel Leides erlebt.

Es war ein düsterer Morgen, der über Boroughmore Castle heraufzog. Wir schrieben unterdessen den ersten Dezember. Gott war es zu danken, dass der beständige Schneefall in der Nacht zuvor gänzlich aufgehört. Goldsmith, der Vikar, Nightingale und ich hatten, nachdem ich aus dem Turm von dem aufwühlenden Treffen mit meinem Freunde zu den anderen in den gleißend erleuchteten Speisesaal zurückgekehrt war und berichtet hatte, die Nachtstunden im Gespräche verbracht, auch als die Lichter über der Tafel nach und nach niedergebrannt und schließlich rötlich verglommen waren. Wir hatten kaum geschlafen. Die wenige Zeit, die wir das doch getan, wäre dem lauteren Sinne des Wortes nach wohl eher als ein Ruhen zu bezeichnen gewesen, denn wir hatten dazu nicht unsere Zimmer aufgesucht – außer, wie ich anmerke, Alice Stalliot, die zwar flüchtig noch am Abend meinem ersten Berichte gelauscht – wozu sie Goldsmith eigens herabgebeten –, die sich dann jedoch sogleich und unter Enthaltung eines jeden Kommentars über das Vorgefallene wieder in ihren privaten Bereich zurückgezogen hatte.

Wir anderen aber waren, als die Lichter über der Tafel erloschen, in die Eingangshalle hinübergewechselt, hatten uns dort müde und müder geredet und uns dann mehr oder weniger bequem und vergleichsweise dicht beieinander auf jenen dort aufgestellten Sofas gebettet. Der Diener, jener, welcher Gerald McDonovan hieß, der zuvor rührend im Hintergrunde seine Aufmerksamkeit hatte walten lassen – und dies im Übrigen auch in den nächsten Tagen tat –, hatte, bevor er sich selbst zur Nachtruhe zurückgezogen – und nicht ohne, wie ich vermutete, den Rest der Dienerschaft endlich in Kenntnis von den jüngsten, schlimmen Ereignissen zu setzen –, uns dort in der Halle mit einem Bündel wärmender Decken versorgt, und mehr als dies, er hatte die Kohlebecken zwischen den exotischen Pflanzen, die seit dem Abend unserer Ankunft nicht mehr geglüht, erneut befüllen lassen und entzündet, sodass eine wohlige Wärme sich zum Einschlafen in dem weiten Raume verbreitet hatte.

Warum wir alle gemeinsam genächtigt? Ich weiß es nicht zu sagen. Es war keinerlei Sorge, dass uns noch etwas würde geschehen können, in dem Entschlusse enthalten gewesen, es schien vielmehr nach der zuvor abgelaufenen Grauen erregenden Phase des gegenseitigen Misstrauens und der

Angst lediglich die maßlose Erleichterung über das Ende des Albtraums selbst und, daraus geboren, vermutlich das einfache, allseitige Bedürfnis nach menschlicher Nähe – vielleicht fanden wir aber auch nur das rechtzeitige Ende unserer nächtlichen Gespräche nicht.

Ich muss eingeschlafen sein, während Nightingale zärtlich an meine Schulter gelehnt, und ich erwachte, als es draußen bereits hell ward und graues Dämmerlicht in die Halle fiel. Auch der Pfarrer war unterdessen wach und lächelte, halb auf seinem Sofa hingesunken, herüber. Nightingale schlief noch, und ich bemühte mich, sie nicht zu wecken. Goldsmith war es, der gegen elf frierend von draußen hereingelaufen kam und die Ankunft des Boten meldete, worauf der Vikar, Nightingale, ich und natürlich Goldsmith selbst uns Mäntel umwarfen und am Burggraben nachschauen gingen.

Der Mensch, der gekommen war, im Schnee auf der anderen Seite – ein Mann um die dreißig von gedrungen gewachsenem, breitschultrigem Bau –, er war es, den Mortimer wohl erwartet, denn er nannte Namen und Herkunft und bekannte sich, derjenige zu sein, der diese Reise gewohnheitsmäßig unternähme – ein Mann aus der Umgebung, von nicht allzu hoher Intelligenz, gleichwohl von Gemüt, der sich angesichts der Trümmer der Zugbrücke zutiefst erschrocken über das Unglück zeigte, das uns widerfahren, und sich nach Sir Mortimer erkundigte. Wir deuteten dessen Unpässlichkeit an. Tatsächlich, geneigter Leser, bekam keiner von uns jenen oder auch Henry während dieser letzten Phase unseres Aufenthalts auf der Burg nochmals zu Gesicht – mit einer geringen Ausnahme, von der sogleich kurz zu berichten sein wird.

Zunächst jedoch standen wir am Graben und führten in Ruflautstärke eine längere Konversation über den Abgrund hinweg, deren Ergebnis unter anderem war, dass der Bote beziehungsweise wohl ein anderer, ein Knecht, den er uns zu schicken versprach, am nächsten Tag mit fünf oder sechs Reit- und Packpferden zurück sein werde – der Gebrauch von Kutschen, ließ er uns wissen, verbot sich bei der momentanen Witterungs- und Weglage, jedenfalls so lange, bis man in die Nähe der größeren Städte im Süden oder Südosten, namentlich Edinburgh, gelangt wäre. Ebenso ließe sich die Frage mit der für meine Anreise geliehenen Kutsche und den Pferden, die ja immer noch in der Burg unterstanden, wie auch für deren Kutscher vorerst nicht lösen. Die anderen Gäste immerhin, die früher im Laufe jenes Ankunftstages angekommen – hier namentlich Alice Stalliot, der Pfarrer und Goldsmith –, hatten seinerzeit ihre Gefährte sogleich zurückgeschickt und standen somit nicht vor dem nämlichen Problem. Der Bote versprach, sich um Baumaterial, Arbeiter, Zimmerleute kümmern zu wollen und über kurz oder lang alles Notwendige für die Reparatur der Brücke wie auch die Rücksendung der Kutsche in die Wege zu leiten. Er hatte überdies Vorräte mit, deren wir nicht unbedingt bedurft hätten, doch er lagerte sie im Schnee auf der anderen Seite des Burggrabens, sicherheitshalber, wie er sagte, ab, bevor er schließlich sein Pferd herumwarf und wieder in die weiße Einöde davonritt.

Um die Mittagsstunde – Nightingale hatte sich, glaube ich, auf ihr Zimmer zurückgezogen, um etwas Toilette zu machen – war es, als Goldsmith und ich über die Dachbastion zu dem eingestürzten Turm hin wanderten und gemächlich das verwilderte Gewächs durchstreiften, plaudernd und gänzlich entspannt. Da geschah es, dass fast noch einmal das Schicksal – und diesmal wirklich das Schicksal – grausam zugeschlagen und mich, diesmal mich, von den Lebenden zu den Toten befördert hätte. Wir suchten gerade jenes Loch und wollten ausspähen, ob man von hier oben vielleicht einen gewiss grässlichen Blick hinunter bis in den toskanischen Brunnen erhaschen konnte, als ich, obwohl ich mich an biegsamen, dünnen Birken glaubte hinreichend zu halten, wohl auf dem Schnee ausglitt und fast abgestürzt wäre in den bodenlosen, schwarzen Trichter – wäre Goldsmith nicht abermals geistesgegenwärtig herzugesprungen, um mich zu packen.

Hinterher, mein Herz raste noch, als ich mir mit einem Tuch den Schmutz vom Beinkleid wischte, da war es, dass ich, nachdem ich Goldsmith sehr gedankt, ihn endlich fragte, wofür denn das «E» in der Mitte seines Namens, Samuel E. Goldsmith, stünde. Ich wisse zwar, dass diese Art von Mittelinitial in Amerika durchaus gäbe wäre, gleichwohl, ich hätte in der letzten Zeit doch ein erhebliches Interesse, um nicht zu sagen, eine Neugier entwickelt, was sich in diesem besonderen Fall dahinter verberge – und nun, da er doch gerade zum zweiten Mal zu meinem Lebensretter geworden, nun, kurz und gut, ob es da nicht angezeigt sei, mir gegenüber dieses unziemliche Geheimnis zu lüften?

Er stand über mir – ich sehe ihn noch – als Silhouette gegen den helleren Himmel scharf abgezeichnet, und er gab zurück: «Mein Mittelinitial? Das möchten Sie wissen? Nun, mein lieber Mr. Lloyd: natürlich Eliah. Was hätten Sie wohl geglaubt ... etwa Ephraim?»

Wir lachten beide noch, als wir aus dem verwilderten Stückchen Natur wieder heraustraten.

Die Erinnerung an das Weitere dieses Tages ist bei mir eigenartig verschwommen, lückenhaft, was wohl auch daran liegt, dass bei uns allen die Müdigkeit nun mit unerbittlicher Macht einsetzte. Ich erinnere mich immerhin daran, dass der Diener Gerald McDonovan die angenehmsten Mahlzeiten im Speisesaal für uns organisierte. Alice Stalliot, was mich merkwürdig berührte, bekam ich nicht zu Gesicht – sie verließ nicht ihr Zimmer, der Vikar brachte ihr das Essen hinauf.

Er war es im Übrigen auch, der sich sehr für Nightingales und mein Verhältnis zu interessieren schien – Goldsmith saß dabei und ließ ein unverschämtes Grinsen sehen, das jener jedoch nicht bemerkte –, und als der Geistliche also vernommen, wie die Sache stand, unterließ er es nicht, uns verschiedenerlei wertvolle, zum Teil jedoch auch sicher entbehrliche Ratschläge angedeihen zu lassen. Ich konnte ihn in jeder Hinsicht beruhigen, was ein verklärtes Lächeln auf sein schmales Gesicht zwischen dem immensen weißen Backenbart zauberte. Und es rief in der Folge auch nicht seinen Protest hervor, als wir ankündigten, diese Nacht aus verschiedenen Gründen nicht in der Halle, sondern in unseren Zimmern nächtigen zu wollen.

Und so geschah es, dass ich meinerseits die Nacht im Zimmer meiner Angebeteten verbrachte, annähernd versehen mit etwas, das ich hier das billigende Wohlwollen der Kirche nennen will …

Am anderen Morgen – auch dieser war grau, aber wie der vorherige schneelos – überspannte zu unserer nicht geringen Überraschung eine aus vielerlei Leitern, Latten, Tüchern, Brettern und Stricken geknotete, wahrhaft abenteuerlich aussehende Konstruktion den Burggraben. Zu unserer Überraschung, denn Gerald McDonovan schwor, nichts damit zu tun und auch den Auftrag nicht erteilt zu haben. Wer diese Brücke gebaut – ich weiß es bis heute nicht. Ich nehme jedoch an, dass es Henry mit mir nicht bekannten Helfern unter der Dienerschaft gewesen, vermutlich auf Mortimers Anweisung hin. Die Konstruktion, die in der Mitte verdächtig durchhing, was manchen besorgten Kommentar unter einigen von uns verursachte, hielt jedoch später durchaus, wozu sie errichtet worden, als wir uns einzeln, ja sogar zu zweit – ich geleitete Nightingale hinüber, Goldsmith führte Alice Stalliot – ihr anvertrauten. Wir gingen hinüber, als, wiederum gegen elf, der Bote, ein junger Mensch von kaum zwanzig Jahren, mit den versprochenen Pferden gekommen, die er – eines mit dem anderen durch Seile verbunden – hinter sich geführt.

Als wir nun – von Goldsmiths und meinem nächtlichen Ausflug nach Dull Manor einmal abgesehen – zum ersten Male, überdies bei hellem Tageslicht, uns außerhalb der Mauern von Boroughmore Castle befanden, welches wir von unserer neuen Position aus komplett überblicken konnten, da wurden beglückt Schultern geklopft, Goldsmith und ich umarmten uns heftig, und manches Gebet wurde zum Himmel geschickt. Bevor wir auf die Rücken der Pferde stiegen, da war es, dass ich an Alice Stalliot herantrat und sie um Verzeihung bat für das, was ich ihr ungewollt durch meine Verdächtigungen wohl angetan. Sie blickte mich eigenartig an.

«Sie sind ein inniger Mensch?», wollte sie von mir wissen.

Ich konnte im ersten Augenblick wenig mit ihrer Einlassung anfangen.

«Lassen Sie es gut sein, und vergessen Sie mich einfach, lieber Freund», sagte sie in ihrer merkwürdigen Art, scheinbar unbewegt. «Warten Sie lieber auf die Dunkelheit, Mr. Lloyd. Da kommen bald Ihre besten Freunde …»

Ich konnte nicht verhindern, dass ein Schauer mich überflog. Vielleicht jedoch auch nur deshalb, weil im gleichen Augenblick es geschah – es war der Moment, in dem wir die Pferde bestiegen und endgültig von hier fortritten –, dass mein Blick noch einmal zurückfiel auf das Schloss, das uns beherbergt, seine bedrückenden Mauern, den einsamen

Turm. Und dort, ganz oben, im Leeren, fast im Nirgendwo, da sah ich ein weißes, verlorenes Gesicht am Fenster, dessen Ausdruck ich aufgrund der Entfernung natürlich nicht ausmachen konnte …

Die nächsten Tage wurden nicht einfach für uns. Wir ritten während der Stunden, die es hell war – ein Vorwärtskommen, das die Tiere und uns maßlos anstrengte –, und nächtigten in meist unvollkommenen Herbergen, die ihren Zweck jedoch erfüllten. Wir hatten genug zu essen, mussten nicht darben.

Ich habe dennoch an dieser Stelle ein Erlebnis in aller Kürze einzufügen, das erneut den Sinn unseres Schicksals für eigenartige Fügungen und Zufälle belegt – vielleicht auch weniger, als ich dies hier darstelle, wenn man die Dünngesätheit der möglichen Wege wie auch die Anzahl der verfügbaren Logierplätze zu damaliger Zeit in Schottland berücksichtigt. Jedenfalls geschah es, dass gleich in der ersten unserer Herbergen am Ende des ersten Reisetages, unterdessen etwa fünfundzwanzig englische Meilen von Boroughmore Castle entfernt, mir in der Gaststube ein großer, bärtiger, rauer Geselle auffiel, der laut war und wüst trank und den ich vermeinte zu kennen. Und nach einem Augenblick der Verwunderung fiel mir auch bei, um wen es sich handelte; ich erkannte ihn nach dem Bilde, das ich im Zimmer Mortimers gesehen und das der Comte de Marais von ihm gezeichnet hatte: es war tatsächlich jener Maximilien, sein Diener, den er auf dem Wege nach Boroughmore Castle entlassen.

Ich ließ Nightingale in den verlässlichen Händen von Goldsmith – unsere kleine Gruppe verließ bald die Gaststube, um sich zur Ruhe zu begeben –, und ich saß dort noch lange mit dem wilden Menschen beim Licht eines brennenden Spans und im Rauche beisammen und erzählte ihm von dem Vorgefallenen, soweit es seinen ehemaligen Herrn betraf, stellte aus Gründen der Vereinfachung, auch der Rücksichtnahme, das Ganze jedoch ausschließlich als gottgewolltes Unglück dar – was es schlussendlich eigentlich ja auch war. Der Mann weinte darob bitterlich, die Tränen rollten in seinen ergrauenden Bart – es war ein Elend, dem zuzuschauen. Er schob seinen Krug zurück, wischte sich das Gesicht – ich wollte ihn einladen, seine Zeche zahlen – einerlei, er schüttelte den Kopf, weinte und lehnte alles ab. Er käme des Weiteren alleine zurecht, ließ er mich wissen. Nun würde er endlich in sein Heimatland zurückkehren, setzte er hinzu. Nein, er brauche meine finanzielle Hilfe nicht, er sei es gewohnt, sich durchzuschlagen. Wenn man im Übrigen nichts mehr trinke und Arbeiten, die sich böten, auch annehme, sei es vermutlich nicht schwer, sich mit geringen Mitteln durchzubringen. Er danke mir sehr, aber nein, er wolle nichts nehmen.

Am anderen Morgen hatte er vor unserem Aufstehen die Herberge bereits verlassen und seine Zeche allein bezahlt. Ich erinnere mich, wie ich nachdenklich aus dem beschlagenen Fenster der Gaststube mit den düster gebeizten Wänden, wo in der Ecke der eiserne Ofen fauchte, hinaus in die weiße, kalte Einöde des Hochlandes blickte, wohin er auf immer verschwunden war. Die Nebel zogen an diesem Morgen sehr tief und würden sich, falls überhaupt, erst spät an diesem Tage heben.

Gott hat es schließlich gefallen, uns in vier Tagesreisen bis ins königliche Edinburgh zu führen, wo wir unseren jungen Führer reichlich entlohnten – und unsere Gruppe sich, teils offiziell, teils ungesagt, auflöste. Der Pfarrer zog geschwind bei seinem Amtsbruder in St. Giles ein, um dort für einige Zeit zu logieren, Nightingale und ich dagegen für ein paar Tage in Johnstons Commercial and Temperance Hotel, Waterloo Place, allerdings, wie es die Moral gebot, in verschiedene Zimmer. Goldsmith, der nur einmal dort mit uns nächtigte, nahm noch den ersten Zug, der am anderen Morgen fuhr, nach London. Wir hatten darüber debattiert und wollten in ein paar Tagen nachkommen.

Alice Stalliot, ich hatte es angedeutet und muss es wohl tatsächlich so nennen, verloren wir am zweiten Tage in einer Seitenstraße von Grassmarket gewissermaßen aus den Augen. Sie kam auch nicht ins Hotel zurück, wo später ihr Gepäck von einem Boten in unserer Abwesenheit abgeholt worden war: Sie hatte zum Schluss etwas von guten Bekannten gemurmelt, über die sie in der Stadt verfüge – ein Umstand, der mich damals weniger beunruhigte, als er gesollt hätte, doch ich fühlte mich frisch und erhaben, mit Nightingale an meiner Seite.

Aus den wenigen geplanten Tagen damals in der herrlichen Stadt wurden annähernd zwei Wochen, fast meine glücklichsten, wie ich wohl in der Rückschau glaube. Der Winter machte die Luft so klar, dass wir den einen Tag, als wir aufs Schloss hochspazierten, bis zum Firth of Forth blicken konnten und darüber hinaus, jenseits des weißblauen Wasserstreifens mit den kleinen Felseninseln darin, bis in die Grafschaft von Fife hinein. Ich dachte wenig, damals, an das zurückliegend Schauerliche …

Nun, viel Zeit ist vergangen seit jenen Tagen. Die Jahre, die guten und die weniger guten, sie kamen und gingen. Wir schreiben schon wieder Oktober, die Blätter treiben draußen im Wind …

Jonathan Lloyd
Kingston upon Hull, im Oktober 1837

Letzte Anmerkung, im Dezember:

1837. Bald werden wir 1838 schreiben. Zwanzig Jahre, gütiger Leser, vermögen viel.

Das dunkle Haar meiner bezaubernden Nightingale zeigt den ersten Schimmer des Winters, meines ist, soweit noch vorhanden, längst ergraut. Wir haben zwei Söhne, Samuel und Eliah, die beide erwachsen und aus dem Hause sind. Als sie klein waren, gab es gelegentlich – auch missgünstige – Fragen wegen ihrer sonderbaren Namen, aber meine Frau und ich lächelten uns dann stets in einer Weise zu, die den Frager in unser Lächeln einbezog – oder ihn endgültig verstimmte. Der Ältere, Samuel, arbeitet in einem Buchverlag, der Jüngere studiert in Cambridge Jurisprudenz – beide der ganze Stolz ihrer Mutter.

Im vergangenen April war es, dass die Gazetten gemeldet, dass auf seinem Schloss am Loch Ness der bedeutende Dichter und Autor Sir Mortimer Pope, der weiland von unserem unglücklichen König Georg III. für seine literarischen Leistungen geadelt worden, der gleichwohl seit vielen Jahren keine Bücher mehr veröffentlicht und die letzten Dezennien seines Lebens so in großer Zurückgezogenheit in der schottischen Einsamkeit mit Studien zur Natur und philosophischen Betrachtungen befasst verbracht habe, in hohem Alter friedlich zu Gott eingegangen sei, und diese Nachricht in der Zeitung, geneigter Leser, war es, genau betrachtet, erst gewesen, die mich zu Papier und Feder hat greifen lassen, vor nunmehr einem halben Jahr. Den ganzen Sommer über, manchmal bis spät in die tiefe Nacht hinein, habe ich daraufhin schreibend und grübelnd am Sekretär verharrt und den Entschluss, den ich mir vor über zwanzig Jahren getreulich beigeschworen, niemals etwas verlauten zu lassen über die schrecklichen Ereignisse jener Tage, schließlich zu Fall gebracht. Stattdessen begann ich, diese alten Erinnerungen doch noch einmal aus der Tiefe der Vergangenheit hervorzureißen. Gewisslich hätte ich dies nicht zu Mortimers Lebzeiten gewollt!

Die Gazetten berichteten im Übrigen nichts von einem etwaigen Diener an seiner Seite, und da es unmöglich war, danach unauffällig Erkundigungen einzuziehen, habe ich über das Schicksal dieses treuen Mannes nichts erfahren.

Es mag schlimm genug dort oben zugegangen sein, die ganze entsetzlich lange Zeit seither – und wie vielmehr damals, als die lokalen Behörden sich zu interessieren begannen für die vier verstorbenen Mitglieder eines Dichterzirkels, wie es hieß, deren Leichen auf Boroughmore Castle zu versorgen gewesen waren. Auch wir, damals in London lebend – und ich weiß es von Goldsmith ebenfalls –, bekamen Besuch, allerdings von einem durchaus zugänglichen Polizisten, der, mit einer Flasche Stout bei uns am Tische und zweien für den Weg ausgerüstet, nachher mehr als beruhigt gewesen war, und ähnlich muss es anderenorts geschehen sein – denn wir hörten hernach nichts mehr von der Geschichte.

Aber all das sagt natürlich nichts darüber aus, wie die Atmosphäre über die Jahre dort oben selbst gewesen sein mag. Denn einer Strafe de jure war er zwar entgangen, doch – man hätte es wahrlich formulieren können: Das Pech blieb fest an ihm hängen und wollte, solange er lebte, nicht abgehen. Grausig das Ereignis aus dem Jahre 1825, wo bei einer Explosion einer Maschine in einer Tuchfabrik in Sheffield sein Sohn William umgekommen …

Und weniges Weitere ist – der Leser möge den Mangel an Chronologie in diesen letzten flüchtigen Anmerkungen verzeihen – nachzutragen: Alice Stalliot, wir haben es seinerzeit zutiefst bestürzt und betrübt vernommen, hat – nur eine kurze Weile nach ihrer Rückkehr von Boroughmore Castle –

die Last des Erlebten offenbar nicht länger ertragen und so die Sünde des Freitodes auf sich geladen: Sie hat sich, immer noch in Edinburgh weilend – ja, es schien so, als ob sie die Stadt hernach nicht mehr verlassen –, in einem bedeutungslosen, ungenannten Teich unterhalb der Salisbury Crags ertränkt. Ich entsinne mich in diesem Zusammenhang der rührenden Versuche, von denen wir hörten, dass Father Olivier sich bei der Kirchenobrigkeit wärmstens für sie verwendet habe, dass sie in geweihter Erde bestattet würde; ein Kampf, den er verlor, was Goldsmith, mit dem wir damals viel Zeit verbrachten, sehr zornig machte.

In der Sammlung von Gedichten, die Thomas Olivier – unter dem altbekannten Pseudonym Thomas McClellan natürlich – im Jahr darauf veröffentlichte – das Opus von Sir Roderick Dhu und der Lady of the Lake erfuhr dagegen zu meinem Bedauern niemals dieses schöne Los –, unter diesen Gedichten fand sich eines, fast ein Liebeslied zu nennen, bezaubernd und zart, an eine namenlose Tote gerichtet, und unschwer erkannten wir in dieser Ungenannten jene Frau, die damals so seltsam unseren Weg gekreuzt … ihre Ehrlichkeit und die Aufrichtigkeit ihrer Gefühle, die ihr schließlich zum Verhängnis geworden.

Ich las es, stehend im Lampenlicht, gebannt, zuerst in einem Geschäft in der Oxford Street, erwarb das Bändchen und brachte es nach Haus. Ich hatte dem Vikar schreiben wollen, aber wie es geschieht in einem tätigen Leben, die Arbeit, der Alltag drängt sich vor, man verschiebt es auf später, wenn einmal Zeit sein wird … und nie kommt man dazu. Denn auch der Vikar ist vor einigen Jahren gestorben, im Einklang mit sich und der Welt, soviel ich weiß, und im Herzen der kleinen Gemeinde, die er freiwillig und weit über das angemessene Alter hinaus als Seelsorger betreut hat, hoch oben im Norden seines einzig und innig geliebten Schottland.

Uns blieb immerhin Goldsmith. Für viele Jahre blieb er das. Vor einiger Zeit ist er nach Amerika zurückgekehrt – der Tod seiner Eltern hatte damit zu tun. Wir hörten von seiner Übersiedelung aus Boston, er lebt jetzt in New York. Er ist wieder im Verlagsgeschäft tätig, nachdem «Das Gold von Washington» und auch der Nachfolgeroman nicht die großen Erfolge waren, die er sich erhofft hatte. Er schreibt uns seltener in letzter Zeit, die Arbeit, wie er meint, verschlinge ihn ganz.

Und ich denke – nicht nur, als die Nachricht kam –, nein, ich denke häufig an meinen väterlichen alten Freund, der nun auch im Lande des Staubes ist. In hellen Nächten, und deren gibt es einige in meinem Alter, verlasse ich das Bett, wenn ich nicht schlafen kann, sitze dann allein am Fenster, schaue hinunter in die stille Straße, wo der Mond groß und weiß über den Dächern gegenüber steht, und frage mich, ob ich mich richtig verhalten habe, damals, als wir uns trennten in jener Nacht.

Finis

Zwei Engel für Silvanus

Malachy Hyde
Wisse, dass du sterblich bist
Roman
400 Seiten · geb. mit SU
€ 22,90 (D) · sFr 42,–
ISBN 3-8218-0940-X

Eigentlich möchte Silvanus Rhodius nur das süße Leben genießen und seinen etwas zu voluminösen Körper in den Thermen Pergamons entschlacken. Doch während sein Förderer Marcus Antonius in Ägypten um Cleopatra buhlt, nutzen die Parther Roms Schwäche und wagen Überfälle auf die wohlhabenden Siedlungen an der kleinasiatischen Küste. Vertriebene strömen in die Stadt Pergamon, und Silvanus Rhodius hat als Beauftragter Roms alle Hände voll zu tun, um die Konflikte zwischen Einheimischen und Flüchtlingen nicht eskalieren zu lassen. Als die grausam verstümmelte Leiche einer jungen Frau aufgefunden wird, wird der Täter unter den Fremden vermutet. Silvanus Rhodius hat Zweifel – aber erst der Mut und das Geschick seiner ehemaligen Geliebten Illicia und ihrer Freundin Laelia führen ihn auf die richtige Spur ...